四川省社科联2013规划青年项目（SC13—C031）

儒家文明协同创新中心后期资助项目

王万洪 著

《文心雕龙》雅丽思想研究

中华书局

上 册

图书在版编目（CIP）数据

《文心雕龙》雅丽思想研究/王万洪著. —北京：中华书局，2019.10

ISBN 978-7-101-14068-2

Ⅰ.文… Ⅱ.王… Ⅲ.①文学理论-中国-南朝时代②《文心雕龙》-古典文学研究 Ⅳ.I206.2

中国版本图书馆 CIP 数据核字（2019）第 180768 号

书　　名	《文心雕龙》雅丽思想研究（全二册）	
著　　者	王万洪	
责任编辑	吴爱兰	
出版发行	中华书局	
	（北京市丰台区太平桥西里 38 号　100073）	
	http://www.zhbc.com.cn	
	E-mail:zhbc@zhbc.com.cn	
印　　刷	北京瑞古冠中印刷厂	
版　　次	2019 年 10 月北京第 1 版	
	2019 年 10 月北京第 1 次印刷	
规　　格	开本/880×1230 毫米　1/32	
	印张 22¾　插页 4　字数 420 千字	
印　　数	1-1200 册	
国际书号	ISBN 978-7-101-14068-2	
定　　价	88.00 元	

目　录

上编　《文心雕龙》雅丽思想渊源论

中编　《文心雕龙》雅丽思想的内涵与表现

下编　《文心雕龙》雅丽思想运用论

序　一

皮朝纲①

　　万洪的《〈文心雕龙〉雅丽思想研究》即将付梓,嘱余为序。我通读了全书,写了以下一些感受。

　　在上个世纪,《文心雕龙》研究已经成为一门举世嘱目的"龙学",一门影响巨大的显学。在研究名家林立、佳篇巨著众多的情况下,如何能够撰写出一部具有新意的、能够拓展研究范围的专著,乃是摆在学术界面前的一个难题,这正如著名"龙学"家牟世金先生曾经感叹过的那样:"一入龙门深似海。"

　　万洪却知难而进,迎难而上,表现了一种学术探索的勇气和创新精神。他根据学术界在《文心雕龙》研究中争论较多、分歧较大的一些问题,在对《文心雕龙》文本细读、精读并进行深入发掘、解读的基础上,从一个新的视角,以研究《文心雕龙》的雅丽思想为论题,对此作了全面、系统、周密的论述,其选题和论证都有新意和学

---

①皮朝纲教授,1934年10月生于重庆南川,长于古典美学与禅宗美学研究。

术价值。

长期以来,学术界对《文心雕龙》关于"为文之用心"这一宗旨的指导思想到底主要受何家何派的思想影响意见分歧,莫衷一是。本书从雅丽思想是《文心雕龙》文学思想的核心着手,对此做出了自己的正面回答,对"《文心雕龙》雅丽思想的提出"这一论题作了充分论证,指出"雅丽文学思想"在《文心雕龙》的创作、批评、文体诸论中处于核心地位,它贯通全书,是作为"为文之用心"的核心指导思想;进而对"《文心雕龙》雅丽思想渊源论"作了详细的分析,指出"《文心雕龙》雅丽思想主要取法于先秦两汉儒家文论,并吸收了先秦道家、魏晋玄学等流派的部分思想"。这一推论和结论,是在具体剖析"儒家思想的影响"(包括孔子、荀子、扬雄)、"其他思想流派影响"(包括道家、阴阳家、纵横家、法家、兵家、谶纬神学、魏晋玄学)、"史传文学的影响"后得出的。并且对《文心雕龙》中体现出的"儒家独尊的主导地位"作了详细考察,从包括《征圣》在内的17篇中发掘出26条直接论"儒"之例证,它们涉及刘勰对著名作家、思想家、作品、时代风尚、风格类型、诸子论战等等的评价。

长期以来,学术界对《文心雕龙》"风骨"的解说,仁者智者,虽精见不断,但差异甚大。本书回归文本,以《风骨》篇原文为主要的事实依据,从《文心雕龙》全书中发掘有关论述,详加解读,意图还原"风骨"的"本义";分别诠释了"风""骨""风骨"的含义，指出："'风''骨'均可以用于文章之内容与语言形式美，不能偏于一个方面。……但是二者内涵并不一致，风主要用于文章的感染力，即'风清'……'骨'主要用于文章的典雅美，即'骨峻'……"在刘勰那里，"一篇理想的文章，应该是'风''骨'兼备而不是二者分开的"，"'风骨'应该是一个整体的概念，'风清骨峻'应该合观"。其引用资料丰富，论据充分，论述细致，具有新意。

万洪对《文心雕龙》"雅丽思想的内涵"，从"征圣宗经的经典意识""原始表末的史论意识""中和之美的审美追求""尚雅贬俗的基本态度""知音鉴赏的批评方法""唯务折衷的辩证思维"六个方面，作了深入细致的层层论述，言之成理，持之有故，具有说服力。

细读万洪此书，可以看出，他对学术界的研究成果作了广泛的搜集、阅读、研究、吸收、消化，但他又不囿于某些成说，努力寻求新的视角，力图提出新的见解。他对学术界研究《文心雕龙》的一些模式、理论框架，一方面虚心学习、借鉴，另一方面也不生搬硬套。注意把着力点用在对文献的发掘、整理、细读、精研、理解之上。实践证明，在学术研究中，只有掌握了丰富的历史文献，并着力呈现其历史的本来面目，才能从中总结、归纳、提炼出它的理论构架。那种以预先设定的某种理论体系框架去强制性地规范有限的历史文献，即动用逻辑的力量将有限的研究资料规划成种种自洽的理论体系,常常会使人忽视对历史文献的发掘、整理与研究,由于其"建构意图的过分介入"后所形成的理论体系,更多的表现为有限的历史文献屈服于普遍逻辑,无法真正融及、接近与呈现研究对象的本来面目。

万洪在学术研究上非常勤奋,时有成果,衷心祝愿他再接再励,更进一步!

2019 年 8 月 1 日于净心斋

序 二

李 凯①

20 世纪以来，随着中国文学批评史学科的建立，中国古代文学理论的研究呈现出兴盛繁复的局面。其中，《文心雕龙》以其独特、重要的历史地位和价值成为中国古代文学理论研究中的核心，至有"龙学"之称。据武汉大学李建中教授统计，《文心雕龙》的研究大约占整个中国文论研究成果数量的 40%。因此，《文心雕龙》的研究既是热点、重点，同时又是难点。研究《文心雕龙》之难，个人以为有如下缘由：一者，舍人出入四部、"纵意渔猎"，《文心》"体大思精""笼罩群言"，其涉及内容之广、包含时间之长，非短期可以进入其中，遑论研究？杨明照先生集毕生之力于《文心雕龙》，举世誉为"龙学泰斗"，犹以为对《文心雕龙》下篇比较清楚，而对上篇则还不全懂。二者，《文心雕龙》研究大盛，始于中国文学批评史学科之建立。20 世纪以来，欧风美雨，遍及华夏，诸多学

---

①李凯教授，1966 年 4 月生于四川简阳，长于文论与文化研究。

科,端赖西学而立。中国文学批评史作为学科之建立,也复如此。虽学科建立之意本在寻求中国文论民族特色,用以构建中国现代文论,但以西格中、以西律中的研究导向和研究理路,结果却是使中国文论"失语"。于是《文心雕龙》研究,争论歧异,倍于他书。三者,今日研究《文心雕龙》者,皆为新式学校所培养,既少家学,鲜习古籍。一般文言文阅读尚且艰难,何况全以骈体行文之《文心雕龙》? 故新时期以来之硕士生博士生指导教师,恒语学生:"《文心雕龙》,尽量少碰。"此非推卸责任,实则研究《文心雕龙》不易。曹师顺庆,弢甫(杨明照先生字)先生之第一个博士、中国文学批评史学科第一个博士,即未选取《文心雕龙》作为毕业论文,而以《中西比较诗学》开创新学科。顺庆先生自非不熟悉《文心雕龙》者,其对中华文化元典之熟稔及其重视,以元典教育作为培养学生的教学模式,现已取得突出效果。20 余载,曹师培养博士数以百计,而以《文心雕龙》为专题毕业者,仅有三人,皆法语、英语、德语翻译、接受之研究。40余年,中国大陆以《文心雕龙》为题名的硕博论文,据知网载录,共计 227 篇,其中博士论文 16 篇,斯则可见《文心雕龙》研究之难。

就研究意义来说,本书首先是四川《文心雕龙》研究脉络的传承之作。虽然《文心雕龙》研究不易,但总有敢于吃螃蟹者。我指导并且第一个毕业的博士生王万洪,就属于川人所谓"易胆大"。他坚持选择以"《文心雕龙》雅丽思想研究"作为毕业论文，我始则劝告，终则从其所愿，原因盖有三：一是王万洪勤奋努力、持续上进的劲头打动了我；二是学无禁区，虽《文心雕龙》号称艰难，成果丰硕，但并非无进一步研究之必要；三则蜀中近代以来为龙学研究重镇之一，选择《文心雕龙》作为研究对象，此亦学术研究薪火相传之理。按，《文心雕龙》研究与吾蜀关系极深，兹胪列如下：明代新都杨升庵用五色彩笔批点《文心雕龙》，被认为第一部"龙学"研究著作，开启明清两代以批点、评论形式研究"龙学"之先河，对曹学佺、纪昀、黄叔琳、章太炎等诸人影响颇大。20 世纪以来，四川大学成为研究《文心》重镇：刘咸炘著《文心雕龙阐释》，庞石帚著《文心雕龙杂记》。刘咸炘之《阐释》，汇通古今，结合中西，见解精深，发人深思。《文心雕龙》校注双璧——王利器、杨明照二先生，皆为川大学生。前者毕业于川大，后者毕业、任职于川大。王利器先生《文心雕龙校证》被誉为"龙学始有可读之书"。杨明照先生更专力于《文心雕龙》校注、相关资料整理及其研究，用力之勤，成果之著，并世罕有。《文心雕龙校注》《文心雕龙校注拾遗》《增订文心雕龙校注》《文心雕龙校注拾遗补正》，即书名而知其探索精进过程。"龙学泰斗"，诚非苟得。他如陈思苓教授著《文心臆论》，也是蜀中研究《文心》之名作。至于叟甫先生门下，吾师顺庆先生，开疆辟土,由比较诗学而及中外文论史、中国文化海外传播,中西兼顾,尤重未来;李建中先生为当代《文心雕龙》研究名家。二人门下弟子,多有研究《文心雕龙》者,如吴中胜等。20世纪,四川作为"龙学"研究重镇,洵非虚言。21世纪以来,随着斁甫先生谢世,四川本土研究《文心雕龙》者极其稀少,因此,从这种意义上讲,王万洪选择"《文心雕龙》雅丽思想研究"作为博士论文,也就多了一份责任和价值。

其次,本书对推进当前的《文心雕龙》研究有一定助力。《文心》作为研究先秦至齐梁文学专书,不仅系统回答了文学何来(本质和来源)、文学何为(创作和价值)、文学何有(文本构成及体格风貌)、文学何鉴(接受和评价),而且展示了梁朝之前中国文学发展历史。刘勰本人思想的复杂性、《文心》内容的丰富庞杂,致使对该书写作的指导思想以及表达的文学思想的研究争论迭起,莫衷一是。以《文心》写作的指导思想而言,即有纯粹儒家说、儒家主导说、道家为主说、以佛统儒说、综合诸家说(儒道佛)等等。而《文心》本身的文学思想究竟为何,则研究者关注尚少。《〈文心雕龙〉雅丽思想研究》明确指出,《文心雕龙》的文学思想是源出儒家之雅丽思想,雅丽思想在全书"序论"中萌芽,在"枢纽"论中正式提出,作为指导文体论的原则、创作论的核心、批评论的中轴而贯穿全书。为了获得这一结论,必须回答清楚以下问题:

第一,《文心雕龙》是否有一条隐伏贯通全书的理论红线?换言之,导源于儒家的"雅丽思想"是否贯穿于《文心雕龙》枢纽论、文笔论、创作论、批评论之中。这是王万洪在选题时我最担心的问题。本书"表现论"部分,从《文心雕龙》内证出发,实事求是而不是主观推测地回答了上述问题。前人没有看到这一问题,他看到并论证出来,这是本书的主要学术贡献和学术价值。

第二,雅丽思想的理论渊源为何?该书认为,雅丽思想源出儒家,吸取了先秦至《文心雕龙》成书时期道家、兵家、法家、阴阳家、纵横家、魏晋玄学等流派的相关思想,并化合了部分书画艺术思想;汉代谶纬神学及部分佛学思想也是雅丽文学思想的渊源对象;此外,史传著作以其丰富多彩的术语运用、严密的组织结构、纵论百家的历史素材,也成为《文心雕龙》取法学习的重要对象。在现有回答《文心雕龙》思想渊源的成果中,该书的分析最为全面。

第三,雅丽思想的历史地位怎样?本书在结论部分通过分析《序志》篇提出的曹丕、陆机等十家文论,提出《文心雕龙》超越了"文学自觉"的文论水平,雅丽思想是对"文学自觉"的再次理论自觉,是对"文学自觉"感性过度的理性回拉;雅丽思想在继承吸收魏晋文学理论"自觉"成果的同时,又对这些"理论自觉"所出现的不足进行了纠正与提升,呈现出更高、更新、更精的内容与超越时代的特点,这在《文心雕龙》全书的写作内容、结构体系和折衷思维方法论三个方面俱有清楚体现。

再次,本书在研究方法和研究态度上有两点值得充分肯定。一是凡证成一结论,王万洪必搜罗所有材料,特别是从《文心雕龙》文本出发,尽力寻找内证,不主观臆断,凿空立论;二是有学术勇气,敢于立论。虽则论点时或有偏差,但著书必立说之勇气可嘉。此二点,当今殊为难得,尤当成为学界共识。

自然,该书作为王万洪博士论文的修改补充,远非尽美尽善。其不足之处略有数端:

第一,就内容而言,该书时有重复旁逸,致使该书引用《文心雕龙》原文者,同一文字,多有复见。为论证清楚,当有必要,但多次出现,非必全引。该书第一、二部分分工明确,但论述内容前后有所重合,如过多论证《文心雕龙》雅丽思想的理论渊源,且"运用论"与"表现论"有部分重复。

第二,就结构而言,尚有缺失。该书应该将《文心雕龙》雅丽思想的历史地位、历史影响论证出来。尽管在结论部分谈到了雅丽思想的历史地位是对"文学自觉的自觉",比较新颖,也符合事实,但并未讨论雅丽思想的历史影响问题,更没有将雅丽文学思想的当代价值和意义阐述出来,这在结构上是有缺失的。据王万洪讲,他在国家社科基金重大招标项目"汉学大系编纂暨海外传播研究"中承担了《汉代雅丽文艺思想研究》,也在四川大学承担了《汉唐雅丽文学思想及其当代价值研究》的中央高校基本业务项目,如此,则其对雅丽文学思想的研究就不仅仅停留在《文心雕龙》一书的研究上,而是可望打通研究先秦两汉到隋唐五代乃至当代文学艺术之中的雅丽思想。

第三,深度尚需进步。就本书来看,雅丽思想之所以能够提出,其根本在儒家,而汉代儒家地位的显著上升与儒家文献称"经"的历史变化则是儒家主导《文心雕龙》的学术背景。刘勰作为儒学信徒,以复古为主、新变为辅的整体观念对数千年文学史进行统照合观,赞美"商周丽而雅",批评"魏晋浅而绮",如果没有汉代儒学的巨变,这一切都将成为不可能,所以,对雅丽思想的研究,应当加大文化诗学的研究方法,突出汉代儒家地位的显著上升与儒家文献称"经"的历史变化。从本书来看,他看到了问题并且意识到未来努力的方向,但限于时间、精力、学养,这些问题只有留待其未来学术研究更好地处理。

年过五旬,天命不知,惑者多有。既非老师宿儒,也非《文心》专家。侈言学术,唐突舍人,实为罪过。屡辞王生之请,不获应允,故窥管测蠡之言,得缀简端。大雅高明,幸勿齿冷。

2019 年 7 月 27 日于德馨苑

绪 论

一、《文心雕龙》文学思想研究概述

20世纪以来,"龙学"是一门显学,除围绕《文心雕龙》文本这个核心进行理论研究和繁多的校、注、评、译外,学术界同时进行了许多外围问题的研究,以外围研究来深化、拓展对《文心雕龙》的研究。在外围研究上,涉及的一些问题范围很广,比如关于刘勰出身士族还是庶族、家道是贫是富、不婚娶的原因、生卒年、追随僧佑的时间与目的、加入定林寺的原因、加入的是哪一个定林寺、博通的经论当中有无儒家典籍、刘勰的作品分布、刘勰年谱,等等,对这些问题,总体上看,"龙学"界目前已经有了略存细小分歧而整体相对一致的研究意见。

而关于研究的核心,即对《文心雕龙》本身的研究,则尚有许多问题意见纷杂,甚至存在较大差异与矛盾,比如《原道》之"道""风骨"何指、《隐秀》真伪、体例判定、文笔之辨、文学思想，等等，都呈现这个特点。对这些分歧较大的问题逐一整理归类，笔者发现，它们主要牵涉到《文心雕龙》的哲学、文学、美学思想几个方面。而在对这些问题进行讨论的时候，研究者或多或少都会遇到一个无法回避的核心问题，这个问题是：《文心雕龙》的主导思想是什么，以及主导思想出自哪一家。不梳理并辨正这个问题，前述存在的纠结问题将继续难以论说清楚。

对于这个问题的研讨，从时间跨度上来看，从唐代刘知幾开始算起，超过一千三百年；从讨论范围来看，散见于各家诗、词、曲、赋、文、书画、音乐等著述之中；从明代至今对《文心雕龙》之批、注、疏、译、释、札、校、评等侧重于译注、校证或感悟评点的数十家论著来看，各家意见很不统一；近四十年来，关于这个核心问题各方面的单篇研究文章数量在一百篇以上，也是意见不一，在80年代初期还对此进行了一场持续多年的思想大论战；从新近出版的专著来看，有两篇博士学位论文论述及此，而又将主要笔墨用于美学范畴研究或渊源讨论上，回避于此。

上述研究，不管是专门的、零散的还是印象式的，所遇到的主要阻力，大约存在于如下几个方面：

第一，《文心雕龙》"体大虑周"。这是其特点、优点；对研究者来说，则是其难点。

　　第二，《文心雕龙》思想驳杂。从先秦两汉到魏晋六朝，只要是成书之前甚至写书之时出现过的有关写作的理论、思想，作者刘勰都有所涉及。研究者一踏进去，进行单篇或集中于某个专题的研究还好，进行贯通式的思想梳理，往往有四顾茫然、举步维艰、挂一漏万之感；如果面面俱到，论述到各家思想的影响，又显然无法突出重点，抓住核心。

　　第三，诸家研究相对集中于思想渊源与举证己见两个方面，由是，关于《文心雕龙》思想的研究，出现了以下几种意见：一是纯粹的儒家核心说，认为《文心雕龙》的思想就是单纯的儒家思想；二是儒家主导说，认为儒家思想是《文心雕龙》的主导思想，其余为辅；三是道家主导说，主张"道家为体，儒家为用"；四是佛教主导说，提出《文心雕龙》以佛家思想为主，主张"以佛统儒，儒佛合一"；五是三教合一说，认为《文心雕龙》融合了释、道、儒三家，不分主次，主张"三教合一"；六是玄学主导说，认为魏晋玄学是《文心雕龙》取法的主要对象，并主张融合释、道、儒、玄四家；七是认为兵家、阴阳家对《文心雕龙》也有所影响。诸家讨论意见主要集中在儒、佛、合三种上，其余则相对势弱。

　　第四，除了《文心雕龙》思想的研究，还涉及刘勰本人思想的研究，以及刘勰运用的折衷方法论的来源问题。

　　第五，所有关于"思想"的研究，最后指向的都是《文心雕龙》的文学思想研究,但是又并不主要讨论这个问题。文学具有审美的特点与哲学的思辨,故各家在论述《文心雕龙》思想的时候,往往将其哲学、文学、美学思想并举论证,这就又出现了混合三者,或者同时以三者之一取代、统摄三者的现象。所以,看到讨论《文心雕龙》思想的文章,往往是在讨论其文学思想的同时,或论述其哲学思想,或重点阐发其美学思想。三十年来,关于美学思想的研究占了上风,詹锳、易中天、缪俊杰等先生已经出版相关专著多部;而以文学思想为研究对象的单篇论文逐渐减少,专著则仅有戚良德先生一部与此有关,但进行的主要研究又不是针对文学思想而发。

上述五个方面的困难,当然是以第三方面,即思想渊源为核心,因为这个问题不解决,其余所有的问题都会剪不断,理还乱。第五方面的文学思想,是顺着这个问题体现出来的深层问题,讨论并无结果;文学思想又另外附带包含了两个子问题:一是刘勰本人的思想,二是《文心雕龙》思维方法论的来源与运用。现将有关这些问题的基本研究情况梳理于下。

(一)儒家主导说

对于《文心雕龙》儒家思想的研究意见,可以分为四大类:

第一类是认为《文心雕龙》的思想属于纯正的儒家思想,因此,刘勰的文学思想也是纯粹出于儒家的。这类意见主要是针对佛学核心说而言,属于泛论,稍显绝对。在这类意见中,整体上是依据《文心雕龙》的内证,比如主要根据《序志》《宗经》等篇的论述得出此说,代表学者是范文澜、杨明照和王运熙先生。范文澜先生《中国通史简编》说:"刘勰自二十三四岁起,即寓居在僧寺钻研佛学,最后出家为僧,是个虔诚的佛教信徒,但在《文心雕龙》(三十四岁时写)里,严格保持儒学的立场,拒绝佛教思想混进来,就是文字上也避免用佛书中语(全书只有《论说》篇偶用'般若''圆通'二词,是佛书中语),可以看出刘勰著书态度的严肃。"①范先生认为刘勰属于纯粹纯正的儒家思想,这个说法和他在《文心雕龙注》当中主张的意见是相互矛盾的。与范先生"严格儒学立场"意见相似的是杨明照先生。杨先生的"儒家核心说"以《文心雕龙》内证为主,显得更为扎实。在《增订文心雕龙校注》一书的《前言》部分,杨先生指出:

> 《文心雕龙》是我国古代文学理论批评专著,所原的道,所征的圣,所宗的经,皆中国所有;所阐述的文学创作理论,所评骘的作家、作品,亦为中国所有。与佛经著作或印度文学都无直接间接关系。所以全书中找不到一点佛家思想或佛学理论的痕迹,而

①范文澜:《中国通史简编》第二编(修订本),北京:人民出版社,1949年版,第422页。

是充满了浓厚的儒学观念。这固然可以看出刘勰著书态度的严肃,但更重要的则是由于《文心雕龙》本身的内容所决定。①

在《从文心雕龙〈原道〉〈序志〉两篇看刘勰的思想》一文中,杨先生继续申说上述意见:"是文心之作,乃述儒家'先哲之诰',为我国古代文论专著。所谓道也,经也,纬也,骚也,皆中夏所有,与梵夹所论述者无关。且其'搦笔和墨','寻根索源'之日,儒家思想适居主导地位。"②"他把文章与经书的关系说得那么深湛,把圣人与经书的功能说得那么伟大,是曹丕《典论·论文》以来各家文论中不曾有过的说法。这又足以说明刘勰从事《文心雕龙》的写作,是由于他那浓厚的儒家思想所指使……正因为刘勰儒家思想浓厚,单是他在《序志》篇里所表现的,无往而不从圣人和经书出发。事实也正是这样,'先哲之诰'是贯注着全书的。"③王运熙先生则认为刘勰本人的思想虽然兼综儒佛,但在文学思想方面儒家居于绝对主导的地位,其理由是:第一,从《文心雕龙》全书涉及的内容看,他对经、史、子、集四部的许多典籍,都

———————

① [清]黄叔琳注,李详补注,杨明照校注拾遗:《增订文心雕龙校注》,北京:中华书局,2000年版,第6页。
② 杨明照:《杨明照论文心雕龙》,上海:上海科学技术文献出版社,2008年版,第41页。
③ 杨明照:《杨明照论文心雕龙》,第57页。

相当熟悉。第二，刘勰一生兼长儒学和佛学，他的思想也是兼综儒佛，只是由于著作的性质与内容不同，分别表现出不同的思想倾向。《文心雕龙》是在儒家思想指导下写作的。第三，《文心雕龙》的指导思想，是文学应当积极入世，服务于政治，因此不可能用佛家思想来指导。综观《文心雕龙》全书的思想性质，绝少佛家的影响，仅在个别场合，使用了佛书中的术语（如《论说》篇中偶用"般若"一词）①。王先生说明的是全书体系完整、具体论证精密，有佛典的启发，而不是以"佛家思想来指导"全书的思想性质。

第二类是认为刘勰兼备众家，而以儒学为优。刘永济先生认为刘勰是"学识广博明通之学者，其主导思想属于儒家"，"从他的《灭惑论》来看，他是想调和儒、佛两家，从他的《文心雕龙》来看，他的主导思想是传统的儒家思想，关于道的本体方面交织着玄学的意味"②。刘先生是认为刘勰兼备三家思想而主导思想属于儒家。陆侃如先生说："要理解刘勰的文艺理论，首先要理解他的基本思想体系。他是儒家学说的信徒，同时也精通佛理。""刘勰的思想，的确是属于东汉王充以来的唯物主义体系的。"陆先生的意见是《文心雕龙》以儒家为主导，

①王运熙、周锋:《文心雕龙译注·前言》,上海:上海古籍出版社,1998 年版,第 2 页。
②刘永济集:《文心雕龙校释》,北京:中华书局,2007 年版,第 179 页。

属于唯物主义一脉。此外,陆先生还具体指出了刘勰属于儒家古文经学一派,其理由是借鉴了范文澜先生《中国通史简编》所阐述的意见:"儒学古文学派的特点是哲学上倾向于唯物主义,不同于玄学和佛学。尽管刘勰精通佛学,但在论文时,却明确表示唯物主义的观点。"①杨明照先生也主张此说,认为刘勰写作《文心雕龙》,是站在古文经学的立场上,不满六朝形式主义的文风,为矫弊而作②。这又论述到了《文心雕龙》的写作目的。上述诸家而外,陈良运、朱清等先生则从两汉《易》学对《文心雕龙》影响的角度申说刘勰属于汉代古文经学一派的意见。

第三类是从儒家经典角度追根溯源,集中到五经之首的《周易》一书。这类成果可以分为五组内容。第一组认为该书是《文心雕龙》思想之本,如王小盾、戚良德等先生。王小盾先生认为《周易》与《文心雕龙》之间存在三层关系:一是源与流的关系,二是体与用的关系,三是论点与论据的关系;《文心雕龙》是在《周易》宇宙哲学思想影响下写成的③。戚良德先生则认为《文心雕龙》的

①陆侃如:《陆侃如古典文学论文集》(下),上海:上海古籍出版社,1987年版,第847页。
②杨明照:《杨明照论文心雕龙》,第6页。
③王小盾:《〈文心雕龙〉风格理论的〈易〉学渊源——为王运熙老师80华诞而作》,《清华大学学报(哲学社会科学版)》2005年第5期。

文学美学思想主要是从《周易》中流出来的①。持有这类意见的研究者很多，马白先生是用力最勤、发表文章最多的研究者。第二组是认为《周易》数理关系对《文心雕龙》产生了很大影响。1990 年，夏志厚先生撰文指出《文心雕龙》全书五十篇的结构关系，是《周易》天数地数"二十有五"的对应运用，上下篇各按一、三、五、七、九之数组合排列而成②。2005 年，王小盾先生撰文指出：《文心雕龙》的"八体"风格理论，其渊源在于《周易》所阐释的文王八卦及其宇宙哲学；刘勰《体性》"八体"，各体特征都是向《周易》八卦取材得出的③。第三组是讨论《周易》对《文心雕龙》风格理论产生的影响。三十多年前就有研究者认为《周易》对《文心雕龙》的风格理论产生了巨大的影响，尤其是"辞如其人"与阴阳刚柔的气论思想，敏泽先生就持这样的看法；詹锳、王小盾等先生认为《文心雕龙》之《风骨》与《隐秀》篇，是对应刚柔风格论的专篇；陈望道、詹锳、童庆炳先生则在各自专著中以《周易》八卦图示来分析整合八体风格类型理论及其转

---

① 戚良德：《〈周易〉：〈文心雕龙〉的思想之本》，《周易研究》2004 年第 4 期。又见《〈文心雕龙〉文学美学思想研究》第一章第一节，山东大学文史哲研究院 2007 年博士学位论文。

② 夏志厚：《〈周易〉与〈文心雕龙〉理论构架》，《文艺理论研究》1990 年第 3 期。

③ 王小盾：《〈文心雕龙〉风格理论的〈易〉学渊源——为王运熙老师 80 华诞而作》，《清华大学学报（哲学社会科学版）》2005 年第 5 期。

化关系。第四组是关于《文心雕龙》运用《周易》个别关键词的研究，《征圣》提出"四象精义以曲隐"，《隐秀》提出"互体变爻，化成四象"，对于"四象"的解释，从唐代孔颖达开始一直到当代的研究者，提出了诸如"老少阴阳""实假义用""春夏秋冬""含弘光大""互体变爻"等多种不同的说法。这些研究，从微观精义的角度将《周易》的影响体现了出来。第五组是对《文心雕龙》征引《周易》的梳理。杨明照先生在《增订文心雕龙校注》中将刘勰引用、化用《周易》原文或理论之处详细地罗列出来；台湾王更生先生集中指出《文心雕龙》运用了《周易》一百四十二处之多。上述单篇论文的研究，论证深入，讨论清楚，属于专题性质的讨论；而注释的梳理则将《周易》对《文心雕龙》发生的巨大影响作出了文献上的对应实证①。

　　《周易》之外，其他儒家经典对《文心雕龙》的影响研究则相对沉寂，而各家注、释、疏、证等则对此记载比较充分。吴明德先生《遍照隅隙，通观衢路——〈文心雕龙〉

①从内容来看，《周易》具有兼收并蓄各家思想的特点，绝非传统儒家思想一家所能概括。郭沫若先生认为《易传》成于荀子，进而成为儒家的第一经典；李泽厚、刘纲纪等先生曾指出《周易》思想驳杂，道家思想的影响自不待言，而阴阳五行家思想的影响痕迹似乎更深。两汉魏晋解经，《易》是重要的一经，孟喜、京房、王弼等人的学说对《易》之丰富发展具有重要贡献。因此，我们可以这样来理解：儒家在上千年的发展历史中，不乏吸收各家思想的举动与代表人物出现，不乏新变的现象与新出的主张，故而《易》能化合各家，成为群经之首。

全书组织体系之探析》一文认为：

> 宗经是贯穿《文心雕龙》全书的一大动脉，全书五十篇无一处不见有经典的踪迹，"全书引经典之处，于《周易》凡一百四十二处，于《尚书》凡一百二十四处，于《诗经》凡一百零九处，于《尚书》经传凡七十余处，于三《礼》凡九十二处，于《论语》凡五十二处"。可见宗经构成《文心雕龙》之内在思想体系。①

吴先生的这个说法来自其师王更生先生。根据这个统计，《文心雕龙》仅仅对儒家五经的引用或运用就接近六百处，这是其他任何一家所不可望其项背的殊遇。说《文心雕龙》以儒家思想为主导，在内证方面实事求是。

第四类是从经典影响过渡到儒家先贤的影响研究。当前的意见集中在儒家学术大师荀子及其著作上，李泽厚、刘纲纪、戚良德先生认为荀子的思想对《文心雕龙》影响颇大。笔者以为，荀子的思想是先秦儒家思想结合诸子思想之后的新变产物，荀子重情论心、尚法论术、尚正论中，在保持儒家文论雅正传统的时候大力吸收道家思想而尚美尚丽，思想立场上指斥各家而独尊儒术，写

---

① 吴明德：《遍照隅隙，通观衢路——〈文心雕龙〉全书组织体系之探析》，台湾《"中国"技术学院学报》第 23 期，2001 年 7 月。

作技巧上运用辩证思维模式来写作论辩,这些都对刘勰写作《文心雕龙》产生了深刻的影响。但《文心雕龙》思想以儒家为主,是对先秦两汉儒家代表人物孔子、孟子、荀子、扬雄、王充、曹丕等人文艺思想的化合继承,不是只有荀子一家,从全书实际情况来说,荀子影响远不及孔子,这从刘勰对孔子的极端尊崇与《文心雕龙》对孔子文艺美学思想的继承运用两个方面可以清楚地看出来。不过研究者能在泛论儒家影响的同时进行这种具体个案的对应分析,在论述"儒家主导说"时有拓展新路的启示意义①。

　　上述儒家主导说的四大类意见存在一个共同的问题,即:对儒家代表人物或儒家经典的研究相当薄弱,整体上看,属于泛论状态。比如,许多研究者论述到《文心雕龙》书中是以儒家思想、儒家文论为核心来立论的,但是,儒家思想与文论内容非常丰富,有哪些对《文心雕龙》产生了影响? 这些影响具体体现在哪里? 刘勰身在六朝重情尚美、谈玄论佛的环境里,他是如何选取独尊儒家的? 独宗儒家的意义何在? 这样的研究其实并不多,也不见深入,不显具体。这是《文心雕龙》儒家思想主导说的一大不足。这个不足不弥补上的话,将使"儒家主导说"继续停留在泛论状态,继续停留在读者印象

①本书在《渊源论》中论述儒家思想的影响时,就受到这种新思路的启发,集中讨论了孔子、孟子、荀子、扬雄。

状态,而不是条分缕析、清楚明白地展示出来以事实说
服读者的还原状态、实际状态。同时,若干儒家主导说的
意见,只是讨论到儒家思想主导《文心雕龙》的思想倾向
性,那么,有没有主导《文心雕龙》的文学思想以及美学
思想呢? 这个问题仍然不见回答。

事实上,本书所要做的主要工作,就是回答儒家思
想何以在《文心雕龙》中是其思想倾向与文学、美学思想
的主导这一问题。

（二）佛学影响说

在《文心雕龙》思想研究的成果中,佛学影响说占了
很大的比例,从规模、深度、范围、专题各个方面来看,远
远超过道家思想对《文心雕龙》的影响研究,甚至也超过
了儒家思想影响的研究。为什么呢? 因为儒家思想、儒
家文论与征圣宗经的理念在书中是随处可见的,研究者
往往对此熟视无睹,就算谈论儒家影响的研究文章,也
只是在《序志》《征圣》《宗经》等核心篇目上打转转,并
不讨论儒家思想在书中哪些地方发生了具体的影响,以
及这些影响达到了什么样的程度。这反而就不如佛学
影响说的研究文章,这一大类文章往往以细小深入的专
题研究为主,而不仅是泛论佛学思想,因此立论清晰,显
得相当深入。给人的印象,就是具体落实,言之有理,言
之有据。这就使得在许多重要的方面,比如思想取法、思
维方法、文学观念等,儒家和道家思想的影响反而退居

次要的位置。这表明"龙学"研究繁荣昌盛的局面与走向深入的研究趋势,同时也暴露出一些研究存在的问题,需要辩证地对待与接受。

从观点态度来看,关于佛学影响《文心雕龙》的研究成果,主要可以分为积极影响与消极影响两大类,前者占据绝对多数的比重。

多数研究者认为佛学积极影响了《文心雕龙》。王元化、马宏山、牟世金、张少康等学者曾指出,刘勰是受了佛家理论、因明学逻辑思维、龙树"中道"认识论的影响。其中,由马宏山先生于 1980 年提出的"佛学核心说",曾引发了一场关于《文心雕龙》主导思想归属的大论战。马宏山先生认为《原道》之"道",主要是指佛学之"道",刘勰的思想是"以佛统儒,儒佛兼综"的。这个意见被多数研究者认为并不正确,吴林伯、牟世金、吕永等先生先后撰文与马先生进行辩论,杨明照、詹锳等先生也曾撰文指出佛学主导说的失误,前后持续了 15 年之久①。这场论战最大的收获是,借此深入推动了学界关于《文心雕龙》指导思想的研究。牟世金先生《文心雕龙译注》的

①这次论战所发表的论文较多,比较重要的有以下一些:马宏山:《论〈文心雕龙〉的纲》,《中国社会科学》1980 年第 4 期;吴林伯:《评〈论《文心雕龙》的纲〉》,《江汉论坛》1980 年第 6 期;马宏山:《有关〈文心雕龙〉的一些问题——答吴林伯同志的辩难》,《江汉论坛》1981 年第 3 期;邱世友:《关于〈文心雕龙〉之道》,《哲学研究》1981 年第 5 期;马宏山:《〈文心雕龙〉之"道"再辨——兼答邱世友同志》,《新疆大学学报(哲学(转下页注)

《引论》部分对佛学影响持肯定态度，认为范文澜先生"纯粹儒家说"是不正确的，刘勰生长于佛学大兴的齐梁年间，其文学征圣宗经的思想与佛教徒征圣宗经的思想在本质上是一致的，而且，刘勰在"般若绝境"这个问题上是以佛家思想统摄其余的，只不过佛学的这种影响并不是"以佛统儒"，而是儒佛并存的。张少康先生就龙树"中道"观对刘勰折衷方法论的影响做出了深入的分析，阐发较详。邱世友先生则以为，刘勰对于玄学"有无"之争，持"有无皆空"之"般若绝境"来予以化解的佛学"中观"态度。张辰先生《刘勰美学思想发微》一文从六朝崇尚佛教、帝王百姓积极参与的时代风气的角度持有此论。该文认为，影响刘勰的主要是佛学因明学的形式逻辑，以及中观论辩方式。慧普先生则认为佛学因明学在彼时尚未传入中土，是佛家的成实学对刘勰产生了巨大的影响，大凡认为因明学思想影响刘勰的说法都是不对的。在上述意见中，"中道"观因为占据了有无皆空、"中边皆甜"的理论优势，而在"佛典影响说"中居于理论优

（接上页注）人文社会科学版）》1981 年第 3 期；程天祐、孟二冬：《〈文心雕龙〉之"神理"辨——与马宏山同志商榷》，《文学遗产》1982 年第 3 期；马宏山：《也谈〈文心雕龙〉的理论体系——与牟世金同志商榷》，《学术月刊》1983 年第 3 期；牟世金：《实事求是地研究〈文心雕龙〉——答马宏山同志》，《学术月刊》1983 年第 10 期；詹锳：《〈文心雕龙〉的思想体系》，《暨南学报（哲学社会科学版）》1989 年第 1 期等。其后孙立先生发表《〈文心雕龙〉主导思想之辨析》〔《湖北民族学院学报（社会科学版）》1994 年第 4 期〕一文，对此进行了总结。

势地位。

与上述积极影响诸说不同,有研究者认为佛典对刘勰的影响是存在的,不过主要是消极不良的影响。陆侃如先生说:"至于佛教给予刘勰的影响,他学习了佛经分析理论的方法,使自己的论述做到了既深刻又明确。除此之外,刘勰思想中某些唯心主义的局限性,和佛经也不是没有关系的。"①陆先生认为佛经对刘勰的影响,主要体现在全书分析理论的方法上,也就是折衷的方法论和对问题的论述深度上。佛学没有对他的文学思想产生多么深刻的影响,而且还有部分消极的干扰。陆先生的这个意见提出于数十年前,按照今天研究的成果来看,佛学思想在《文心雕龙》书中确实没有产生多大的影响,但这些影响并不是消极的,而是积极的。

从佛学影响的具体专题研究来看,研究者所论证的佛学影响或多或少,或轻或重,或清晰或模糊。这些影响主要体现在如下八个方面:

第一是书名之争。范文澜先生《文心雕龙注》认为"文心"出自于对《阿毗昙心》书名的模仿借鉴②。

第二是体系组织论。各家一致认为佛典影响到了《文

---

①陆侃如:《陆侃如古典文学论文集》(下),第 847 页。
②[南朝·梁]刘勰著,范文澜注:《文心雕龙注》,北京:人民文学出版社,1958 年版,第 728 页。

心雕龙》的体系结构。杨明照先生指出刘勰受佛经影响，因而《文心雕龙》有"严密细致的思想方法"①。王运熙先生认为"全书体系完整，论证精密"②，都与佛典有关。范文澜先生则认为《文心雕龙》完全是刘勰模仿学习佛典的转化结果，因而《文心雕龙》"科条分明，往古所无"③。

① [清]黄叔琳注，李详补注，杨明照校注拾遗：《增订文心雕龙校注》，第6页。
② 王运熙、周锋：《文心雕龙译注·前言》，第2页。
③ [南朝·梁]刘勰著，范文澜注：《文心雕龙注》，第728页。范先生注《序志》时阐述了佛典对《文心雕龙》的写作影响："彦和精湛佛理，文心之作，科条分明，往古所无。自书记篇以上，即所谓界品也，神思篇以下，即所谓问论也。盖采取释书法式而为之，故能思理明晰若此。"佛学著作以因明学为基础，重体系，重逻辑，因而受其影响的《文心雕龙》"科条分明，往古所无"。范先生据此认为《文心雕龙》的研究方法与结构体例全系模仿《阿毗昙心》一书而来，并把上篇拟为"界品"，下篇拟为"问论"。这个说法和他的"儒家主导论"极端对立。最近有作者依据范先生此说继续发挥道："《文心雕龙》的体例结构与佛家经典多有相似之处，特别是《阿毗昙心论》一书，此书共分为十品，其中第十品为圣贤品，第八品契经品，刘勰《文心雕龙》之征圣、宗经之篇，可能即源于此种思想。《文心雕龙》的布局方式与该书也多有相似之处。"该文除了继续将《阿毗昙心》影响《文心雕龙》一说加以申述，更以为刘勰作《征圣》《宗经》两篇是出于对《阿毗昙心》内容的模仿。饶宗颐先生《文心与阿毗昙心》一文详细指正了范先生的失实，认为《阿毗昙心》全书"十品"之结构"与《文心》布局方式全不相干，'问论'在最末，安得谓《神思》以下即所谓'问论'？可谓拟于不伦"。这篇文章在证误范先生意见的同时，也（提前二十年）从事实举证上驳斥了"征圣、宗经源于佛典"一说的谬误。其实，范先生之所以认为《阿毗昙心》是刘勰《文心》之所本，不仅在指出二者体例结构的相似性问题，更主要的是此书有一"心"字，欲借此"心"揭示刘勰《文心》命名的渊源所在。当然，这个意见是不对的。范先生的意见，是看到了刘勰此书结构严谨、论述深刻的特点，在中国文论史上非常突出。就（转下页注）

饶宗颐先生在《文心与阿毗昙心》一文中则认为此论失

（接上页注）此，我们可以发现几对矛盾现象：第一，以范先生为代表的"儒家主导说"论者，几乎都异口同声地认为《文心》之结构论证取法佛经，这两种意见无论怎样看都显得非常唐突——儒家思想，佛典方式，二者就这样结合在一起了，难道中间没有一个中介环节将它们联系起来吗？既然刘勰以儒家思想为主导，他就没有想过要运用儒家经典的组织结构或者论证方式来写《文心雕龙》吗？或者说，儒家经典在写作的条理性和论证的深刻性方面，与佛典相比就真的并无可取之处吗？以至于做梦都在念叨孔子，一心想要"树德建言"并思慕积极入世的刘勰，要抱着儒家思想的内核，却不得不披上佛典形式的外衣？这是值得我们深思的。如此，就给了许多研究者如下的立论主张以空间：既然写作受了佛典影响，那么佛学思想不可能不体现在《文心雕龙》书中，以此来论述佛学影响的文章层出不穷，甚至于刘勰对数字的使用都是佛典影响的结果。笔者以为，佛学典籍逻辑思维的影响当然存在，但是我们不能够忽略的事实是：中国古代的文献典籍，有许多是刘勰直接取法的，这些典籍具有严密的逻辑思维和论述组织，是不争的事实。比如《孟子》的辩论艺术、《墨子》的形式逻辑、《老子》《庄子》的辩证思维论证方法、《孙子兵法》首尾圆合的严密结构、《荀子》取法论述问题的清晰深刻、《史记》宏大严谨的体系组织与结构安排——无一不在说明，《文心雕龙》完全有中国传统文献影响的因素在内。仅以刘勰取法并不多的《孙子兵法》为例，就有一个全面完整的体系，《孙子兵法》全书十三篇，第一是《计篇》，打仗之前要算计、要谋略，这是核心问题，所以《计》放在第一篇；第二篇是《作战篇》，计算好了就要准备怎样打；准备充分的时候，要行动，要谋攻，后面的《行篇》《势篇》《虚实篇》《军政篇》《九变篇》都是在讲一些具体的作战要领；最后是论述地形、行军、火攻等具体的战术问题，更为细化；到最后第十三篇是用间之术，围了个圆圈，又转回到计算问题上。《孙子兵法》这个案例可以证明，中国古代的文献著作是有逻辑体系而且相当严密的，绝不是只有佛学典籍才论述严谨。事实上，刘勰在《文心雕龙》书中就分外推崇史学典籍的条理组织，在《史传》篇中对《史记》《汉书》大加赞赏，很大的原因就是《史记》等著作结构体例组织完备。因此，对于《文心雕龙》的结构体例、写作思维等问题，笔者提出源出"华典"说，并且主张综合"佛典"说，取二者之所长来整体观照之。这本来就是刘勰论述文学问题所采用的折衷方法论。

实①。

　　第三是佛典思维说。周振甫先生据《梁书·刘勰传》的记载分析说："看他对《文心雕龙》，也作了序录……把全书分成枢纽、文体论、创作论、文学史、作家论、鉴赏论、作家品德论七部分。跟他编佛经的方法一样。"②周先生的这个推测是佛典影响说中最具体的意见。但据詹锳先生《文心雕龙义证·序志》所引纪评："古人之序皆在后。"仅仅这一个说明，就足以推翻周先生的上述推测③。

---

① 饶宗颐：《文心与阿毗昙心》，《暨南学报（哲学社会科学版）》1989 年第 1 期。

② 周振甫：《文心雕龙今译》（附词语简释），北京：中华书局，2013 年版，第 5 页。

③ ［南朝·梁］刘勰著，詹锳义证：《文心雕龙义证》，上海：上海古籍出版社，1989 年版，第 1899 页。其说曰："孔安国《尚书序》：'书序，序所以为作者之意。'陈懋仁《文章缘起注》：'序者，所以序作者之意，谓其言次第有序，故曰序也。'纪评：'此全书之总序。古人之序皆在后，《史记》《汉书》《法言》《潜夫论》之类，古本尚斑斑可考。'如《吕氏春秋》之《叙意》篇，《史记》之《太史公自序》，《论衡》之《对作》篇与《自纪》篇，《抱朴子》之《外篇·自叙》均在后。至萧统《文选》，锺嵘作《诗品》，乃将序提至书前。"中国古代典籍最迟在《吕氏春秋》与《史记》中，序言就已经写于文末，《文心雕龙》也一样，与佛典有序关系不大。司马迁《史记·太史公自叙》之清晰明了，篇幅结构之宏大完整，不在《文心雕龙》的《序志》与任何佛典序言之下；至于简介版块，《史记·太史公自叙》则远比《序志》的介绍详细清晰很多。于此可见《文心雕龙》写有序言是模仿佛经一说颇有比附佛经、强行对接之意。对这个问题稍加归纳，就会发现其提出背景以及当下流行的局限性，这就是：忽视我国古代文献经典的杰出成就与写作水平，认为它们是印象式的、描述式的、评点式的，是零散、感性而没有体系的、论述不深刻不严谨的；据此，反向看到佛经的逻辑性、条理性、思辨性，于是或多或少地认定出身寺庙的刘勰，一定是在佛典影响下才可能完成《文心雕龙》的写作的。这些影响意（转下页注）

　　第四是思维方法论。刘永济先生指出："刘勰精于佛学,故他立论能圆到周遍不倚不偏。"①王元化、张辰等先生认为刘勰的思维方法主要是出自于佛典的因明学,持有此论者甚多,而普慧先生则认为是出自成实学②;对于最明显的折衷方法论,张少康等先生认为是出自龙树"中道"观,其说甚详③。

（接上页注）见,直接导致了如下几方面的佛典影响说:《文心雕龙》的体例结构、写作思维、论述方法,甚至主导思想,均出佛典,而与中土学术和文献无关。

① 刘永济集:《文心雕龙校释》,第 175 页。

② 普慧:《〈文心雕龙〉与佛教成实学》,《文史哲》1997 年第 5 期。

③ 对此,研究者有较多的论述。比如"在《文心雕龙》中对因明和中道的运用,可以说俯拾皆是""至于'中道'论也是贯穿全书"。各家共同的问题是:似乎只有因明理论才有演绎推理,而中土典籍中缺乏演绎推理。其实,《孟子》一书中那些层层设问、层层论难的论辩场面,无一不是思维严谨演绎推理的结果。不仅儒家,在墨子说公输班与楚王的论辩中、在烛之武退秦师、触龙说赵太后、毛遂自荐说楚王、邹忌讽齐王纳谏等等案例中,哪一个不是推理演绎极为精彩的例子？笔者以为佛学思想孕育出《文心雕龙》的说法是片面的,是以偏概全的。笔者绝不否认"博通经纶"的刘勰,会运用佛学思维与中道观念于写作中去;而是觉得,只是这样片面地论述刘勰思维方法论的来源,本身就是偏执一端,而不是"折衷""圆照"的研究。《文心雕龙》所述,尽是我国的文化与文学,不可能不对《文心雕龙》的思维方法产生影响。事实上,刘勰标举儒家思想,孔子"中庸之道"、孟子"中道"思想、荀子"中道"理论、《周易》"分而为二"、《中庸》"执两用中"、《论衡》"折累中平"之说,势必影响到《文心雕龙》的折衷说;道家诸子中,老子"反者道之动"、庄子"中道""中和"的辩证思维方法与经典个案的具体运用,反复地出现在《荀子》书中,顺流而下,《文心雕龙》体现了重要的道家"中道"思想;儒家道家共举的古代音乐美学"中和"之美的原则,也是刘勰进行取法的重要对象。笔者以为,这些才是刘勰思维方法与折衷方法论之根本所出,我们不能够无视道家严谨的辩证思维逻辑、（转下页注）

　　第五是佛教语源之争。在这一方面,普慧先生是进行整体研究的主要代表①。在他之前,则主要是零散研究,比如:《文心雕龙》使用了个别的佛典语汇,如《论说》篇之"般若",刘永济、牟世金、王运熙等先生认为"圆通"一词也是出自佛典。但有的研究者就此衍生开意见,认为凡是带有"圆"这一术语的,都是来自于佛典,这当然是错误的,仅以"圆"为例,《孙子兵法》《庄

───────────

(接上页注)儒家中道思维理论、兵家重度原则的存在与运用的事实。经具体分析,我们可以看到:《文心雕龙》从句子生成、语段篇章、体例结构层层体现出来的正反对比、顺向铺排、正反相合等论述技法,与《孟子》《荀子》《庄子》等经典文献有巨大的相似性,甚至句法段篇的论述技法几乎完全一致,这当然不会是偶然的巧合。在中国传统文化中,"中道"思想是贯通各家的重要思想方法论。儒道两家的中道思想自不待言,就以最为推崇"诡道"的兵家为例,也处处体现出了中道适度、物极必反的哲学理念。《孙子兵法》之所以体系严密,一个重要的原因就在于著者论述了至少十对相反相成而又取其中和之度的作战原则,这十对对立统一的原则是:义与利、力与谋、常与变、物与我、虚与实、利与害、迂与直、事与节、全与偏、知与行,十组对立统一,这些看似矛盾的范畴,最后升华为战役战术理念与人生的大智慧。之所以得到这样的协调解决,就是因为并不死守两端,而是主张从对立的两极往中间运动,取其中和适度的"量"而用之。《九变篇》讲到了作为将领常犯的五种错误和危险:必死、必生、愤术、廉洁、爱民,实际上孙子强调的就是对度的把握问题,我们都知道,不怕牺牲、善于保全、爱好名节、同仇敌忾、爱护百姓,都是一个将军非常好的品德,问题就在于这五条原则上面都多了一个"必"字,做过头了,偏执一隅之见,就会走到事物的反面。古代典籍中的这种对立统一的矛盾论述,《孙子兵法》只能算是并不清晰的小儿科,在《庄子》《荀子》等运用纯熟的著作中则俯拾皆是,举不胜举,《文心雕龙》对于许多问题的论述,都是这样来进行的。因此,我们不应该只从佛典中去找依据。

①普慧:《〈文心雕龙〉审美范畴的佛教语源》,《文学评论》2009 年第 3 期。

子》等古代典籍中早就有了多义、普遍的运用①。

---

①《文心雕龙》全书中带有"圆"这一术语的例证共计十七条。有的研究者
认为既然"圆通"是佛教用语,那么这些"圆"也都是受佛学思想影响并精
通佛典的刘勰借以论文的例子。其实,这个说法是经不起推敲的。《文
心》例证中,"圆"之含义为方圆、规矩、法度的比喻用法不在少数;含义为
周全、完备、全面之用法亦不在少数。因为中国文化自古以来就追求"圆
满""圆周""圆通"甚至"圆滑"之义,这种追求当然不可能是佛典影响的
结果。仅举《孙子兵法》与《庄子》两书中对"圆"的运用为例证明之。
《孙子兵法》中论述兵势时以"圆"为喻,形象具体:《兵势》:"纷纷纭纭,
斗乱而不可乱;浑浑沌沌,形圆而不可败。"《兵势》:"木石之性,安则静,
危则动,方则止,圆则行。故善战人之势,如转圆石于千仞之山者,势也。"
同篇又以"圆"之同义词汇"环"来论述兵势:《兵势》:"战势不过奇正,奇
正之变,不可胜穷也。奇正相生,如循环之无端,孰能穷之哉!"《庄子》书中
对"圆"的论述则显然更为多义:《齐物论》:"夫大道不称,大辩不言,大仁
不仁,大廉不嗛,大勇不忮。道昭而不道,言辩而不及,仁常而不成,廉清而
不信,勇忮而不成。五者圆而几向方矣。"《骈拇》:"常然者,曲者不以钩,直
者不以绳,圆者不以规,方者不以矩,附离不以胶漆,约束不以纆索。"《马
蹄》:"陶者曰:'我善治埴,圆者中规,方者中矩。'"《知北游》:"今彼神明至
精,与彼百化,物已死生方圆,莫知其根也,扁然而万物,自古以固存。"《徐
无鬼》:"吾相马,直者中绳,曲者中钩,方者中矩,圆者中规,是国马也,而未
若天下马也。"《外物》:"君曰:'渔何得?'对曰:'且之网得白龟焉,其圆五
尺。'"《盗跖》:"若是若非,执而圆机;独成而意,与道徘徊。"《说剑》:"上
法圆天,以顺三光;下法方地,以顺四时;中知民意,以安四乡。"《天下》:
"矩不方,规不可以为圆,凿不围枘。"上述例证以"方圆"义为主,这是
"圆"之本义,又衍生出了"圆周""圆机""圆通""圆备"等含义。古籍中
的这些含义,完全有可能进入翻译后的佛经中去,更有可能是刘勰直接取
法的地方。不仅如此,《庄子》中也以"环"论述"圆通""圆备"之义:《齐
物论》:"彼是莫得其偶,谓之道枢。枢始得其环中,以应无穷。"《则阳》:
"冉相氏得其环中,以随成兴物,无终无始,无几无时。""得其环中"一说,
显然是《文心雕龙·体性》篇"得其环中"的本源所在。《体性》:"八体虽
殊,会通合数;得其环中,则辐辏相成。"本段是刘勰在论述"因内符外"的
情性风格论之后,指出作文之道与风格习染的重要意义,风格虽然有八种类
型,但是只要能够会通合数,就可以得到车轮正中间的"雅丽"文(转下页注)

第六是文学理论之争。有研究者认为,《体性》篇论

(接上页注)风。"得其环中"不仅是庄子"中道"观念的产物,也是刘勰借以论文的语源。以下例证中对"环"的使用,是明显与"圆"同义的论述:《宗经》:"百家腾跃,终入环内。"《明诗》:"四始彪炳,六义环深。"《诠赋》:"斯并鸿裁之环域,雅文之枢辖也。"《杂文》:"扬雄《解嘲》,杂以谐调,回环自释,颇亦为工。"《风骨》:"思不环周,索莫乏气,则无风之验也。"《通变》:"夫夸张声貌,则汉初已极。自兹厥后,循环相因,虽轩翥出辙,而终入笼内。"《章句》:"其控引情理,送迎际会:譬舞容回环,而有缀兆之位;歌声靡曼,而有抗坠之节也。"《序志》:"按辔文雅之场,环络藻绘之府。"上述用"环"论文的例子,主要取法于圆周、周全、完备、完整、循环之意。"圆""环"是刘勰《文心雕龙》使用频率非常高的术语,其含义,主要是对先秦典籍中这些术语含义的继承与拓展。同样,与"圆""环"同意或者近义的若干术语,比如"周""完"等等,其指向均为论述文学各方面问题的充分完整,进一步,又指向中和之美与执中的思维方法论。因此,我们至少可以这样认识:"圆"很早就在我国典籍中运用起来,佛典借此论述佛学精义,刘勰有向二者共同取法的用意,而以古代典籍为语源。所以,笔者不敢认同《文心雕龙》中所谓"圆照""圆鉴""圆该""圆合"之属是否始自佛教语源。退一步说,即使这些术语果真出现在佛典之上,也不能排除以下这种可能现象的存在,即:佛典东渐之初,是将梵语直译过来的,故而明其义者渺渺;僧众反思之后,即采用意译之法,在尊重经典本意的前提下,用中国世俗语言翻译为大众都可听懂看懂的"中国特色"的佛典,即进行了佛学教义与经典文献的中国化。这个过程大量借鉴、使用了我们国家已有的语言文字术语乃至方言俗语。我们不能简单地说,一看见《文心雕龙》中带"圆""慧""智""了""因""缘""觉""悟"等字眼的术语,就说它们源自佛典。正确的态度是:这些术语是否受到佛教影响,是否有佛学的含义,需要参看《文心雕龙》原文的论述,看刘勰是不是在用佛教理论来论述文学问题,而不能只因为刘勰用了来自佛典的术语就说他是在用佛教思想论文学,更不能因为他托身寺庙、博通经纶、晚年出家就断定《文心雕龙》有浓厚的佛教思想甚至是"以佛统儒"。比如"道"这一术语,反复于书中出现了四十一次之多,我们是不是也可以说刘勰是在"以道统儒"呢? 当然不能。一句话,既然是研究《文心雕龙》,就应该以《文心雕龙》本身的论述为准,以内证为准,而不是以脱离文本的外部原因、甚至是与文本毫无关联的外部原因为准。(转下页注)

述的"心性"思想源自佛家①;《原道》之"道"指的是佛道（马宏山），或者"道"是三教合一的产物（张文勋）；复次，还有研究者认为刘勰的最高文学标准是"般若绝境"（邱振中）。上述意见中，"佛道"说已在三十年前的论争中被证伪，而"般若绝境"是刘勰最高文学标准的说法显然也不能成立。因为玄学之"无"源自于道家"虚无"之论，与佛家"空无"的观念并不一致，文学创作不是指向空无的寂灭之境②。

　　第七是有关《灭惑论》的研究。有的研究者认为通

─────────

（接上页注）外证只能是我们研究讨论《文心雕龙》的辅助材料或辅助观点。更何况，有些外证本来就是研究者先入为主设定完成之后，再顺势推论得出的。比如有一篇论述《文心雕龙》数字运用的文章，首先就直接设定刘勰没有受到过儒家道家的影响，只谈佛家的影响，这样，《文心雕龙》书中的若干数字运用，就全部是佛典影响的结果，完全与传统典籍无关。

① 姚素华：《从〈体性〉篇看〈文心雕龙〉的思想渊源》，《齐齐哈尔高等师范专科学校学报》2011 年第 1 期。

② 关于"般若绝境"是刘勰最高文学标准的说法不能成立。"般若绝境"是刘勰对王衍与裴颜之间所展开的儒学与玄学"有无之辨"的合观统照，刘勰认为，不论是"有"是"无"，最后都将归于"空无"，何必偏执地争论不休呢？这个意见，并不是说"有无之辨"已经是文学发展的较高层次，并以"般若绝境"来统摄之，而是认为合观二者更好一些。玄学之"无"，源自道家"虚无"之论，与佛家"空无"的观念并不一致。"虚无"是一种"存身之道"的哲学思想、处事原则、养身理论，也就是以"虚静""心斋"的方式，外保性命而内修智慧的方法论，强调的是避世隐身、全身全性之道。"空无"是世界万物皆归于空、思维物质皆归于无的理论。文学显然不是归之于"空无"的东西，而是由内到外、从无到有、"沿隐至显"的实体艺术。《文心雕龙》全书论述文学的起源、体裁、创作、鉴赏、风格、作家作品与发展变化等，这些方面全部指向如何创造文本这个实体存在之物，而不是指向空无的寂灭之境。实际上，刘勰用"般若绝境"，就是（转下页注）

过《灭惑论》可以窥见《文心雕龙》的思想取法。张少康
先生据此提出刘勰早年与中年的思想是没有发生过变
化的,因此《文心雕龙》也是三教合一思想的产物;杨明
照、王元化、王运熙等先生则认为二者思想、内容、宗旨均
不一致,《灭惑论》有较多的佛学思想,而《文心雕龙》没
有;戚良德先生则以为《灭惑论》有较多佛学思想,遂据
此来论述《文心雕龙》的佛学思想渊源。详细对比,杨明
照等先生的意见是正确的。

第八是史传研究。研究者根据《梁书》与《南史》两
书《文学传》的说法,认为刘勰"博通经纶",读了大量的
佛典;刘勰在定林寺编过经书,并且"区别部类";刘勰
"为文长于佛理";刘勰为亡故高僧与名刹大寺写过若干
碑文;沈约评价刘勰"深得文理",昭明太子对刘勰"深爱
接之"……凡此等等,成为佛学影响《文心雕龙》、甚至
佛学思想指导《文心雕龙》的重要证据。也就是说,刘
勰读的书、编的佛经、写的文章、善写文章的令名,都是
以佛学为核心体现出来或得来的。这样的研究文章数

(接上页注)《定势》篇里所说的"兼解具通"的折衷方法论,主张合观"有
无",并非归向于"无"。《定势》篇在论述文体风格的时候指出,对于刚柔
不同的文风、对于奇正不同的风格,都要注意全面地掌握和判断,不要偏
执于自己的喜好而忽略风格的两面性或多样性,因此提出"兼解具通"之
说,告诉作者在写文章的时候,如何做到文风的正确创造,在鉴赏的时候,
如何做到对不同风格文章的正确评价。

量众多①。

笔者以为,在"《文心雕龙》的文学思想"这一特定论题上,佛学思想是没有多大影响的。仅在极个别问题的讨论比如玄学"有无之辨"的争论上,刘勰用佛学"般若绝境"来化解之;在写作组织上,我们不可能否认熟知佛典的刘勰,没有运用过佛典思维或组织结构于《文心雕龙》的写作中。但是,从《文心雕龙》本身的论述来看,无论在全书的理论比重、理论地位还是理论影响上,佛学思想显然无法与儒家、道家、纵横阴阳,甚至法家或兵家思想相媲美。

上述八个方面意见的得来,主要的原因,是研究者认为中土学术或文献理论水平不高、逻辑思维不强、感性零散;其实这是一种误解,仅以儒家为例,《孟子》《荀子》等著作在组织体系、逻辑思维、论辩方法等方面就是异常优秀的。从折衷方法论来看,儒家"执两用中""中道""中平"思想显然更可能是《文心雕龙》思维方法论的本源。在微观的句段生成层面,《文心雕龙》所经常运用

---

①笔者对此持理解支持的意见,同时也提出自己的几点思考:其一,刘勰"为文长于佛理",这个"为文",指的是什么"文"?是碑文、经文、《出三藏集记》的序文,还是《文心雕龙》?从两书《文学传》的记载来看,有两种理解:一是前者,二是泛指刘勰善写文章。不论在这两层意见中取哪一种说法,都不是指《文心雕龙》,或者不是专指《文心雕龙》。所以,据此推论《文心雕龙》也是"长于佛理"的说法,就是以点带面的理解,并不对。其二,刘勰"博通经纶",反映了他的博学多识,与《文心雕龙》倡导(转下页注)

的正反对比、顺向铺排、正反合观的写作技术，在《庄子》

（接上页注）博学、博观、"精阅""穷照"相一致。这个"经纶"，是不是指
的佛经？或者仅仅是指佛经？有没有传统文献，比如道家、儒家等诸子文
献，比如历代以来的文学作品、史书传记、文学理论著作等等？翻阅《文
心雕龙》一书，这个问题是可以得到肯定地回答呢，还是继续认为刘勰只
是博通佛典之"经纶"？其三，沈约评价《文心雕龙》，认为"深得文理"，
有研究者于是以为这个"深得文理"就是"为文长于佛理"的意思。连沈
约这样的大家都开始称赞刘勰"深得文理"是源自佛典浸染，那么，佛学
影响《文心雕龙》，还有什么好说的呢？其实，这个问题是不能成立的。
六朝史书中记载写文章具有"文理"者举目皆是，上至王公贵族，下至平
民百姓，其中不乏隐士、儒生、凡人，何止刘勰？例证凡数十，论略。其四，
两书皆有"昭明太子深爱接之"的说法，有的研究者以为昭明太子生长于
佛学世家，梁武帝执政前后，都是体佛论经、以身垂范的典型，当是因为刘
勰"长于佛理"之故，昭明太子才对他颇有好感并引为知音。杨明照、
王运熙等先生论述，刘勰曾在《文选》的编撰上对昭明太子产生过影响。
杨先生认为：刘勰后来担任萧统的通事舍人，他的文学思想，尤其是文学
分类思想，对萧统编辑《文选》影响巨大："昭明太子后来选楼所选者，往
往与文心之'选文定篇'合；是文选一书，或亦受有舍人之影响也。"王运
熙先生认为："萧统编纂的《文选》一书，内容多与《文心雕龙》相通，当是
受到刘勰文学观的影响。"这个说法有道理；但是，两位先生并没有说刘
勰的佛学思想与昭明太子相契合。因为《文选》之中，其体例与选文标
准，看不出佛学影响之所在。太子"爱接"刘勰，完全是刘勰作为太子记
室，他的本职工作——"章表奏议"这些文章写得好；或许也有刘勰文学
理论综合素养高、《文心雕龙》深刻博大之故。其实，太子与刘勰，两人在
文学观念上是有很大分歧的。刘勰《文心雕龙》对陶渊明只字不提（按：
《隐秀》篇真伪未定，"彭泽豪逸"一说，暂不采纳），而昭明太子为陶渊明
编辑诗集文集，为陶渊明作传记，在《文选》中选录陶诗数首，对其相当之
重视，评价甚高；另外，《文心雕龙》绝口不谈谢灵运、鲍照等"宋来才英"，
而太子甄选甚多——二人意见相差何其之大！这实际上是刘勰征圣宗经
文学思想的弊端——站在复古文学立场、站在贵族文学立场所带来的限
制以及对文学新变的认识不足所致。说太子"深爱接之"，是对刘勰才华
的赏识，不一定就是指二人文学理论的知音共鸣，也不见得就是因为以佛
学为中介的缘故。

《荀子》等著作中举目皆是。当然,片面地看待问题本就是《文心雕龙》所不主张的态度,因此,上述佛学影响说的意见,虽然比附甚多,论多有失,但对于深化、细化《文心雕龙》的思想研究,是有积极意义的。

(三)综合意见说

持有这类意见的研究者认为,刘勰的思想兼备数家,《文心雕龙》本身也带有折衷众说的意味。这类意见的代表有周勋初、王运熙、张少康等先生。

周勋初先生的《刘勰的主要研究方法——"折衷"说述评》,是研究刘勰方法论较为深入全面的一篇文章。作者认为:"刘勰主要研究方法,正是从儒家学术和玄学中得来的。"同时,该文并不否定佛学的影响。又指出:"但他运用的主要研究方法,则应当如《序志》篇所说的,出之于儒。"周先生认为折衷的具体方法主要包括裁中、比较、兼及三项内容;认为《文心》论文有纵、横两个方面。《情采》着重于横,《通变》着重于纵。将刘勰视为折中派,以与当时(齐梁)裴子野等守旧派和萧子显、萧纲等趋新派相区别①。这一论说又见于周先生另一篇文章《梁代文论三派述评》。《述评》指出:"刘勰曾经介绍过自己的论文要旨:'擘肌分理,唯务折衷。'所谓折衷,就是分析同一事物矛盾着的两端,较其得失,然后取其所

①周勋初:《周勋初文集》第三卷《文史探微》,南京:江苏古籍出版社,2000年版,第110–137页。

长，弃其所短，融合成为一种较全面平稳的理论。这种做法虽有时不免流于调和，但若处理得当，则其中确可包含若干辩证法的因素。"①这是认为刘勰折衷思想出于儒家的主要代表论文。同时，《述评》一文指出了刘勰折衷方法论"包含辩证法的因素"，这个认识已经超越了单纯的儒家思想的范围，而涉及传统文化的哲学思想与辩证思维。

王运熙先生《刘勰文学理论的折中倾向》一文对当时文论派别也分三派，王先生认为对永明文学及其以后文学的"新变"现象，可分为反对派、赞成派与折中派，以裴子野等为反对派，沈约、萧子显、萧纲、萧绎等为赞成派，而刘勰与钟嵘、萧统等为折中派②。周、王两位先生将齐梁文论派别三分的论述，虽然具体划分稍异，但意见基本相同，其立论的基点，是齐梁时代广阔的社会风尚与文学理论背景，刘勰的"折衷"论产生于这个时代，符合这个特殊时代的特殊审美风气。

张少康先生在《擘肌分理，唯务折衷——刘勰论〈文心雕龙〉的研究方法》一文中认为：应该从释、道、儒三教会通的角度看问题。并认为刘勰的折衷论主要表现为三个方面的内容，一是强调"识大体""观衢路"；二是强

---

①周勋初：《周勋初文集》第三卷《文史探微》，第 79-102 页。
②王运熙：《文心雕龙探索》（增补本），上海：上海古籍出版社，2005 年版，第 243-252 页。

调"圆通""圆照";三是强调善于"适要""得其环中"①。
这种融合三教的看法,在张少康先生《中国文学理论批
评史教程》里也有所分析,《教程》指出:"刘勰的思想是
以儒家为主而兼有佛道思想。""他的《文心雕龙》虽然儒
家思想比较突出,但在创作思想上则受老庄道家思想影
响很深,而在论述方法和全书严密的逻辑体系方面又表
现出了佛学思想的明显影响,贵在'圆通'。""清代刘毓
崧《通谊堂文集·书文心雕龙后》一文对此有很精到的
考证和分析,他的说法是可信的。"②张先生的意见,其实
是主张儒家为体,道佛为用;而在《文心》全书的论证组
织及其方法选择上,体现了佛家为主的印迹。

　　戚良德先生《〈文心雕龙〉文学美学思想研究》认为,
《文心雕龙》文学美学的哲学基础有四个部分:《周易》为
本、《荀子》为用、玄学甚多、佛学也有③,这是对《文心雕
龙》学术思想渊源与时代背景所作的共同考察;不过,既
然是论述哲学基础,道家"自然之道"是整个《文心雕龙》
文学发生与尚丽主张的基本哲学依据,不应该被忽略。
而对于兵家、法家、阴阳纵横与两汉谶纬神学的作用,略
而不论也是遗憾的。

---

①张少康:《文心雕龙新探》,济南:齐鲁书社,1987 年版,第 256-265 页。
②张少康:《中国文学理论批评史教程》,北京:北京大学出版社,1999 年版,
　第 119 页。
③戚良德:《〈文心雕龙〉文学美学思想研究》,山东大学文史哲研究院 2007
　年博士学位论文,第 14-44 页。

詹锳先生《〈文心雕龙〉的风格学》认为,《文心雕龙》的《定势》《程器》等篇运用了《孙子兵法》中的"奇正""兵势""军国"观念来论述文学问题①。李泽厚、刘纲纪先生《中国美学史》(第二卷下)则在儒家、佛家、玄学之外,还论述了阴阳五行家以及道家思想对《文心雕龙》的影响②。这是目前为止关于《文心雕龙》思想渊源最为全面的论述,但是其不突出重点的写法,则是一大憾事。

上述儒家主导、佛学影响、兼综数家的三大类意见,代表了截至目前"龙学"界对《文心雕龙》思想归属及其来源的研究面貌。从中,我们可以看到几个有趣的现象:

第一,不管是儒家核心说、佛家影响说还是兼综数家说,都指出了《文心雕龙》和佛学典籍有密切的关系。研究者不管是否认同《文心雕龙》有无佛学思想或佛学思想是否明显,但一致认同其写作组织受到了佛典的影响,范文澜、刘永济、杨明照、王运熙等先生均有类似意见。

第二,有的研究者先后持有不同的论述意见。比如张少康先生,曾主张兼综数家之说,新近以来,又力主刘勰"折衷"方法论源于龙树"中道"观,与中土学术思想并

①詹锳:《〈文心雕龙〉的风格学》,北京:人民文学出版社,1982年版,第63页。
②李泽厚、刘纲纪主编:《中国美学史》(第二卷下),北京:中国社会科学出版社,1987年版,第623—655页。

无关联。这种现象表明了"龙学"研究的深入发展趋势。

第三,许多研究者的看法前后矛盾,相互抵牾,比如范文澜先生。既主张纯粹儒家说,又提出佛典全面影响的意见,引起无数纷争。笔者以为,这些问题所体现的矛盾,主要是顺着"佛学影响"的思路产生的。因此,又必须考虑著者刘勰的思想与他特殊身份的关系等外部问题,而这样的讨论已经有了很多。

(四)道家影响说

尽管道家思想是华夏本土孕育的思想精华且历史地位极为显赫,尽管刘勰吸收运用了许多道家思想在《文心雕龙》的写作中,并在结构上安排道家思想占据了重要的理论地位,但遗憾的是,在有关《文心雕龙》主导思想的研究中,道家处于被忽略被冷落的状态。就目前的研究情况来看,只有极个别的研究者提到了道家思想的影响,其论述也仅仅局限于诸如"自然"在《文心雕龙》中的运用情况之类的小论题上。对于《原道》之"道"究竟何意的论述,目前至少已有十三家之多,诸如儒道、佛道、玄学之道、三教合一之道等,只有少数人认为是道家之"道",比如罗宗强先生提出了《淮南子》对《文心雕龙》的影响以及《原道训》对刘勰《原道》有影响的意见;对于《神思》的研究文章很多,几乎都谈到《神思》继承了陆机《文赋》的思维理论,而少有人从《庄子》一书的相关论述来研究该篇;对于《养气》,研究者多从该篇为《神思》补充的角度来讨论作家修养与灵感思维的养成,而忽略了其本源是道家以《庄子》、葛洪思想为主的养生养气理论;对于《物色》,大家都说这是刘勰文学写作的重要内容来源之一,以此讨论"物感说"的影响,而没有看到该篇实则《原道》之延续的本质。上述现象说明一个问题,研究者多半认为《文心雕龙》是以儒家思想为主导来论述文学理论的——事实确也如此——但是,儒家主导说也成为研究者偏执儒家而忽略道家的原因。事实上,在倡导儒家主导的同时,如果说将《文心雕龙》的思想渊源一分为二,另一半天下就是属于道家思想与道家文论的。

忽略道家思想的另外一个原因是,有的研究者认为《文心雕龙》的"道""自然"等范畴是魏晋玄学的产物,刘勰是取法玄学"越名教而任自然"的思想来论述"道"与"自然"及二者关系的。更有研究者指出,刘勰的思想是佛、道、儒三教合一,他论述问题,也是站在佛、道、儒三教合一的立场来进行的。这两种意见的优点是看到了刘勰生活的时代背景与当时社会思潮的特点,实际上运用的是孟子"知人论世"原则。这一原则的好处是注重文本外围的实际背景,阐释社会思潮的普遍性,作为身在其中的个体,必然受外在思潮的影响,这是从外围到圆心的意见。这一原则的不足在于,往往忽略个体在具体语境中的特殊性,忽略其学术思想的相对独立性。所以,上述意见中,不论是论述包含道家思想的玄学影响说,还是三教合一的综合影响说,往往都是将重点放在儒、佛两方面,而基本上忽略对道家思想的研究。

相对于专题的研究,各家注释、疏证、校注等著作中则持以客观的态度,对源出道家文献的东西罗列较详,为研究者提供了翔实的文献依据。

(五)刘勰思想论

除了《文心雕龙》的思想来源,研究者还对刘勰本人的思想进行了讨论。对于刘勰青年时期与中晚年时期思想是否前后一致的问题,也有多种说法。杨明照先生等人认为刘勰青年时期信奉儒家,期盼积极入世,后期则以佛家为主;王元化先生等人认为刘勰早期思想以儒家为主,中晚年则以三教融合为主;张少康先生则认为刘勰早期思想与中年思想都是"三教合一,前后一致,没有变化"的;牟世金先生认为刘勰生活于儒教衰落、佛学兴盛的齐梁年间,他"自幼深受佛教洗礼","在写《文心雕龙》之前,已'为文长于佛理',到写《文心雕龙》的时候,他的佛教思想不可能绝然中止;问题只在于刘勰怎样处理他满脑子已有的佛教思想"。这样,关于刘勰思想的研究,整体看法是:刘勰一生主要信奉佛教,在青年时期渴望入世致用,所以在写作《文心雕龙》时以儒家思想为主。

上述意见的得出,主要是研究者根据《梁书》与《南史》的刘勰本传、刘勰流传下来的著作以及当时的时代风气、僧家传记等资料辗转互证得出的。其中，最重要的研究思路是进行《文心雕龙》与《灭惑论》的比较研究。研究者以刘勰《灭惑论》为重要的理论出发点，结合《文心雕龙》进行了若干对比或相似研究。据此，讨论到刘勰《灭惑论》的写作时间是在《文心雕龙》之前还是之后，又讨论到《灭惑论》"三教合一"的思想倾向与《文心雕龙》思想倾向之间或异或同的联系。这样的研究一分为三：一种声音认为《灭惑论》与《文心雕龙》思想不同，二者写作目的与理论差异很大；另一种声音认为《灭惑论》与《文心雕龙》理论相似度很高，都是刘勰"三教合一"思想的产物；第三种意见看到了《灭惑论》的写作背景与佛学思想，于是"推定"同一作者所写的《文心雕龙》含有很多的佛学思想。这三种意见之间，不同研究者的考证、比较与论述，其差异之大，往往令人怀疑这是不是对同一本书所作的研讨结果。仅以各家对《灭惑论》写作时间的考证为例，成书于《文心雕龙》之前与之后的两类意见，就有一二十年的时间差，并且都是有理有据的。

　　这样的比较研究，或者称之为对刘勰思想的集合研究，如果以"《文心雕龙》"为出发点、为核心，当然是好的；但是如果以"刘勰"为核心，则显然是值得商榷的。从上述"结合"研究的多数成果来看，不仅不能将"《文心雕龙》"的思想讨论清楚，反而因为问题拓展到了两结合之后的"刘勰"之故,使"《文心雕龙》"这个核心退居次要位置。许多研究成果忽视《文心雕龙》本书的论证,以《灭惑论》的思想融入、对应,甚至代替《文心雕龙》的思想。比如有一篇研究"《文心雕龙》"受佛学思想影响的文章,撇开正题,主要去分析"刘勰的佛学思想"与"《灭惑论》的佛学思想",这恐怕是并不正确的。

研究者之所以要结合《灭惑论》,主要是要"知人论世",主张文如其人,看到了刘勰进寺庙、编经书、写碑文,最后当和尚所演绎的"佛教人生"的一面,欲以此来讨论《文心雕龙》与佛学思想这一难题。这个难题包含三层意见:一是《文心雕龙》内容上有无佛学思想?二是如果有,佛学思想对《文心雕龙》的文学理论有没有产生影响?三是佛学思想对《文心雕龙》的影响,究竟是居于主要地位呢,还是居于次要的地位?对前两个问题,依据《文心雕龙》本书内证,可以得到肯定的回答:《文心雕龙》书中有佛学思想,刘勰在极个别问题的讨论上运用过,所以佛学思想产生过影响。对第三个问题,争论意见就开始大起来。有的研究者认为,书中有佛学思想,刘勰也使之产生过影响,于是盯住这种极个别的影响深挖下去,这些影响便逐渐被放大、扩大、弥漫开来,甚至到了全书都是佛学思想影响、并且刘勰引之为极则的程度。

另外的一个原因也对此推波助澜:学界几乎是异口同声地一致认同《文心雕龙》一书在写作组织、体例结构方面全方位地受到了佛学思维、佛典逻辑的影响。这种认同的原因是：中国传统思维下写出来的古籍文献、学术论文没有多大的逻辑性、条理性与深刻性。这种认识当然是片面而有失公允的。但是，因为这样的一致认同，加剧了部分学者无视《文心》内证，偏执地进行佛学思想对《文心》全面渗透的研究，并且借助《灭惑论》的论述，提出刘勰的文学思想，折衷方法论，文学绝境说，圆通圆照观，心、性、奇、正与数字运用等通通来自佛学的论说。上述"知人论世"的研究法，其短处在于研究者没有看到刘勰入寺的目的，著书的目的，依附僧祐、拦道沈约的目的，以及在梁代做官三十余年、死前一年方才出家的"非佛教人生"并以之为主的这一面的事实。最主要的，是部分研究者往往只看到佛典上有这些东西，而忽略、脱离、无视《文心雕龙》本身的论述，简单比附或片面强说。"知人论世"原本是为了更好地研究作品本身，而不是为了只停留在"论世知人"这个不涉及作品的外围层面上。

（六）思维方法论

一个与《文心雕龙》思想研究联系紧密的非常热门的问题是对刘勰思维方法论及其渊源的研究。对此，研究文章层出不穷，各家提出折衷方法论、辩证思维论、综合认识论三大类不同的说法，整体上呈现出互不相谐的现象。

第一类是折衷方法论，这是刘勰思维方法论的主流意见。研究者论述了刘勰为文条分缕析、公正深刻的问题，认为除了受到佛典逻辑思维的影响，他所采用的"唯务折衷"的方法论也在起作用。王运熙、张少康等先生都对此有代表性的论述文章。对刘勰思想方法论的主要分歧与争论，是折衷方法论究竟是源出儒家还是佛家。就目前的研究成果来看，可以分为四类：一是源出佛家，这一意见相对居于上风。这种意见以张少康先生为代表，认为主要是龙树"中道"思想影响了刘勰，应者众多。二是源出儒家，这类研究意见以李平先生为先导，认为刘勰是运用了"允厥执中"的传统方法论来论文。第三类是不谈儒佛，从六朝文论时代整体面貌的角度提出折衷意见，周勋初、王运熙等先生则将南朝文论以文质关系为标准分成三派，认为刘勰属于折中一派，文质并重。第四类是折衷诸家，合观综论。这类研究者认为刘勰论文的思想方法，首先是受到佛家中道观的影响，其次吸收了儒家的中道思想，同时还吸收了墨家形式逻辑的成果，是化合这些理论来论文的。这种意见带有调和众说的意味，代表人物是张辰先生。

第二类是辩证思维论。张长青先生在《文心雕龙新释》中总结性地提出了"辩证思维说"，认为是我国传统的道家、儒家、兵家共执的辩证方法在影响刘勰。张先生的意见是："从刘勰天人合一的宇宙观和方法论来说，我们可以把刘勰《文心雕龙》的研究方法，归并于中国传统哲学中的辩证思维。""我们的祖先很早就注意到从两点论的角度看待世界,而不是一点论。以阴阳范畴为核心,在文化的轴心时代先秦时期,我国就形成了三个辩证学说系统。第一个系统是道家的'贵柔'辩证法,以老子为代表;第二是兵家的'尚刚'的辩证法,以孙子为代表;第三个是儒家的'执中'辩证法,以《易传》为代表。先秦哲学家奠定的辩证思维基础,为后代的学者所继承,形成中国哲学注重辩证思维的传统。"①张先生认为,刘勰正是吸收并运用传统的辩证思维与"贵柔""尚刚""执中"辩证方法来进行《文心雕龙》文学理论观点的论述的。还有的研究者指出:刘勰的"折衷"论,不仅出自佛家,还有道家的"枢中"观念;而尚"中"思想是我们重要的文化传统精神。不能从儒道释三教尚"中"与用"中"之思想的交融会通角度去深入研究,立论本身就不够"圆通",而且也是与刘勰主张"折衷""会通"的精神不相符合的。这种意见也可称之为辩证思维论。

　　第三类是综合方法说。这类意见是不点明刘勰思想方法论出自何家,只论述其优点,以杨明先生为代表。杨明先生在《文心雕龙精读·导论》中说:"长于分析和综合,是《文心雕龙》的一个重要特点和优点。一般来说,我国古人论文,往往是直观印象式的,感悟式的。这

①张长青:《文心雕龙新释》,长沙:湖南大学出版社,2009 年版,第 619 页。

种感悟常常颇有灵气，也颇为准确，但缺少细致的分析说明。《文心雕龙》却颇不相同。刘勰在概括表述时，还进行细致的分析，'擘肌分理'（《序志》），'剖析毫厘'（《体性》）。然后在分析的基础上，将前人的观点、成果和自己的心得体会融会贯通，综合起来，组成一个秩序井然、富有逻辑性的结构体系，使《文心雕龙》呈现出此前的文论著作未曾有过、此后也难与并能的体大思精的面貌。《总术》篇有云：'圆鉴区域，大判条例。''圆鉴区域'是说凡与写作有关的各种理论、方法都要了解、掌握，'大判条例'则是说对这些理论、方法要条分缕析，使其井然有序，便于自觉运用。既求齐全，又求其细；既弥纶综合，又深入分析。刘勰正是自觉地按照这样的原则写作《文心雕龙》的。"①杨明先生的论述，主要是立足于《文心雕龙》自身的表现特点。他没有去追述这种特点究竟是出自佛家还是别家，或者是数家之合。这种方法采用内证为据而非推证比较，它明显的好处就是：搁置争议，只谈事实。

其实，整个《文心雕龙》的思维方法论，或者依据刘勰所说，叫"折衷"方法论，与他的"原道"思想密切相关，是折衷儒道而主要取法于儒家中庸、中道理论的。其中，以老子、庄子、孔子、孟子、荀子、《周易》《中庸》影响最

---

①杨明：《文心雕龙精读》，上海：复旦大学出版社，2007年版，第20页。

大。同时,这种方法不光是刘勰用来论文的方法论武器,更是刘勰组织全书,从句子生成、语段篇章到篇目结构、全书体例一以贯之的写作思维理论。折衷思维论以正反对比、顺向铺排为基本形式,演化出正反、反正、正正、反反、正反合、反正合等基本的行文思维结构,然后折衷相合,得出新论或结论。

（七）文学美学思想论

对《文心雕龙》文学思想的研究,往往是伴随对其思想渊源、创作原则、美学思想来进行的。诸家所指,文学思想成为一个无所不包、无处不用的多功能、多含义概念。因此,文学思想究竟是什么,还没有明确的说法。所以,笔者将其放在最后来讨论。

截至目前,对《文心雕龙》文学思想的研究,呈现出如下几个特点:

第一,是与其学术思想渊源紧密联系,学术思想即成为文学思想的代称,文学思想也就与学术思想同义。比如,认为《文心雕龙》思想出于儒家的研究者会说"刘勰的文学思想"或"《文心雕龙》的文学思想"是儒家文学思想。出于佛家者类似。

第二,是文学思想与美学思想浑然不分,甚至二者相互指代。近三十年来,《文心雕龙》美学思想的研究显然处于占上风的位置,专著甚多,比如詹锳先生的风格学研究,缪俊杰、易中天先生的美学思想研究,李天道先生的审美心理研究等。单篇的论文就更不用说了,诸如对《风骨》、风格、《隐秀》《定势》《情采》《声律》《宗经》"六义"等专题的研究文章,多如牛毛。整体的特点是越来越清晰,越来越深入。但对有些问题则是越论述越混乱,仅以对《风骨》篇的研究为例,早在 1988 年,香港陈耀南先生就整理指出,"风骨"所指,已达六十四家之多①。再经过三十年的研究发展,有关"风骨"问题的研究文章乃至专著纷纷问世,研究视野也拓展了不少,还是没有办法讨论清楚"风骨"内涵、"风"与"骨"的关系、"风骨"与"文采"的关系等问题②。有关《文心雕龙》美学问题的研究主要集中在审美风格、审美心理、审美修饰、风骨隐秀等问题上。这方面的著作与论文相当之多。相对而言,文学思想的研究则处于次要状态。

第三,是因为诸家对于《文心雕龙》学术思想的渊源问题就已经争论不休,深入分析其文学思想的著作是没有的,论文也很少。有的是如下几种情况:

一是在论述学术思想的同时,附带提及文学思想之所出或之表现,属于泛论。

二是在论述到某些争论较大的问题时,展开对《文心雕龙》整体文学思想的勾勒。比如"风骨"问题,刘永

---

①陈耀南:《〈文心〉"风骨"群说辨疑》,《求索》1988 年第 3 期。
②曹顺庆、李泉:《为什么中国人读不懂中国文论?——从黄侃先生的"风即文意,骨即文辞"谈起》,《山东社会科学》2013 年第 11 期。

济先生以《镕裁》篇"三准"说为《文心雕龙》全书的论文准则，并以此来解说"风骨"之内涵以及情、风、气、骨、采等术语关系问题；牟世金先生则认为《文心雕龙》的主要贯通脉络是文质理论，"风骨"论是文质论的一种理想状态。

三是论说时以创作原则、贯通思想、脉络线索等说法指称，不说文学思想。黄侃先生认为《序志》论述文采之美是贯通《文心雕龙》全书的。王运熙先生认为《文心雕龙》的创作总的原则是《辨骚》篇提出来的"凭轼以倚《雅》《颂》，悬辔以驭楚篇，酌奇而不失其真，玩华而不坠其实"，这是诗骚结合的原则，是"华实奇正"结合的原则。童庆炳先生则认为《情采》篇文质说、内容形式说是《文心雕龙》的贯通原则。

四是提出文学思想与美学思想，在二者并举的同时，以美学思想为主。戚良德先生的博士学位论文就是这样的。

笔者发现，文学思想与美学思想并存研讨现象存在的一个原因是：研究者往往将美学思想和文学思想混为一个东西，集合论述，不分彼此。诚然，文学作为一门专门的语言艺术，肯定有其审美特质，用刘勰的话来说，美是文学天然的特征："无识之物，郁然有采，有心之器，其无文欤？"因此，一些研究者认为，《文心雕龙》以美学理论为主；进一步，从文体分类的主次出发，许多研究者认为,《文心雕龙》是以论述《诗》《骚》为代表的纯文学理论为主,那么,纯文学理论伴随的审美理论研究,就是贯通全书的,于是《文心雕龙》便成为一部美学著作,所以若干审美研究专著应运而生。这当然是一个好现象,拓宽面的研究,必然带来体的深入。但是,这又引出了下一个问题,就是关于《文心雕龙》的性质问题,有的研究者认为《文心雕龙》是美学著作,有的认为是审美心理学著作,有的认为是哲学性质明显的作品,有的认为是写作学著作、文章学著作;传统的理解则认为是古代文学理论著作或文学批评著作;还有的意见模糊不清,笼统提出"写作之道""作文法则""文章精义""写作理论"等若干意见。其中,王运熙先生的意见较有代表性,王先生早年认为《文心雕龙》是文学理论著作,后来觉得此说不妥,修正为"论述写作问题的作文法则"。笔者同意王先生的意见,因为《文心雕龙》全书论述写作问题,从写作哲学的"文源于道"开始,论述了写作的思想标准、艺术标准、创作原则、审美原则、创作技法、主体修养、作品鉴赏、文学自身的发展规律等直接与写作相关的内部原因;同时拓展到时代政治、学术思潮、帝王影响、习染得失、为文致用等有关写作的外部因素。同时,《文心雕龙》所谓的文学或文章,是杂文学,是杂文体,主要指的是应用文体。尽管古代应用文体带有明显的审美性和抒情性,比如陆机《文赋》等,这与西方应用文体截然不同;但是,《文心雕龙》对应用文体的研究,是以其发展先后与使用功能为主的,而不是以其审美特质为主要内容的。刘勰论述的二十篇文体论,分"原始以表末,释名以章义,选文以定篇,敷理以举统"四个部分来进行"论文叙笔,囿别区分"的工作,其主要指向,显然是在论述分体文学史及其创作得失,而不是文体美学论。因此,说《文心雕龙》不是文学理论著作,而是研究写作理论的著作,是站得住脚的。

又有研究者指出,《文心雕龙》所论述的"写作之道",是以纯文学体裁为主的,是以《诗》《骚》传统为主的诗学理论、美学理论。这当然有一定道理,因为《文心雕龙》论述了不少以《诗》《骚》为文体代表的创作理论、审美理论、技法理论;但是,说《诗》《骚》传统代表了《文心雕龙》的文体论以及"写作之道"的文术论,是片面的。"文之枢纽"论五篇确立了儒家五经的核心地位及其在文学发展史上的思想标准与艺术标准,这就明确告诉我们,纯文学的《诗》与应用文体的《书》《礼》《易》《春秋》是并列的;《宗经》篇列出二十类源出五经的文体,只有"赋颂歌赞,则《诗》立其本"的四种是纯文学体裁,其余"论说辞序,则《易》统其首;诏策章奏,则《书》发其源;铭诔箴祝,则《礼》总其端;记传盟檄,则《春秋》为根",主要是应用文体。"论文叙笔"部分的二十篇专论,尽管"文笔不分",但显然是以应用文体为主的,其主要的依据是刘勰是按照文体发展的历史先后顺序和功能大小顺序来安排文体顺序的,而不是范文澜先生所说的"先文后笔""有韵无韵"的顺序。下篇创作论的二十篇,《神思》论述的是所有文体写作都要面临的思维问题,《体性》论述的是从所有文体、作品、时代、作家中归纳出来的风格类型问题,《风骨》论述的是"风骨"所产生的感染力、创作法,并举相如《赋》与潘勖《文》为例证明之,《通变》论述的是共时的时代文风与历时的文学发展史,《定势》囊括若干体裁的"本采"风格,《情采》则通论"正采"的主张——这几篇最核心的创作原理论,都是论述的杂文体而不是纯文学体裁,而且,应用文居于明显主要的部分。至于从《镕裁》到《总术》的十多篇,分别论述裁剪、声律、结构、修辞、修养、用典、措辞、正误、审美等若干具体写作的内外因素,仅有《比兴》《隐秀》为纯文学论,《声律》《丽辞》虽同属新兴骈文,也通用于纯文学和应用文体。而从《时序》到《程器》的"附论"部分,《时序》论述文学发展的政治影响、学术思潮等外部因素,《物色》论述文学写作的自然内容,《才略》褒贬数千年的一百多位作家作品,《知音》论述阅读鉴赏的态度与"六观"方法论,《程器》论述文武之瑕疵而主张"梓才"之目标——就更是泛论,并不专指纯文学体裁。

正是因为有这样的多样意见与丰富内容的存在,《文心雕龙》才在研究者心目中洋溢着迷人的魅力。仅仅以《序志》篇"文心雕龙"这一书名解析为例,目前就有十多种不同的说法,各家提出的意见似乎都很有道理,都能自圆其说,又好像与刘勰本人的论述始终不相和谐,或不完整。

笔者以为,《文心雕龙》论述写作之道,其文学思想必然包含美学思想,美学思想是从属于文学思想的一个分支。原因如下:第一,《文心雕龙》的文学概念,不是今天的纯文学概念,而是杂文学观,其中与《诗》《骚》等纯文学体裁相关的理论,必然是论述美学思想较多的内容。第二,刘勰的写作哲学首先主张"文源于道",提出"郁然有采"的形文、声文与"有心之器"的人文都应该是文采华美的,顺此逻辑,就必然使得后世文章充满了文采之美。第三,萌芽于先秦两汉而兴盛于魏晋南北朝时期重情尚美、尚丽尚艳的时代风气、文学创作实践以及文学理论的发展,必然为《文心雕龙》自身崇尚美丽精神的写作理论带来相对应的影响。但是,文采之美与时代风气,仅仅只是《文心雕龙》论述的写作理论的一部分内容,而不是全部内容;在思想标准与艺术标准中,文采美与时代风气甚至只占了艺术标准的一部分,至于政治因素、主体修养、思维问题、文体理论、裁剪技法等内容,主要就不是美学问题。说写作包含美、写作体现美、写作传达美,是有道理的,但是美学问题只是文学问题中的一个部分,只是写作理论中的部分内容,这是没有疑义的。

因此,到目前为止,《文心雕龙》的文学思想是什么这一关键的问题,还没有得到圆满的回答。

上述七个方面关于《文心雕龙》思想归属及其渊源问题的研究成果,整体上呈现如下三个特点:

其一,讨论深入而矛盾频现。这显示了《文心雕龙》研究的繁盛局面,以及研究的难度。没有其他任何古代文论再像《文心雕龙》这样千年以来百家争鸣、纷争迭出。

其二,关于《文心雕龙》思想的归属与渊源讨论,归属佛家、源出佛家的意见占据了主要比例,虽然这样的比例与"儒家主导"的事实严重不符。其实,源出佛家的讨论,核心就集中在《梁书》传记、时代背景、《灭惑论》、结构体例、思想方法论与个别佛学语源这六个方面。可以说,佛学有可能对《文心雕龙》产生影响的所有的方方面面,都被研究者充分论证过了。这也是这篇述评虽然主张"儒家主导"而必须将主要篇幅用于讨论佛学影响的原因。我们必须看到这样的事实:虽然《文心雕龙》并不以佛学思想为主,研究者都能做出这样深刻全面、以外证内的研究,写出数以百计的论文,并在许多专著中对这些问题加以论述。而"儒家主导"尽管在实际上非常坚实,但在实证上却做得非常薄弱,并没有被发掘出来、阐释出来。而且,随着《文心雕龙》美学研究的后起与兴盛,这一缺少实证的现象,正在越来越明显。所以,泛论《文心雕龙》以儒家思想为主导,但是却看不到具体的研究成果,我们拿什么来与充分丰富的佛学影响诸说相抗衡,并让后学者肯定、确立儒家思想的主导地位呢?

第三,在分清《文心雕龙》文学思想与美学思想的不同之后,我们失望地发现:目前,学术界还没有《文心雕龙》到底具有什么样的文学思想或到底具有什么样的美学思想的明确意见或论述。前代的研究者只对《文心雕龙》论述的文学、美学现象或观点进行对应性的分析,并没有明确的、总结性质的、统摄性质的文学美学思想理论主张提出来。因为没有中轴与主线,以至于许多问题常常混淆不清,在点与面的论述上相互扯皮,没有办法拓展到立体整合的维度上去。《文心雕龙》论述写作之道,论述哲学理论、文学理论、美学理论,显然不可能一盘散沙地只在点与面上进行,诸家皆说《文心雕龙》"体大虑周""体大思精",那么,组织这些"体""虑""思",吸附这些哲学、文学、美学理论的中轴主线,究竟是什么主张呢?

笔者以为,解决这三个难题的最好办法,是回到《文心雕龙》本身,去分析书中自有的论述。这个思路看似繁琐简单,其实是回答《文心雕龙》思想渊源与理论主线的最好办法。

二、《文心雕龙》雅丽思想的提出

　　《文心雕龙》论述写作问题,阐述对"为文之用心"的方方面面的研究,涉及文学发生、文学本质、文学功能、文学史论、写作思维、内容形式、审美鉴赏、修辞技法、主体修养、外在影响、学术思潮、鉴赏批评等等问题,显然,"体大虑周"的《文心雕龙》,不会孤立地、只有专题篇章而没有内在逻辑地论述上述问题,它们之间,一定会有一个前后贯通的主导思想聚集、统摄这些有关写作的全方位论述。李建中、詹福瑞、孙蓉蓉等学者认为"宗经"是《文心雕龙》的重要理论主张,这是有创见、有深度的。但文学毕竟不是经学,"宗经征圣"只能解决《文心雕龙》的儒家主导思想这一问题;《文心雕龙》讨论创作、审美与批评,涉及作家、作品、读者、时代、学术思潮、写作时尚等基本方面,这些问题,都不是"宗经"观念所能够完全包含得了的。

　　我们将回到《文心雕龙》本身的论述,从序言入手,贯通探索全书的不同部分,以求有新的发现和收获。

（一）《文心雕龙》标举的美丽文学精神①

《序志》篇作为全书的序论，实际上处于集中全书重要文学思想观念的特殊地位，而不仅是论述写作缘起、体系框架、思维方法。在文章一开头，刘勰就说：

> 夫"文心"者，言为文之用心也。昔涓子《琴心》，王孙《巧心》，心哉美矣，故用之焉。古来文章，以雕缛成体，岂取驺奭之群言雕龙也？②

本段虽短，但是包含的信息量极为丰富，而且有的内容长期被研究者误解。首先，刘勰明确地告诉读者：《文心雕龙》这本书的主要内容与写作宗旨，是在讨论"为文之用心"，简单地说，就是讨论写作问题。因此，将《文心雕龙》视为诸如文学理论、文学批评、美学著作、哲学著作、子书、审美心理学著作等说法是不太准确的③。"涓子《琴心》，王孙《巧心》"，见于班固《汉书·艺文志·诸子略》，论儒

---

① 文学的"美丽精神"一说，由笔者根据王岳川先生"中国文化的美丽精神"一说演化而出。王先生是以汉字的书写之美看待中国文化（意蕴、视觉）之美；《文心雕龙》论述文学特质，重美尚丽，主张文学的美丽精神，这与其时的时代风气也有密切关系。

② [清]黄叔琳注，李详补注，杨明照校注拾遗：《增订文心雕龙校注》，第609-610页。

③ 有关《文心雕龙》一书的性质，是"龙学"研究长期争论的一个问题。笔者比较认可王运熙、王志彬、潘新和、万奇等先生主张的"写作理论"说。其余十余种说法也各有理由，是很值得参考的研究意见。

家著作有"《王孙子》一篇。一曰《巧心》"的记载,论道家
著作有"《涓子》十三篇。名渊,楚人,老子弟子"的记载。
对《涓子》一书的别名,詹锳先生《文心雕龙义证》曰:

> 黄注:"《文选》注:涓子,齐人,好饵术,隐于宕
> 山,着《琴心》三篇。"《札记》:"涓子,盖即《史记·孟
> 子荀卿列传》之环渊。环渊,楚人,为齐稷下先生(此
> 《列仙传》所以称为齐人),言黄老道德之术,著书上
> 下篇(《琴心》盖即此书之名,犹《王孙子》一名《巧
> 心》也)。'环',一作'蠉',一作'蜎',声类并同。"①

刘勰云:"昔涓子《琴心》,王孙《巧心》,心哉美矣,故用之
焉。"这就清楚地表明:《文心雕龙》书名之"文心",根本就
不是向佛典以"心"为名取法得来的,而是向古代经典著
作取法而得来的,儒家、道家各占一半。儒家著作王孙子
之《巧心》与道家著作涓子之《琴心》,均以"心"为名,书名
甚美,故而作为本书命名取法渊源之一。实际上也在暗中
说明《文心雕龙》成书的思想渊源,主要是在儒、道两家。

　　其次,虽然《文心雕龙》论述写作问题,而且高举"宗
经征圣"的思想大旗,但是《文心雕龙》的基本文学观念
却是"古来文章,以雕缛成体",即追求文章写作的华丽

---

① [南朝·梁]刘勰著,詹锳义证:《文心雕龙义证》,第1900页。

之美。刘勰认为从古至今的文章都是有华丽文采的,将其作为《文心雕龙》书名取法的渊源之二。因此,这本书取名"文心雕龙",却并不是对驺奭语言艺术"雕龙驰响"(《时序》)美誉的借鉴。刘勰又以阴阳家著作书名之美、功效之大,并盛赞其伟业①。班固《汉书·艺文志·诸子略》论阴阳家著作,有二邹子:"《邹子》四十九篇。名衍,齐人,为燕昭王师,居稷下,号谈天衍。"这是讲的邹衍及其著作。另有"《邹奭子》十二篇。齐人,号曰雕龙奭",这是讲的邹奭及其著作。但本书命名"雕龙",不是语言艺术之美,而是文章天然的属性之美②。

刘勰自述《文心雕龙》书名的得来,一是向儒家和道家经典中有"心"的著作取法学习,二是认为文章雕缛成体,华美艳丽,是天然具有文采的,所以,一方面向阴阳家的邹子学习取法,一方面又认为文章本然具有文采的特点,远远高于阴阳家的言说技艺之术:"古来文章,以雕缛成体,岂取邹奭之群言雕龙也。"一句话,文章因"雕龙"而尚丽,天经地义;驺奭因"雕龙"而驰名,不入法眼③。

①《文心雕龙》对阴阳家邹子等人的赞美,主要表现在文体论的《诸子》《论说》与批评论的《时序》等篇章中。

②这一观念主要集中地体现在枢纽论的《原道》、创作论的《情采》与批评论的《物色》等篇章中。论述见后文。

③从本句语气来看,"岂取"一说,反问诘责的语气非常明显,因此,刘勰更有可能是在辩解自己这本书取名为"雕龙",并不是取法驺奭因语言艺术高超而被称为"雕龙奭"(《史记·孟子荀卿列传》)的原因。也就是说,文学写作辞藻华丽,需要精雕细琢的写作技法,是文学天然具有(转下页注)

于是,从"文心雕龙"这一书名的解读可知:刘勰旗帜鲜明地主张文学尚丽,并广泛地向先秦诸子及其典籍取材来论述自己的文学观念。

这个推论的得出,可以用《文心雕龙》确定书名的术语运用为例证来检验之。"文心"一词,共计在《序志》篇中出现两次:一次是解释书名"文心"的含义是"言为文之用心也";二是阐述"盖文心之作",简述全书之枢纽、上篇之纲领、下篇之毛目的结构体例。"雕龙"一词,在书中共出现两次:一次是解释书名"雕龙"的来历,"古来文章,以雕缛成体,岂取驺奭之群言雕龙也";二是在《时序》篇论述战国诸子文学艺术的时候,有"邹子以谈天飞誉,驺奭以雕龙驰响"之语,这是从《史记·孟子荀卿列传》及《汉书·艺文志·诸子略》的记载中引用、转化而来的话。

在刘勰本人的自述中:"文心"之"心"甚美,自古以来的文章具有"雕缛成体"的特性。据此可知,"文心雕龙"这一书名,是在向读者传达一种尚美尚丽的文学精

(接上页注)的美丽本质,这个意见在《原道》等篇的论述中非常明确。因此,笔者认为"文心雕龙"这个书名是刘勰从驺奭语言"雕龙"借鉴而来的说法并不正确,刘勰"岂取"以反问语气表肯定的说法不能成立(王运熙先生《〈文心雕龙〉是怎样一部书》、黄霖先生《〈文心雕龙〉——中国第一部写作心理学论著》等文章认为刘勰是在以反问语气取肯定意思)。文章因为"文源于道"的哲学依据而文采华美,显然高于阴阳家语言艺术的"雕龙驰响"。

神。王志彬先生曾指出："《文心雕龙》的书名表明以文章写作为中心：'作文的用心在于把文章写得像精雕细刻的龙纹一样精美。'即用心写出风清骨峻、情采兼备的优美文章。"①从字面意思来看，"文心"一词之"文"，先秦甲骨文、金文中多有内心的一点，马正平教授从时空美学角度出发阐释认为：这一点表明了"文"是一个从象形字转化来的指示字，表明人应具有胸怀博大的境界之义，转化为写作主体领悟并表现历史时空、自然时空博大的境界之美、情怀之美，复次具有纹采、纹饰之美②。顺此推论，《原道》篇文本意义上的文学、文章、文采之美已经是"文"从天道到形器转化的最后结果，文字的产生，是上古圣人伏羲等仰观俯察天地自然、领悟博大境界、表现文采之美的结果。这就表明："文心"本就具有"文之为德也大矣"的表现天道、洞察自然、内化为美、外化成文（文字、文学、文采）的多层含义。"文心"即源自于自然之道的文学美丽之心，这是与美丽文学精神相关

---

① 万奇：《居今探古：论王志彬对〈文心雕龙〉的研究与应用》，《2018 国际汉语应用文研究高端论坛论文集》，2018 年 8 月。

② 2005-2008 年，马正平教授在四川师范大学写作学硕士培养课程中多次以王国维《人间词话》、刘勰《文心雕龙》为案例，专题讲授时空美学原理，对"境界说""风骨论"等多有创新阐释。本段中对"文"字本义的理解，是马老师当时授课分析众多古文字的内容之一。其后的推论，则是笔者运用时空美学原理作出的对"文心"尚美的个人解释。时空美学原理是马老师 1980 年代初期就学于西南师范大学时即开始研究的内容，这是他立体地研究写作美学、写作哲学、写作思维学等写作学理论的起点。特作说明。

的本义,从道的层面规定了文学天然尚美的特质。

而"雕龙"一词,则主要指的是文学用语言来进行表达、修饰的技巧性特点,是从技的层次展现文学尚美的属性,与美丽文学精神的关联直接得多。"雕"本指一种大型猛禽,假借为雕琢、凋零之义,"雕"与其异体字"彫"都有刻镂、美饰之义;"龙"本指传说中的一种神物,是中华民族的图腾象征,假借为封建社会的帝王,又比喻杰出人才、豪杰之士,还可以比喻文章、书法的雄健华丽之美。"雕龙"合用,指善于撰写文章。相对于"雕龙"合用出现频率较少的情况,"雕""龙"分论的情况则丰富得多,根据检索,全书运用"雕"这一术语凡十九次("雕龙"合用除外),可以分为以下八种类型:

第一类是指自然物色之美,如:

《原道》:云霞雕色,有逾画工之妙。[1]

第二类则指具体的雕刻及其结果,如:

《程器》:雕而不器,贞干谁则?[2]

第三类则由自然物色之美转为指文章描写之美,如:

---

[1]〔清〕黄叔琳注,李详补注,杨明照校注拾遗:《增订文心雕龙校注》,第1页。
[2]〔清〕黄叔琳注,李详补注,杨明照校注拾遗:《增订文心雕龙校注》,第600页。

《诠赋》:写物图貌,蔚似雕画。①

《诸子》:辨雕万物,智周宇宙。②

第四类是指文章辞令的雕琢修饰之美,如:

《檄移》:观隗嚣之檄亡新,布其三逆;文不雕饰,而辞切事明。③

《隐秀》:或有晦塞为深,虽奥非隐;雕削取巧,虽美非秀矣。④

第五类用于对文章之美的评论之中,如:

《宗经》:扬子比雕玉以作器,谓五经之含文也。⑤

《正纬》:世历二汉,朱紫腾沸。芟夷谲诡,糅其雕蔚。⑥

《明诗》:袁孙已下,虽各有雕采,而辞趣一揆,

---

①[清]黄叔琳注,李详补注,杨明照校注拾遗:《增订文心雕龙校注》,第97页。
②[清]黄叔琳注,李详补注,杨明照校注拾遗:《增订文心雕龙校注》,第230页。
③[清]黄叔琳注,李详补注,杨明照校注拾遗:《增订文心雕龙校注》,第282页。
④[清]黄叔琳注,李详补注,杨明照校注拾遗:《增订文心雕龙校注》,第495页。
⑤[清]黄叔琳注,李详补注,杨明照校注拾遗:《增订文心雕龙校注》,第27页。
⑥[清]黄叔琳注,李详补注,杨明照校注拾遗:《增订文心雕龙校注》,第41页。

莫与争雄。①

《诠赋》：此扬子所以追悔于雕虫，贻诮于雾
縠也。②

《情采》：雕琢其章，彬彬君子矣。③

《指瑕》：《西京赋》称中黄、育获之畴，而薛综谬
注，谓之阉尹，是不闻执雕虎之人也。④

《时序》：驰骋石渠，暇豫文会；集雕篆之轶材，
发绮縠之高喻。⑤

《物色》：巧言切状，如印之印泥；不加雕削，而
曲写毫芥。⑥

第六类用于文章学习的规范之中，如：

《体性》：童子雕琢，必先雅制；沿根讨叶，思转
自圆。⑦

《风骨》：莩甲新意，雕画奇辞。⑧

---

① [清]黄叔琳注，李详补注，杨明照校注拾遗：《增订文心雕龙校注》，第66页。
② [清]黄叔琳注，李详补注，杨明照校注拾遗：《增订文心雕龙校注》，第97页。
③ [清]黄叔琳注，李详补注，杨明照校注拾遗：《增订文心雕龙校注》，第416页。
④ [清]黄叔琳注，李详补注，杨明照校注拾遗：《增订文心雕龙校注》，第501页。
⑤ [清]黄叔琳注，李详补注，杨明照校注拾遗：《增订文心雕龙校注》，第540页。
⑥ [清]黄叔琳注，李详补注，杨明照校注拾遗：《增订文心雕龙校注》，第567页。
⑦ [清]黄叔琳注，李详补注，杨明照校注拾遗：《增订文心雕龙校注》，第381页。
⑧ [清]黄叔琳注，李详补注，杨明照校注拾遗：《增订文心雕龙校注》，第389页。

第七类用于具体的作品名称之中,如:

　　《通变》:虞歌《卿云》,文于唐时;夏歌《雕墙》,缛于虞代。[1]

第八类用于名言名句的描述之中,如:

　　《情采》:庄周云辩雕万物,谓藻饰也。韩非云艳采辩说,谓绮丽也。绮丽以艳说,藻饰以辩雕,文辞之变,于斯极矣。[2]

通过以上的梳理,我们可以得出以下的结论:

第一,"雕"这一术语与雕琢、修饰美丽的自然物色、人工作品、文章辞藻有关,指向华美、美丽的修饰之义,"雕"这一术语全部指向美丽的事物或文辞。

第二,上述八种情况的运用,数量最多、也最重要的是用于文学评论的第六种情况,共十个例子。从《宗经》篇引用扬雄夸赞经典有文采而"雕玉"开始,喻体批评的"雕虎"(《指瑕》)、"雕虫"(《诠赋》)、"雕篆"(《序志》)之说层出不穷,无论正反,加上两次出现的"雕龙",指向的都是对文章之美的评论,而"雕画""雕蔚""雕缛""雕

---

[1]〔清〕黄叔琳注,李详补注,杨明照校注拾遗:《增订文心雕龙校注》,第397页。
[2]〔清〕黄叔琳注,李详补注,杨明照校注拾遗:《增订文心雕龙校注》,第415页。

削"等组合术语的大量运用,则直接指向文辞之美、文章之美的修饰过程和写作技巧,这些技巧的唯一目的,就是求美、求丽,就是要写出美丽的好文章。

而对"龙"这一术语在全书中累计十七次的运用情况("雕龙"合用除外),我们也可以作一个类似的分类处理:

第一类是指自然物象之龙,如:

> 《原道》:龙凤以藻绘呈瑞,虎豹以炳蔚凝姿。[1]
> 《原道》:龙图献体,龟书呈貌。[2]
> 《正纬》:马、龙出而大《易》兴,神龟见而《洪范》耀。[3]

第二类用于指自然之龙,并与其他事物形成骈偶的称谓,如:

> 《丽辞》:序《乾》四德,则句句相衔;龙虎类感,则字字相俪。[4]

第三类比喻龙体的文采,进而比喻华美的文章,如:

---

[1][清]黄叔琳注,李详补注,杨明照校注拾遗:《增订文心雕龙校注》,第1页。
[2][清]黄叔琳注,李详补注,杨明照校注拾遗:《增订文心雕龙校注》,第2页。
[3][清]黄叔琳注,李详补注,杨明照校注拾遗:《增订文心雕龙校注》,第40页。
[4][清]黄叔琳注,李详补注,杨明照校注拾遗:《增订文心雕龙校注》,第447页。

《时序》:王袁联宗以龙章,颜谢重叶以凤采。①

第四类是比喻像龙一样的好文章,如:

《封禅》:鸿律蟠采,如龙如虬。②

第五类指称对龙展开描写的诗文或隐语,如:

《辨骚》:《离骚》之文,依经立义。驷虬乘翳,则时乘六龙;昆仑流沙,则《禹贡》敷土。③

《辨骚》:虬龙以喻君子,云蜺以譬谗邪,比兴之义也。④

《辨骚》:至于托云龙,说迂怪,丰隆求宓妃,鸩鸟媒娀女:诡异之辞也。⑤

《哀吊》:履突鬼门,怪而不辞;驾龙乘云,仙而不哀。⑥

《谐隐》:谲者,隐也……庄姬托辞于龙尾,臧文

---

① [清]黄叔琳注,李详补注,杨明照校注拾遗:《增订文心雕龙校注》,第542页。
② [清]黄叔琳注,李详补注,杨明照校注拾遗:《增订文心雕龙校注》,第296页。
③ [清]黄叔琳注,李详补注,杨明照校注拾遗:《增订文心雕龙校注》,第50页。
④ [清]黄叔琳注,李详补注,杨明照校注拾遗:《增订文心雕龙校注》,第50页。
⑤ [清]黄叔琳注,李详补注,杨明照校注拾遗:《增订文心雕龙校注》,第50-51页。
⑥ [清]黄叔琳注,李详补注,杨明照校注拾遗:《增订文心雕龙校注》,第167-168页。

谬书于羊裘。①

第六类指称以龙为图腾象征的重大政治军事活动,如:

《祝盟》:秦昭盟夷,设黄龙之诅;汉祖建侯,定山河之誓。②

第七类用于赞美当代皇帝的盛大功德,如:

《时序》:今圣历方兴……驭飞龙于天衢,驾骐骥于万里。③

第八类用于美好的人名,如:

《议对》:赵灵胡服,而季父争论;商鞅变法,而甘龙交辩。④

《镕裁》:士衡才优,而缀辞尤繁;士龙思劣,而雅好清省。⑤

---

①[清]黄叔琳注,李详补注,杨明照校注拾遗:《增订文心雕龙校注》,第195页。
②[清]黄叔琳注,李详补注,杨明照校注拾遗:《增订文心雕龙校注》,第123页。
③[清]黄叔琳注,李详补注,杨明照校注拾遗:《增订文心雕龙校注》,第542页。
④[清]黄叔琳注,李详补注,杨明照校注拾遗:《增订文心雕龙校注》,第332页。
⑤[清]黄叔琳注,李详补注,杨明照校注拾遗:《增订文心雕龙校注》,第426页。

《才略》：士龙朗练，以识检乱，故能布采鲜净，敏于短篇。①

《序志》：君山公幹之徒，吉甫士龙之辈，泛议文意，往往间出。②

从以上八种关于"龙"这一术语的运用情况来看，龙本身具有华美的文采，而常常形成龙凤、龙虎的骈偶事物，是自然物色中天然尚丽的重要载体，后来，邹子雕龙之言语有巨大的感染力和实际的政治功效，在"物——言——文"的转化过程末端，像龙一样的文辞与文采形成了。这种龙文不仅是华美的，而且是功能巨大的；不仅是文采斐然的，而且是像龙一样刚健质实的。因为《周易》以"乾卦"居首，周王朝的图腾是龙，所以，像飞龙一样在天翱翔的言辞和文章，就是最好的文章；而能够驾驭飞龙的皇帝，就是最好的皇帝；以龙为名的作家，就是最好的作家！

如此，"雕"主要指向华丽与文章如何能丽的修饰技巧，"龙"主要指向华美与美好的事物及其象征载体，"雕龙"的结合，一定是指向华丽文采的。

以上的详细分析告诉我们一个非常重要的信息：《文心雕龙》全书的基本文学主张是"尚丽"观念，文学的

---

① [清]黄叔琳注，李详补注，杨明照校注拾遗：《增订文心雕龙校注》，第576页。
② [清]黄叔琳注，李详补注，杨明照校注拾遗：《增订文心雕龙校注》，第610页。

本质是其美丽精神。这一观念在《序志》篇中还有显性
与隐性、正面与反面的多处表达。

　　显性的表达布满全书。在《原道》篇阐明"文源于
道"的文学发生论时,刘勰不仅花费大量笔墨阐释天地、
日月、星辰、草木、林泉龙凤、虎豹等自然事物天然地具有
华美的文采,指出"傍及万品,动植皆文",更以为形文、
声文之外的人文,同样是天然地具有华美文采的,提出
"无识之物,郁然有采,有心之器,其无文欤"的逻辑推理
结论,从哲学之道的高度规定了后世一切文章必然华美
的天然属性。正是在这个哲学原理的基础上,《征圣》篇
论述儒家经典,以为"衔华佩实",不仅华美,而且质实,
是文质彬彬的"雅丽"之美。《情采》以为:"圣贤书辞,总
称文章,非采而何?"主张创造"正采",以达到"雕琢其
章,彬彬君子"的状态。从经典原道发展到文出五经,一
切文体都向儒家经典的雅丽之美取法,在"衔华佩实"的
基础上各具特色。顺此,《文心雕龙》全书几十上百次地
论及美、丽、文、采、华、艳等术语[①],在这些术语的大量运

----

①笔者通过电脑检索的方式,将相关术语使用情况作了详细梳理与分类,故
　有此说。这种以类相从的穷尽式方法,有助于全面理解《文心雕龙》对该
　术语的所有运用情况,创始人是周振甫先生。武汉大学李建中教授称其
　为"关键词"研究方法,自 2007 年提出之后,带领他的团队、指导他的学
　生,已经在该领域内取得了较多研究成果。笔者在信息不通的情况下,偶
　然与李老师提倡的研究方法近似,这是一件好事。本处因引文文字内容
　太多,在此不赘。

用之中,又特别指出要做到"华实相胜""符采相胜""风归丽则",在尚美尚丽的同时,更要追求正采之美,雅丽之美。

(二)《文心雕龙》主张的雅正文学精神

《文心雕龙》不仅主张尚美尚丽,更极力提倡征圣宗经,主张"正采"之"雅丽"。这一思想不是孤立的,而是贯通全书的,在不同的版块中有着不同的提法。比如,刘勰在《序志》中有这样的隐性表达:

> 予生七龄,乃梦彩云若锦,则攀而采之。齿在逾立,则尝夜梦执丹漆之礼器,随仲尼而南行。旦而寤,乃怡然而喜:大哉!圣人之难见哉,乃小子之垂梦欤![1]

刘勰二梦,后遇孔子,其"征圣"之后的"树德建言"之心显露无疑,也有研究者认为这是刘勰的"北人意识"在支配着他[2]。而对于其中"彩云若锦"的绚丽之美与"丹漆礼器"的庄重之美,还没有人看到其特殊意义。试想:为什么刘勰要将梦设定在美轮美奂的彩云之巅而不是高山大海呢?"丹漆"乃朱红正色,这不是儒家孔子、扬雄所一直主张的"崇朱恶紫"正色观念的最佳

---

[1]［清］黄叔琳注,李详补注,杨明照校注拾遗:《增订文心雕龙校注》,第610页。
[2]持有这样看法的研究者主要有汪春泓、乔守春、陶礼天先生等人。

表现吗？① 所以，刘勰二梦，实际上在表明自己"征圣立言"的同时，还表明了自然物色华丽之美与尊崇儒家正色的雅正观念，二者的结合，就是"既雅且丽"的正美观念。这在文章"雕龙"纯美的基础上，设定了一个正色的限制。显然，这种隐性的表达暗示了刘勰在"雕缛成体"的基础上的更为理性的基本主张。

刘勰以为，近当代文学的创作和理论研究都存在不小的问题。首先，《序志》认为曹丕、陆机、曹植、应场、李充、挚虞等人的文论主张"各照隅隙，鲜观衢路"，都不全面。而且，更重要的问题是，桓谭、刘桢等理论家"泛议文意，往往间出"，自言自语，不管影响效果，"不述先哲之诰，无益后生之虑"。这尽管有刘勰自视甚高的可能，但是反过来看，刘勰写作《文心雕龙》"欲述先哲之诰，有益后生之虑"的良苦用心则是可知可嘉的，这就是：首先要在写作理论上指导正确的写作观念。魏晋宋齐"文学自觉"时代文论的核心，是主张"缘情绮靡"与轻艳靡丽，既然这些主张不正确，那就该给予规范。其次，当前最严

① 儒家礼乐规范下的雅正思想，不仅对礼仪制度、音乐雅俗严格限制，对朱紫正色与间色、黼黻文章的服饰规范也有严格的使用场合与等级规定。《论语》《法言》等经典著作中有鲜明的崇尚正色、贬斥间色的主张。《文心雕龙》论述文学的风格或发展，提出"正采耀乎朱蓝"（《情采》）、"雅丽黼黻"（《体性》）、"朱紫乱矣"（《正纬》）等许多尚正色、斥间色的主张。这显然是儒家"雅正"礼乐文化思想在文学审美问题上的表现。由此也可看出雅丽思想的基本渊源是在儒家。

重的问题是：文学创作片面追求华丽之美，而远离雅正规范，以至于讹滥丛生：

> 去圣久远，文体解散，辞人爱奇，言贵浮诡，饰羽尚画，文绣鞶帨，离本弥甚，将遂讹滥。①

通观《文心雕龙》，我们知道，所谓"辞人爱奇""将遂讹滥"的说法，是有所指向的，这就是"近代以来"的不良文学创作实践，而"近代"所指，则是"魏晋浅而绮，宋初讹而新"（《通变》）的魏晋宋齐文学。"近代辞人"的创作"饰羽尚画，文绣鞶帨"，华丽至极，物极必反，因而走向了"丽而不雅"的不正之路。从历史的背景来说，中国文学一向主张重情尚美，先秦两汉的文学创作尽管有"诗言志"（《尚书·尧典》）、"思无邪"（《论语·为政》）、"主文谲谏"（《毛诗大序》）的限制，仍然在"诗可以怨"（《论语·阳货》）、"发愤为作"（司马迁《报任安书》）、"情动于中"（《毛诗大序》）、"郁郁乎文"（《论语·八佾》）以及"文质彬彬"（《论语·雍也》）、"丽淫丽则"（《法言·吾子》）等理论支持下，涌现出了《诗经》《楚辞》与汉赋等体物尚丽的不朽经典。萌芽于两汉、兴盛于魏晋的"文学自觉"运动，更是将这一传统大加发挥，

①［清］黄叔琳注，李详补注，杨明照校注拾遗：《增订文心雕龙校注》，第610页。

"尚丽"主张在曹丕、陆机的文学理论支持与若干创作实践的作品支持下,"缘情绮靡"(陆机《文赋》)、"离本弥甚",丽则丽矣,但不是雅正之"丽则",而是讹滥之"丽淫"。

据此我们知道,刘勰写作《文心雕龙》这本书的动因之一,是因为文学理论的片面主张与文学创作的尚丽过度,因而失去了雅正的特点,是"丽而不雅"的创作。反过来看,刘勰的主张是什么呢?就应该是"丽而且雅"的理论主张与创作主张。这种创作的标准在哪里可以找到呢?在儒家经典"衔华佩实"(《征圣》)的"雅丽"(《征圣》)文风之中。主张既雅且丽的"丽则"文风,反对华而不实的"丽淫"文风,就成为《文心雕龙》的基本审美追求,也就必然影响到全书对各类文体创作要求和各种创作技法的论述。

这种影响,最为鲜明地体现在全书对"雅""正"等术语的运用和雅丽文风、技法、审美、创作标准的论述之中。

作为五篇"文之枢纽"的理论核心,《宗经》篇在文源于道、圣人则之的哲学基础上极力赞美经典内容之美、文采之美,大力提倡文出五经的观念,明确要求从五经流出的所有文体的创作都应该"禀经以制式,酌雅以富言",以经典之雅正文风、雅正言辞为最高法则来进行创作。因此,"典雅"风格成为《文心雕龙》全书综论所有作家、作品、时代风格的最高标准，《体性》篇说："若总其归途，则数穷八体：一曰典雅……典雅者，熔式经诰，方轨儒门者也。"将一切文章的最高风格标准树立起来。《定势》以为："模经为式者，自入典雅之懿。"要求后世作家在学习、创作的时候，一定要以经典儒家著作为标准。在作家作品的范围内，汉末魏初的潘勖《九锡》一文"典雅逸群"（《诏策》），是学得最好的，《风骨》篇以之为"潘勖锡魏，思摹经典，群才韬笔，乃其骨髓峻也"，是取法经典、学习经典的结果。在各类文体的创作范围内，章表奏议因为直接与帝王相同，事关国家政治治理等军国大事，是文出五经之后，在功能上的最佳代表，故而要求"准的乎典雅"。

在上述基本原则之外，一百多则"雅"论广泛运用于全书各个版块之中，体现出巨大的阐释功能和文学创作、审美、评论的标准功能：

一是对历代作家情性风格或创作风格的描述，例证数十，如：

《体性》：孟坚雅懿，故裁密而思靡。[1]

《时序》：唯高贵英雅，顾盼含章，动言成论。[2]

《才略》：张衡通赡，蔡邕精雅，文史彬彬，隔世

---

[1][清]黄叔琳注，李详补注，杨明照校注拾遗：《增订文心雕龙校注》，第380页。
[2][清]黄叔琳注，李详补注，杨明照校注拾遗：《增订文心雕龙校注》，第541页。

相望。①

二是对不同体裁的代表作家作品风格的描述,例证数十,如:

《明诗》:张衡《怨篇》,清典可味;《仙诗》缓歌,雅有新声。②

《史传》:及班固述汉……其《十志》该富,赞序弘丽,儒雅彬彬。③

《诸子》:研夫孟荀所述,理懿而辞雅。④

三是对不同文学体裁创作标准、审美标准的描述,凡四例:

《明诗》:四言正体,则雅润为本;五言流调,则清丽居宗。⑤

《诠赋》:情以物兴,故义必明雅;物以情观,故词必巧丽。丽词雅义,符采相胜。⑥

①[清]黄叔琳注,李详补注,杨明照校注拾遗:《增订文心雕龙校注》,第575页。
②[清]黄叔琳注,李详补注,杨明照校注拾遗:《增订文心雕龙校注》,第65页。
③[清]黄叔琳注,李详补注,杨明照校注拾遗:《增订文心雕龙校注》,第206页。
④[清]黄叔琳注,李详补注,杨明照校注拾遗:《增订文心雕龙校注》,第230页。
⑤[清]黄叔琳注,李详补注,杨明照校注拾遗:《增订文心雕龙校注》,第65页。
⑥[清]黄叔琳注,李详补注,杨明照校注拾遗:《增订文心雕龙校注》,第97页。

《诔碑》：其叙事也该而要，其缀采也雅而泽。①

《章表》：雅义以扇其风，清文以驰其丽。②

四是对断代文学时代风格的描述，例证颇多，如：

《才略》：虞夏文章……辞义温雅，万代之仪表也。③

五是阐释雅正的文学作品的巨大功能，如：

《颂赞》：夫化偃一国谓之风，风正四方谓之雅，容告神明谓之颂。风雅序人，事兼变正；颂主告神，义必纯美。④

六是阐释文学发展正确通变的基本方法，如：

《通变》：斟酌乎质文之间，而隐括乎雅俗之际，可与言通变矣。⑤

---

① ［清］黄叔琳注，李详补注，杨明照校注拾遗：《增订文心雕龙校注》，第 155 页。
② ［清］黄叔琳注，李详补注，杨明照校注拾遗：《增订文心雕龙校注》，第 307 页。
③ ［清］黄叔琳注，李详补注，杨明照校注拾遗：《增订文心雕龙校注》，第 573 页。
④ ［清］黄叔琳注，李详补注，杨明照校注拾遗：《增订文心雕龙校注》，第 108 页。
⑤ ［清］黄叔琳注，李详补注，杨明照校注拾遗：《增订文心雕龙校注》，第 397-398 页。

七是阐释文章写作练字的规范,如:

> 《练字》:篆隶相镕,《苍》《雅》品训。①

八是作为学习写作的基本规范,如:

> 《体性》:童子雕琢,必先雅制。②

九是雅俗对举,表达尚雅贬俗的批评意见,如:

> 《乐府》:俗听飞驰,职竞新异,雅咏温恭,必欠伸鱼睨;奇辞切至,则拊髀雀跃;诗声俱郑,自此阶矣!③

十是用于对所有写作活动的包含概括,如:

> 《序志》:按辔文雅之场,环络藻绘之府。④

上述对"雅"论运用情况的分析,其核心结果,是以

---

①[清]黄叔琳注,李详补注,杨明照校注拾遗:《增订文心雕龙校注》,第486页。
②[清]黄叔琳注,李详补注,杨明照校注拾遗:《增订文心雕龙校注》,第380页。
③[清]黄叔琳注,李详补注,杨明照校注拾遗:《增订文心雕龙校注》,第83页。
④[清]黄叔琳注,李详补注,杨明照校注拾遗:《增订文心雕龙校注》,第611页。

经典为法则,在文学创作、审美的标准和评论上主张雅丽文学思想。《毛诗序》提出"雅者,正也"的正统王政观念,转化到《诗经》的文学功能上,就形成了反应王政、归正其他的功能。《文心雕龙》对雅正观念的提倡紧密结合,与"雅"论相似,近百则"正"论也有丰富多样的运用情况,范围极大、所指极多,但其核心,仍然指向儒家经典的雅丽思想标准:

一、用于具体作家作品的评论之中,例证数十,如:

《乐府》:至于魏之三祖……虽三调之正声,实《韶》《夏》之郑曲也。[1]

《谐隐》:是以子长编史,列传滑稽,以其辞虽倾回,意归义正也。[2]

二、用于各类文体的创作要求和功能评价、审美评价之中,凡数十例,如:

《明诗》:四言正体,则雅润为本;五言流调,则清丽居宗。[3]

---

[1]［清］黄叔琳注,李详补注,杨明照校注拾遗:《增订文心雕龙校注》,第82-83页。
[2]［清］黄叔琳注,李详补注,杨明照校注拾遗:《增订文心雕龙校注》,第380页。
[3]［清］黄叔琳注,李详补注,杨明照校注拾遗:《增订文心雕龙校注》,第65页。

《乐府》:若夫艳歌婉娈,怨志诀绝,淫辞在曲,正响焉生?①

三、用于文学创作的行文思维过程之中,如:

《镕裁》:是以草创鸿笔,先标三准:……举正于中,则酌事以取类。②

四、用于文学创作的各类技法要求之中,这一大类的运用有多重体现:

第一种是提倡中正、中和的音律观:

《章表》:必使繁约得正,华实相胜,唇吻不滞,则中律矣。③

《书记》:律者,中也。黄钟调起,五音以正,法律驭民,八刑克平,以律为名,取中正也。④

《声律》:衔灵均之余声,失黄钟之正响。⑤

第二种用于对语言文字的正确读音、锤炼及校对

---

①[清]黄叔琳注,李详补注,杨明照校注拾遗:《增订文心雕龙校注》,第83页。
②[清]黄叔琳注,李详补注,杨明照校注拾遗:《增订文心雕龙校注》,第425页。
③[清]黄叔琳注,李详补注,杨明照校注拾遗:《增订文心雕龙校注》,第307页。
④[清]黄叔琳注,李详补注,杨明照校注拾遗:《增订文心雕龙校注》,第347页。
⑤[清]黄叔琳注,李详补注,杨明照校注拾遗:《增订文心雕龙校注》,第432页。

之中：

> 《练字》：及宣成二帝，征集小学，张敞以正读传
> 业，扬雄以奇字纂《训》，并贯练《雅》《颂》，总阅
> 音义。①
> 《指瑕》：若夫立文之道，惟字与义。字以训正，
> 义以理宣。②
> 《练字》：史之阙文，圣人所慎，若依义弃奇，则
> 可与正文字矣。③

第三类用于骈文偶句的对仗之中，提倡正反兼备：

> 《丽辞》：故丽辞之体，凡有四对：言对为易，事
> 对为难；反对为优，正对为劣。言对者，双比空辞者
> 也；事对者，并举人验者也；反对者，理殊趣合者也；
> 正对者，事异义同者也。……幽显同志，反对所以为
> 优也；并贵共心，正对所以为劣也。又以事对，各有
> 反正，指类而求，万条自昭然矣。④

---

① [清] 黄叔琳注, 李详补注, 杨明照校注拾遗：《增订文心雕龙校注》, 第484页。
② [清] 黄叔琳注, 李详补注, 杨明照校注拾遗：《增订文心雕龙校注》, 第500页。
③ [清] 黄叔琳注, 李详补注, 杨明照校注拾遗：《增订文心雕龙校注》, 第486页。
④ [清] 黄叔琳注, 李详补注, 杨明照校注拾遗：《增订文心雕龙校注》, 第447-
　448页。

第四类用于文学创作奇正相谐的评论之中,主张奇正互补,如:

> 《议对》:标以显义,约以正辞,文以辨洁为能,不以繁缛为巧;事以明核为美,不以深隐为奇:此纲领之大要也。①
>
> 《书记》:法者,象也。兵谋无方,而奇正有象,故曰法也。②
>
> 《隐秀》:始正而末奇,内明而外润。③

五、以上述各类主张为基础,《文心雕龙》特别主张儒家圣人及其经典的雅正作用,在论述圣人经典时,以其言辞为"正言",《征圣》指出:"是以子政论文,必征于圣;稚圭劝学,必宗于经。《易》称辨物正言,断辞则备,《书》云辞尚体要,弗惟好异。故知正言所以立辩,体要所以成辞,辞成无好异之尤,辩立有断辞之义。虽精义曲隐,无伤其正言;微辞婉晦,不害其体要。体要与微辞偕通,正言共精义并用;圣人之文章,亦可见也。"④同时认为儒家经典具有规范学习与修养的作用,《宗经》指出:

---

① [清]黄叔琳注,李详补注,杨明照校注拾遗:《增订文心雕龙校注》,第333页。
② [清]黄叔琳注,李详补注,杨明照校注拾遗:《增订文心雕龙校注》,第348页。
③ [清]黄叔琳注,李详补注,杨明照校注拾遗:《增订文心雕龙校注》,第495页。
④ [清]黄叔琳注,李详补注,杨明照校注拾遗:《增订文心雕龙校注》,第17-18页。

"义既挺乎性情,辞亦匠于文理,故能开学养正,昭明有融。"①以此为依据,刘勰还在《宗经》篇中指出文学史上楚汉文学华丽过度的弊端,主张"正末归本",回到儒家经典上去:"夫文以行立,行以文传,四教所先,符采相济。励德树声,莫不师圣,而建言修辞,鲜克宗经。是以楚艳汉侈,流弊不还,正末归本,不其懿欤!"②楚汉文学丽而不雅,近代文学的创作"率好诡巧""反正效奇",新变不雅,相当糟糕,就更应该批评,《定势》篇指出:"自近代辞人,率好诡巧。原其为体,讹势所变;厌黩旧式,故穿凿取新。察其讹意,似难而实无他术也,反正而已。故文反正为乏,辞反正为奇。效奇之法,必颠倒文句;上字而抑下,中辞而出外:回互不常,则新色耳。"③在批评结束之后,立刻在同篇之中提出解弊的原则:"夫通衢夷坦,而多行捷径者,趋近故也;正文明白,而常务反言者,适俗故也。然密会者以意新得巧,苟异者以失体成怪。旧练之才,则执正以驭奇;新学之锐,则逐奇而失正。势流不反,则文体遂弊。秉兹情术,可无思耶!"④因此,在各类体裁文风的把握上,《文心雕龙》提倡各体皆通、并总群势:"然渊乎文者,并总群势:奇正虽反,必兼解以俱通;

①[清]黄叔琳注,李详补注,杨明照校注拾遗:《增订文心雕龙校注》,第 26 页。
②[清]黄叔琳注,李详补注,杨明照校注拾遗:《增订文心雕龙校注》,第 27 页。
③[清]黄叔琳注,李详补注,杨明照校注拾遗:《增订文心雕龙校注》,第 407 页。
④[清]黄叔琳注,李详补注,杨明照校注拾遗:《增订文心雕龙校注》,第 407–408 页。

刚柔虽殊,必随时而适用。"①奇正、刚柔各类风格兼通之后,雅丽文风自然能够熟练掌握并运用之,创作之新变弊端自然也就消解了。

六、在此基础上,刘勰主张一切文学的创作,都应该具有"正采",《情采》篇指出:"夫能设模以位理,拟地以置心;心定而后结音,理正而后摛藻。使文不灭质,博不溺心;正采耀乎朱蓝,间色屏于红紫:乃可谓雕琢其章,彬彬君子矣。"②同时,主张一切文学的创作,都应当"确乎正式",《风骨》以为:"若能确乎正式,使文明以健,则风清骨峻,篇体光华。"③并将这一原则用于一切文学的批评之中,《知音》提出:"是以将阅文情,先标六观:一观位体,二观置辞,三观通变,四观奇正,五观事义,六观宫商。斯术既行,则优劣见矣。"④然后将其运用于文学创作的总体要求之中,如:

> 《诸子》:洽闻之士,宜撮纲要,览华而食实,弃邪而采正。⑤
>
> 《情采》:情者文之经,辞者理之纬;经正而后纬

---

①[清]黄叔琳注,李详补注,杨明照校注拾遗:《增订文心雕龙校注》,第406页。
②[清]黄叔琳注,李详补注,杨明照校注拾遗:《增订文心雕龙校注》,第416页。
③[清]黄叔琳注,李详补注,杨明照校注拾遗:《增订文心雕龙校注》,第389页。
④[清]黄叔琳注,李详补注,杨明照校注拾遗:《增订文心雕龙校注》,第592页。
⑤[清]黄叔琳注,李详补注,杨明照校注拾遗:《增订文心雕龙校注》,第230页。

成，理定而后辞畅：此立文之本源也。①

七、以上述论述为基础，《文心雕龙》合观统照、去弊整合，提出了论述文学创作的总纲领：

> 若能凭轼以倚《雅》《颂》，悬辔以驭楚篇，酌奇而不失其真，玩华而不坠其实，则顾盼可以驱辞力，欬唾可以穷文致，亦不复乞灵于长卿，假宠于子渊矣。②

这个总的纲领提出于《辨骚》篇末，表面上是对楚辞、汉赋创作的总要求，实则《辨骚》位于"文之枢纽"论五篇之末，因此，上述纲领具有真正的创作总纲性质，正是论述文学创作的"文之枢纽"。

综上所述，雅正思想是刘勰一以贯之的根本思想，体现在全书的方方面面。比如：四言正体、确乎正式、提倡正采、运用正言等等；与之对应，则提出"反"这一论述范畴，要求不得反言、不能反本、文势不反、不能反正等等。正反对比，既是出于宗经尚雅的文学思想，也是对雅正宗经思想的反向推演，这样可以大大拓宽论述的空间和深度。汉代京房易学提出飞伏观点，简言之，即是对比

---

① [清] 黄叔琳注，李详补注，杨明照校注拾遗：《增订文心雕龙校注》，第415页。
② [清] 黄叔琳注，李详补注，杨明照校注拾遗：《增订文心雕龙校注》，第51页。

思维。对比思维不仅运用于卦象的解读,也运用于对学术理论或自然万物的本质分析,使其全面深刻。同时,刘勰标举折衷之法,在论述时采用正——反——合的写作思维模式,这是《文心雕龙》本身写作思维对后人的一大启发。

(三)《文心雕龙》雅丽文学思想的提出

《文心雕龙》主张美丽文学精神,并在全书的各个版块与篇目中多层次地反复论述之;同时,《文心雕龙》更主张雅正的文学观念,将其作为全书论述文体、创作、批评的主要观念。美丽精神与雅正观念的结合,即成为雅丽文学思想,并贯通全书。雅丽文学思想在《文心雕龙》中的直接表述有以下方面:

首先,《征圣》指出"圣文之雅丽,固衔华而佩实者也",雅丽文风衔华佩实,华实相符,是最高的文体风格。随后,《辨骚》篇引用班固评屈"其文辞丽雅,为词赋之宗"的话,指出了屈原辞赋的风格特点。《体性》在综合论述"八体"风格之后特意总结出"雅丽黼黻,淫巧朱紫"的赞语,作为概括一切作家作品风格类型的总标准,而《通变》篇指出"商周丽而雅",不仅概述了商周两代文学的总体时代风格,还将其作为历代文风的折衷标准,雅丽文风完成了从文体风格到时代风格再到文学发展史最高评价标准的变化。

进一步,依据《宗经》篇"文出五经"的论述,从经典流变而出的各类文体,其基本风格或雅或丽,或雅丽兼备,或雅丽皆失,与衔华佩实的儒家经典文风处于或正向对应或反向背离的状态,是各类文体创作与得失评价的主导意见,比如:

《明诗》篇指出诗歌创作的总纲是:"若夫四言正体,则雅润为本;五言流调,则清丽居宗,华实异用,惟才所安。"①"雅润"与"清丽"的结合,正是标准的雅丽风格,"华实异用"则表明了雅丽风格的多样变化的特点。《诠赋》篇指出辞赋创作的"大体"是:"原夫登高之旨,盖睹物兴情。情以物兴,故义必明雅;物以情观,故词必巧丽。丽词雅义,符采相胜,如组织之品朱紫,画绘之著玄黄。文虽新而有质,色虽糅而有本,此立赋之大体也。"②这一分体文学创作标准,鲜明地主张"丽词雅义,符采相胜",与"圣文雅丽,衔华佩实"如出一辙。诗赋而外,二十篇文体论在创作"纲要""纲领""大要"上对雅丽文风多有发明与体现,再举《章表》为例:"原夫章表之为用也,所以对扬王庭,昭明心曲。既其身文,且亦国华。章以造阙,风矩应明,表以致禁,骨采宜耀:循名课实,以文为本者也。是以章式炳贲,志在典谟;使要而非略,明而不浅。表体多包,情伪屡迁。必雅义以扇其风,清文以驰其丽。然恳恻者辞为心使,浮侈者情为文屈,必使繁约得正,华

---

① [清]黄叔琳注,李详补注,杨明照校注拾遗:《增订文心雕龙校注》,第65页。
② [清]黄叔琳注,李详补注,杨明照校注拾遗:《增订文心雕龙校注》,第97页。

实相胜,唇吻不滞,则中律矣。"①章表是应用文体,刘勰主张"雅义以扇其风,清文以驰其丽",提出"繁约得正,华实相胜",表明中国古代应用文体具有崇尚华美文风而与西方古代应用文体大相径庭的特点,也表明古代应用文在文风方面与儒家经典雅丽文风"衔华佩实"的要求有相似的一面!

顺流而下,依据《文心雕龙》版块组织的设定,在"剖情析采"部分,雅丽文风转化为指导文学创作的基本法则。《情采》篇指出:"昔诗人什篇,为情而造文;辞人赋颂,为文而造情。何以明其然?盖风雅之兴,志思蓄愤,而吟咏情性,以讽其上,此为情而造文也;诸子之徒,心非郁陶,苟驰夸饰,鬻声钓世,此为文而造情也。故为情者要约而写真,为文者淫丽而烦滥。而后之作者,采滥忽真,远弃风雅,近师辞赋,故体情之制日疏,逐文之篇愈盛。"②刘勰综论千年诗赋之异,总结出"为情者要约而写真,为文者淫丽而烦滥"的创作得失,在正反对比的论述中体现了"雅而且丽"为最好标准的意见,附带批判后代文学习染不正,丽而不雅,并大力批评之。在具体的修饰技法、写作技法部分,同样深刻而全面地体现了雅丽创作规范的贯通表现,《夸饰》指出:"然饰穷其要,则心声锋起;夸过其理,则名实两乖。若能酌《诗》《书》之旷旨,

①[清]黄叔琳注,李详补注,杨明照校注拾遗:《增订文心雕龙校注》,第307页。
②[清]黄叔琳注,李详补注,杨明照校注拾遗:《增订文心雕龙校注》,第416页。

蔚扬、马之甚泰，使夸而有节，饰而不诬，亦可谓之懿也。"①《诗》《书》尚雅为正，扬、马尚丽过度，二者的结合，就是雅丽创作思想。

在全书居于末端的批评论部分，雅丽思想同样贯穿其中，并成为《文心雕龙》论述文学批评理论的主导意见。《时序》论述"质文代变"的九代文学，是历时的文学批评史，概括这些论述可知：刘勰为我们描述出了一幅文质交加、由质趋文的文学发展史论，这与《通变》篇简要论述文学发展史的观点是高度一致的，居于其中核心位置的，就是雅丽文学思想。《物色》篇则从比较分析的角度细化了这一观念："是以诗人感物，联类不穷。流连万象之际，沉吟视听之区。写气图貌，既随物以宛转；属采附声，亦与心而徘徊。……并以少总多，情貌无遗矣。虽复思经千载，将何易夺？及《离骚》代兴，触类而长，物貌难尽，故重沓舒状，于是嵯峨之类聚，葳蕤之群积矣。及长卿之徒，诡势瑰声，模山范水，字必鱼贯，所谓诗人丽则而约言，辞人丽淫而繁句也。"②刘勰高度概括的"诗人丽则而约言，辞人丽淫而繁句"之说，其母本是扬雄提出的"丽则丽淫"说，赞美《诗经》丽则，批判辞赋丽淫，这与《诠赋》《情采》《夸饰》诸篇的意见完全一致，其目的，就

①〔清〕黄叔琳注，李详补注，杨明照校注拾遗：《增订文心雕龙校注》，第466页。
②〔清〕黄叔琳注，李详补注，杨明照校注拾遗：《增订文心雕龙校注》，第566—567页。

是要确立雅丽思想这一创作标准。

在拉通全书之后,我们已经可以自信地认为:雅丽文学思想完全可以确立起来。现在,让我们再次回到"文之枢纽"部分的重要内容中去。《宗经》篇以为经典之美有六层体现:"故文能宗经,体有六义:一则情深而不诡,二则风清而不杂,三则事信而不诞,四则义贞而不回,五则体约而不芜,六则文丽而不淫。"①详观此说,从正反两个方面梳理如下信息:

六义——正——反——所指

情——深——诡——主体论

风——清——杂——风格论

事——信——诞——客体论

义——贞——回——思想论

体——约——芜——文体论

文——丽——淫——审美论

我们运用刘勰在《序志》篇中提出的折衷思维方法论,折衷"六义"所指之正面论述与反面论述,合观统照,即可得出雅丽思想这一核心标准,刘勰表面上是在进行儒家经典的创作评论与审美评论,实际上是在进行所有文体的创作标准与审美标准的建立工作。因为经典的细化,就会产生各类文体!比如,《正纬》篇指出:"若乃

①[清]黄叔琳注,李详补注,杨明照校注拾遗:《增订文心雕龙校注》,第27页。

羲农轩皞之源,山渎锺律之要,白鱼赤乌之符,黄金紫玉之瑞,事丰奇伟,辞富膏腴,无益经典而有助文章。是以后来辞人,采摭英华。"①这是从丽而不雅的角度阐明纬书的优点与缺点,纬书出于经典,走向了偏路。那正路在哪里呢? 在《辨骚》篇:"若能凭轼以倚《雅》《颂》,悬辔以驭楚篇,酌奇而不失其真,玩华而不坠其实,则顾盼可以驱辞力,欬唾可以穷文致。"②这就是《文心雕龙》在"文之枢纽"部分概括提出的创作论总纲,这一总纲在创作论方面表现的,就是雅丽文学思想论。

《知音》篇是《文心雕龙》专论文学批评的专篇,提出了著名的"六观"说:"是以将阅文情,先标六观:一观位体,二观置辞,三观通变,四观奇正,五观事义,六观宫商。斯术既行,则优劣见矣。"③笔者认为:"六观"与"六义"在全书中有明显的对应关系,我们运用折衷思维方法论,对"六观"说进行一次排列观照:

六观——所指——《文心雕龙》所论及所出

位体——文体论——体约而不芜(《宗经》)

置辞——措辞论——辞奇而不黩(《风骨》)

通变——古今论——斟酌质文,隐括雅俗(《通变》)

奇正——风格论——执正以驭奇(《定势》)

---

① [清]黄叔琳注,李详补注,杨明照校注拾遗:《增订文心雕龙校注》,第41页。
② [清]黄叔琳注,李详补注,杨明照校注拾遗:《增订文心雕龙校注》,第51页。
③ [清]黄叔琳注,李详补注,杨明照校注拾遗:《增订文心雕龙校注》,第592页。

事义——思想论——据事类义，援古证今(《事类》)

宫商——声律论——声有飞沉，宫商大和(《声律》)

折衷"六观"之核心，正是雅丽文学思想。位体指文体，渊源于儒家经典；置辞指语言，要求正言与奇辞相谐；通变指历代文学发展循环相因、互补新变的发展规律，核心是"商周丽而雅"；奇正指风格，雅丽文风汇通八体，"得其环中"；事义指用典修辞与思想内容，毫无疑问，雅正之儒家经典为先；宫商指音律，中正为上——如此，文学批评的六大方面，无一不指向雅丽文学思想这一核心！

据此，我们可以大胆提出："雅丽"文学思想，是《文心雕龙》救弊当下、指导文学创作、批评、审美的主导思想。推论如下：

第一，"雅丽"尚丽，这与《文心雕龙》尚丽的文学本质论是一致的。《序志》而外，《文心雕龙》论述文学尚丽这一主张贯通全书，《原道》《定势》《情采》《丽辞》《夸饰》《物色》等篇目从"郁然有采""自然之势""立文之道""自然成对""夸饰恒存""物色动心"等若干专题角度来阐释为什么"古来文章，以雕缛成体"的这一尚丽主张。

第二，尚丽之余，刘勰在《征圣》《明诗》《诠赋》《风骨》《通变》《定势》《情采》《比兴》《夸饰》《物色》等重要专题中进一步主张"衔华佩实""雅润清丽""丽辞雅义""风归丽则""确乎正式""商周丽而雅""执正驭奇""正采彬彬""夸而有节""诗人丽则"等有关审美、创作、批评相互结合的正确规范,对尚丽主张加以雅正的规范限制,力图使文学创作"丽而不淫",丽而有则。

第三,主张"雅丽"的目的,是在指导正确创作的同时,用以纠正"楚艳汉侈"(《宗经》)、"无实风轨"(《诠赋》)、"竞今疏古"(《通变》)、"逐奇失正"(《定势》)、"淫丽烦滥"(《情采》)、"离本弥甚"(《序志》)的不良弊端。这就将"雅丽"从原属五经的文体风格标准扩大到了如下几个层面:

一是"雅丽"明显结合了宗经的雅正规范与辞赋等文学体裁的华丽特点,是文体风格与作品审美的最高原则;"论文叙笔"的作品论与《体性》《才略》等专题的风格论是其主要体现。

二是在《辨骚》篇末明确提出"若能凭轼以倚《雅》《颂》,悬辔以驭楚篇,酌奇而不失其真,玩华而不坠其实,则顾盼可以驱辞力,欬唾可以穷文致"这一"诗骚结合""华实结合""雅丽结合"的创作总原则(王运熙先生语);"剖情析采"的十九篇创作论是其主要体现,并贯穿于"论文叙笔"的二十篇文体论所包含的数十种文体的创作"纲要""大体"等论述之中。

三是从对当下讹滥创作的救弊,拓展到对历代文学创作的评价,《通变》论述历代文风时指出:"黄唐淳而质,虞夏质而辨,商周丽而雅,楚汉侈而艳,魏晋浅而绮,

宋初讹而新",这一历代文风总括之论,鲜明地体现了
"从质及讹,弥近弥澹"的文学发展趋势,运用折衷思维
论观照之,可以清楚地看到:《文心雕龙》以"商周丽而
雅"(《通变》)为折衷历代文风的核心标准和基本的要
求,建立起以《通变》《时序》为主要载体的"质文代变"
(《时序》)的文学发展史论。

四是贯穿《文心雕龙》全书,在序论、枢纽论、文体
论、创作论、批评论中都有贯通式的体现。详论见后文之
《表现论》部分。

五是用于指导创作、批评与审美,并且作为全书"为
文之用心"的核心指导思想;同时呈现出相互交织、立体
运用的特点。详论见后文之《内涵论》《表现论》《运用
论》部分。

如此,"雅丽"首先作为五经的文体风格,发展成为
对时代文风批评的指导原则,再用于对历代作家作品的
鉴赏评价,最后上升为对创作论部分风格体制、谋篇布
局、修辞技法的规范指导思想。在《文心雕龙》每一个大
的理论板块中,雅丽思想处处不离"为文之用心"这一宗
旨,并成为贯通全书探讨写作问题的核心中轴。因此,
"在儒家思想主导下的《文心雕龙》的文学思想是什么"
这一问题,可以有一个明确的意见:《文心雕龙》的文学
思想是雅丽思想。

三、《文心雕龙》雅丽思想的研究现状

据笔者目力所及,除本书外,目前还没有对"雅丽思想"进行系统研究的成果,也没有以"雅丽"为题的专著或硕、博士学位论文,能见到的相关研究成果只是散见于某些著作、论文之中。以往,学术界更多的情况是对"雅"与"丽"各自审美特征及渊源流变的单向研究:这类成果中,以"雅"论研究为主,论文数量与质量都很高;以"丽"论研究为少,高质量的论文仅有几篇。现简要述评于下。

(一)《文心雕龙》"雅丽"论的研究情况

在本研究之前,直接对《文心雕龙》"雅丽"标准或审美范畴展开过研究的论文共有两篇。第一篇是谈文良先生《试论〈文心雕龙〉的"雅丽"标准》一文,该文指出:"雅丽"一义见于《文心雕龙》全书总纲之一的《征圣》篇。《征圣》篇的主要宗旨,是要"验之于圣人遗文",即揭示圣人著作的优点,并对圣人著作,特别是"可得而闻"的孔子著作的经验加以总结。对于圣人著作,刘勰主要揭示了两方面的优点:一是圣人具有鲜明的社会作用,能为政治现实服务;二是具有衔华佩实的"雅丽"之美,是文学创作的标准[1]。这一结论是在对《征圣》篇深

---

[1]谈文良:《试论〈文心雕龙〉的"雅丽"标准》,《扬州师院学报(社会科学版)》1985年第1期。

入分析之后得出来的,是以原著内证为基础研究《文心雕龙》的好文章。稍显不足的是:尚未对全书中"雅丽"标准的内涵、特点、表现、运用等进行分析,也没有看到谈先生后来进一步推进这一研究的论文或著作,这是非常遗憾的。

第二篇是刘军政先生《挽颓风于通变　清流弊以雅丽——论〈文心雕龙〉的古雅审美范畴》一文,刘先生指出:古雅是《文心雕龙》的理论核心,体现了刘勰虽"折衷"而有侧重的美学思想。他以"通变"取代"新变",在"通"的前提下求"变",体现了尚古倾向,试图凭借儒家传统,力挽文坛颓风;他并重"雅""丽",在肯定"丽"的同时,强调以"雅"约束"丽"。刘勰确立的古今相通、雅丽共存而以古雅为重的基本理论观念贯穿《文心雕龙》全书的写作,他既肯定了文学作为艺术而应具有的个性特征,又强调文学不能脱离对现实的反映而片面追求形式上的唯美①。该文抓住了古雅范畴在《文心雕龙》全书中的贯通表现这一事实,是一篇很有深度的研究文章,虽然没有继续发展,未能进一步提炼出刘勰雅丽并重的文学思想,但其合观雅与丽的开拓之功,是不可埋没的。

除了在文章标题上直接出现"雅丽"二字的两篇论文之外,其他有关论文虽然没有直观"雅丽",但却从不

①刘军政:《挽颓风于通变　清流弊以雅丽——论〈文心雕龙〉的古雅审美范畴》,《中州学刊》2003 年第 4 期。

同角度探讨到了与之相关的或相近似的意见,简述于下:

　　詹福瑞先生《〈宗经〉与〈文心雕龙〉的理论体系》一文是目前为止直称"雅丽"的少见之作。该文认为:《宗经》篇提出的"六义",集中体现了刘勰"雅丽"的审美理想。所谓"情信而辞巧""衔华而佩实"云云,都是"丽辞雅义"即"雅丽"审美理想的不同表述。《文心雕龙》设立的《风骨》篇,专门探讨了雅丽之文的审美特征。这篇文章指出了"雅丽"是《文心雕龙》的审美理想①。孙蓉蓉教授《刘勰的"宗经"辩正》一文则指出:刘勰认为儒家经书是"衔华而佩实"的典范,从而提出为文师法经书②。在这篇文章中,已经接近提出"雅丽"思想及其作用的问题。

　　刘文忠先生《〈文心雕龙〉与汉代诗学的渊源关系》一文指出:汉代的诗学,基本上是《诗经》学,而《毛诗序》就是汉代《诗》学的纲领与津梁。"温柔敦厚"的"《诗》教"与《毛诗序》融合以后,"四始""六义""美刺""比兴""风雅正变""吟咏情性""发乎情,止乎礼义""温柔敦厚"等重要的诗学范畴,形成了汉代《诗》学的体系,并对汉以后的诗学产生了巨大的影响。《文心雕龙》与汉代《诗》学有极深的渊源关系。刘勰的诗乐观与《乐记》

---

①詹福瑞:《〈宗经〉与〈文心雕龙〉的理论体系》,《河北大学学报(哲学社会科学版)》1994 年第 4 期。

②孙蓉蓉:《刘勰的"宗经"辩正》,《求是学刊》2004 年第 2 期。

和《汉书·礼乐志》的关系紧密。受《毛诗序》的影响,刘
勰弘扬了"四始""六义"。在美刺比兴方面,刘勰发展了
《毛诗序》及汉儒各家对比兴的解释。另外,《文心雕龙》
还继承和发展了"温柔敦厚"的诗教精神①。笔者以为:
"温柔敦厚",即中和美刺的《诗》教精神,雅丽思想是这
一传统儒家《诗》教精神的审美批评表现。

方锡球先生《从"中和"哲学观到"雍容典雅"的诗学
追求——有关刘勰〈文心雕龙〉的一个重要贡献》指出:
学术界许多论者以"和"或"道"作为诗学传统核心进行
广泛论述。其实,"和"是哲学或伦理学传统,而非诗学
传统。中国是由"和"的哲学方法论才引申出"雍容典
雅"的诗学传统的。刘勰初步认识到"经"与"诗"、政治
哲学与诗学不能混同,从而把中和哲学观转化为"雍容
典雅"的诗学追求。在"雍容典雅"诗学传统的形成过程
中,刘勰起了承先启后的作用②。"雍容典雅"的诗学传
统,源头在孔子那里,刘勰是这一传统的积极运用者,雅
丽思想是这一传统在文学批评领域的核心成果。

杨明先生《释〈文心雕龙·乐府〉中的几个问题——
兼谈刘勰的思想方法》一文指出:贯穿《文心雕龙·乐

---

①刘文忠:《〈文心雕龙〉与汉代诗学的渊源关系》,《江苏大学学报(社会科
　学版)》2005年第2期。
②方锡球:《从"中和"哲学观到"雍容典雅"的诗学追求——有关刘勰〈文心
　雕龙〉的一个重要贡献》,《求是学刊》2000年第5期。

府》的中心思想,是慨叹周代雅乐一去不复返,俗乐却一代一代甚嚣尘上。该篇对两汉乐府和三祖乐歌的论述,都是在这样的思想背景下从一个特殊的视角进行的①。推论杨先生的意见可知,《文心雕龙》论述音乐的雅与俗时,看到了雅乐消亡、俗乐兴盛的事实,这与整个文学发展从质朴、雅丽到新变、轻靡的历史风貌是一致的。雅俗关系成为雅丽文学思想中重要的内涵特征之一。

邬国平先生《〈文心雕龙〉结构关系和基本文学思想再思考》一文认为:《文心雕龙》文体论20篇与后半部谈文理共性问题25篇其重要性难分轩轾,全书的基本文学思想是宗经,而不是执正加驭奇,刘勰在提倡宗经的同时,又把儒家经典作品文学化了,他由此而视儒家经典为重要的文章学资源,意在推动文学朝既雅且丽的方向发展②。笔者认为:奇正观念源出道家,《老子》中有"以正治国,以奇用兵"的说法,后来,以孙子为代表的兵家思想家们大大深化、拓展、实践了上述理论话语,《文心雕龙》"熔铸经典之范,翔集子史之术"(《风骨》),主张奇正并重、奇正互动的文学创作观念(《定势》),但并不是简单地叠加奇与正,而是在坚持宗经的基本前提下,

---

①杨明:《释〈文心雕龙·乐府〉中的几个问题——兼谈刘勰的思想方法》,《文学遗产》2000年第2期。
②邬国平:《〈文心雕龙〉结构关系和基本文学思想再思考》,《上海师范大学学报(哲学社会科学版)》2015年第5期。

来合观奇、正,主张执正驭奇。《宗经》篇的指归是树立儒家经典在所有文体中的核心地位,于是,儒家经典"雅丽"的文体风格,就一定会成为统摄各类文学体裁创作的核心主张。

"雅丽"审美论的另一种主要意见是南北地域差异说。国平先生《浅谈南北地缘美学对唐代诗歌的影响》一文讨论到南北美学的地缘差异,文章认为北方美学的风格是豪迈雄壮、质朴淳厚,而南方美学则秀丽婉美、浪漫热烈。从地域特征、文化差异、政治格局、战乱影响、移民影响等角度论述了"雅"与"丽"的地域差异,因为魏晋时期北人之南迁而渐趋统一;这是南朝论雅尚丽思想起源的一种新解。汪春泓先生《梦随仲尼而南行——论刘勰的"北人意识"》[①]则认为南朝经学沦丧,儒道式微,刘勰主张对北方中原儒学的复兴,是为了救弊当下文学创作的讹滥,刘勰有明显褒赞北方经学的用意。对此,乔守春先生持同样的看法[②];而陶礼天先生则与之相反,认为"刘勰在这个'随仲尼而南行'的梦中,主要表现的是其时政治上的'褒南贬北'的倾向"[③]。不论刘勰是"褒南贬北"还是"褒北贬南",其以儒家思想为主导、以经学为

①中国《文心雕龙》学会编:《〈文心雕龙〉研究》(第一辑),北京:北京大学出版社,1995年版,第205页。
②乔守春:《刘勰二梦论析》,《北京青年政治学院学报》2008年第2期。
③陶礼天:《文化传统与〈文心雕龙〉之性质略论》,《学术前沿》2008年第1期。

主导的指导思想是肯定的。主张经学,儒家主导,这就为《征圣》篇"圣文雅丽"说的提出梳理清楚了思路,在前代研究者的基础上更进了一步。事实上,这几篇文章的基本理论依据都是《隋书·文学传·序》"江左宫商发越,贵乎轻绮;河朔词义贞刚,重于气质"[1]的南北地域风格论,共同主张质实雅正的文风。同时,这几篇文章没有重视到的问题是:刘勰为什么要以美轮美奂的云彩为依托来写出自己对孔子的崇拜之情? 除了乔文所谓"自命不凡""展示文才"之外,这其实与《文心雕龙》"郁然有采"的自然物色之美是暗合的。《原道》以为:"云霞雕色,有逾画工之妙;草木贲华,无待锦匠之奇。夫岂外饰,盖自然耳。"[2]天上的云彩美丽多姿,是大自然赋予它们的天然之色。又说:"形立则章成","无识之物,郁然有采"[3]。这些本于自然的"形文",具有美轮美奂的文采。因此,刘勰说自己两次做梦,一次在多彩的云霞之巅,一次是朱红的礼器在手,梦到孔子,随行而南,绝不只是"北人意识"那么简单。"北人意识"尚雅正,尊经典;云霞多姿则有重文采、尚美丽的意思在内。孔子不仅是儒家的伟大圣人,更是一位"删述经典"的伟大作家,所以,经他删述而成的五经圣文才会"衔华佩实",以"雅丽"著称。

---

① [唐]魏徵等:《隋书》(影印本),北京:中华书局,1997年版,第1730页。
② [清]黄叔琳注,李详补注,杨明照校注拾遗:《增订文心雕龙校注》,第1页。
③ [清]黄叔琳注,李详补注,杨明照校注拾遗:《增订文心雕龙校注》,第1页。

　　在专著方面，易中天先生《〈文心雕龙〉美学思想论稿》虽然没有提出"雅丽思想"这一说法，但是所论述的具体问题，有的已经涉及到"雅丽思想"的范围。比如易先生提出了"雅丽之文"的审美理想论，论述了"真善美的原则、风骨与体势、中和之美"这三个专题，尤其是将《宗经》"六义"分为真、善、美三者，与"风骨"论之"风、骨、采"对应研究，得出了"风骨"是《文心雕龙》审美理想的结论①。王运熙先生《文心雕龙探索》一书在单篇论文中提到了《文心雕龙》的创作原则问题，指出刘勰提倡"酌奇而不失其真，玩华而不坠其实"的创作原则②。这实际上论述了雅丽思想在创作论上的基本主张，只是没有提出"雅丽"创作论这一说法。

　　上述直接谈到"雅丽"或接近谈到"雅丽"的研究，易中天、詹福瑞先生把"雅丽"作为审美理想；王运熙先生、孙蓉蓉教授则是接近把"雅丽"作为创作原则与宗经要求；南北地域风格论者则提出宗经尚雅的思想基础。这提示我们，雅丽思想不仅是审美层面的理想状态，也是创作论的主导原则，是儒家思想的积极产物。

　　(二)"雅丽"并称或近似"雅丽"的研究情况

　　谢建忠先生博士学位论文《〈毛诗〉及其经学阐释对

---

① 易中天：《〈文心雕龙〉美学思想论稿》，上海：上海文艺出版社，1988 年版，第 103–144 页。
② 王运熙：《文心雕龙探索》(增补本)，第 4 页。

唐诗的影响》是唯一直接论述"雅丽"诗学观念并深度分析的文章。在该文第二章第三节《唐代"雅丽"诗学观与〈毛诗〉的经学阐释》中,作者论述了"唐前雅丽概念的源流和雅丽概念在唐代史学、政教、文论等领域中的广泛运用,主要阐述唐人雅丽观念所构成的复杂矛盾对立统一关系,丽辞观念的发展,雅的观念植根于《毛诗》及其经学阐释,以及雅丽和谐统一观念"等问题①。谢文此节所论及的"唐前雅丽概念",主要是《毛诗序》的"风雅"论及"变雅"观,偏重于雅;对"丽"之缘起与流变略而未及,对"雅丽"范畴的生成与流变则语焉不详。

胡碟《古典美学范畴中的"丽"》对"丽"这一范畴论述比较完整,并且分析了"雅丽"这一范畴在魏晋南北朝时期之所以产生的原因及其居于审美理想核心位置的原因。该文认为,"丽"集中地体现了楚文化的审美特征。"丽"与"雅"相结合,派生出"雅丽"范畴,代表着古典美学的最高审美理想。就"丽"的核心审美内涵而言,"丽"正是生命力之自由的感性显现②。谢文与胡文对"雅丽"范畴的生成进行了探讨,并主要以"雅""丽"分论的形式论述了各自的理论渊源与演化情况。这是《文心雕龙》"雅丽"论之外涉及"雅丽"论的仅见成果。

(三)"雅"论研究情况

---

① 谢建忠:《〈毛诗〉及其经学阐释对唐诗的影响》,成都:巴蜀书社,2007 年版。
② 胡碟:《古典美学范畴中的"丽"》,《中国文学研究》2007 年第 3 期。

曹顺庆、李天道先生《雅论与雅俗之辨》一书从"雅者,正也"的审美意识出发,考察了中国美学雅论与雅俗之争的文化渊源,阐述高雅、典雅、和雅、清雅和古雅等雅境的审美内涵与审美特征,同时,还对我国先秦至清代的雅俗审美意识的历史轨迹进行系统而深入的探讨,充分展示了雅俗审美意识的立体面貌。这本书对"雅"与"雅俗"范畴的讨论很精深,比如,在讨论到刘勰"典雅"说的时候,由表及里,深入分析了典雅风格产生的深层因素,是因为雅人、雅怀的存在与修养[①]。在《"中和"原则与"和雅"精神》一文中,李天道先生认为:构成中国美学思想体系主流的是儒、道、释三家,而三家所追求的审美理想最终都归于天人合一的和谐与"和雅"之境[②]。该文论述的核心思想,是指出了"雅正"观念的渊源流变与当代意义,对探讨刘勰"雅丽"思想之源起与文化渊源很有借鉴意义。

张培艳硕士学位论文《儒家尚"雅"观念在六朝文论中的传承与嬗变》论述了"儒家以雅正为核心的文学观",该文在深入分析儒家尚"雅"观念在六朝文论中的传承与嬗变的同时,立足于对这一审美观念历史渊源的追溯与梳理,阐明儒家尚"雅"观念的内涵在魏晋的嬗变

---

① 曹顺庆、李天道:《雅论与雅俗之辨》,南昌:百花洲文艺出版社,2005 年版。
② 李天道:《"中和"原则与"和雅"精神》,《西南民族大学学报(人文社科版)》2004 年第 1 期。

和在南朝的整合①。这篇论文有助于笔者理解刘勰提出"雅丽"思想的时代背景与文学思潮。

黄天骥博士后出站报告《上博简〈孔子诗论〉研究》第七章指出："孔子对《诗经》风雅颂三类诗歌体裁不同风格的系统论述，阐明了雅与变雅的内容与风格表现差异，其中也包含丽的因素。"该章阐明了《诗经》"雅"与"变雅"的现象及其风格差异，提出雅中含丽、雅丽结合的观点②。给我们的启示是：孔子诗论是刘勰"雅丽"思想的主要渊源之一。

上述雅俗之变、风雅正变、雅中含丽、雅丽结合等"雅"论研究，涉及了雅论渊源、历史变化、风格理论、时代背景、文论个案等方面，从较为开阔的学术视野进行了深入的讨论，为笔者的研究提供了帮助。

（四）"丽"论研究情况

林颂育、王珂《释"丽"》一文对《文心雕龙·原道》篇"丽"论范畴从词义源起、诸家解读入手，讨论到了刘勰的"丽"论思想。文章认为，诸家对《文心雕龙·原道》"日月叠璧，以垂丽天之象"中的"丽"释为"附着"并不妥当，"丽"应释为形容词"美好的，有光华的"，用以修饰"天"，而"丽天"又通过"之"的连接与"象"构成定中结

①张培艳：《儒家尚"雅"观念在六朝文论中的传承与嬗变》，首都师范大学2003年硕士学位论文。
②黄天骥：《上博简〈孔子诗论〉研究》，中山大学2006年博士后出站报告。

构,作为"垂"的宾语。"日月"二句当释为"圆玉似的日月,显示出光辉灿烂的天空的景象"①。这是目前对《文心雕龙》尚丽文学主张少见的研究文章。

乔雅俊硕士学位论文《论六朝文学的尚"丽"倾向》认为,在中国古代文学发展演变的过程中,文学的艺术表现形式由先秦时期的相对质朴古拙逐渐变得越来越华美整饬。六朝时期,文学凸显出尚"丽"的美学倾向,使文学本身的审美属性得到了淋漓尽致的表现②。乔文从历史沿革与时代背景立体交织的角度论述了由质趋文的文学发展趋势,这与《文心雕龙·通变》"从质及讹"、雅丽居中的意见基本上是一致的。

何世剑《试论古典美学"丽"范畴的审美内涵与美学特征》一文认为"丽"范畴具有丰富的美学意蕴,表现出"和谐""自然""绮靡""清淡"四个方面的美学特征③。何世剑《中国古典美学"丽"范畴论纲》则从历时性的纵向角度讨论了"丽"这一范畴在文论史上从先秦到明清时期的萌芽、发展、兴盛、深化的不同表现④。石中华《论美学中"丽"的嬗变及其审美内涵》一文梳理了"丽"自萌

---

①林颂育、王珂:《释"丽"》,《现代语文》2007 年第 6 期。
②乔雅俊:《论六朝文学的尚"丽"倾向》,首都师范大学 2003 年硕士学位论文。
③何世剑:《试论古典美学"丽"范畴的审美内涵与美学特征》,《南昌大学学报(人文社会科学版)》2006 年第 3 期。
④何世剑:《中国古典美学"丽"范畴论纲》,《贵州大学学报(社会科学版)》2007 年第 5 期。

芽以来在中国两千多年的文艺美学中经历的嬗变过程，并通过其在园林建筑艺术、绘画、书法等生活艺术中所呈现来的美学特征，探讨了其所包含的丰富的审美寓意①。这三篇文章将"丽"论的分类、历史、运用论述得比较充分。

以上是笔者所搜集到的与"《文心雕龙》雅丽思想研究"相关的部分资料。在对这些研究成果的陈述中可以看出：对"雅"的研究较多，对"丽"的研究较少；对刘勰美学思想研究的成果较多，对其"雅丽"思想进行观照及系统研究的论文和专著还没有出现。本书愿抛砖引玉。

四、选题的研究价值

"《文心雕龙》雅丽思想研究"这一选题的研究价值主要有以下几个方面：

第一，对《文心雕龙》雅丽思想进行专题研究，将有助于解决《文心雕龙》论述"为文之用心"这一宗旨的指导思想，对这一学术界长期悬而未决的问题做出正面回答。

第二，深入分析《文心雕龙》提出雅丽思想的原因与目的，论证雅丽思想何以在《文心雕龙》中居于创作、审美、批评的核心地位以及如何贯通全书，即内证雅丽思

①石中华：《论美学中"丽"的嬗变及其审美内涵》，《安徽文学（下半月）》2007 年第 6 期。

想的成立问题。

第三,展开对《文心雕龙》文体论和文学史论的研究,而这两部分,是当前"龙学"研究的薄弱环节。没有二十篇文体论的扎实支撑,下半部分的各类创作理论、批评理论就是无本之木、无源之水;没有对历代文学史观的综合观照,雅丽文学思想的提出、渊源、作用、地位等问题就只能在《文心雕龙》内部打转转,而无法明确其在历史上的理论地位和重要作用。

第四,从横向角度对魏晋"文学自觉"这一宏观命题作出理性分析,雅丽思想是刘勰提出来对"魏晋文学自觉的自觉",对于救弊当下文风、指导创作实践、指引正确的理论研究方向都有积极的意义。

上 编

《文心雕龙》雅丽思想渊源论

《文心雕龙》雅丽思想主要取法于先秦两汉儒家文论,并吸收了先秦道家、魏晋玄学等流派的部分思想。因此,探寻雅丽思想的渊源,首要地是在儒家思想中来进行。其根源有二:首先,汉代儒家地位的显著提升与儒家著作称经的变化,是整个中国政治、文化乃至民族思维共性形成的历史转折,《文心雕龙》论文以周、汉儒家为正宗,这就决定了儒家思想一定是居于全书主导位置的。其次,顺应前述理由,儒家文艺思想居于中国古代文艺思想的核心地位,自先秦时代即已征圣宗经,尚雅尚正,以之作为垂范后世的千年传统,同时,儒家文论尚美尚丽,追求新变,在坚持"德义"大道的同时也向其他各家学习吸收,这一特点也有传统。《文心雕龙》继承了先秦两汉儒家一脉的传统雅论与丽论主张,这些主张清晰地体现在全书的前后脉络中。总体上看,孔子、扬雄是其中最重要的两家。

　　先秦道家论美讲妙,老子笔下即有"美言不信,信言不美"的美信两难论题①;从庄子开始论丽,对于美丽精神的追求还在儒家之前,而道家对"自然之道"的论述以及对魏晋玄学的影响,是《文心雕龙》文学尚丽思想的重要渊源;其余奇正观念、辩证思维、逍遥之游、养生全性、言意之辨、诡丽之辞等,对《文心雕龙》文学风格论、折衷

———————

① "美信两难"是四川师范大学马正平教授讲授时空美学原理时让写作学专业研究生思考的写作美学论题,特作说明。

方法论、写作思维论、养气修养论、措辞技法论等各个方面都有深刻影响。先秦阴阳家与纵横家语言艺术高超，穷究技法，这是辞赋文学虚辞、尚丽、动人的最主要来源，因而成为《文心雕龙》雅丽之"丽"的来源之一；兵家重视奇正、诡道、方法论，法家尚法论术，追求实用价值与批判意识；谶纬神学与经典同源，而具有"辞富膏腴，有助文章"的特质；佛学思想部分地影响了《文心雕龙》的组织结构与论文方法；魏晋玄学重视思辨，崇尚人的主体性的解放，讨论情性、才性、本末等等重要的问题，这是雅丽思想"源于自然""郁然有采""正末归本""辩丽本于情性"说的最主要取法对象；东汉魏晋时期人物品藻与六朝书法、绘画、音乐等相关言论与理论，对《文心雕龙》雅丽思想也有重要的影响。因此，雅丽思想化合百家，为我所用，是在历史长河中广泛涉猎、取舍、整合之后，创造性地形成的。

前代关于诸家思想"渊源"问题的讨论，略显零散。有的研究者指出《文心雕龙》中的"自然"论是道家思想影响的结果；詹锳、李泽厚、刘纲纪等先生的研究曾涉及诸如兵家、阴阳家等对刘勰文学理论的影响；张文勋先生则认为刘勰的原道思想不是取于儒家、道家、佛家中哪一家之道而成，而是融合诸家，在三教合一的时代背景下借鉴而来的。事实上，依照《文心雕龙》自身的论述，其文学思想以儒家思想为主导。但是，对于先秦两汉魏晋南北朝学术思想的吸收，又绝不止于儒家一家，而是取法多家、融会贯通、汇聚一炉的。《文心雕龙》的体大思精、丰富多样、深刻无涯，也与这个特点有关。

第一章　儒家思想的影响

先秦时期,孔子提出"郁郁乎文""绘事后素""尽善尽美""文质彬彬"诸说,论文采,讲文质,谈美素,提倡中和诗教与雅乐正声,是建立在礼乐政教思想基础上的尚雅兼美;孟子文艺思想尚正论气,征圣宗经,虽不讲"丽",谈"美"较多,其知人论世、以意逆志、知言养气的三大主张对《文心雕龙》有较大影响;荀子建立了"道——圣——经"的理论体系,并对"美""丽""法""术"开始了大力讨论,这是吸收各家思想之后的儒家新变理论主张。

两汉文论,儒家占据了绝对优势。《毛诗序》提出"吟咏情性""四始六义""变风变雅"的文学抒情、写作方法与文学新变说;《乐记》主张"和乐"之美与音乐"物感"原理,二者为因情生丽、"辩丽本于情性"说的提出提供了理论基础。扬雄提出"五经含文""丽淫丽则""心声心画""沉博绝丽""自然之道"等折衷儒道的主张,在儒家文论史上第一次明确了"原道""华实""正丽"的观念,成为雅丽思想的直接理论来源;王充则大量论述尚美尚丽的物、人、情、心、文、篇的文学内容与风格特征的美丽精神,同时主张"疾虚妄",求真实,反夸饰;汉末曹丕提出了"诗赋欲丽"的风格理论、"气有清浊"的主体情性论、"经国大业"的文章功能说与文学批评态度论等专门论题,为《文心雕龙》所全面继承,并进行了大幅度新变。伴随辞赋创作的繁荣发展,两汉辞赋评论非常发达,诸家站在经与不经的立场上,对屈原与屈赋开展了许多矛盾交织但精彩迭出的论述,淮南王刘安认为屈赋兼备"好色而不淫,怨诽而不乱"的中和正采;班固以史学家、文学家、政治家的数重身份,尽管对屈原及其辞赋有所非议,也提出了屈赋"文辞丽雅,为词赋宗"的意见;司马相如、扬雄、王逸、王充等人也有重要的评价;整体上看,辞赋评论是汉代经学与时代政治的附庸产物,这些意见被《文心雕龙》吸收、运用、提升,成为论述辞赋文学与雅丽创作标准审美批评的重要来源。

　　魏晋南北朝时期,虽然儒学式微,但是陆机《文赋》成为《文心雕龙》近代取法的主要来源,《文赋》折衷儒道,深受玄学思想影响,不仅论述"缘情绮靡""体物浏亮"之丽,更将重点指向文学创作"如何能丽"的探讨,其物感说、风格论、情性论等理论都被刘勰继承了下来,尤其是"诗缘情"一说,直接《毛诗序》《礼记·乐记》和《典论·论文》,是魏晋六朝诗赋理论中重情尚美一块的理论开启点。《文心雕龙》继承了先秦至魏晋儒家一脉的传统雅论与丽论主张，这些主张清晰地体现在全书的前后脉络中。

儒家诸子中，刘勰取法甚多，而以孔子、孟子、荀子、扬雄等人的文艺思想为主要对象。在所有儒家代表文论家之中，孔子、扬雄是最重要的两家。在儒家五经立体交织于《文心雕龙》的事实面前，王小盾、马白、戚良德等先生已经将《周易》对《文心雕龙》的影响研究推到了极至，余下四经论述则相对极少。但是本书不拟在五经影响角度展开渊源探索，因为五经直接与许多具体文学现象、体裁、创作得失、技法理论相关，并不是主要作为文学原理存在的。扬雄论征圣宗经，提出"在则人，亡则书"的观点，儒家诸子与五经，刘勰与《文心雕龙》，符合这一原则；而历代以来对《文心雕龙》文学思想研究的若干人、文，或在或亡，都是笔者取法学习的对象资源。

故而，本章内容意图通过《文心雕龙》儒家思想渊源的理论梳理，突出重点，在思想上探寻刘勰征圣宗经的经典意识与复古救弊的良苦用心和具体方法，在理论上探索《文心雕龙》雅丽思想的具体内容与先后传承的脉络。

第一节　儒家独尊的主导地位

杨明照、王运熙等先生认为《文心雕龙》中体现了比较纯粹的儒家思想。他们的意见,主要是针对刘勰思想主导归属何家而发,符合刘勰自己的论述。不足之处在于,这些纯粹的儒家思想表现在哪里? 除了先生们普遍举证的《序志》《征圣》《宗经》,也就是序言和枢纽论部分确立儒家思想为主导之外,在文体论、创作论、附论①部分是否也尊崇儒家并以之为主导?

儒家思想在书中的体现,是需要专文乃至专著详细论述才可能讲清楚的问题②。仅以书中直接论"儒"之意见为例,除去《谐隐》篇"侏儒"之论,《文心雕龙》对儒家的推崇,贯穿全书,褒赞之情,无以复加:

　　1.《征圣》:《邠诗》联章以积句,《儒行》缛说以

---

① 关于《文心雕龙》五十篇的体系结构,各家分类并不一致,对有些篇目的归属迄今争论仍存。范文澜、杨明照、王运熙、周振甫、杜黎均、祖保泉、夏志厚等先生各抒所见。笔者这里采纳的是王运熙先生的归纳意见。

② 2012年7月,笔者进入四川大学接受统招博士后研究训练,在旁听舒大刚教授开设的"儒学文献学导读"课程时,将这一感受与舒老师交流,舒老师指出:儒家文艺思想是《文心雕龙》得以成书的主导思想,可以专题研究,并建议笔者申报四川省哲学社会科学重点研究基地儒学研究中心年度项目。2013年6月,《儒家文艺思想对〈文心雕龙〉成书的影响》作为年度重点课题在儒学研究中心立项,这是笔者以《文心雕龙》为原点拓展进行儒学、诸子哲学研究的起点。其后,研究本书儒家思想渊源论、先秦诸子思想渊源论、儒家诸子论等课题先后获得儒学课题或出版项目重点资助。曹顺庆、李建中教授均认为:《文心雕龙》囊括百家,必须要深入四部文献,从元典出发,深度梳理其"博而能一"的思想渊源,才能准确把握其文学理论主张,才能更好地研究《文心雕龙》。笔者认为:反而论之,研究《文心雕龙》,必然助推对经学、诸子、史传综合研究素养的养成,必然从文论研究走向文化研究,走向思想研究。

繁辞,此博文以该情也。①

2.《正纬》:通儒讨核,谓起哀平,东序秘宝,朱紫乱矣。②

3.《辨骚》:王逸以为:"诗人提耳,屈原婉顺。《离骚》之文,依经立义……名儒辞赋,莫不拟其仪表,所谓金相玉质,百世无匹者也。"③

4.《祝盟》:汉之群祀,肃其旨礼,既总硕儒之义,亦参方士之术。④

5.《杂文》:唯《七厉》叙贤,归以儒道,虽文非拔群,而意实卓尔矣。⑤

6.《史传》:及班固述《汉》……其《十志》该富,赞序弘丽,儒雅彬彬,信有遗味。⑥

7.《诸子》:孟轲膺儒以磬折。⑦

8.《诏策》:观文景以前,诏体浮新;武帝崇儒,选言弘奥。策封三王,文同训典;劝戒渊雅,垂范后代。⑧

9.《奏启》:自汉以来,奏事或称上疏,儒雅继

---

① [清]黄叔琳注,李详补注,杨明照校注拾遗:《增订文心雕龙校注》,第17页。
② [清]黄叔琳注,李详补注,杨明照校注拾遗:《增订文心雕龙校注》,第41页。
③ [清]黄叔琳注,李详补注,杨明照校注拾遗:《增订文心雕龙校注》,第50页。
④ [清]黄叔琳注,李详补注,杨明照校注拾遗:《增订文心雕龙校注》,第123页。
⑤ [清]黄叔琳注,李详补注,杨明照校注拾遗:《增订文心雕龙校注》,第181页。
⑥ [清]黄叔琳注,李详补注,杨明照校注拾遗:《增订文心雕龙校注》,第206页。
⑦ [清]黄叔琳注,李详补注,杨明照校注拾遗:《增订文心雕龙校注》,第229页。
⑧ [清]黄叔琳注,李详补注,杨明照校注拾遗:《增订文心雕龙校注》,第265页。

踵,殊采可观。①

10.《奏启》:观孔光之奏董贤,则实其奸回;路粹之奏孔融,则诬其衅恶:名儒之与险士,固殊心焉。②

11.《奏启》:墨翟非儒,目以豕彘;孟轲讥墨,比诸禽兽。③

12.《奏启》:立范运衡,宜明体要;必使理有典刑,辞有风轨,总法家之裁,秉儒家之文。④

13.《议对》:及后汉鲁丕,辞气质素,以儒雅中策,独入高第。⑤

14.《体性》:典雅者,镕式经诰,方轨儒门者也。⑥

15.《隐秀》:若篇中乏隐,等宿儒之无学,或一叩而语穷;句间鲜秀,如巨室之少珍,若百诘而色沮:斯并不足于才思,而亦有愧于文辞矣。⑦

16.《时序》:爰至有汉,运接燔书,高祖尚武,戏儒简学……施及孝惠,迄于文景,经术颇兴,而辞人

①[清]黄叔琳注,李详补注,杨明照校注拾遗:《增订文心雕龙校注》,第317页。
②[清]黄叔琳注,李详补注,杨明照校注拾遗:《增订文心雕龙校注》,第318页。
③[清]黄叔琳注,李详补注,杨明照校注拾遗:《增订文心雕龙校注》,第318页。
④[清]黄叔琳注,李详补注,杨明照校注拾遗:《增订文心雕龙校注》,第318页。
⑤[清]黄叔琳注,李详补注,杨明照校注拾遗:《增订文心雕龙校注》,第333页。
⑥[清]黄叔琳注,李详补注,杨明照校注拾遗:《增订文心雕龙校注》,第380页。
⑦[清]黄叔琳注,李详补注,杨明照校注拾遗:《增订文心雕龙校注》,第495-496页。

勿用,贾谊抑而邹枚沉,亦可知已。①

17.《时序》:逮孝武崇儒,润色鸿业,礼乐争辉,辞藻竞骛……遗风余采,莫与比盛。②

18.《时序》:及明帝叠耀,崇爱儒术,肄礼璧堂,讲文虎观……帝则藩仪,辉光相照矣。③

19.《时序》:自和安以下,迄至顺桓,则有班傅三崔,王马张蔡,磊落鸿儒,才不时乏,而文章之选,存而不论。然中兴之后,群才稍改前辙,华实所附,斟酌经辞,盖历政讲聚,故渐靡儒风者也。④

20.《时序》:逮晋宣始基,景文克构,并迹沉儒雅,而务深方术。⑤

21.《才略》:荀况学宗,而象物名赋,文质相称,固巨儒之情也。⑥

22.《才略》:仲舒专儒,子长纯史,而丽缛成文,亦《诗》人之告哀焉。⑦

23.《才略》:马融鸿儒,思洽登高,吐纳经范,华

①[清]黄叔琳注,李详补注,杨明照校注拾遗:《增订文心雕龙校注》,第539页。
②[清]黄叔琳注,李详补注,杨明照校注拾遗:《增订文心雕龙校注》,第539-540页。
③[清]黄叔琳注,李详补注,杨明照校注拾遗:《增订文心雕龙校注》,第540页。
④[清]黄叔琳注,李详补注,杨明照校注拾遗:《增订文心雕龙校注》,第540页。
⑤[清]黄叔琳注,李详补注,杨明照校注拾遗:《增订文心雕龙校注》,第541页。
⑥[清]黄叔琳注,李详补注,杨明照校注拾遗:《增订文心雕龙校注》,第574页。
⑦[清]黄叔琳注,李详补注,杨明照校注拾遗:《增订文心雕龙校注》,第574页。

实相扶。①

24.《程器》:然子夏无亏于名儒,濬冲不尘乎竹林者,名崇而讥减也。②

25.《序志》:敷赞圣旨,莫若注经,而马郑诸儒,弘之已精,就有深解,未足立家。③

以上二十五条例证,共计二十六次论述到"儒"之不同含义,涉及对著名作家、时代文风、著名作品、著名学者、风格类型、诸子论战的评价,除了"墨子非儒"与"高祖戏儒"条讲述事实,其余二十四处均为褒义。对伟大作家或学者,刘勰称之为"名儒""硕儒""鸿儒""巨儒""专儒""宿儒",崇敬之情深及骨髓而溢于言表。对历时的文学发展,尤其是断代文风,刘勰指出,凡是崇儒尊儒、儒道兴盛的时代,其文学发展就繁荣昌盛,如汉武帝时代;凡是戏儒抑儒、儒道不兴的时代,文学发展就沉寂混乱,如秦代文学与汉高祖时代。儒学是否兴盛,本来是统治者选取或否定的治国策略在文化事业、学术思潮上的反应,刘勰洞察到儒学与文学发展之间的这层深刻的体用关系,而不是仅仅从审美、创作、技法角度来看待文学的发展,一方面说明他敏锐深刻的分析能力、洞察能力,

①[清]黄叔琳注,李详补注,杨明照校注拾遗:《增订文心雕龙校注》,第575页。
②[清]黄叔琳注,李详补注,杨明照校注拾遗:《增订文心雕龙校注》,第599页。
③[清]黄叔琳注,李详补注,杨明照校注拾遗:《增订文心雕龙校注》,第610页。

另一方面,不得不说是因为对儒家思想的尊崇学习,使他走在了以儒学立其文论根本的终南捷径上。

笔者认为:儒家在《文心雕龙》中主导地位的取得,原因有三:第一在国家思想层面,以汉武帝实行"独尊儒术"的思想政策为标志,儒家取得了诸子各家不可比拟的政教特权,以上层建筑意识形态的方式被确立为治国思想,这一国策将儒家从先秦诸子中比较显赫的地位提高到一家独尊的地位;两千多年来,这一地位在整体上未曾被动摇过,更没有被替换过,这就保证了儒家思想传承的政治条件;《文心雕龙》在齐梁儒家地位下降时期追思孔子与两汉,就有坚决支持、积极恢复儒家正统地位的动机在内。第二,随着儒家政治地位的提高,儒家著作在汉武帝时代开始称经,汉武帝首先确立五经博士制度,使之成为经学独立的标志;自此,中国历史各个阶段在选材、用人、教化方面均以儒家经典及其要义为主,在隋唐时期还发展为科举考试制度,儒家经典上升到思想文化垄断地位;两千多年来,以经学为主的文化制度保证了儒家思想传承的学术机制优先运行;《文心雕龙》在魏晋玄学思想与高层政治集团推崇佛教的大背景下成书,当时的经学地位被明显削弱了,刘勰有恢复经学独大地位的潜意识和显写作行动;第三,在政治背景和学术条件之外,儒家思想主张积极入世,讲究伦理观念,重视个人修养,突出国计民生,这是与其他各家思想明显不同的地方,历史上,一代又一代读书人以"修身,齐家,治国,平天下"为毕生奋斗的理想,以仁爱、友善、诚信、成为君子为个人目标,这是中华民族传承至今的美好品质,也是当今社会公民基本道德规范的核心内容,儒家思想的积极有为、艰苦奋斗、百折不回精神,是《文心雕龙》作者刘勰从底层出身、坚持树德建言的必然选择。

回到上述例证中来,它们还仅仅是带有"儒"这一术语的举证。笔者曾耗费大量时间与精力,对全书中涉及儒家的内容进行了详细的搜集与梳理,发现:如果算上对古代圣贤,诸如黄唐、尧舜、文王、周公、孔子等人物及其言论的评价,以及对儒家经典文献的评价,即对"圣"与"经"的评价,那么,儒家"圣""言""经""论"在《文心雕龙》中累计被反复论述、征引了至少八百七十次以上!如此,整个一部《文心雕龙》,从前到后的五十篇,从哲学、文学、美学理论一脉而下得出的主导思想,从体例结构、枝干章句乃至用词,在神髓、骨骼、体貌、脉络、血肉、细胞的各个层面上来看,儒家思想是占据绝对主导地位的。这是事实俱在的定论,也是刘勰以儒家思想指导《文心雕龙》写作的本意所在,毋庸置疑。

需要指出的是,对孔子、孟子所称颂的商周文学,刘勰论述了五十二次之多,加上对上古三代与夏代文学的评价,全书对春秋、战国以前的文学论述合计有九十七处之多,相对集中于"枢纽"论和文体论部分,在这两部分篇目中几乎每篇都有。这些论述,仅有极个别略有微词,如《诸子》论夸饰,而绝大多数是赞美的评价。因为这些文学作品是由先贤创作或是在先贤统治下创作的,遂由征圣而赞文,由爱屋而及乌。

从《文心雕龙》全书的论述来看,除了思想倾向,在具体的文学写作问题上,儒家的主导影响主要体现在以下两个方面:

第一,确立了征圣宗经的基本思想,主要是主张复古宗经的文学经典意识,在评价纬骚、论述文体、创作审美、执术驭篇、文学新变、写作习染、学术思潮等若干问题上,刘勰的基本主张就是"典诰之体""还宗经诰""熔铸经典""必先雅制""武帝崇儒",以儒家五经为其主要的雅正思想标准与审美艺术标准。

第二,提出了"圣文雅丽,衔华佩实"的儒家经典的整体风格特点,并以"雅丽"为贯通全书的文学思想主张。这一主张包含如下几个构成因素:

一是华实相符的华丽文采与充实内容的和谐统一,即文学内容与形式的完美和谐,达到文质彬彬的状态。

二是既雅且丽的风格特征,包含了雅正为主的尚雅主张与五经含文的尚丽因素,是儒家文论雅正为主,兼及美丽的结合。

三是从五经源于"自然之道"出发,经典是文采郁然的"人文",从哲学依据上分外突出了五经的尚丽华美特点,这主要是取法道家文论与魏晋玄学尚美尚丽主张的产物。

四是伴随《文心雕龙》宗经的经典意识,在"枢纽"论中确立的"雅丽"主张,必然将影响到从五经流出的若干文体的创作与审美,对于文体论的"论文叙笔"、创作论的"执术驭篇"、附论部分的"知音"鉴赏等理论产生贯通影响。

五是"雅丽"主张既尚雅又尚丽,刘勰顺此提出雅言、雅体、雅制、雅篇、正采、正式、执正驭奇、尚雅贬俗等若干为文之术,又提出丽辞、辩丽、奇文、伟辞、壮丽、绮丽、艳丽等文体审美评价或时代文风评价,是创作宗经的规范要求与文学审美因素结合的产物。

笔者认为,既雅且丽这一主张,带有折衷儒道的意味与明显的史学意识。儒家尚雅尚正,是为公认;道家讲美讲妙,人尽皆知。先秦诸子中,第一个大肆谈美论丽的人是道家的庄子;其后儒家的荀子折衷儒道兵法数家,一改孔孟古板的面孔,大力宣扬情性、美丽、法术之说;两汉以来,以《淮南子》为代表的道家继续讲美论丽;以扬雄、王充、曹丕为代表的儒家人物也继续在尚雅基础上极尽尚美尚丽之能事。这样看来,《文心雕龙》"圣文雅丽"文学观念的得来,既有"文源于道,郁然有采"的哲学依据,也有儒家尚雅尚正的一贯主张,同时将儒道两家谈美论丽的若干思想认知折衷于内,并从历史发展的角度加以继承,然后贯通运用于《文心雕龙》全书之中,表现了哲学规律、经典意识、折衷思维与史学意识的完美结合。

从具体的评价运用中,我们可以得到这样的具体支持:刘勰主张"雅丽"思想之后,评价纬书,是"无益经典,而有助文章",丽而不经;评价楚辞,是"取镕经旨,自铸伟辞",主张"酌奇而不失其真,玩华而不坠其实"的执正驭奇与华实相符;评价诗歌是"四言正体,则雅润为本;五言流调,则清丽居宗",主张"华实异用,惟才所安";评价《乐府》是"《韶》响难追,郑声易启",带有明显的尚雅贬俗的正统儒家诗乐观念;评价辞赋的"大体"是"情以物兴,故义必明雅;物以情睹,故词必巧丽",主张"丽词雅义,符采相胜",提出"风归丽则"的雅丽创作观;评价"风骨"主张"确乎正式","篇体光华";论述"情采"主张文质相谐,"正采"彬彬;论述风格主张会通"八体","得其环中","雅丽黼黻";论述文学发展史则以"商周丽而雅"为其中轴,之前尚质,其后偏文;论述修辞技法之《比兴》《夸饰》时,以《诗》之"比显兴隐""夸而有节"为范,对辞赋用比忘兴、夸饰无度加以规讽,照应"丽词雅义"之说;论述物色动人的描写时,对"诗人丽则,辞人丽淫"加以区分,复述"风归丽则"之旨。上述所及,是从枢纽论、文体论、创作论直到附论的明显例子,可见尚雅尚正与尚丽尚美的观念不仅贯通全书,而且是主导全书的文论思想。从理论特征强烈的《宗经》"六义"说与《知音》

"六观"论,一首一尾,同样可以看出这是"雅丽"思想在审美、创作、鉴赏领域内的具体体现。

上述所及,是儒家思想在《文心雕龙》中占据主导地位的最基本分析,支撑这一独尊地位的儒家诸子思想与诗乐理论,将是本章的主要内容。

第二节　孔子思想的影响

《文心雕龙》对孔子有无上的尊崇和敬爱之情,全书至少三十次直接论述到了孔子,集中地出现于《原道》《征圣》《正纬》《史传》《序志》诸篇中①。刘勰在论述文

---

① 这三十次论述分别出现在以下二十六句:1.《原道》:"人文之元,肇自太极,幽赞神明,《易》象惟先。庖牺画其始,仲尼翼其终。"2.《原道》:"至若夫子继圣,独秀前哲,熔钧六经,必金声而玉振。"3.《原道》:"爰自风姓,暨于孔氏,玄圣创典,素王述训,莫不原道心以敷章,研神理而设教。"4.《征圣》:"夫子文章,可得而闻,则圣人之情,见乎文辞矣。"5.《征圣》:"先王圣化,布在方册,夫子风采,溢于格言。"6.《征圣》:"征之周孔,则文有师矣。"7.《征圣》:"颜阖以为,仲尼饰羽而画绘,徒事华辞。虽欲訾圣,弗可得已。"8.《宗经》:"皇世《三坟》,帝代《五典》,重以《八索》,申以《九丘》。岁历绵暧,条流纷糅。自夫子删述,而大宝咸耀。"9.《正纬》:"有命自天,乃称符谶,而八十一篇,皆托于孔子,则是尧造绿图,昌制丹书,其伪三矣。"10.《正纬》:"于是伎数之士,附以诡术;或说阴阳,或序灾异,若鸟鸣似语,虫叶成字,篇条滋蔓,必假孔氏。"11.《正纬》:"故河不出图,夫子有叹;如或可造,无劳喟然。"12.《正纬》:"昔康王河图,陈于东序,故知前世符命,历代宝传。仲尼所撰,序录而已。"13.《铭箴》:"周公慎言于金人,仲尼革容于欹器:则先圣鉴戒,其来久矣。"14.《诔碑》:"逮尼父之卒,哀公作诔;观其慭遗之辞,呜呼之叹,虽非睿作,古式存焉。"(转下页注)

学写作之道的过程中,将孔子及其言行运用于思想标杆、著书立说、文体发展、纠正弊端、具体创作、文字小学、文如其人、创作规律等等方面,除了直接抬出孔子为自己的论述找论据,还处处以儒家五经为思想标准或艺术标准,作为衡量历时的文学史、具体的作家作品、深刻的文学规律的第一武器,而五经无一不与孔子关系密切。所以说,孔子对《文心雕龙》雅丽文学思想的影响毫无疑问是最为巨大的。就具体表现而言,主要包括如下几个

（接上页注）15.《史传》:"昔者夫子闵王道之缺,伤斯文之坠;静居以叹凤,临衢而泣麟。于是就太师以正《雅》《颂》,因鲁史以修《春秋》;举得失以表黜陟,征存亡以标劝戒。"16.《史传》:"比尧称典,则位杂中贤;法孔题经,则文非元圣。"17.《史传》:"若乃尊贤隐讳,固尼父之圣旨,盖纤瑕不能玷瑾瑜也。"18.《史传》:"史肇轩黄,体备周孔。"19.《诸子》:"及伯阳识礼,而仲尼访问;爰序道德,以冠百氏。然则鬻惟文友,李实孔师;圣贤并世,而经子异流矣。"20.《论说》:"昔仲尼微言,门人追记,故抑其经目,称为《论语》。盖群论立名,始于兹矣。"21.《论说》:"迄至正始,务欲守文;何晏之徒,始盛玄论。于是聃周当路,与尼父争途矣。"22.《丽辞》:"刘琨诗言:'宣尼悲获麟,西狩泣孔丘。'若斯重出,即对句之骈枝也。"23.《练字》:"夫《尔雅》者,孔徒之所纂,而《诗》《书》之襟带也。"24.《序志》:"自生人以来,未有如夫子者也。"25.《序志》:"齿在逾立,则尝夜梦执丹漆之礼器,随仲尼而南行。旦而寤,乃怡然而喜:大哉!圣人之难见哉,乃小子之垂梦欤!"26.《序志》:"盖《周书》论辞,贵乎体要;尼父陈训,恶乎异端:辞训之异,宜体于要。"《原道》主要谈到孔子继承先圣删述经典的伟绩,《征圣》主要谈到孔子作为经典作家的榜样示范作用,《正纬》主要抬出孔子来作为纬书"四伪"与反经不雅的照妖镜,《史传》主要讲到孔子在史记文学体裁的创造之功与千年影响,《论说》主要讲到《论语》在论体文学的首创之功与魏晋玄学谈玄论虚对儒学正统地位的冲击影响,《序志》主要讲到刘勰对孔子深及骨髓的崇拜之情与征圣为文的理论依据。《文心雕龙》之中,没有任何人地位有孔子之高。

方面:一是以孔子为精神教父,以"树德建言"、立言不朽为《文心雕龙》的直接写作动力与终极写作目的;二是孔子的礼乐政教观念对刘勰建立复古反本的文学秩序有深远影响;三是孔子全面深刻地学习修养观念是《文心雕龙》作家修养论的核心指导思想。

一、作为精神教父的孔子

孔子在思想准则上推崇周代的礼法制度,追求复古有序的理想社会政治制度,使他成为刘勰尊崇的精神教父,刘勰在内心渴望成为孔子在齐梁文坛的代言人,以"树德建言"、立言不朽为《文心雕龙》的终极写作目的和写作动力,这是《文心雕龙》成书的一个思想前提。

首先,青年时代相似的贫贱经历与起而拯之的奋斗精神,是刘勰以孔子为"征圣"对象的起点。据《梁书·文学传》记载:

> 刘勰字彦和,东莞莒人。祖灵真,宋司空秀之弟也。父尚,越骑校尉。勰早孤,笃志好学。家贫不婚娶,依沙门僧祐,与之居处,积十余年,遂博通经论,因区别部类,录而序之。①

———————————

① [唐]姚思廉:《梁书》(影印本),北京:中华书局,1997年版,第710页。

《南史·文学传》的记载与此大同小异：

> 刘勰字彦和，东莞莒人也。父尚，越骑校尉。勰早孤，笃志好学。家贫不婚娶，依沙门僧祐居，遂博通经论，因区别部类，录而序之。①

刘勰虽然出身士族，但到他这一代时，家道已经衰败，父亲早死，他因家贫不能婚娶，于是到上定林寺跟随名僧僧祐居处，一共有十多年的时间。关于刘勰出身究竟是庶族还是士族的问题，他为什么不婚娶的问题，以及他到定林寺跟随僧祐学习的动机与目的，杨明照、王元化、张少康等先生论之已详，虽然观点有差异，但不是本书所论述的范围，故于此不述。刘勰由一个家道殷实、地位中上的士族青年，因为家庭的衰败而成为一个无法在社会立足容身的贫寒青年，这个变化，对他的心灵成长与精神成长有很大的影响。幸运的是，刘勰没有消沉，没有坐以待毙，他能够主动地到名僧僧祐那里去学习提高，本身就带有力争出头、重振家道的内在原因。但是，长期的贫贱生活，以及当时等级森严的门阀制度，使他进取求仕的理想难于实现。《文心雕龙》成书之后，刘勰想以此晋身扬名，所以他主动做出了拦道沈约而献书求誉的

---

① [唐]李延寿：《南史》（影印本），北京：中华书局，1997年版，第1781页。

举动①。因此,他在书中不方便直说当时社会用人制度的弊端与门阀垄断的森严。晚于刘勰的颜之推,因为已经身在北朝,所以在《颜氏家训·涉务》篇中对此做出了深入分析与揭露:

> 吾见世中文学之士,品藻古今,若指诸掌,及有试用,多无所堪。居承平之世,不知有丧乱之祸;处庙堂之下,不知有战陈之急;保俸禄之资,不知有耕稼之苦;肆吏民之上,不知有劳役之勤,故难可以应世经务也。晋朝南渡,优借士族;故江南冠带,有才干者,擢为令仆已下,尚书郎中书舍人已上,典掌机要。其余文义之士,多迂诞浮华,不涉世务;纤微过失,又惜行捶楚,所以处于清高,盖护其短也。至于台阁令史,主书监帅,诸王签省,并晓习吏用,济办时须,纵有小人之态,皆可鞭杖肃督,故多见委使,盖用其长也。人每不自量,举世怨梁武帝父子爱小人而疏士大夫,此亦眼不能见其睫耳。
>
> 梁世士大夫,皆尚褒衣博带,大冠高履,出则车舆,入则扶侍,郊郭之内,无乘马者。周弘正为宣城

①《梁书·刘勰传》记载此事说:"(《文心雕龙》)既成,未为时流所称。勰欲取定于沈约。约时贵盛,无由自达,乃负其书候约出,干之于车前,状若货鬻者。约便命取读,大重之,谓为深得文理,常陈诸几案。"这表明刘勰对《文心雕龙》质量的自信,也表明他不惜采用特殊手段力求成名的内心想法。

王所爱,给一果下马,常服御之,举朝以为放达。至
乃尚书郎乘马,则纠劾之。及侯景之乱,肤脆骨柔,
不堪行步,体羸气弱,不耐寒暑,坐死仓猝者,往往而
然。建康令王复性既儒雅,未尝乘骑,见马嘶歕陆
梁,莫不震慑,乃谓人曰:"正是虎,何故名为马乎?"
其风俗至此。[①]

颜之推所论,实际上正是刘勰悲愤感慨的名位通塞而口
不能言的弊端。这个弊端,从司马氏篡位曹魏以来,历经
两晋宋齐四朝,愈演愈烈。寒门子弟无以出头。世家贵
族则掌控了所有的高层权利,刘勰呼吁的"贵器用而兼
文采"的"梓材"之士,往往散在民间草莽之中,不得为
用。刘勰以此自况,但是绝不消极对待,这一处下而思进
思想的本源,是来自于孔子及其人生遭遇的。

司马迁《史记·孔子世家》载:孔子父亲叔梁纥本是
鲁国贵族,晚年时"与颜氏女野合而生孔子",孔子的出
生是不光彩的。而且,出生不久父亲就死了,"丘生而叔
梁纥死",孔子很早就成了孤儿,母亲艰难地抚养他长
大,甚至不告诉他父亲的坟墓在哪里。在十七岁以前,孔
子生活非常艰难,他自述"吾少也贱",做过许多为求生
存而不得不干的卑贱之事,甚至被阳虎当众羞辱。在孔

①高潮、甘华鸣总编,徐兆仁主编:《中国韬略大典·颜氏家训》,北京:中国
国际广播出版社,1997年版,第2823-2824页。

子一生中,他主要是处于个人理想不能实现、政治抱负不能伸张的郁闷境地,《史记·孔子世家》曾精辟地总结过他的一生经历:

> 孔子贫且贱。及长,尝为季氏史,料量平;尝为司职吏而畜蕃息。由是为司空。已而去鲁,斥乎齐,逐乎宋卫,困于陈蔡之间,于是反鲁。①

但是,刘勰尊奉孔子,更主要的原因在于孔子经国致用的功业感召与恢复礼乐、独身卫道的崇高思想。孔子本人出生贫贱,青年时代生存艰难,但是坚持上进的精神,成年成名后文武双修、建功立业的壮举,使同样出身下层、早年丧父的青年刘勰内心产生了强烈的共鸣,孔子对刘勰的精神世界有巨大的影响。《文心雕龙·程器》篇主张文士应该文武双备,"摛文必在纬军国",起源就在于对孔子学文尚用、维护礼法、为国立功、刚毅坚强精神的尊崇,也是对当时国家政治人物精神气质孱弱不振风气的批评②。《颜氏家训》记载了颜之推亲眼目睹的一些不良风气:

---

① [汉]司马迁:《史记》(影印本),北京:中华书局,1997 年版,第 1909 页。
② 关于此点,论述较为充分的有刘永济先生《文心雕龙校释》与曹顺庆先生《中西比较诗学》等。可参。

多见士大夫耻涉农商,羞务工伎,射则不能穿札,笔则才记姓名,饱食醉酒,忽忽无事,以此销日,以此终年。或因家世余绪,得一阶半级,便自为足,全忘修学;及有吉凶大事,议论得失,蒙然张口,如坐云雾;公私宴集,谈古赋诗,塞默低头,欠伸而已。有识旁观,代其入地。何惜数年勤学,长受一生愧辱哉!

梁朝全盛之时,贵游子弟,多无学术,至于谚云:"上车不落则著作,体中何如则秘书。"无不熏衣剃面,傅粉施朱,驾长檐车,跟高齿屐,坐棋子方褥,凭斑丝隐囊,列器玩于左右,从容出入,望若神仙。明经求第,则顾人答策;三九公宴,则假手赋诗。当尔之时,亦快士也。及离乱之后,朝市迁革,铨衡选举,非复曩者之亲;当路秉权,不见昔时之党。求诸身而无所得,施之世而无所用。被褐而丧珠,失皮而露质,兀若枯木,泊若穷流,鹿独戎马之间,转死沟壑之际。当尔之时,诚驽材也。有学艺者,触地而安。自荒乱以来,诸见俘虏,虽百世小人,知读《论语》《孝经》者,尚为人师;虽千载冠冕,不晓书记者,莫不耕田养马,以此观之,安可不自勉耶?若能常保数百卷书,千载终不为小人也。①

---

①高潮、甘华鸣总编,徐兆仁主编:《中国韬略大典·颜氏家训》,第2852-2853页。

颜之推后于刘勰,身在北朝,他敢于直接揭露这些弊端。刘勰身在南朝齐梁之间,采用了隐晦间接的表达策略。对于这种"上车不落则著作,体中何如则秘书"的腐败孱弱与"明经求第,则顾人答策;三九公宴,则假手赋诗"的舞弊擅权者进行了间接讽刺,说:

> 盖人禀五材,修短殊用;自非上哲,难以求备。然将相以位隆特达,文士以职卑多诮,此江河所以腾涌,涓流所以寸折者也。名之抑扬,既其然矣;位之通塞,亦有以焉。[1]

刘勰借古讽今,强烈地表达了自己对于名位抑扬与通塞的意见,对于因门阀控制使自己名不扬且位不通的生存现实极为不满,他的人生愿望不得实现,极为苦闷。但是,他逆社会陋习而动,不坠青云之志:

> 盖士之登庸,以成务为用。鲁之敬姜,妇人之聪明耳;然推其机综,以方治国;安有丈夫学文,而不达于政事哉?彼扬马之徒,有文无质,所以终乎下位也。昔庾元规才华清英,勋庸有声,故文艺不称,若非台岳,则正以文才也。文武之术,左右惟宜。[2]

①[清]黄叔琳注,李详补注,杨明照校注拾遗:《增订文心雕龙校注》,第599页。
②[清]黄叔琳注,李详补注,杨明照校注拾遗:《增订文心雕龙校注》,第599页。

刘勰决心"以成务为用"来勉励自己,以"安有丈夫学文,而不达于政事哉"的志向来鼓舞自己,以"文武之术,左右惟宜"的思想来激励自己。而上述种种内在理想动力的化身,孔子是最佳的人选。刘勰提出的"摛文必在纬军国,负重必在任栋梁;穷则独善以垂文,达则奉时以骋绩"的文士人生理想,孔子完全符合他的这些论述,可以说是量身定做的评价标准。刘勰借此寄托自己的人生理想,决心做一个"文武之术,左右惟宜"而且能够"丈夫学文,达于政事"的孔子式的人物,说孔子是刘勰的精神教父,是完全符合青年刘勰的精神追求的。《序志》篇有两个略带神秘色彩的美梦故事,显示了这种精神影响对刘勰成长的巨大作用:

> 予生七龄,乃梦彩云若锦,则攀而采之。齿在逾立,则尝夜梦执丹漆之礼器,随仲尼而南行。旦而寤,乃怡然而喜:大哉!圣人之难见也,乃小子之垂梦欤![1]

刘勰在童年与而立时候两次梦见孔子,是否真实,无法印证。其实他本人想说的是:圣人难见,而我见了两次,如何能够不高兴? 是不是孔子要我做点什么事呢? 有这个

---

[1][清]黄叔琳注,李详补注,杨明照校注拾遗:《增订文心雕龙校注》,第610页。

可能。读《序志》篇就知道，刘勰决定写《文心雕龙》，是因为解经不如汉儒，而文章功能巨大，加上生命极为脆弱，于是再难都不怕，得罪人（批评汉魏十家文论）也不要紧，他要的是求实，是表达自己对"为文之用心"的看法。这与孔子"迁"而不改何其相似？《文心雕龙》体大虑周，是在综合论述数千年的文学史、创作论、品评数以百计的作家作品并常常独创立论的基础上写出来的，其难度之大，是否也可以将刘勰看作六朝文学发展的理论卫道者呢？

至少在刘勰自己看来，他是具有这样"贵器用而兼文采"的本事的，属于《周书》论士称许的"梓才"，他模仿效法的对象就是孔子。《文心雕龙》独列《征圣》一篇，以周公、孔子为儒家两大圣人，而重心在于继续赞美孔子。

二、著书正乐与立言不朽

孔子从政受阻，退而求其次，开始著书立言。《孔子世家》载："季氏亦僭于公室，陪臣执国政，是以鲁自大夫以下皆僭离于正道。故孔子不仕，退而修诗书礼乐，弟子弥众，至自远方，莫不受业焉。"孔子著书立言、正定雅乐的壮举，对刘勰具有积极的影响。《文心雕龙》不仅处处张扬"宗经"的思想，还以孔子著书正乐的举动为榜样，阐明了自己的写作原因。孔子删述《周易》《诗经》《礼记》《尚书》，写作《春秋》，正定《雅》《颂》，后世相传的儒家五经中，都与他有直接关系。孔子从维护周礼的角度

出发,主张继承传统:

> 子曰:"法语之言,能无从乎? 改之为贵。巽与
> 之言,能无说乎? 绎之为贵。说而不绎,从而不改,
> 吾未如之何也已矣。"①

这是孔子宗经思想的理论依据。孔子既强调法语之言,
又主张改之为贵,重构已有的法语之言。《淮南子·氾
论训》讽刺说:

> 王道缺而《诗》作,周室废,礼义坏,而《春秋》
> 作。《诗》《春秋》,学之美者也,皆衰世之造也,儒者
> 循之,以教导于世,岂若三代之盛哉! 以《诗》《春
> 秋》为古之道而贵之,又有未作《诗》《春秋》之时。
> 夫道其缺也,不若道其全也。诵先王之《诗》《书》,
> 不若闻得其言,闻得其言,不若得其所以言,得其所
> 以言者,言弗能言也。②

这段话说到了孔子删述经典的背景与不足,大有一代不

---

① [魏]何晏等注,[宋]邢昺疏:《论语注疏》,上海:上海古籍出版社,1992
　年版,第2491页。
② [明]刘绩补注,陈广忠校理:《淮南鸿烈解》,合肥:黄山书社,2012年版,
　第68页。

如一代、写了不如不写的意见在内。《淮南子》以为：先王之言已经不得而闻，今天传下来的《诗》《书》，记录的是文字，不如语言；万一先王的语言我们能听到的话，又比不上语言背后的王道规律，这个"言弗能言"的东西，实际上就是没有说出来的"道"。因此，道——言——文三者呈现出的由形而上到形而下的关系，这种从无到有的关系表明，文是无法载道的，何况《诗》《书》《春秋》是在"周室废，礼义坏"的"衰世"重定或写作的呢？这个意见有道理，因为孔子毕竟不是上古三王时代的人，他再怎么删述，也不可能复原经典，所以，承续文化礼制，首先靠的是直面惨淡人生、力挽周室危局的勇气。《孔子世家》记录了孔子重构经典的文化壮举：

> 孔子之时，周室微而礼乐废，诗书缺。追迹三代之礼，序书传，上纪唐虞之际，下至秦缪，编次其事。曰："夏礼吾能言之，杞不足征也。殷礼吾能言之，宋不足征也。足，则吾能征之矣。"观殷夏所损益，曰："后虽百世可知也，以一文一质。周监二代，郁郁乎文哉。吾从周。"故书传、礼记自孔氏。①

---

① [汉] 司马迁：《史记》（影印本），北京：中华书局，1997 年版，第 1935-1936 页。

从文学的角度,这是文学经典与文风雅丽的来源。没有孔子,我们后人还能不能看到这些经典,是不好说的。《史记·儒林传·序》记载此事曰:

> 太史公曰:余读功令,至于广厉学官之路,未尝不废书而叹也。曰:嗟乎! 夫周室衰而《关雎》作,幽厉微而礼乐坏,诸侯恣行,政由强国。故孔子闵王路废而邪道兴,于是论次诗书,修起礼乐。适齐闻《韶》,三月不知肉味。自卫返鲁,然后乐正,雅颂各得其所。世以混浊莫能用,是以仲尼干七十余君无所遇,曰"苟有用我者,期月而已矣"。西狩获麟,曰"吾道穷矣"。故因史记作《春秋》,以当王法,其辞微而指博,后世学者多录焉。①

司马迁两次说到"礼乐诗书"四经是经过孔子"论次""修起"而成的,并且雅颂之乐的"正"与《春秋》一书的"作",都是孔子独立完成的工作。在删述、解构经典与重构经典的过程中,孔子最喜欢的是《周易》一书:

> 孔子晚而喜《易》,序彖、系、象、说卦、文言。读《易》,韦编三绝。曰:"假我数年,若是,我于《易》则

---

① [汉]司马迁:《史记》(影印本),第3115页。

彬彬矣。"①

今天我们看到的《周易》,不是一人一时的创作,而是多人多时创作的结晶。其中,孔子是重要作者之一,刘勰《宗经》所说的"易张十翼",就是孔子"序彖、系、象、说卦、文言"所作的内容。子曰:"加我数年,五十以学《易》,可以无大过矣。"(《论语·述而》)这不仅是孔子对儒家经典的重视,还体现了他对于读《周易》而能知天命的认识,《荀子·劝学》篇:"君子博学而参省乎己,则知明而行无过矣。"孔子认为学《易》可以使人语言行为没有大的过错,可见他对《易》是非常重视的。其喜《易》好《易》,达到"韦编三绝"的程度。杨树达《论语疏证》解此:《易·系辞上·传》曰:"是故君子所居而安者,《易》之序也;所乐而玩者,爻之辞也。是故君子居则观其象而玩其辞,动则观其变而玩其占,是以自天佑之,吉无不利。"《周易》一书思想内容渊深无极,难以穷究,孔子也入了迷。刘勰《文心雕龙》书中,以《周易》为五经之首,征引一百四十二处。王小盾、戚良德等学者认为《周易》是《文心雕龙》思想之本源。刘勰对《周易》如此重视,这不能不说与孔子著《易》而大增其内容与提倡其理论价值有关。

――――――――

① [汉] 司马迁:《史记》(影印本),第 1937 页。

孔子严谨务实,他自述在政治追求失败后,写作《春秋》一书的缘起与目的时说:

> 子曰:"弗乎弗乎,君子病没世而名不称焉。吾道不行矣,吾何以自见于后世哉?"乃因史记作《春秋》,上至隐公,下讫哀公十四年,十二公。据鲁,亲周,故殷,运之三代。约其文辞而指博。故吴楚之君自称王,而《春秋》贬之曰"子";践土之会实召周天子,而《春秋》讳之曰"天王狩于河阳":推此类以绳当世。贬损之义,后有王者举而开之。《春秋》之义行,则天下乱臣贼子惧焉。[①]

君子"病没世而名不称",孔子非常担心名节不彰,不能"自见于后世",故而著述立论,写作《春秋》,是想以此载道之外,更能彰显名节。刘勰在《序志》篇里,非常明确地表达了自己写书的理想追求:

> 形同草木之脆,名逾金石之坚,是以君子处世,树德建言,岂好辩哉? 不得已也![②]

不得已"树德建言"的刘勰,是在向孔子学习,思慕之心,

---

① [汉] 司马迁:《史记》(影印本),第 1943 页。
② [清] 黄叔琳注,李详补注,杨明照校注拾遗:《增订文心雕龙校注》,第 610 页。

昭然如此。《文心雕龙·诸子》篇中充满了这样的名节观念。开篇就说：

> 诸子者，入道见志之书。太上立德，其次立言。百姓之群居，苦纷杂而莫显；君子之处世，疾名德之不章。唯英才特达，则炳曜垂文，腾其姓氏，悬诸日月焉。①

结尾又论：

> 身与时舛，志共道申，标心于万古之上，而送怀于千载之下，金石靡矣，声其销乎！②

赞语再申：

> 大夫处世，怀宝挺秀。③

孔子"病没世而名不称"，刘勰"疾名德之不章"；孔子担心"何以自见于后世哉？"刘勰担心"金石靡矣，声其销乎？"孔子作《春秋》，是想"推此类以绳当世"，刘勰作

---

① [清]黄叔琳注，李详补注，杨明照校注拾遗：《增订文心雕龙校注》，第228页。
② [清]黄叔琳注，李详补注，杨明照校注拾遗：《增订文心雕龙校注》，第230页。
③ [清]黄叔琳注，李详补注，杨明照校注拾遗：《增订文心雕龙校注》，第230页。

《文心》，是想"文果载心，余心有寄"，"标心于万古之上，而送怀于千载之下"。两相比照，刘勰著书的目的，是以孔子为师，效法以作"文章"这一特定领域内的孔子第二，至少在扬名后世这一点上，是一致的。

孔子是想以《春秋》一书作为记录历史、以绳当世的利器，达到"春秋之义行，则天下乱臣贼子惧焉"的效果。而且，严格按照自己的意见标准来衡量国家政治，这个标准就是礼乐制度。故而采用纪实实录的笔法，不顾这样做会得罪于人的后果：

> 孔子在位听讼，文辞有可与人共者，弗独有也。至于为《春秋》，笔则笔，削则削，子夏之徒不能赞一辞。弟子受《春秋》，孔子曰："后世知丘者以《春秋》，而罪丘者亦以《春秋》。"①

这是春秋"实录"笔法的本义体现。孔子的意思，核心在于"以文载道"，而读者能够"观文明道"。孔子以身作则，以此教授弟子，从思想上规范他们的想法。对于"后世知丘者以春秋，而罪丘者亦以春秋"的事情，即使在遭遇困厄的时候，孔子也从来没有动摇过惧怕过。《孔子世家》载，孔子中年遭遇齐国的反间计，被迫离开鲁国后

---

① ［汉］司马迁：《史记》（影印本），第 1944 页。

游历天下,主要在卫、陈、蔡、郑等小国辗转流离,皆不被重用,而且时时遇到猜忌、陷害,数度流离失所,困厄不堪。在外十三年中,虽然差点得到楚昭王的七百里封赏,仍然被顾忌会最终威胁到楚国江山而不能得。在匡、蒲等小国,还多次遇险,差点身死人手,可谓狼狈潦倒之至。但是,孔子从来没有动摇过自己的政治主张与内心要求,面对多次的机遇,都是这样,即便不被任用,也要继续坚持,做一个悲情的卫道者。他写作《春秋》,就是要实事求是地记录历史,使之成为以文述政的利器。刘勰完全继承了这个做法,《序志》自述写作《文心雕龙》一书的基本动机是:

> 自生人以来,未有如夫子者也。敷赞圣旨,莫若注经,而马郑诸儒,弘之已精,就有深解,未足立家。唯文章之用,实经典枝条,五礼资之以成文,六典因之致用,君臣所以炳焕,军国所以昭明,详其本源,莫非经典。而去圣久远,文体解散,辞人爱奇,言贵浮诡,饰羽尚画,文绣鞶帨,离本弥甚,将遂讹滥。盖《周书》论辞,贵乎体要;尼父陈训,恶乎异端;辞训之异,宜体于要。于是搦笔和墨,乃始论文。①

---

① [清]黄叔琳注,李详补注,杨明照校注拾遗:《增订文心雕龙校注》,第610页。

刘勰自述心路,告诉读者:我本来是想注解经书,以求对圣人的思想作最近距离的领悟的,但是前贤之作已经达到了很高的水准,我这条路就被堵死了;因为文章具有"经国之大业,不朽之盛事"(《典论·论文》)的巨大功效,使我看到了重新接近夫子的希望;而且,千年以来,文学的发展,已经从孔门四科之一的正确方向出现了许多问题,我现在写这本书,就是想通过指出这些问题,重申夫子的主张,使文学在正途上良好地发展下去。刘勰内心真诚地尊崇孔子的言行与思想,才说得出这样充满感激的话。

孔子重构文学经典之后,又从诗乐结合的角度,正定了雅乐,做出了另一项巨大的贡献:

> 孔子语鲁大师:"乐其可知也。始作翕如,纵之纯如,皦如,绎如也,以成。""吾自卫反鲁,然后乐正,雅颂各得其所。"古者诗三千余篇,及至孔子,去其重,取可施于礼义,上采契后稷,中述殷周之盛,至幽厉之缺,始于衽席,故曰"《关雎》之乱以为风始,《鹿鸣》为小雅始,《文王》为大雅始,《清庙》为颂始"。三百五篇孔子皆弦歌之,以求合韶武雅颂之音。礼乐自此可得而述,以备王道,成六艺。[1]

---

[1]〔汉〕司马迁:《史记》(影印本),第 1936–1937 页。

孔子保存经典文献与正定雅乐,这些在政治理想不得施展之后进行的种种著书立说的举动,是刘勰"树德建言"的写作动力之源泉。《宗经》篇说:

> 皇世《三坟》,帝代《五典》,重以《八索》,申以《九丘》。岁历绵暖,条流纷糅。自夫子删述,而大宝咸耀。于是《易》张十翼,《书》标七观,《诗》列四始,《礼》正五经,《春秋》五例。义既极乎性情,辞亦匠于文理,故能开学养正,昭明有融。①

刘勰首先赞美了五经"自夫子删述,而大宝咸耀"的经过,然后指出其能够"开学养正,昭明有融"的作用。《程器》篇顺势说到:

> 是以君子藏器,待时而动,发挥事业,固宜蓄素以弸中,散采以彪外,梗楠其质,豫章其干,摛文必在纬军国,负重必在任栋梁,穷则独善以垂文,达则奉时以骋绩,若此文人,应梓材之士矣。②

刘勰的人生理想是"穷则独善以垂文,达则奉时以骋绩",这种追求立功立德、待时而动的思想,不为外界改

---

① [清]黄叔琳注,李详补注,杨明照校注拾遗:《增订文心雕龙校注》,第26页。
② [清]黄叔琳注,李详补注,杨明照校注拾遗:《增订文心雕龙校注》,第599页。

变自己追求的思想,直接取法于孔子的人生遭际与坚持
不屈的精神,这种精神,对刘勰有着根本的影响。早就有
研究者指出:刘勰写作《文心雕龙》一书,不得不说是带
有"待时而动,发挥事业"的经世致用的目的,这个目的
的实现,是"擒文必在纬军国,负重必在任栋梁"的内因
使然,故而刘勰早年依托于僧祐、书成后拦道于沈约,都
有出世求进的想法①。孔子作为重构儒家经典的圣人,
名垂青史,滋养百代,他的著书立言行为深深地感染了
刘勰,这是他决心写成《文心雕龙》并以孔子思想为准绳
的重要原因。

《晋书·儒林传·序》称赞孔子重构经典的行为说:

> 昔周德既衰,诸侯力政,礼经废缺,雅颂陵夷。
> 夫子将圣多能,固天攸纵,叹凤鸟之不至,伤麟出之
> 非时,于是乃删《诗》《书》,定礼乐,赞《易》道,修
> 《春秋》,载籍逸而复存,风雅变而还正。其后卜商、
> 卫赐、田、吴、孙、孟之俦,或亲禀微言,或传闻大义,
> 犹能强晋存鲁,藩魏却秦,既抗礼于邦君,亦驰声于
> 海内。②

孔子的伟绩体现在两个方面:一是"载籍逸而复存,风雅

---

① 杨明照、王元化、张少康先生等论此较多,可参。
② [唐]房玄龄等:《晋书》(影印本),北京:中华书局,1997年版,第2345页。

变而还正"，为文化事业续脉；二是影响到卜商、孟子等人，继续干政诸侯、发扬儒道。更为主要的是，孔子重构的六经，具有伟大的功能：

> 爰自风姓，暨于孔氏，玄圣创典，素王述训，莫不原道心以敷章，研神理而设教，取象乎《河》《洛》，问数乎蓍龟，观天文以极变，察人文以成化；然后能经纬区宇，弥纶彝宪，发挥事业，彪炳辞义。故知道沿圣以垂文，圣因文而明道，旁通而无滞，日用而不匮。《易》曰："鼓天下之动者存乎辞。"辞之所以能鼓天下者，乃道之文也。①

用刘勰的话说，这些经典具有"贵器用而兼文采"的双优特色，其核心在于"为用"的一面："能经纬区宇，弥纶彝宪，发挥事业，彪炳辞义"，能"旁通而无滞，日用而不匮"，能"鼓天下之动"，具有强大的政教功能与日用功能。

儒学不兴、文风讹滥的现状，迫使刘勰注重从复古尊孔的角度入手，在礼法规矩中吸取有用因素，建立讲究秩序、遵循规律的文学发展正途。这是刘勰所追求的核心目标之一。《序志》篇论述《文心雕龙》的写作动因说：

----

① [清]黄叔琳注，李详补注，杨明照校注拾遗：《增订文心雕龙校注》，第2页。

　　去圣久远，文体解散，辞人爱奇，言贵浮诡，饰羽尚画，文绣鞶帨，离本弥甚，将遂讹滥。盖《周书》论辞，贵乎体要；尼父陈训，恶乎异端；辞训之异，宜体于要。于是搦笔和墨，乃始论文。[①]

刘勰面对的齐梁文坛，是自"楚艳汉侈，流弊不还"（《宗经》）以来、建安与晋宋文学"从质及讹""竞今疏古"（《通变》）从而"离本弥甚，将遂讹滥"（《序志》）的糟糕局面，因此，在现实创作与当代理论中去寻找救弊良方，已属不可能。因为刘勰深刻地洞察到，文学是不能离开社会思潮、审美思潮、政治制度乃至君王喜好而独立发展的，社会现实的变迁，是在往礼崩乐坏的局面发展，文学不能幸免。以下数例，或可说明当时儒学不兴、文学发展离经叛道的大坏局面：

　　《晋书·儒林传·序》：有晋始自中朝，迄于江左，莫不崇饰华竞，祖述虚玄，摈阙里之典经，习正始之余论，指礼法为流俗，目纵诞以清高，遂使宪章弛废，名教颓毁，五胡乘间而竞逐，二京继踵以沦胥，运极道消，可为长叹息者矣。[②]

　　《陈书·儒林传·序》：魏晋浮荡，儒教沦歇，公

①［清］黄叔琳注，李详补注，杨明照校注拾遗：《增订文心雕龙校注》，第610页。
②［唐］房玄龄等：《晋书》（影印本），第2346页。

卿士庶,罕通经业矣。①

《南史·儒林传·序》:故自两汉登贤,咸资经术。洎魏正始以后,更尚玄虚,公卿士庶,罕通经业。时荀颐挚虞之徒,虽议创制,未有能易俗移风者也。自是中原横溃,衣冠道尽。逮江左草创,日不暇给,以迄宋齐,国学时或开置,而劝课未博,建之不能十年,盖取文具而已。是时乡里莫或开馆,公卿罕通经术。朝廷大儒,独学而弗肯养众;后生孤陋,拥经而无所讲习,大道之郁也久矣乎!②

《周书·儒林传·序》:雕虫是贵,魏道所以陵夷;玄风既兴,晋纲于焉大坏。③

《魏书·儒林传·序》:自晋永嘉之后,运钟丧乱,宇内分崩,群凶肆祸,生民不见俎豆之容,黔首惟睹戎马之迹,礼乐文章,扫地将尽!④

《隋书·儒林传·序》:自晋室分崩,中原丧乱,五胡交争,经籍道尽。⑤

《北史·儒林传·序》:自永嘉之后,宇内分崩,礼乐文章,扫地将尽。⑥

---

①[唐]姚思廉:《陈书》(影印本),北京:中华书局,1997年版,第433页。

②[唐]李延寿:《南史》(影印本),第1729–1730页。

③[唐]令狐德棻等:《周书》(影印本),北京:中华书局,1997年版,第805页。

④[北朝·北齐]魏收:《魏书》(影印本),北京:中华书局,1997年版,第1841页。

⑤[唐]魏徵等:《隋书》(影印本),第1705页。

⑥[唐]李延寿:《北史》(影印本),第2703页。

以上征引文献都共同指向了一个严峻的问题：自汉魏动乱以来，南北六朝的整体政治格局是动荡混乱的，学术思想"崇饰华竞，祖述虚玄"，儒学式微，文坛局面"运极道消"而"礼乐文章，扫地将尽"。最明显的莫过于刘勰生活的齐梁时代，这种状况非常糟糕。据《梁书·儒林传·序》所载：

> 汉末丧乱，其道遂衰。魏正始以后，仍尚玄虚之学，为儒者盖寡。时荀扷挚虞之徒，虽删定新礼，改官职，未能易俗移风。自是中原横溃，衣冠殄尽；江左草创，日不暇给；以迄于宋齐。国学时或开置，而劝课未博，建之不及十年，盖取文具，废之多历世祀，其弃也忽诸。乡里莫或开馆，公卿罕通经术。朝廷大儒，独学而弗肯养众；后生孤陋，拥经而无所讲习。三德六艺，其废久矣。[1]

自"汉末丧乱，其道遂衰"以来数百年崇尚玄虚、儒道陵替的结果是，当时的儒生，已经从"博学乎六艺之文"的"古之儒者"，蜕化成了"孤陋独学""罕通经术"的家伙，刘勰面对的是"三德六艺，其废久矣"的孱弱局面。

这样，就必须在古代的创作或理论中去寻找解决办

---

[1]［唐］姚思廉：《梁书》（影印本），第661页。

法。刘勰极力为自己的文论主张找到万人敬仰的复古
经典范例,这个范例就是孔子及其复古尚法的理论主
张。可以说,孔子的政教、诗教理论,使他成为儒家文论
史上第一位主张征圣复古、建立文学发展秩序的理论
家。《汉书·儒林传·序》详细记载了孔子的征圣、宗经
思想:

> 古之儒者,博学乎六艺之文。六艺者,王教之典
> 籍,先圣所以明天道,正人伦,致至治之成法也。周
> 道既衰,坏于幽厉,礼乐征伐自诸侯出,陵夷二百余
> 年而孔子兴,以圣德遭季世,知言之不用而道不行,
> 乃叹曰:"凤鸟不至,河不出图,吾已矣夫!""文王既
> 没,文不在兹乎?"于是应聘诸侯,以答礼行义。西
> 入周,南至楚,畏匡厄陈,奸(按:同干)七十余君。
> 适齐闻《韶》,三月不知肉味;自卫反鲁,然后乐正,
> 《雅》《颂》各得其所。究观古今篇籍,乃称曰:"大
> 哉,尧之为君也! 唯天为大,唯尧则之。巍巍乎其有
> 成功也,焕乎其有文章!"又曰:"周监于二代,郁郁
> 乎文哉! 吾从周。"于是叙《书》则断《尧典》,称乐则
> 法《韶舞》,论《诗》则首《周南》。缀周之礼,因鲁
> 《春秋》,举十二公行事,绳之以文武之道,成一王
> 法,至获麟而止。盖晚而好《易》,读之韦编三绝,而
> 为之传。皆因近圣之事,以立先王之教,故曰:"述

而不作,信而好古";"下学而上达,知我者其
天乎!"①

班固的记述,除了将孔子整理经典、创作《春秋》、正定雅
乐的起因经过描述得非常细致,还强调了孔子是在征
圣、宗经心态下完成这些工作的,揭示了孔子的内心取
法与精神动力之源泉,是"皆因近圣之事,以立先王之
教"。孔子面对礼崩乐坏的局面,尊奉周文王,感慨"文
王既没,文不在兹乎?"尊崇唐尧,称曰:"大哉,尧之为君
也! 唯天为大,唯尧则之。"唐尧之世"焕乎其有文章!"
周文王作《易》,于是孔子"晚而好《易》,读之韦编三绝,
而为之传"。

同时,对于周公的辅佐成王、制定"六经"、规范礼
乐、经世致用、立功立德,孔子交口不绝地称赞之,并以之
为榜样,在《论语》中反复申述自己对周公仁政致用、化
成天下、泽被后世言行的钦羡模仿之情。孔子毕生以复
兴礼乐、宣讲仁政、投身政治为荣,历经困厄而百折不回,
亲身卫道而规矩谨严,才成为周公之后的另一位标志式
的儒家圣人,从而被孟子、荀子、扬雄、刘勰等人奉为毕生
追摩的典范。

正是因为对孔子言行思想的极端崇拜,刘勰才会在

①[汉]班固:《汉书》(影印本),北京:中华书局,1997 年版,第 3589-3590 页。

梦里两次与孔子幸会，并以之为精神教父。《文心雕龙》的写作，实际上是刘勰以孔子为自身内在动力的外化成果。刘勰面对的六朝政治与文坛现状，是礼崩乐坏战乱频仍的政治格局、是流弊不还新奇讹滥的文学现实、是百家争鸣诸子交锋的思想大潮，文学的正确发展必须要有一个精神世界的领袖，如同孔子"征圣"尊奉文王与周公一样，刘勰"征圣"选定的是孔子。刘勰自己，实际上就是孔子思想在六朝文坛的现实使者，是为正本清源、指引文坛而来。《文心雕龙》一书，就是在孔子卫道精神的感染下，刘勰决心为纠正文学发展的不良倾向而作。

三、雅正的礼乐与文艺思想

孔子的政教、诗教理论，使他成为儒家文论史上第一位主张征圣复古并建立文学发展秩序的理论家，《汉书·儒林传·序》等文献详细记载了孔子征圣宗经的思想与著书正乐的行为及其动力源泉。《文心雕龙》一书，就是刘勰在孔子卫道精神的感染下，为纠正文学发展的不良倾向而作。《文心雕龙》雅丽思想与孔子追求雅正的礼乐思想密切相关，主要有以下内容：

（一）正色观念

在推行中和礼法的过程中，孔子对正色服饰观念的提倡，是礼仪尚中的一项重要外在修饰规定：

君子不以绀緅饰，红紫不以为亵服。当暑，诊绤绤，必表而出之。缁衣羔裘，素衣麑裘，黄衣狐裘。亵裘长，短右袂。必有寝衣，长一身有半。狐貉之厚以居。去丧无所不佩。非帷裳，必杀之。羔裘玄冠不以吊。吉月，必朝服而朝。[1]

这一段涉及古礼，以"君子"开头，严格来说，应该是孔门对弟子的具体穿着礼仪、服饰色彩的要求，孔子在平日也是如此着装。总的来说，可视为孔门自身学礼和习礼的教育或规范，对于服饰的颜色、款式、季节、场合有明确而严格的规定。孔子曾态度鲜明地对比说："恶紫之夺朱也，恶郑声之乱雅乐也，恶利口之覆家邦者。"(《论语·阳货》)这里提到的"朱"，是大红色，古代传统称为正色。紫是红色和蓝色混合而成的颜色，虽与红色接近，然而不是正色而是杂色，或称间色。在春秋时期，史载鲁桓公和齐桓公都喜欢穿紫色衣服，可见那时紫色已取代了朱色的传统地位，连诸侯的衣服都以紫色为正色了。而孔子认为：朱色的光彩与地位不应被紫色夺去。孔子提倡的正色观念，对刘勰雅正的文采观有巨大的影响。刘勰文学色彩观极为浓厚强烈，常常以自然、草木、鸟兽、云彩之色彩比喻文章，主张朱的正色，贬斥紫的间色，将

---

[1]［魏］何晏等注，［宋］邢昺疏：《论语注疏》，第 2494 页。

孔子服饰正色的观念转化到了文学创作与理论研究上。

在《序志》篇里,刘勰为自己尊崇孔子的思想设置了一个美轮美奂的出场仪式:"予生七龄,乃梦彩云若锦,则攀而采之。"彩云若锦是绚烂七色的天地辉光,刘勰攀而采之,与他"文源于道"、自然有采的文学思想暗合:

> 《原道》:夫玄黄色杂,方圆体分,日月叠璧,以垂丽天之象;山川焕绮,以铺理地之形:此盖道之文也。①
>
> 《原道》:傍及万品,动植皆文:龙凤以藻绘呈瑞,虎豹以炳蔚凝姿;云霞雕色,有逾画工之妙;草木贲华,无待锦匠之奇。夫岂外饰? 盖自然耳。至于林籁结响,调如竽瑟;泉石激韵,和若球锽:故形立则章成矣,声发则文生矣。夫以无识之物,郁然有采,有心之器,其无文欤!②

在刘勰看来,天地万物是郁然有采的,人文文章源自自然,当然也应该色彩绚烂;故而于书中反复申说声文、形文,尤其人文应该华美之意:

> 《情采》:圣贤书辞,总称文章,非采而何! 夫水

---

① [清]黄叔琳注,李详补注,杨明照校注拾遗:《增订文心雕龙校注》,第1页。
② [清]黄叔琳注,李详补注,杨明照校注拾遗:《增订文心雕龙校注》,第1页。

性虚而沦漪结,木体实而花萼振:文附质也。虎豹无文,则鞹同犬羊;犀兕有皮,而色资丹漆:质待文也。[1]

《情采》:故立文之道,其理有三:一曰形文,五色是也;二曰声文,五音是也;三曰情文,五性是也。五色杂而成黼黻,五音比而成《韶》《夏》,五性发而为辞章:神理之数也。[2]

《定势》:是以绘事图色,文辞尽情,色糅而犬马殊形,情交而雅俗异势。[3]

刘勰辩证地指出,有文采当然是好事,但是片面追求文采就会走向只重视文采而忽略思想内容的极端,这是不对的。《序志》指出"辞人爱奇,言贵浮诡,饰羽尚画,文绣鞶帨,离本弥甚,将遂讹滥"的创作现象,而这类现象普遍地存在于文学发展过程中,比如:

《杂文》:穷瑰奇之服馔,极盅媚之声色;甘意摇骨髓,艳词洞魂识,虽始之以淫侈,终之以居正,然讽一劝百,势不自反。[4]

---

[1] [清]黄叔琳注,李详补注,杨明照校注拾遗:《增订文心雕龙校注》,第415页。
[2] [清]黄叔琳注,李详补注,杨明照校注拾遗:《增订文心雕龙校注》,第415页。
[3] [清]黄叔琳注,李详补注,杨明照校注拾遗:《增订文心雕龙校注》,第406页。
[4] [清]黄叔琳注,李详补注,杨明照校注拾遗:《增订文心雕龙校注》,第181页。

《书记》:然才冠鸿笔,多疏尺牍,譬九方堙之识骏足,而不知毛色牝牡也。①

《通变》:今才颖之士,刻意学文,多略汉篇,师范宋集,虽古今备阅,然近附而远疏矣。夫青生于蓝,绛生于茜,虽逾本色,不能复化。桓君山云:"予见新进丽文,美而无采;及见刘扬言辞,常辄有得。"此其验也。故练青濯绛,必归蓝茜,矫讹翻浅,还宗经诰;斯斟酌乎质文之间,而隐括乎雅俗之际,可与言通变矣。②

从文体的创造、言辞的运用、文意的表达、学习的模仿等等方面,都存在色彩混杂、不辨本色、瑰奇讹滥的问题,刘勰主张一定要以正色、经诰为准纠正之。于是回到孔子那里,《序志》说:"齿在逾立,则尝夜梦执丹漆之礼器,随仲尼而南行。"礼器外润丹漆,由彩云若锦的众色缩小到了孔子提倡的朱红正色。文学也应该像礼法规定那样,朱紫异分,主次分明,优劣得所:"正采耀乎朱蓝,间色屏于红紫,乃可谓雕琢其章,彬彬君子矣。"(《情采》)于是,刘勰以正色为基准,绳墨文采。类似的例子在书中比比皆是,诸如:

---

① [清]黄叔琳注,李详补注,杨明照校注拾遗:《增订文心雕龙校注》,第349页。
② [清]黄叔琳注,李详补注,杨明照校注拾遗:《增订文心雕龙校注》,第397-398页。

《正纬》：通儒讨核，谓起哀平，东序秘宝，朱紫乱矣！①

《正纬》：世历二汉，朱紫腾沸。②

《诠赋》：丽词雅义，符采相胜，如组织之品朱紫，画绘之著玄黄，文虽新而有质，色虽糅而有本，此立赋之大体也。③

《祝盟》：季代弥饰，绚言朱蓝。④

《体性》：雅丽黼黻，淫巧朱紫。⑤

《风骨》：夫翚翟备色，而翾翥百步，肌丰而力沉也；鹰隼乏采，而翰飞戾天，骨劲而气猛也：文章才力，有似于此。若风骨乏采，则鸷集翰林；采乏风骨，则雉窜文囿：唯藻耀而高翔，固文笔之鸣凤也。⑥

《定势》：是以括囊杂体，功在铨别，宫商朱紫，随势各配。章表奏议，则准的乎典雅；赋颂歌诗，则羽仪乎清丽；符檄书移，则楷式于明断；史论序注，则师范于核要；箴铭碑诔，则体制于弘深；连珠七辞，则从事于巧艳：此循体而成势，随变而立功者也。虽复契会

①［清］黄叔琳注，李详补注，杨明照校注拾遗：《增订文心雕龙校注》，第41页。
②［清］黄叔琳注，李详补注，杨明照校注拾遗：《增订文心雕龙校注》，第41页。
③［清］黄叔琳注，李详补注，杨明照校注拾遗：《增订文心雕龙校注》，第97页。
④［清］黄叔琳注，李详补注，杨明照校注拾遗：《增订文心雕龙校注》，第124页。
⑤［清］黄叔琳注，李详补注，杨明照校注拾遗：《增订文心雕龙校注》，第381页。
⑥［清］黄叔琳注，李详补注，杨明照校注拾遗：《增订文心雕龙校注》，第388页。

相参,节文互杂,譬五色之锦,各以本采为地矣。①

《隐秀》:故自然会妙,譬卉木之耀英华;润色取美,譬缯帛之染朱绿。朱绿染缯,深而繁鲜;英华曜树,浅而炜烨。②

《物色》:至如《雅》咏棠华,或黄或白;《骚》述秋兰,绿叶紫茎:凡攡表五色,贵在时见,若青黄屡出,则繁而不珍。③

上述征引的材料,涉及文学风格、创作原理、时代文风、文体风格、景物描写、人工美与自然美的优劣问题等写作的方方面面。刘勰反复将"朱紫""朱蓝""朱绿""青黄""五色"等术语以比喻的方式进行对比论述,其目的就是要将源自孔子、折衷于"朱紫"的正色观念借鉴过来,运用到文学理论的阐述上去。从《文心雕龙》全书的若干例证来看,这种借鉴非常成功。在理论主张上,刘勰提倡美文与正采;在方法论上,则是孔子中和正色思想在起支撑作用。

(二)中和诗教

与"允执其中""和为贵""五恶四美""朱紫"正色等

---

①[清]黄叔琳注,李详补注,杨明照校注拾遗:《增订文心雕龙校注》,第406-407页。

②[清]黄叔琳注,李详补注,杨明照校注拾遗:《增订文心雕龙校注》,第496页。

③[清]黄叔琳注,李详补注,杨明照校注拾遗:《增订文心雕龙校注》,第567页。

政教礼教观念相一致,孔子提倡温柔敦厚的诗教原则与
中和的审美标准:

> 子曰:"诗三百篇,一言以蔽之,曰:'思
> 无邪。'"①

"思无邪"原是《诗经·鲁颂·駉》诗第四章"駉駉牡
马,在坰之野。薄言駉者,有驈有皇,有骊有鱼,以车祛
祛。思无邪,思马斯徂"②中的一句。朱熹《集注》曰:
"《诗》三百十一篇,言三百者,举大数也。"杨伯峻先生
《论语译注》认为"思"是无实义的语音词,本来没有意
义,是孔子独创性地将其作"思想"解释。清人俞樾《曲
园杂撰·说项》中也这样说。关于"思无邪",朱熹在《朱
子语类》中说:"思无邪,乃是要使人读诗人思无邪也。
若以为作诗者三百篇,诗,善为可法,恶为可戒。故使人
思无邪也。"唐人孔颖达分析孔子诗教时说,孔子认为
《诗三百》虽对王室政治有所讽刺,但不好作直接的、尖
锐的揭露和批评,故而教人以"温柔敦厚"。这样,"思无
邪"就转化成了"温柔敦厚"的儒家诗教理论。"温柔敦
厚"见于《礼记·经解》:"孔子曰:入其国,其教可知也。

---

① [魏]何晏等注,[宋]邢昺疏:《论语注疏》,第 2461 页。
② [汉]郑玄笺,[唐]孔颖达等正义:《毛诗正义》,上海:上海古籍出版社,
　1992 年版,第 610 页。

其为人也温柔敦厚,《诗》教也;……其为人也,温柔敦厚而不愚,则深于《诗》者也。"①这是汉儒对孔子文艺思想的一种概括。孔颖达《正义》对此解释说:"诗依违讽谏,不指切事情,故云温柔敦厚是诗教也。"②又说:"此一经以《诗》化民,虽用敦厚,能以义节之。欲使民虽敦厚不至于愚,则是在上深达于《诗》之义理,能以《诗》教民也。"③孔颖达从作家的写作态度和诗歌的社会作用入手,主张诗歌创作既需要运用温柔敦厚的原则,同时也必须以礼义对作家进行规范。"温柔敦厚"作为儒家的传统诗教,在汉代文论中最集中地体现在《毛诗大序》所强调的"发乎情,止乎礼义""主文而谲谏""风以动之,教以化之"等诗学主张中,要求委婉言说,不允许尖锐地揭露批判,因而在汉代大一统的政治格局背景下很有市场。辞赋作为汉代文学的代表,其"曲终奏雅""劝而不止"的主旨表达方式与讽谏之义,不能说没有受到这些主张的影响。

"思无邪"由伦理政教标准复归于文学理论,主要有两方面内容:一是文学创作强调作者的情感要真,动机要纯。所谓"思无邪",即中正真诚之意。按照《易·文

---

① [汉]郑玄注,[唐]孔颖达等正义:《礼记正义》,上海:上海古籍出版社,1992年版,第1609页。
② [汉]郑玄注,[唐]孔颖达等正义:《礼记正义》,第1609页。
③ [汉]郑玄注,[唐]孔颖达等正义:《礼记正义》,第1610页。

言》"修辞立其诚"的说法,要求诗人要有真情实感。刘勰《文心雕龙·宗经》篇列出经典之"六义",第一条就是"情深而不诡",讲究诚挚深厚的思想感情是经典作品的第一要义。二是从审美效果上说,要归于中和之美。孔子认为"思无邪"这句诗可以包括全部《诗经》的思想特点和美学意义。"无邪",即正,就是中和之美。中和的最佳体现,是孔子认为《关雎》之"乐而不淫,哀而不伤"。(《论语·八佾》)《论语集解》引孔安国注:"乐不至淫,哀不至伤,言其和也。"朱熹《集注》:"淫者,乐之过而失其正者也;伤者,哀之过而害于和者也。"孔子要求快乐或悲伤都要以一种温和中正的度量表示出来,这是最高的原则。《关雎》是爱情诗,讲述青年男女的恋爱经过,孔子把它放在第一首的显著位置。以《关雎》为代表的爱情诗歌在《诗经》中的大量存在表明,孔子并不是不食人间烟火的绝对礼教主义者,他提倡正确的婚恋观念和婚恋行为,对于老百姓喜怒哀乐、七情六欲的正常表达,是持支持甚至同情态度的。孔子认为,诗歌有"兴、观、群、怨"的功能,这是对《尚书·尧典》"诗言志"诗学理论的展开运用,所以《国风》中选录许多爱情诗、战争诗、悲怨诗、劳动诗,在《雅》《颂》部分也有少量存在。从底层到最高层,从《风》诗到《颂》诗,在题材内容上相当广泛,只要符合"无邪"这个审美标准都可以,而这个标准的确立,是以执中方法论为理论武器得出的。司马迁在《屈原列传》中说"国风好色而不淫,小雅怨诽而不乱",是对"乐而不淫,哀而不伤"的转化表述。《文心雕龙·宗经》"六义"中的第六条"文丽而不淫",贯穿全书,则是上述原则的文学理论要求。

(三)雅乐正声

与正色观念、中和诗教相协调,孔子赞美雅乐,提倡正音;贬斥淫乐,指责郑声。这表明了他尚雅贬俗的音乐美学思想,以及执中为用的评价方法。

> 子语鲁大师乐,曰:"乐其可知也。始作,翕如也。从之,纯如也,皦如也,绎如也。以成。"①

孔子非常重视雅乐的教化感染功能,对于音乐从始至终的演奏过程,以雅乐正音的中和之美作为衡量标准。他说:"师挚之始,关雎之乱,洋洋乎盈耳哉!"(《论语·泰伯》)这种中和雅乐的感染力对于听众熏陶内心、净化心灵作用很大,所以,他又具体举例说:

> 子谓《韶》:"尽美矣,又尽善也。"谓《武》:"尽美矣,未尽善也。"②

---

① [魏]何晏等注,[宋]邢昺疏:《论语注疏》,第 2468 页。
② [魏]何晏等注,[宋]邢昺疏:《论语注疏》,第 2469 页。

郭绍虞先生《中国文学批评史》评价说:"孔子论乐谓韶则尽美尽善,谓武则尽美而未尽善:以美善合一为标准,则文学作品尚美而不主于善,固亦宜其为世所废弃了。此种极端的主张,盖均出于孔子思想之暗示,而加以推阐而已。"①其实,孔子不是"尚美而不主于善",而是主张既要"尽美",又要"尽善",使美与善完满地统一起来。孔子避免了由于看到美与善的矛盾而用善去否定美的狭隘功利主义(如墨家),也没有企图脱离现实社会伦理道德的制约去追求绝对自由和美(如老庄),这就是孔子在解决美善矛盾这个重大问题上的杰出之处。而这种解决问题的思维方法,就是"分而为二"、执中为用的中庸方法论。

以尽善尽美为标准,孔子厌恶郑声,说"郑声淫",也许不光是针对从郑声思想内容的浪漫奔放气质,郑声中的一些分节长歌,结构繁复,变化较多,这与中正适度的要求不一样,可能也是孔子厌恶郑声的一个原因。孔子以乐观政,将音乐审美理论与政治教化、国家治理原则合而论之,向弟子传授治国安邦的方法策略:复古礼,兴雅乐。《韶》乐优美动听,这是孔子理想中的雅乐,也是他向往的文质彬彬、安然有序的古代理想政治。

《左传·襄公二十九年》记载了一个"季札观乐"的

---

①郭绍虞:《中国文学批评史》,天津:百花文艺出版社,1999年版,第18-19页。

故事,也是著名的尚雅贬俗的例子:

> 吴公子札来聘。……请观于周乐。使工为之歌
> 《周南》《召南》,曰:"美哉! 始基之矣,犹未也,然勤
> 而不怨矣。"邶为之歌《邶》《庸》《卫》,曰:"美哉,渊
> 乎! 忧而不困者也。吾闻卫康叔、武公之德如是,是
> 其《卫风》乎?"为之歌《王》,曰:"美哉! 思而不惧,
> 其周之东乎!"为之歌《郑》,曰:"美哉! 其细已甚,
> 民弗堪也。是其先亡乎?"为之歌《齐》,曰:"美哉,
> 泱泱乎! 大风也哉! 表东海者,其大公乎? 国未可
> 量也。"为之歌《豳》,曰:"美哉,荡乎! 乐而不淫,其
> 周公之东乎?"为之歌《秦》,曰:"此之谓夏声。夫能
> 夏则大,大之至也,其周之旧乎!"为之歌《魏》,曰:
> "美哉,沨沨乎! 大而婉,险而易行,以德辅此,则明
> 主也!"为之歌《唐》,曰:"思深哉! 其有陶唐氏之遗
> 民乎? 不然,何忧之远也? 非令德之后,谁能若
> 是?"为之歌《陈》,曰:"国无主,其能久乎!"自《郐》
> 以下无讥焉! 为之歌《小雅》,曰:"美哉! 思而不
> 贰,怨而不言,其周德之衰乎? 犹有先王之遗民
> 焉!"为之歌《大雅》,曰:"广哉! 熙熙乎! 曲而有直
> 体,其文王之德乎?"为之歌《颂》,曰:"至矣哉! 直
> 而不倨,曲而不屈;迩而不逼,远而不携;迁而不淫,
> 复而不厌;哀而不愁,乐而不荒;用而不匮,广而不

宣;施而不费,取而不贪;处而不底,行而不流。五声
和,八风平;节有度,守有序。盛德之所同也!"①

同篇又载其"观舞"之事:

　　见舞《象箾》《南籥》者,曰:"美哉,犹有憾!"见
舞《大武》者,曰:"美哉,周之盛也,其若此乎?"见舞
《韶濩》者,曰:"圣人之弘也,而犹有惭德,圣人之难
也!"见舞《大夏》者,曰:"美哉! 勤而不德。非禹,
其谁能修之!"见舞《韶箾》者,曰:"德至矣哉! 大
矣,如天之无不帱也,如地之无不载也! 虽其盛德,
其蔑以加于此矣。观止矣! 若有他乐,吾不敢
请已!"②

上述季札观乐与观舞的故事,其解读原理同于上节中我
们讨论过的孔子以乐知人的方式。一方面,我们可以看
到在各国外交场合中,演唱《诗经》、演奏音乐、乐舞合一
的礼仪制度非常普遍,各国外交官都有较高的音乐文学
修养;另一方面,以乐观政、复古雅乐的思潮相当普及。
　　季札故事包含了许多文学批评的因素。季札虽然

①[晋]杜预注,[唐]孔颖达等正义:《春秋左传正义》,上海:上海古籍出版
社,1992 年版,第 2006-2007 页。
②[晋]杜预注,[唐]孔颖达等正义:《春秋左传正义》,第 2008 页。

是对周乐发表评论,其实也就是评论《诗》,因为当时《诗》是入乐的。虽然脱离了音乐的诗或许少了感发作用,而周乐中的舞已不能再现,但毕竟季札评论的周乐,其文字主体还能在《诗经》中看到。所以我们可以从《季札观周乐》中总结出传统文学批评的一些特点。

首先是文学与政教的关系。《诗经》最先并非作为纯文学作品出现,相反地,它有具体实际的使用场合。郭预衡先生《中国古代文学史》指出:"春秋时政治、外交场合公卿大夫'赋诗言志'颇为盛行,赋诗者借用现成诗句断章取义,暗示自己的情志。公卿大夫交谈,也常引用某些诗句。"并且,诗的采集,是有意识为政教服务的。《孔丛子·巡狩》篇:"古者天子命史采诗谣,以观民风。"《汉书·食货志》:"孟春之月,群居者将散,行人振木铎徇于路以采诗,献之太师,比其音律,以闻于天子。故曰:王者不窥牖户而知天下。"文学既然重视其社会功用,文学批评自然也强调政治教化。这集中体现在《论语》"兴观群怨"的论述中。从季札对周乐的评论看,他正是把音乐文学和政教思想结合起来了。所以季札能从《周南》《召南》中听出"勤而不怨",从《邶》《鄘》《卫》中听出"忧而不困";反之,音乐文学对政治也有反作用,不好的音乐文学也会加速政治的败坏,于是季札从《郑》中听出"其细也甚,民弗堪也",认为"是其先亡乎?"所以孔子认为要"放郑声",是有先兆的。但必须指出并不是真的有所谓亡国之音，而是靡靡之音助长了荒淫享乐的社会风气，从而使得政治败坏，以致亡国。刘勰所处的齐梁时代，永明体大盛，公卿贵族心在艳歌淫词，《玉台新咏》等诗集应运而生。刘勰所面对的诗坛局面，与"郑声"实际上差不多。

其次是文学的中和之美。孔子论诗，强调"温柔敦厚"的诗教。季札论诗，和孔子非常接近，注重文学的中和之美。他称"勤而不怨""忧而不困""乐而不淫""大而婉，险而易行""思而不贰，怨而不言""曲而有直体"等语，全面地表现了这种审美意识。更突出的表现是他对《颂》的评论："直而不倨，曲而不屈，迩而不逼，远而不携，迁而不淫，复而不厌，哀而不愁，乐而不荒，用而不匮，广而不宣，施而不费，取而不贪，处而不底，行而不流。"连用了十四个语意对比的并列短语来形容！发出的感叹是"至矣哉"，因为"五声和，八音平，节有度，守有序"，所以是"盛德之所同"。季札对中和美的推崇确实到了极致。中和美是儒家中庸思想在美学上的反映。孔子认识到任何事不及或过度了都不好，事物发展到极盛就会衰落，所以他就"允执厥中"。在个人感情上也不能大喜大悲。体现在文学批评与音乐批评中，要求"乐而不淫，哀而不伤"，抑制过于强烈的感情，以合于礼。季札、孔子乐论之后，战国荀子音乐理论、汉代《毛诗序》《礼记·乐记》等儒家音乐、文学理论对他们的思想一脉相承。

《文心雕龙·乐府》篇是集中论述刘勰雅乐正声观念的篇章,该篇有非常明显的尚雅贬俗倾向。其思想所本,来自于儒家乐论。

《乐府》篇的主要观点来自孔子、《乐记》为代表的儒家雅乐正声理论。《乐记》继承了《毛诗序》音乐感化人心、反映政治的功能与特点,《文心雕龙》同样主张文学与音乐相通,认为文学与音乐的政教功能都是巨大的。顺此,雅乐正声的主张,又带来了尚雅贬俗的《乐府》专题。《乐府》篇开始就说:

> 乐府者,声依永,律和声也。钧天九奏,既其上帝;葛天八阕,爰乃皇时。①

首先,"乐府"声诗是指一种音乐文学的表达方式,这种表达以《尚书·尧典》"声依永,律和声"的咏歌长言为特点,《礼记·乐记》"说之故言之,言之不足,故长言之;长言之不足,故嗟叹之;嗟叹之不足,故不知手之舞之,足之蹈之也"②是其具体阐释;其次,诗乐一体,诗乐不分,这就将萌芽状态的声乐与《诗经》合观统照,刘勰的目的,是要将有关《诗经》的种种神秘理论与政教功能转移到对乐府诗歌的评价上来,也就是说,将源自孔子的音乐

---

① [清]黄叔琳注,李详补注,杨明照校注拾遗:《增订文心雕龙校注》,第82页。
② [汉]郑玄注,[唐]孔颖达等正义:《礼记正义》,第1545页。

理论中雅乐正声、贬斥郑声的观念运用过来。这一方面
显示了刘勰宏观的诗歌发展研究视野,另一方面也显示
了他先入为主、尚雅贬俗的理论局限。这种特点贯穿
《乐府》全篇:

> 师旷觇风于盛衰,季札鉴微于兴废,精之至也。
> 雅声浸微,溺音腾沸,秦燔《乐经》,汉初绍复。
> 迄及元成,稍广淫乐。正音乖俗,其难也如此。
> 至于魏之三祖,气爽才丽,宰割辞调,音靡节平。
> 观其《北上》众引,《秋风》列篇,或述酣宴,或伤羁
> 戍,志不出于淫荡,辞不离于哀思。虽三调之正声,
> 实《韶》《夏》之郑曲也。
> 若夫艳歌婉娈,怨志诀绝,淫辞在曲,正响
> 焉生?[1]

通过这些摘录,我们可以清楚地看到,在《乐府》篇"原始
以表末"部分对于音乐文学发展的整体历史梳理中,贯
穿着孔子雅乐郑声、尚雅贬俗的理论主张,以及季札观
乐与荀子《乐论》《毛诗序》《乐记》的诗乐政教理论。这
些主张与理论,既有尚雅尚正的鲜明立场与正道正行的
归化之功,也显示了刘勰雅丽思想在尚雅贬俗方面的局

---

[1][清]黄叔琳注,李详补注,杨明照校注拾遗:《增订文心雕龙校注》,第82—83
页。上述引文均出于同一篇,故集中作注。

限。这就是,不能正确、通达地正视文学的新变现象,固守儒家礼乐政教观念,固守贵族上层阶级的思想立场,必然会或多或少地忽略民间文学、忽略雅体雅言之外的俗文学,并导致对它们的不公正评价。抱着"岂惟睹乐,于焉识礼"的鉴赏立场与诗乐致用的功能目的,刘勰对于"乐府"诗体在发展过程中出现的"雅郑"分流现象进行了深刻的探索。首先,他提出"乐本心术,故响浃肌髓,先王慎焉,务塞淫滥。敷训胄子,必歌九德,故能情感七始,化动八风"的教化感染"正教正风"说,以此为准,评骘历代。其次,对汉代乐府诗歌改变前代中正典雅之风多有不满。刘勰认为,一则汉乐府融入了辞赋体裁与辞赋技法,"延年以曼声协律,朱马以骚体制歌,《桂华》杂曲,丽而不经;《赤雁》群篇,靡而非典",汉乐府靡丽之风大盛,而典雅之风渐衰。二则汉乐府对秦代乐府声诗的管理制度多有效法,而"秦世不文""法家少文",所以说,汉代乐府声诗"虽摹《韶》《夏》,而颇袭秦旧,中和之响,阒其不还"。顺流而下,"魏之三祖"则"或述酣宴,或伤羁戍,志不出于淫荡,辞不离于哀思",内容多写自我,不及家国;思想淫荡哀思,怨而且露。这可不是"乐而不淫,哀而不伤""主文谲谏"的音乐,更不是"发乎情,止乎礼义"的中和之响。所以刘勰对他们打着"正声"的牌子,写的却是"郑曲"的创作很不以为然。汉魏乐府虽然各有不足,但是毕竟还有可

取之处,还没有完全背离雅乐正道。然而近代乐府声诗的创作则惨不忍睹:

> 然俗听飞驰,职竞新异,雅咏温恭,必欠伸鱼睨;奇辞切至,则拊髀雀跃:诗声俱郑,自此阶矣![①]

对比《文心雕龙》全书的论述可知,刘勰此处所论,当是"近代以来",即晋宋齐三代以来的乐府声诗创作。刘勰以之为"俗听飞驰"、标新立异、"奇辞切至"的"诗声俱郑"的不良创作。近代文学在刘勰眼里基本上是不值一提的,而且是越往近代发展,文学讹滥诡异的趋向就越是严重,不仅取法不高,"竞今疏古",而且内容不雅,言辞反正,故而文风新奇,一无是处。这种贬斥近代文学的反向,是尊崇古代文学。崇古抑今的思想倾向,与尚雅贬俗的思想倾向一样,都是过于尊崇经典雅正的弊端的产物。类似的意见,在《杂文》《谐隐》《诸子》等篇中也比较明显。

《论语》中还记载了孔子主张的"乐如其人"的意见与"听音知人"的鉴赏方法,孔子复古征圣的思想和他毕生追求的礼乐理想,对刘勰"文如其人"的《体性》篇风格论与"披文入情"的《知音》篇鉴赏论也有着很大的影响。

[①][清]黄叔琳注,李详补注,杨明照校注拾遗:《增订文心雕龙校注》,第83页。

这里主要讨论前一个问题。

《体性》篇指出,文学作品的产生,是一个"情动而言形,理发而文见,沿隐以至显,因内而符外"的过程,从作家内心情感到作品文本完成,是从无到有、由内到外的线性过程,具有"各师成心,其异如面"的特点,作家有什么样的修养和情感,就会表现出什么样的文章面貌和文风特点。而这些特点或风格因人而异,没有完全相同,就像人的长相一样差异巨大。造成这些差异的原因,是作家个体的才、气、学、习各不一样:"辞理庸俊,莫能翻其才;风趣刚柔,宁或改其气;事义浅深,未闻乖其学;体式雅郑,鲜有反其习。"①学习深浅有别,才华高低有异,气质强弱有分,取法雅郑不同,因此,历代以来的文学作品在整体上就会出现"一曰典雅,二曰远奥,三曰精约,四曰显附,五曰繁缛,六曰壮丽,七曰新奇,八曰轻靡"的不同风格。表现在具体的作家作品个案上,才会有"贾生俊发,故文洁而体清;长卿傲诞,故理侈而辞溢;子云沈寂,故志隐而味深;子政简易,故趣昭而事博;孟坚雅懿,故裁密而思靡;平子淹通,故虑周而藻密;仲宣躁锐,故颖出而才果;公幹气褊,故言壮而情骇;嗣宗俶傥,故响逸而调远;叔夜俊侠,故兴高而采烈;安仁轻敏,故锋发而韵流;士衡矜重,故情繁而辞隐"②的巨大差异。上述作家

①[清]黄叔琳注,李详补注,杨明照校注拾遗:《增订文心雕龙校注》,第380页。
②[清]黄叔琳注,李详补注,杨明照校注拾遗:《增订文心雕龙校注》,第380页。

都是一时之选,他们的作品多数是麟凤之作,之所以差异如此之大,是和他们各自的个性特征相一致的,这个道理,就是"吐纳英华,莫非情性"的"文如其人"的规律,个性如何,作品就会对应呈现相同的风格。以这个规律"触类以推",其他作家也必定"表里必符"。《时序》《才略》篇品鉴上古三代以至于晋宋年间的作家作品数以百计①,现举王粲为例:

> 《明诗》:若夫四言正体,则雅润为本;五言流调,则清丽居宗:华实异用,惟才所安。故平子得其雅,叔夜含其润,茂先凝其清,景阳振其丽;兼善则子建仲宣,偏美则太冲公幹。②
>
> 《诠赋》:及仲宣靡密,发篇必遒。③
>
> 《哀吊》:仲宣所制,讥呵实工。④
>
> 《杂文》:仲宣《七释》,致辨于事理。⑤
>
> 《论说》:详观兰石之《才性》,仲宣之《去代》,叔夜之《辨声》,太初之《本无》,辅嗣之《两例》,平

---

①根据笔者统计,《时序》篇论述著名作家96人,《才略》篇评介著名作家98人,二者多有重合;两篇之中的群体作家(如《五子之歌》等集体创作)、断代之称(如唐虞)、历代帝王不计入内。

②[清]黄叔琳注,李详补注,杨明照校注拾遗:《增订文心雕龙校注》,第65-66页。

③[清]黄叔琳注,李详补注,杨明照校注拾遗:《增订文心雕龙校注》,第96页。

④[清]黄叔琳注,李详补注,杨明照校注拾遗:《增订文心雕龙校注》,第168页。

⑤[清]黄叔琳注,李详补注,杨明照校注拾遗:《增订文心雕龙校注》,第181页。

叔之《二论》,并师心独见,锋颖精密,盖论之英也。①

《神思》:仲宣举笔似宿构。②

《体性》:仲宣躁锐,故颖出而才果。③

《才略》:仲宣溢才,捷而能密,文多兼善,辞少瑕累,摘其诗赋,则七子之冠冕乎!④

《程器》:仲宣轻锐以躁竞。⑤

《体性》指出王粲个性急躁、思维敏捷、才华横溢、新意颖出。刘勰以这个标准衡量他,在书中累计论述王粲十二次,本文辑录的九次,都笼罩在上述特点之中。这一方面说明刘勰的论述前后一致贯通始终,另一方面也说明他对"文如其人"的规律领悟深透,运用娴熟。同时,刘勰对王粲的评价,与曹丕《典论·论文》"王粲长于辞赋"和钟嵘《诗品·上》以为王粲"发愀怆之词,文秀而质羸"的评价,总体上是一致的,虽师心独见,也准确合时。

(四)审美原则

孔子的文艺美学思想依附于他的礼乐政教观念,提倡"思无邪"的诗教观念、"兴观群怨"的诗歌功能、"文质彬彬"的中和之美、"乐而不淫,哀而不伤"的中正敦厚的

---

① [清]黄叔琳注,李详补注,杨明照校注拾遗:《增订文心雕龙校注》,第246页。
② [清]黄叔琳注,李详补注,杨明照校注拾遗:《增订文心雕龙校注》,第370页。
③ [清]黄叔琳注,李详补注,杨明照校注拾遗:《增订文心雕龙校注》,第380页。
④ [清]黄叔琳注,李详补注,杨明照校注拾遗:《增订文心雕龙校注》,第575页。
⑤ [清]黄叔琳注,李详补注,杨明照校注拾遗:《增订文心雕龙校注》,第598页。

表现方式、"尽善尽美"的音乐美学思想、"雅乐郑声"的尚雅贬俗观念,这些有关政教与诗教的原则规范和美学思想已成为儒家文艺思想的基础理论,对《文心雕龙》雅丽思想产生了根本性的影响。

第一,孔子主张"绘事后素"、华实并重的审美原则。《论语·八佾》记载:

> 子夏问曰:"'巧笑倩兮,美目盼兮。'何谓也?"子曰:"绘事后素。"曰:"礼后乎?"子曰:"起予者商也,始可以言诗已矣。"①

"巧笑倩兮,美目盼兮,素以为绚兮"的前两句见《诗经·卫风·硕人》篇,在孔子看来,"素"的内质是打扮的根本依凭,绘画装饰是在"素"质基础上来进行的后一步动作。因此,孔子"绘事后素"论所主张的"礼"与"仁"的表现关系,略作转化,可以看作是孔子华实并重的美学原则,既质且文,既雅且丽。这个思想,移用到《文心雕龙》,就是刘勰所说的"文附质"(《情采》)现象;自然界的事物,质地为本,文采为附,其基本生长状况本就如此。再化用到文学的创作上,就是"情理设位,文采行乎其中"(《镕裁》)的"文附情"现象,情志为根本,文采为

①[宋]朱熹:《四书章句集注》,北京:中华书局,1983年版,第63页。

后发。

第二,孔子主张文贵修饰,润色取美。在文章写作上重视文采的修饰之美。《论语·宪问》:

> 子曰:"为命,裨谌草创之,世叔讨论之,行人子羽修饰之,东里子产润色之。"①

孔子所说的这句话,间接表明了两个意思,一是行政公文的写作程序与受重视的程度很高,另一个是公文写作非常讲究修饰润色,不仅要使之符合外交辞令的通行规则,还要写出文采之美来。刘勰论述写作之道,不仅讲究"自然会妙"(《隐秀》)这一依据自然本质进行创作的原则,还主张"润色取美"(《隐秀》)的人工修饰之美。"论文叙笔"的二十篇文体论,论述了三十多种文体的写作要求,绝大部分应用文体都具有华美的特性,这是我国古代应用文的鲜明特征。

刘勰最大程度地吸收运用了上述散见于《论语》中的文艺思想和美学理论,形成了《文心雕龙》在《序志》《征圣》《宗经》《正纬》等篇目中集中论述、并作为全书红线贯穿始终的以儒家五经为思想标准与艺术标准的"尚雅"精神与"尚丽"主张,以及《乐府》《谐隐》《诸子》

---

① [宋]朱熹:《四书章句集注》,第150页。

中对民间文学的"贬俗"倾向；在《情采》篇里，刘勰集中地论述了"文附质"与"质待文"的两种文质关系，提出了"彬彬君子"的"正采"说，与《征圣》篇"衔华佩实"的"雅丽圣文"遥相呼应；全书在"文源于道"因而"郁然有采"的哲学依据之上，设定了宗经尚雅、真实质朴的思想规范与中和之美的审美主张；并从写作实际出发，提出了"润色取美"的人工修饰原则——将孔子"无邪""文质""绘素""修饰"观点的中和审美思想发挥到了极致。孔子礼乐政教与文学、音乐思想，是《文心雕龙》雅丽思想的根本来源。

四、君子人格与学习修养

孔子是先秦两汉儒家诸子中最重视学习与教育的思想家和教育家。他的许多学习理论与教育理论，直到今天仍然熠熠生辉。孔子对于君子人格的养成，对具体学习的态度、方法、对象、精神等问题的详细论述，成为刘勰《文心雕龙》才气学习论、作家修养论、文术习染论、创作鉴赏论的根本之源。

（一）君子人格

孔子在德行修养上提倡君子人格，主要表现在以下几个方面：

其一，做人要正直磊落。孔子提出修养的外在标准，那就是"刚、毅、木、讷"，即刚强、果断、质朴、语言谦虚。

要求学生修养时远"恶"、不"佞"、守"正"、尚"礼"。他自己对待君王也是不求避讳,敢于直谏,是一个正直磊落的人。

其二,做人要重视"仁德",这是孔子强调最多的问题。孔子说:"弟子,入则孝,出则悌,谨而信,泛爱众,而亲仁。行有余力,则以学文。"(《论语·学而》)在他看来,礼义仁慈,是在学习之上根本的东西。孔子又说:"人而不仁,如礼何?人而不仁,如乐何?"(《论语·八佾》)这说明只有在仁德的基础上做学问、学礼乐才有意义。那么怎样才能算仁呢?颜渊问仁,子曰:"克己复礼为仁。"(《论语·颜渊》)也就是说,只有克制自己,让言行合礼才是仁。可见"仁"不是先天就有的,而是后天"修身""克己"的结果。同时他还提出实践仁德的五项标准,即"恭、宽、信、敏、惠"(《论语·阳货》)。他教人追求仁德的方法是"博学于文,约之以礼"(《论语·颜渊》),即广泛地学习文化典籍,用礼约束自己的行为,这样就可以不背离正道。

其三,做人要重视修养的全面发展。《论语·宪问》记载说:

> 子路问成人。子曰:"若臧武仲之知,公绰之不欲,卞庄子之勇,冉求之艺,文之以礼乐,亦可以为成人矣。"曰:"今之成人者何必然。见利思义,见危授

命,久要不忘平生之言,亦可以为成人矣。"[1]

在此基础上,孔子强调做人还要重视全面发展。子曰:"志于道,据于德,依于仁,游于艺。"(《论语·述而》),即志向在于道,根据在于德,凭籍在于仁,活动在于六艺(礼、乐、射、御、书、数),只有这样才能真正地做人。体现了孔子对人的社会性的认识,以及个人修养的相互制约作用,他说:"兴于诗,立于礼,成于乐。"(《论语·泰伯》)所以,对于个人修养来说,全面发展显得极为重要。

第四,孔子提出"君子不党""君子不器"的标准,并且要求重义避利,追求道义。在这些论述的基础上,孔子提出了君子人格的集中表现要求是:"君子有九思:视思明,听思聪,色思温,貌思恭,言思忠,事思敬,疑思问,忿思难,见得思义。"[2]孔子所谈的"君子有九思",全面概括了人言行举止的各个方面,他要求自己和学生们一言一行都要认真思考和自我反省,这里包括个人道德修养的各种规范,如温、良、恭、俭、让、忠、孝、仁、义、礼、智等等,所有这些因素集中构成了孔子的道德修养学说。

(二)学习理论

此外,孔子提出了许多学习理论,主要有以下几点:

---

[1] [魏]何晏等注,[宋]邢昺疏:《论语注疏》,第 2511 页。
[2] [魏]何晏等注,[宋]邢昺疏:《论语注疏》,第 2522 页。

其一,好学的态度。孔子认为,学习首先在于爱学乐学。孔子赞扬颜回"一箪食,一瓢饮,在陋巷,人不堪其忧,回也不改其乐。"(《论语·庸也》)有一次,叶公向子路问孔子是个什么样的人,子路不答。孔子教导子路说:"汝奚不曰:其为人也,发愤忘食,乐以忘忧,不知老之将至云尔。"(《论语·述而》)孔子自述其心态,"发愤忘食,乐以忘忧",连自己老了都觉察不出来。孔子从读书学习和各种活动中体味到无穷乐趣,是典型的现实主义和乐观主义者,他不为身旁的小事而烦恼,表现出积极向上的精神面貌。其次要有踏实的精神,主张"默而识之,学而不厌"(《论语·述而》)。第三要专心致志,勤奋刻苦。子曰:"我非生而知之者,好古,敏以求之者也。"(《论语·述而》)孔子尊崇古法,这句话一方面含有自谦的成分,另一方面告诉学生自己的一切知识都是勤奋努力学习的成果,鼓励学生发愤学习,成为各方面有用的人才。《史记·孔子世家》记载了孔子三十五岁时的一件事:"孔子适齐,为高昭子家臣,欲以通乎景公。与齐太师语乐,闻《韶》音,学之,三月不知肉味,齐人称之。"[1]这件事表现了孔子专注于学习、用心细微的精神。同篇又记载了"孔子晚而喜《易》,韦编三绝"的故事,穿书用的牛皮都翻断了好几次,可见孔子读书的勤苦。第四要

---

[1]〔汉〕司马迁:《史记》(影印本),第 1910–1911 页。

主动学习,不耻下问。孔子提倡和赞扬像孔圉那样"敏而好学,不耻下问"的学习精神,他说:"生而知之者上也,学而知之者次也,困而学之,又其次也。困而不学,民斯为下矣。"(《论语·卫灵公》)主张一个人要学而知之,修养德行,主动进步。

其二,学习要讲究方法。孔子提出及时复习的方法,"学而时习之,不亦说乎"(《论语·学而》)、"温故而知新,可以为师矣。"(《论语·为政》)同时,孔子特别强调学思结合,他说:"学而不思则罔,思而不学则殆。"(《论语·为政》)另外,孔子还非常重视精益求精,"如切如磋,如琢如磨",反对一知半解,浅尝辄止。

其三,内容要博而能精。孔子主张学习要广博,他提出"文、行、忠、信",即文化、品德、忠诚、守信四项内容并重。《孔子世家》载达巷党人曰:"大哉孔子,博学而无所成名。"他本人就非常博学。同时强调学习要抓根本的东西,孔子在回答子贡的问题时,用"予一以贯之"的话表明学习重在抓住根本。间接地说明了博与精的关系,值得借鉴。

其四,明确的学习目的。孔子认为,学习的目的在于"学以致用"。子曰:"诵《诗》三百,授之以政,不达;使于四方,不能专对;虽多,亦奚以为?"(《论语·子路》)也就是说,熟读《诗经》,是为了完成政治任务,为了治理国家,是有为而学。由此可见,读书的目的,在于应用与实践。孔门弟子子夏也说:"仕而优则学,学而优则仕。"
(《论语·子路》)这一思想实质上也体现了学与用的关
系,间接体现了孔子办私学的目的,即通过教育培养德
才兼备而能登上政治舞台的人才。当然,学习的目的主
要在于对道义、真理的追求,"士志于道","朝闻道,夕死
可矣"(《论语·里仁》)。

(三)积极影响

刘勰继承并化用了这些修养德行的原则,并特别强
调博学多才的积极意义,以及学习的具体方法,构建了
完整的作家修养理论体系。《文心雕龙·体性》篇集中
地论述了"才、气、学、习"的作家修养原则,提出"因内而
符外"的文学规律,作品的形成是由作家内在精神修养
与写作技法锻炼来实现的。通过对汉魏十二名家及其
作品特色的分析思考,指出作家个体"才有庸俊,气有刚
柔,学有浅深,习有雅郑"的差异性,这种差异性通过后
天的学习改变,是可以得到调整的。"童子雕琢,必先雅
制",向雅正的经典作品学习,向优秀的作品学习,养成
优良的人格素质,再来写文章,就会"沿根讨叶,思转自
圆"。在《附会》篇里,刘勰指出:

　　夫才童学文,宜正体制,必以情志为神明,事
义为骨髓,辞采为肌肤,宫商为声气,然后品藻玄

> 黄,攡振金玉,献可替否,以裁厥中:斯缀思之恒
> 数也。①

就是说,写文章要注意情志的真实可信,讲究引用典故的准确得体,锻炼辞采,讲究声律,并运用"以裁厥中"的折衷思维方法作为指导来写作文章,"献可替否"。这段话作为刘勰所论述的"缀思之恒数",实际上涉及了《宗经》"六义"中"一则情深而不诡,三则事信而不诞,四则义贞而不回"的创作原则,以及《知音》"六观"中"二观置辞,五观事义,六观宫商"的情志、宫商、辞采等问题;同时笼罩了全书下篇的《体性》《风骨》《情采》《镕裁》《声律》《比兴》《事类》《丽辞》等文采创造的原理或具体方法,涉及写作的方方面面。没有广闻博观的见闻、精益求精的态度、具体可操作的方法技巧,刘勰作为理论家和写作实践者,提不出这样的见解;作为读者,我们也看不到这样精深的论述。除了《体性》《附会》,在书中,刘勰往往以周公、孔子作为榜样,指出经典在思想或艺术标准上的优良示范作用,要求后来的作家学习模仿其技法与文风,刘勰指出,五经具有"繁略殊形,隐显异术,抑引随时,变通适会"的优点,主张"征之周孔,则文有师矣"。又说圣人之文章"体要与微辞偕通,正言共精义并

---

① [清]黄叔琳注,李详补注,杨明照校注拾遗:《增订文心雕龙校注》,第519页。

用"，因此"后进追取而非晚，前修久用而未先"，具有最高的学习价值与模仿价值，在指导思想上点明了学习经典是走入正途的不二法门。

在写作学习上，刘勰表明了自己宗经复古的学习观，因为不这样就有可能误入歧途，他说："模经为式者，自入典雅之懿。"（《定势》）对辞赋文学抱有贬义，指斥辞赋"楚艳汉侈，流弊不还""效《骚》命篇者，必归艳逸之华"。他对近代学习写作的文人取法不古感到痛心疾首："今才颖之士，刻意学文，多略汉篇，师范宋集，虽古今备阅，然近附而远疏矣。"（《通变》）在此基础上，刘勰归纳整个近代文学"从质及讹，弥近弥澹"的不良发展原因是"竞今疏古"。没有正确的学习态度和学习内容，放弃了古代优良的文学作品而取法近现代"风末气衰"的不良作品，不固根本，自创新色："自近代辞人，率好诡巧，原其为体，讹势所变，厌黩旧式，故穿凿取新；察其讹意，似难而实无他术也，反正而已。"（《定势》）因此，全书无数次反复重申"还宗经诰"，主张"正式""正采""正言""正辞""正体"，以正确的"执正驭奇""执术驭篇"的态度修养和技法学习来写好文章。

在正本复古的文学主张之外，作为一名成功的写作实践者，刘勰主张博学多识，主张借鉴儒家以外的古典优良作品，《风骨》篇指出："若夫熔铸经典之范，翔集子史之术，洞晓情变，曲昭文体，然后能孚甲新意，雕画奇

辞。"在以经典为本的同时,需要向史传文学学习,因为
"原夫载籍之作也,必贯乎百氏,被之千载,表征盛衰,殷
鉴兴废;使一代之制,共日月而长存,王霸之迹,并天地而
久大"。史传文学具有伟大的现实意义,可以学习"实录
无隐"的写法,领会"寻繁领杂之术,务信弃奇之要,明白
头讫之序,品酌事例之条"的科条分明、体大虑周的特
点,详查"讹滥之本源,述远之巨蠹",保持正确真实的写
作态度。

同时,向历代诸子学习,其"入道见志"的特点,有利
于立德立言,达成彰显名德的目标。具体而言,诸子著作
特点各异,有利于博见学习,取其精华:

研夫孟荀所述,理懿而辞雅;管晏属篇,事核而
言练;列御寇之书,气伟而采奇;邹子之说,心奢而辞
壮;墨翟随巢,意显而语质;尸佼尉缭,术通而文钝;
鹖冠绵绵,亟发深言;鬼谷眇眇,每环奥义;情辨以
泽,文子擅其能;辞约而精,尹文得其要;慎到析密理
之巧,韩非著博喻之富;吕氏鉴远而体周,淮南泛采
而文丽:斯则得百氏之华采,而辞气之大略也。①

上述所及,包括了先秦儒家、法家、道家、阴阳家、墨家、兵

———————
① [清]黄叔琳注,李详补注,杨明照校注拾遗:《增订文心雕龙校注》,第230页。

家、纵横家的优秀代表作品,刘勰主张向这些作品学习,汇通百家,总和文术,为我所用。这种开明求实的态度、博观精阅的取法、公正准确的评价,在于这些作品本身确实优秀,"六国以前,去圣未远,故能越世高谈,自开户牖"(《诸子》),因而值得学习。举个例子,刘勰说"鬼谷眇眇,每环奥义",《鬼谷子》属纵横家书,《论说》篇称其"《转丸》骋其巧辞,《飞钳》伏其精术",是培养言说技术的经典名篇。传说鬼谷子先生著书课徒,带出了苏秦张仪、孙膑庞涓、尸佼尉缭等有名弟子,适应战国乱世而生,各擅所学,尤其苏秦张仪,"一人之辨,重于九鼎之宝;三寸之舌,强于百万之师。六印磊落以佩,五都隐赈而封"(《论说》),达到了辩士纵横的顶峰。而论辩之术在战国时代,并非纵横家的专利,各家都有代表人物:

> 孟轲膺儒以磬折,庄周述道以翱翔;墨翟执俭确之教,尹文课名实之符;野老治国于地利,驺子养政于天文;申商刀锯以制理,鬼谷唇吻以策勋;尸佼兼总于杂术,青史曲缀于街谈。承流而枝附者,不可胜算,并飞辩以驰术,餍禄而余荣矣。[1]

上述所举十一位代表人物,其飞辩所驰之术,是非常值

---

[1] [清]黄叔琳注,李详补注,杨明照校注拾遗:《增订文心雕龙校注》,第229页。

得学习甚至研究的。像这样的好东西，刘勰主张不要放过，要"翔集"其术，为我所用。

刘勰非常重视勤学与博见的重要性。《梁书·文学传》说他"笃志好学"，在依附沙门僧祐，与之居处的十余年时间内，博览群书，刻苦用功，达到"博通经论"的地步；僧祐主持佛典的编撰工作，就假手刘勰，由他来完成"区别部类，录而序之"的工作；后来刘勰声名日甚，以至于"京师寺塔及名僧碑志，必请勰制文"，青年刘勰已经是文坛名家，文章高手。正是因为有博观精阅的阅读经历与为文写作的实际经验，刘勰在《神思》中极力主张"博见为馈贫之粮，贯一为拯乱之药"的"博而能一"的原则，作为思维训练的有效途径，主张"积学以储宝，酌理以富才，研阅以穷照，驯致以绎辞"的主体修养方法；在《通变》篇中提出"博览以精阅"的阅读思想，作为正确通变以求"规略文统"的第一原则；在全书中反复提出"雅正"的情感、措辞、写法、事例、风格等等要求，并且以之为规范，作为后人学习写作的准绳。从孔子到刘勰，由修身到为文，一脉相承而下的中正思想与学习方法，得到了从人到文的转化和延续。

综上所述，孔子首先建立起了征圣宗经、捍卫礼乐之道的思想原则，他的实际行动又表明，文人干政也可以成功，文武双修是可以实现的，在孔子一生对于复兴礼乐制度所做的努力中,零散可见他的文艺美学思想、言语观念、修养交际原则,孔子据此主张雅言、雅乐、正色、正音等尚雅贬俗、复古崇丽的理论,这些观念或理论中,贯通了中庸、中正的尚中原则与学礼尚用的道理。上述思想理论深刻地影响到了刘勰《文心雕龙》写作的方方面面,成为其文学美学思想的主要来源。刘勰以孔子为精神教父,再现、发展了孔子文论,是孔子文论在齐梁文坛的代言人。

第三节　荀子思想的影响

荀子在孔、孟传统儒学的基础上,吸收了道家、兵家、法家等诸子思想来充实、新变儒家思想。《荀子》一书辩证地指出了各家之弊端而独尊孔子,重视学习修养以求君子人格,论述"性恶"而反对孟子"性善",开启"情、性、法、术"之说而能坚守儒家大道。《文心雕龙》对儒学大师荀子有着极为崇高的评价①,刘勰赞其为"巨儒",以

---

①这些论述主要有:1.《诠赋》:然赋也者,受命于《诗》人,拓宇于《楚辞》也。于是荀况《礼》《智》,宋玉《风》《钓》,爰锡名号,与诗画境,六义附庸,蔚成大国。遂客主以首引,极声貌以穷文,斯盖别诗之原始,命赋之厥初也。2.《诠赋》:观夫荀结隐语,事数自环……凡此十家,并辞赋之英杰也。3.《谐隐》:昔楚庄、齐威,性好隐语。……而君子嘲隐,化为谜语。谜也者,回互其辞,使昏迷也。……荀卿《蚕赋》,已兆其体。4.《史传》:若夫追述远代,代远多伪。公羊高云"传闻异辞",荀况称"录远略（转下页注）

"学宗"称之,礼赞其作品"象物名赋,文质相称"①,是雅丽兼备的好作品。整体上看,荀子对《文心雕龙》雅丽思想的影响主要有两点:一是明确提出了"明道、征圣、宗经"的主张,对《文心雕龙》"道——圣——文"模式的建立提供了理论基础;二是《荀子》大力论美尚丽,是儒家诸子在这一方面的理论先驱和实践先驱。

一、"道——圣——经"的文学生成模式

与孔子和孟子一样,荀子的学术思想是建立在礼乐政教、修身化人的基础上的。在继承孔门四科划分出"文学"一科的基础上,荀子进一步指出了学习文学的重要性,《大略》篇指出:"人之于文学也,犹玉之于琢磨也。"②良玉需要打磨才会更美,人通过学习文学就会更

(接上页注)近",盖文疑则阙,贵信史也。5.《诸子》:然繁辞虽积,而本体易总:述道言治,枝条五经;其纯粹者入矩,踳驳者出规。《礼记·月令》,取乎《吕氏》之纪;《三年问》丧,写乎《荀子》之书:此纯粹之类也。6.《诸子》:研夫孟、荀所述,理懿而辞雅;……斯则得百氏之华采,而辞气之大略也。7.《章表》:必雅义以扇其风,清文以驰其丽。……使繁约得正,华实相胜,唇吻不滞,则中律矣。……荀卿以为:"观人美辞,丽于黼黻文章",亦可以喻于斯乎? 8.《时序》:春秋以后,角战英雄……唯齐楚两国,颇有文学。齐开庄衢之第,楚广兰台之宫;孟轲宾馆,荀卿宰邑,故稷下扇其清风,兰陵郁其茂俗。9.《才略》:荀况学宗,而象物名赋,文质相称,固巨儒之情也。

①从文学创作角度来看,荀子最大的功绩是开启了赋体文学的创作之风。

②[清]王先谦撰,沈啸寰、王星贤点校:《荀子集解》,北京:中华书局,1989年版,第508页。

加具有君子的美好人格。在《论语》中,子贡曾引《诗》论说学习需要"如切如磋,如琢如磨"的道理,荀子在此旧话重提,显示了修养与学习的重要性。荀子的创新之处在于,他对于文学如此强大功能的认识,是建立在文学构成要素的"言""辞""辩"的基础上的。孔子讲究"辞达",孟子长于论辩,《周易》与《庄子》都论述到言意关系的问题,荀子则在上述理论的基础上,特别重视对"言""辞""辩"的整合观照,这三者,都是文学的重要组成因素,基本上异语同义。特别要说明的是,荀子所说的文学,泛指一切的文化学术和文献典籍,不是今天文学作品的意思。在文化学术著作中,荀子既尊崇儒家圣人与儒家经典,也对有益的诸子文学有所借鉴吸收。荀子认为,"言""辞""辩"是文学的外显形式,辩说者(作家)之"心"与辩说者之"道"内蕴其中,对听众(读者)有直接的影响。《正名》篇指出:

> 凡邪说辟言之离正道而擅作者,无不类于三惑者矣。故明君知其分而不与辨也。夫民易一以道,而不可与共故。故明君临之以势,道之以道,申之以命,章之以论,禁之以刑。故民之化道也如神,辨说恶用矣哉!今圣王没,天下乱,奸言起,君子无势以临之,无刑以禁之,故辨说也。实不喻然后命,命不喻然后期,期不喻然后说,说不喻然后辨。故期、命、

辨、说也者,用之大文也,而王业之始也。名闻而实喻,名之用也。累而成文,名之丽也。用丽俱得,谓之知名。名也者,所以期累实也。辞也者,兼异实之名以论一意也。辨说也者,不异实名以喻动静之道也。期命也者,辨说之用也。辨说也者,心之象道也。心也者,道之工(按:一作主)宰也。道也者,治之经理也。心合于道,说合于心,辞合于说。正名而期,质请而喻,辨异而不过,推类而不悖。听则合文,辨则尽故。以正道而辨奸,犹引绳以持曲直。是故邪说不能乱,百家无所窜。有兼听之明,而无矜奋之容;有兼覆之厚,而无伐德之色。说行则天下正,说不行则白道而冥穷。是圣人之辨说也。诗曰:"颙颙卬卬,如圭如璋,令闻令望。岂弟君子,四方为纲。"此之谓也。①

本段文字,荀子贬斥疏离正道的邪说辟言,而主张君子正道的辩说作用。这其中的"道",主要是指儒家正道,"说行则天下正",是欲以符合儒家正道的辩说行为干政君王,得时大用,《荀子》书中记载了荀子多次与君王辩说的场面及其语言艺术,就是这段话的最佳写照。本段

---

① [清]王先谦撰,沈啸寰、王星贤点校:《荀子集解》,第 422-424 页。文中的"三惑",指用名乱名、用实乱名、用名乱实三种现象。荀子从名实关系入手,详细论述了自己的名实观以及言辞观,是对孔子以名正实观念的继承。

最大的意义在于荀子提出的"心合于道,说合于心,辞合于说"的"说——辞——心——道"的辩说行为由表及里的生成模式:辩说这一具体的语言行为,是由言辞这一基本要素组合而成的;而言辞是一个人"心"的反应,"心""辞"一也;心在根本上又受到"道"的主宰。也就是说,坚守儒家正道,就有正心与正辞,也就有了正说。从本质上讲,荀子的主张是儒家德义大道的细化表现,与孔子、孟子并无不同;但从辩说的生成模式上来说,就有了积极细化与内外一致的创新突破。荀子一方面认为"心合于道""心之象道",一方面又说"心也者,道之工(主)宰也",儒家正道与心合二为一,又与辩说之言辞三合为一,这样,"道——心——辞"的由抽象到具体的辩说生成模式建立了起来。

荀子主张的正道之心,是儒家圣人之正心,言说之辞,化为文本,是文学之文,主要是指儒家经典这样的正文。《儒效》篇以为:

> 圣人也者,道之管也:天下之道管是矣,百王之道一是矣。故诗、书、礼、乐之道归是矣。诗言是其志也,书言是其事也,礼言是其行也,乐言是其和也,春秋言是其微也,故风之所以为不逐者,取是以节之也,小雅之所以为小雅者,取是而文之也,大雅之所以为大雅者,取是而光之也,颂之所以为至者,取

是而通之也。天下之道毕是矣。①

圣人是正道的主管,儒家经典的"诗书礼乐"就是正道的最佳载体,经过这样的具体转化,"道——心——辞"的辩说生成模式就可以看作是"道——圣——经"的文学生产模式。这是荀子对《文心雕龙》所产生的最大影响。

《文心雕龙·原道》篇建立的"道——圣——文"的文学发生模式,直接取法于荀子。二者的区别在于,刘勰用道家的"自然之道"替换了儒家正道,用"心生而言立,言立而文明"的人文发生顺序取代了"心合于道,说合于心,辞合于说"的辩说发生顺序,"人文"代替了辩说。《原道》篇做出这样的取法,主要有两个目的:第一是论述文学的来源是"自然之道","人文"是"道之文"的三种形式之一;第二是为人文有采、文学尚丽的本质属性寻找依据。显然,后者才是刘勰的真正用意。《文心雕龙》主张"圣贤书辞,非采而何"(《情采》),认为"古来文章,以雕缛成体"(《序志》),文学"原道"的用意,就是要从"自然之道"的本源上找到自然物色"郁然有采"的基本属性,为"人文"有采找外衣。其基本的发展顺序是:一切"人文"都有文采之美——圣人经典当然是"人文"之首——儒家经典于是"郁然有采"。在这样的基础上,

---

① [清]王先谦撰,沈啸寰、王星贤点校:《荀子集解》,第133—134页。

"圣文雅丽,衔华佩实"(《征圣》)一说才站得住脚,"雕
缛成体""文采行乎其中"(《镕裁》)等等观点才有了理
论基础。

所以,《文心雕龙》雅丽思想在主要取法儒家的同
时,也是向道家思想积极取法的,整合二者,折衷儒道,合
成雅丽。这使得雅丽思想超越了魏晋齐梁年间一切文学
新变尚丽与复古尚雅的主张,并且不是折衷二者那么简
单。折衷新变与复古,远远没有礼乐尚雅与原道尚丽的理
论高度。从这一点来看,《文心雕龙》产生于魏晋"文学自
觉"的大环境下,而在哲学高度上超越这个时代玄佛昌盛
的学术思潮影响,独取儒家大道,尊崇儒家圣人与儒家经
典,也是"道——圣——文"的文学发生理论的产物。

二、论"美"尚"丽"的新变影响

除去文学"道——圣——文"的模式,《荀子》对《文
心雕龙》的文学论美尚丽有重要的影响。先秦道家论述
"美""妙",《庄子》则首开"丽"论先河;但是,儒家不遑
多让,儒家论"美"论"丽"也不少,《荀子》即开启了儒家
"丽"论先声。《论语》论"美"共十二处,比较著名的有
《学而》"先王之道斯为美"、《八佾》"尽善尽美"、《里仁》
"里仁为美"等论述,以诗乐、仁德政教之美为主。《孟
子》一书中论"美"共十八处,用法与《论语》相似;《荀
子》一书中论"美"共八十三处,适用范围上有了巨大的

拓展。《文心雕龙》的尚丽文学思想显然是与尚美文学思想联系在一起的,这就构成了文学的论美尚丽的美丽精神。《荀子》在论美的基础上,开启了儒家"丽"论的先河,对两汉扬雄、王充有直接的影响。

在先秦,《论语》中并无独立的论"丽"意见;《孟子》书中仅有一条引用《诗》"商之孙子,其丽不亿"的话,与美丽之"丽"并不相关。《荀子》书中论"丽"累计六条:

1.《非相篇》:今世俗之乱君,乡曲之儇子,莫不美丽姚冶,奇衣妇饰,血气态度拟于女子。①

2.《富国篇》:古者先王分割而等异之也,故使或美或恶,或厚或薄,或佚或乐,或劬或劳,非特以为淫泰夸丽之声,将以明仁之文,通仁之顺也。故为之雕琢、刻镂、黼黻文章,使足以辨贵贱而已,不求其观。②

3.《君道篇》:以为好丽邪? 则夫人行年七十有二,齫然而齿堕矣。③

4.《乐论篇》:声乐之象:鼓大丽,钟统实,磬廉制,竽笙肃和,筦钥发猛,埙篪翁博,瑟易良,琴妇好,歌清尽,舞意天道兼。鼓其乐之君邪。④

①［清］王先谦撰,沈啸寰、王星贤点校:《荀子集解》,第 76 页。
②［清］王先谦撰,沈啸寰、王星贤点校:《荀子集解》,第 179–180 页。
③［清］王先谦撰,沈啸寰、王星贤点校:《荀子集解》,第 243 页。
④［清］王先谦撰,沈啸寰、王星贤点校:《荀子集解》,第 383 页。

5.《正名篇》:名闻而实喻,名之用也。累而成文,名之丽也。用丽俱得,谓之知名。①

6.《宥坐篇》:孔子曰:"太庙之堂,亦尝有说。官致良工,因丽节文,非无良材也,盖曰贵文也。"②

上述材料中,《乐论篇》"鼓大丽"之"丽"通"厉",指鼓声激越高亢,清人王先谦所引"偶物为丽"③之说非是;"因丽节文"之"丽"意谓"施";其余数条,用于描述美丽之貌、夸丽之声、美好之名,在容貌、音乐、令名诸方面均有涉及,明显带有儒家礼乐思想的影响。荀子"雕琢、刻镂、黼黻文章"④之说,虽然没有直接以"丽"论述到文学,但其所指,已经与后代文学之"丽"非常接近,尤其是与《文心雕龙·体性》"雅丽黼黻"一说非常接近。《章表》篇总结说:

---

① [清]王先谦撰,沈啸寰、王星贤点校:《荀子集解》,第422—423页。

② [清]王先谦撰,沈啸寰、王星贤点校:《荀子集解》,第528页。

③ "丽"本义为两匹马并排拉车而行,即"骈偶"义。此处并非此义。

④ "黼黻文章"中的"文章",是指古代礼服上所绣的色彩绚丽的花纹,泛指华美鲜艳的色彩。《荀子·非相》篇:"故赠人以言,重于金石珠玉;观人以言,美于黼黻文章。"杨注:"黼黻文章,皆色之美者。白与黑谓之黼,黑与青谓之黻,青与赤谓之文,赤与白谓之章。"《淮南子·主术训》:"人主好高台深池,雕琢刻镂,黼黻文章,绨绤绮绣。"《文心雕龙·体性》篇赞语:"雅丽黼黻。"以古代礼服"雅丽黼黻"的色彩美比喻文学作品呈现的风格美,取法即在于此。

　　是以章式炳贲,志在典谟,使要而非略,明而不
浅。表体多包,情伪屡迁,必雅义以扇其风,清文以
驰其丽。然恳恻者辞为心使,浮侈者情为文出,必使
繁约得正,华实相胜,唇吻不滞,则中律矣。子贡云:
"心以制之,言以结之",盖一辞意也。荀卿以为:
"观人美辞,丽于黼黻文章",亦可以喻于斯乎!①

这样,雅丽文学思想在"雅正"的思想内容基础上,迎来
了"美丽"的审美内涵之先声。尽管先秦儒家所论述之
"美丽",多与《文心雕龙》所论之文学"美丽"关系不大,
但是,没有这样的基础,两汉扬雄"丽则丽淫"的辞赋评
论与王充大量的文学"美丽"论述就无法产生,故而其开
启意义是十分重大的。

第四节　扬雄思想的影响

　　扬雄思想丰富深刻,整体上呈现出儒家为主而儒道
结合的特点。在他的辞赋创作实践与学术著作中,我们
可以梳理出许多对《文心雕龙》产生了直接影响的哲学、
文学、美学思想,这些思想集中在其代表作《法言》之中,
并表现于《报刘歆书》《反离骚》《太玄经》《汉书·扬雄

---

① [清]黄叔琳注,李详补注,杨明照校注拾遗:《增订文心雕龙校注》,第307页。

传》等文献之中。自孔子以后,对《文心雕龙》雅丽思想
影响最大的就是扬雄,这可以从《文心雕龙》全书三十八
次直接论述扬雄所出现的重要位置、若干次化用其"丽
则丽淫"主张的运用情况清楚地看出来①。具体而言,扬

---

① 这三十八次论述分别是:1.《宗经》:扬子比雕玉以作器,谓五经之含文
也。2.《辨骚》:扬雄讽味,亦言体同《诗》雅。3.《辨骚》:马扬沿波而得
奇。4.《诠赋》:王扬骋其势。5.《诠赋》:子云《甘泉》,构深伟之风。
6.《诠赋》:扬子所以追悔于雕虫,贻诮于雾毅。7.《颂赞》:子云之表充
国……其褒德显容,典章一也。8.《铭箴》:至扬雄稽古,始范《虞箴》,作
《卿尹》《州牧》二十五篇。9.《诔碑》:扬雄之诔元后,文实繁秽。10.《哀
吊》:扬雄吊屈,思积功寡,意深反《骚》,故辞韵沈腴。11.《杂文》:扬雄覃
思文阁,业深综述,碎文琐语,肇为《连珠》。12.《杂文》:扬雄《解嘲》,杂
以谐调,回环自释,颇亦为工。13.《杂文》:子云所谓犹骋郑卫之声,曲终
而奏雅者也。14.《诸子》:扬雄《法言》,归乎诸子。15.《封禅》:扬雄《剧
秦》,班固《典引》,事非镂石,而体因纪禅。16.《书记》:扬雄曰:"言,心
声也;书,心画也。声画形,君子小人见矣。"17.《书记》:史迁之《报任
安》……子云之《答刘歆》:志气槃桓,各含殊采;并杼轴乎尺素,抑扬乎寸
心。18.《神思》:相如含笔而腐毫,扬雄辍翰而惊梦。19.《体性》:子云沈
寂,故志隐而味深。20.《通变》:桓君山云:"予见新进丽文,美而无采;及
见刘扬言辞,常辄有得。"21.《通变》:扬雄《校猎》云:"出入日月,天与地
沓。"22.《丽辞》:自扬马张蔡,崇盛丽辞。23.《比兴》:至于扬班之伦,曹
刘以下,图状山川,影写云物,莫不织综比义,以敷其华。24.《夸饰》:及扬
雄《甘泉》,酌其余波:语瑰奇则假珍于玉树;言峻极则颠坠于鬼神。
25.《夸饰》:子云《羽猎》,鞭宓妃以饷屈原。26.《夸饰》:酌《诗》《书》之
旷旨,翦扬马之甚泰。27.《事类》:及扬雄《百官箴》,颇酌于《诗》《书》。
28.《事类》:以子云之才,而自奏不学;及观书石室,乃成鸿采:表里相资,
古今一也。29.《事类》:夫经典沉深,载籍浩瀚,实群言之奥区,而才思之
神皋也。扬班以下,莫不取资。30.《练字》:扬雄以奇字纂《训》。31.《练
字》:陈思称:"扬马之作,趣幽旨深,读者非师传不能析其辞,非博学不能
综其理。"32.《时序》:乐毅报书辨以义……若在文世,则扬班(转下页注)

雄对《文心雕龙》的影响体现在以下几个方面：一是提倡明道、征圣、宗经的思想，这是对孔子、孟子、荀子一脉相传的儒家"德义雅正"正统思想的继续强调，而且有所新变，理论阐释更加深刻，提出了"在则人，亡则书""五经含文""自然之道"等等主张，打通儒道，直接为刘勰所用；同时，扬雄受先秦儒家影响，贬斥诸子而独尊儒学，甚至对荀子也大加刁难，表现出绝对征圣的态度。二是对儒家文艺美学思想的极大丰富，在"雅正"基础上大力提倡尚丽的文学主张，提出"丽则丽淫"的辞赋审美标准、"华实相副"的尚礼观念、"文质兼美"的圣人修养说、"心声心画"的表里合一的探讨、"弸中彪外"的修养观念等，这些观念成为《文心雕龙》雅丽思想的直接取法对象。三是扬雄思想受《周易》阴阳刚柔、天地自然、日新变化、感物取材等理论学说影响很深，

（接上页注）侔矣。33.《时序》：子云锐思于千首，子政雠校于六艺：亦已美矣。34.《才略》：扬子以为"文丽用寡者长卿"，诚哉是言也！35.《才略》：子云属意，辞人最深：观其涯度幽远，搜选诡丽，而竭才以钻思，故能理赡而辞坚矣。36.《知音》：扬雄自称："心好沉博绝丽之文。"其不事浮浅，亦可知矣。37.《程器》：扬雄嗜酒而少算。38.《程器》：彼扬马之徒，有文无质，所以终乎下位也。其重点有三：一是在《宗经》《事类》等篇目中论述扬雄的宗经观点；二是引用扬雄的文学理论见解，为论述作论据；三是以扬雄的作品为对象，进行审美与创作的评价。整体上看，扬雄具有经学家、文学家、理论家的数重身份，刘勰论述扬雄，赞美非常之多。而对于扬雄辞赋评论"丽淫丽则"的借鉴运用，更是雅丽思想直接取法的对象，书中若干次运用或化用之。总而言之，扬雄是继孔子之后，对雅丽思想影响最大的儒家人物。

《法言》体现了许多这样的影响痕迹,这对《文心雕龙》的文学原道、物色理论、文学尚丽等思想取法有着榜样示范的作用。

一、明道思想

扬雄的"道"论思想以儒家政教之道、君子修身之道为核心,具体论述了儒家思想之正道、执中而行之中道、《周易》影响之"自然之道"三部分内容。为赞美圣人、褒美五经、点评辞赋、主张丽则、取法自然、论述新变等各种理论铺平了道路。《文心雕龙》的原道论、物色说、自然美丽、文学新变等众多说法,都是直接从扬雄这里吸收而成的。因此,刘勰论述文学产生的哲学依据、中道思维、美丽文采、经典意识等方面,都有扬雄明道思想带来的天籁福音。最主要的是如下几点:

第一是自然之道。扬雄明道观念的重要一环,是主张"自然之道",这与道家思想关系密切,又与《周易》相关联。因为对"自然之道"的推崇,扬雄以之阐释自己的"原道"哲学观与新变精神。《汉书·扬雄传》记载了扬雄对辞赋"辍不复为"之后,"作《太玄》"的过程:

而大潭思浑天,参摹而四分之,极于八十一。旁则三摹九据,极之七百二十九赞,亦自然之道也。①

班固简介了扬雄遵循"自然之道",模拟《周易》作《太玄》的经过、内容与特点。所谓"自然之道",即天地万物运行、生长、变化的自然规律,这个概念是源自道家的。在取法道家与《周易》卦象之后,扬雄折衷儒道,使形而上的"自然之道"与形而下的儒家"五经"结合起来,《太玄》于是成为集深奥的哲学原理与经世致用的操作法则于一体的新著作。《太玄》一书是"自然之道"的产物,《法言》继续保持了这个特点,向天道自然取法,向《周易》理论取法,来论述诸如文质、修养、新变、文采美等若干问题。

《文心雕龙》文学的"原道"思想由此而生②。《寡见》篇说:"雷震乎天,风薄乎山,云徂乎方,雨流乎渊,其事矣乎?"③天地自然的雷风云雨等"物色"之动,成为感召作家为文之情的外在因素,《文心雕龙·物色》篇"自然感物"说论述的就是这个道理。扬雄同时认为,天地之间最优秀的是圣人,圣人将自然规律参悟透彻之后,用来教化人民、经纬国家,《五百》篇指出:"圣人有以拟

---

① [汉]班固:《汉书》(影印本),第 3575 页。
② 曾有研究者认为"原道"产生于《淮南子》的"原道"论,经详细比对,笔者认为:从观念或术语上来说,这个说法有道理;但是从理论主张和基本内容来说,《文心雕龙》的"原道"论和《淮南子》的"原道"论关系不大。
③ 王以宪、张广保注释:《法言注释》,北京:华夏出版社,2002 年版,第57 页。

天地而参诸身乎!"①《周易》与《文心雕龙·原道》篇都大力提倡这种取法自然的"仰观俯察"之说,主张"观天文以极变,察人文以成化",然后能够"经纬区宇,弥纶彝宪,发挥事业,彪炳辞义"。那么,圣人是如何来进行这一"仰观俯察"活动的呢?《五百》篇说:

> 圣人之材,天地也;次,山陵川泉也;次,鸟兽草木也。②

"圣人之材",指的是圣人的取材,从文学发生角度来看,指的是写文章的取材,扬雄的这些说法,是《文心雕龙·原道》篇的思想源泉。早在刘勰之前,扬雄就已经打通了儒道两家,合而论之,各取其长。扬雄大力伸张《论语》中孔子的"鸟兽草木"等言行思想,得出上述意见。综合言之,就是取法外物,得其内心,化成"物色感人""情动于中""理发而文见"之说,《文心雕龙》专列《原道》《物色》两篇论述之。这是写作的发生原理与内容取材,更因为物色之丽,感人至深,故而天地万物之丽最终通过人的写作这个操作中介,实现了文章之丽。《文心雕龙》文学尚丽之论,于是首尾圆满。扬雄首先实践了写作取法自然之道,尊重自然规律的探索;刘勰则从自

①王以宪、张广保注释:《法言注释》,第64页。
②王以宪、张广保注释:《法言注释》,第71页。

然本源的角度提出文学的起源依据,论述写作的发生、发展到文体风格的形成——二人所论,都是写作的"自然之道"。很明显地,扬雄充当了"自然之道"与儒家文论结合的先行者,是"自然之道"与《文心雕龙》的中介者。

第二是新变意识。伴随扬雄明道思想与自然之道理论的是他的新变精神。自然之道循环相因,新变无穷,所以《法言》非常重视新变的问题,包括儒家五经的损益新变、圣人之道多变、天道常变等儒家前贤未曾涉及的问题,扬雄也以新变观念解释之。《问道》篇首先提出了对待新旧的基本观点:

或问"新敝"。曰:"新则袭之,敝则益损之。"①

扬雄对"新敝"的回答,是他新变精神的基本原则。在新旧之间,扬雄以趋新为主,《先知》:

为政日新。或问:"敢问日新。"曰:"使之利其仁,乐其义,厉之以名,引之以美,使之陶陶然之谓日新。"②

①王以宪、张广保注释:《法言注释》,第35页。
②王以宪、张广保注释:《法言注释》,第74页。

"日新其业"本是《大学》里面的话,之所以称其为新,是
与后来混乱狡诈的政治之道相对立的,于求新中看复
古,这是儒道政教的影响所致。日新观念既可用于为政
之法,也可用于为文之法。这个观念,是《文心雕龙》文
学新变的思想基础。《原道》篇论述文源于道,就几次谈
到了文学新变的问题,主张文质相符,精义坚深,文王、周
公、孔子三圣为之。《君子》认为"圣人之道"有常,而"圣
人之变"也多:

> 或曰:"圣人之道若天,天则有常矣,奚圣人之
> 多变也?"曰:"圣人固多变。子游、子夏得其书矣,
> 未得其所以书也;宰我、子贡得其言矣,未得其所以
> 言也;颜渊、闵子骞得其行矣,未得其所以行也。圣
> 人之书、言、行,天也。天其少变乎?"①

"天则有常"与"天之多变",是对立统一起来的。扬雄认
为天多变,圣人则之,因此"圣人之书、言、行,天也",也
多变;刘勰认为文源于道,于是文多变,多新变。文学新
变有或正或误两种趋向,《文心雕龙》要将文学的新变拉
到正途上来。因为有了新变的理论基础,因此,对于"不
刊之鸿教"的儒家五经,《问神》篇认为也是可以"损

---

①王以宪、张广保注释:《法言注释》,第120页。

益"的:

> 或曰:"经可损益与?"曰:"《易》始八卦,而文王六十四,其益可知也。《诗》《书》《礼》《春秋》,或因或作而成于仲尼,其益可知也。故夫道非天然,应时而造者,损益可知也。"①

经书是最高的法则,也是可以损益的,那么,儒家思想,包括经书,都是可以损益的,可以新变的。《文心雕龙》认为文学各体源于经书,也具有新变的精神。因此,《文心雕龙》的"文源于道"与文学新变观念,是扬雄从道家和《周易》哲学思想中转化之后,刘勰主要向扬雄取法得来的。或者说,在道家、《周易》与《文心雕龙》之间,扬雄是一个重要的理论转化的中介环节。

二、征圣美圣

扬雄有着极为浓厚的征圣思想。在创新意义上,扬雄从修养品德、内外皆美、硼内彪外、文质相符、华实相副等角度论述圣人的优点,这为《文心雕龙》的文质论、作家修养、文如其人、文学尚丽等理论找到了更加具体的

---

① 王以宪、张广保注释:《法言注释》,第39页。

论据;同时,这些理论的提出,也与批判汉代经学的神秘
化倾向有密切的关系,《文心雕龙》批判纬书,与此义同。
在《法言》中,扬雄所阐述的征圣思想主要表现在以下几
个方面:

第一是则人则书。扬雄提出"在则人,亡则书",为
因征圣而宗经找到了理论依据。《吾子》:

> 或曰:"人各是其所是而非其所非,将谁使正
> 之?"曰:"万物纷错则悬诸天,众言淆乱则折诸圣。"
> 或曰:"恶睹乎圣而折诸?"曰:"在则人,亡则书,其
> 统一也。"①

圣人像天,圣人就是日月,这是《法言》一书多次说到的
圣人伟大论。但是,生命有尽头,圣人死了又该怎么办
呢? 扬雄回答说:"在则人,亡则书,其统一也。"圣人在
世,就以他的言行为准则;圣人死了,就以他留下来的经
书为准则。效法圣人,这本是儒家的千年传统,但是效法
经书一说,则是扬雄的个人创见,这不仅使得征圣得以
延续,而且树立了经书正统的地位,暗中批评乱解经书
的错误行为。《文心雕龙》全书的理论渊源与作家作品
案例分析,全部是"在则人,亡则书"的具体实践,并且认

---

① 王以宪、张广保注释:《法言注释》,第19页。

为经书功能巨大,囊括百家,显然是在扬雄宗经思想直接影响下产生的。

第二是文质皆美。扬雄论圣人,是文质皆美的新论,这与扬雄"五经含文"的思想是结合在一起的,同时,与他学习修养理论文质相谐、华实相副的主张也是密切关联的。扬雄经常运用比喻的方法来论说,比如用"玉"来比喻君子,《君子》篇说:

> 或问"君子似玉"。曰:"纯沦温润,柔而坚,玩而廉,队乎其不可形也。"①

"君子似玉",珍贵难得;"纯沦温润",文质皆美;"柔而坚,玩而廉",刚柔相济,品德高尚。相对而言,扬雄更重视美玉之质,《学行》:"或曰:'学无益也,如质何?'曰:'未之思矣。夫有刀者砥诸,有玉者错诸,不砥不错,焉攸用?砥而错诸,质在其中矣。否则辍。'"②《论语》中子贡曾引用《诗》来论说学习需要"如切如磋,如琢如磨",扬雄"砥而错诸,质在其中"的比喻说法,是对磨刀错玉、学习打磨的重视,也是对内在美的重视,与孔子师徒"切磋琢磨"的说法异曲同工。《五百》篇又认为圣人之言语远大:

---

①王以宪、张广保注释:《法言注释》,第120页。
②王以宪、张广保注释:《法言注释》,第9页。

> 圣人之言远如天,贤人之言近如地。珑玲其声
> 者,其质玉乎?①

圣人言语声响之美珑玲盈耳,内涵之美其质似玉,是音乐声响美与内容道理美的完美结合。《重黎》篇说到圣人的内外修养:"或问'圣人表里'。曰:'威仪文辞,表也;德行忠信,里也。'"②圣人表文里质,内外双修。因此值得学习尊重。《吾子》篇评价屈原,以为屈原丹青其采,玉莹其质:

> 或问:"屈原智乎?"曰:"如玉如莹,爰变丹青。
> 如其智! 如其智!"③

扬雄将屈原比喻为"如玉如莹,爰变丹青",是文质皆美的极佳代表,这与"龙蛇命运"说完全不一样④。正确的

①王以宪、张广保注释:《法言注释》,第68页。
②王以宪、张广保注释:《法言注释》,第84页。
③王以宪、张广保注释:《法言注释》,第17页。
④据《汉书·扬雄传》载:"先是时,蜀有司马相如,作赋甚弘丽温雅,雄心壮之,每作赋,常拟之以为式。又怪屈原文过相如,至不容,作《离骚》,自投江而死,悲其文,读之未尝不流涕也。以为君子得时则大行,不得时则龙蛇,遇不遇命也,何必湛身哉! 乃作书,往往摭《离骚》文而反之,自岷山投诸江流以吊屈原,名曰《反离骚》;又旁《离骚》作重一篇,名曰《广骚》;又旁《惜诵》以下至《怀沙》一卷,名曰《畔牢愁》。"自孔子以来,儒家一向讲究"明哲保身"的处世存身之道,唯有孟子是个例外;扬雄(转下页注)

理解应该是,扬雄是站在不同的立场上来看待屈原的:
当站在明哲保身的立场上时,屈原就是知伸而不知屈的
化身;当站在文学创作的修养角度看待屈原时,屈原就
是最美文学家。班固评屈,矛盾互见,原因同样如此。李
诚先生《论班固评屈》一文阐述甚详,可参①。

《法言》书中,还经常以"丹青"及朱红之"色"为喻,
来论述圣人的美好形象或语言、修养。《君子》篇说:

> 或问:"圣人之言,炳若丹青,有诸?"曰:"吁!
> 是何言与? 丹青初则炳,久则渝。渝乎哉?"②

"丹青彪炳"之语,意在说明圣人之言语久而不渝,是不
变的法则,这就为"圣—言—文"的宗经思想铺平了道
路。而"丹青""彪炳"的话,《文心雕龙》常常用之。《吾
子》又说:

> 多闻则守之以约,多见则守之以卓。寡闻则无
> 约也,寡见则无卓也。绿衣三百,色如之何矣! 纻絮

(接上页注)有这样的思想,原因有二:一是受传统儒家思想的影响,二是对
　屈原投江的悲悯,感叹其不值得。扬雄的一生,正是在存身保命一途以
　"龙蛇命运"为思想基础的反应。
①李诚:《论班固评屈》,《四川师范大学学报(社会科学版)》1992 年第 2 期。
②王以宪、张广保注释:《法言注释》,第 120 页。

三千,寒如之何矣!①

"多闻则守之以约,多见则守之以卓",实则《文心雕龙》
"博而能一""博观精约"说的原意。扬雄以为,"绿衣三
百,纰絮三千"是正确的做法,见多识广以后,对于颜色
的辨析与寒冷的抵御就都不成问题了。《吾子》篇则直
接由孔子"文质彬彬"说入手,来批评那些"披着虎皮的
羊",即淆乱经学的神秘主义者与解经乱道者:

> 或曰:"有人焉,日云姓孔而字仲尼,入其门,升
> 其堂,伏其几,袭其裳,则可谓仲尼乎?"曰:"其文是
> 也,其质非也。""敢问质。"曰:"羊质而虎皮,见草而
> 说,见豺而战,忘其皮之虎矣。"②

扬雄"文质"是指形式与内容,即内外之别;孔子论"文
质"是指人的修养问题,主张内外和谐之美③。所以扬雄

---

①王以宪、张广保注释:《法言注释》,第18-19页。
②王以宪、张广保注释:《法言注释》,第18页。
③除去孔子"文质彬彬"的直接论述外,《论语》还记录了孔门弟子的文质观
念,比较著名的是《颜渊》中的一段对话:"棘子成曰:'君子质而已矣,何
以文为?'子贡曰:'惜乎,夫子之说君子也!驷不及舌。文犹质也,质犹
文也。虎豹之鞟犹犬羊之鞟。'"这一章的意思是说良好的本质应当有适
当的表现形式,否则,本质再好,也无法显现出来。这里所讨论的表里一
致的问题,棘子成认为作为君子只要有好的品质就可以了,文采并不是必
需的,子贡反对这种说法。

接着说:

> 圣人虎别,其文炳也。君子豹别,其文蔚也。辩
> 人狸别,其文萃也。狸变则豹,豹变则虎。[1]

驰骋论辩之人像狸猫,"文萃"而体小;君子像豹子,"文蔚"而个大;圣人像斑斓猛虎,"文炳"而质美。虽然都是猫科动物,但是从狸猫变成老虎,需要经过"君子"修养的这一关。扬雄以之为比喻,暗含小纵横辩士而崇儒家圣人的尊卑观念,而猛虎的文采炳蔚一说,暗合汉代壮美博大的时代审美风气与大国气象,被《文心雕龙》多次运用,以壮丽华美的色彩论述写作的文采之美[2]。

《先知》篇集中地论述了圣人文质之美与修养文质之美的具体方法:

> 圣人,文质者也。车服以彰之,藻色以明之,声音以扬之,诗书以光之。笾豆不陈,玉帛不分,琴瑟

---

①王以宪、张广保注释:《法言注释》,第18页。
②《文心雕龙》对于文采"彪炳"或"炳蔚"的运用主要用以下数例:1.《原道》:龙凤以藻绘呈瑞,虎豹以炳蔚凝姿。2.《原道》:发挥事业,彪炳辞义。3.《正纬》:六经彪炳,而纬候稠叠。4.《明诗》:四始彪炳,六义环深。5.《情采》:其为彪炳,缛采名矣。6.《章句》:篇之彪炳,章无疵也。都是在赞美文学作品的华丽文采。

不锉,钟鼓不拡,则吾无以见圣人矣。①

扬雄以为,圣人之外在形式美与内在本质美都应该是文采华丽的,圣人的文章也是如此。《文心雕龙》推而论之,认为源自于圣人经典的后世文章也是尚丽尚美的。这就在文学"原道"美与圣人文章美之间再次细化,寻找到了圣人文质美这一中介;《文心雕龙》"五经含文"的雅丽思想,完全是对扬雄文质、华实思想的翻版运用。如此,雅丽文学思想的两个主要取法对象可以确立:一个是孔子,另一个是扬雄;一方面是从孔子"郁郁乎文"到扬雄"圣人文质""华实相副"的尚丽思想,另一方面是雅乐、正声、正色、正采、内质、明道、征圣、宗经的雅正思想,二者结合,就是文学的雅丽思想。

三、宗经尚美

明道、征圣之外,《法言》中论述了精彩的宗经思想。一方面,儒家经典在扬雄这里不仅是"不刊之鸿教",而且散发着迷人的文采之美,这与古板的传统看法截然不同。扬雄以其复古与新变交织的观念而辩证宗经,对于经典蕴含的华美之义进行了深刻的论证与阐释。扬雄关于"五经含文"的论述,成为刘勰直接采

---

①王以宪、张广保注释:《法言注释》,第74页。

用的"六义"说的证据,更是《文心雕龙》"圣文雅丽"思想的直接来源。扬雄对五经特点的理解超越了前人,其学说为《文心雕龙》所全盘继承。主要体现在以下几个方面:

第一,全面论述了"五经"在内容上的特点。《寡见》篇说:

> 或问:"五经有辩乎?"曰:"惟五经为辩。说天者莫辩乎《易》,说事者莫辩乎《书》,说体者莫辩乎《礼》,说志者莫辩乎《诗》,说理者莫辩乎《春秋》。舍斯,辩亦小矣。"[1]

扬雄所说到的"惟五经为辩",全面涉及了五经"《易》说天""《书》说事""《礼》说体""《诗》说志""《春秋》说理"的内容特点[2]。在扬雄看来,五经是最能够体现"辩"

---

[1] 王以宪、张广保注释:《法言注释》,第 56 页。
[2] 先秦道家《庄子》书中曾谈到儒家六经的特点,《天下》篇:"古之人其备乎! 配神明,醇天地,育万物,和天下,泽及百姓,明于本数,系于末度,六通四辟,小大精粗,其运无乎不在。其明而在数度者,旧法世传之史尚多有之。其在于《诗》《书》《礼》《乐》者,邹鲁之士搢绅先生多能明之。《诗》以道志,《书》以道事,《礼》以道行,《乐》以道和,《易》以道阴阳,《春秋》以道名分。——其数散于天下而设于中国者,百家之学时或称而道之。"其后,儒家的荀子谈到过五经的特点,《儒效》篇说:"诗言是其志也,书言是其事也,礼言是其行也,乐言是其和也,春秋言是其微也。"汉代司马迁在《史记·太史公自叙》中也曾评价六经:"易著天地阴阳四时五行,故长于变;礼经纪人伦,故长于行;书记先王之事,故长于政;诗记(转下页注)

的特点的,据此,论辩之士,"伎数之子",都应该归入儒家五经的统摄范围中来。这个思想包含的内容有如下几层:一是儒家最高;二是儒家统摄各家;三是五经内容丰富,囊括万有;四是五经各自特点不同,每一经都可以流出涉及自身领域内的新东西。《文心雕龙》的《宗经》篇全面继承了扬雄的说法,曰:"象天地,效鬼神,参物序,制人纪,洞性灵之奥区,极文章之骨髓者也。"②经典在内容上极为丰富,是人情与文章的最高表现形式。在各自特点上,《文心雕龙》关于"《易》惟谈天""《书》实记言""《诗》主言志""《礼》以立体""《春秋》辨理"的说法,与扬雄"《易》说天""《书》说事""《礼》说体""《诗》说志""《春秋》说理"的总结几乎完全一致。

第二,扬雄对"五经美玉"的论述,使刘勰建立起"五经含文"的尚丽主张。《寡见》篇以美玉为喻,认为经典应该是文采美丽的:

或曰:"良玉不雕,美言不文,何谓也?"曰:"玉

(接上页注)山川溪谷禽兽草木牝牡雌雄,故长于风;乐乐所以立,故长于和;春秋辨是非,故长于治人。是故礼以节人,乐以发和,书以道事,诗以达意,易以道化,春秋以道义。"三家之中,荀子不曾谈《易》,而郭沫若先生以为《易传》最终成于荀子。扬雄对五经特点的理解,显然有上述诸子所发议论的铺垫。

② [清]黄叔琳注,李详补注,杨明照校注拾遗:《增订文心雕龙校注》,第26页。

不雕,玙璠不作器。言不文,典谟不作经。"①

"玉不琢,不成器",表明了璞玉需要雕琢打磨,使之更美;"美言不文"的说法,则是《老子》"信言不美,美言不信"的同义命题。扬雄认为,语言如果不美的话,就不能动人,不能显示经典的美好深刻,"典谟"也不能再作经书了,意在说明经典是文采华美的。推导此说,来自于扬雄主张的圣人"文质彬彬"与"心声心画",扬雄认为圣人君子的修养内外皆美,文质相符,依据他"言如其人"与"文如其人"的理论可知,经典本是记载圣人言行的"亡则书"的作品,也应该是华实相符的,故而五经含文,自然华美。《君子》篇说:

> 或问:"君子言则成文,动则成德,何以也?"曰:
> "以其弸中而彪外也。般之挥斤,羿之激矢。君子
> 不言,言必有中也;不行,行必有称也。"②

屈原在《离骚》中说自己兼有"内美与修能",即文质皆备,扬雄在此也尚内美。"弸中彪外"的提出,指出了内在修养的充实对外在文采"辉光"之美的意义。因此,圣人之文一定是华实相符的。扬雄的这一说法,是《文心

---

①王以宪、张广保注释:《法言注释》,第57页。
②王以宪、张广保注释:《法言注释》,第119页。

雕龙》论述"圣文雅丽,衔华佩实"的最直接理论依据。
《征圣》篇认为圣人文章文采焕然:"远称唐世,则焕乎
为盛;近褒周代,则郁哉可从。""焕乎为盛",用的是孔
子赞美尧帝时代文学发展繁荣的话;"郁哉可从"引用
的是孔子论述周代文学"郁郁乎文哉"的评价与"吾从
周"的史学主张。二者都指向"圣文"美丽这一主导内
容。《征圣》又说,圣文是"志足而言文,情信而辞巧,乃
含章之玉牒,秉文之金科",是文采华美的作品。同篇
还记载了一个"颜阖以为,仲尼饰羽而画,徒事华辞"的
"訾圣弗得"的故事,这个故事的核心,也是指向圣人孔
子的华丽言辞。作为最伟大经典作家的孔子,其言辞
华丽,则其文章必然华丽。《征圣》篇赞语说:"精理为
文,秀气成采。"圣文是精义坚深而且文采华美的作品。
正是在这样的理论铺垫基础上,刘勰才在最后推出了
"圣文之雅丽,衔华而佩实"这一总结性的论述。《宗
经》篇说:

> 扬子比雕玉以作器,谓五经之含文也。[1]

比照扬雄《法言》,我们可以看到,扬雄是经典"雅丽"理
论的第一发现者。《文心雕龙》的研究者普遍认为,五经

---

[1][清]黄叔琳注,李详补注,杨明照校注拾遗:《增订文心雕龙校注》,第27页。

之中,除了《诗经》,要说其他四经"含文",是不太对的,其他四经主要是"含雅""含质""含理""含奥",而不是"含文"。为了解决这个难题,刘勰不仅站在哲学的高度提出"文源于道,郁然有采"的依据,从根本上阐述"五经含文"一说;还在实践理论中取法扬雄,指出"五经含文"的先行论述者的意见,来充实、支撑自己的雅丽理论主张。这就从原理、论据两个角度证明了五经为什么"含文"这一难题,使得雅丽思想逾越了五经"雅而不丽"的事实障碍,成为全书贯穿前后的文学尚美主张的理论红线,并为矫正魏晋文学新变的不良倾向服务。

第三,刘勰关于《宗经》"六义"的界说,在扬雄《法言》中可以找到直接的理论论据。《法言》是刘勰《宗经》篇提出"六义"说、得出"风清""文丽"等说法的直接来源,刘勰全盘继承了扬雄对经典与圣人的评价。所谓"六义",是指经典的六大写作特点:

> 一则情深而不诡,二则风清而不杂,三则事信而不诞,四则义贞而不回,五则体约而不芜,六则文丽而不淫。①

刘勰主张"情深、风清、事信、义贞、体约、文丽"的六条标

---

① [清]黄叔琳注,李详补注,杨明照校注拾遗:《增订文心雕龙校注》,第27页。

准,可以简单地归入属于文学内容的"情、事、义"三体与属于形式的"风、体、文"三体。刘勰论述的意见,实际上是扬雄已经讲过的话。《学行》:

> 或曰:"猗顿之富以为孝,不亦至乎? 颜其馁矣。"曰:"彼以其粗,颜以其精;彼以其回,颜以其贞。颜其劣乎? 颜其劣乎?"①

"六义"说中的"义贞而不回",就是出自这里的。《吾子》:

> 或问:"君子尚辞乎?"曰:"君子事之为尚。事胜辞则伉,辞胜事则赋,事辞称则经。足言足容,德之藻矣!"②

扬雄认为君子尚辞好辩,"事胜辞则伉,辞胜事则赋,事辞称则经"的说法,直指"六义"说中的"事信而不诞"。《问神》则说:

> 或曰:"《玄》何为?"曰:"为仁义。"曰:"孰不为仁? 孰不为义?"曰:"勿杂也而已矣。"③

---

①王以宪、张广保注释:《法言注释》,第15页。
②王以宪、张广保注释:《法言注释》,第17页。
③王以宪、张广保注释:《法言注释》,第40页。

> 或曰："淮南、太史公者，其多知与？何其杂
> 也。"曰："杂乎杂，人病以多知为杂。惟圣人为
> 不杂。"①

对比可以发现，刘勰关于五经"风清而不杂"与"体约而
不芜"的论述，取法扬雄"惟圣人为不杂"一说。因为圣
人"文质皆美"，《先知》篇说："圣人，文质者也。车服以
彰之，藻色以明之，声音以扬之，诗书以光之。"诗书对于
圣人文质的彰显与濡染修养作用很大，圣人要穿着藻色
华美的车服来彰显美德，是华实相副的，故而"风清而不
杂"。《吾子》中关于"诗人之赋丽以则，辞人之赋丽以
淫"的论述，则显然是"六义"中"文丽而不淫"的理论渊
源。至于"情深"一条，《法言》论情不多，论道、德、仁、
义、美则不少，"心声心画"说重视"情动"，情动于中，归
根结底，还是内在修养的德义精神在起支配作用，所以
"情深而不诡"，扬雄虽然没有明言，也能找到依据。

第四，具体评论五经，比如《诗》《书》《春秋》《礼》
等。《孝至》：

> 或问"泰和"。曰："其在唐、虞、成周乎？观
> 《书》及《诗》温温乎，其和可知也。"②

---

① 王以宪、张广保注释：《法言注释》，第40页。
② 王以宪、张广保注释：《法言注释》，第130页。

"泰和"一说，与孔子"尽善尽美"大体一致，是一种充实愉悦的中和之美，含有道德政教的意味，这就是儒家经典的特点。扬雄以文观政，指出文学反映时代政治的面貌，这是刘勰写作《时序》篇的基本观点。同时，儒家经典风格"泰和"，是中和之美的最好载体。刘勰化用此说，在风格八体的"得其环中""雅丽黼黻""正采彬彬"等中和美上大力提倡这个说法。《修身》论《礼》则曰：

> 《礼》多仪。或曰："日昃不食肉，肉必干；日昃不饮酒，酒必酸。宾主百拜而酒三行，不已华乎？"曰："实无华则野，华无实则贾，华实副则礼。"①

有人问：敬酒的礼节是不是太过于繁琐了呢？"宾主百拜而酒三行"，酒肉都不能食用了。扬雄说出了"华实副则礼"的话，来告诉对方，礼仪就是有这么重要。其实不是礼仪重要，而是礼仪是由经典规定了的，必须如此。"华实副则礼"一说，与孔子"文胜质则史，质胜文则野，文质彬彬，然后君子"一说极为相似。虽然扬雄与孔子论述的是礼仪问题、修养问题，但是在后来的发展变化中，文质彬彬与华实相符都指向了文学作品内在美与外在美的和谐统一。《文心雕龙》的雅丽文学思想，出自孔

---

① 王以宪、张广保注释：《法言注释》，第26页。

子文质观与扬雄华实论,是儒家文艺美学思想的直接产物。《问明》篇:

> 孟子疾过我门而不入我室。或曰:"亦有疾乎?"曰:"摭我华而不食我实。"①

扬雄的华实观念主张内外双修、文质皆备。对于"摭我华而不食我实"的形式主义者,扬雄"疾"之,看不起,讨厌。推论而下,写文章不能只是追求文采之美,还要追求内容之充实、思想之健康、主旨之积极,等等。做到形式美与内容美、思想美与艺术美的统一,所以雅丽思想的提出,为主张丽而且雅的写作之美寻找到了文质兼备的操作原理。

依据经典,扬雄评价了不少著名作家作品。《君子》:

> 淮南说之用,不如太史公之用也。太史公,圣人将有取焉;淮南,鲜取焉尔。②

史书实录,取法圣人;淮南之说,取法道家。暗含儒家胜过道家的意思。同篇又说:

---

①王以宪、张广保注释:《法言注释》,第47页。
②王以宪、张广保注释:《法言注释》,第120页。

必也儒乎！乍出乍入，淮南也；文丽用寡，长卿也；多爱不忍，子长也。仲尼多爱，爱义也；子长多爱，爱奇也。①

扬雄论述司马相如、刘安、司马迁等著名作家，其点评非常准确。《文心雕龙》的《才略》篇与《史传》篇直接运用到了"文丽用寡，长卿"与"子长多爱，爱奇"的说法。《风骨》篇主张"翔集子史之术"，文学写作要向史书取法；同时谈到司马相如《大人赋》，"乃其风力遒也"，仙道之说感染力巨大，但是讽谏之旨不达。《汉书·扬雄传》：

雄以为赋者，将以风也，必推类而言，极丽靡之辞，闳侈巨衍，竞于使人不能加也，既乃归之于正，然览者已过矣。往时武帝好神仙，相如上《大人赋》，欲以风，帝反缥缥有陵云之志。由是言之，赋劝而不止，明矣。②

"文丽用寡"一说，即对此而发。"极丽靡之辞，闳侈巨衍，竞于使人不能加也"论说的是汉代辞赋"巨丽"之美，这个美有其时代背景的原因，更有司马相如树立榜样而扬雄"追风入丽"的创作实践作为实证。"赋劝而不止"

---

①王以宪、张广保注释：《法言注释》，第 120 页。
②［汉］班固：《汉书》（影印本），第 3575 页。

的"用寡"说，就是由"丽靡之辞"的"文丽"原因造成的。赋的优点、特点，也成为其弱点、缺点。由此，再拓展到具体地评论历代典籍。《重黎》：

> 或问"《周官》"？曰："立事。""《左氏》"？曰："品藻。""太史史迁"？曰："实录。"[1]

扬雄对古代文献，主要是儒家经典与史书的评价，言简意赅，非常准确。刘勰《风骨》篇主张写作之道应该"熔铸经典之范，翔集子史之术"，是有原因的。经典为思想规范，子书与史书为操作技法，二者结合，可以囊括古代的重要典籍，尤其是百家争鸣环境下的子书，作为后代学术思想的渊源，文章写作的法与术均来自于此。

四、辞赋论丽

伴随经典华美思想的是扬雄的辞赋评论，在辞赋评论中，我们可以看到晚年扬雄与青壮年扬雄的截然不同。扬雄早年追摩司马相如辞赋并写了许多模拟之作，还模仿屈原辞赋进行了若干创作。晚年，因为政治失意，扬雄对辞赋的功能产生了怀疑，对辞赋作家的低下地位

---

[1] 王以宪、张广保注释：《法言注释》，第86页。

心怀不满,这种不满,集中地表现在《吾子》篇中:

> 或问:"吾子少而好赋。"曰:"然。童子雕虫篆刻。"俄而曰:"壮夫不为也。"或曰:"赋可以讽乎?"曰:"讽乎!讽则已,不已,吾恐不免于劝也。"①

前引《汉书·扬雄传》所述,是扬雄认为辞赋不过是"童子雕虫篆刻",故而"壮夫不为"的根本原因。辞赋难以实现其讽谏功能,达不到为文致用的干政效果,这样,美则美矣,用处有限,那么,还写它干什么呢?反过来看,这其实是扬雄政治情结的愤懑表达,是他功名思想的抑郁不满。扬雄讽刺他早年的偶像司马相如是"文丽用寡",因为"赋劝而不止",作用有限。扬雄弃赋,除了真如其言外,还与他的遭遇远逊司马相如有关。尽管相如赋有"文丽用寡"之弊,但是相如出名,靠的正是赋作被汉武帝赏识这个原因。《史记》载,其时蜀人杨得意为狗监,向汉武帝推荐了同乡司马相如,相如由是而显,其后曾以御史身份出使西南夷,为武帝朝开疆拓土做出过贡献;相如《难蜀父老》《喻巴蜀檄》又为稳定蜀中政治局面起了很大的作用;《封禅文》一篇,赞颂敬天法地的巍巍汉德。也就是说,扬雄的少年偶像相如先生,不仅文章漂

---

① 王以宪、张广保注释:《法言注释》,第 16—17 页。

亮,以辞赋名家,而且政治有为,事载史书,名垂青史。扬雄崇拜他,应当是这两个原因俱在的,不只是口头上说的仅"好其辞赋"而已。辞赋写来干什么? 是用来美教化、进忠言的,不是仅仅玩体物写情、闳侈巨衍的文字游戏的。当辞赋大量发展,天下人竞相追摩以后,皇帝也就看得多了,辞赋的写法内容,确实远不如章表奏议这些应用文体在干政进谏方面有效。因为辞赋首先是美文,一定要加上讽谏的功能,是勉为其难的事情。扬雄看到这条路走不通,于是很生气,说自己不再写了。当然,辞赋体裁与其功能是一个不利方面,扬雄的自尊心又是另一个原因。据《扬雄传》载,辞赋作家地位低下:"颇似俳优淳于髡、优孟之徒,非法度所存,贤人君子诗赋之正也,于是辍不复为。"也就是说,如果扬雄政治地位再高一些,比如得到较大的升迁,估计他是不会这么说的。《扬雄传》:

　　初,雄年四十余,自蜀来至游京师,大司马车骑将军王音奇其文雅,召以为门下史,荐雄待诏,岁余,奏《羽猎赋》,除为郎,给事黄门,与王莽、刘歆并。哀帝之初,又与董贤同官。当成、哀、平间,莽、贤皆为三公,权倾人主,所荐莫不拔擢,而雄三世不徙官。及莽篡位,谈说之士用符命称功德获封爵者甚众,雄复不侯,以耆老久次转为大夫,恬于势利乃如是。①

扬雄在汉时,四十余岁才出仕为官,颇有一鸣惊人的味道;但是后来历久不见升迁,"三世不徙官";直到当年的同事王莽已经当上了皇帝,他还是没有机会,仅仅"以耆老久次转为大夫",班固说他"恬于势利",不一定是真的。因此,扬雄早年虽以辞赋知名于世,而在此以后,"辍不复为"。从这个经历与评价我们可以看到,文学创作的发展、文学批评的发展,根本上说,无法逃开政治干预这个宿命。尽管文学确实存在自身内在的规律性,确实存在与政治保持距离的审美本质特性,但是,在中国士大夫"好做官"思想的内驱之下,文学不过是从政入世的表达载体之一,文学要受到政治的影响,当为定论。《文心雕龙》特列《时序》篇来论述这个问题;而在《征圣》《宗经》《正纬》等篇中大谈特谈的"政化贵文"、周公孔子、"朱紫乱矣"等说,为的就是在儒家政教思想的指导下确立宗经的文学艺术标准,直接将文学拉到政治功能的范围中来,有用为文,无用弃文,成为《文心雕龙》的一大主张。其上篇文体论的体裁排列顺序,主要就是根据文体历史与功能大小来安排的。

在表明了对辞赋功能的不满后,扬雄以纺织为喻,

---

① [汉]班固:《汉书》(影印本),第 3583 页。

回答提问者对辞赋华美的赞誉：

> 或曰：“雾縠之组丽。”曰：“女工之蠹矣。”①

提问者说，丝织品像薄雾般的轻纱那样透明美丽，意在赞美辞赋文采华丽的特性。“雾縠”一词，主要指“薄雾般的轻纱”，宋玉《神女赋》、司马相如《子虚赋》均有使用，均指向华丽之美②。但是扬雄回答说这是纺织品中的蛀虫子。这就引出了关于辞赋“丽”这一属性的探讨。司马相如作为辞赋大家，对辞赋丽的特性有源于创作经验的总结与看法，《西京杂记》卷二载：

> 司马相如为上林子虚赋。意思萧散，不复与外

---

① 王以宪、张广保注释：《法言注释》，第17页。
② 该词含义有二：一是指“薄雾般的轻纱”。《文选·〈神女赋〉》：“动雾縠以徐步兮，拂墀声之珊珊。”李善注：“縠，今之轻纱，薄如雾也。”《文选·〈子虚赋〉》：“于是郑女曼姬，被阿缌，揄纻缟，杂纤罗，垂雾縠。”刘良注：“雾縠，其细如雾，垂之为裳也。”前蜀魏承班《渔歌子》词：“柳如眉，云似发，鲛绡雾縠笼香雪。”清郑燮《大中丞尹年伯赠帛》诗：“忽惊雾縠来相赠，便剪春衫好出游。”朱自清《温州的踪迹》三：“这也是个瀑（转下页注）（接上页注）布；但是太薄了，又太细了。有时闪着些须的白光；等你定睛看去，却又没有——只剩一片飞烟而已。从前有所谓‘雾縠’，大概就是这样了。”二是指“像轻纱一样的烟云薄雾”。五代和凝《临江仙》词：“海棠香老春江晚，小楼雾縠溶漾。”宋苏轼《龙尾石月砚铭》：“萋萋兮雾縠，宛宛兮黑白。”这两种含义均指华美飘逸之美物美景，辞赋用此，以称其辞藻之华美。

事相关。控引天地，错综古今，忽然如睡，焕然而兴，几百日而后成。其友人盛览字长通，牂牁名士，尝问以作赋。相如曰："合綦组以成文，列锦绣而为质；一经一纬，一宫一商，此赋之迹也。赋家之心，苞括宇宙，总览人物。斯乃得之于内。不可得而传览。"乃作《合组歌》《列锦赋》而退。终身不复敢言作赋之心矣。①

司马相如以"丝织经纬"说解释"作赋之法"，同时论述辞赋作家的内在修养问题。他重视辞赋"文质交加"的特点，尤其强调其"锦绣之质，宫商之声"——一句话，高度重视辞赋文采华丽的属性。扬雄"女工之蠹"一说，显然是对此而发的，他以为辞赋太过华丽，指出了相如赋（按：实则包含他自己的赋作）"文丽用寡"的问题。扬雄论辞赋之丽，与司马相如立场不同：扬雄是站在讽谏功能之"用"的立场上来说的；司马相如是站在创作方法之"质"的角度来说的。一个讲究要致用，一个论述纯文学，两个人的意见都是对的。其实，扬雄这个意见，并非他的独创，他用的是刘向《说苑·反质》中的原话：

---

① 葛洪集，成林、程章灿译注：《西京杂记全译》，贵阳：贵州人民出版社，1993年版，第66—67页。

1. 宫墙文画,雕琢刻镂。①

2. 雕文刻镂,害农事者也。锦绣纂组,伤女工者也。②

刘向以"雕文刻镂"对言"锦绣纂组",批评这些做法是饥寒之本原。扬雄笔法与此文极其相似,以"雕虫篆刻"对言"雾縠之组丽"。只不过刘向用的是本义,指建筑上的雕饰,而扬雄用的是引申义,特指对文章的雕饰。也就是说,辞赋雕饰过多,文采过度,伤害了文义内质。扬雄的这个意见,集中体现在"丽则丽淫"说的提出,《吾子》:

> 或问:"景差、唐勒、宋玉、枚乘之赋也,益乎?"曰:"必也淫。""淫则奈何?"曰:"诗人之赋丽以则,辞人之赋丽以淫。如孔氏之门用赋也,则贾谊升堂,相如入室矣。如其不用何?"③

对扬雄的话,我们可以作这样的理解:"诗人之赋丽以则"是指这一类的赋不失讽喻精神,虽"丽"而有法度;"辞人之赋丽以淫"则指这一类赋作在辞章手法上过分注重修饰,而失去了讽谏的意义。这里的"诗人之赋",

---

① [汉]刘向撰,向宗鲁校证:《说苑校证》,北京:中华书局,1987年版,第515页。
② [汉]刘向撰,向宗鲁校证:《说苑校证》,第519页。
③ 王以宪、张广保注释:《法言注释》,第17页。

所指当是屈原的骚赋,刘安、王逸、汉宣帝以及后来的刘勰等人均认为屈原的赋符合《诗经》的精神,所以称为"诗人之赋";辞人之赋指的唐勒、景差、宋玉、枚乘之赋,其实就是指的汉代大赋。"淫"是过分的意思,辞赋"巨丽",过分了。所以,这是扬雄滋生"文丽用寡,长卿"一说的理论依据,也是他认为辞赋"劝而不止"的"无用"论的根本原因。从本段来看,扬雄对贾谊、相如的作品是很推崇的,可谓是孔氏之门登堂入室的好作品,但是,"如其不用何",也就没有办法了。

依据对辞赋"丽则丽淫"的意见,扬雄顺带论述了他的正声雅乐观,提出"明视"以辨别"苍蝇红紫"、"聪听"以区分"郑卫之似"的主张;同时提出"中正"之说,论述了"中正则雅""中正以平"的"和乐"美;并对"女有色,书亦有色"的外在纹饰美再一次作了强调,指出"女恶华丹之乱窈窕,书恶淫辞之淈法度"的"正色正采"观,继续巩固他"丽则"一说的重要性。我们从这里既可以看到扬雄受孔子雅乐正色观的影响痕迹,也可以看到扬雄对刘勰《文心雕龙》的巨大影响。《文心雕龙》对待楚辞汉赋的基本态度是"丽以淫",基本的解决方法是"丽以则",主张折衷《诗》《骚》,"风归丽则",形成"丽词雅义",与经典雅丽之美趋向一致。

综上所述,扬雄对《文心雕龙》雅丽思想有直接影响。扬雄不仅阐释了许多为《文心雕龙》所接受的文论主张,同时,他的辞赋创作与学术著作为《文心雕龙》的作家作品批评提供了极好的实践对象。上述明道、征圣、宗经、辞赋评论所论述的若干思想标准、创作理论、鉴赏理论,归纳起来,主要有以下两点:

第一,主张"丽则"。扬雄评价辞赋尚丽尚美的文学思想,是文论史上第一次明确地自觉探寻文学本质的追求,这是建立在儒家与道家美丽思想基础上的集合产物。自此,沿着扬雄、王充、曹丕、陆机而下,文学尚美尚丽之势锐不可当;文学理论的自觉、创作的兴盛、学术思潮的自觉意识不断加强。因此,扬雄在这个"自觉"的萌芽、发展、兴盛的历史脉络中扮演了一个重要的中介角色,承上启下,继往开来。刘勰《文心雕龙》一方面肯定文学尚丽尚美的本质与文学由质趋文的发展趋势,高赞文学的美丽精神;同时也看到了尚丽主张、创作、批评的不良动向,提出雅丽这一折衷古今的新标准,对魏晋文学的自觉,进行了反思与规范的再次自觉。这个思想,是得益于杨雄的。

第二,扬雄具体提出的文质论、华实说、修养论、新变论、自然之道、五经含文、辞赋致用等等,在继承了先秦儒家"文质彬彬""尽善尽美"的论人论诗之说,而直接用于评价文学内容与形式、文学内外发展因素、作家修养、审美评价的基础上,还重视探索文学丽淫丽则的审美特点、臧否历代名人名家、提出五经新变损益的主张、取法自然的创作感物说等,这些新变理论的提出,是刘勰"圣文雅丽,衔华佩实"的雅丽思想的哲学依据、美丽精神、文学新变、独尊儒家等内涵特征的直接来源。扬雄著名的"心声心画"说,为刘勰"文如其人"的风格论奠定了理论基础;"弸中彪外"说,为《文心雕龙》作家修养论作出了示范;"尚中执中"的中道的思想,为刘勰尚雅贬俗、中和之美的理论主张与折衷方法论的运用提供了成功的示范;求实疾虚、求真疾伪的态度,上承孟子、下启王充,为《文心雕龙》主张情深、义贞、事信、批判纬书奠定了理论基础;而对来自于荀子尚法论术的思想,扬雄进行了拓展论述,使得刘勰尚法论术的写作学思想基础更为牢靠。

第二章 其他思想流派的影响

《文心雕龙》雅丽思想的渊源虽然主要是儒家的孔子与扬雄,但是,雅论思想儒家独有,而丽论思想儒家虽有,却并不占据绝对优势的地位。《文心雕龙》的丽论思想是向先秦以至魏晋各家思想取法、提炼而成的,体现了兼收并蓄、为我所用的特点。整体上看,先秦道家、阴阳纵横家与魏晋玄学是最主要的几家。

第一节 道家思想的影响

道家思想是《文心雕龙》得以成书并建构起自身理论体系的重要取法对象:第一是文学发生论,《原道》篇提出"自然之道"的哲学依据,为全书五十篇论述文学的起源和特点、技法找到了理论依据。第二是文学审美论,自然之道具有华美的自然属性,所以,起源于自然事物的文学,一定是具有"郁然有采"的本质属性,这就为全书主张尚美尚丽的文学审美观念打下了坚实的基础,也为刚柔风格论、八体风格论等建立了批评基础。第三是写作思维论,《神思》篇广泛吸收了庄子、司马相如、陆机思维理论的探索成果,成为古代文论史上第一篇写作思维专论,一般认为,《神思》统帅了《文心雕龙》全书下篇二十五篇的创作技法论与批评论。第四是作家修养论,《养气》篇畅谈如何优柔适会,养气为文。第五是具体技法论,丽辞、声律、夸饰等写作技法,在根源上是出自于自然之道的。第六是文学批评论,在风骨评论、风格定势、物色取法等重要的内容上,道家思想居于主导地位。如此等等,多是儒家文论少有涉及甚至不曾涉及的领域。

"龙学"界关于道家思想影响《文心雕龙》的研究成果较多,与雅丽思想相关的研究主要有以下意见:一是认为《文心雕龙》的"自然"论出自先秦道家,吕永先生等人讨论了《老子》"自然之道"等哲学思想对《文心雕龙》的影响①;二是认为《文心雕龙》的逻辑结构与《淮南子》相似,同时《文心雕龙》的"自然之道"与"物色"理论都是向《淮南子》取法而来的②。还有一种意见是泛论道家思想对《文心雕龙》的影响,以皮朝纲、周振甫、张启成先

---

① 吕永:《〈文心雕龙〉与〈老子〉》,《湘潭大学学报(哲学社会科学版)》1986年第 1 期。
② 陈良运:《〈文心雕龙〉与〈淮南子〉》,《文史哲》2000 年第 3 期。

生为代表①。上述研究主要集中在"自然之道"的涵义与归属上,而对文学"因道生丽"的《原道》本意理解不多。

《文心雕龙》书中对道家思想的借鉴运用非常之多;整体上看,有褒有贬,褒多于贬,但就是在褒赞运用道家思想的地方,也会归结到儒家思想上去,即采用折衷儒道的态度,这与独尊儒学的鲜明态度有极大差异。《文心雕龙》的道家思想,体现在如下四个方面:

第一个方面,《文心雕龙》吸收和运用道家思想,并贯通全书。经查,《文心雕龙》全书论"道"共计四十五处,除去《原道》篇题名一处,其余四十四处论述贯通分布于全书第一篇到最后一篇,集中于《原道》《诸子》《情采》《序志》等重要篇章之中,这些论述,主要是建立在道家之"道"的基础之上的,指的是自然规律、政治策略、写作方法、诸子学说等内容,属于泛指,不是专指。这与老子用"道"专指自然规律不一样,而与庄子用"道"泛指事物规律、方法策略、各家学说较为近似。

顺"道"而论"德",是道家老子,尤其是庄子的重要哲学理念,刘勰论述"文之为德也大矣",所提出的"文学大德"之功能说,显然是取法于《庄子》论"道"而生的"德"论观念的。因此,前人关于刘勰思想取法来自道

---

①皮朝纲:《〈文心雕龙〉与老庄思想》,《四川师范大学学报(社会科学版)》1980年第2期;张启成:《〈文心雕龙〉中的道家思想》,《贵州社会科学》1981年第4期。

家,以及赞同葛洪"道家为体,儒家为用"的说法,是有道理的。

第二个方面,道家思想居于《文心雕龙》文论框架的重要地位。这样的框架地位,来自于《文心雕龙》的内证。《原道》之"道"来自道家老庄哲学思想并受到魏晋玄学的深刻影响、"自然"美贯通全书并高于人工修饰之美、《神思》论本源于庄子"虚静""心斋""言意之辨"诸说(近源则以陆机思维理论为基础)、《养气》论本于老庄"清静无为""存身之道""纯气之守"与葛洪《抱朴子》养生理论等等。上述核心理论中:

首先,《原道》篇是整个《文心雕龙》结构体系与文学理论的哲学基点。因为文源于道,圣人则之,化成经典,刘勰取儒家为用,提出"雅丽"的基本文学思想,五篇"枢纽"论于是成立。然后因经典而生百体,这才会自然引出占据二十篇之多的文体论;总其归途,则后世百体文章皆出于"自然之道",这是从本源来看的,是统摄在《原道》这一哲学思想之内的。这样,上篇二十五篇自然生成。从下篇来看,因为"文源于道"所以"郁然有采",这个观点贯穿全书,尤其是成为下篇论风格、立风骨、述通变、谈定势、论情采、设隐秀、看物色、辨声律、晓情变、评夸饰、论章句、谈比兴等一系列尚丽尚美专题理论的基本哲学依据。没有"文源于道"的哲学依据以及"郁然有采"的尚丽基础,上述有关文采、风格、美文、修辞、技法的若干立论将无法成立。

　　文学根源于自然天地,因此,《文心雕龙》的"自然之道"说处于全书理论建构的重要地位,其中,直接论述"自然"者凡九:

　　　　《原道》:夫玄黄色杂,方圆体分,日月叠璧,以垂丽天之象;山川焕绮,以铺理地之形:此盖道之文也。仰观吐曜,俯察含章,高卑定位,故两仪既生矣。惟人参之,性灵所钟,是谓三才;为五行之秀,实天地之心。心生而言立,言立而文明,自然之道也。①

　　　　《原道》:傍及万品,动植皆文:龙凤以藻绘呈瑞,虎豹以炳蔚凝姿;云霞雕色,有逾画工之妙;草木贲华,无待锦匠之奇。夫岂外饰?盖自然耳。②

　　　　《明诗》:人禀七情,应物斯感,感物吟志,莫非自然。③

　　　　《诔碑》:自后汉以来,碑碣云起,才锋所断,莫高蔡邕。观杨赐之碑,骨鲠《训》《典》;《陈》《郭》二文,句无择言;《周》《胡》众碑,莫非清允。其叙事也该而要,其缀采也雅而泽;清词转而不穷,巧义出而卓立;察其为才,自然而至。④

---

① [清]黄叔琳注,李详补注,杨明照校注拾遗:《增订文心雕龙校注》,第1页。
② [清]黄叔琳注,李详补注,杨明照校注拾遗:《增订文心雕龙校注》,第1页。
③ [清]黄叔琳注,李详补注,杨明照校注拾遗:《增订文心雕龙校注》,第64页。
④ [清]黄叔琳注,李详补注,杨明照校注拾遗:《增订文心雕龙校注》,第155页。

《体性》:是以贾生俊发,故文洁而体清;长卿傲诞,故理侈而辞溢;子云沈寂,故志隐而味深;子政简易,故趣昭而事博;孟坚雅懿,故裁密而思靡;平子淹通,故虑周而藻密;仲宣躁锐,故颖出而才果;公幹气褊,故言壮而情骇;嗣宗俶傥,故响逸而调远;叔夜俊侠,故兴高而采烈;安仁轻敏,故锋发而韵流;士衡矜重,故情繁而辞隐:触类以推,表里必符,岂非自然之恒资,才气之大略哉![1]

《定势》:夫情致异区,文变殊术,莫不因情立体,即体成势也。势者,乘利而为制也。如机发矢直,涧曲湍回,自然之趣也。圆者规体,其势也自转;方者矩形,其势也自安:文章体势,如斯而已。[2]

《定势》:是以模经为式者,自入典雅之懿;效《骚》命篇者,必归艳逸之华;综意浅切者,类乏酝藉;断辞辨约者,率乖繁缛:譬激水不漪,槁木无阴,自然之势也。[3]

《丽辞》:造化赋形,支体必双;神理为用,事不孤立。夫心生文辞,运裁百虑;高下相须,自然成对。[4]

《隐秀》:凡文集胜篇,不盈十一;篇章秀句,裁

① [清]黄叔琳注,李详补注,杨明照校注拾遗:《增订文心雕龙校注》,第380页。
② [清]黄叔琳注,李详补注,杨明照校注拾遗:《增订文心雕龙校注》,第406页。
③ [清]黄叔琳注,李详补注,杨明照校注拾遗:《增订文心雕龙校注》,第406页。
④ [清]黄叔琳注,李详补注,杨明照校注拾遗:《增订文心雕龙校注》,第447页。

可百二：并思合而自逢,非研虑之所求也。或有晦塞
为深,虽奥非隐,雕削取巧,虽美非秀矣。故自然会
妙,譬卉木之耀英华;润色取美,譬缯帛之染朱绿。
朱绿染缯,深而繁鲜;英华曜树,浅而炜烨:(隐篇所
以侈翰林,)秀句所以照文苑,盖以此也。①

自《原道》篇提出"自然之道"起,《文心雕龙》即以此作
为基础范畴,进行各个方面的论述与拓展:《原道》论述
动植物的外在形式美,是"自然"之属性;发展到诗歌的
创生,是"感物吟志"的产物,属于人类的"自然"本质属
性;《体性》论述汉魏十二位文章名家,他们共同体现了
"才气大略"的"自然"属性,有什么样的个性,就有什么
样的作品风格;《定势》篇认为:文章的风格特点是根据
文体特征来决定的,这就好像山水树木一样,属于"自然
之趣",是"自然之势";《丽辞》篇阐述对仗的修辞技法,
刘勰认为"造化赋形,支体必双",自然事物一定是两两
相对地存在的,文章写作天然地具有"自然成对"的基本
属性,这就为汉魏骈文的创作,乃至《文心雕龙》全书用
骈文写成的技法,寻找到了来自自然属性的本质特点;
至于《诔碑》篇高度赞扬蔡邕的碑文制作精妙,是他个人
才华自然而然地显露与展示,已经属于运用,而非原理
探究和本质追问了。

---

① [清]黄叔琳注,李详补注,杨明照校注拾遗:《增订文心雕龙校注》,第496页。

我们可以看到：文学根源于自然，天然地具有华美的自然属性，文学风格的形成是作家个体自然情性的外在体现，文体的创造、修辞的技法、句子的写作——从文学本源到作家、作品、风格、文体、技法、措辞——《文心雕龙》所论述的文学写作的各个层面的结论，都有道家自然之道的直接影响在其中。

有时候，刘勰不用"自然"一词，而代替以"天地"，如《原道》篇论述的"天地之心"等，著名的例证有很多。比如《夸饰》开头就说：

> 夫形而上者谓之道，形而下者谓之器。神道难摹，精言不能追其极；形器易写，壮辞可得喻其真；才非短长，理自难易耳。故自天地以降，豫入声貌，文辞所被，夸饰恒存。①

为了给夸饰的修辞技法寻找到理论根据，与《丽辞》篇自然成对的论述一样，刘勰从极为抽象的"神道"出发，展开论述，逐渐落实到"天地以降，夸饰恒存"的结论，将夸饰技法抬到最高的地位，认为是自然界、自然事物、人类文章、写作表达具有的天然属性。

为了表达自己写作《文心雕龙》用心的高远，强调这

---

① [清]黄叔琳注，李详补注，杨明照校注拾遗：《增订文心雕龙校注》，第465页。

本著作的存在质量,刘勰甚至动用了"宇宙"意识①来为自己张本,《序志》篇说:

> 　　夫宇宙绵邈,黎献纷杂;拔萃出类,智术而已。岁月飘忽,性灵不居;腾声飞实,制作而已。夫人肖貌天地,禀性五才,拟耳目于日月,方声气乎风雷:其超出万物,亦已灵矣。形同草木之脆,名逾金石之坚,是以君子处世,树德建言。岂好辩哉? 不得已也!②

"君子处世,树德建言",是为生而不朽!《文心雕龙》立意高远,从深奥的宇宙意识出发,回顾视听所及的自然事物,再落实到人类的思维活动、写作活动,不仅将写作活动的本质意义提升到最高境界,而且将自己写作本书的精神价值揭示出来:大丈夫人生一世,必须做点能够留得下来的事情,以彰显生命的存在意义。于是,刘勰选定了写作《文心雕龙》。这种仰观俯察、神思玄奥的宇宙意识和生命价值意识,使得《文心雕龙》在最初的创作起点上,就远远超过了同时代的所有文论作品。

　　《文心雕龙》运用自然之道、神理阐幽、神道难摹之说,从写作方法论角度,将伏羲仰观俯察的方法推演、拓

---

① 宇宙意识一说,借鉴了李建中教授和王小盾教授的研究意见,特作说明。
② [清]黄叔琳注,李详补注,杨明照校注拾遗:《增订文心雕龙校注》,第610页。

展开来，全书对此进行了多角度、多侧面、多层次的论述。

比如运用"自然"一词，在《原道》直接提出了"自然之道"，同篇认为动物植物皆有本质文采，"夫岂外饰？盖自然耳"。《丽辞》论述骈偶技法，刘勰认为，这是天地自然"造化赋形，支体必双"的结果，是"自然成对"的必然选择。其后，刘勰将大自然之本义，拓展到写作行为、写作能力、写作要求的自然、自由状态。《明诗》指出："人禀七情，应物斯感，感物吟志，莫非自然。"诗歌是人们感情自然而然的流露。《诔碑》论述东汉晚期蔡邕碑制高妙，"察其为才，自然而至矣"。《体性》论述汉魏十二文章名家，指出他们各自风格不同的原因，是"自然之恒资，才气之大略"，中国古代文学理论中的情性风格论由此得到最高程度的表述。《定势》篇论述文体风格，各体文章各有体势，乃"自然之趣也"，效法经书典雅之风与模仿楚骚艳丽之美，必然会形成差异明显的风格特点，是为"自然之势也"，是必然不同的结果。《隐秀》以为，文章中杰出的特色警句，是应该有的，是必然与众不同，而且文采华美的："故自然会妙，譬卉木之耀英华；润色取美，譬缯帛之染朱绿。"

而"神理""神道"之说，则带有神秘色彩，使《文心雕龙》对自然之道的描写，增添了神妙之美。

我们先看全书对于"神理"的运用。首先用来阐释人文之起源与发展：《原道》指出："爰自风姓，暨于孔氏，玄圣创典,素王述训,莫不原道心以敷章,研神理而设教,取象乎河洛,问数乎蓍龟,观天文以极变,察人文以成化。"①从伏羲到孔子,都根据自然之道来写作文章,根据神妙的道理来进行教化。《易·系辞上》:"河出图,洛出书,圣人则之。"《汉书·五行志》曰:"刘歆以为虑羲氏继天而王,受河图,则而画之,八卦是也;禹治洪水,赐雒书,法而陈之,洪范是也。"②又曰:"初一曰五行,次二曰羞用五事,次三曰农用八政,次四曰协用五纪,次五曰建用皇极,次六曰艾用三德,次七曰明用稽疑,次八曰念用庶征,次九曰向用五福,畏用六极。凡此六十五字,皆雒书本文,所谓天乃锡禹大法九章常事所次者也。以为河图、雒书相为经纬,八卦、九章相为表里。昔殷道弛,文王演周易;周道敝,孔子述春秋。则乾坤之阴阳,效洪范之咎徵,天人之道粲然著矣。"③刘勰"取象乎河洛,问数乎蓍龟"之论,正同此说,要达到的目的,乃是"效洪范之咎徵,天人之道粲然著矣"的原道与政治效果。仔细推测,则班固所记刘歆之意,与汉代谶纬神学相近,因为他不可能知道大禹洛书本来的文字是什么,这是一种神秘主义色彩很浓的传说。回归论题,本则中之"神理"之谓,实则"道心"的另一说法,指的都是自然之道。

---

① [清]黄叔琳注,李详补注,杨明照校注拾遗:《增订文心雕龙校注》,第2页。
② [汉]班固:《汉书》(影印本),第1315页。
③ [汉]班固:《汉书》(影印本),第1316页。

对于自然之道的"神理",《文心雕龙》书中还有多处论述,比如《原道》篇赞语曰:"道心惟微,神理设教。"其文其意,皆与"原道心以敷章,研神理而设教"句相同。向下发展,具有这一含义的论述还有《明诗》篇赞语"神理共契,政序相参",意指诗歌应该和自然之道一致,并和政治秩序相结合。这与《原道》篇的论述意见完全一致,将普适性的文章写作规律,具体化到了诗歌体裁的发展与写作要求之中,是从抽象到具体的论述。在《情采》篇中,刘勰指出:

> 立文之道,其理有三:一曰形文,五色是也;二曰声文,五音是也;三曰情文,五性是也。五色杂而成黼黻,五音比而成《韶》《夏》,五性发而为辞章:神理之数也。①

以上由五色构成的"形文"、五音构成的"声文"、五性构成的"情文",是自然界与人类社会的三大类基本文体,其中,"五色杂而成黼黻",具有华丽的形态美;"五音比而成《韶》《夏》",具有雅正的声律美;"五性发而为辞章",具有天然的文采美——上述三类文体与特点,都是"神理之数",即自然之道的产物,这与《原道》篇的论述多么相似! 而且,是对《原道》篇整体论述的具体化,在

①[清]黄叔琳注,李详补注,杨明照校注拾遗:《增订文心雕龙校注》,第415页。

写作活动发生、审美的基础上,进行分类阐释,继续主张
文出自然的起源和天然华美的属性。

　　向下发展,《文心雕龙》将这一属性具体化到创作技
法论部分,骈偶的修辞技法就最具有这种天然属性,《丽
辞》曰:"造化赋形,支体必双;神理为用,事不孤立。夫
心生文辞,运裁百虑;高下相须,自然成对。"大自然创造
自然万物,必定遵循成双成对的基本规律,那么,源自于
自然之道的文辞运裁,一定具有对偶成双的语言表达特
点,一定是"自然成对"的。这就将六朝盛行的骈文之源
起,直接越过文学发展史,上推到自然之道的哲学高度,
为骈文与骈偶修辞技法找到了最高、最具有说服力的哲
学依据,直接体现了刘勰对骈体文章的重视程度,也是
《文心雕龙》本书主要运用骈体技法写成的理论依据。

　　回到枢纽论中来,在确立了《宗经》的正统地位之
后,《正纬》篇开始反面批判与经典同源的纬书,指出纬
书有四个方面的"伪作"原因:"按经验纬,其伪有
四:……经显,圣训也;纬隐,神教也。圣训宜广,神教宜
约。而今纬多于经,神理更繁,其伪二矣。"①在刘勰看
来,经典是圣训,而纬书是神教。经典显赫,圣训宜广,纬
书该隐,神教宜约,总之,纬书本是经典附庸,怎么可能
"纬多于经"? 怎么可能"神理更繁"? 那不是本末倒置

---

① [清]黄叔琳注,李详补注,杨明照校注拾遗:《增订文心雕龙校注》,第40-
　 41页。

了吗？于是，在数量上多于经典，也成了纬书"伪"之证据。从这里我们可以看到，刘勰主张纬书也是从神理中演化而来的，这与河图洛书的起源一致；但在说不通道理的时候，他就会强行压制经典之外的其他著作，必须体现出"文出五经"的根本性要求，这是片面的，甚至是错误的。

其次，全书多次运用"神道"一词，作为"神理"的同义词汇，代指神妙的自然之道。《正纬》篇论述伏羲根据河图创制八卦、大禹根据洛书创制洪范的传说时说："夫神道阐幽，天命微显，马龙出而大易兴，神龟见而洪范耀，故系辞称河出图，洛出书，圣人则之，斯之谓也。"这两个传说记载在上古经典《易》之中。《易》为五经之首；刘勰的意思是说：河图洛书的传说是真实的，因为经典中有记载嘛！然而，因为时代久远，真伪莫辨，在经典之外，还有其他书籍记载了这些传说中的圣人之事——经典记载为真，纬书记载是假。这就从文学起源的角度将真假尊卑区分开来，纬书是先天不足的，即便能够"配经"，也不过是作为补充，只能是经典附庸。实际上，刘勰这里也是在强词夺理，河图洛书乃千年万年以前之事，本就神秘莫测，何来真假之分？只是因为《易》有记载而已！而传说中的《易》，源于伏羲，历经文王，成于孔子，这些是不可否认的圣人，他们创制的名作，岂能有假？

向下发展，《文心雕龙》在剖情析采的写作技法论部分,讨论到许多刘勰时代广为运用的方法,比如声律、骈偶等技法,夸张技法是从古至今任何文学作品都广泛使用的,《夸饰》篇开篇即说:"夫形而上者谓之道,形而下者谓之器。神道难摹,精言不能追其极;形器易写,壮辞可得喻其真;才非短长,理自难易耳。故自天地以降,豫入声貌,文辞所被,夸饰恒存。"①刘勰直接将夸饰技法的起源拔高到"天地以降,夸饰恒存"的时代,这远比伏羲仰观俯察而创制八卦的时代久远得多,竟至于无穷,夸饰技法的合法性胜过一切写作技法的合法性,这是天地自然的本质属性,有天地,有神道,就有夸饰!

再次,《文心雕龙》还广泛使用"神明""机神"等术语,作为"神理""神道"之同义或近义词汇,来论述各类写作现象。比如《原道》篇论述人文原始之《易》:"人文之元,肇自太极,幽赞神明,易象惟先。庖牺画其始,仲尼翼其终,而乾坤两位,独制文言。言之文也,天地之心哉!"②其中太极、神明之说,含义相同,均指自然之道,《易》是伏羲始创、孔子成书的,是对天地自然长久观摩而创生的第一部人文经典,其地位无与伦比。其后,在《祝盟》《声律》《附会》等篇章中还多次出现"神理"之论,在《征圣》《论说》等篇章中多次出现"机神"之说,其

---

① [清]黄叔琳注,李详补注,杨明照校注拾遗:《增订文心雕龙校注》,第415页。
② [清]黄叔琳注,李详补注,杨明照校注拾遗:《增订文心雕龙校注》,第1页。

大体运用,不离自然之道,或由此衍生的近似含义。文多不赘。

至于专论写作思维的《神思》篇,称思维为"神思",将难以捉摸和具体描述的思维问题神秘化、神妙化,这是《文心雕龙》从自然之道——神道——机神——神思这一话语建构体系中独拔而出的特殊贡献,其论说根源,还是在于神秘而基础的《原道》篇中。

顺着《文心雕龙》对"自然之道"的论述,有必要对道家"自然"论与玄学"自然"观进行一下分辨。因为有的研究者认为刘勰提倡"自然之道"与强调自然物色,是受玄学思想影响的结果[①]。先秦道家论述的"自然",主要是自然世界的规律与表现;玄学思想所谓的"自然",主要是"越名教而任自然"(嵇康语)的个性解放与自然本性的抒发。因此,《文心雕龙》的"自然"论有两层不同的含义:

一是源自先秦道家的"自然之道"论,指向文学的发生本源,顺着这一文学起源的"自然"论,刘勰提出了诸如"人文有采"的自然属性、"自然之势"的文体风格、自然物色的文学描写对象、"自然成对"的丽辞技法、"自然会妙"的秀句创造、"天地以降,夸饰恒存"的夸张修辞等贯通全书的重要论题,这是客观规律性的自然论。

----

① 王运熙:《文心雕龙探索》(增补本),第 57 页。

　　二是自然抒情的玄学自然观，这是主体情感性的自然论。《明诗》篇"人禀七情……莫非自然"一说，是对自然抒情说的明显体现；而《诔碑》篇赞美"碑碣云起……莫高蔡邕"时提出的"察其为才，自然而至"的评价，也是带有明显主体情感性的自然观。当然，最著名的例子还是在《体性》篇所作的"自然恒资，才气大略"的重要评价，这是玄学思想在"自然"观点上对《文心雕龙》风格论的最佳影响，而这个影响的发生，是建立在儒家"文如其人"论的基础之上的，这又间接表明了魏晋玄学的理论来源既以道家为本，也吸收了儒家思想的部分成果。魏晋时玄学重"三玄"经典，儒家经典《周易》即为其中之一。所以，《体性》篇情性风格论的提出，才不会出现儒玄两家矛盾的现象，而呈现结合两家，正确论述文学规律的良好结果。

　　第三个方面，在文论史上，论述雅丽思想之"丽"，道家先于儒家。道家文论讲美讲妙也讲丽，这是与其主张自然、重视心性、关注规律的哲学主张相关联的。《老子》书中虽不论丽，但是论美很多，尤其是"信言不美，美言不信"（《老子·第八十一章》）一说影响很大；到《庄子》书中，大谈"道、德、美、妙"，同时开启了道家的"尚丽"主张；《淮南子》顺应而下，与"道、德、美、妙"相随，"丽"论丰富，也是这个路子。

首先,先秦尚"丽"之说,道家早于儒家①。《庄子》书中出现有五条:

　　《齐物论》:毛嫱丽姬②,人之所美也。③
　　《齐物论》:丽之姬,艾封人之子也。④
　　《人间世》:三围四围,求高名之丽者斩之。⑤
　　《徐无鬼》:君亦必无盛鹤列于丽谯之间。⑥
　　《列御寇》:美髯长大壮丽勇敢,八者俱过人也,因以是穷。⑦

从上述引文来看,《庄子》论"丽",主要涉及丽人、丽相、高大房屋等,与现在美人、漂亮等词汇大致同义,主要指的是美好的名声或俊美的人物;《齐物论》中"丽姬"又作"西施",均指美女;"高名之丽"中"丽"通"栭",屋栋义;而"丽谯"一说,陈鼓应先生引晋郭象注:"丽谯,高楼

①《墨子》佚文中有一条,但其真伪莫辨,故而不录。见孙诒让《墨子间诂》:"故食必常饱,然后求美;衣必常暖,然后求丽;居必常安,然后求乐。"墨子认为,实用价值是第一位的,审美价值是第二位的,必须先满足实用价值,而在满足了实用价值之后,也可以追求审美价值;比如说衣服,首先要能够保暖,然后方可去追求华丽好看。
②陈鼓应先生注:本句今本作"丽姬",古本作"西施",皆指美女。特作说明。
③陈鼓应注译:《庄子今注今译》,北京:中华书局,1983 年版,第 80 页。
④陈鼓应注译:《庄子今注今译》,第 85 页。
⑤陈鼓应注译:《庄子今注今译》,第 135 页。
⑥陈鼓应注译:《庄子今注今译》,第 630 页。
⑦陈鼓应注译:《庄子今注今译》,第 845 页。

也。"宋人秦观《阮郎归》诗:"丽谯吹罢小单于。"其义同此。道家著作发展到汉初,淮南王刘安主持编撰的《淮南子》涉及有七条论述:

《原道训》:目观掉羽、武、象之乐,耳听滔朗奇丽激、抮之音。①

《俶真训》:夫贵贱之于身也,犹条风之时丽也。②

《坠形训》:西北曰丽风。③

《精神训》:高台层榭,人之所丽也。④

《主术训》:高台层榭,接屋连阁,非不丽也。⑤

《齐俗训》:衣足以覆形,从典坟,虚循挠,便身体,适行步,不务于奇丽之容,隅眦之削。⑥

《诠言训》:故不得已而歌者,不事为悲;不得已而舞者,不矜为丽。歌舞而不事为悲丽者,皆无有根心者。⑦

上述七条材料中,"西北曰丽风"之"丽风"意为厉风,指

---

① 刘文典撰,冯逸、乔华点校:《淮南鸿烈集解》,北京:中华书局,1989 年版,第 36 页。

② 刘文典撰,冯逸、乔华点校:《淮南鸿烈集解》,第 52 页。

③ 刘文典撰,冯逸、乔华点校:《淮南鸿烈集解》,第 132 页。

④ 刘文典撰,冯逸、乔华点校:《淮南鸿烈集解》,第 231 页。

⑤ 刘文典撰,冯逸、乔华点校:《淮南鸿烈集解》,第 305 页。

⑥ 刘文典撰,冯逸、乔华点校:《淮南鸿烈集解》,第 358 页。

⑦ 刘文典撰,冯逸、乔华点校:《淮南鸿烈集解》,第 480 页。

西北风,"丽"通"厉";"条风之时丽"条,刘文典先生注"丽"为"过";其余则指奇丽之声、楼台之美、奇丽之容、曼妙之姿,广泛用于自然物色、音乐舞蹈、人之相貌等论述中,使用范围整体上比《庄子》所论之"丽"更广,显示了逐步发展的趋势。尽管道家"丽"论没有进入文学评价领域,显得较为遗憾,但是在尚美基础上开启并发展了的丽论,是雅丽思想尚丽的先河。

其次,研究者一直认同《神思》篇居于全书下半部分创作论之首,统摄下篇文术理论。《文心雕龙》下篇的核心是在崇美尚丽与尚法论术,所以,有关修辞语言、技法修养、声律比兴等等问题,都是归于《神思》统一的。笔者经过反复查实,《神思》篇的基本理论,是主要出自于道家,尤其是庄子思想的。《神思》除了引用了《庄子》一书"江海魏阙""疏瀹澡雪""言意之辨""轮扁语斤"的原文或典故,还借庄子"心斋""虚静""心性"之说以为直接论点,同时以陆机写作思维理论、写作迟速与真实感受、作家外在内在修养为辅助论点来论述之。篇中虽有"研阅穷照""酌理富才""博而能一"等观点带有明显儒家思想的意味,但是两相对照,《神思》篇以道家思想为主,是可以成立的。这样,《神思》篇成为古代文论史上第一篇写作思维专论,具有突出的理论地位和价值。

复次,上篇《原道》统摄全书,下篇《神思》统摄创作,加上《养气》一说纯属道家的精神心理修养理论,从哲学思想的高度到具体写作实践的操作，从思维理论的论述到养气思想的阐释，从"自然会妙""自然之势"的论述到"人禀七情，应感斯物"的"物感"理论，道家思想也是贯穿全书的。其核心有三个：一是哲学基础，即文学的尚丽本质；二是思维之论，即写作的根本问题；三是修养之术，这是写作文章的保证。这样，修养——写作——文采，全线贯通。

再次，道家文论讲美讲妙也讲丽，这是与其主张自然、重视心性、关注规律的哲学主张相关联的。《老子》书中虽不论丽，但是论美很多，尤其是"信言不美，美言不信"一说影响很大；到《庄子》书中，大肆谈论"道德美妙"，同时开启了文论史上的"尚丽"主张；《淮南子》顺应而下，与"道德美妙"相随，"丽"论丰富，也是这个路子。儒家文论中，孔子论"美善绘素"，孟子论美谈中，都不及"丽"；到荀子才开启儒家大力论美谈丽的先河，两汉扬雄、王充、班固、曹丕则极力主张为文之"丽"。所以，《文心雕龙》雅丽文学思想之"丽"，当然有先秦两汉儒家尚美尚丽的渊源，但是道家开启的论丽传统，不应该被忽略。刘勰取法"自然之道"提出的人文有采一说，主要就是在道家哲学思想中寻找文学尚丽的理论依据。这种折衷儒道的思维方法，在儒家经典《周易》中就已经体现了出来。在五经之中《周易》内容驳杂，"《易》惟谈天"，幽深玄虚，绝非传统儒家所独有，从其主要内容来看，儒道结合的特征表现得非常明显。学界一向主张《周易》是《文心雕龙》重要的理论来源,甚至一度认为是其理论之本,但是《周易》折衷儒道的特点并没有引起讨论重视,那么,《文心雕龙》折衷儒道的特点也没有被揭示出来。这是必须要加以说明的①。

第四个方面,尽管从哲学到写作到美文,道家思想都有最直接的影响,但是,刘勰对道家思想,是有褒有贬、褒贬分明的,这与独尊儒家的褒赞态度截然不同。以下是《文心雕龙》论述道家老、庄两位先贤的例子,可见一斑:

> 《明诗》:宋初文咏,体有因革。庄老告退,而山水方滋。①
>
> 《诸子》:及伯阳识礼,而仲尼访问;爰序道德,以冠百氏。然则鬻惟文友,李实孔师;圣贤并世,而经子异流矣。②

---

① 中国道教以《周易》为基本经典著作,儒家无论五经、六经或者十三经的说法,一定有《易》,一般认为是《周易》。这样,《周易》成为儒(转下页注)(接上页注)道两家共享共尊的元典。笔者以为:儒道都是从中国本土发展起来的哲学思想流派,虽然后来因为宗教化与政教化有所改变,但是《周易》主要还是以道家经典的形式为主存在的。历代的大学者,很多是儒道兼通的,他们并没有将二者决然割裂开来。

① [清]黄叔琳注,李详补注,杨明照校注拾遗:《增订文心雕龙校注》,第65页。

② [清]黄叔琳注,李详补注,杨明照校注拾遗:《增订文心雕龙校注》,第229页。

《诸子》:庄周述道以翱翔。①

《论说》:庄周《齐物》,以论为名。②

《论说》:迄至正始,务欲守文;何晏之徒,始盛玄论。于是聃周当路,与尼父争途矣。③

《情采》:《孝经》垂典,丧言不文;故知君子常言,未尝质也。老子疾伪,故称美言不信;而五千精妙,则非弃美矣。庄周云辩雕万物,谓藻饰也。韩非云艳乎辩说,谓绮丽也。绮丽以艳说,藻饰以辩雕,文辞之变,于斯极矣。研味《孝》《老》,则知文质附乎性情;详览《庄》《韩》,则见华实过乎淫侈。若择源于泾渭之流,按辔于邪正之路,亦可以驭文采矣。④

《时序》:自中朝贵玄,江左称盛,因谈余气,流成文体。是以世极迍邅,而辞意夷泰,诗必柱下之旨归,赋乃漆园之义疏。⑤

《知音》:然而俗监之迷者,深废浅售,此庄周所以笑《折扬》,宋玉所以伤《白雪》也。⑥

①[清]黄叔琳注,李详补注,杨明照校注拾遗:《增订文心雕龙校注》,第229页。
②[清]黄叔琳注,李详补注,杨明照校注拾遗:《增订文心雕龙校注》,第246页。
③[清]黄叔琳注,李详补注,杨明照校注拾遗:《增订文心雕龙校注》,第246页。
④[清]黄叔琳注,李详补注,杨明照校注拾遗:《增订文心雕龙校注》,第415页。
⑤[清]黄叔琳注,李详补注,杨明照校注拾遗:《增订文心雕龙校注》,第541-542页。
⑥[清]黄叔琳注,李详补注,杨明照校注拾遗:《增订文心雕龙校注》,第592页。

上述举证说明：

首先，从征引数量上来说，直接论述道家二圣的语句仅区区八处①，与论述儒家先圣动辄数十上百处反差强烈。孰轻孰重，一目了然，而且褒贬分明。

其次，刘勰尊重"伯阳识礼，而仲尼访问"的事实，承认"李实孔师"，孔子思想有老子的影响在内，又认为《老子》一书"文质附乎性情"，因而对老子以赞美为主；反之，认为《庄子》"华实过乎淫侈"，且书中数十次攻击戏谑孔子，反复责难辱骂儒家仁义礼乐与治国治民的政教思想，故而对庄子以批评态度为主。刘勰对庄子的全部论述，加上征引《庄子》，褒贬各半，倾向于贬。最明显的体现，是在论述玄学文风的兴盛冲击了儒学独尊的局面这个问题上，把主要责任推在庄子头上，说他的虚无潇洒主义惹了祸。在儒道相争的选择上，刘勰是毫不犹豫地倾向儒家而批评道家的。

再次，离开老庄显学，刘勰对同属道家的其他思想家或著作也有所关注。主要体现有两点：

其一，命名《文心雕龙》，向道家取材。在"文心"书名来源的论述上，谈到了"涓子《琴心》，王孙《巧心》，心

---

① 上述例证，仅仅是带有老、庄之名或著作名称的语句，至于引用、化用道家老、庄著作之关键词、短语、句子的现象，如《体性》篇"得其环中"、《神思》篇心形关系、"言意之辨"等诸多例证，限于篇幅和论述重点，这里并未列出。特作说明。

哉美矣,故用之焉",黄侃先生说:涓子又名环渊,是老子的学生。如此,《琴心》当属道家。刘勰认为涓子和王孙子所写的书以"心"为名,起得非常好,所以他写的这部书,就取法二人,也以"心"为名。因为论述文章写作的良苦用心,所以就叫作"文心"。据此可知"文心"书名之所出,一本于道家,一本于儒家,是集合儒道两家优秀作品的书名而成的东西。这实际上暗示读者,不仅书名如此,本书论述的"为文之用心",也是集合儒家思想与道家思想,并以之为主要思想来源的。同时,刘勰自己的论述,还否定了"文心"命名模拟佛经之"心"的臆测。

其二,对道家诸子,有褒有贬。《诸子》论《列子》与《淮南子》的内容时说:"《列子》有移山跨海之谈,《淮南》有倾天折地之说。"这是贬其虚诞与夸张;又有"列御寇之书,气伟而采奇""吕氏鉴远而体周,淮南泛采而文丽"等语,这是褒其风格之美。从审美角度来看,褒赞更多。这表明了刘勰全面公正的批评观念与批评态度。

笔者以为,综合前述,可以看出刘勰的文学思想主要是吸收儒家思想与道家思想,并折衷而成的。折衷的结果,是以儒家为主导地位。这个折衷儒道的体系,有如下几个特点:

第一,折衷儒道,体现出"道家为体,儒家为主"的特点。葛洪《抱朴子》在论述儒道两家关系时,曾站在道家立场上提出"道家为本,儒家为末"的说法。刘勰《文心雕龙》一书,从整体的思想构成来看,是以道家思想为哲学依据而以儒家思想为主导理论的,是"道体儒用"的集中体现。但是,这个"体",主要的意义在于为"用"找理论外衣。刘勰主张的是"衔华佩实"的雅丽文学思想,如何为相对缺乏"丽"这一因素的儒家五经找到一个尚丽的哲学依据,并以"雅丽""正采"为主要美学追求来论述文体与创作? 刘勰将这个基点放在道家崇尚"自然"的理论之上,提出"郁然有采"的万物属性。于是,源于自然的文学作品,找到了尚丽的哲学依据。

第二,《文心雕龙》从《原道》《神思》《隐秀》《养气》到《物色》,主要是在道家思想的影响下写作的。《原道》统领了全书的文学发生理论主张,《神思》统领了下篇的文学技法论,《隐秀》要求限制文丽,《养气》主张静以修身。贯穿了主体修养、"务盈守气""文源于道""言隐荣华"的哲学、文学、美学理论与"自然之道"的创作方法。不过,上述诸篇有个共同的特征,就是先以道家思想为出发点,然后加以儒家思想,合论而成。比如《原道》一篇,当提出人文产生之后,就以儒家诸圣为核心来论述文学的发展过程;《神思》篇解决思维之难的药方,主要是儒家的学习修养理论;《隐秀》篇主张"言隐荣华",而主要以汉代京房《易》学"飞伏"说为立论方法;《养气》论述修养问题,并非仅仅独善其身,而是指向更好的为文致用。上述明显体现了道家思想的篇章在数量上是少数,其中已有很多的儒家思想;而那些主要阐释儒家思想的篇章则占大多数,其中则少见或不见道家思想的影响,比如《征圣》《宗经》《正纬》《风骨》《通变》《定势》《程器》《序志》等篇。这就说明,刘勰在立论时采用的是"折衷儒道"的策略,而在确立了哲学依据或理论框架之后,则是以儒家思想为主导的。

第三,"折衷儒道"还体现在论道尚用、内外统一的特点上。《庄子》论"虚静",常常与阴阳、动静、刚柔等对立范畴合起来论述。可见,道家注重内在的修养和曲柔的处世哲学,对阴柔、内隐、不露、养气更为重视;儒家主张外向的致用策略与功能原则,对刚健、中正、外露、经世更为重视。儒道两家一内一外,相互补充;一静一动,化合用之;一张一弛,趋向和谐。同时,儒道两家都主张学习,儒家主张外在的学习来化内,道家主张内在的学习来体外。显然,对于文学艺术来说,感悟创作之道、体会内在修为与学习写作技法、博观精阅历代作家作品,这两方面是必须结合起来进行的。对于这样的"内美与修能",刘勰的认识是很清楚的,他的基本修养主张是内外统一,包括技艺的内化与文术的外化两个阶段。《体性》篇认为文学的发生是"因内符外,沿隐至显"的由内到外的过程;《夸饰》篇提出"形而上者谓之道,形而下者谓之器"的自然规律与文本创作的关系;《文心雕龙》全书所提出的若干文体纲领、大要,所提出的许多文术技法、学习理论,所提出的许多习染原则、修养要求,这些东西有内又有外,内外统一,都有一个"内化感悟—外化运用"的过程。这个过程,是内外统一、相互促进的。

第二节　魏晋玄学的影响

因为魏晋玄学是道家思想历史新变的产物,故将其置于先秦道家之后来论述。

魏晋六朝学术思想以玄、佛、儒三家为主,玄、佛昌盛,儒学相对式微。因此,玄言诗、论说体等反应这一学术思潮、体现诸子争鸣现象的文体大兴。从探索"为文之用心"的写作宗旨出发,《文心雕龙》雅丽文学思想宗法儒家,积极吸收道家思想,但是对魏晋显学的玄、佛二家中则有所区别:《文心雕龙》不取佛家思想,是非常明显的;而对玄学思潮的理论主张既有所吸收运用,又有着最为严厉的批评,体现了褒贬分明的态度。

大盛于魏晋六朝之玄学①,前期是引老庄而说儒经,后期是儒、道、佛三教合一而以道佛为主,儒学在六朝相对式微。因此,玄言诗、论说体等反应这一学术思潮、体

---

① 魏晋玄学是道家思想发展到汉魏六朝的新变产物,主要具有儒道结合的特征。汉代著名思想家扬雄,在自己的学术著作中就鲜明地体现了这一特点,他曾模仿道家名著《周易》创作了《太玄》,模仿儒家名著《论语》创作了《法言》,扬雄深思而寡言,被认为是魏晋玄学在汉代的思想启蒙者。玄学之得名,有《太玄》的直接影响。

现诸子争鸣现象的文体大兴。《论说》篇有三处对玄学
思潮的评价：

> 迄至正始，务欲守文；何晏之徒，始盛玄论。于
> 是聃周当路，与尼父争途矣。……次及宋岱郭象，锐
> 思于机神之区；夷甫裴颛，交辨于有无之域：并独步
> 当时，流声后代……逮江左群谈，惟玄是务；虽有日
> 新，而多抽前绪矣。①

从这三处论述可以看出如下几点：一是刘勰指出了玄学
思潮从正始年间到东晋江左的发展历史，表明他对玄学
思潮是了然于胸的；二是对魏晋玄学几次著名争论的优
点和不足了解得很透彻；三是对玄学优秀的作家作品进
行了公正的赞美评价；四是对玄学影响到儒家正统思想
地位的实际情况很不满意。这就为《文心雕龙》吸收玄
学思想埋下了两个伏笔：一是吸收其对文学发展积极有
用的一面，借以论文；二是整体上批评玄学思想及其影
响下的作家作品。整体来看，魏晋玄学对文心雕龙雅丽
思想的影响主要有以下几个方面：

第一，是正本清源的根本意识。王弼作为魏晋玄学
的代表人物，在思维方法论上提出了"定本叙本"论，这

---

① [清]黄叔琳注，李详补注，杨明照校注拾遗：《增订文心雕龙校注》，第246页。

对刘勰"还宗经诰"的文学根本意识有影响。王弼《老子指略(上)》指出:"夫欲定物之本者,则虽近而必自远以证其始。夫欲明物之所由者,则虽显而必自幽以叙其本。"《文心雕龙》论述文学之"本",选定的是儒家经典,对文学体裁"原始以表末","自远以证其始";在具体的创作上,"本"是作家,是作家的情志,因此,文学创作"沿言隐以至显","自幽以叙其本"。王弼《老子指略(下)》又提出了"崇本息末"一说,论述《老子》一书的基本特色,推崇道家。作为一种方法论,"崇本息末"一说则对《文心雕龙》贬斥近代文学,推崇古代文学,尤其是推崇儒家经典影响巨大。刘勰批评近代文学"离本弥甚,将遂讹滥",提倡"还宗经诰""正本归末"。王弼"崇本息末"一说对刘勰树立儒家经典的创作、批评、审美范式,具有方法论的借鉴意义。

《文心雕龙》全书论"本"凡四十四处之多。所谓本,指根本,以比喻的方式言说文学规律与文章写作。这些论述,体现了《文心雕龙》的一些重要文学观念,比如:

1. 全书在文学体裁发展观念上所主张的"文出五经"说。《宗经》:

> 故论说辞序,则《易》统其首;诏策章奏,则《书》发其源;赋颂歌赞,则《诗》立其本;铭诔箴祝,则《礼》总其端;记传盟檄,则《春秋》为根:并穷高

以树表,极远以启疆,所以百家腾跃,终入环内者也。①

2. 解蔽文学发展的不良趋势,特别是从质朴到文采过度的历史倾向。《宗经》:

> 夫文以行立,行以文传,四教所先,符采相济。励德树声,莫不师圣,而建言修辞,鲜克宗经。是以楚艳汉侈,流弊不还,正末归本,不其懿欤!②

3. 归纳诗歌风格,进行审美评价。《明诗》:

> 若夫四言正体,则雅润为本;五言流调,则清丽居宗,华实异用,惟才所安。③

4. 进行文体风格的总结性评价。《定势》:

> 是以括囊杂体,功在铨别;宫商朱紫,随势各配。章表奏议,则准的乎典雅;赋颂歌诗,则羽仪乎清丽;符檄书移,则楷式于明断;史论序注,则师范于核要;

---

① [清]黄叔琳注,李详补注,杨明照校注拾遗:《增订文心雕龙校注》,第27页。
② [清]黄叔琳注,李详补注,杨明照校注拾遗:《增订文心雕龙校注》,第27页。
③ [清]黄叔琳注,李详补注,杨明照校注拾遗:《增订文心雕龙校注》,第65页。

箴铭碑诔,则体制于宏深;连珠七辞,则从事于巧艳:
此循体而成势,随变而立功者也。虽复契会相参,节
文互杂,譬五色之锦,各以本采为地矣。①

5.进行音乐缘起的本质阐释。《乐府》:

> 夫乐本心术,故响浃肌髓,先王慎焉,务塞
> 淫滥。②

6.对文学体裁的创作基本规范进行高度概括。
《诠赋》:

> 原夫登高之旨,盖睹物兴情。情以物兴,故义必
> 明雅;物以情观,故词必巧丽。丽词雅义,符采相胜,
> 如组织之品朱紫,画绘之著玄黄。文虽新而有质,色
> 虽糅而有本,此立赋之大体也。③

如此等等。本末观念在《文心雕龙》全书中有近百处的
运用,因其例证太多,暂不一一举证。

---

① [清]黄叔琳注,李详补注,杨明照校注拾遗:《增订文心雕龙校注》,第406-
407页。
② [清]黄叔琳注,李详补注,杨明照校注拾遗:《增订文心雕龙校注》,第82页。
③ [清]黄叔琳注,李详补注,杨明照校注拾遗:《增订文心雕龙校注》,第97页。

　　第二，是玄学思辨命题的理论影响。比如，魏晋玄学的几大命题：有无之辨、才性之辨、言意之辨等，均在《文心雕龙》中有着非常明显的影响。文学创作是一个从有到无、从内到外的生产过程，受到思维、心态、学养、情性、气质等各个前写作阶段相关因素的影响，《文心雕龙》设计的《神思》《养气》《体性》《情采》《才略》等篇主要就是老庄哲学与魏晋玄学思想的产物。

　　以"才"为例，《文心雕龙》全文论及"才"这一范畴的术语共计122处，上卷共36处，下卷共86处。因其数量太多，不一一考察，现任举"文之枢纽"论中的例子，证明于下：

　　　　惟人参之，性灵所钟，是谓三才。①

　　《原道》篇论述文学发生论、文学本质论与文学演变简史，根源上归之于道家思想。其中的"三才"论是魏晋玄学思想特有的范畴，玄学以为：天、地为两仪，人居于其中，是为三才。人仰观俯察，观天察地，掌控天地、自然的变化，感受自然万物的华美和荣枯循环，于是文学就这样产生了，文学审美的本质就这样确定了。所以，没有玄学思想提出的三才论，没有对人的主体意识的唤醒、赞

---

①［清］黄叔琳注，李详补注，杨明照校注拾遗：《增订文心雕龙校注》，第1页。

美、主张和推崇,《文心雕龙》的原道说就很难建立起来。

在《辨骚》篇中,运用这一术语的例证共有 6 处之多:

 1. 固已轩翥诗人之后,奋飞辞家之前,岂去圣之未远,而楚人之多才乎!

 2. 班固以为:"露才扬己,忿怼沉江。"

 3. 然其文辞丽雅,为词赋之宗,虽非明哲,可谓妙才。

 4.《卜居》标放言之致,《渔父》寄独往之才。

 5. 故才高者菀其鸿裁,中巧者猎其艳辞,吟讽者衔其山川,童蒙者拾其香草。

 6. 赞曰:不有屈原,岂见《离骚》。惊才风逸,壮志烟高。①

《文心雕龙》高度赞美屈原及其作品,将作家文学——楚辞推向了一个高峰——以主体批评的形式,反观文学作品、风格特点及其巨大影响。

以此为基础,《物色》篇提出"江山之助"的外物感召说,没有人的主体地位的独立和审美思想的发达,如何能够做到?

---

① [清]黄叔琳注,李详补注,杨明照校注拾遗:《增订文心雕龙校注》,第 50-51 页。以上选句均出《辨骚》,故集中作注。

最著名的代表是《才略》篇，刘勰点评数十位古今著名作家，篇名就叫作"才华大略"，在整个文学史上，举证这些最有名的作家，不仅是汉魏以来人物品藻风气的继承与发扬，更是玄学思想对人的本体认知、对人的才性认知打下的坚实基础。仅仅以本篇"才"之术语运用为例，除去篇题《才略》，竟然还有 19 处之多：

1. 贾谊才颖，陵轶飞兔，议惬而赋清，岂虚至哉！

2. 子云属意，辞义最深，观其涯度幽远，搜选诡丽，而竭才以钻思，故能理赡而辞坚矣。

3. 桓谭著论，富号猗顿，宋弘称荐，爰比相如，而《集灵》诸赋，偏浅无才，故知长于讽谕，不及丽文也。

4. 杜笃贾逵，亦有声于文，迹其为才，崔傅之末流也。

5. 李尤赋铭，志慕鸿裁，而才力沉腿，垂翼不飞。

6. 潘勖凭经以骋才，故绝群于锡命。

7. 然自卿渊已前，多役才而不课学。

8. 魏文之才，洋洋清绮。

9. 子建思捷而才俊，诗丽而表逸。

10. 文帝以位尊减才。

11. 仲宣溢才，捷而能密，文多兼善，辞少瑕累。

12. 左思奇才，业深覃思。

13. 陆机才欲窥深,辞务索广。

14. 傅玄篇章,义多规镜;长虞笔奏,世执刚中;并桢幹之实才,非群华之韡萼也。

15. 孟阳景阳,才绮而相埒。

16. 宋代逸才,辞翰鳞萃。

17. 观夫后汉才林,可参西京。

18. 崇文之盛世,招才之嘉会。

19. 赞曰:才难然乎! 性各异禀。①

第三,具体来说,主体情性的唤醒,是玄学对《文心雕龙》的最大影响。魏晋时代摆脱了汉代经学政教的束缚,个人情性得到了前所未有的解放和宣泄,直接导致了这一时段重情尚美的时代风气的形成,人的本性的自觉和唤醒,又直接影响到了文学写作的兴盛发展,形成了文学抒情的本质自觉与文学尚美尚丽的修饰自觉。《文心雕龙》主张自然美、物色美、情性美、文采美,这是道家思想与玄学思想积极影响的结果,在这个意义上讲,《文心雕龙》是魏晋时风的产物,有一定道理。《物色》篇赞美自然物色能够感召人心,摇荡性灵,激发人生情为文,创作作品。这种"物——意——文"的写作思维理论和文学发生思想,直接受到陆机《文赋》写作思维与

---

① [清]黄叔琳注,李详补注,杨明照校注拾遗:《增订文心雕龙校注》,第574-576 页。以上选句均出《才略》篇,故集中作注。

物感思想的影响,而陆机《文赋》偏重于道家,在思想方法上主要受到庄子"虚静""心斋""言意"论的影响,这样,道家思想在魏晋的发展,以玄学思潮为其主要代表。而此时的玄学思想,已经与先秦道家有所不同,在吸收了儒家乃至佛家的心性理论后有所新变,这是文学"物感"发生论的渊源。

《情采》篇论述文采的产生,是因为人情之美的体现,而"辩丽本于情性"论的提出,是玄学情性、才性论的直接反应。刘勰以为:"圣人文章,非采而何?"圣人之情生成文采之美。文美,原因在于人情之美;文风,原因在于情怀之风。于是,《体性》篇"情性"风格论建立起来,汉魏十二名家的文风,都是"吐纳英华,莫非情性"规律的典型代表,这些"各师成心,其异如面"的文学作品和多样的文学风格,是文学丰富发展的有力证明。尽管扬雄"心声心画"说是刘勰"文如其人"论的主要来源,但是,没有魏晋时代对人的主体情性的重视和唤醒,没有才性、情性风尚的流行发展,作家主体性不可能被真正唤起,仍然会在经学政教的框子里面受到严重束缚。文学的抒情性、文采美、作家论、思维论不可能得到正面的深度发展。

《文心雕龙》对"情性"论的运用贯通全书。经笔者检索,其中:论情性五处,论性情五处,论情一百三十七处,另有三十处论性,大部分是性情、性灵、性格之义,与情性同义或近义。现举证如下：

论"情性"五处：

1.《明诗》：诗者，持也，持人情性；三百之蔽，义归无邪，持之为训，有符焉尔。①

2.《体性》：然才有庸俊，气有刚柔，学有浅深，习有雅郑，并情性所铄，陶染所凝，是以笔区云谲，文苑波诡者矣。②

3.《体性》：气以实志，志以定言，吐纳英华，莫非情性。③

4.《情采》：文采所以饰言，而辩丽本于情性。④

5.《情采》：昔诗人什篇，为情而造文；辞人赋颂，为文而造情。何以明其然？盖《风》《雅》之兴，志思蓄愤，而吟咏情性，以讽其上，此为情而造文也。诸子之徒，心非郁陶，苟驰夸饰，鬻声钓世，此为文而造情也；故为情者要约而写真，为文者淫丽而烦滥。而后之作者，采滥忽真，远弃《风》《雅》，近师辞赋，故体情之制日疏，逐文之篇愈盛。⑤

---

① [清]黄叔琳注，李详补注，杨明照校注拾遗：《增订文心雕龙校注》，第64页。
② [清]黄叔琳注，李详补注，杨明照校注拾遗：《增订文心雕龙校注》，第380页。
③ [清]黄叔琳注，李详补注，杨明照校注拾遗：《增订文心雕龙校注》，第380页。
④ [清]黄叔琳注，李详补注，杨明照校注拾遗：《增订文心雕龙校注》，第415页。
⑤ [清]黄叔琳注，李详补注，杨明照校注拾遗：《增订文心雕龙校注》，第416页。

这些论述,所出现的篇章主要是《体性》与《情采》,仅从篇目上看,就可以看出,这不是儒家和先秦道家的理论贡献,而是高举情性解放大旗的魏晋玄学的贡献。

论"性情"五处:

1.《原道》:至若夫子继圣,独秀前哲,熔钧六经,必金声而玉振;雕琢性情,组织辞令,木铎起而千里应,席珍流而万世响,写天地之辉光,晓生民之耳目矣。[①]

2.《征圣》:夫作者曰圣,述者曰明。陶铸性情,功在上哲。夫子文章,可得而闻,则圣人之情,见乎文辞矣。[②]

3.《宗经》:义既极乎性情,辞亦匠于文理,故能开学养正,昭明有融。[③]

4.《情采》:研味《孝》《老》,则知文质附乎性情;详览《庄》《韩》,则见华实过乎淫侈。[④]

5.《养气》:率志委和,则理融而情畅;钻砺过分,则神疲而气衰:此性情之数也。[⑤]

---

①[清]黄叔琳注,李详补注,杨明照校注拾遗:《增订文心雕龙校注》,第2页。
②[清]黄叔琳注,李详补注,杨明照校注拾遗:《增订文心雕龙校注》,第17页。
③[清]黄叔琳注,李详补注,杨明照校注拾遗:《增订文心雕龙校注》,第26页。
④[清]黄叔琳注,李详补注,杨明照校注拾遗:《增订文心雕龙校注》,第415页。
⑤[清]黄叔琳注,李详补注,杨明照校注拾遗:《增订文心雕龙校注》,第511页。

上述例证,主要出现于以道家思想、玄学思想为核心的《原道》《情采》《养气》篇,也出现于以儒家思想为核心的《征圣》《宗经》篇,特别在后三篇之中,都是出现在文章开头的第一句话或第一段话,具有开篇点题或开门见山的作用。可见,玄学折中儒道、为我所用的思想取法,为《文心雕龙》折中儒道、化合各家、成一家之言提供了理论武器。

此外,《文心雕龙》单独论"情"137处,单独论"性"30处,因其征引、运用太多,不再一一举证。

综上,没有对人的本性的肯定和人的个性的解放,没有情性、才性观念的大力弘扬,《文心雕龙》不可能高举尚丽大旗,提出雅丽文学思想。

随着"才气大略"论的建立,《文心雕龙》雅丽文学思想对这一思想的运用主要体现在三个方面:

一是文体论部分的风格评价,最明显的例子有二:第一是《明诗》篇论述诗歌风格的一段论述:

　　故铺观列代,而情变之数可监;撮举同异,而纲领之要可明矣。若夫四言正体,则雅润为本;五言流调,则清丽居宗:华实异用,惟才所安。故平子得其雅,叔夜含其润,茂先凝其清,景阳振其丽;兼善则子建仲宣,偏美则太冲公幹。然诗有恒裁,思无定位,随性适分,鲜能通圆。若妙识所难,其易也将至;忽以为易,其难也方来。①

诗歌风格的变化,是由作家情感的变化引起的,这是
"情——采"的内情决定外美的规律作用的结果。所谓
"情变之数""惟才所安""随性适分"等语,与玄学才性、
情性之辨大有关系。第二是《体性》篇对作家情性风格
论的阐述:

> 若夫八体屡迁,功以学成;才力居中,肇自血气。
> 气以实志,志以定言;吐纳英华,莫非情性。是以贾生
> 俊发,故文洁而体清;长卿傲诞,故理侈而辞溢;子云
> 沈寂,故志隐而味深;子政简易,故趣昭而事博;孟坚
> 雅懿,故裁密而思靡;平子淹通,故虑周而藻密;仲宣
> 躁锐,故颖出而才果;公幹气褊,故言壮而情骇;嗣宗
> 俶傥,故响逸而调远;叔夜俊侠,故兴高而采烈;安仁
> 轻敏,故锋发而韵流;士衡矜重,故情繁而辞隐。触类
> 以推,表里必符。岂非自然之恒资,才气之大略哉?②

在《文心雕龙》之前,没有文论家这样集中、明确地讨论
过情性风格理论,在玄学情性论的哲学基础上,刘勰将

---

①[清]黄叔琳注,李详补注,杨明照校注拾遗:《增订文心雕龙校注》,第65-
　66页。
②[清]黄叔琳注,李详补注,杨明照校注拾遗:《增订文心雕龙校注》,第380页。

其转化、运用到文学批评中作家主体情性与文学风格的关系讨论上。

二是创作论部分的《情采》篇。本篇论述文学创作的"立文之本源"：

> 研味《孝》《老》，则知文质附乎性情；详览《庄》《韩》，则见华实过乎淫侈。若择源于泾渭之流，按辔于邪正之路，亦可以驭文采矣。夫铅黛所以饰容，而盼倩生于淑姿；文采所以饰言，而辩丽本于情性。故情者文之经，辞者理之纬，经正而后纬成，理定而后辞畅：此立文之本源也。①

刘勰指出：《孝》《老》"文质附乎性情"，为优；《庄》《韩》"华实过乎淫侈"，为劣。文学之"丽"的产生，根本原因在于作家的情性，这是带有规律性的论断。于是，文学原道之丽，就经过"情"的中介，转化为人情之丽。刘勰提出的文采由作家情性决定一说，成为指导本篇赞美《诗经》、批评辞赋、痛斥近代文学、主张雅丽"正采"的理论法宝。这样，"道——物——情——丽"的模式，就从"道——圣——文"的哲学发生论，细化到了文学创作本身的"情——采"本质论。文学尚丽，就不是哲学道理，

---

①[清]黄叔琳注，李详补注，杨明照校注拾遗：《增订文心雕龙校注》，第415页。

而成了事实本身。对这一规律的最佳写照,是《物色》篇"物色感召"的论述;而具体的体现,则有《隐秀》篇"酝藉者蓄隐而意愉,英锐者抱秀而心悦"、《总术》篇"凡精虑造文,各竞新丽……精者要约,匮者亦鲜……奥者复隐,诡者亦曲"等不少的例子。

　　三是文学鉴赏的《知音》篇。本篇指出了"篇章杂沓,质文交加;知多偏好,人莫圆该"的鉴赏差异性,对"慷慨者、酝藉者、浮慧者、爱奇者"的鉴赏表现进行了分析,这是从阅读者个体才性的角度来具体论述知音鉴赏这一文学活动的。

　　但是,重情尚美的积极因素是玄学思潮的一个方面,而玄虚轻澹、避世隐身是玄学思想的另一个方面,这也就是《体性》篇论述"远奥"文风"馥采典文,经理玄宗"优劣分明、褒贬分明的根本原因。刘勰在正视玄学思潮对文学创作影响巨大的同时,对玄学思想的不良影响及其作家作品,是持批评态度的。《文心雕龙》全书共计八次直接论述到玄学作家作品或时代文风:

　　　《明诗》:及正始明道,诗杂仙心;何晏之徒,率多浮浅。[1]

　　　《明诗》:江左篇制,溺乎玄风,嗤笑徇务之志,

---

[1][清]黄叔琳注,李详补注,杨明照校注拾遗:《增订文心雕龙校注》,第65页。

崇盛忘机之谈，袁孙已下，虽各有雕采，而辞趣一揆，莫与争雄，所以景纯《仙》篇，挺拔而为隽矣。①

《论说》：迄至正始，务欲守文；何晏之徒，始盛玄论。于是聃周当路，与尼父争途矣。②

《论说》：逮江左群谈，惟玄是务；虽有日新，而多抽前绪矣。③

《体性》：远奥者，馥采典文，经理玄宗者也。④

《时序》：于时正始余风，篇体轻澹；而嵇阮应缪，并驰文路矣。⑤

《时序》：简文勃兴，渊乎清峻。微言精理，亚满玄席；澹思浓采，时洒文囿。⑥

《时序》：自中朝贵玄，江左称盛，因谈余气，流成文体。是以世极迍邅，而辞意夷泰，诗必柱下之旨归，赋乃漆园之义疏。⑦

这八处论述，从"雅正"的思想内容看，玄学没有可取之处；从"华丽"的文采角度看，稍有可观之处。《文心

---

①［清］黄叔琳注，李详补注，杨明照校注拾遗：《增订文心雕龙校注》，第65页。
②［清］黄叔琳注，李详补注，杨明照校注拾遗：《增订文心雕龙校注》，第246页。
③［清］黄叔琳注，李详补注，杨明照校注拾遗：《增订文心雕龙校注》，第246页。
④［清］黄叔琳注，李详补注，杨明照校注拾遗：《增订文心雕龙校注》，第380页。
⑤［清］黄叔琳注，李详补注，杨明照校注拾遗：《增订文心雕龙校注》，第541页。
⑥［清］黄叔琳注，李详补注，杨明照校注拾遗：《增订文心雕龙校注》，第541页。
⑦［清］黄叔琳注，李详补注，杨明照校注拾遗：《增订文心雕龙校注》，第541-542页。

雕龙》全书论述了儒、道、兵、法、阴阳、纵横、两汉神秘文化、魏晋玄学、佛学等多家思想,很不幸,魏晋玄学成为其中评价最低的一家。刘勰既从创作规律的角度吸收了玄学思想中有益文学写作的观点,也从创作实践的角度看到了玄学思潮及其作家作品的明显不足,将其一分为二,进行了客观公正的评价。因此,笔者认同"玄学思想对《文心雕龙》有影响"的前代研究成果;同时指出一点:雅丽文学思想的取法主体,并不是玄学思想。所以,认为《原道》之"道"是"越名教而任自然"之"道",或者认为刘勰在写作《灭惑论》与《文心雕龙》时均是以"三教合一"思想为指导的两种说法都是不能成立的。

第三节　阴阳家与纵横家的影响

《文心雕龙》论述尚丽尚美的文学主张,从头到尾每篇都有,可谓极尽笔墨,不遗余力。这当然有"文源于道,郁然有采"的哲学依据,以及"辩丽本于情性"(《情采》)的理论支撑,但是,从文学发展的历史纵向角度考察,"原道""情性"说无法全面地讲清楚辞赋"巨丽"这一特点的来源。尽管儒家文论有"郁郁乎文""文质彬彬"与"丽则丽淫"的理论主张,尽管有汉代辞赋"追风入丽"(《辨骚》)的宏大传统,尽管魏晋六朝有重情尚美的时代风气与巧艳绮丽的创作实践——这些当然是刘勰

"尚丽"文学思想的直接取法之处,不过,如果我们能再深入一点,看到刘勰关于辞赋真正源泉的论述,恐怕他"尚丽"思想的来源,就不只是上述提及的儒道两家与汉魏时风,而必须要考虑战国纵横家飞辩之术与阴阳家虚辞之术的影响①。对此假设的第一个重要理论支持,是《文心雕龙》书名得来的一段论述:

> 古来文章,以雕缛成体,岂取驺奭之群言雕龙也。②

刘勰以为,自古以来的文章就是经过精心雕琢因而文采斐然的,这个意见在自然美"郁然有采"的基础上承认了"润色取美"的人工修饰作用,带有"天人合一"的味道。关于"岂取"二字,多数研究者认为刘勰是在以反问语气取肯定态度,赞同驺奭等人"谈天雕龙"的言说艺术。笔者虽不同意这个看法,但也认为刘勰是承认"驺奭之群言雕龙"的。那么,刘勰对于属于阴阳家的"齐国驺子"之赞美,显然表明了他对言语艺术"谈天雕龙"之"丽"的

---

①李泽厚、刘纲纪先生《中国美学史》(第二卷下)在论述《文心雕龙》的思想渊源时曾指出:阴阳家宏大的想象力是《文心雕龙》所主张的文学创造力与文采美的来源之一,这是很深刻的见解。不过,《文心雕龙》论述阴阳家,主要是以之为屈原楚辞"虚诞""伟辞""壮丽"之本,以及学习其雕琢言辞的精美技巧,这是需要指出的。
②[清]黄叔琳注,李详补注,杨明照校注拾遗:《增订文心雕龙校注》,第610页。

认可,并且公正地看到了言语之"丽"在文学发展——尤其是在辞赋文学发展史上的积极推动作用与重要起源作用。《时序》篇说:

> 春秋以后,角战英雄;六经泥蟠,百家飙骇。方是时也,韩魏力政,燕赵任权;五蠹六虱,严于秦令;唯齐楚两国,颇有文学。齐开庄衢之第,楚广兰台之宫;孟轲宾馆,荀卿宰邑:故稷下扇其清风,兰陵郁其茂俗。邹子以谈天飞誉,驺奭以雕龙驰响;屈平联藻于日月,宋玉交彩于风云:观其艳说,则笼罩《雅》《颂》。故知�烨之奇意,出乎纵横之诡俗也。①

本段论述到战国时期齐、楚两国"颇有文学"的地域文学发展特点,这个特点,是在两国君王贵族赞助之下,以文人集团形式出现的文学(按:指学术思想)极端发达的现象。刘勰说得很清楚:"邹子以谈天飞誉,驺奭以雕龙驰响;屈平联藻于日月,宋玉交彩于风云。"驺衍与驺奭,是言语艺术"艳说"的代表人物,屈原和宋玉,则是文学艺术"丽文"的代表人物,前者对后者,言语对文学,有着直接的起源与影响作用:"故知昄烨之奇意,出乎纵横之诡俗也。"这就告诉我们,楚辞的起源之一,是战国纵横家

①[清]黄叔琳注,李详补注,杨明照校注拾遗:《增订文心雕龙校注》,第539页。

的言说艺术。刘勰指出,屈原楚辞的创作,与战国纵横家诡辩之术有直接关系。需要指出的是,这里的纵横诡辩是泛指,驺衍与驺奭属于阴阳家,而不是纵横家。刘勰归之于纵横家,相信不是笔误,而是看到了他们言辞论说、游说诸侯与纵横家极为相似的特点,故有此说。《文心雕龙》数次谈到邹子之辩说艺术:

1.《诸子》:驺子养政于天文。①

2.《诸子》:邹子之说,心奢而辞壮。②

3.《时序》:邹子以谈天飞誉,驺奭以雕龙驰响。③

从引文来看,《文心雕龙》对"谈天雕龙"颇为赞赏。刘勰说文章的"雕缛"来自于文章的本源,即天地自然,但是,《原道》篇"文源于道"、文采源于自然的说法,是刘勰从哲学原理的高度论述的,在他之前,没有人做到这一点,这是他的理论独创,意义非凡。同时还要看到,刘勰对驺衍与驺奭"谈天雕龙"的言说内容虽有不满,但在书名的确定时又不得不借鉴之。"谈天雕龙"的言说,与出自"自然之道"的文章,在"心哉美矣"的美感修饰意义上是

---

① [清]黄叔琳注,李详补注,杨明照校注拾遗:《增订文心雕龙校注》,第 229 页。
② [清]黄叔琳注,李详补注,杨明照校注拾遗:《增订文心雕龙校注》,第 230 页。
③ [清]黄叔琳注,李详补注,杨明照校注拾遗:《增订文心雕龙校注》,第 539 页。

一致的,故而同名"雕龙",取其外饰灿然、美轮美奂的共性。刘勰之所以贬斥"谈天雕龙"之说,是因为其内容迂怪虚妄,这与"丽辞雅义"的雅丽文学思想观念不合。

据司马迁《史记·孟子荀卿列传》载,"齐有三驺子",即驺忌、驺衍、驺奭;"邹"与"驺"通,因此也可称之为邹忌、邹衍、邹奭。《史记》说到邹衍"谈天",以迂回虚诞之言游说干政,名利双收,大行其道;而驺奭学习言语艺术于邹衍,得其精妙,雕琢言辞,精美得体,故称"雕龙"。上述三人,是儒家言语大师孔子"正名正言"地坚守礼法与孟子"直言雄辩"的忠言逆耳的言语艺术所不能望其项背的,至少在言说效果上是比不了的。刘勰指出,屈原楚辞的创作,与战国纵横家飞辩之术有直接关系。这里的纵横飞辩,是泛指战国时代诸子善辩的特征,而以纵横家为主要代表。《文心雕龙》推崇的纵横家主要人物有鬼谷子、苏秦、张仪等人:

　　《哀吊》:及晋筑虒台,齐袭燕城,史赵苏秦,翻贺为吊:虐民拘敌,亦亡之道。[1]
　　《诸子》:鬼谷唇吻以策勋。[2]
　　《诸子》:鬼谷眇眇,每环奥义。[3]

---

[1]［清］黄叔琳注,李详补注,杨明照校注拾遗:《增订文心雕龙校注》,第168页。
[2]［清］黄叔琳注,李详补注,杨明照校注拾遗:《增订文心雕龙校注》,第229页。
[3]［清］黄叔琳注,李详补注,杨明照校注拾遗:《增订文心雕龙校注》,第230页。

《论说》：暨战国争雄，辨士云踊；从横参谋，长短角势。《转丸》骋其巧辞，《飞钳》伏其精术。一人之辨，重于九鼎之宝；三寸之舌，强于百万之师。六印磊落以佩，五都隐赈而封。①

《檄移》：檄者，皦也；宣露于外，皦然明白也。张仪檄楚，书以尺二。明白之文，或称露布，播诸视听也。②

《才略》：战代任武，而文士不绝……范雎上书密而至，苏秦历说壮而中。③

纵横家作为吊体、檄文、论说等文体论专篇的代表，为这些文体的发展作出了贡献；在先秦诸子百家中，纵横家鬼谷子的著作独具特色，演说技法位居第一，他培养的学生苏秦、张仪等④纵横天下：苏秦游说山东各国组建合纵联盟，意图攻灭秦国，故能"六印磊落以佩"；张仪提出远交近攻之法，秦齐连横，瓦解了合纵联盟，所以

①［清］黄叔琳注，李详补注，杨明照校注拾遗：《增订文心雕龙校注》，第247页。
②［清］黄叔琳注，李详补注，杨明照校注拾遗：《增订文心雕龙校注》，第281页。
③［清］黄叔琳注，李详补注，杨明照校注拾遗：《增订文心雕龙校注》，第574页。
④传说鬼谷子学究天人，而且精通兵法，先后培养出了苏秦、张仪等纵横家代表，庞涓、孙膑等兵家代表，商鞅等法家代表，本人则神龙见首不见尾，极具神秘色彩，但根据历史纪年稍作推断可知，上述名人之间生卒年间隔太大，即使苏秦与张仪也并不是同时代的人物。笔者认为：上述名人是真实存在的，但将纵横家、兵家、法家、谋略家各家名人尽归鬼谷子门下或一脉，主要是民族心理中的造神运动心态造成的，鬼谷子已经是一个神话传说式的人物，而越是高大上的传说与人物，就越被人相信，地位也越高。

"五都隐赈而封"。世称纵横家"一怒而诸侯惧,安居而天下熄",他们立言立功,名垂青史,从文人政治、为文致用的角度说,纵横家排名诸子第一。

推而论之,纵观先秦诸子的言语艺术,有以下几个鲜明的特点:

第一,儒家本就重视辩论与言语修养,但整体上用之则缺。这从《论语》《孟子》《史记·孔子世家》与《史记·仲尼弟子列传》等文献可以清楚地看出来。孔门四科之中,"言语"科居于第二位,学言为政,孔子及其学生是高度重视语言修养的。可惜的是孔子正礼、正言、正行的观念限制了他与弟子在语言艺术上的进一步修养。儒家言语艺术发展到孟子时,已经使孟子成为战国诸子中最善于言词辩论的高手。简言之,儒家论辩艺术是非常厉害的,受限于政治主张与肩担道义、匡扶天下的思想,整体上看,在技巧上不如诸子各家,在功用上事倍功半。

第二,战国时期,各家主张要想得到施行,都必须游说诸侯以求"得用",因此,论辩艺术就成为各家皆修的群体艺术,呈现出繁荣昌盛的浩瀚之势。《文心雕龙·诸子》篇说:

逮及七国力政,俊乂蜂起。孟轲膺儒以磬折,庄周述道以翱翔;墨翟执俭确之教,尹文课名实之符;

野老治国于地利,驺子养政于天文;申商刀锯以制理,鬼谷唇吻以策勋;尸佼兼总于杂术,青史曲缀于街谈。承流而枝附者,不可胜算;并飞辩以驰术,餍禄而余荣矣。①

上段涉及儒家、道家、墨家、法家、阴阳家、兵家、小说家等十家,并未概括完战国诸子,而是举例论述的典型。刘勰将孟子列为各家之首,对他维护儒家地位的论辩主张极为赞赏;对主张避世隐逸的道家与兼爱非攻的墨家,都从他们精彩的语言艺术修养上赞美之。《墨子》书中对儒家礼乐的责难,全面深刻;尤其是入选中学语文课本的《公输》一文,墨子与楚王论辩,设套用喻,同时义正词严,将楚王说得哑口无言。《庄子》一书,以"无端崖之辞"著称,今人以汪洋恣肆目之,其说想象丰富,瑰丽神奇。法家中未列于此段的韩非子,其论辩艺术比喻生动,说理深刻,言辞尖利。《文心雕龙·情采》篇说:"庄周云辩雕万物,谓藻饰也。韩非云艳乎辩说,谓绮丽也。"②将庄子和韩非子的言论用来论述"辩丽本于情性"之"辩"在文学语言上对"丽"的影响作用。总的说来,刘勰对法家的严酷言论、对名家的名实诡辩略有不满,《诸子》篇说他们"弃孝废仁""辞巧理拙",偏离正道太远了。从文

①[清]黄叔琳注,李详补注,杨明照校注拾遗:《增订文心雕龙校注》,第229页。
②[清]黄叔琳注,李详补注,杨明照校注拾遗:《增订文心雕龙校注》,第415页。

学史的角度来说,刘勰取法战国之"飞辩",是对文学发展由"言"到"文"这一"尚丽"规律的准确把握。

第三,阴阳家、纵横家是战国诸子中最擅长进行"诡丽"论辩的两家,刘勰对他们的评价很高,总体归于纵横一家来论述之。这个评价的得出,一个重要的原因是:这两家游说干政最为成功,是为政致用的典型。《论说》篇说到:

> 暨战国争雄,辨(按:同辩)士云踊;从横参谋,长短角势。《转丸》骋其巧辞,《飞钳》伏其精术。一人之辨,重于九鼎之宝;三寸之舌,强于百万之师。六印磊落以佩,五都隐(按:同殷)赈而封。①

刘勰盛赞的"《转丸》骋其巧辞,《飞钳》伏其精术"两篇,是《鬼谷子》一书中专论辩论技法的文章,《飞钳》一篇今存,《转丸》已经散佚。刘勰谈论战国纵横家,往典型代表上说,主要就是在谈论鬼谷子及其弟子这一家。而战国纵横家的高手,从言语到政绩,当以苏秦、张仪为代表,《史记》《战国策》等文献对他们的言论艺术有详细记载。"六印磊落以佩"指苏秦合纵成功,身佩六国相印的空前绝后;"五都隐赈而封"指张仪连横成功,挫败合纵之后

---

① [清]黄叔琳注,李详补注,杨明照校注拾遗:《增订文心雕龙校注》,第247页。

受封五城的伟绩。至于"一人之辨,重于九鼎之宝;三寸之舌,强于百万之师"句中的两人,前指东周朝臣颜率,后指赵国志士毛遂,他们都以自己的口舌辩辞完成了百万军队也难以做到的大事。刘勰称赞上述诸子,除了他们的口舌之利,主要还是因为他们为国立功、言语致用所建立的巨大功绩。因为在刘勰思想深处,为文致用的思想根深蒂固,《征圣》篇"贵文"主张与《程器》篇"梓才"思想是其集中表现。

第四,正是因为看到了儒家言语艺术的运用弱点,刘勰才大胆地开拓视野,跳出儒家雅正的思想标准,联系被孟子痛骂过的纵横家在语言艺术上言而有效的优点,以其游说诸侯的主客问答形式、宏大巨丽的言说内容、诡辩奇异的思想变化、随时得用的效果指向,作为屈宋楚辞的重要来源。当然,语言艺术不是直接就转化成楚辞的,这需要一个中介、一个代表人物,来实现从语言到文学的转化,屈原就是这个代表。

据《史记·屈原贾生列传》载,屈原本人就是楚国大臣中极善言辞的语言高手!《屈原列传》先后三次谈到了屈原高超的语言能力,比较明显的直接评价就有两次。第一次是在该文开头,司马迁说:

> 屈原者,名平,楚之同姓也。为楚怀王左徒。博
> 闻强志,明于治乱,娴于辞令。入则与王图议国事,

以出号令；出则接遇宾客，应对诸侯。王甚任之。[1]

屈原娴于辞令，在内政方面图议国事，以出号令，外交方面接遇宾客，应对诸侯，有相当的语言技巧与口才优势。第二次是在屈原死后，司马迁谈到他的影响时又说：

> 屈原既死之后，楚有宋玉、唐勒、景差之徒者，皆好辞而以赋见称。然皆祖屈原之从容辞令，终莫敢直谏。[2]

学术界对于"皆好辞而以赋见称"一句中"辞"与"赋"之所指，是有争议的：有的认为这个"辞"就是"从容辞令"，即言语艺术；有的认为是指文学体裁之"辞体"而非言辞；有的研究者从对《史记》全书"辞令"含义的解读与屈赋篇章的旁证得出结论，说这个"辞"就是"辞令"，不是辞赋体裁。笔者曾撰文思考这个问题，认为第三个结论是对的。其实，不管这个结论是否正确，屈原长于辞令的事实，是可以肯定的。

除了以上两次直接评价，文中还有一次间接评价：张仪凭借三寸不烂之舌与积极笼络人心的手段策略，在楚国宫中予取予求并成功开溜之后，《屈传》曰：

---

[1]［汉］司马迁：《史记》（影印本），第 2481 页。
[2]［汉］司马迁：《史记》（影印本），第 2491 页。

是时屈原既疏,不复在位。使于齐,顾反,谏怀
王曰:"何不杀张仪?"怀王悔,追张仪,不及。①

唯有屈原,才识破了张仪的诡计。这固然有屈原忠君爱
国、满腔正气的刚直原因,也与他"应对诸侯"时修养的
言语策略艺术与敏锐洞察力有莫大关系。经他一提醒,
楚王恍然大悟,觉得屈原是对的。

《文心雕龙》非常重视"辩"辞的作用和功能。《总术》
曰:"辩者昭晰。"思辩、论辩可以使人写文章思路清晰,条理
分明,这是刘勰总结为文之术得出的重要结论之一。清楚
明白的文风是一种优良的风格,"虞夏质而辨"(《通变》)就
是刘勰"雅丽"观念之"雅"的重要内容之一。刘勰同时认
为,长于辩论是一个人精神气质旺盛的体现,是文学创作新
变出彩的重要原因,《杂文》说:"智术之子,博雅之人,藻溢
于辞,辩盈乎气。苑囿文情,故日新而殊致。"②这实际上是
他"文如其人"观点的变通说法,重视主体气质的修养和
精气的保养,在《体性》《风骨》《养气》等篇中多次谈到
这个问题。屈原高超的语言修养和技法运用,对他的楚
辞创作是有积极作用的。《辨骚》说:

故论其典诰则如彼,语其夸诞则如此。固知

---

① [汉]司马迁:《史记》(影印本),第2483页。
② [清]黄叔琳注,李详补注,杨明照校注拾遗:《增订文心雕龙校注》,第180页。

> 《楚辞》者，体宪于三代，而风杂于战国，乃《雅》
> 《颂》之博徒，而词赋之英杰也。观其骨鲠所树，肌
> 肤所附，虽取镕经意，亦自铸伟辞。①

刘勰在此提出了屈原《楚辞》的两个来源："体宪于三代，
风杂于战国"，是上古三代典诰之体与战国夸诞之风的
产物。在这两个来源中，很显然，所谓的"体宪于三代"
不过是强说之辞，楚辞哪里体现了上古三代《尚书》的
"典诰之体"呢？刘勰"征言"求证，得到的是《楚辞》"陈
尧舜之耿介，称禹汤之祗敬"(《辨骚》)，也就是说，在内
容上有关于尧、舜、禹、汤的赞美描写，这是"取镕经意"
的内容，而不是取法经典的"典诰之体"。楚辞真正的特
点，是"自铸伟辞"，这个"伟辞"，是"风杂于战国"的"夸
诞"言说。《辨骚》说楚辞语言之"诡异"：

> 至于托云龙，说迂怪，丰隆求宓妃，鸩鸟媒娀女：
> 诡异之辞也。②

这是完全虚构不实的有关神仙鬼怪的虚辞滥说，这些
"诡异之辞"一方面是神话传说的夸饰描写，另一方面是

---

① [清]黄叔琳注，李详补注，杨明照校注拾遗：《增订文心雕龙校注》，第51页。
② [清]黄叔琳注，李详补注，杨明照校注拾遗：《增订文心雕龙校注》，第51—
　52页。

从战国诸子辩说艺术中借鉴而来的虚诞之言。神话传说与虚言辩说成为以《离骚》为代表的楚辞这一"奇文"能够"自铸伟辞"的两大因素。

楚辞而外,从言说方式的影响来看,驺衍"迂怪不经"的言辞内容与邹奭"雕龙"精美的语言艺术对汉大赋艳丽的风格美有直接影响。《汉书·扬雄传》说:"雄以为赋者……必推类而言,极丽靡之辞,闳侈巨衍,竞于使人不能加也。"①极尽夸饰之能事,穷尽描写之靡丽,这是汉赋最显著的特点,蜀中名家司马相如、扬雄的赋作最明显地表现了这一特点;同时,相如与扬雄不仅在大赋创作实践上以"巨丽"著称,二人还都是汉赋创作的主要理论家。《西京杂记》卷二载司马相如论述赋的写作:"司马相如为上林子虚赋……其友人盛览……尝问以作赋。相如曰:'合綦组以成文,列锦绣而为质。一经一纬,一宫一商。此赋之迹也。'"②司马相如"綦组锦绣、文质经纬"说的核心,就是汉赋华丽的特点。这个特点,在源头上讲,最主要的是从齐国邹子而来;纵横家诡辩之术,对此也产生了积极的影响;而楚辞"奇丽"的创作,对此则有示范作用。

同时,阴阳家"止乎仁义节俭"的主旨表达,对后代汉赋"曲终奏雅"、卒章显志的写作方式产生了积极的影响。驺衍虚辞滥说的目的,当然有求功名、博利益的动

---

① [汉]班固:《汉书》(影印本),第 3575 页。
② 葛洪集,成林、程章灿译注:《西京杂记全译》,第 66—67 页。

因,但是其规讽主旨,则是与后代辞赋一样的。《汉书·司马相如列传·赞》曰:

> 司马迁称:"《春秋》推见至隐,《易》本隐以之显,《大雅》言王公大人,而德逮黎庶,《小雅》讥小己之得失,其流及上。所言虽殊,其合德一也。相如虽多虚辞滥说,然要其归引之于节俭,此亦《诗》之风谏何异?"扬雄以为靡丽之赋,劝百而讽一,犹骋郑卫之声,曲终而奏雅,不已戏乎![①]

相如赋怀有"《诗》之风谏",将写给帝王看的辞赋当作上书用,写作宗旨是希望"引之于节俭",所以,虽然"虚辞滥说"甚多,精神实质与邹衍一样,是值得褒赞的。据《史记·司马相如列传》记载,相如早岁写有《子虚赋》,后来汉武帝"读子虚赋而善之",蜀人杨得意借机推荐,相如遂为汉武帝上《天子游猎赋》,"其卒章归之于节俭,因以风谏。奏之天子,天子大说"[②]。相如献赋的目的,不是仅仅为了取悦汉武帝,而是夸饰天子上林广大,虚言楚国云梦所有,"侈靡过其实,且非义理所尚,故删取

----

① [汉]班固:《汉书》(影印本),第2609页。说明:本段文字几乎与《史记·司马相如列传》的赞语一模一样,显然是从《史记》中抄出来的。另,据熊良智教授指导:《史记》中又杂有扬雄评价司马相如赋的句子,这又是后人传抄过程中屡进去的。古书流传过程中这样的现象不少。
② [汉]司马迁:《史记》(影印本),第3002页。

其要,归正道而论之"①。其后相如得用,作《难蜀父老》,其目的仍是"己诘难之,以风天子"②;稍后,相如上疏讽谏汉武帝"好击熊罴,驰逐野兽"③之举;还过宜春宫时,又"奏赋以哀二世行失"④。上述作品的基本目的,都是借文章以求讽谏,希望尽人臣之事,规君王之行。这与儒家诗文的讽谏精神是一样的,而且采用了"主文而谲谏"的温和委婉的进谏方式⑤。可惜相如赋宏大巨丽,描写精彩生动,声色动人耳目,因此,往往收不到想要的进谏结果。《司马相如列传》载:

> 天子既美子虚之事,相如见上好仙道,因曰:"上林之事未足美也,尚有靡者。臣尝为《大人赋》,未就,请具而奏之。"相如以为列仙之传居山泽间,

---

① [汉]司马迁:《史记》(影印本),第3043页。
② [汉]司马迁:《史记》(影印本),第3048页。
③ [汉]司马迁:《史记》(影印本),第3053页。
④ [汉]司马迁:《史记》(影印本),第3054页。
⑤ 曾有研究者指出司马相如赋作的思想倾向与儒家文艺思想大相径庭,但是从《司马相如列传》的上述征引来看,司马相如赋的创作目的、规讽主旨与儒家文论主张是一致的,对此,李凯教授《司马相如与儒学》《司马相如文艺思想与儒家文艺思想大相径庭吗?》等专文阐述甚详,可参。至于为什么会出现"文丽用寡"的结果,这不是作为作家的司马相如能完全决定得了的:《文心雕龙》主张"隐篇秀句","隐"篇章之主旨,"秀"篇中之佳句,相如赋正是"隐篇秀句"的佳作,或许其"隐"主旨太过,故有"劝而不止"之弊;而采用"隐"篇章之主旨的写法,与作赋歌功颂德(当下时尚)和(特定读者)汉武帝好大喜功也有一定关系。

形容甚癯，此非帝王之仙意也，乃遂就《大人赋》。①

正是这篇赋，不仅没有收到良好的婉转进言的效果，还被扬雄作为"文丽用寡"的典型代表，遭到了批评。《汉书·扬雄传》：

> 雄以为赋者，将以风之也……既乃归之于正，然览者已过矣。往时武帝好神仙，相如上《大人赋》，欲以风，帝反缥缥有陵云之志。由是言之，赋劝而不止，明矣。②

赋的写作太过靡丽③，语词虚诞，不着边际，美则美矣，主题被冲得很淡，到了"曲终奏雅"的时候，读者已经不知道要说什么忠言建议了，已经被那些奇思妙想、闳侈巨衍的夸饰描写完全吸引了。司马相如苦心经营的《大人赋》，比《子虚赋》《上林赋》更加绮靡虚诞，其用意本来是想借此提醒汉武帝不要铺张浪费，结果却适得其反。《文心雕龙·风骨》篇说此："相如赋仙，气号凌云，蔚为

---

① [汉]司马迁：《史记》（影印本），第 3056 页。
② [汉]班固：《汉书》（影印本），第 3575 页。
③ "赋"在此处主要指相如赋与扬雄诸赋。扬雄青壮年时仰慕相如，于是模拟相如赋作，写了一系列辞赋作品，声名鹊起。其后因仕途不畅，又见赋家地位低下，赋作功能有限，遂有此说。事见《汉书·扬雄传》。

辞宗,乃其风力遒也。"①《大人赋》感染力巨大,生动之气充盈满篇,这就是"风力"遒劲的优秀作品,刘勰抛开虚诞的内容不论,而对其审美特征大加赞赏。扬雄"文丽用寡"一说,真实地反映了相如赋巨丽而不实用的特点。从文人干政的角度看,扬雄是有道理的;从文学审美的角度看,汉赋则是历代文学中最为壮丽的。

第四节　法家思想的影响

　　法家思想及其治国策略,是促使秦国由弱变强灭掉六国的最主要原因,然而物极必反,也是促使秦国迅速崩溃很快灭亡的客观原因之一。《文心雕龙》书中若干次谈论到"法家辞气"及其代表作家李斯等人,因此,法家思想对先秦文学,尤其是秦国文学,是产生了很大影响的。这种影响的余绪一直延续到汉代文学,对汉代文学的兴盛起了积极作用。同时,刘勰的文学发展基本观点之一,是文学的"崇替"受时代政治思潮与帝王"在选"因素的影响,秦国文学是刘勰眼中文学不兴、质木无文的反面典型。总之,法家思想对《文心雕龙》产生了一些影响。其论如下:

---

① [清]黄叔琳注,李详补注,杨明照校注拾遗:《增订文心雕龙校注》,第388页。

《论说》：魏之初霸，术兼名法。①

《封禅》：秦皇铭岱，文自李斯；法家辞气，体乏弘润；然疏而能壮，亦彼时之绝采也。②

《奏启》：秦始立奏，而法家少文。观王绾之奏勋德，辞质而义近；李斯之奏骊山，事略而意径：政无膏润，形于篇章矣。③

《奏启》：是以立范运衡，宜明体要。必使理有典刑，辞有风轨；总法家之裁，秉儒家之文。不畏强御，气流墨中；无纵诡随，声动简外：乃称绝席之雄，直方之举耳。④

《议对》：及赵灵胡服，而季父争论；商鞅变法，而甘龙交辩：虽宪章无算，而同异足观。⑤

《书记》：申宪述兵，则有律、令、法、制。⑥

《书记》：律者，中也。黄钟调起，五音以正；法律驭民，八刑克平。以律为名，取中正也。令者，命也。出命申禁，有若自天；管仲下令如流水，使民从也。法者，象也。兵谋无方，而奇正有象，故曰法也。

①［清］黄叔琳注，李详补注，杨明照校注拾遗：《增订文心雕龙校注》，第246页。
②［清］黄叔琳注，李详补注，杨明照校注拾遗：《增订文心雕龙校注》，第295页。
③［清］黄叔琳注，李详补注，杨明照校注拾遗：《增订文心雕龙校注》，第317页。
④［清］黄叔琳注，李详补注，杨明照校注拾遗：《增订文心雕龙校注》，第318页。
⑤［清］黄叔琳注，李详补注，杨明照校注拾遗：《增订文心雕龙校注》，第332页。
⑥［清］黄叔琳注，李详补注，杨明照校注拾遗：《增订文心雕龙校注》，第347页。

制者,裁也。上行于下,如匠之制器也。①

在刘勰看来,法家依法治国,严明赏罚,等级森严,甚至严刑峻法,是一点都不可爱的。《诸子》篇说法家"申商刀锯以制理","至如商韩,六虱五蠹,弃孝废仁;辚药之祸,非虚至也"。在秦国历史上的著名法家人物,如商鞅、韩非、李斯等人,其下场都是死于非命;但他们都留下了思想著作或文学作品,其中以韩非在秦国时间最短而思想影响最大,李斯作品丰富多样而才学与成就最高。《文心雕龙》对李斯的评价非常之高,甚至按照《风骨》篇文学何以具有"风骨"的评价标准来看,全书仅有两人的作品符合刘勰设定的"风""骨"兼备的标准,这两人一个是郭璞,另一个就是李斯。

《文心雕龙》对李斯的评价主要有以下八处:

> 《论说》:范雎之言疑事,李斯之止逐客,并顺情入机,动言中务;虽批逆鳞,而功成计合,此上书之善说也。②
>
> 《封禅》:秦皇铭岱,文自李斯;法家辞气,体乏弘润;然疏而能壮,亦彼时之绝采也。③

---

① [清]黄叔琳注,李详补注,杨明照校注拾遗:《增订文心雕龙校注》,第347-348页。

② [清]黄叔琳注,李详补注,杨明照校注拾遗:《增订文心雕龙校注》,第247页。杨先生《校注》作"烦情入机",据其他版本及上下文义改为"顺情入机"。

③ [清]黄叔琳注,李详补注,杨明照校注拾遗:《增订文心雕龙校注》,第295页。

《奏启》:李斯之奏骊山,事略而意径:政无膏润,形于篇章矣。①

《事类》:相如《上林》,撮引李斯之书:此万分之一会也。②

《练字》:及李斯删籀而秦篆兴,程邈造隶而古文废。③

《练字》:夫《尔雅》者,孔徒之所纂,而《诗》《书》之襟带也;《仓颉》者,李斯之所辑,而鸟籀之遗体也。《雅》以渊源诂训,《颉》以苑囿奇文;异体相资,如左右肩股:该旧而知新,亦可以属文。④

《指瑕》:崔瑗之诔李公,比行于黄虞;向秀之赋嵇生,方罪于李斯:与其失也,虽宁僭无滥,然高厚之诗,不类甚矣。⑤

《才略》:乐毅报书辨以义,范雎上书密而至,苏秦历说壮而中,李斯自奏丽而动:若在文世,则扬班俦矣。⑥

上述评价非常之高,李斯不仅文章写得好,对于文

①[清]黄叔琳注,李详补注,杨明照校注拾遗:《增订文心雕龙校注》,第 317 页。
②[清]黄叔琳注,李详补注,杨明照校注拾遗:《增订文心雕龙校注》,第 473 页。
③[清]黄叔琳注,李详补注,杨明照校注拾遗:《增订文心雕龙校注》,第 484 页。
④[清]黄叔琳注,李详补注,杨明照校注拾遗:《增订文心雕龙校注》,第 485 页。
⑤[清]黄叔琳注,李详补注,杨明照校注拾遗:《增订文心雕龙校注》,第 500 页。
⑥[清]黄叔琳注,李详补注,杨明照校注拾遗:《增订文心雕龙校注》,第 574 页。

学发展所必需的文字小学功夫也极为精深,是一位才学双绝的政治家、文学家和学者(李斯是著名的书法家与书法理论家)。郭璞、李斯二人在各自的时代独领风骚,李斯作品虽有"法家辞气"的不足,但内容质实,且"自奏丽而动",郭璞《仙诗》"飘飘而凌云",对比《风骨》所论可知,二作实为有"风骨"之美的优秀作品;《风骨》篇以"骨髓峻"与"风力遒"衡量文学之"风骨"美,笔者遍查全书近两百位作家,能将"风"与"骨"兼备的作家,李斯、郭璞是其中的代表。

最紧要的是,讲究秩序,追求法度,这是法家思想对刘勰的极大启示;这个启示,与刘勰受儒家礼乐制度的秩序法度影响,心中追求的文学发展"尚法"模式暗合。故而刘勰论文,时时以"法"为要:

《史传》:自周命维新,姬公定法。①

《史传》:比尧称典,则位杂中贤;法孔题经,则文非元圣。②

《史传》:汉运所值,难为后法。③

《诸子》:扬雄《法言》……归乎诸子。④

---

① [清]黄叔琳注,李详补注,杨明照校注拾遗:《增订文心雕龙校注》,第205页。
② [清]黄叔琳注,李详补注,杨明照校注拾遗:《增订文心雕龙校注》,第206页。
③ [清]黄叔琳注,李详补注,杨明照校注拾遗:《增订文心雕龙校注》,第206页。
④ [清]黄叔琳注,李详补注,杨明照校注拾遗:《增订文心雕龙校注》,第230页。

《诏策》：眚灾肆赦，则文有春露之滋；明罚敕法，则辞有秋霜之烈：此诏策之大略也。①

《奏启》：秦之御史，职主文法；汉置中丞，总司按劾。②

《通变》：望今制奇，参古定法。③

《定势》：自近代辞人，率好诡巧。原其为体，讹势所变；厌黩旧式，故穿凿取新。察其讹意，似难而实无他术也，反正而已。故文反正为乏，辞反正为奇。效奇之法，必颠倒文句；上字而抑下，中辞而出外：回互不常，则新色耳。④

《声律》：古之教歌，先揆以法，使疾呼中宫，徐呼中征。⑤

《丽辞》：自扬马张蔡，崇盛丽辞：如宋画吴冶，刻形镂法，丽句与深采并流，偶意共逸韵俱发。⑥

《练字》：汉初草律，明著厥法：太史学童，教试六体；又吏民上书，字谬辄劾。⑦

《附会》：是以驷牡异力，而六辔如琴；并驾齐

---

① ［清］黄叔琳注，李详补注，杨明照校注拾遗：《增订文心雕龙校注》，第265页。
② ［清］黄叔琳注，李详补注，杨明照校注拾遗：《增订文心雕龙校注》，第318页。
③ ［清］黄叔琳注，李详补注，杨明照校注拾遗：《增订文心雕龙校注》，第398页。
④ ［清］黄叔琳注，李详补注，杨明照校注拾遗：《增订文心雕龙校注》，第407页。
⑤ ［清］黄叔琳注，李详补注，杨明照校注拾遗：《增订文心雕龙校注》，第431页。
⑥ ［清］黄叔琳注，李详补注，杨明照校注拾遗：《增订文心雕龙校注》，第447页。
⑦ ［清］黄叔琳注，李详补注，杨明照校注拾遗：《增订文心雕龙校注》，第484页。

驱,而一毂统辐。驭文之法,有似于此:去留随心,修
短在手;齐其步骤,总辔而已。①

　　《才略》:及乎春秋大夫,则修辞聘会,磊落如琅
玕之圃,焜耀似缛锦之肆。蒍敖择楚国之令典,随会
讲晋国之礼法。②

刘勰主张"参古定法",研究"驭文之法",反对"效奇之
法",这样才能够"执正驭奇",因而"执术驭篇"。他对古
人教歌之法、崇盛丽辞之法、修辞聘会之法、法孔题经之
举非常赞赏。尤其在文学发展的制度建设与秩序确立
上,对秦代汉代设置专门官吏"职主文法"的制度规定、
对汉代重视文字书写规范的"明著厥法"的法律规定相
当赞赏,而对史书中为妇女立传这样不合礼法的写作现
象大加贬斥,认为是"汉运所值,难为后法"。从这些"尚
法"的文学观念中,我们可以看出刘勰受法家影响的痕
迹,更可以看出他为了寻找文学发展之正途所做的艰辛
努力与积极探索。当然,要说明的是:法家思想虽然部分
开启了刘勰的"尚法"文学观念,但只是刘勰取法的辅助
对象,不是主流。

---

①[清]黄叔琳注,李详补注,杨明照校注拾遗:《增订文心雕龙校注》,第520页。
②[清]黄叔琳注,李详补注,杨明照校注拾遗:《增订文心雕龙校注》,第574页。

第五节　兵家思想的影响

法家之外,《文心雕龙》对兵家思想也有采掇,并自如地运用到了文学评论中去。詹锳先生《〈文心雕龙〉的风格学》一书曾谈到刘勰向兵家思想取法的两个例子:一是《定势》取材于《孙子兵法》之《兵势》篇;二是《程器》主张的"文武之术,左右惟宜。郤縠敦《书》,故举为元帅,岂以好文而不练武哉? 孙武《兵经》,辞如珠玉,岂以习武而不晓文也"的观点以及同篇"攡文必在纬军国,负重必在任栋梁"的观点。这两个例子都含有明显的兵家思想。詹锳先生的论述较详,很有启发意义。笔者要指出的是:刘勰《定势》《程器》两篇专题论述的取法对象,除了兵家,主要还是在儒家。《定势》篇主要取法于道家"自然"理论与儒家主张"执正"而"兼解具通"的思想,是在《宗经》《体性》基础上深化的文体风格论述。况且,"兵势"之论,虽有道理,但另有一"势"之说,事实上与文体风格之"势"更为接近,这就是书法"笔势"理论①。自李斯、蔡邕、王羲之以下,书法理论中论述笔势的文章与见解非常多,其核心,就在于笔由心生、顺势而发的字形书

---

① 这一观点来自于四川师范大学皮朝纲教授。皮老精研传统美学与禅宗美学,对上述领域内的书画美学文献资料掌握十分充分,多次对笔者谈到过上述意见。

写之奇正疏密、变化可控。而《程器》一篇,如刘永济先生与其他先生所论,刘勰是在自述衷情,为求以文干政之途,其愤懑与自勉之辞,多与敷赞孔孟政治功德与"穷则独善,达则兼济"的精神有关。

当然,兵家"尚法",更在"尚法"的基础上"尚变""尚奇"、追求"诡道",这些思想经过转化,本来也应该是文学写作题中应有之义,与文学追求新奇、追求变化、讲究新颖写法、拓展新的题材等等方面都有相通之处。笔者以为,写作与兵法实有相通之处,尤其是写作思维的非线性无序变化与灵感思维的稍纵即逝,如何把握、如何掌控? 与"水无常形,兵无常势"思想高度一致。说兵家思想对《文心雕龙》论述的写作之道有一定影响,是对的。

但是,兵家思想对《文心雕龙》的影响主要不是体现在《定势》《程器》篇中,这两篇的兵家思想并不多。《汉书·艺文志》论兵家,共分权谋、技巧四类来谈:一是权谋,"权谋者,以正守国,以奇用兵,先计而后战,兼形势,包阴阳,用技巧者也"。二是形势,"形势者,雷动风举,后发而先至,离合背乡,变化无常,以轻疾制敌者也"。三是阴阳,"阴阳者,顺时而发,推刑德,随斗击,因五胜,假鬼神而为助者也"。四是技巧,"技巧者,习手足,便器械,积机关,以立攻守之胜者也"。在分述以上四大方面及其代表性著作基础上,提出对兵家及其文献的总论:

兵家者,盖出古司马之职,王官之武备也。《洪范》八政,八曰师。孔子曰为国者足食足兵,以不教民战,是谓弃之,明兵之重也。《易》曰古者弦木为弧,剡木为矢,弧矢之利,以威天下,其用上矣。后世燿金为刃,割革为甲,器械甚备。下及汤武受命,以师克乱而济百姓,动之以仁义,行之以礼让,《司马法》是其遗事也。自春秋至于战国,出奇设伏,变诈之兵并作。汉兴,张良、韩信序次兵法,凡百八十二家,删取要用,定著三十五家。诸吕用事而盗取之。武帝时,军政杨朴捃摭遗逸,纪奏兵录,犹未能备。至于孝成,命任宏论次兵书为四种。①

在《文心雕龙》全书中,《檄移》篇是完全表现兵家思想与军旅公文的一篇专文。刘睿指出:《檄移》篇中所透露出来关于军事战争的观点,如重视心理战,重视民心向背的问题,认为应该师出有名,在具体的军事行动中,应该授权予将,在作战前要具体分析战争形势,不能盲目出军,战争中可以使用计谋甚至诡诈之术等,都很清楚地显示出他受到兵家思想的巨大影响②。除《檄移》篇中的论述,全书在《程器》篇中有一处很重要的观点:"是

---

① [汉]班固:《汉书》(影印本),第 1762–1763 页。
② 刘睿:《从〈文心雕龙·檄移〉看刘勰的军事思想》,《潍坊教育学院学报》
  2010 年第 2 期。

以君子藏器,待时而动,发挥事业。固宜蓄素以弸中,散采以彪外;梗楠其质,豫章其干。摛文必在纬军国,负重必在任栋梁;穷则独善以垂文,达则奉时以骋绩:若此文人,应梓材之士矣。"①这段话表明:文人学文,最主要的目的是"待时而动,发挥事业",学文的就是为了"纬军国",文人要成为文武双全的栋梁之才。文学的功能,是学以致用,建功立业。这显然深受曹丕《典论》中"文章乃经国之大业,不朽之盛事"的影响。刘勰著文,不仅是君子立言不朽的追求,还有直接为军国大业服务的意识。

除去这个专篇,《文心雕龙》直接论述"师""战""征伐""将相"的术语不少,而"兵""军""武""谋"等专门术语最能直接表现兵家思想及其影响,刘勰直接论"兵"八处,论"武"四十八处,论"谋"八处,其中有许多典型的例子,深受兵家思想的影响,比如:

> 《诸子》:昔东平求诸子史记,而汉朝不与。盖以史记多兵谋,而诸子杂诡术也。②
>
> 《书记》:法者,象也。兵谋无方,而奇正有象,故曰法也。③

---

① [清]黄叔琳注,李详补注,杨明照校注拾遗:《增订文心雕龙校注》,第599页。
② [清]黄叔琳注,李详补注,杨明照校注拾遗:《增订文心雕龙校注》,第230页。
③ [清]黄叔琳注,李详补注,杨明照校注拾遗:《增订文心雕龙校注》,第348页。

《程器》：文武之术，左右惟宜。邵縠敦《书》，故举为元帅，岂以好文而不练武哉？孙武《兵经》，辞如珠玉，岂以习武而不晓文也？①

与上述直接论述兵家思想的术语不同，"奇"这一术语不仅在《孙子兵法》中多有应用，而且与"正"对举，主张"奇正相生"，这一思想观念对《文心雕龙》产生了很大的影响。《孙子兵法·势篇》曰：

凡治众如治寡，分数是也；斗众如斗寡，形名是也；三军之众，可使必受敌而无败者，奇正是也；兵之所加，如以石段投卵者，虚实是也。

凡战者，以正合，以奇胜。故善出奇者，无穷如天地，不竭如江河。终而复始，日月是也。死而更生，四时是也。声不过五，五声之变，不可胜听也。色不过五，五色之变，不可胜观也。味不过五，五味之变，不可胜尝也。战势不过奇正，奇正之变，不可胜穷也。奇正相生，如循环之无端，孰能穷之？②

---

① [清]黄叔琳注，李详补注，杨明照校注拾遗：《增订文心雕龙校注》，第599页。
② 中国人民解放军军事科学院战争理论研究部《孙子》注释小组：《孙子兵法新注》，北京：中华书局，1977年版，第40—42页。

《孙子兵法》所论述的奇正关系,带有强烈的军事思维辩证法的特色,其理论渊源在《老子》中,《老子》第五十七章说:"以正治国,以奇用兵,以无事取天下。"在中国哲学史上首次将奇正关系正式提出。其后,孙武将这一思想吸收运用于兵法思想中,《孙子兵法》特别提倡用兵之奇,全书的核心在于"兵者,诡道也"(《始计篇》),用千变万化、出其不意的计谋来取得战争的胜利。《文心雕龙》将其引入文学批评领域,要求写文章也要讲究"奇",要有奇文、奇采,刘勰论《离骚》是在《诗经》之后郁起之奇文,赞美屈原楚辞"惊采绝艳,难与并能",因此,刘勰论"奇",主要是与"正"相对并提,《书记》:"兵谋无方,而奇正有象。"对"正"赞美有加,对"奇"则有褒有贬。一方面赞美新奇、新颖的文章、手法或创作,但主要是借以批评文学创作的若干不良现象,比如"奇辞""奇句"的出现与作家"爱奇"、效奇的修养或取法,并借此提出"执正驭奇"的理论主张。这从全书五十余次用"奇"之论,可以清晰地看出来,论略。

第六节　神秘文化的影响

《文心雕龙》对于神秘文化对文学的影响贯通全书,

从《原道》到《序志》，累计论"神"五十一句，六十余次①。

———————

① 全书论"神"语句如下：1.《原道》：人文之元，肇自太极，幽赞神明，《易》象惟先。庖牺画其始，仲尼翼其终。而《乾》《坤》两位，独制《文言》。言之文也，天地之心哉！若乃《河图》孕乎八卦，《洛书》韫乎九畴，玉版金镂之实，丹文绿牒之华，谁其尸之？亦神理而已。2.《原道》：原道心以敷章，研神理而设教。3.《原道》：道心惟微，神理设教。4.《征圣》：夫鉴周日月，妙极机神；文成规矩，思合符契。5.《宗经》：经也者，恒久之至道，不刊之鸿教也。故象天地，效鬼神，参物序，制人纪；洞性灵之奥区，极文章之骨髓者也。6.《宗经》：《易》惟谈天，入神致用。7.《正纬》：夫神道阐幽，天命微显，马龙出而大《易》兴，神龟见而《洪范》耀。8.《正纬》：经显，圣训也；纬隐，神教也。圣训宜广，神教宜约，而今纬多于经，神理更繁，其伪二矣。9.《正纬》：神宝藏用，理隐文贵。10.《辨骚》：神理共契，政序相参。11.《颂赞》：夫化偃一国谓之风，风正四方谓之雅，容告神明谓之颂。风雅序人，事兼变正；颂主告神，义必纯美。12.《祝盟》：天地定位，祀遍群神。13.《祝盟》：昔伊耆始蜡，以祭八神。14.《祝盟》：寅虔于神祇，严恭于宗庙也。15.《祝盟》：自春秋以下，黩祀谄祭，祝币史辞，靡神不至。16.《祝盟》：祭而兼赞，盖引神而作也。17.《祝盟》：义同于诔，而文实告神。18.《祝盟》：凡群言发华，而降神务实。19.《祝盟》：盟者，明也。骍旄白马，珠盘玉敦，陈辞乎方明之下，祝告于神明者也。20.《祝盟》：忠信可矣，无恃神焉。21.《祝盟》：神之来格，所贵无惭。22.《铭箴》：蓍龟神物，而居博弈之中。23.《哀吊》：吊者，至也。诗云神之吊矣，言神至也。24.《论说》：次及宋岱郭象，锐思于机神之区；夷甫裴頠，交辨于有无之域：并独步当时，流声后代。然滞有者全系于形用，贵无者专守于寂寥，徒锐偏解，莫诣正理；动极神源，其般若之绝境乎？25.《论说》：阴阳莫二，鬼神靡遁。26.《诏策》：皇帝御宇，其言也神。27.《诏策》：《礼》称："明神之诏"。28.《封禅》：昔黄帝神灵，克膺鸿瑞，勒功乔岳，铸鼎荆山。29.《封禅》：观《剧秦》为文，影写长卿，诡言遁辞，故兼包神怪。30.《神思》：古人云："形在江海之上，心存魏阙之下。"神思之谓也。文之思也，其神远矣。31.《神思》：故思理为妙，神与物游。神居胸臆，而志气统其关键；物沿耳目，而辞令管其枢机。枢机方通，则物无隐貌；关键将塞，则神有遁心。32.《神思》：是以陶钧文思，贵在虚静，疏瀹五藏，澡雪精神。33.《神思》：夫神思方运，万途竞萌；规矩虚位，刻镂无形。34.《神思》：神（转下页注）

在为数众多的"神"论之中,天地自然的运转规律、人文产生的神秘力量、超出人类认知的鬼神、庄严肃穆的神理、神奇的写作思维、作家主体的精神状态、高超入神的写作技法、自然物色的神奇瑰丽等,是《文心雕龙》神秘文化讨论的主要内容。很明显地,这些"神"论是以《周易》宇宙哲学为本源、写作各项因素为重点分别提出来的。其中,人文、经典、纬书与神灵祭祀、敬天法地所需要的各类文体为其主要载体,特别是后面几种文体,这些文体的共同特征是"丽而不经"。

(接上页注)用象通,情变所孕。35.《情采》:五色杂而成黼黻,五音比而成《韶》《夏》,五性发而为辞章:神理之数也。36.《声律》:故言语者,文章神明,枢机吐纳,律吕唇吻而已。37.《丽辞》:造化赋形,支体必双;神理为用,事不孤立。38.《丽辞》:《神女赋》云:"毛嫱鄣袂,不足程式;西施掩面,比之无色。"此事对之类也。39.《夸饰》:神道难摹,精言不能追其极。40.《夸饰》:语瑰奇则假珍于玉树,言峻极则颠坠于鬼神。41.《夸饰》:奓彼洛神,既非魍魉;惟此水师,亦非魑魅:而虚用滥形,不其疏乎! 42.《事类》:夫经典沉深,载籍浩瀚,实群言之奥区,而才思之神皋也。43.《隐秀》:譬诸裁云制霞,不让乎天工;斫卉刻葩,有同乎神匠矣。44.《养气》:夫耳目鼻口,生之役也;心虑言辞,神之用也。率志委和,则理融而情畅;钻砺过分,则神疲而气衰:此性情之数也。45.《养气》:志盛者思锐以胜劳,气衰者虑密以伤神。46.《养气》:精气内销,有似尾闾之波;神志外伤,同乎牛山之木:怛惕之盛疾,亦可推矣。47.《养气》:且夫思有利钝,时有通塞,沐则心覆,且或反常,神之方昏,再三愈黩。48.《养气》:元神宜宝,素气资养。49.《附会》:夫才童学文,宜正体制:必以情志为神明,事义为骨髓,辞采为肌肤,宫商为声气;然后品藻元黄,摛振金玉,献可替否,以裁厥中:斯缀思之恒数也。50.《时序》:今圣历方兴,文思光被,海岳降神,才英秀发,驭飞龙于天衢,驾骐骥于万里。51.《序志》:摛《神》《性》,图《风》《势》。

　　纬书是刘勰重点批评的文体之一，这一文体，本就是神秘文化的产物，"原夫图箓之见，乃昊天休命，事以瑞圣，义非配经"。在这种情况下，方士为宣传迷信思想，大肆宣扬纬书：

　　　　于是伎数之士，附以诡术：或说阴阳，或序灾异，若鸟鸣似语，虫叶成字，篇条滋蔓，必假孔氏。通儒讨核，谓起哀平；东序秘宝，朱紫乱矣！[①]

这些图箓符咒的东西，对文献典籍产生了混淆的错误作用，因为宣传皇权神秘力量之需，谶纬神学在东汉大行其道：

　　　　至于光武之世，笃信斯术。风化所靡，学者比肩。沛献集纬以通经，曹褒选谶以定礼：乖道谬典，亦已甚矣。是以桓谭疾其虚伪，伊敏戏其浮假，张衡发其僻谬，荀悦明其诡诞：四贤博练，论之精矣。[②]

纬书的虚伪、浮假、僻谬、诡诞的特点，在思想内容上"乖道谬典"，不合经典正体，是需要批判的。刘勰认为"按经验纬，其伪有四"：

---

①［清］黄叔琳注，李详补注，杨明照校注拾遗：《增订文心雕龙校注》，第41页。
②［清］黄叔琳注，李详补注，杨明照校注拾遗：《增订文心雕龙校注》，第41页。

　　盖纬之成经,其犹织综,丝麻不杂,布帛乃成。今经正纬奇,倍摘千里,其伪一矣。经显,圣训也;纬隐,神教也。圣训宜广,神教宜约。而今纬多于经,神理更繁,其伪二矣。有命自天,乃称符谶,而八十一篇,皆托于孔子,则是尧造绿图,昌制丹书,其伪三矣。商周以前,图箓频见;春秋之末,群经方备:先纬后经,体乖织综,其伪四矣。伪既倍摘,则义异自明;经足训矣,纬何预焉?①

纬书主要扮演的角色是这样子的:犹如孔子口中的"朱紫之紫,雅郑之郑",是讹滥、不雅、不经的东西。但是,纬书虽然内容荒诞不经,但是从来源上看,却是和经书一样的源于自然:

　　夫神道阐幽,天命微显,马龙出而大《易》兴,神龟见而《洪范》耀,故《系辞》称:"河出图,洛出书,圣人则之。"斯之谓也。但世敻文隐,好生矫诞;真虽存矣,伪亦凭焉。②

纬书和《易》一样,是河图洛书的产物。只不过《易》由图

①[清]黄叔琳注,李详补注,杨明照校注拾遗:《增订文心雕龙校注》,第40-41页。
②[清]黄叔琳注,李详补注,杨明照校注拾遗:《增订文心雕龙校注》,第40页。

篆走向文字,经圣人而成经典,历千岁而生众书;纬书则一直在图篆符咒的圈子里打转转,所以有"六经彪炳,而纬候稠叠;《孝》《论》昭晰,而《钩》《谶》葳蕤"的结果。但是纬书文采绚烂,有助于文学写作:

> 若乃羲农轩皞之源,山渎钟律之要,白鱼赤乌之符,黄金紫玉之瑞,事丰奇伟,辞富膏腴,无益经典,而有助文章。是以后来辞人,采摭英华。[①]

在内容上,纬书不足为训,但是在艺术手法上,在文采之美上,纬书是后来文学尚丽的一个重要来源。犹如一柄双刃剑,纬书有这样丽而不经、文采华美的优点,为后来辞人所学习效仿,使之成为后世文学讹滥绚丽、内容虚诞不经、想象丰富多彩的源头之一。

另外,《颂赞》《祝盟》《铭箴》《封禅》等文体论专题主要论述到上古至汉代敬天法地、宗庙祭祀、列国交政等礼仪、外交活动对文学发展的影响。这些神秘色彩极为浓厚的文体与作品,是文学"雅丽"因素的重要来源。"雅"指其内容规格,是政治制度下的产物,与王权君命息息相关,在功能上意义重大;"丽"指其祭祀言辞、敬奉亡灵与天地,是虚诞凭空的,成为后代想象力丰富、故事

---

① [清]黄叔琳注,李详补注,杨明照校注拾遗:《增订文心雕龙校注》,第41页。

虚假、言辞讹滥之"丽"的取法对象。比如《史记》记载司马相如《封禅文》一篇,《封禅》篇对其大加赞美:

> 观相如《封禅》,蔚为唱首。尔其表权舆,序皇王,炳玄符,镜鸿业;驱前古于当今之下,腾休明于列圣之上;歌之以祯瑞,赞之以介丘:绝笔兹文,固维新之作也。①

"鸿文""绝笔""维新",是刘勰对这篇文章内容功能、文采新变的赞美核心。这三点,正是与辞赋类似的"巨丽"或"新变"之作。同篇又论述扬雄《剧秦美新》文曰:

> 观《剧秦》为文,影写长卿,诡言遁辞,故兼包神怪;然骨制靡密,辞贯圆通,自称极思,无遗力矣。②

扬雄在辞赋创作上极力追摹司马相如,在封禅文的写作上同样如此。封禅文赞天美地,从李斯的七处刻石开始,就是有韵为文的美文丽文,就是讴歌皇命、兼包神怪的神秘祭祀文化的产物。班固《典引》则在原来尚丽稍过的基础上回归尚雅的正途:

---

① [清]黄叔琳注,李详补注,杨明照校注拾遗:《增订文心雕龙校注》,第295—296页。
② [清]黄叔琳注,李详补注,杨明照校注拾遗:《增订文心雕龙校注》,第296页。

《典引》所叙,雅有懿采,历鉴前作,能执厥中;其致义会文,斐然余巧。①

通观刘勰对封禅文的若干评价,可以看出以下两点:一是崇尚美丽之文,内容不雅也可以,能做到既雅且丽更好;二是文体论二十多篇,真正的排列原因,并不是"先文后笔"的有韵文与无韵文的对立,而是按照文体功能与政治功能从大到小、由重到轻的顺序来排列的。

上述纬书、祭祀类文体,均出自神秘文化与《周易》源头,可见,"河图洛书""神理设教""谁其尸之""《易》惟谈天",容易引发虚诞浮夸之风。在理论起源的哲学意义上,神秘文化与《周易》是作用巨大的;在具体文学写作的历时发展过程中,神秘文化与《周易》产生的这些文体往往是"丽而不雅",以负面形象出现的。

①[清]黄叔琳注,李详补注,杨明照校注拾遗:《增订文心雕龙校注》,第296页。

第三章　史传文学的影响

　　《文心雕龙·风骨》篇论述"确乎正式"的写作方法时，主张"熔铸经典之范，翔集子史之术"，强调从儒家经典、诸子著作与历代史传文学中博采养分，为我所用。笔者以为：思想取法极为驳杂的《文心雕龙》，其理论渊源主要是儒家与诸子思想，除此之外，还应该从史传文学中去探寻其理论渊源。这一思路，有的研究者已经进行过初步尝试，比如曾论述到班固《汉书·艺文志》与沈约《宋书·乐志》对《文心雕龙》的影响，但这方面的研究并未正式展开。

　　通读《文心雕龙》，史传文学对雅丽文学思想的影响是全方位的，主要可以从以下几个方面来进行考量：一是作为全书理论建构与关键术语的取材之源，如"雅丽""雅""丽"等众多论述的词源，以及论道百家的思想源泉，材料极为丰富；二是作为全书"原始以表末"论文方法的渊源；三是由此建立起以"商周丽而雅"为折中范式的文学史论观；四是贯通运用《春秋》史传笔法于论述之中。现简论于下：

第一节 "雅丽"词源与史传运用情况

词典中的"雅丽"一词，有两种词性：一种是形容词，意指高雅优美，雅正华丽，东汉蔡邕《玄文先生李子材铭》中的"经纬是综，雅丽是分"，是"雅丽"作为形容词第一次在古代文献典籍的运用；第二种是名词，指高雅优美的事物，唐颜真卿《刻清远道士诗因而继作》诗云："客有神仙者，于兹雅丽陈。"这里的雅丽，指的是仙界雅致美丽的事物。不管是哪一种词性，哪一种含义，都含有高雅美丽之义，均用于审美评论。

笔者翻检史书之后发现：正史中分论雅、丽的情况非常多，例证以千百计。论雅有雅诗、雅乐、雅歌、雅正、雅言、雅怀等，用于音乐、文学、身份、地位、言行、举止、服饰或人物品藻等各种对象，也用于上层人士为主的社会各个阶层；推而广之，在历代文论、书论、画论、乐论中同样层出不穷，汉、唐、明代是正向阐述雅论的三大高峰，六朝则是逆向回归雅论的主要历史时期。论丽则有丽人、丽室、丽辞、丽文、靡丽、清丽、绮丽等，用于各类事物、人称、文章或文学风格审美批评；在历代文论、书论、画论、乐论的运用中提炼其整体使用的特点，则汉魏雅丽、六朝绮丽、唐代壮丽、宋代清丽①。雅、丽论之历史发展脉络在各类文学艺术部类中有着共同特点：文学理论中的雅、丽论，与书画、音乐理论中的雅、丽论是相通的，它们的高峰期都在汉唐时期，六朝则是其逆向发展的上下津梁。其余如风骨、格调、性情诸说也具有适用于各部类文艺理论的特点。由此可知，古代文论与艺术理论虽有部类之别，但整体上是相互贯通的。

史传、艺术理论中的雅论与丽论均有《文心雕龙》雅、丽之文或雅、丽之美在内的含义，尤其是雅正的思想，很多例子直接与儒家礼乐教化挂钩，是《文心雕龙》雅正之乐、雅正之文、高雅之美的词源之一。因上述材料太多，在此不展开征引。

在《宋史》前的史传文学中，将"雅丽"合观的材料共有四条，分别是：

1.《南史·列传第三十八·陆慧晓传》："三子：僚、任、倕并有美名，时人谓之三陆。初授慧晓兖州，三子依次第各作一让表，辞并雅丽，时人叹伏。"②陆晓慧三个儿子各自写了一篇让表，文辞"雅丽"，说的是行文措辞的特点，这与《文心雕龙》论述儒家经典风格的"雅丽"之美

①2012年7月，笔者进入四川大学进行专职博士后锻炼，从历史文献学角度出发，阅读、整理了先秦至清代的文论、书论、画论、乐论，形成了充分的资料基础。以雅、丽术语为例，搜集材料近四千条，在严格地归纳整理之后，提出此说。
②[唐]李延寿：《南史》（影印本），第1192页。

虽然近似,但并不相同,前者偏向于微观层面,后者偏向于宏观层面。

2.《北史·列传第二十一·李顺传·附李希远传》:"希远弟希宗,字景玄。性宽和,仪貌雅丽,有才学。……希宗长子祖升,仪容瑰丽,垂手过膝,文学足以自通。"①本则材料中的"仪貌雅丽"与"仪容瑰丽"近似,均指男性的长相与仪表之美,他们是美男子,这与《战国策·齐策》之名篇《邹忌讽齐王纳谏》中形容邹忌"形貌昳丽"的说法如出一辙,是古已有之的"美容"修饰技法。

3.《魏书·列传第二十四·李顺传·附李希远传》:"希远第二弟希宗,字景玄。出后宪兄。性宽和,仪貌雅丽,涉猎书传,有文才。"②将本则材料与上一则材料比较来看,《北史》"仪貌雅丽"之说,源于此处,形容男性的长相之美。

4.《旧唐书·列传第一百四十·文苑传上·杨炯传》:"则天初……如意元年七月望日,宫中出盂兰盆,分送佛寺,则天御洛南门,与百僚观之。炯献《盂兰盆赋》,词甚雅丽。"③武则天执政年间,文人杨炯献《盂兰盆赋》一文,"词甚雅丽",指的是该文行文措辞用语雅丽,也有文风雅丽之意,与第一则近似。《钦定四库全书总目提

---

①[唐]李延寿:《北史》(影印本),北京:中华书局,1997年版,第1216页。

②[北朝·北齐]魏收:《魏书》(影印本),第836页。

③[后晋]刘昫等:《旧唐书》(影印本),北京:中华书局,1997年版,第5003页。

要》则以为"炯之丽制,不止此篇",并谓其"词章瑰丽,由于贯穿典籍,不止涉猎浮华"。对他的作品整体评价很高。不止文学创作,杨炯的文艺观点也表现了"贯穿典籍,不止涉猎浮华"的特点,他所作之《王勃集序》,对王勃改革当时淫靡文风的创作实践评价很高,反映了初唐四杰有意识地改革当时文风的要求。这表明:六朝文学发展到隋唐之际,仍然以浮华轻艳为主要风格,对杨炯作品"雅丽""瑰丽"之评,实际上是针对当时文风而发,这与刘勰直陈齐梁文风时弊所面临的局面是十分相似的。

上述四条材料,第二、三条运用雅丽来论人之美,第一、四条则用来论述文辞之美,这是人物品藻之词汇转化运用于文学批评的生动案例。其中论述文辞雅丽的材料,与刘勰《文心雕龙》"圣文雅丽,衔华佩实"说是直接相关联的用法,二者的区别在于:史传文学中的文辞雅丽之说,是一个笼统的说法;刘勰论述儒家经典圣文雅丽之说,是进行了"衔华佩实"的总结性概括——华与实之间,包含着形式与内容的表里之别,也有同时重视内容与形式之美的意思——整体上看,作为文论专著的《文心雕龙》,远比史传文学细致、精准。

第二节　复古商周的文学史观

全书"原始表末"写法的一大收获,是在纵览历代文学发展史的基础上，提出了复古商周的文学史观。这与全书尊崇的周代儒家政教制度有直接关系，也与伟大导师、伟大作家孔子有直接关系。孔子提倡"郁郁乎文"的文学尚美主张与"吾从周"的文学复古范式，这对刘勰建立秩序化理想化的文学理论，对于刘勰提倡"商周丽而雅"的典范文风与学习范式，尤其对《文心雕龙》一书的文学史观念提供了标准。子曰："周监于二代。郁郁乎文哉，吾从周。"（《论语·八佾》）孔子认为周代文学文采斐然，是他学习的对象。《孔子世家》点明了孔子取法周代文学的原因：

　　孔子之时，周室微而礼乐废，诗书缺。追迹三代之礼，序书传，上纪唐虞之际，下至秦缪，编次其事。曰："夏礼吾能言之，杞不足征也。殷礼吾能言之，宋不足征也。足，则吾能征之矣。"观殷夏所损益，曰："后虽百世可知也，以一文一质。周监二代，郁郁乎文哉。吾从周。"故书传、礼记自孔氏。[①]

孔子在"追迹三代之礼，序书传，上纪唐虞之际，下至秦缪，编次其事"的删述经典的过程中，对上古三代以至于夏商周三代的文学发展做出了自己的评鉴。在孔子看

---

①［汉］司马迁：《史记》（影印本），第 1935–1936 页。

来,殷夏两代的文风,"一文一质",商代比夏代趋向于有文采,而文学发展到了周代,文采更加缛丽,呈现出"郁郁乎文哉"的特点。孔子是愿意选择文采郁郁的周代文学为典范的,"吾从周"的主张,是他"周之德,其可谓至德也已夫"(《论语·泰伯》)思想在文学上的反映,既带有复古到文王周公时代的主张,也有他面对文学新变由质趋文现象的肯定。

孔子不是一味地复古,而是正确地看到了文学新变带来的华丽变化,文学"质文"交加,与他论述人的内外修养"文质彬彬"的标准是一致的。《论语·雍也》:"子曰:'质胜文则野,文胜质则史。文质彬彬,然后君子。'"这段话本来说的是人的修养问题。"质"是朴素的本质,"文"是人类给自己加上去的许多经验与见解。人类本质必须加上文化的修养,才能离开野蛮时代,走上文明社会的轨道。孔子提出"质胜文则野",完全顺着人的本质发展,文化浅薄,则流于落后野蛮;而"文胜质则史"则指出,如果掩饰了人的善良本质,人就会变得虚伪浮华。所以孔子说:"文质彬彬,然后君子。"后天文化的熏陶与人性本有的敦厚朴素的气质互相均衡了,才是真正的君子。就孔子本意来说,他是在人的修养上倾向于"质"的,子曰:"刚毅木讷,近仁。"(《论语·颜渊》)孔子更重视内质刚毅、言辞木讷的个性。将这样的标准移用到文学的发展上,在质朴基础上发展而来的周代文学文采翁

郁是孔子喜欢的类型。《文心雕龙·征圣》篇记载了一
个责难孔子文采过度而不成的例子，可以看到文质变化
过程中两种观念的交锋："颜阖以为，仲尼饰羽而画，徒
事华辞。虽欲訾圣，弗可得已。"①关于颜阖"訾圣"一事，
见于《庄子·列御寇》：

> 　　鲁哀公问乎颜阖曰："吾以仲尼为贞干，国其有
> 瘳乎？"曰："殆哉圾乎！仲尼方且饰羽而画，从事华
> 辞，以支为旨，忍性以视民而不知不信；受乎心，宰乎
> 神，夫何足以上民！彼宜女与？予颐与？误而可矣。
> 今使民离实学伪，非所以视民也，为后世虑，不若休
> 之。难治也。"②

颜阖诋毁孔子可以说不遗余力，他说孔子一心想着粉饰
装扮、追求和讲习虚伪的言辞，没有诚信，难以治国，等于
是在鲁哀公面前把孔子的政治前途堵死了，其用心与晏
子向齐景公分析儒家难以治国③完全不一样，是直接地
乱说。所以孔子说："恶利口之覆家邦也。"（《论语·阳
货》）并对"巧言令色"的家伙多次批评。孔子文学观明

———————

① ［清］黄叔琳注，李详补注，杨明照校注拾遗：《增订文心雕龙校注》，第18页。
② 陈鼓应注译：《庄子今注今译》，第841页。
③ 事见《史记·孔子世家》。齐景公非常欣赏孔子的治国策略，准备重用
　　他。这时候晏子站出来，向景公分析了儒家治国难以成功的原因。这种
　　分析是建立在理性基础之上的，与颜阖诋毁孔子不一样。

显尚丽,追求美文。颜阖借此诋毁他的政治水准。面对若干诋毁,孔子门人站出来做过论战:

> 叔孙武叔毁仲尼,子贡曰:"无以为也。仲尼,不可毁也。他人之贤者,丘陵也,犹可逾也。仲尼,日月也,无得而逾焉。人虽欲自绝,其何伤于日月乎? 多见其不知量也。"①

叔孙武叔毁谤仲尼。子贡说:"不要这样做啊! 仲尼是毁谤不了的。"子贡还说:"夫子之不可及也,犹天之不可阶而升也。"(《论语·子张》)学生们敬仰孔子,把他比作日月上天,将别人对老师的责难挡了回去。

孔子"吾从周"的思想深刻地影响到了《文心雕龙》的文学发展史观念。《通变》篇说:

> 是以九代咏歌,志合文则。黄歌《断竹》,质之至也;唐歌在昔,则广于黄世;虞歌《卿云》,则文于唐时;夏歌《雕墙》,缛于虞代;商周篇什,丽于夏年。至于序志述时,其揆一也。暨楚之骚文,矩式周人;汉之赋颂,影写楚世;魏之篇制,顾慕汉风;晋之辞章,瞻望魏采。榷而论之,则黄唐淳而质,虞夏质而

———————

① [魏]何晏等注,[宋]邢昺疏:《论语注疏》,第 2533 页。

辨,商周丽而雅,楚汉侈而艳,魏晋浅而绮,宋初讹而
新。从质及讹,弥近弥澹。何则？竞今疏古,风末气
衰也。[①]

本篇所建立的文学时代风格演化脉络,是在孔子文学史
观的基础上发展而成的。刘勰以"商周丽而雅"为基本
准则衡量文学史,在此之前倾向于质朴充实,之后则越
来越华美轻艳。《时序》篇"蔚映十代,辞采九变"的"文
质"变化史,还是以此为准绳的。

《通变》篇以商周"雅丽"文风折衷观照九代文风,清
晰映照出"从质及讹"的文风流变,深刻体察到"竞今疏
古"的学习弊端。因此提出"矫讹翻浅,还宗经诰"的拯
救原则,就是复归到五经典雅中正的文风上去。五经,是
经周公、孔子确立、删述、重构的商周以来的优秀文学遗
产。对于文学发展由质朴到华丽,乃至圣人对于华丽过
度的救弊之举,《原道》篇就有论述:

> 自鸟迹代绳……唐虞文章,则焕乎始盛。……
> 夏后氏兴,业峻鸿绩,九序惟歌,勋德弥缛。逮及商
> 周,文胜其质,《雅》《颂》所被,英华日新。文王患
> 忧,繇辞炳耀,符采复隐,精义坚深。……至若夫子

---

① [清]黄叔琳注,李详补注,杨明照校注拾遗:《增订文心雕龙校注》,第397页。

继圣,独秀前哲,熔钧六经,必金声而玉振;雕琢性
情,组织辞令,木铎起而千里应,席珍流而万世响,写
天地之辉光,晓生民之耳目矣。①

"唐虞文章,焕乎始盛",文学开始发展起来;"夏后氏
兴","勋德弥缛",文学呈现出逐渐缛丽的现象;"逮及商
周","英华日新","文胜其质",出现了孔子所说的"郁郁
乎文哉"的现象。三代文学,显示了从质及文的演化历史。
经过文王对先天八卦的推演与周公"制诗缉颂"的创作
(按:实为搜集与整理)实践,文学发展找到了以儒家为主
的正途。在这个基础上,孔子应运而生,"熔钧六经",重
构经典,使六经之圣文,具有"衔华佩实"的雅丽文风,"义
固为经,文亦足师",成为"辞义温雅"的"万代之仪表"。

《文心雕龙》全书充满了对周代文学的崇敬之情,刘
勰除了在《章表》篇里直接引用了孔子"周监二代,文理
弥盛"的话,还在全书中数十次论述到商周文学,以及专
门谈到《周礼》《周书》、文王、周公和周代作家上百次,从
整个时代、圣人代表、作家作品等几方面进行了深刻的
论述。以下举例证之。

第一,是泛论"商周丽而雅"的整体文学特点,以及
对后代文学的垂范作用。

---

① [清]黄叔琳注,李详补注,杨明照校注拾遗:《增订文心雕龙校注》,第1-2页。

《原道》:逮及商周,文胜其质,《雅》《颂》所被,英华日新。文王患忧,繇辞炳耀,符采复隐,精义坚深。重以公旦多材,振其徽烈,制诗缉颂,斧藻群言。①

《正纬》:商周以前,图箓频见;春秋之末,群经方备:先纬后经,体乖织综,其伪四矣。②

《明诗》:自商暨周,《雅》《颂》圆备,四始彪炳,六义环深。子夏鉴绚素之章,子贡悟琢磨之句,故商赐二子,可与言《诗》矣。③

《史传》:至邓璨《晋纪》,始立条例。又摆落汉魏,宪章殷周,虽湘川曲学,亦有心典谟。及安国立例,乃邓氏之规焉。④

《通变》:商周篇什,丽于夏年。⑤

《通变》:商周丽而雅。⑥

《才略》:商周之世,则仲虺垂诰,伊尹敷训;吉甫之徒,并述《诗》《颂》:义固为经,文亦足师矣。⑦

孔子认为商周文学趋向于文,夏代文学趋向于质,商周

①［清］黄叔琳注,李详补注,杨明照校注拾遗:《增订文心雕龙校注》,第2页。
②［清］黄叔琳注,李详补注,杨明照校注拾遗:《增订文心雕龙校注》,第41页。
③［清］黄叔琳注,李详补注,杨明照校注拾遗:《增订文心雕龙校注》,第64页。
④［清］黄叔琳注,李详补注,杨明照校注拾遗:《增订文心雕龙校注》,第207页。
⑤［清］黄叔琳注,李详补注,杨明照校注拾遗:《增订文心雕龙校注》,第397页。
⑥［清］黄叔琳注,李详补注,杨明照校注拾遗:《增订文心雕龙校注》,第397页。
⑦［清］黄叔琳注,李详补注,杨明照校注拾遗:《增订文心雕龙校注》,第573-574页。

文学整体上"丽而雅",所以孔子评价为"郁郁乎文",显示出了尚丽尚美的文学观念。刘勰《文心雕龙》顺着这个思路展开论述。商周时代是《诗》之《雅》《颂》大量涌现的时候,因为《诗》在后来政教外交场合的重要作用,以及周公"制诗缉颂"、树《诗》为经典,使得"英华日新"的文学新变与文采华美的《雅》《颂》之作成为商周文学的代表。同时,儒家经典文献《书》《礼》《易》《春秋》也在这段时间先后产生,尤其是《书》在史记文学体裁的启蒙作用,一直影响到后代史传文学的写作,以至于邓璨写作《晋纪》的时候,也是"摆落汉魏"而向"典谟"取法的。合观《文心雕龙》对商周文学的评价,充满赞美之情,认为这段时间的文学"丽而雅",是文质彬彬的典范,是《诗》《书》致用的典范,是后代文学趋向华美而务必回头正本清源的取法所在。

第二,论述商代文学在文体创造方面的继承作用与启蒙作用,往往向前与夏代文学合观:

> 《颂赞》:颂者,容也,所以美盛德而述形容也。昔帝喾之世,咸黑为颂,以歌《九招》。自《商颂》以下,文理允备。①
>
> 《颂赞》:夫化偃一国谓之风,风正四方谓之雅,

①[清]黄叔琳注,李详补注,杨明照校注拾遗:《增订文心雕龙校注》,第107-108页。

容告神明谓之颂。风雅序人,事兼变正;颂主告神,义必纯美。鲁国以公旦次编,商人以前王追录,斯乃宗庙之正歌,非宴飨之常咏也。①

《祝盟》:至于商履,圣敬日跻。玄牡告天,以万方罪己,即郊禋之词也;素车祷旱,以六事责躬,即雩禜之文也。②

《铭箴》:箴者,所以攻疾防患,喻针石也。斯文之兴,盛于三代。《夏》《商》二箴,余句颇存。③

《诔碑》:诔者,累也,累其德行,旌之不朽也。夏商以前,其词靡闻。④

《史传》:古者,左史记事者,右史记言者。言经则《尚书》,事经则《春秋》。唐虞流于典谟,商夏被于诰誓。⑤

《文心雕龙》独列“论文叙笔”的文体论二十篇,从这个角度看,显示了刘勰对于文学发展史的重视程度。许多问题和理论的阐释,都是在具体的文体发展史中进行的。商代文学前承三代、夏代,在文体发展史上占据了重要地位。刘勰认为:“颂”“祝”二体在商代成熟起来,“诔”体在商代

①[清]黄叔琳注,李详补注,杨明照校注拾遗:《增订文心雕龙校注》,第108页。
②[清]黄叔琳注,李详补注,杨明照校注拾遗:《增订文心雕龙校注》,第122页。
③[清]黄叔琳注,李详补注,杨明照校注拾遗:《增订文心雕龙校注》,第140页。
④[清]黄叔琳注,李详补注,杨明照校注拾遗:《增订文心雕龙校注》,第154页。
⑤[清]黄叔琳注,李详补注,杨明照校注拾遗:《增订文心雕龙校注》,第205页。

正式形成，"箴"体在商代得以保存，《尚书》中的"诰""誓"二体在商代非常兴盛。商代文学主要的价值功能是保存了上古文体与形成新的文体，在文体发展史上作用巨大。刘勰并不赞美商代文学，这或许与孔子征圣文王作《易》、赞美周公定六经有关。因为商代没有出色的儒家圣人被孔子尊崇过，反倒是上古尧舜被孔子提及较多，而刘勰征圣、宗经、论文的观念与孔子一致。由此可见，断代文学的兴盛，一定要与出色的作家、政治家相联系，所以尽管商代历经五百余年，文学成就却没有得到《文心雕龙》较高的单独评价，这与周代文学的崇高地位迥然不同。

第三，对周代文学的极高褒扬，这与孔子"吾从周"的文学理想高度一致。《文心雕龙》赞美周代文学不遗余力，从整体风貌、文体发展、经典作家、经典作品、典型意义等角度列出了数十条论述意见。可归纳于下：

1. 论述以五经为首的周代文学在创作技法上的整体特点与垂范作用：

> 《征圣》：故知繁略殊形，隐显异术，抑引随时，变通适会，征之周孔，则文有师矣。[1]

《文心雕龙》全书充满着浓厚的宗经色彩，对于五经，刘

---

[1][清]黄叔琳注，李详补注，杨明照校注拾遗：《增订文心雕龙校注》，第17页。

飖不吝褒赞之词。常常在论述到后代文学不能正确新变的时候,就主张"还宗经诰""熔铸经典""必先雅制""隐括雅俗""正末归本"等。论述风格,以儒门"典雅"为宗;论述习染,以模拟经典为式;论述技法,以《诗》兴《骚》比为例,如此等等。一个重要的原因是,经典在写作技法上做到了"繁略殊形,隐显异术,抑引随时,变通适会",这是其他文献或文学作品不能望其项背的。六经成于周公编订,经孔子镕均,是百世不易的万代仪表。具体体现在如下几个方面:

在内容上:

> 《宗经》:《易》惟谈天,入神致用。故《系》称:旨远辞文,言中事隐。韦编三绝,固哲人之骊渊也。《书》实记言,而训诂茫昧,通乎《尔雅》,则文意晓然。故子夏叹《书》:"昭昭若日月之明,离离如星辰之行",言昭灼也。《诗》主言志,诂训同《书》,摛风裁兴,藻辞谲喻,温柔在诵,故最附深衷矣。《礼》以立体,据事制范,章条纤曲,执而后显,采掇片言,莫非宝也。《春秋》辨理,一字见义:五石六鹢,以详略成文;雉门两观,以先后显旨。其婉章志晦,谅已邃矣。①

---

①[清]黄叔琳注,李详补注,杨明照校注拾遗:《增订文心雕龙校注》,第26页。

在功能上：

《宗经》：三极彝训，其书曰经。经也者，恒久之至道，不刊之鸿教也。故象天地，效鬼神，参物序，制人纪，洞性灵之奥区，极文章之骨髓者也。①

《宗经》：后进追取而非晚，前修久用而未先：可谓太山遍雨，河润千里者也。②

在风格上：

《征圣》：或简言以达旨，或博文以该情，或明理以立体，或隐义以藏用。故《春秋》一字以褒贬，丧服举轻以包重，此简言以达旨也。《邠诗》联章以积句，《儒行》缛说以繁辞，此博文以该情也。《书》契决断以象《夬》，文章昭晰以象《离》，此明理以立体也。四象精义以曲隐，五例微辞以婉晦，此隐义以藏用也。③

在文体演变史上：

《宗经》：故论说辞序，则《易》统其首；诏策章

---

① [清]黄叔琳注，李详补注，杨明照校注拾遗：《增订文心雕龙校注》，第26页。
② [清]黄叔琳注，李详补注，杨明照校注拾遗：《增订文心雕龙校注》，第27页。
③ [清]黄叔琳注，李详补注，杨明照校注拾遗：《增订文心雕龙校注》，第17页。

奏,则《书》发其源;赋颂歌赞,则《诗》立其本;铭诔
箴祝,则《礼》总其端;记传盟檄,则《春秋》为根:并
穷高以树表,极远以启疆,所以百家腾跃,终入环内
者也。[①]

在创作原理与审美特征上:

《宗经》:故文能宗经,体有六义:一则情深而不
诡,二则风清而不杂,三则事信而不诞,四则义贞而
不回,五则体约而不芜,六则文丽而不淫。扬子比雕
玉以作器,谓五经之含文也。[②]

因为《文心雕龙》全面地论述了五经在写法、功能、风格、
审美、影响等方面的典型意义,所以后来的文学发展,必
须以儒家经典为准绳。符合这个要求的,就是好的发展;
不合这个要求的,就是不良的发展;由此定下全书文学
与美学理论的基调。所以詹福瑞、李建中、孙蓉蓉等研究
者认为《宗经》篇才是《文心雕龙》"枢纽"论的核心,进
而成为全书理论的核心。笔者同意这个意见,并认为:从
《宗经》这个核心推演开来,可以肯定地看到刘勰《文心
雕龙》文学思想以儒家为主导这一事实。而对于《体性》

①[清]黄叔琳注,李详补注,杨明照校注拾遗:《增订文心雕龙校注》,第27页。
②[清]黄叔琳注,李详补注,杨明照校注拾遗:《增订文心雕龙校注》,第27页。

风格"八体"之渊源,徐复观先生认为"其中有五体是从五经当中流出的",这五体是:"典雅"出于五经的整体风貌,"远奥"出于"隐义以藏用","精约"出于"简言以达旨","繁缛"出于"博文以该情","显附"出于"明理以立体"。显然,徐先生的意见是以为"八体"出于五经文体风格论。从文体特征的角度看,这个说法是有道理的。也有研究者认为八体出于《周易》文王八卦,这是从《文心雕龙》风格论的哲学渊源角度来看的。二者各成其说,皆有可取之处。

2. 论述周代文学在文体发展史上承上启下的作用,这是周代文学的一个重要价值,也是篇幅最长、内容最多的部分:

> 《祝盟》:在昔三王,诅盟不及,时有要誓,结言而退。周衰屡盟,以及要劫,始之以曹沫,终之以毛遂。①
>
> 《铭箴》:及周之辛甲,百官箴一篇,体义备焉。②
>
> 《诔碑》:周世盛德,有铭诔之文。大夫之材,临丧能诔。诔者,累也,累其德行,旌之不朽也。夏商以前,其词靡闻。周虽有诔,未被于士。③

---

① [清]黄叔琳注,李详补注,杨明照校注拾遗:《增订文心雕龙校注》,第123页。
② [清]黄叔琳注,李详补注,杨明照校注拾遗:《增订文心雕龙校注》,第140页。
③ [清]黄叔琳注,李详补注,杨明照校注拾遗:《增订文心雕龙校注》,第154页。

《诔碑》:若夫殷臣诔汤,追褒玄鸟之祚;周史歌文,上阐后稷之烈:诔述祖宗,盖诗人之则也。①

《诔碑》:周穆纪迹于弇山之石,亦古碑之意也。②

《史传》:自周命维新,姬公定法,绁三正以班历,贯四时以联事。诸侯建邦,各有国史,彰善瘅恶,树之风声。③

《诏策》:戒敕为文,实诏之切者;周穆命郊父受敕宪,此其事也。④

《檄移》:昔有虞始戒于国,夏后初誓于军,殷誓军门之外,周将交刃而誓之。故知帝世戒兵,三王誓师,宣训我众,未及敌人也。至周穆西征,祭公谋父称古有威让之令,令有文告之辞,即檄之本源也。⑤

《书记》:故谓谱者,普也。注序世统,事资周普。郑氏谱《诗》,盖取乎此。⑥

《书记》:券者,束也。明白约束,以备情伪,字形半分,故周称判书。⑦

---

① [清]黄叔琳注,李详补注,杨明照校注拾遗:《增订文心雕龙校注》,第155页。
② [清]黄叔琳注,李详补注,杨明照校注拾遗:《增订文心雕龙校注》,第155页。
③ [清]黄叔琳注,李详补注,杨明照校注拾遗:《增订文心雕龙校注》,第205页。
④ [清]黄叔琳注,李详补注,杨明照校注拾遗:《增订文心雕龙校注》,第266页。
⑤ [清]黄叔琳注,李详补注,杨明照校注拾遗:《增订文心雕龙校注》,第281页。
⑥ [清]黄叔琳注,李详补注,杨明照校注拾遗:《增订文心雕龙校注》,第347页。
⑦ [清]黄叔琳注,李详补注,杨明照校注拾遗:《增订文心雕龙校注》,第348页。

《章句》:五言见于周代,《行露》之章是也;六言七言,杂出《诗》《骚》,而体之篇成于两汉:情数运周,随时代用矣。①

从上述论述来看,盟体因为政治格局的混乱,显得非常衰落;箴体在周代几乎不存;铭、诔两体因为"盛德"之故,在周代极为兴盛;碑体与史记在周代才刚刚兴起;檄体源于周代战争"文告之辞";诏体起于周王口谕;谱体受周谱影响很大,券体源于周代判书;五言诗歌在周代开始出现,商周《诗》中还间或有六言、七言杂出的杂言诗,刘勰从这一现象中总结出了文学"情数运周"而有断代之分的规律。相比于商代文学对文体发展史的贡献,周代文学具有如下几个明显特征:一是文体种类大大增加,显示了文学繁荣昌盛的发展特点;二是许多新兴的文体都与国家战争、政治、君王号令有关,这实际上暗示了文学发展必然受到政治影响的外在规律,《时序》篇就专门为此而作;三是文体有盛就有衰,一些衰落的文体在周代处于消失状态,这是文学发展符合自然兴衰的规律所致,暗中与新变、代谢的自然之道相合;四是通过文体演化,可以看出文学发展"随时代用"的决定性因素,没有实用价值的文体,会被逐渐淘汰掉;五是周代文学

———————

① [清]黄叔琳注,李详补注,杨明照校注拾遗:《增订文心雕龙校注》,第441页。

的兴盛局面,主要是以应用文为主构成的。当然,我们必须强调的一个观念是:所谓的周代"文学",是指应用文与《诗》并称的泛文体概念,不是专门的纯文学概念。

3.论述周代文学的整体风貌:

《征圣》:远称唐世,则焕乎为盛;近褒周代,则郁哉可从:此政化贵文之征也。[1]

《铭箴》:夏铸九牧之金鼎,周勒肃慎之楛矢,令德之事也。[2]

《章表》:周监二代,文理弥盛。[3]

在刘勰笔下,周代文学整体上是"郁哉可从""文理弥盛"的,背后的推动因素是"令德之事"。显然,这是孔子"周监二代,郁郁乎文"以及对文王、周公令德赞美的翻版。

4.分析周代文学兴旺发达的制度化、规范化原因:

《祝盟》:及周之太祝,掌六祝之辞。是以"庶物咸生",陈于天地之郊;"旁作穆穆",唱于迎日之拜;"夙兴夜处",言于祔庙之祀;"多福无疆",布于少牢之馈;宜、社、类、祃,莫不有文:所以寅虔于神祇,严

---

[1][清]黄叔琳注,李详补注,杨明照校注拾遗:《增订文心雕龙校注》,第17页。
[2][清]黄叔琳注,李详补注,杨明照校注拾遗:《增订文心雕龙校注》,第139页。
[3][清]黄叔琳注,李详补注,杨明照校注拾遗:《增订文心雕龙校注》,第306页。

恭于宗庙也。①

《祝盟》：又汉代山陵，哀策流文；周丧盛姬，内史执策。②

《诏策》：虞重纳言，周贵喉舌；故两汉诏诰，职在尚书。③

《奏启》：若乃按劾之奏，所以明宪清国。昔周之太仆，绳愆纠谬；秦之御史，职主文法；汉置中丞，总司按劾。④

刘勰以为，周代文学之所以兴盛，一个非常重要的原因是制度化、秩序化，在国家政治活动中极为重视文学事业的发展。虽然文学仍然依附于政治，但是，这种规范有序的制度，大大推动了文学事业的兴旺发达，在历史上，只有汉代才可以与周代相媲美。因此，《文心雕龙》书中对文学史的论述，往往以政治有道无道、是否尊崇儒学为依据，认为礼乐政教制度完善并得以执行的时代，其文学必然昌盛；并在书中提出建立秩序化、理想化的文学发展模式，这就是：复归商周，宗经征圣，以"圣文雅丽，衔华佩实"为创作标准与审美标准，对文学新变进行

① [清]黄叔琳注，李详补注，杨明照校注拾遗：《增订文心雕龙校注》，北京：中华书局，2000年版，第122-123页。
② [清]黄叔琳注，李详补注，杨明照校注拾遗：《增订文心雕龙校注》，第123页。
③ [清]黄叔琳注，李详补注，杨明照校注拾遗：《增订文心雕龙校注》，第265页。
④ [清]黄叔琳注，李详补注，杨明照校注拾遗：《增订文心雕龙校注》，第318页。

正确地指引和规范,改变"文辞讹滥""流弊不还"的文坛现状。

5.论述文学发展承前启后的规律、周代文学对后代文学发展的影响:

《明诗》:汉初四言,韦孟首唱;匡谏之义,继轨周人。①

《通变》:至于序志述时,其揆一也。暨楚之骚文,矩式周人。②

6.将周代文学与近当代文学作对比,得出今不如昔的结论:

《比兴》:若斯之类,辞赋所先;日用乎比,月忘乎兴:习小而弃大,所以文谢于周人也。③

以上两条,其核心意义在于对周代文学继续赞美,指出周代文学对后代诗歌、辞赋体裁发展的影响,同时包含如下几个意见:一是"诗可以怨"的匡谏之义对汉代诗歌的影响;二是"楚之骚文,矩式周人",是指班固"赋者,古

①［清］黄叔琳注,李详补注,杨明照校注拾遗:《增订文心雕龙校注》,第64页。
②［清］黄叔琳注,李详补注,杨明照校注拾遗:《增订文心雕龙校注》,第397页。
③［清］黄叔琳注,李详补注,杨明照校注拾遗:《增订文心雕龙校注》,第457页。

诗之流也"的骚从《诗》出的意见;三是在创作手法上,
"比显而兴隐",汉赋用"比"太多,其文"丽淫",不如
《诗》之比兴兼备而有"丽则"之美。于此,刘勰再次将汉
赋"丽辞雅义"的创作标准在写作方法的得失问题上渗
透进来。

7. 论述杰出作家与政治家周公、孔子对后代文学的
影响:

《征圣》:征之周孔,则文有师矣。①

《颂赞》:《时迈》一篇,周公所制;哲人之颂,规
式存焉。②

《铭箴》:周公慎言于金人,仲尼革容于欹器:则
先圣鉴戒,其来久矣。③

《史传》:史肇轩黄,体备周、孔。④

《论说》:说之善者,伊尹以论味隆殷,太公以辨
钓兴周。⑤

出于建立征圣、宗经的文论体系目的,出于对周代文学
赞美的目的,出于为后代文学树立极则的目的,《文心雕

---

① [清]黄叔琳注,李详补注,杨明照校注拾遗:《增订文心雕龙校注》,第 17 页。
② [清]黄叔琳注,李详补注,杨明照校注拾遗:《增订文心雕龙校注》,第 108 页。
③ [清]黄叔琳注,李详补注,杨明照校注拾遗:《增订文心雕龙校注》,第 139 页。
④ [清]黄叔琳注,李详补注,杨明照校注拾遗:《增订文心雕龙校注》,第 208 页。
⑤ [清]黄叔琳注,李详补注,杨明照校注拾遗:《增订文心雕龙校注》,第 247 页。

龙》对参与五经制作、删述的代表人物周公与孔子二人给予了最高级别的褒赞。对周公,刘勰认为他留下了《颂赞》《史传》文体的经典作品,留下了"金人慎言"的千年美誉,是后代"文有师矣"的典型代表;对孔子,赞美弥漫全书;对"辨钓兴周"的姜太公,给予"说之善者"的评价,这是借言论文、言文一致、言文皆丽的代表。

8. 论述周代文学的杰出作品对后代的影响或其理论价值作用,这种情况又分为三类意见:

一是引用《周礼》所载的文章或语句,来对应评价后代作家的创作或失误:

《诏策》:自教以下,则又有命。《诗》云:"有命自天。"明命为重也。《周礼》曰:"师氏诏王。"明诏为轻也。今诏重而命轻者,古今之变也。[①]

《书记》:刺者,达也。《诗》人讽刺,《周礼》三刺;事叙相达,若针之通结矣。[②]

《练字》:先王声教,书必同文:轺轩之使,纪言殊俗,所以一字体,总异音。《周礼》保氏,掌教六书;秦灭旧章,以吏为师。[③]

《指瑕》:又《周礼》井赋,旧有"匹马";而应劭

①〔清〕黄叔琳注,李详补注,杨明照校注拾遗:《增订文心雕龙校注》,第266页。
②〔清〕黄叔琳注,李详补注,杨明照校注拾遗:《增订文心雕龙校注》,第348页。
③〔清〕黄叔琳注,李详补注,杨明照校注拾遗:《增订文心雕龙校注》,第484页。

释"匹",或量首数蹄,斯岂辩物之要哉?①

二是引用《周易》的语句,来论述文学的创作:

> 《附会》:若首唱荣华,而媵句憔悴,则遗势郁
> 湮,余风不畅:此《周易》所谓"臀无肤,其行次
> 且"也。②

需要指出的是,据王更生先生搜集梳理,《文心雕龙》引
用《周易》达一百四十二处之多。本处所见,只不过是唯
一直接称"《周易》"的例子,仅一斑而已。

三是赞美周代文学的兴盛发达,以《诗》为主要
对象:

> 《时序》:逮姬文之德盛,《周南》勤而不怨;太王
> 之化淳,《邠风》乐而不淫。③

《文心雕龙》引《诗》一百四十一处,本处仅为其中题名为
《周南》之一处,特作说明。

---

① [清]黄叔琳注,李详补注,杨明照校注拾遗:《增订文心雕龙校注》,第501页。
② [清]黄叔琳注,李详补注,杨明照校注拾遗:《增订文心雕龙校注》,第520-521页。
③ [清]黄叔琳注,李详补注,杨明照校注拾遗:《增订文心雕龙校注》,第539页。

四是引用《周书》记载的语句,作为论述文学方法或作家修养的标准:

> 《议对》:周爰咨谋,是谓为议。议之言宜,审事宜也。《易》之《节卦》:"君子以制度数,议德行。"《周书》曰:"议事以制,政乃弗迷。"议贵节制,经典之体也。①
>
> 《风骨》:若骨采未圆,风辞未练,而跨略旧规,驰骛新作,虽获巧意,危败亦多。岂空结奇字,纰缪而成经矣。《周书》云:"辞尚体要,弗惟好异。"盖防文滥也。②
>
> 《程器》:《周书》论士,方之梓材,盖贵器用而兼文采也。③
>
> 《序志》:盖《周书》论辞,贵乎体要;尼父陈训,恶乎异端:辞训之异,宜体于要。④

刘勰引用《周书》,用于文体创作论、"风骨"创造论、"梓才"标准论、写作技巧论等几个方面,将《周书》的叙述用于写作之道的方方面面。

---

① [清]黄叔琳注,李详补注,杨明照校注拾遗:《增订文心雕龙校注》,第332页。
② [清]黄叔琳注,李详补注,杨明照校注拾遗:《增订文心雕龙校注》,第389页。
③ [清]黄叔琳注,李详补注,杨明照校注拾遗:《增订文心雕龙校注》,第598页。
④ [清]黄叔琳注,李详补注,杨明照校注拾遗:《增订文心雕龙校注》,第610页。

9. 赞美"圣历方兴"文学事业之鼎盛：

> 《时序》：今圣历方兴，文思光被；海岳降神，才英秀发；驭飞龙于天衢，驾骐骥于万里。经典礼章，跨周轹汉；唐虞之文，其鼎盛乎！鸿风懿采，短笔敢陈？疭言赞时，请寄明哲！①

当前，"龙学"界普遍的意见是认为刘勰在此赞美的是"皇齐御宝"，周绍恒等先生则认为《文心雕龙》成书于梁代，刘勰赞美的是梁武帝。不论是齐是梁，刘勰均显示了极高的写作策略意识与避讳原则。作家活在当下，必然尊重当下。钟嵘《诗品》也是这样，不论当代，只追往古。其说曰：

> 方今皇帝，资生知之上才，体沈郁之幽思，文丽日月，赏究天人。昔在贵游，已为称首。况八纮既奄，风靡云蒸，抱玉者联肩，握珠者踵武。以瞰汉魏而不顾，吞晋宋于胸中。谅非农歌辕议，敢致流别。嵘之今录，庶周旋于间里，均之于谈笑耳。②

说来说去，就是担心自己品鉴不周，得罪了人，那岂不糟

---

① [清]黄叔琳注，李详补注，杨明照校注拾遗：《增订文心雕龙校注》，第542页。
② 张怀瑾：《钟嵘诗品评注》，天津：天津古籍出版社，1997年版，第107页。

糕？我们当然不好说钟嵘此论是否受到刘勰为尊者讳、为尊者赞的影响，但是，钟嵘比刘勰走得更远，考虑得更周全，倒是真的：

> 一品之中，略以世代为先后，不以优劣为诠次。又其人既往，其文克定。今所寓言，不录存者。①

钟嵘品鉴流别，除了不录当下帝王，还有一个原则，"不录存者"，凡是活着的诗人作者，概不考虑。这就避免了许多得罪人的可能，更少了很多因必须避讳而不中肯、不合己意的评价。可见，一个成熟的写作研究者，不仅要为自己的理论主张寻找出路，充分论述，更要关注写作的一些禁忌，注意避讳原则与策略意识②。

第三节 《春秋》笔法，树德建言

《春秋》一书是孔子所作，《史记·儒林传·序》记载孔子著此书事："因史记作春秋，以当王法，其辞微而指博，后世学者多录焉。"③记述了《春秋》一书的资料来源、功能、风格、写法，成为泽被后世的名著。司马迁在《史

---

① 张怀瑾：《钟嵘诗品评注》，第 116 页。
② 写作禁忌、写作策略是马正平教授提出的写作学理论，特作说明。
③ [汉] 司马迁：《史记》（影印本），第 3115 页。

记·孔子世家》中对此另有详细的说明,孔子自述在政
治追求失败后,写作《春秋》一书的缘起与目的时说:

> 子曰:"弗乎弗乎,君子病没世而名不称焉。吾
> 道不行矣,吾何以自见于后世哉?"乃因史记作春
> 秋,上至隐公,下讫哀公十四年,十二公。据鲁,亲
> 周,故殷,运之三代。约其文辞而指博。故吴楚之君
> 自称王,而春秋贬之曰"子";践土之会实召周天子,
> 而春秋讳之曰"天王狩于河阳":推此类以绳当世。
> 贬损之义,后有王者举而开之。春秋之义行,则天下
> 乱臣贼子惧焉。①

除了阐释《春秋》的详细内容、写作目的与特点功能外,
孔子非常担心名节不彰,"君子病没世而名不称",不能
"自见于后世",故而著述立论,写作《春秋》,是想以此载
道之外,更能彰显名节。《文心雕龙》"树德建言"的写作
目的显然也有此意。孔子的意见对司马迁论说《春秋》
有积极的影响。司马迁精辟的见解是这样的:

> 上大夫壶遂曰:"昔孔子何为而作《春秋》哉?"
> 太史公曰:"余闻董生曰:'周道衰废,孔子为鲁司

---

① [汉]司马迁:《史记》(影印本),第 1943 页。

寇,诸侯害之,大夫雍之。孔子知言之不用,道之不行也,是非二百四十二年之中,以为天下仪表,贬天子,退诸侯,讨大夫,以达王事而已矣。'子曰:'我欲载之空言,不如见之于行事之深切著明也。'夫《春秋》,上明三王之道,下辨人事之纪,别嫌疑,明是非,定犹豫,善善恶恶,贤贤贱不肖,存亡国,继绝世,补弊起废,王道之大者也。"①

《春秋》记载历史,其根本目的是为了以史为鉴,明道治国。所以史称"春秋笔法"者,一则纪实,二则秉承儒家"怨而不怒""主文谲谏"之"义"。司马迁的这些意见,是刘勰对《春秋》艺术性与价值意义判断的重要来源。《文心雕龙》论述《春秋》之"义",是这样说的:

　　《征圣》:《春秋》一字以褒贬,丧服举轻以包重,此简言以达旨也。②
　　《宗经》:《春秋》五例。③
　　《宗经》:《春秋》辨理,一字见义:五石六鹢,以详略成文;雉门两观,以先后显旨。其婉章志晦,谅

---

① [汉]司马迁:《史记》(影印本),第3297页。
② [清]黄叔琳注,李详补注,杨明照校注拾遗:《增订文心雕龙校注》,第17页。
③ [清]黄叔琳注,李详补注,杨明照校注拾遗:《增订文心雕龙校注》,第26页。

已邃矣。①

《宗经》:《春秋》则观辞立晓,而访义方隐。②

《宗经》:记传盟檄,则《春秋》为根。③

这些集中在《征圣》《宗经》篇中的论述,可以看出刘勰对《春秋》的几个看法:一是具有言简意赅,"一字褒贬"的精约特点;二是具有"五例"的写法;三是"一字见义"之约与"婉章志晦"之隐和谐统一;四是"观辞立晓,访义方隐",并不直言;五是从《春秋》中流出了"记传盟檄"等多种文体。这些论述的核心集中在《春秋》"五例",即《春秋》的五种写作手法上。范文澜先生注"五例"曰:

杜预《春秋左氏传序》:"为例之情有五:一曰微而显;二曰志而晦;三曰婉而成章;四曰尽而不污;五曰惩恶而劝善。"④

"微而显"即"一字见义"之精约昭明;"志而晦""婉而成章"即"婉章志晦"之隐义婉约;"尽而不污"即实录史记;"惩恶劝善"即因"一字褒贬"而使"乱臣贼子惧"的警诫

---

① [清]黄叔琳注,李详补注,杨明照校注拾遗:《增订文心雕龙校注》,第26页。
② [清]黄叔琳注,李详补注,杨明照校注拾遗:《增订文心雕龙校注》,第27页。
③ [清]黄叔琳注,李详补注,杨明照校注拾遗:《增订文心雕龙校注》,第27页。
④ [南朝·梁]刘勰著,范文澜注:《文心雕龙注》,第20页。

作用。所以，《春秋》最核心的一条是"观辞立晓，而访义方隐"，本着儒家"主文谲谏""温柔敦厚""尊贤隐讳"的言说方式进行写作。这就是"其义则丘窃取之也"中"义"的意思。《春秋》与《诗》，二者在"隐义"与讽谏方式上殊途同归，其目的均指向政教、治国、致用这一核心主题，在写法上差不多。

"五例"之"隐"，是《春秋》最主要的特点。《史传》篇简述孔子作《春秋》与左丘明作《左氏传》时说：

> 昔者夫子闵王道之缺，伤斯文之坠，静居以叹凤，临衢而泣麟，于是就太师以正《雅》《颂》，因鲁史以修《春秋》。举得失以表黜陟，征存亡以标劝戒；褒见一字，贵逾轩冕；贬在片言，诛深斧钺。然睿旨幽隐，经文婉约，丘明同时，实得微言。乃原始要终，创为传体。①

在刘勰看来，《春秋》的特点主要就是"睿旨幽隐，经文婉约"，孔子以这种手法来进行"举得失以表黜陟，征存亡以标劝戒"的警诫讽谏，促使《春秋》的价值"褒见一字，贵逾轩冕；贬在片言，诛深斧钺"，非同凡响。《春秋》在儒家文献中以"隐义"为特色，刘勰在《文心雕龙》中对此

---

① [清]黄叔琳注，李详补注，杨明照校注拾遗：《增订文心雕龙校注》，第205页。

多有论述。仅《征圣》《宗经》两篇，与此相关的论述就有：

> 《征圣》：五例微辞以婉晦。①
>
> 《征圣》：隐显异术。②
>
> 《征圣》：虽精义曲隐，无伤其正言；微辞婉晦，不害其体要。③
>
> 《宗经》：《春秋》则观辞立晓，而访义方隐。④

刘勰并举数经，以为《春秋》与《周易》在"隐义"上具有一致性，而且"体要与微辞偕通"，很好地做到了隐与显、隐义与史记文体的结合；又认为《春秋》与《尚书》在"辞约旨丰，事近喻远"上具有一致性。因此总结出"繁略殊形，隐显异术，抑引随时，变通适会"的特点。《春秋》记载历史，在简约、显隐、征时等方面具有鲜明的特色。

顺此，刘勰以"隐"为写作技法来论述各家文体与"隐秀"之美，使之成为《文心雕龙》一书中重要的写作技法与审美追求，这一思想贯通全书。《隐秀》篇作为核心重点，在下编中有另文专述。现略举《文心雕龙》用"隐"

---

① [清]黄叔琳注，李详补注，杨明照校注拾遗：《增订文心雕龙校注》，第17页。
② [清]黄叔琳注，李详补注，杨明照校注拾遗：《增订文心雕龙校注》，第17页。
③ [清]黄叔琳注，李详补注，杨明照校注拾遗：《增订文心雕龙校注》，第18页。
④ [清]黄叔琳注，李详补注，杨明照校注拾遗：《增订文心雕龙校注》，第27页。

之例以证之。

首先是用于"记传檄盟"等出自《春秋》的文学体裁或写作纲领的评价：

1. 实录无隐之旨。(《史传》)①

2. 若乃尊贤隐讳,固尼父之圣旨,盖纤瑕不能玷瑾瑜也。(《史传》)②

3. 露板以宣众,不可使义隐。(《檄移》)③

其次是用于具有"隐"这一特点的其他文体,往往与《周易》之"隐"合用：

1. 经显,圣训也;纬隐,神教也。(《正纬》)④

2. 观夫荀结隐语,事数自环,宋发巧谈,实始淫丽。(《诠赋》)⑤

3. 隐心而结文则事惬,观文而属心则体奢。(《哀吊》)⑥

---

① [清]黄叔琳注,李详补注,杨明照校注拾遗:《增订文心雕龙校注》,第206页。
② [清]黄叔琳注,李详补注,杨明照校注拾遗:《增订文心雕龙校注》,第208页。
③ [清]黄叔琳注,李详补注,杨明照校注拾遗:《增订文心雕龙校注》,第282页。
④ [清]黄叔琳注,李详补注,杨明照校注拾遗:《增订文心雕龙校注》,第41-42页。
⑤ [清]黄叔琳注,李详补注,杨明照校注拾遗:《增订文心雕龙校注》,第96页。
⑥ [清]黄叔琳注,李详补注,杨明照校注拾遗:《增订文心雕龙校注》,第168页。

4. 谲者,隐也。遁辞以隐意,谲譬以指事也。(《谐隐》)①

5. 事以明核为美,不以深隐为奇:此纲领之大要也。(《议对》)②

特别在《谐隐》篇中,重点论述了"隐语隐言"之用:

1. 昔还社求拯于楚师,喻眢井而称麦麴;叔仪乞粮于鲁人,歌珮玉而呼庚癸;伍举刺荆王以大鸟,齐客讥薛公以海鱼;庄姬托辞于龙尾,臧文谬书于羊裘。隐语之用,被于纪传。(《谐隐》)③

2. 昔楚庄、齐威,性好隐语。至东方曼倩,尤巧辞述。但谬辞诋戏,无益规补。自魏代以来,颇非俳优,而君子嘲隐,化为谜语。谜也者,回互其辞,使昏迷也。或体目文字,或图象品物,纤巧以弄思,浅察以衒辞,义欲婉而正,辞欲隐而显。荀卿《蚕赋》,已兆其体。至魏文、陈思,约而密之。高贵乡公,博举品物,虽有小巧,用乖远大。观夫古之为隐,理周要务,岂为童稚之戏谑,搏髀而忭笑哉!然文辞之有谐隐,譬九流之有小说,盖稗官所采,以广视听。若效

①[清]黄叔琳注,李详补注,杨明照校注拾遗:《增订文心雕龙校注》,第195页。
②[清]黄叔琳注,李详补注,杨明照校注拾遗:《增订文心雕龙校注》,第333页。
③[清]黄叔琳注,李详补注,杨明照校注拾遗:《增订文心雕龙校注》,第195页。

而不已,则髡袒之入室,旃孟之石交乎?(《谐隐》)①

最主要的,还是用于对文学写作"隐"之手法、风格、文采、思维、写作过程、写作规律、文辞修饰、声律练字等各个方面问题的论述。这种运用,往往与《周易》之"隐"结合起来。具体又可以分为如下几类:

一是写作发展史论:

1. 逮及商周,文胜其质,《雅》《颂》所被,英华日新。文王患忧,繇辞炳曜,符采复隐,精义坚深。(《原道》)②

2. 世夐文隐,好生矫诞。(《正纬》)③

3. 暨乎后汉,小学转疏,复文隐训,臧否亦半。(《练字》)④

4. 岂直才悬,抑亦字隐。(《练字》)⑤

二是风格理论:

---

①[清]黄叔琳注,李详补注,杨明照校注拾遗:《增订文心雕龙校注》,第195页。
②[清]黄叔琳注,李详补注,杨明照校注拾遗:《增订文心雕龙校注》,第2页。
③[清]黄叔琳注,李详补注,杨明照校注拾遗:《增订文心雕龙校注》,第40页。
④[清]黄叔琳注,李详补注,杨明照校注拾遗:《增订文心雕龙校注》,第484页。
⑤[清]黄叔琳注,李详补注,杨明照校注拾遗:《增订文心雕龙校注》,第484页。

1. 子云沈寂，故志隐而味深。(《体性》)①

2. 士衡矜重，故情繁而辞隐。(《体性》)②

3. 经典隐暧，方册纷纶。(《练字》)③

4. 奥者复隐，诡者亦曲。(《总术》)④

三是写作规律探索：

1. 神宝藏用，理隐文贵。(《正纬》)⑤

2. 枢机方通，则物无隐貌。(《神思》)⑥

3. 沿隐以至显，因内而符外。(《体性》)⑦

4. 斯斟酌乎质文之间，而隐括乎雅俗之际，可与言通变矣。(《通变》)⑧

5. 是以联辞结采，将欲明理，采滥辞诡，则心理愈翳。固知翠纶桂饵，反所以失鱼。言隐荣华，殆谓此也。(《情采》)⑨

---

① [清]黄叔琳注,李详补注,杨明照校注拾遗：《增订文心雕龙校注》,第380页。
② [清]黄叔琳注,李详补注,杨明照校注拾遗：《增订文心雕龙校注》,第380页。
③ [清]黄叔琳注,李详补注,杨明照校注拾遗：《增订文心雕龙校注》,第485页。
④ [清]黄叔琳注,李详补注,杨明照校注拾遗：《增订文心雕龙校注》,第530页。
⑤ [清]黄叔琳注,李详补注,杨明照校注拾遗：《增订文心雕龙校注》,第41页。
⑥ [清]黄叔琳注,李详补注,杨明照校注拾遗：《增订文心雕龙校注》,第369页。
⑦ [清]黄叔琳注,李详补注,杨明照校注拾遗：《增订文心雕龙校注》,第379页。
⑧ [清]黄叔琳注,李详补注,杨明照校注拾遗：《增订文心雕龙校注》,第397-398页。
⑨ [清]黄叔琳注,李详补注,杨明照校注拾遗：《增订文心雕龙校注》,第416页。

6. 隐括情理,矫揉文采。(《熔裁》)①

7. 丹青初炳而后渝,文章岁久而弥光。若能隐括于一朝,可以无惭于千载也。(《指瑕》)②

四是修辞技法、写作手法论(《隐秀》篇略):

1. 割弃支离,宫商难隐。(《声律》)③
2. 比显而兴隐。(《比兴》)④
3. 巧言易标,拙辞难隐。(《指瑕》)⑤

五是写作功能阐释:

1. 立德何隐,含道必授。(《诸子》)⑥
2. 五都隐赈而封。(《论说》)⑦
3. 警郡守以恤隐。(《诏策》)⑧

从《文心雕龙》上述对"隐"的使用情况来看,刘勰特别重

---

① [清]黄叔琳注,李详补注,杨明照校注拾遗:《增订文心雕龙校注》,第425页。
② [清]黄叔琳注,李详补注,杨明照校注拾遗:《增订文心雕龙校注》,第501页。
③ [清]黄叔琳注,李详补注,杨明照校注拾遗:《增订文心雕龙校注》,第432页。
④ [清]黄叔琳注,李详补注,杨明照校注拾遗:《增订文心雕龙校注》,第456页。
⑤ [清]黄叔琳注,李详补注,杨明照校注拾遗:《增订文心雕龙校注》,第500页。
⑥ [清]黄叔琳注,李详补注,杨明照校注拾遗:《增订文心雕龙校注》,第230页。
⑦ [清]黄叔琳注,李详补注,杨明照校注拾遗:《增订文心雕龙校注》,第247页。
⑧ [清]黄叔琳注,李详补注,杨明照校注拾遗:《增订文心雕龙校注》,第266页。

视"显隐异术"的写作方法论,而这种方法,是《春秋》与《周易》互通的;据此,儒家经典对于《文心雕龙》所论述的写作技法、写作规范、审美标准的渊源作用彰显无遗;复次,儒家经典对于《文心雕龙》全书写作理论的贯通与所起到的主导作用,得到了具体充分的实证。

上述所论,仅仅是《春秋》一经的运用与功能。通过这样的分析我们可以知道,"圣文雅丽"之"雅",是指思想内容正确规范,符合儒家礼乐雅正之义;"丽"是指经典之美,这种美可以是外显的华丽之美,也可以是内隐的含蓄之美。于是,《原道》篇声文、形文视觉与听觉的和谐动态美与华丽文采美,就从外显的唯一表现方式,内化为人文有采的外显与内隐两种表现方式。人文虽然源自"自然之道",但人文之采,则有自身特殊的特点。同时,"显隐异术"各自成为贯通《文心雕龙》全书的写作技法与审美评价标准,这是后代各体文章都要向经典学习的。

综上所述,从《文心雕龙》主要包含的儒、道、佛、玄、兵、法、阴阳、纵横与神秘文化等方面的思想渊源与刘勰的评价和态度来看,我们可以归纳出这样的几点共识:

第一,《文心雕龙》以儒家思想为主导,以道家思想与其他各家思想为辅助,体现了折衷诸家而独尊儒家的鲜明思想取法。具体而言,"雅"出于儒家,儒家主张"雅

丽"并重，而"丽"还有汇聚诸家思想的理论渊源。道家
文艺美学思想重视对"美"和"妙"的探讨，同时，从《庄
子》开始谈"丽"，《淮南子》大量论"丽"，但是道家论隐
幽，谈避世，不论政，不谈雅，即"丽而不雅"。这样，"雅"
与"丽"的结合，需要在整体上综合儒家和道家文艺美学
思想，才能得到既雅且丽的结果。再按照刘勰《辨骚》篇
的说法，"丽"来自于楚辞之"奇"，汉赋随流而下，"追风
以入丽"；而根据《时序》《才略》等篇的论述，屈宋楚辞的
源头，是"纵横之诡俗"，出于谈天飞誉、雕龙驰响、飞辩
驰术的阴阳家和纵横家。由此联系到刘勰对《文心雕
龙》书名解释中提到的邹奭"谈天雕龙"的言说之术，瑰
丽迂回，虚诞莫测；联系到端木赐、烛之武、苏秦、张仪、范
雎、蔡泽、李斯等人的游说君王干预政治的言辞技巧之
术；以及孟子的雄辩无敌、墨子的难楚存宋、鬼谷子的
《飞钳》精术——这些"诡丽"的言辞技巧才是辞赋"奇
丽"特点的根本来源。这就是说，是语言之"丽"影响到
了文学之"丽"，从而形成"言文皆丽"的历史演变脉络。
以儒家经典为代表的作品，其主要特点是思想内容与语
言文辞的雅正规范。于是，五经之"雅"与辞赋之"丽"的
结合，就成为"衔华佩实"的"雅丽"文学思想。《风骨》
篇说："熔铸经典之范，翔集子史之术。"经典雅正、史书
实录、子书技法思想多样而丰富，这不仅是刘勰主张的
作文如何才能有"风骨"的取法原则，实际上更是刘勰本

人文学美学思想博杂精深、熔铸百家的来源所在。《文心雕龙》一书,其思想绝非儒家、道家、佛家三家所能概括,至少还包含阴阳家、纵横家、法家、墨家、兵家、玄学思想,并融会贯通,融为一炉。而在所有的这些思想渊源中,最主要的是独尊儒家。

第二,《文心雕龙》的文学思想是源出儒家的"雅丽"思想。这一思想体现了"文源于道,郁然有采"的文学本源与其尚丽因素的哲学依据,体现了"自然之道"循环相因的新变意识,体现了征圣宗经的经典意识与思想规范,体现了折衷"雅""丽"的思维方法,体现了上溯先秦取法两汉的史学意识,体现了近承魏晋六朝重情尚美的文学美丽精神。整体上看,是《文心雕龙》贯通全书枢纽论、文体论、创作论、附论、序论的中轴,是主导全书的理论红线。

第三,雅丽思想虽然源出儒家,但是,道家从庄子开始的尚美尚丽精神不仅一直在道家学术著作中得以贯彻,而且,对儒家荀子、扬雄、王充、曹丕等人均有开启意义,所以,雅丽思想还有折衷道家"美、妙、丽"思想的特点;阴阳家、纵横家的语言艺术和神秘文化的崇尚华美,对刘勰尚丽尚美的理论主张也有不容忽视的影响。尤其经纬诗骚是《文心雕龙》许多文论主张的具体承载体裁,其审美特质与尚丽规范,是非常重要的一部分内容。

第四,从贯通全书来讲,雅丽思想在枢纽论中得以提出，但具体体现是在文体论的创作规范、写作得失与创作诸论和附论部分，因此，讲究写作技法、追求"执正驭奇"、崇尚"执术驭篇"、探索内外因素，就必然成为《文心雕龙》论述写作问题的主要内容。这样，仅从原理上讲尚雅尚丽显然是不够的，对于具体技法、文术理论的讨论，刘勰继承了儒家开启于荀子，而荀子又取法于道、法、兵家等诸子各家的思想方法，尚法论术，使得雅丽思想能够贯通全书，成为既是形而上之的写作之道，又是形而下之的操作技法，体现了"本乎道，进乎技"的原理性质与技术层面的结合，成为理论性与操作性完美结合的思想主张。

上述四点之外，笔者认为，以下两点也是雅丽思想题中之义，需要加以说明：

第一，古代文学理论界讨论甚多的关于"文学自觉"的命题，有汉代萌芽说、魏晋自觉说等不同的意见和争执。诚然，汉代文论与创作实践体现了鲜明的尚丽特色和文学自觉的萌芽，但是，因为文学本质特征的抒情性、审美性是明显依附于汉代经学与政治王权的，因此，尽管《毛时序》"抒情言志"、《礼记·乐记》"中和之美"、扬雄《法言》"丽淫丽则"、王充《论衡》"疾虚妄"等儒家文论在文学创作与文学理论界产生了很大的影响，"文学自觉"的命题仍然无法得到公开的回应与鲜明的实践体现。最典型的例子莫过于两汉时期对屈原与楚辞的若干评价,这些评价往往出现互相矛盾的对立意见;即使同一个人的评价,也往往因为其所处立场与角度的不同而呈现大相径庭的分歧,比如班固等。这样,真正摆脱经学附庸、探索文学纯粹特质的理论主张,是汉末建安的曹丕与西晋年间的陆机才开始的工作。曹丕、陆机在前人基础上提出了"诗赋欲丽""缘情绮靡""体物浏亮"的尚丽文体风格论,提出了作家气质与文章风格类型的"文如其人"论,提出了文章功能的"伟业不朽"说,提出了文学鉴赏的态度意见,提出了文学写作思维探索与"物——意——文"的写作过程理论,对"物感说""灵感论""言意关系"等问题进行了实践探索和具体主张——这些直接关系文学审美、抒情、思维、风格、内容、功能、鉴赏的具体意见,直面写作本质与过程,直面实践与意义,直面技法与鉴赏,这才是文学真正自觉的到来。但是,曹丕陆机开启的文学理论自觉,并没有走在一条健康发展良性发展的正路上,而是在战乱频仍、世积乱离、杀人如麻、残酷血腥的时代政治格局下,在儒学式微、经学崩溃、思想混乱、玄佛思潮趁虚而入的学术思想局面下,文人学者一方面向重情尚美大力进军,逐渐出现了美文丽辞、绮丽巧艳的靡靡之音,另一方面恐惧现实谈玄论佛,走向了寄情山水、讽喻外物、远奥隐情、玄虚空淡之势,这两种趋势并存而以靡丽巧艳为主,使得六朝文坛"辞人爱奇,言贵浮诡;饰羽尚画,文绣鞶帨:离本弥甚,将遂讹滥"，刘勰于是在重视文学美丽精神的同时，提出复归儒雅中正的"雅丽"主张。因此可以说，"雅丽"思想是在萌芽于两汉、历经了魏晋六朝数百年时间之"文学自觉"基础上的再次自觉，是文学发展、文学理论与创作本质自觉探索之上的再次探索，是对"文学自觉的自觉"。

第二，受理论视域、时代限制或自身理论主张的束缚，《文心雕龙》雅丽思想并不是全知全能的文学思想，也存在不足与弊端。这种弊端主要体现在以下几个方面：一是独尊儒术的同时，虽然折衷观照了其他诸家，但是往往有失公允。比如对魏晋玄学思想、玄言诗的评价："迄至正始，务欲守文；何晏之徒，始盛玄论。于是聃、周当路，与尼父争途矣。"因此，《文心雕龙》全书评价玄学思想影响下的文学创作与时代文风，几乎没有赞美之词。二是雅丽思想经典意识的复古宗经，使得刘勰对文学新变的认识尚有不足，对新兴文体与创作往往评价失实。比如，在论述时代文风的时候，提出"楚汉侈而艳，魏晋浅而绮，宋初讹而新"的绮丽讹滥说；评价经典时举出辞赋"楚艳汉侈，流弊不还"来做反面典型，全书《诗》《骚》并举的时候，基本上是崇《诗》抑《骚》，谈论文学内容的《物色》、论述文质关系的《情采》等篇均是如此；论述技法时对于《比兴》《夸饰》《事类》《丽辞》均以经典为核心，基本上无视其他体裁的优势。尤其是，对于宋齐文学论述的缺失，使得刘勰对新兴山水诗赋的评价极低，对于陶渊明、谢灵运、鲍照等著名作家的诗文一字不提，不予正视。三是雅丽思想宗法先秦儒家，主要是孔子兴复礼乐思想与文学尚丽本质结合的产物，因此，带有明显的贵族立场与尚雅贬俗的倾向。孔子轻视劳动、厌恶郑声、正礼正名，刘勰受此影响，对于乐府、小说、谐隐、杂文等俗文学性质的文学创作评价很不好。笔者曾大力统计《文心雕龙》中出现过的作家作品，几乎都是历朝历代声名显赫的帝王将相、王公贵族、官宦名家及其作品，是贵文致用、树德建言思想标准的外化产物。我们可以间接看到，刘勰对于齐国稷下文人集团、楚国兰陵文人集团、汉代梁孝王文人集团、建安邺下文人集团、三曹七子、竹林七贤、竟陵王文人集团、永明宫体文人集团这样的贵族官僚文人，往往是以"梓才之士"刮目相看的；而对于底层文人、俗乐俗文或新兴文学，往往是贬斥或不做讨论的。

因此，我们在寻找、探索、发现《文心雕龙》雅丽文学思想，并对其进行渊源、内涵、表现、运用、影响诸方面论述的同时，应该以刘勰提出的"唯务折衷"的思维方法论为主来进行对上述问题的讨论和分析。既要看到雅丽思想在特定历史时期出现的理论价值与积极影响，也要辩证地看到刘勰在运用上的一些不足。这是对刘勰伟大功绩的肯定，更是对他提出雅丽文学思想的辩证、求实的尊重。

儒家文明协同创新中心后期资助项目

王万洪 著

《文心雕龙》雅丽思想研究

中华书局

下 册

中　编

《文心雕龙》雅丽思想的内涵与表现

第四章　雅丽思想的基本内涵

《文心雕龙》雅丽文学思想包含有以下六个方面的内涵特征：一是征圣宗经的经典意识，二是原始表末的史论意识，三是中和之美的审美追求，四是尚雅贬俗的基本态度，五是知音鉴赏的批评方法，六是唯务折衷的辩证思维。

第一节　征圣宗经的经典意识

雅丽文学思想源出儒家，最主要的是向先秦儒家孔子思想与汉代扬雄"明道、征圣、宗经"观念和辞赋评论取法而来，在赞美经典、主张雅丽的同时，刘勰特别重视对近代文学创作与文学理论研究的分析，以经典为准则，论当下之弊端，要为文学创作指出一条"丽词雅义"健康发展的正确道路。因此，雅丽思想具有的第一内涵特征是其"正末归本"、宗经征圣的经典意识。这一经典意识主要表现在以下三个方面：

第一，征圣宗经，为文致用。《文心雕龙》认为文学发展上古淳质，之后由质趋文，渐渐讹滥，因此积极提倡复古，回到经典雅丽的审美表现和创作技法上来。从这一点上讲，征圣宗经的复古返本思想贯穿全书。刘勰提出周公、孔子的典范精神作为榜样，指出经典在思想或艺术标准上的优良示范作用，要求后来的作家学习模仿其技法与文风，刘勰指出，五经具有"繁略、隐显、随时、变通"的优点，主张"征之周孔，则文有师矣"。圣人之文章"体要与微辞偕通，正言共精义并用"，因此"后进追取而非晚，前修久用而未先"，具有最高的学习价值与模仿价值，在指导思想上点明了学习经典是走入写作正途的不二法门。如果算上对古代圣贤，诸如尧舜、文王、周公、孔子等人物及其言论的评价，以及对儒家经典文献的评价，即对"圣"与"经"的评价，那么，儒家"圣""言""经""论"在《文心雕龙》中累计被反复论述、征引了至少八百七十次！如此，整个一部《文心雕龙》，从前到后的五十篇，从哲学、文学、美学理论一脉而下得出的主导思想，从体例结构、枝干章句乃至用词，在神髓、骨骼、体貌、脉络、血肉、细胞的各个层面上来看，儒家征圣宗经的经典意识占据绝对的主导地位。因此，对于创造文学的古代先圣，刘勰大加赞美，《原道》篇说：

　　人文之元，肇自太极，幽赞神明，《易》象惟先。

庖牺画其始,仲尼翼其终。而《乾》《坤》两位,独制
《文言》。言之文也,天地之心哉![1]

人文生于天地自然,但是,万物不是自然地转化成文章,
其中介是杰出的圣人。最早的人文《易》,就是经过伏羲
到孔子数千年间的历代圣人相继合力才完成的。其中
的"《乾》《坤》两位,独制《文言》",是天地之心的转化体
现,文采郁然。所以,文学经典的创造与发展离不开伟大
的圣人和伟大的作家,这是一个基本的发展脉络:

> 《原道》:爰自风姓,暨于孔氏,玄圣创典,素王
> 述训,莫不原道心以敷章,研神理而设教,取象乎
> 《河》《洛》,问数乎蓍龟,观天文以极变,察人文以成
> 化;然后能经纬区宇,弥纶彝宪,发挥事业,彪炳辞
> 义。故知道沿圣以垂文,圣因文而明道,旁通而无
> 滞,日用而不匮。[2]
>
> 《正纬》:夫神道阐幽,天命微显,马龙出而大
> 《易》兴,神龟见而《洪范》耀,故《系辞》称:"河出
> 图,洛出书,圣人则之。"斯之谓也。[3]

---

[1]〔清〕黄叔琳注,李详补注,杨明照校注拾遗:《增订文心雕龙校注》,第1页。
[2]〔清〕黄叔琳注,李详补注,杨明照校注拾遗:《增订文心雕龙校注》,第2页。
[3]〔清〕黄叔琳注,李详补注,杨明照校注拾遗:《增订文心雕龙校注》,第40页。

刘勰据此归纳出"道——圣——文"的"沿隐以至显"的
文学生成脉络,又特别指出后代圣人是依据先圣遗留的
文章来反窥圣道的,反向建立了"圣——文——道"的阅
读鉴赏理论。这两个创作论与鉴赏论体系的建立,前者
的核心在于以"圣"为中介,后者的核心在于以"文"为中
介,故而圣人功劳巨大,经典存言记行,同样功能巨大。
圣人在创作文章时,"原道心以敷章,研神理而设教",既
研神理,探幽理微,又原道心,敷章为文,使"理发而文
见",处于最重要的地位,刘勰肯定了上古时期历代伟大
作家的杰出作用。因为有了这样的哲学基础,圣人创作
的文章极为重要,功能强大,于是文学的政治功用、社会
功用与个体教化功能被提出来:

> 《征圣》:先王圣化,布在方册,夫子风采,溢于
> 格言。是以远称唐世,则焕乎为盛;近褒周代,则郁
> 哉可从:此政化贵文之征也。郑伯入陈,以文辞为
> 功;宋置折俎,以多文举礼:此事迹贵文之征也。褒
> 美子产,则云"言以足志,文以足言";泛论君子,则
> 云"情欲信,辞欲巧":此修身贵文之征也。然则志
> 足而言文,情信而辞巧,乃含章之玉牒,秉文之金
> 科矣。①

----

① [清]黄叔琳注,李详补注,杨明照校注拾遗:《增订文心雕龙校注》,第17页。

孔子在《论语》中分散论述的这些话,被集中起来阐述:在政治作用上,文学可以反映时代的政治风貌;在外交场合中,文学可以体现使者所在国家的风气;讲到个人修养,文学更是作用巨大。"文以致用"的思想是与儒家征圣为用的思想紧密相连的。以文观政、以文修身的提倡,是对文学作用的深刻认识。刘勰认为,要写好文章就必须要向圣人学习技法与写法,感染圣人著作优良的文风:

> 《征圣》:繁略殊形,隐显异术,抑引随时,变通适会,征之周孔,则文有师矣。①

> 《征圣》:正言所以立辩,体要所以成辞,辞成无好异之尤,辩立有断辞之义。虽精义曲隐,无伤其正言;微辞婉晦,不害其体要。体要与微辞偕通,正言共精义并用;圣人之文章,亦可见也。②

> 《宗经》:夫文以行立,行以文传;四教所先,符采相济。励德树声,莫不师圣。③

刘勰赞美上古三代的淳质文风,但是他并没有见过当时的政治教化,是通过对文本的解读感悟出来的。因为对

---

① [清]黄叔琳注,李详补注,杨明照校注拾遗:《增订文心雕龙校注》,第17页。
② [清]黄叔琳注,李详补注,杨明照校注拾遗:《增订文心雕龙校注》,第17—18页。
③ [清]黄叔琳注,李详补注,杨明照校注拾遗:《增订文心雕龙校注》,第27页。

儒家先圣与五经的尊崇之情溢满笔端,《文心雕龙》论述
上古至周代文学非常之多,刘勰以饱满的赞美之情评价
这些时代的文学,尤其在二十篇文体论的"原始以表末"
部分,几乎每一篇都有所涉及。比如,《明诗》篇赞美上
古三代到春秋时代的诗歌发展史说:

> 昔葛天氏乐辞云,《玄鸟》在曲;黄帝《云门》,理
> 不空弦。至尧有《大唐》之歌,舜造《南风》之诗,观
> 其二文,辞达而已。及大禹成功,九序惟歌;太康败
> 德,五子咸怨:顺美匡恶,其来久矣。自商暨周,
> 《雅》《颂》圆备,四始彪炳,六义环深。子夏鉴绚素
> 之章,子贡悟琢磨之句,故商、赐二子,可与言
> 《诗》矣。①

刘勰论述了几千年的诗歌发展史,对代表作家作品与代
表诗歌理论进行了简述:(上古葛天氏至)黄帝时代的
《玄鸟》与《云门》歌内容质实,"理不空弦";尧、舜时代
的《大唐》与《南风》歌在语言及内容的表达上达到了孔
子"辞达而已"的标准;夏朝大禹为民造福,得到歌颂,而
太康败德,遭受讽刺,表明诗歌是反映时代政治的有效
载体;商周以来,《诗三百》内容周备,写法高超,是最好

---

① [清]黄叔琳注,李详补注,杨明照校注拾遗:《增订文心雕龙校注》,第64页。

的诗歌经典；春秋时期，子夏与孔子有"绘素"的文质之辨，子贡则提出了学习诗歌"切磋琢磨"的方法，这是孔门中理解诗歌最深最透的代表言论。这一段文字，既有对诗歌内容和风格的评价，也有对诗歌语言、审美、学习方法的评价，还有关于时代政治对诗歌内容影响的评价，言简意赅，上接孔子言意关系与《毛诗序》"四始六义"之说，下启《时序》《比兴》《知音》等篇，显示了对古代诗歌的极力褒赞。

《乐府》篇则不仅论述了乐府声诗的发展历史，更指出了因为地域差异导致的诗歌风格的差异，论述了古代采诗制度的盛行与季札等人听乐观政的鉴赏方式，指出诗歌归根结底是礼乐政教的产物："夫乐本心术，故响浃肌髓，先王慎焉，务塞淫滥。敷训胄子，必歌九德，故能情感七始，化动八风。"①特别突出其中和之美与教化功能，与孔子的雅乐正声观念完全一致。其外，《时序》篇谈到上古文学时，认为陶唐时代"德盛化钧""政阜民暇"，因此这个时代的文学"心乐声泰"，尽善尽美，表明文学受时代政治风气这一外部因素影响的基本道理。《才略》篇认为"虞夏文章"是"辞义温雅"的好作品，可为"万代之仪表"；而"商周之世"，"义固为经"，可以作为后代文学的师法对象。这些涉及文学理论、美学理论、音乐理论、经典文本、

---

① [清] 黄叔琳注，李详补注，杨明照校注拾遗：《增订文心雕龙校注》，第82页。

时代政治等若干方面的论述评价,其核心是征圣宗经、以文观政的思想,这是雅丽思想经典意识的正面体现。

第二,文术得法,救弊当下。以儒家经典为正面准则,刘勰主张必须要有正确的写作方法,否则,就会出现创作上的各种问题,这一看法最集中地体现在《风骨》篇中:

> 若夫熔铸经典之范,翔集子史之术;洞晓情变,曲昭文体,然后能莩甲新意,雕画奇辞。昭体,故意新而不乱;晓变,故辞奇而不黩。若骨采未圆,风辞未练,而跨略旧规,驰骛新作,虽获巧意,危败亦多。岂空结奇字,纰缪而成经矣。《周书》云:"辞尚体要,弗惟好异。"盖防文滥也。①

《风骨》是《文心雕龙》创作论的重要篇章,论述写文章如何才能有"风骨"的基本方法,这一方法带有明显的普适性特点,是适用于一切文章的写作要求。在正面论述之后,刘勰反向指出遣辞练字对于写作的重要意义,并以"文滥"暗指近代文学的不良创作②。《风骨》所述的文

---

① [清]黄叔琳注,李详补注,杨明照校注拾遗:《增订文心雕龙校注》,第389页。
② 《文心雕龙》对近代文学讹滥趋势与救弊主张的集中论述体现在《序志》篇中,其说曰:"去圣久远,文体解散。辞人爱奇,言贵浮诡;饰羽尚画,文绣鞶帨;离本弥甚,将遂讹滥。盖《周书》论辞,贵乎体要;尼父陈训,恶乎异端:辞训之异,宜体于要。于是搦笔和墨,乃始论文。"这是刘勰写作《文心雕龙》的直接目的。

学弊端不仅近代有,古代也有,是古今不能避免的一个难题,雅丽文学思想的提出目的之一,就是为了解蔽这些难题,尤其是近代文学的讹滥之弊。这一内容贯穿于《文心雕龙》全书。比如:

> 《史传》:俗皆爱奇,莫顾实理。传闻而欲伟其事,录远而欲详其迹。于是弃同即异,穿凿傍说,旧史所无,我书则传。此讹滥之本源,而述远之巨蠹也。[①]
>
> 《通变》:今才颖之士,刻意学文;多略汉篇,师范宋集:虽古今备阅,然近附而远疏矣。夫青生于蓝,绛生于茜;虽逾本色,不能复化。[②]
>
> 《定势》:自近代辞人,率好诡巧。原其为体,讹势所变;厌黩旧式,故穿凿取新。察其讹意,似难而实无他术也,反正而已。故文反正为乏,辞反正为奇。效奇之法,必颠倒文句;上字而抑下,中辞而出外:回互不常,则新色耳。[③]
>
> 《情采》:后之作者,采滥忽真,远弃《风》《雅》,近师辞赋:故体情之制日疏,逐文之篇愈盛。[④]

---

①[清]黄叔琳注,李详补注,杨明照校注拾遗:《增订文心雕龙校注》,第207页。
②[清]黄叔琳注,李详补注,杨明照校注拾遗:《增订文心雕龙校注》,第397页。
③[清]黄叔琳注,李详补注,杨明照校注拾遗:《增订文心雕龙校注》,第407页。
④[清]黄叔琳注,李详补注,杨明照校注拾遗:《增订文心雕龙校注》,第416页。

《事类》：凡用旧合机，不啻自其口出；引事乖谬，虽千载而为瑕。①

《指瑕》：若夫立文之道，惟字与义：字以训正，义以理宣。而晋末篇章，依希其旨：始有赏际奇至之言，终有抚叩酬酢之语，每单举一字，指以为情。夫赏训锡赉，岂关心解？抚训执握，何预情理？《雅》《颂》未闻，汉魏莫用；悬领似如可辩，课文了不成义：斯实情讹之所变，文浇之致弊。②

《时序》：自中朝贵玄，江左称盛，因谈余气，流成文体。是以世极迍邅，而辞意夷泰，诗必柱下之旨归，赋乃漆园之义疏。③

《才略》：相如好书，师范屈宋，洞入夸艳，致名辞宗；然核取精意，理不胜辞，故扬子以为文丽用寡者长卿，诚哉是言也！④

上述例证，从古到今，属于文学发展中的种种错误倾向，是《文心雕龙》关于文病论述之冰山数角。这样的文病，其孳生原因，最主要的问题在于取法不正、师法不古，没有按

①［清］黄叔琳注，李详补注，杨明照校注拾遗：《增订文心雕龙校注》，第474页。
②［清］黄叔琳注，李详补注，杨明照校注拾遗：《增订文心雕龙校注》，第500-501页。
③［清］黄叔琳注，李详补注，杨明照校注拾遗：《增订文心雕龙校注》，第541-542页。
④［清］黄叔琳注，李详补注，杨明照校注拾遗：《增订文心雕龙校注》，第574页。

照圣人创构之经典文献的思想、艺术、技法规范来写作。因此,在写作技法的学习上,刘勰表明了自己宗经复古的经典意识,不这样就有可能误入歧途,指出"模经为式者,自入典雅之懿"(《定势》),对辞赋文学抱有贬义,指斥辞赋"楚艳汉侈,流弊不还"(《宗经》)、"效《骚》命篇者,必归艳逸之华"(《定势》)。在此基础上,刘勰归纳整个近代文学"从质及讹,弥近弥澹"(《通变》)的不良发展原因是"竞今疏古"(《通变》)。种种文病皆因没有正确的学习态度和学习内容,放弃了古代优良的文学作品而取法于近现代"风末气衰"的不良作品,不守根本,自创新色。因此,全书无数次反复重申"还宗经诰",主张"正式""正采""正言""正辞""正体",以正确的"执正驭奇"(《定势》)、"执术驭篇"(《总术》)的写作态度和技法学习来写好文章。

第三,"经典"意义的转化拓展。必须要指出的是,雅丽思想的经典意识不仅局限在儒家经典上。尽管雅丽思想在渊源上是儒家经典"美玉文质""衔华佩实"的产物,但是,从具体的写作实践的角度看,"经典"具有儒家经典和文学经典的双重含义。《情采》篇论述"圣贤书辞,非采而何"时所举出的例证,就有道家、法家、儒家并举的取材:

> 《孝经》垂典,丧言不文;故知君子常言,未尝质也。老子疾伪,故称美言不信;而五千精妙,则非弃美矣。庄周云辩雕万物,谓藻饰也。韩非云艳乎辩

说，谓绮丽也。绮丽以艳说，藻饰以辩雕，文辞之变，
于斯极矣。研味《孝》《老》，则知文质附乎性情；详
览《庄》《韩》，则见华实过乎淫侈。若择源于泾渭之
流，按辔于邪正之路，亦可以驭文采矣。①

刘勰所举的"四书"之中，《孝经》属于儒家，《老》《庄》属
于道家，《韩非子》属于法家；他在阐述文学经典与"圣贤
书辞"的时候，并没有忽略其他诸子的优秀作品。尽管
他对《庄子》《韩非子》有所不满，但基于"非采而何"的
文学本质属性来说，二者是符合这个要求的。因此，《文
心雕龙》主张借鉴儒家以外的各家经典作品，《风骨》篇
提出"熔铸经典之范，翔集子史之术"的学习要求，在以
儒家经典为本的同时，还需要向史传、诸子学习。因为史
传文学"贯乎百氏，被之千载，表征盛衰，殷鉴兴废"②，具
有极强的现实意义，可以学习史传"实录无隐"的写法，
领会史传"寻繁领杂之术，务信弃奇之要，明白头讫之
序，品酌事例之条"的科条分明、体大虑周的特点，详查
"讹滥之本源，述远之巨蠹"，保持正确的写作态度。而
历代诸子著作"入道见志"的基本特点，有利于立德立
言，达成彰显名德的目标；具体而言，诸子著作特点各异，
风格多样，写法甚多，利于博见学习，取其精华。对史传

①［清］黄叔琳注，李详补注，杨明照校注拾遗：《增订文心雕龙校注》，第415页。
②［清］黄叔琳注，李详补注，杨明照校注拾遗：《增订文心雕龙校注》，第207页。

文学与诸子著作这样的好东西,刘勰主张不要放过,要"翔集"其术,为我所用。史传文学以《尚书》和《春秋》为根,源出儒家,自不待言;而对于诸子著作,刘勰仍然公正地从其优点的角度来展开论述,比如:

> 研夫孟荀所述,理懿而辞雅;管晏属篇,事核而言练;列御寇之书,气伟而采奇;邹子之说,心奢而辞壮;墨翟随巢,意显而语质;尸佼尉缭,术通而文钝;鹖冠绵绵,亟发深言;鬼谷眇眇,每环奥义;情辨以泽,文子擅其能;辞约而精,尹文得其要;慎到析密理之巧,韩非著博喻之富;吕氏鉴远而体周,淮南泛采而文丽:斯则得百氏之华采,而辞气之大略也。[1]

上述十家,儒家居首而各家并存。实际上,先秦儒家只是《史记》中司马谈论述的显赫六家之一,并不是像两汉时代那样独居尊位[2]。所以,从文学写作的角度而不是经

---

[1]［清］黄叔琳注,李详补注,杨明照校注拾遗:《增订文心雕龙校注》,第230页。
[2]《史记·太史公自叙》与《汉书·司马迁列传》中均有司马迁父亲司马谈评价先秦诸家的一段语录,司马谈以《易》为统摄之根本,而以六家为具体之形用,六家之中,最重道家,因为道家论述“道之常”与“君之纲”,有本有用。这六家是先秦诸子中最为显赫的六家,其思想著作、代表人物、理论主张,是我国哲学思想与文学艺术发展的源头。《文心雕龙》论述写作之道,于此六家中重点取法儒、道两家,参以阴阳、法家等。因为儒家讲礼法,道家论大道,阴阳述纲纪,法家重秩序,文学发展离不开各家思想的启发或规范。从司马谈所论来看,儒家在先秦的地位虽高,也远不如汉代那样一家独大。

学崇儒的角度出发,就必须向诸子经典著作取法,为写作所用。《文心雕龙》以为楚辞的重要来源之一是"纵横之诡俗",就是正视文学发展历史、承认诸子思想影响的产物。同样,即使对于饱受批评的玄学思想影响下的作品,刘勰也能看到这些作品在写作上的优点,从而给予高度的评价:

> 详观兰石之《才性》,仲宣之《去伐》,叔夜之《辨声》,太初之《本无》,辅嗣之《两例》,平叔之《二论》,并师心独见,锋颖精密,盖论之英也。至如李康《运命》,同《论衡》而过之;陆机《辨亡》,效《过秦》而不及:然亦其美矣。次及宋岱郭象,锐思于机神之区;夷甫裴頠,交辨于有无之域:并独步当时,流声后代。①

魏晋论体文学非常繁盛,主要是在玄学思潮影响下展开的"有无、本末、言意、才性"等命题的辩论之作,刘勰认为这些论体作品非常好,它们独步当时,流声后代,是值得称赞的好东西。因此,雅丽文学思想的经典意识主要是指尊崇儒家经典和圣人,同时也可拓展扩大到诸子各家的优秀作品,这些作品是文学意义上的经典著作。

---

① [清]黄叔琳注,李详补注,杨明照校注拾遗:《增订文心雕龙校注》,第246页。

第二节　原始表末的史论意识

《文心雕龙》论述文学发展的时间跨度接近万年，从上古蒙昧的伏羲时代一直到魏晋宋齐时代，刘勰从文学史的角度来论述文学的发展，论述发展中的成败得失，这种成败得失以具体的作家作品、文学思潮、文人集团、风格流派等形式或载体表现出来，因此，雅丽文学思想有着浓厚的史论意识。这种史论意识在"枢纽"论部分即有所体现：圣人仰观俯察，独创人文，人文产生以后，经典成为最优秀的代表，而后的文学新变有得有失，纬、骚各有思想内容不经但是文采奇丽的优点。于是，从历史线索的角度可以看到，"道——经——骚"的文学发展表明，雅丽思想是在对文学史的总结提炼中产生的。文学史以外，刘勰以为史传文学功能巨大："原夫载籍之作也，必贯乎百氏，被之千载，表征盛衰，殷鉴兴废，使一代之制，共日月而长存；王霸之迹，并天地而久大。"①因此，综观古今、总结得失、探寻规律，就成为雅丽文学思想的题中应有之义。总体上看，雅丽思想所包含的史论意识体现在以下两个方面：

第一，纵贯古今的论述脉络。面对以前的作品，刘勰

①［清］黄叔琳注，李详补注，杨明照校注拾遗：《增订文心雕龙校注》，第 207 页。

只能是从读者的角度而不是作家的角度或当时代生活者的角度来评价鉴赏，因此，除了一以贯之的儒家主导思想，刘勰要面对的最重要的一个问题就是历史已往而文本独存，只能从现存文本上来反观古代文学的发展情况。这种反观，最重要的内容是上篇"论文叙笔"的文体论二十篇，每一篇都是具体的分体文学史，在对分体文类进行"史"的梳理的同时，举证众多的作家作品为例来证明这些文体的文体特点、创作要求、发展过程、文体功能等等问题，这是一种通盘考虑、整体布局的思路，《序志》篇将其归纳为"原始以表末"的论述方法，任举数例：

《铭箴》：蔡邕铭思，独冠古今。①

《诏策》：自教以下，则又有命。《诗》云："有命自天。"明命为重也。《周礼》曰："师氏诏王。"明诏为轻也。今诏重而命轻者，古今之变也。②

《书记》：夫书记广大，衣被事体，笔札杂名，古今多品。③

《事类》：是以属意立文，心与笔谋，才为盟主，学为辅佐，主佐合德，文采必霸，才学褊狭，虽美少功。夫以子云之才，而自奏不学，及观书石室，乃成

① [清] 黄叔琳注，李详补注，杨明照校注拾遗：《增订文心雕龙校注》，第 139 页。
② [清] 黄叔琳注，李详补注，杨明照校注拾遗：《增订文心雕龙校注》，第 266 页。
③ [清] 黄叔琳注，李详补注，杨明照校注拾遗：《增订文心雕龙校注》，第 347 页。

鸿采。表里相资,古今一也。①

　　《练字》:《尚书大传》有"别风淮雨",《帝王世纪》云"列(按:同烈)风淫雨","别""列""淮""淫",字似潜移,"淫""列"义当而不奇,"淮""别"理乖而新异。傅毅制诔,已用"淮雨",元长作序,亦用"别风":固知爱奇之心,古今一也。②

上引五例,分别是关于作家创作论、文体发展史、文体分类学、作家修养论、文本创作现象的论述,其共同特点是跨越古今,从文学史的角度纵向观照,使得论述深刻准确,论能服人。《文心雕龙》中,刘勰经常谈古论文,纵横驰骋,比如:

　　《体性》:新奇者,摈古竞今,危侧趣诡者也。③

　　《声律》:古之教歌,先揆以法,使疾呼中宫,徐呼中征。④

　　《才略》:观夫后汉才林,可参西京;晋世文苑,足俪邺都;然而魏时话言,必以元封为称首;宋来美谈,亦以建安为口实。何也? 岂非崇文之盛世,招才

①[清]黄叔琳注,李详补注,杨明照校注拾遗:《增订文心雕龙校注》,第473页。
②[清]黄叔琳注,李详补注,杨明照校注拾遗:《增订文心雕龙校注》,第485-486页。
③[清]黄叔琳注,李详补注,杨明照校注拾遗:《增订文心雕龙校注》,第380页。
④[清]黄叔琳注,李详补注,杨明照校注拾遗:《增订文心雕龙校注》,第431页。

之嘉会哉？嗟夫，此古人所以贵乎时也！①

这些以"古"论文的例子，涉及方法论、风格论、文学史等等方面，全书凡七十一例之多。与用"古"相似，刘勰对应的使用论"今"之法，凡十九例，兹举数例：

《议对》：采故实于前代，观通变于当今。②

《声律》：今操琴不调，必知改张；摘文乖张，而不识所调。③

《练字》：今一字诡异，则群句震惊；三人弗识，则将成字妖矣。④

《总术》：今之常言，有文有笔，以为无韵者笔也，有韵者文也。夫文以足言，理兼《诗》《书》，别目两名，自近代耳。⑤

《时序》：今圣历方兴，文思光被；海岳降神，才英秀发；驭飞龙于天衢，驾骐骥于万里。⑥

①［清］黄叔琳注，李详补注，杨明照校注拾遗：《增订文心雕龙校注》，第576页。
②［清］黄叔琳注，李详补注，杨明照校注拾遗：《增订文心雕龙校注》，第332-333页。
③［清］黄叔琳注，李详补注，杨明照校注拾遗：《增订文心雕龙校注》，第431页。
④［清］黄叔琳注，李详补注，杨明照校注拾遗：《增订文心雕龙校注》，第484页。
⑤［清］黄叔琳注，李详补注，杨明照校注拾遗：《增订文心雕龙校注》，第529页。
⑥［清］黄叔琳注，李详补注，杨明照校注拾遗：《增订文心雕龙校注》，第542页。

从中我们可以看出,刘勰用"今",指出了文学发展的繁盛局面,但其主要用意在于指出文学发展的今不如昔,近代不如古代。体现了一种惋惜当代、追思往古的复古倾向。比如,刘勰经常贬斥"近代词人",动辄将他们钉上文学发展反面典型的耻辱柱:

> 《明诗》:俪采百字之偶,争价一句之奇,情必极貌以写物,辞必穷力而追新:此近世之所竞也。[1]
>
> 《奏启》:近世为文,竞于诋诃,吹毛取瑕,次骨为戾,复似善骂,多失折衷。[2]
>
> 《定势》:自近代辞人,率好诡巧。[3]
>
> 《指瑕》:近代辞人,率多猜忌。[4]
>
> 《物色》:自近代以来,文贵形似。[5]
>
> 《程器》:近代词人,务华弃实。[6]

整体上看,刘勰对"近代以来"的作家作品、文学理论、修辞技法、德行修养、小学水平、写作取法深表不满,几无褒赞之意,而多痛斥之心。这样的论述,还体现在对"远"

---

① [清]黄叔琳注,李详补注,杨明照校注拾遗:《增订文心雕龙校注》,第65页。
② [清]黄叔琳注,李详补注,杨明照校注拾遗:《增订文心雕龙校注》,第318页。
③ [清]黄叔琳注,李详补注,杨明照校注拾遗:《增订文心雕龙校注》,第407页。
④ [清]黄叔琳注,李详补注,杨明照校注拾遗:《增订文心雕龙校注》,第501页。
⑤ [清]黄叔琳注,李详补注,杨明照校注拾遗:《增订文心雕龙校注》,第567页。
⑥ [清]黄叔琳注,李详补注,杨明照校注拾遗:《增订文心雕龙校注》,第598页。

代文学的褒赞、对"前"代文学的赞美以及对"后"代文学的批评上。通过对上述数以百计的术语运用情况的分析,结合有关"时""世"的贯通论述以及"铺观列代"对"陶唐""商周""楚汉""建安""魏晋""宋初""皇齐"的评价,可以看出《文心雕龙》文学发展观整体上具有"原始要终"的特点,这一特点显然是伴随尊崇儒家的思想、尊崇经典的意识以及复古宗经、以经为法的文学史论观念而生的。

优点之外,这种观念也有其局限性,对于文学新变的种种弊端,固然应当批评痛斥,但是新变并非完全没有可取之处。《文心雕龙》对文体新变的态度有二:首先是对楚辞、汉赋等少数新变成功的例证给予了赞美,也对它们"楚艳汉侈"(《宗经》)的华丽过度的弊端进行了批评;其次是认为大多数新变的文体在创作上并不成功,且不合"复古宗经"的观念,从而将这些文体本身具有的创新成就无情地抹杀掉了。这个抹杀,集中地体现在《文心雕龙》忽略晋宋山水田园诗谢灵运、陶渊明等大家这一问题上。

第二,循环新变的文学规律。《原道》篇提出"文源于道"的主张,并以自然物色之"声文""形文"与"人文"合观,认为这是"道之文"的三种表现形式,这就从本质上规定了文学发展所具有的循环新变的基本特征。因为四季更迭,万物复生,文学与万物一样有着内在循环发展的规律;而万物新生,以新代旧,决定了文学将有着新变发展的本质属性。简而言之,即文学有着"文律运周,日新其业"的"通变"发展的基本规律。

《文心雕龙》雅丽思想所包含的文学循环新变的发展规律集中体现在《通变》篇之中。该篇论述文学发展的数千年历史与各段整体的时代文风,言简意赅,准确深刻:

> 是以九代咏歌,志合文则。黄歌《断竹》,质之至也;唐歌在昔,则广于黄世;虞歌《卿云》,则文于唐时;夏歌《雕墙》,缛于虞代;商周篇什,丽于夏年。至于序志述时,其揆一也。暨楚之骚文,矩式周人;汉之赋颂,影写楚世;魏之篇制,顾慕汉风;晋之辞章,瞻望魏采。摧而论之,则黄唐淳而质,虞夏质而辨,商周丽而雅,楚汉侈而艳,魏晋浅而绮,宋初讹而新。从质及讹,弥近弥澹。何则? 竞今疏古,风末气衰也。①

本段所论,包含如下意见:一是文学发展"蔚映十代,辞采九变",每一代都有各自不同的特点;二是文学的发展历史是"从质及讹",从质朴淳辨到雅丽相谐再到艳丽新

①[清]黄叔琳注,李详补注,杨明照校注拾遗:《增订文心雕龙校注》,第397页。

奇,越来越具有尚丽尚美的美丽精神;三是整体发展上趋向不良,"弥近弥澹"而"风末气衰";四是指出这种不良倾向的原因是"竞今疏古",即习染不良所致;五是综合观照"辞采九变",以"商周丽而雅"为中轴主线来折衷合观,从而上推淳质,下论艳丽。对文学循环新变特征进行论述的这种"知世论文"的方法,从本源上来说,是孟子"知人论世"方法论影响所致,而源出《周易》的"日新"观念,则是这一规律的基本哲学依据。

不仅在"蔚映十代"的整体文学发展史中可以看到循环与新变交织的规律,断代文学史一样可以看到这个特点。《通变》篇中有一个例子:

> 夫夸张声貌,则汉初已极。自兹厥后,循环相因,虽轩翥出辙,而终入笼内。枚乘《七发》云:"通望兮东海,虹洞兮苍天。"相如《上林》云:"视之无端,察之无涯,日出东沼,入乎西陂。"马融《广成》云:"天地虹洞,固无端涯,大明出东,月生西陂"。扬雄《校猎》云:"出入日月,天与地沓。"张衡《西京》云:"日月于是乎出入,象扶桑于濛汜。"此并广寓极状,而五家如一。诸如此类,莫不相循。①

---

① [清]黄叔琳注,李详补注,杨明照校注拾遗:《增订文心雕龙校注》,第398页。

这个例子论述的是汉代辞赋"夸张声貌"的夸饰手法，举出"广寓极状，而五家如一"的文本实例来证明"循环相因"这一写作习染的"通"的一面，对于"丽天日月"的描写大同小异。循环特点有一个不足：会使文学写作陷入近似或相似的圈子中，而不能独出机杼，难以创新为文。诸如此类的例子还有很多，比如以下两例：

> 《时序》：自中朝贵玄，江左称盛，因谈余气，流成文体。是以世极迍邅，而辞意夷泰，诗必柱下之旨归，赋乃漆园之义疏。[①]
>
> 《物色》：自近代以来，文贵形似，窥情风景之上，钻貌草木之中。吟咏所发，志惟深远；体物为妙，功在密附。[②]

洛阳、江左"辞意夷泰"的玄学文学与晋宋文学"文贵形似"的山水诗歌的创作，以内在玄学思潮为动因，而以整体一致的创作特点为外表，体现的是断代文学"莫不相循"的习染与"竞今疏古"的取法之失。《通变》指出：

> 今才颖之士，刻意学文；多略汉篇，师范宋集：虽

①［清］黄叔琳注，李详补注，杨明照校注拾遗：《增订文心雕龙校注》，第541-542页。

②［清］黄叔琳注，李详补注，杨明照校注拾遗：《增订文心雕龙校注》，第567页。

古今备阅，然近附而远疏矣。夫青生于蓝，绛生于茜；虽逾本色，不能复化。桓君山云："予见新进丽文，美而无采；及见刘扬言辞，常辄有得。"此其验也。故练青濯绛，必归蓝茜；矫讹翻浅，还宗经诰。①

本段的核心意思是指出"近附而远疏"的学习失误，"今才颖之士"虽然"刻意学文"，但是取法不古，"多略汉篇，师范宋集"，必然会走入"文贵形似""曲写毫芥"（《物色》）的创作误区。以辞赋为代表的"汉篇"原本是被刘勰批评甚多的文学体裁，但是比起"宋集"来，也要好得多了。现在的学习者，不要说"还宗经诰"，就是连"汉篇"都已"多略"之，如何写得好文章？刘勰痛斥这种"体物为妙，功在密附"（《物色》）的山水诗歌，并且对夸饰巨丽、"为文造情"的辞赋深恶痛疾，认为辞赋等体裁在文学发展史上起了极端不良的作用。《情采》篇说：

昔诗人什篇，为情而造文；辞人赋颂，为文而造情。何以明其然？盖《风》《雅》之兴，志思蓄愤，而吟咏情性，以讽其上，此为情而造文也。诸子之徒，心非郁陶，苟驰夸饰，鬻声钓世，此为文而造情也；故为情者要约而写真，为文者淫丽而烦滥。而后之作

① ［清］黄叔琳注，李详补注，杨明照校注拾遗：《增订文心雕龙校注》，第397页。

者,采滥忽真,远弃《风》《雅》,近师辞赋,故体情之
制日疏,逐文之篇愈盛。①

辞赋文学"淫丽而烦滥",因其"苟驰夸饰,鬻声钓世",声
色感人,闳侈巨衍,"后之作者,采滥忽真,远弃《风》《雅》,
近师辞赋:故体情之制日疏,逐文之篇愈盛"。通过这样的
"论文知世",刘勰反对"淫丽",而主张"正采":

　　　　使文不灭质,博不溺心;正采耀乎朱蓝,间色屏
　　于红紫:乃可谓雕琢其章,彬彬君子矣。②

"雕琢其章"是刘勰"古来文章,以雕缛成体"的一贯主
张,文采趋正,文质彬彬,才是丽词雅义、衔华佩实的标准
审美状态。

　　雅丽思想所包含的文学史论意识不仅体现在复古
宗经、崇古抑今的整体文学史论观念上,也体现在其断
代文学发展史论上,还体现在对具体文学体裁的发展评
价上。这是一种立体贯通,纵横交错的思维意识。在整
体的文学史论之中,刘勰将阐释的重点放在"辞采"问题
上,核心在于论述"从质及讹"的风格发展,提出"商周丽
而雅"的雅丽文风作为"十代"文学的折衷准绳;顺此,评

---

① [清]黄叔琳注,李详补注,杨明照校注拾遗:《增订文心雕龙校注》,第416页。
② [清]黄叔琳注,李详补注,杨明照校注拾遗:《增订文心雕龙校注》,第416页。

价诗骚文学为"诗人丽则而约言,辞人丽淫而繁句""诗人什篇,为情而造文;辞人赋颂,为文而造情",提出"还宗经诰"的习染原则与"丽词雅义"的辞赋创作要求,主张文质彬彬的"正采"之美。在数千年的文学史论中将雅丽思想彻底贯通,并以之为核心审美理论评价历代文学。

第三节　中和之美的审美追求

《文心雕龙》以"衔华佩实"为五经的审美特点,雅丽文学思想具有华实相胜、文质彬彬的中和之美,主要包含如下几个构成方面:

一是从五经源于"自然之道"出发,思想内容雅正的经典成为文采郁然的"人文",这就从哲学依据上分外突出了"圣文雅丽"的尚丽华美特点,"雅丽"文风的得来,是儒家雅正的礼乐思想与道家尚美尚丽主张的结合产物。儒家经典质实雅正,雅而少丽,刘勰向自然物色之美丽取法,为经典增加了尚丽的因素,成为"衔华佩实"的最佳"人文"作品。

二是从经典之雅丽出发,推演到文学作品"华实相副"的华丽文采与充实内容的和谐统一,即文学内容与形式的完美和谐,达到文质彬彬的状态。上一节中征引《情采》篇"文附质""质待文""情经辞纬""正采彬彬"等观点集中论述了这一中和之美。

三是"圣文雅丽,衔华佩实"的风格特征,中和了《体性》篇"典雅、繁缛、精约、新奇"等"八体"风格类型,成为全书风格类型理论的核心,《体性》篇"会通合数,得其环中"说揭示了这一核心。

五是"商周丽而雅"的时代文风,成为《文心雕龙》折衷历代、自主确立的历时文风核心。《通变》篇指出:"黄唐淳而质,虞夏质而辨,商周丽而雅,楚汉侈而艳,魏晋浅而绮,宋初讹而新。"文学发展从尧舜禹时代的淳朴、质朴状态,到南朝新奇、轻靡的状态,当以商周"雅丽"时风为准绳折衷衡量之,因为这是儒家经典著作《尚书》《诗经》《周礼》《周易》《乐经》成书并且礼乐制度占据政教统治地位的时候,是最具有中和之美的时代。

六是伴随《文心雕龙》篇章结构的组织关系,在"枢纽"论中确立的"雅丽"主张,必然将影响到从五经流出的若干文体的创作与审美,后世文体或雅或丽,或正或奇,或华或实,或文或质,都是雅丽中和审美论的产物。以汉赋为例,巨丽宏大、虚辞滥说是其基本特点,汉赋之华丽过度而讽谏功能之雅正不足,使其走向"劝而不止""文丽用寡"之途,刘勰提出"丽词雅义""风归丽则"等审美要求与创作要求,意在复归雅丽中和之美。

七是"雅丽"主张既尚雅又尚丽,刘勰顺此提出雅言、雅体、雅制、雅篇、正采、正式、执正驭奇、尚雅贬俗等若干为文之术,又提出丽辞、辩丽、奇文、伟辞、壮丽、绮丽、艳丽等文体审美评价或时代文风评价,具有强大的理论合成功能和审美鉴赏价值。

从具体的评价运用中,我们可以得到这样的结论:刘勰主张"雅丽"思想之后,评价纬书,是"无益经典,而有助文章",丽而不经;评价楚辞,是"取镕经旨,自铸伟辞",主张"酌奇而不失其真,玩华而不坠其实"的执正驭奇与华实相副;评价诗歌是"四言正体,则雅润为本;五言流调,则清丽居宗",主张"华实异用,惟才所安";评价《乐府》是"《韶》响难追,郑声易启",带有明显的尚雅贬俗的正统儒家诗乐观念;评价辞赋的"大体"是"情以物兴,故义必明雅;物以情观,故词必巧丽",主张"丽词雅义,符采相胜",提出"风归丽则"的雅丽创作观;评价"风骨"主张"确乎正式""篇体光华";论述"情采"主张文质相谐,"正采"彬彬;论述风格主张会通"八体","得其环中","雅丽黼黻";论述文学发展史则以"商周丽而雅"为其中轴,之前尚质,其后偏文;论述修辞技法之《比兴》《夸饰》时,皆以《诗》之"比显兴隐""夸而有节"为范,对辞赋用比忘兴、夸饰无度加以规讽,照应"丽词雅义"之说;论述物色动人的描写时,对"诗人丽则,辞人丽淫"加以区分,复述"风归丽则"之旨。上述所及,是从枢纽论、文体论、创作论直到批评论的明显例子,可见尚雅尚正与尚丽尚美的观念不仅贯通全书,而且是主导全书的审美标准。从理论特征强烈的《宗经》"六义"说与《知音》"六观"论，一首一尾，同样可以看出这是"雅丽"思想在审美、创作、鉴赏领域内的具体体现。

第四节　尚雅贬俗的基本态度

在《文心雕龙》书中，从前到后，对经典文学、庙堂文学、功能作用较大的文体是褒赞的，对民间文学、娱乐文学、政教作用不突出的文体是贬斥的，这是以儒家为尊的思想倾向和为文致用的文章功能来决定的，因此，尚雅贬俗成为雅丽文学思想的又一基本内涵特征。

《征圣》开篇即征引了部分出于《论语》的孔子话语，指出：在政治教化、外交事业、个人修养方面能够为文致用，是儒家名人与儒家经典之所以被后世"尊贵"的根本原因："先王圣化，布在方册，夫子风采，溢于格言。是以远称唐世，则焕乎为盛；近褒周代，则郁哉可从：此政化贵文之征也。郑伯入陈，以文辞为功；宋置折俎，以多文举礼：此事迹贵文之征也。褒美子产，则云言以足志，文以足言；泛论君子，则云情欲信，辞欲巧：此修身贵文之征也。然则志足而言文，情信而辞巧，乃含章之玉牒，秉文之金科矣。"①政化贵文的表率，事迹贵文的代表，修身贵

_____

① [清]黄叔琳注，李详补注，杨明照校注拾遗：《增订文心雕龙校注》，第17页。

文的标准,皆从儒家经典及其代表人物中选出并予以褒赞,以他们各自的语言、修养、事迹、政令等作为写作文章必须"征圣"的模仿内容,为后文树立周公与孔子二人为文章师范之标杆打下了基础,也为全书尊崇儒家思想、崇尚雅正文风打下了基础。

《文心雕龙》以儒家经典和儒家名人为作品范式与作家代表,凡是与此相左、相异、相悖的作家作品,或多或少,都被批评过,比如:

《正纬》篇认为经纬同源,但纬书走向了神秘、怪诞、虚伪、诡异的歧途,因此,详细论述了纬书的"四伪",进行了猛烈的批评。在汉代,上至帝王,下到民间,运用迷信手段、神秘文化控制舆论及民情的举动不可胜数,但这是已经称经的高贵的、正统的儒家经典里面所不允许的事物,所以,纬书被批评得很惨。这表明刘勰所持的文学观念,带有明显的复古意味,并不在纬书等新兴文体领域与时俱进。

《乐府》篇是尚雅贬俗态度极为鲜明的篇章。该篇指出:"自雅声浸微,溺音腾沸,秦燔《乐经》,汉初绍复……中和之响,阒其不还。"①刘勰所推崇的"雅声",即《诗经》之雅诗,也可以泛指正统的儒家雅乐;他所批评的"溺音",即泛指各层新兴的俗乐。汉代继承、恢复先

①[清]黄叔琳注,李详补注,杨明照校注拾遗:《增订文心雕龙校注》,第82页。

秦雅乐,然而事与愿违,终因《乐经》焚毁之故,再也无法恢复。所以汉武帝时代的乐府是"《桂华》杂曲,丽而不经;《赤雁》群篇,靡而非典",等到元、成二帝时,早已"稍广淫乐",汉代乐府地位虽高,但"正音乖俗,其难也如此"。发展到汉末曹氏父子时期,虽然在情感和内容上时有新意,但仍是"虽三调之正声,实《韶》《夏》之郑曲",从此以后,雅乐断绝。刘勰指出,这其中的原因有二:第一是"淫辞在曲,正响焉生",俗乐太多,雅乐被消解、被包围、被弱化了;第二是"诗声俱郑,自此阶矣",因"俗听飞驰,职竞新异"之故,每逢温恭之雅乐,听众必欠伸鱼睨,而听到奇辞之俗乐,则抃髀雀跃。所以《文心雕龙》反对新奇的俗乐,推崇已经消亡的雅乐,在尚雅贬俗的整体观念下,带着强烈的维护儒家礼乐正统地位的深层用心。

《杂文》篇论述新出的七体、连珠、对问等文学体裁,因其文风新颖、辞藻华丽、主要运用于主客娱乐与宴饮场合之故,社会实用功能小,所以被骂得很惨;《谐隐》篇论述娱乐场合、民间流行的双关手法、隐语、谜语等交际活动或口语文学,因为难登大雅之堂,故而虽然专篇立论,但几乎没有褒赞之意。通观这两篇专论,刘勰并不是对所有娱乐性质、文采华丽的文章都否定,他的要求是:无论文章体制大小,是否具有娱乐功能,都要符合雅丽兼备的特点,才是好文章。

《史传》篇论述史学著作之真伪时指出，"俗皆爱奇，莫顾实理"是一种历史久远的通病，史学家"追述远代，代远多伪"，于是"弃同即异，穿凿傍说，旧史所无，我书则传"，他们在没有实物文献或典籍记载的情况下，大多按照自己道听途说之所得或自己虚构之记载，来表明创新与博闻，"此讹滥之本源，而述远之巨蠹也"。真伪不分，私心过重，这是孔子《春秋》经典之外，一般的历史著作时时不被信赖的原因。

《书记》篇记载谚语时说："谚者，直语也。……并引俗说而为文辞者也。夫文辞鄙俚，莫过于谚；而圣贤《诗》《书》，采以为谈。况逾于此，岂可忽哉！"①谚语是民间口语文学形态之一，是被"采"进文章乃至经典之中的，因其"文辞鄙俚"，低俗不雅，难入法眼。

《体性》篇论述"八体"风格时说："典雅者，镕式经诰，方轨儒门者也。……新奇者，摈古竞今，危侧趣诡者也。轻靡者，浮文弱植，缥缈附俗者也。"②典雅的风格出自儒家经典的熏染，而新奇的、轻靡的风格是不学古人、缥缈附俗的产物，"故雅与奇反，奥与显殊，繁与约舛，壮与轻乖"，相反又相成的四组八体风格，带有明显尚雅贬俗的批评态度。

《通变》篇论述文学发展古今之变，批评今人："刻意

---

① [清]黄叔琳注，李详补注，杨明照校注拾遗：《增订文心雕龙校注》，第349页。
② [清]黄叔琳注，李详补注，杨明照校注拾遗：《增订文心雕龙校注》，第380页。

学文,多略汉篇,师范宋集,虽古今备阅,然近附而远疏矣。"①结合《体性》篇对八体风格的阐释可知,这就是新奇的、轻靡的文风,当代文学不学汉篇、不学古人,是发展不良的文学与文风。最终的解决办法是"矫讹翻浅,还宗经诰",因为学习汉篇,就是学习汉代称经的儒家经典,以及由经典转化而来的汉代新体文学,这样,"斯斟酌乎质文之间,而隐括乎雅俗之际,可与言通变矣"。

类似的意见在《文心雕龙》中还有很多,限于篇幅,在此不一一举证。

总而言之,《文心雕龙》并不反对杂文体、俗文学与娱乐活动,刘勰反对的是不雅、不正、无益于教化、不利于修养的俗文学与娱乐文学。他站在文学功能必须有用于政教、内容必须雅正有益、文采不宜华丽过度的立场上,衡量正统文学、政教文体之外的俗文学、杂文学、泛文学,由此可见刘勰严格的儒家立场和雅丽思想尚雅贬俗的基本特征。

第五节　知音鉴赏的批评方法

《文心雕龙》论述了数千年的文学史,涉及了众多的作家作品和文学现象,实际上,刘勰不仅以读者身份来

---

① [清] 黄叔琳注,李详补注,杨明照校注拾遗:《增订文心雕龙校注》,第397页。

面对这些作家作品，又以评论者的身份来鉴赏批评这些文学问题，因此，公正客观的阅读鉴赏态度非常重要，《知音》即为此而作。

《知音》篇首先就告诉读者阅读鉴赏不是一件容易的事情，指出知音很少，知音特难。刘勰移用伯牙、子期"高山流水"的"知音"故事于文学评论，意在指出正确公允地评价文学作品是一件很难的事情，这是就知音的客观性来说的；从知音的主观性来说，往往会有片面甚至错误的评论现象出现，这些现象可以分为如下几种：第一是世人同有的"贵古贱今"的态度，第二是同时代的作家"文人相轻"的不良心态，第三是"轻言负诮"妄下论断的作风。对上述三种不良风气，刘勰总结说：

> 故鉴照洞明，而贵古贱今者，二主是也；才实鸿懿，而崇己抑人者，班曹是也；学不逮文，而信伪迷真者，楼护是也。酱瓿之议，岂多叹哉！①

历史上雄才大略、贵为帝王的秦皇汉武二主都是"贵古贱今"的，著名文学家班固、曹植都是自恃鸿才而"崇己抑人"的，身为著名学者的楼护、桓谭都是相顾嗤笑而"信伪迷真"的，这就引出了一个非常尖锐的问题：上述

---

① [清] 黄叔琳注，李详补注，杨明照校注拾遗：《增订文心雕龙校注》，第591页。

诸人尚且如此,普通读者与作家又该怎么办呢? 因为普通人犯错误显然比优秀者更多,眼界与理论修养显然更差,评价很有可能比上述诸家更糟糕。所以刘勰客观地说出了"文情难鉴,谁曰易分"的话,并且指出在文学鉴赏的文本解读中存在着特殊性与读者主体情性、喜好、修养的差异性,"慷慨者"喜好激越之声,"酝藉者"心思密附,"浮慧者"喜悦绮丽,"爱奇者"尚好瑰怪,各执所好,片面偏执。于是"六观"说顺势而生:

> 是以将阅文情,先标六观:一观位体,二观置辞,三观通变,四观奇正,五观事义,六观宫商。斯术既行,则优劣见矣。①

《知音》"六观"与《宗经》"六义"一尾一首,居于《文心雕龙》文学鉴赏论与创作论的核心位置,而且存在首尾对应的关系,"六观"是从鉴赏的角度对"六义"的再现与化用。"六观"之中,"位体"涉及文体数十种,每类文体都有各自独特的要求、写法与风格;"置辞""奇正"二者,主要涉及用词典雅或新色的问题;"宫商"一说,旨在语句声律音响效果动听与否;"通变"则主要关于文体演化与风格文质之变;"事义"则回归"六义"说"事信而不诞,义

---

① [清]黄叔琳注,李详补注,杨明照校注拾遗:《增订文心雕龙校注》,第592页。

贞而不回"的要求。《知音》"六观"的内容,实际上包含
了"论文叙笔"的文体论、《体性》《通变》《定势》等篇的
风格论、《情采》《镕裁》到《总术》《才略》的文术论与文
情论,暗中包含了宗经尚雅的思想标准与艺术标准。
"六观"具体可感,建立在"博观精阅"的基础之上,是有
源之水,有本之木,而且具有明确的分类指向,有很强的
可操作性。

《文心雕龙·体性》篇论述作品创作过程论,是"情
动而言形,理发而文见;盖沿隐以至显,因内而符外者
也",写作是"由内到外,由源及波"的表达过程,"形之
笔端,理将焉匿";而鉴赏是"沿波讨源""以意逆志"的
体会过程,"目瞭形分,心敏理达",二者刚好相反。因
此,不管是创作还是鉴赏,"文如其人"的基本规律是不
会变的:创作时"表里必符""莫非情性",鉴赏时"莫见
其面,觇文见心"。所以,博观博见、"研阅穷照""酌理
富才""博通经纶"是用于文学鉴赏活动的最重要修养
法宝。

"六观"鉴赏理论广泛地运用于《文心雕龙》全书,是
雅丽文学思想对作家作品、时代文学、创作要求等文本
或创作现象进行评价的重要理论,兹举"六观宫商"为例
简述之。《文心雕龙》论述文学的宫商声律之美,计有下
列语句:

1. 宫商朱紫,随势各配。(《定势》)①

2. 声含宫商,肇自血气。(《声律》)②

3. 宫商响高,徵羽声下。(《声律》)③

4. 若夫宫商大和,譬诸吹籥;翻回取均,颇似调瑟。(《声律》)④

5. 割弃支离,宫商难隐。(《声律》)⑤

6. 讽诵则绩在宫商,临文则能归字形。(《练字》)⑥

7. 宫商为声气。(《附会》)⑦

刘勰之论,以"宫商"为文章的外在声气、风格特点、诵读之音与阅读作品时字句音节之高低、诵读外显之和乐,是"肇自血气"的,是作家"气有刚柔"的外化反应。这种听声观文、听声知人的鉴赏理论,继续沿着"文如其人"的路子进行,并结合了孔子观乐与季札观乐"听音知政"的解读传统。刘勰实际上要说的是,有什么样的情性,就有什么样的作家,作家先天的血气类型特征如何,他在写作时选择的词句、喜好的文风就会与之一致;通过

---

① [清]黄叔琳注,李详补注,杨明照校注拾遗:《增订文心雕龙校注》,第407页。
② [清]黄叔琳注,李详补注,杨明照校注拾遗:《增订文心雕龙校注》,第431页。
③ [清]黄叔琳注,李详补注,杨明照校注拾遗:《增订文心雕龙校注》,第431页。
④ [清]黄叔琳注,李详补注,杨明照校注拾遗:《增订文心雕龙校注》,第432页。
⑤ [清]黄叔琳注,李详补注,杨明照校注拾遗:《增订文心雕龙校注》,第432页。
⑥ [清]黄叔琳注,李详补注,杨明照校注拾遗:《增订文心雕龙校注》,第485页。
⑦ [清]黄叔琳注,李详补注,杨明照校注拾遗:《增订文心雕龙校注》,第519页。

讽诵他的作品,聆听作品中的声律宫商,也能反观到作家的血气性格类型。如果结合《文心雕龙》中论述"声律""声采""声文""音""响""调""乐"等情况来看,"六观宫商"的运用,在书中文学评论中占据了很重要的位置。《原道》《情采》指出"形文""声文""情文"是"文"的三种表现形式,"情文"属于人文辞章,是加工而成的艺术部类之一,同时具有视觉外形之美与声律音响之美,所以刘勰列出《练字》篇与《声律》篇来指出用字选择与声律节奏,提出辞章"雅丽黼黻"的文章风格美与《韶》《夏》雅乐的宫商美。沿着"文源于道"到"情文辞章"的转化之路继续前进,在串联二者的同时,一直不忘强调"声文"的重要地位与"声采"的重要作用。声律美是文学作品之美的重要组成部分,是文学尚丽的重要内容。

第六节　唯务折衷的辩证思维

《文心雕龙》论述写作之道,当观点与前人相同或存异之时,刘勰提出了"唯务折衷"的方法论:

> 及其品评成文,有同乎旧谈者,非雷同也,势自不可异也。有异乎前论者,非苟异也,理自不可同也。同之与异,不屑古今,擘肌分理,唯务折衷。按

　　綷文雅之场,环络藻绘之府,亦几乎备矣。①

刘勰说,在论文中我会遇到观点与前人相同或相异的情况,这些都是不可避免的,我不会因为时间的古今而有所轻重,我会"擘肌分理"而中行,这样来研究文学问题,才是对的②。《文心雕龙》从写作完成到流传至今,能够成为不朽经典,对它的研究著作和文章如此之多,在海内外受重视程度如此之高,根本原因还在于它的理论价值深刻博大、历久弥新,而这些价值的得来,是刘勰借鉴前人、广采百家、独出机杼的结果,从思维方法论来看,就是运用了"唯务折衷"方法论的结果③。折衷方法论的最

----

①〔清〕黄叔琳注,李详补注,杨明照校注拾遗:《增订文心雕龙校注》,第611页。
②"擘肌分理"一语,出于张衡《西京赋》:"剖析毫厘,擘肌分理。"(《文选》卷二)关于"折衷"的含义,《说文》:"折,断也。"《广韵》:"衷,当也。"《韵会》:"折衷,平也。""折衷"即公平允当的评价。另,"折衷"也称折中,语见《史记·孔子世家·赞》:"言六艺者,折中于夫子。"索隐:"《离骚》:'明五帝以折中。'王叔师云:'折中,正也。'宋均云:'折,断也。中,当也。言欲折断其物而用之,与度相中当也。'"牟世金先生《译注》"折衷":"折衷:即折中。折是判断,中是恰当。是比喻对文学理论的分析。"詹锳先生《义证》:"中与衷通。喻剖判之精密也。"周振甫先生认为"折衷"即"求当,求恰当"。很明显地,刘勰主张折衷的方法论,是要力求在前人理论基础上,对历代文学创作、作家作品以及理论成果做出一个恰当客观的评断。
③关于刘勰的"折衷"论,老一辈的研究者主要将心得看法附注于字词的注疏之中,见解深刻而相对零散。当前能看到的研究文章在三十篇以上,这些文章主要集中于三个层面:第一,刘勰"折衷"思想之来源,主要集中于源出佛家或儒家两说;第二,顺势向上,又讨论到刘勰的文学(转下页注)

基本特点是"分而为二""执两用中",讲究兼解执中,使自己的评价客观公允、准确深刻。这既是公正评价的方法,也是创新求变的方法,是具有普适性意义的哲学方法论。

《文心雕龙》雅丽文学思想本身就是儒道结合、诗骚结合、奇正结合、华实结合的产物,带有折衷儒道的意味与明显的史学意识。此外,折衷方法论主要的表现还有以下三点:

第一,思想渊源上合观各家,为我所用。《文心雕龙》思想渊源众多,刘勰对此进行合观统照,选取其中对文学发展有利的因素或理论主张,为我所用,这是《文心雕龙》深刻无涯、博大精深的最主要原因。而对各家理论进行选择、运用的过程中所持有的方法,则是折衷思维方法。本书在雅丽文学思想的《渊源论》部分重点讨论了儒家、道家、阴阳纵横家以及魏晋玄学思想的影响,简略讨论了先秦法家和兵家的影响。兵、法二家虽然不是雅丽文学思想的直接来源,但是其理论主张对雅丽思想是有辅助作用的。现以《文心雕龙》对法家思想的吸

(接上页注)思想属于释、道、儒或魏晋玄学四家中哪一家或者是否综合数家的问题;第三,最终讨论到刘勰《文心雕龙》一书主导思想归属是什么的问题。这三个层面,呈现出由表层到深层、由现象到本质的追问。除此,还有的研究文章涉及"折衷"方法论在《文心》一书的运用举证,比如《刘勰美学思想发微》《刘勰"折衷"文学批评思想及其运用》《"折衷"是刘勰〈文心雕龙〉批评理论的精髓》《〈文心雕龙〉"折衷"四论》等。

收与运用为例,简介于下:

《文心雕龙》书中若干次谈论"法家辞气"及其代表作家李斯等人,因此,法家思想对先秦文学,尤其是秦国文学产生了很大的影响。这种影响的余绪,一直延续到汉代文学,对汉代文学的文体发展、制度确立、文学兴盛起了积极作用。《文心雕龙》的文学发展基本观点之一,是文学的"崇替"受时代政治思潮与帝王"在选"因素的影响,秦国文学是刘勰眼中文学不兴、质木无文的反面典型,比如:

　　　　《封禅》:法家辞气,体乏弘润。①
　　　　《奏启》:秦始立奏,而法家少文。②

在《文心雕龙》看来,法家依法治国,严明赏罚,等级森严。在秦国历史上的著名法家人物中,以韩非在秦国时间最短而思想影响最大,李斯作品丰富多样而才学与成就最高。《文心雕龙》对李斯的评价非常之高,甚至按照《风骨》篇文学何以具有"风骨"的评价标准来看,全书仅有两人的作品符合《文心雕龙》设定的"风""骨"兼备的标准,这两人一个是郭璞,另一个就是李斯③。最紧要的

————————

① [清]黄叔琳注,李详补注,杨明照校注拾遗:《增订文心雕龙校注》,第295页。
② [清]黄叔琳注,李详补注,杨明照校注拾遗:《增订文心雕龙校注》,第317页。
③ 《文心雕龙》论述郭璞时给予其"逆时代潮流而动"的看法,主要有以下六处:1.《明诗》:江左篇制,溺乎玄风,嗤笑徇务之志,崇盛忘机之谈,袁孙已下,虽各有雕采,而辞趣一揆,莫与争雄,所以景纯《仙》篇,挺(转下页注)

是,讲究秩序,追求法度,这是法家思想对《文心雕龙》的极大启示;这个启示,与刘勰受儒家礼乐制度的秩序法度影响、心中追求的文学发展"尚法"思想暗合。故而刘

(接上页注)拔而为隽矣。2.《诠赋》:景纯绮巧,缛理有余。3.《颂赞》:景纯注《尔雅》,动植赞之;事兼美恶,亦犹颂之变耳。4.《杂文》:郭璞《客傲》,情见而采蔚。5.《时序》:景纯文敏而优擢。6.《才略》:景纯艳逸,足冠中兴;《郊赋》既穆穆以大观,《仙诗》亦飘飘而凌云矣。此外,钟嵘《诗品序》曰:"永嘉时,贵黄老,稍尚虚谈。于时篇什,理过其辞,淡乎寡味。爰及江表,微波尚传,孙绰、许询、桓、庾诸公诗,皆平典似《道德论》,建安风力尽矣。先是郭景纯用俊上之才,变创其体。刘越石仗清刚之气,赞成厥美。然彼众我寡,未能动俗。"论述与刘勰相合;刘勰、钟嵘都对郭璞于"建安风力尽矣"的时代环境中以"俊上之才"力挽狂澜的创作给予了高度评价。《文心雕龙》对李斯的评价见《渊源论》诸家部分,累计共八处。《论说》:范睢之言疑事,李主要有以下八处:斯之止逐客,并顺情入机,动言中务;虽批逆鳞,而功成计合,此上书之善说也。《封禅》:秦皇铭岱,文自李斯,法家辞气,体乏弘润;然疏而能壮,亦彼时之绝采也。《奏启》:李斯之奏骊山,事略而意径:政无膏润,形于篇章矣。《事类》:相如《上林》,撮引李斯之书:此万分之一会也。《练字》:及李斯删籀而秦篆兴,程邈造隶而古文废。《练字》:夫《尔雅》者,孔徒之所纂,而《诗》《书》之襟带也;《仓颉》者,李斯之所辑,而史籀之遗体也。《雅》以渊源诂训,《颉》以苑囿奇文:异体相资,如左右肩股:该旧而知新,亦可以属文。《指瑕》:向秀之赋嵇生,方罪于李斯:与其失也,虽"宁僭无滥";然高厚之诗,"不类"甚矣。《才略》:苏秦历说壮而中,李斯自奏丽而动:若在文世,则扬班俦矣。上述评价非常之高,李斯不仅文章写得好,对于文学发展所必需的文字小学功夫也极为精深,是一位才学双绝的文学家和学者(李斯同时还是著名的书法家与书法理论家)。郭璞、李斯二人在各自的时代独领风骚,李斯作品虽有"法家辞气"的不足,但内容质实,且"自奏丽而动",郭璞《仙诗》"飘飘而凌云",对比《风骨》所论可知,二作实为有"风骨"之美的优秀作品;《风骨》篇以"骨髓峻"与"风力遒"衡量文学之"风骨"美,笔者遍查全书上百位作家(一说163人,不确定),能将"风"与"骨"兼备的作家,仅李斯、郭璞二人而已。

勰论文,时时以"法"为要:

> 《通变》:望今制奇,参古定法。①
>
> 《定势》:效奇之法,必颠倒文句;上字而抑下,中辞而出外:回互不常,则新色耳。②
>
> 《附会》:驷牡异力,而"六辔如琴";驭文之法,有似于此。③

刘勰主张"参古定法",研究"驭文之法",反对"效奇之法",这样才能够"执正驭奇",因而"执术驭篇"。他对古人教歌之法、崇盛丽辞之法、修辞聘会之法、法孔题"经"之举非常赞赏。尤其在文学发展的制度建设与秩序确立上,对秦代汉代设置专门官吏"职主文法"的制度规定、对汉代重视文学重视文字书写规范的"明著厥法"的法律规定相当赞赏,而对史书中为高贵妇女立传这样不合礼法的写作现象大加贬斥,认为是"汉运所值,难为后法"。从这些"尚法"的文学观念中,我们可以看出刘勰受法家影响的痕迹,更可以看出他为了寻找文学发展之正途所做的艰辛努力与积极探索。《文心雕龙》下篇从《神思》到《总术》的十九篇,主要讨论风格审美、谋篇布

---

① [清]黄叔琳注,李详补注,杨明照校注拾遗:《增订文心雕龙校注》,第398页。
② [清]黄叔琳注,李详补注,杨明照校注拾遗:《增订文心雕龙校注》,第407页。
③ [清]黄叔琳注,李详补注,杨明照校注拾遗:《增订文心雕龙校注》,第520页。

局、修辞技法三大类问题,全部涉及贯通性的或专题性
的写作方法。《神思》提出"研阅穷照""博而能一"的思
维修炼方法,《体性》提出习染雅正文风的学习方法,《风
骨》提出"熔铸经典之范,翔集子史之术"的创作方法,
《定势》提出"执正驭奇"的解蔽"新色"的方法,《养气》
主张养气为文的修养之法,《总术》总结"执术驭篇"的基
本写作方法;除此,还具体讨论了裁剪、结构、声律、对偶、
用典、比兴、夸饰、练字、修改等写作技法。雅丽思想主张
"丽辞雅义",这部分内容,主要就在阐述运用什么样的
方法,才能达到"丽辞雅义"的理想状态。对方法的追求
与探索,是《文心雕龙》的重要组成内容。当然,法家思
想虽然部分开启了《文心雕龙》的"尚法"文学观念,但只
具有方法论的影响。先秦儒家经过《荀子》一书尚法论
术的转化,到刘勰这里,注重的是对文术方法的研讨,不
再是法家治国之法。

　　第二,理论阐释时的"唯务折衷"。《文心雕龙》以雅
丽思想为核心,书中论述了非常之多的正反对比的范
畴,比如华与实、文与质、雅与丽、正与反、奇与正、古与
今、显与隐、新与旧、风格论、隐秀论、丽淫与丽则等等众
多的范畴,这些范畴并不是绝对的对立,而是走向"折
衷"这一目标。现任举两例论述之。

　　《情采》篇论述文采之美的生成,举出了一对正反对
比的例子:

圣贤书辞,总称文章,非采而何? 夫水性虚而沦
漪结,木体实而花萼振:文附质也。虎豹无文,则鞟
同犬羊;犀兕有皮,而色资丹漆:质待文也。若乃综
述性灵,敷写器象;镂心鸟迹之中,织辞鱼网之上:其
为彪炳,缛采名矣。①

"文附质""质待文"两种文采之美,均以自然界的"无识
之物"为例来比喻文章应该是二者的结合状态,即"文不
灭质,博不溺心;正采耀乎朱蓝,间色屏于红紫:乃可谓雕
琢其章,彬彬君子"②的状态。文质彬彬之美,就是雅丽
中和、衔华佩实之美。结合本篇论述"诗人什篇,为情而
造文;辞人赋颂,为文而造情"的方法来看,《情采》篇的
组织使用的就是"正——反——合"的行文思维与折衷
合观的方法。

《神思》篇提出解决写作思维难题的方法,论述"博"
与"能"的修养关系:"若夫骏发之士,心总要术;敏在虑
前,应机立断。覃思之人,情饶歧路;鉴在虑后,研虑方
定。机敏故造次而成功,虑疑故愈久而致绩。难易虽殊,
并资博练。"③刘勰以为,思维的快慢迟速,并没有高低优
劣之分,机敏有机敏的好处,覃思有覃思的积淀。解决思

---

① [清]黄叔琳注,李详补注,杨明照校注拾遗:《增订文心雕龙校注》,第415页。
② [清]黄叔琳注,李详补注,杨明照校注拾遗:《增订文心雕龙校注》,第416页。
③ [清]黄叔琳注,李详补注,杨明照校注拾遗:《增订文心雕龙校注》,第370页。

维与写作语言表达问题的根本途径,还是要依靠博练,
多读多学,借鉴修炼。这样,这一组句子的关系,就呈现
出正——反——合的折衷合观的结构,这使得刘勰解决
思维难题的主张顺理成章而具有极强的可操作性。这
是从正面来说博练的方法论价值的。紧接着,又从反面
指出"若学浅而空迟,才疏而徒速,以斯成器,未之前
闻"[1],学养不深厚,才华不出众,只想一味地写作求快,
只会是误入歧途。因此,归结出了后面既要博练,又能专
一于思维表达训练的观点:

> 是以临篇缀虑,必有二患:理郁者苦贫,辞溺者
> 伤乱。然则博见为馈贫之粮,贯一为拯乱之药;博而
> 能一,亦有助乎心力矣。[2]

这个观点的得出,是先从反面起笔,"理郁辞溺"是写作的
两大难题,"博见贯一"则是解决这些问题的两大良方。

第三,具体鉴赏批评时的公允评价。对于最尊崇的
儒家,刘勰也能公正地看到其不足之处,比如谈到孟子
和墨子论战以猪羊之辞相互谩骂时,指出他们影响到了
后代奏体文章"竞于诋诃,吹毛取瑕,次骨为戾,复似善
骂,多失折衷"(《奏启》)之弊;在谈到汉儒繁冗的解经行

---

①[清]黄叔琳注,李详补注,杨明照校注拾遗:《增订文心雕龙校注》,第370页。
②[清]黄叔琳注,李详补注,杨明照校注拾遗:《增订文心雕龙校注》,第370页。

为时说"秦延君之注《尧典》，十余万字；朱文公之解《尚书》，三十万言：所以通人恶烦，羞学章句"（《论说》），从而认为玄学家王弼注解《易》经"要约明畅，可为式矣"（《论说》）。最明显的例子是对曹丕和曹植兄弟的评价，《才略》篇说："魏文之才，洋洋清绮。旧谈抑之，谓去植千里。然子建思捷而才俊，诗丽而表逸；子桓虑详而力缓，故不竞于先鸣，而乐府清越，《典论》辩要：迭用短长，亦无懵焉。但俗情抑扬，雷同一响，遂令文帝以位尊减才，思王以势窘益价，未为笃论也。"[1]刘勰认为前代人因为政治因素的掺入，对曹氏兄弟的评价"俗情抑扬""未为笃论"，不准确，不真实。还原到"笃论"的状态，就是二人先天才气各异，思维迟速不同，一个"思捷而才俊"，一个"虑详而力缓"，结合《神思》篇论述思维迟速时所举的相如、祢衡等十二名家来看，刘勰认为二曹之作各有优点，并无高下。这就从一般评价者以个人好恶为标准和悲悯弱势的心态提升到观文论才与公正评价的高度，殊为不易。

---

[1]［清］黄叔琳注，李详补注，杨明照校注拾遗：《增订文心雕龙校注》，第574页。

第五章　雅丽思想的基本表现

按照刘勰安排的结构板块,雅丽思想在《文心雕龙》全书序论、枢纽论、文体论、创作论、批评论五个部分中都有所表现,本章将对这些表现进行探索,从性质上来说,这是一个还原的工作。因为序论暗含了最为核心的文学思想及其取法渊源,故而列前。

第一节　"文心""雕龙",宗经致用

《文心雕龙》的序论是其《序志》篇,置于全书之末。《序志》详细说明了《文心雕龙》一书的写作宗旨、目的、背景与内容简介、写作方法等。在介绍"文心雕龙"书名的得来与其写作宗旨时,刘勰说:

> 夫"文心"者,言为文之用心也。昔涓子《琴心》,王孙《巧心》,心哉美矣,故用之焉。古来文章,

以雕缛成体,岂取驺奭之群言雕龙也。①

对本段文字"古来文章,以雕缛成体"句,很少有人注意到,这其实是刘勰对文章尚丽这一基本属性的集中表述。这一表述包含三层信息:第一,这是刘勰通观古代到当代文学创作所得出的基本结论,有文学史论性质;第二,"雕缛成体"的尚美尚丽因素及其技法,是文学作品的共性;第三,在"铺观列代"分析各种体裁与大量作品的前提下得出的这个结论,将用于对全书论述"为文之用心"的指导。事实上也是这样,《文心雕龙》的文章尚丽原则在文体论、创作论、批评论中一直贯通,最集中地在枢纽论部分提出,而浓缩在序论的短短这一句话中。这句话的核心意思就是告诉读者:文学的基本特质是追求文采之华丽。

对于华丽文采的追求,当然离不开高超的写作方法与技巧,因此"群言雕龙"的语言艺术及其高妙技法,才成为刘勰关注的文章如何能"丽"的重要对象。据司马迁《史记·孟子荀卿列传》载,"齐有三驺子",即邹忌、邹衍、邹奭②。相比上述三"邹子",孟子尽管正言善辩,但

①[清]黄叔琳注,李详补注,杨明照校注拾遗:《增订文心雕龙校注》,第609-610页。
②相对现代人而言,邹忌之名,如雷贯耳,这是因为国人只要读过中学,就没有不学《邹忌讽齐王纳谏》这篇出自《战国策》的经典名文(尽管有人考证认为本篇不实)的。《讽》文中邹忌劝谏齐王时迂回实效的技(转下页注)

在效果上远远不如。据《史记·孟子荀卿列传》：

> 孟轲，驺人也。受业子思之门人。道既通，游事齐宣
> 王，宣王不能用。适梁，梁惠王不果所言，则见以为
> 迂远而阔于事情。当是之时，秦用商君，富国强兵；
> 楚、魏用吴起，战胜弱敌；齐威王、宣王用孙子、田忌
> 之徒，而诸侯东面朝齐。天下方务于合从连衡，以攻
> 伐为贤，而孟轲乃述唐、虞、三代之德，是以所如者不
> 合。退而与万章之徒序诗书，述仲尼之意，作《孟
> 子》七篇。①

据《传》，孟子生不逢时。其实，从辩论艺术的角度讲，孟
子气势逼人，责难有力，思想深刻，技法纯熟，远非邹忌可
比；同时，孟子内修浩然之气，外抱经国之才。但是，为什
么处处碰壁，不得大张其言呢？孟子的经历提醒我们，抱
定"雅正"而不变"言术"，"忠言"如果太过"逆耳"，效果
是不会好的。而邹忌与邹衍能干政于国，大行其道，所以
司马迁说邹衍与孔孟之别：

（接上页注）法，进尽忠言而不逆耳的结果，臧克家先生曾撰文大加褒赞。
《史记·孟子荀卿列传》描述邹衍"谈天"，以迂回虚诞巨丽之言语艺术游
说干政，其道大行；而驺奭学习言语艺术于邹衍，得其精妙，雕琢言辞，精
美得体，故称"雕龙"。又，"驺"与"邹"通，现称邹忌、邹衍、邹奭，《史记》
作驺忌、驺衍、驺奭。二者均可。
①［汉］司马迁：《史记》（影印本），第 2343 页。

其游诸侯见尊礼如此，岂与仲尼菜色陈蔡，孟轲困于齐梁同乎哉！[1]

《索隐》：“按：仲尼、孟子法先王之道，行仁义之化，且菜色困穷；而邹衍执诡怪营惑诸侯，其见礼重如此，可为长太息哉。”[2]通过上面的分析，我们知道，司马迁感叹邹衍“作先合，然后引之大道”[3]的言说策略是正确的。有一点我们必须要注意到，邹衍等人的虚辞滥说，实际上并非仅仅为了哗众取宠，而是用心良苦的积极之作。《孟荀列传》载：

邹衍睹有国者益淫侈，不能尚德，若大雅整之于身，施及黎庶矣。乃深观阴阳消息而作怪迂之变，《终始》《大圣》之篇十余万言。其语闳大不经，必先验小物，推而大之，至于无垠。先序今以上至黄帝，学者所共术，大并世盛衰。[4]

《索隐》：“言其大体随代盛衰，观时而说事。”[5]可见，邹衍的学说首先有其现实的针对性，是在目睹“有国者益

---

①［汉］司马迁：《史记》（影印本），第 2345 页。
②［汉］司马迁：《史记》（影印本），第 2346 页。
③［汉］司马迁：《史记》（影印本），第 2345 页。
④［汉］司马迁：《史记》（影印本），第 2344 页。
⑤［汉］司马迁：《史记》（影印本），第 2345 页。

淫侈,不能尚德"的前提下观时而说事的,简单地说,就是抓住受众心理所好,赶时髦,主要写的是"闳大不经"、怪诞虚妄的内容:

> 因载其禨祥度制,推而远之,至天地未生,窈冥不可考而原也。先列中国名山大川,通谷禽兽,水土所殖,物类所珍,因而推之,及海外人之所不能睹。称引天地剖判以来,五德转移,治各有宜,而符应若兹。以为儒者所谓中国者,于天下乃八十一分居其一分耳。中国名曰赤县神州。赤县神州内自有九州,禹之序九州是也,不得为州数。中国外如赤县神州者九,乃所谓九州也。于是有裨海环之,人民禽兽莫能相通者,如一区中者,乃为一州。如此者九,乃有大瀛海环其外,天地之际焉。其术皆此类也。然要其归,必止乎仁义节俭,君臣上下六亲之施,始也滥耳。王公大人初见其术,惧然顾化,其后不能行之。①

《索隐》注"惧然顾化"曰:"谓衍之术皆动人心,见者莫不惧然驻想,又内心留顾而已化之,谓欲从其术也。"②又曰:"桓宽、王充并以衍之所言迂怪虚妄,干惑六国之君,

---

① [汉]司马迁:《史记》(影印本),第 2344 页。
② [汉]司马迁:《史记》(影印本),第 2345 页。

因纳其异说,所谓'匹夫而营惑诸侯'者是也。"①所谓
"异说",指的是驺衍"深观阴阳消息而作怪迂之变"的
"闳大不经"之术,表面看与孟子主张的仁义之说迥异,
其实不然:驺衍是在以一种迂怪虚妄的方式作起始,"然
要其归,必止乎仁义节俭",这和孟子坚守的宗旨没有两
样,不同的是言说的策略和方式而已。孟子从始至终几
乎不改变自己的仁义观点;驺衍是在"合"的结果上"顾
化"到仁义节俭,而在"起、承、转"的方式上采用了与时
代合拍的言说技巧,表面看起来谈天说地,怪诞不经,其
实用心良苦,主动求变,他追求的是如何能将掌握实权
的君王说动,使他们在乐于迂怪的同时接受自己婉曲隐
含的劝谏内容。"王公大人初见其术,惧然顾化,谓衍之
术皆动人心,见者莫不惧然驻想,又内心留顾而已化之,
谓欲从其术也"。《索隐》:"化者,是易常闻而贵异术
也。"②孟子的观点和言说方式都是"常闻",不足为奇;驺
衍的言说则是"异术",能动人心。王公大人都很爱好,
能使听众"内心留顾而已化之",所以,苦心设计的"止乎
仁义节俭"的主旨自然也就能被接受。孟子和驺衍都是
本着同一个目的去的,效果差异如此之大,不得不令人
深思。

　　在此,刘勰虽然明说自己《文心雕龙》这本书的书名

---

①［汉］司马迁:《史记》(影印本),第 2345 页。
②［汉］司马迁:《史记》(影印本),第 2345 页。

不是取自邹奭的语言"雕龙",而是来自文章"雕缛成体"的共性,但是他称赞上述诸子,除了他们的口舌之利与积极效果,还因为他们为国立功、言语致用所建立的功绩巨大。因为在刘勰思想深处,"贵器用而重文采"(《程器》)的"梓才"思想根深蒂固。

上述比较说明:《文心雕龙》主张文学尚丽,同时积极追求文章如何能"丽"的技巧。我们可以看到,邹衍等人虚辞滥说的最终目的,是以迂回而不忤逆的技巧,取得"归于节俭"的目的。《文心雕龙》在《辨骚》《时序》等篇中明确说明屈宋《楚辞》的创作、邹衍等人的"诡辩"是一个重要的源头;而虚辞技法与节俭宗旨,毫无疑问,是后代汉赋的基本特点①。

因此,刘勰关于"文心"书名的这段说明,传递的最主要信息是:文学创作需要积极的技法探索,以达到"雕缛成体"的目的。从创作理想上来看,这个追求是美好的。

不过,仅仅追求文丽,还不是《文心雕龙》的全部写作目的。刘勰认为,华丽的文采也有类别之分,正确的华丽才是对的,而不正确的片面"奇丽",就是错误的。《序志》以为:

---

①战国诡辩之术对辞赋文学的影响,参见渊源论《阴阳纵横》部分。

> 去圣久远，文体解散，辞人爱奇，言贵浮诡，饰羽尚画，文绣鞶帨，离本弥甚，将遂讹滥。盖《周书》论辞，贵乎体要；尼父陈训，恶乎异端；辞训之异，宜体于要。[①]

对比《体性》篇风格八体之"新奇"一体"摈古竞今，危侧趣诡"与"轻靡"一体"浮文弱植，缥缈附俗"的特征说明可知，本段"将遂讹滥"一说，是在批评当下的不良文风，"辞人爱奇，言贵浮诡"，"饰羽尚画，文绣鞶帨"，文章奇诡艳丽，远离根本。因此，面对近代文学绮丽巧艳的创作误区，提出"宜体于要"的解蔽之法。《征圣》篇对"体要"有详细的说明：

> 故知正言所以立辩，体要所以成辞，辞成无好异之尤，辩立有断辞之义。虽精义曲隐，无伤其正言；微辞婉晦，不害其体要。体要与微辞偕通，正言共精义并用；圣人之文章，亦可见也。[②]

儒家经典"正言体要""立辩成辞"，圣人的文章，就没有"辞训之异"，没有片面追逐华丽文采而新奇讹滥的弊

---

① ［清］黄叔琳注，李详补注，杨明照校注拾遗：《增订文心雕龙校注》，第610页。
② ［清］黄叔琳注，李详补注，杨明照校注拾遗：《增订文心雕龙校注》，第17-18页。

端。因此,刘勰要求回归根本,这个本,就是儒家经典。他主张在华丽的基础上予以雅正的规范,提出正确创作华丽文章的标准。这个标准,就是"衔华佩实"的"雅丽"思想。经典雅正而华丽,社会功能巨大,而且后世文章都是从经典中派生出来的。《序志》:

> 唯文章之用,实经典枝条,五礼资之以成,六典因之致用,君臣所以炳焕,军国所以昭明,详其本源,莫非经典。①

于此,我们可以清楚地看到刘勰宗经为本的儒家主导思想。首先,经典雅丽,衔华佩实,具有雅正美好的审美特点;其次,经典功能巨大,经国纬业,泽被天下;同时,文章出自经典,是其枝条。刘勰论文章的功能,是从"用"的角度来看待的。文章应该是为"有用"而作,因此,仅仅尚丽是不够的,还必须具有尚用的功能,近代文学的创造,正是因为离开了经典这个根本,不尚用、不求实,片面追求华丽绮靡与新奇浮诡,从而走向了"离本弥甚,将遂讹滥"的错误道路。

刘勰提出的解蔽之法,就是回归经典开创的"衔华佩实"的"雅丽"正途。既可以保持其华丽的共性,又具

---

① [清]黄叔琳注,李详补注,杨明照校注拾遗:《增订文心雕龙校注》,第610页。

有质实的内容与得用的社会功能,这才是写作文章应该达到的根本目的。这样,经典"雅丽"的审美特点,就成为了指导一切文章进行正确创作的基本思想,尤其是近代文学讹滥离本的解蔽良方。同时,《序志》篇指出,近代文学的不良创作与近代"论文"之理论建构不足有直接关系:

> 详观近代之论文者多矣:至如魏文述典,陈思序书,应玚《文论》,陆机《文赋》,仲治《流别》,宏范《翰林》,各照隅隙,鲜观衢路;或臧否当时之才,或铨品前修之文,或泛举雅俗之旨,或撮题篇章之意。魏典密而不周,陈书辩而无当,应论华而疏略,陆赋巧而碎乱,《流别》精而少功,《翰林》浅而寡要。又君山公幹之徒,吉甫士龙之辈,泛议文意,往往间出,并未能振叶以寻根,观澜而索源。不述先哲之诰,无益后生之虑。①

上段所及,是推动魏晋"文学自觉"的十位理论名家及其文论,这是刘勰《文心雕龙》诞生之前的重要文学理论研究成果。刘勰认为它们各有缺点,从体系来说,片面论述而不全面统照;从观点来说,崇尚华丽而雅正不多。这些

---

① [清]黄叔琳注,李详补注,杨明照校注拾遗:《增订文心雕龙校注》,第610-611页。

理论成果"不述先哲之诰,无益后生之虑",远离儒家经典,后代受其影响的作家,就一定会走上离本讹滥的歧途。魏晋重情尚美、靡丽轻艳的时代风气与创作成果,刘勰在尊重文学华丽的基本属性的基础上,予以批评,表示不满。于是,他要求"振叶寻根,观澜索源",回归"先哲之诰",为后代学习者树立一个标准的范式,从而有益"后生之虑"。这个标准,就是雅丽思想。因此,雅丽思想是在近当代学术思想背景与文学理论研究成果的基础上,经过化合吸收、自主独创而成的。

综上所述,《文心雕龙》的序论内容丰富,是雅丽思想最直接的论述部分。刘勰提出雅丽文学思想的背景与过程主要有如下几个方面:

一是文学创作实践的弊端已经非常严重,刘勰希望运用回归根本的办法,解决文学新变、文学尚丽趋势中所出现的问题。这是创作实践的一面。

二是文学理论探索的不足,近代之论文者"各照隅隙,鲜观衢路",没有全面、深刻、系统的理论著作,无法全面、正确地指导文学创作的实践,无法总结前代理论的综合成就。因此,刘勰《文心雕龙》的写作,就是为了总结前代理论、指导后代写作,所以主张回归经典,有益后生。这是理论研究的一面。

三是《文心雕龙》整体的追求,是为了文学之正美、文学之正丽。"心哉美矣""雕缛成体""雕龙驰响"说的提出,表明这本书的主要指向,是为了文学审美的理论探索,这是其核心。从《原道》开始,没有一篇不谈到文学美丽精神,没有一篇不谈到怎样创作、学习、鉴赏文学之美丽,这是刘勰重视文学本质之美与吸收当代重情尚美的时代风气与文学尚丽创作实践的综合产物。因此可以说,尚丽精神,是《文心雕龙》贯通全书而且特别重视的一面。这是顺应"文学自觉"历史潮流的。

四是认为文章是经典派生的枝条,不能只具有经典华丽的一面,还应该具有经典雅正质实的一面与为文尚用的功能。因此结合三者,提出文学的雅丽思想,是以"雅"来规范"丽",以"雅"来指导"丽",使文章内容充实、功能致用,"丽则"而不"丽淫",为文学创作指出一条正确之路。

第二节　圣文雅丽,衔华佩实

"文之枢纽"部分包括《原道》至《辨骚》五篇①。《原

---

① 有的研究者认为《辨骚》篇应该归属于文体论部分,这是从文体归类的角度来看的,其说不妥:一则因为《序志》所述是将本篇列于"枢纽"论;二则《辨骚》篇在论述《离骚》特点的同时,还有一个重要的目的是总结"枢纽"论五篇的核心内容,即:文学创作应该在经典雅正得法的基础上进一步突出华丽之美,雅丽结合。从这个角度讲,纬书与《离骚》在本质上都是"丽而不经"的作品,《辨骚》以归入"枢纽"论为宜。

道》篇集中论述"文源于道"的文学发生论与"人文有采"的尚丽本质,同时提出"道——圣——文"的经典生成模式,为《宗经》确立了哲学依据;《征圣》篇集中提出"圣文雅丽,衔华佩实"的审美特点与经典四个方面的写作技法,成为指导全书的审美原则与文术理论;《宗经》具体论述儒家五经的内容、特点,重申"文出五经"的观点,为二十篇文体论建立儒家统摄的理论框架,同时提出"六义"说,作为"五经含文"的重要依据,贯穿于全书,成为雅丽思想的具体化,并指导对创作、审美、批评的论述;《正纬》篇重点论述纬书"不经"的思想内容,同时,指出文学写作可资取法的"事丰奇伟,辞富膏腴"的英华之美;《辨骚》篇集中指出了《离骚》与经典的四同与四异,提出其"取镕《经》旨,自铸伟辞"的鲜明特点,然后指出向屈原《楚辞》学习写作的必要性,提炼出《诗》《骚》结合的"酌奇不失真,玩华不坠实"的创作原则,阐明了雅丽创作论的总纲。枢纽论的五篇文章,以《宗经》为核心,以"正——反——合"的思维模式组织成一个严密整体,共同确立了雅丽思想的理论地位。同时,体现了华美与质实结合、宗经与新变结合、创作与审美结合、雅正与奇丽结合的特点。这些特点,是雅丽思想源出儒家而能积极新变的反映,体现了巨大的包容性与尊重文学创作规律的实践精神。

一、人文原道，郁然有采

《原道》篇最基本的问题有三个：一是"文源于道"的文学发生论；二是"郁然有采"的文学尚丽属性；三是"道——圣——文"的思维模式。而真正的目的，是在为经典尚丽寻找理论依据，即宗经征圣。

（一）自然之道，人文有采

首先，《原道》主张"自然之道"的哲学规律，认为文学是自然规律转化生成的结果：

> 夫玄黄色杂，方圆体分，日月叠璧，以垂丽天之象；山川焕绮，以铺理地之形：此盖道之文也。仰观吐曜，俯察含章，高卑定位，故两仪既生矣。惟人参之，性灵所钟，是谓三才；为五行之秀，实天地之心。心生而言立，言立而文明，自然之道也。[①]

日月山川等天地万物，是"道"的外在体现，是"道之文"。"道之文"光彩焕烂，美丽无比。在这个基础上，人居于天地之间，"为五行之秀，实天地之心"，通过仰观俯察，体会自然规律，"心生而言立，言立而文明"，人文因此产生。从最根本的规律层面上讲，人文是"自然之道"的产

---

①［清］黄叔琳注，李详补注，杨明照校注拾遗：《增订文心雕龙校注》，第1页。

物。关于"自然之道",曾有佛道、儒道、玄学之道多种研究意见;但是从《文心雕龙》开篇的这段论述来看,"自然之道"显然更具有道家老子"人法地,地法天,天法道,道法自然"的特性,因此笔者认同"自然之道"源出道家之说。汉代大儒扬雄提出"天地人"三才说,为魏晋玄学继承运用,对此也有贡献。在论述了文学产生的自然规律之后,人文就有了一个与"道之文"的日月山川同样的本质属性:具有文采华丽之美。因此,刘勰接着说:

> 傍及万品,动植皆文:龙凤以藻绘呈瑞,虎豹以炳蔚凝姿;云霞雕色,有逾画工之妙;草木贲华,无待锦匠之奇。夫岂外饰?盖自然耳。至于林籁结响,调如竽瑟;泉石激韵,和若球锽:故形立则章成矣,声发则文生矣。夫以无识之物,郁然有采,有心之器,其无文欤![1]

自然万物与文学作品,都是"自然之道"的产物,刘勰将它们分成色彩艳丽的形文、声音动听的声文、有心之器的人文。这三类道之文的共性是文采华美。形文的视觉美与声文的听觉美,来自其自然属性,不是外饰的结果。这里蕴含的思想是:自然之美胜过人工修饰之美。但是,

---

① [清]黄叔琳注,李详补注,杨明照校注拾遗:《增订文心雕龙校注》,第1页。

刘勰并不否定人文的文采,他认为,形文与声文是"无识之物",人文是"有心之器",人的思维与创作是要超过没有思维能力的"云霞林籁"的,当然更是文采华美的。这又转化到肯定人工修饰美的角度上,对文学的创造指出了取法自然、"润色取美"(《隐秀》)的基本途径,指出了写作应该重视自然物色之美与肯定人为创造的艺术美两条创作之路。这就为全书取法"自然之道"、主张"自然会妙"、倡导"自然之势",同时重视"物色感召"、提倡"润色取美"建立了理论依据,刘勰据此写出了《定势》《隐秀》《物色》等重要篇目;并且在《情采》篇中反复对声文、形文、情文的尚丽特点与本源自然的属性做出论述。

　　本篇很重要的一点是主张文学的尚丽特质。这个尚丽的特质,不只是外在形式美的华丽,还具有如下特点:一是外在华美,内在质实。自然万物是在天地为内容的扎实根基上派生出艳丽文采的,是华实相胜、文质彬彬的,绝对不是只有外在艳丽的形式,而不具有内在充实的内容。这就表明,内容的充实,是文学作品文采华美的根本前提。二是循环相因,文采新变。自然物色必须要遵循的一个基本运动规律是:日月有升降,四时有交替。仅仅看到外在文采之美,是对自然之道的片面理解。日月不可能一直挂在天上,虎豹不可能四季都有美纹,而是有谢有荣,循环更迭的。文采之谢,是为了积蓄能量,尊重规律,求得新变。《文心雕龙》全书重视新变、主张"质文代变",论述"循环相因""丽辞雅义""质待文"与"文附质"等理论命题,依据均在于此。

因此,《文心雕龙》列出《原道》作为枢纽论的首篇,是在主张原道生文、文学尚丽的基础上,更主张内容充实而形式华美的充实之美,主张文学发展的新变之美。

(二)文源于道,征圣宗经

从本质上讲,文学当然不是"自然之道"的产物,而是人主动创造的产物。刘勰之所以要这么说,是有其良苦用心的。《序志》表明"古来文章,以雕缛成体",具有华美的属性;"文之枢纽"的《征圣》篇,刘勰指出"圣文雅丽,衔华佩实",经典是"古来文章",文采华丽是经典的主要属性之一;《宗经》篇则列出经典"六义",指出"五经含文"的尚丽特点。众所周知,儒家五经雅正有余而文采不足。但是,刘勰主张"文出五经",后世文学都是从五经中流出来的,如果说五经不丽,那么,如何解释纬书之瑰丽、楚辞之奇丽、汉赋之巨丽、魏晋文学之艳丽特点呢?这个问题得不到合理解释,那么"文出五经"的说法就站不住脚。再进一步,既然后世文学那么美丽,而五经不丽,五经怎么会统摄各体文学呢?文学创作为什么要宗经呢?五经既然雅而不丽,又怎么会是人文有采的最高经典,乃至成为"不刊之鸿教"呢?

因此,刘勰列出《原道》篇,提出"文源于道",是将儒家五经上升到"自然之道"的产物这个文学发生的哲学层面来观照的。而儒家著名的先圣,比如伏羲、文王、周公、孔子等优秀人物,是天地之间最优秀的伟大作家,是人文的第一作者,作为人文之首的《周易》就是他们的取法自然、积极创作的第一产物。《周易》是《原道》篇中唯一被真正提到的人文作品,被称为群经之首,于是,人文都应该是《周易》派生的产物——后世所有体裁的文学作品都是儒家先圣观摩天地自然化生的产物。这样,不仅"道——圣——文"的人文生成模式建立了起来,而且,这个人文,指的是儒家经典,而不是其他文章。这样,就将人文的范围限定在儒家经典的特定范围内。于是,儒家经典既然是"自然之道"的产物,经过圣人取法自然的创作与删述,当然是"郁然有采"、文采焕然的。

于是,《原道》篇的真正写作目的就发生了转移,从"文源于道"的文学发生论、人文有采的本质论——这是具有普适性特点的两大原理——首先缩小范围到经过儒家圣人创作的《周易》上,其次为五经"衔华佩实"的审美特点找到了哲学依据。而且,尽管"自然之道"从道家而出,但是一点也不讨论道家经典和道家名人,《文心雕龙》思想宗法儒家,于此明显地表露出来。

综上,《原道》篇假借"自然之道"立论的根本目的,是要为"五经含文"寻找哲学基础,以便对五经雅丽、文出五经、独尊儒家找到理论依据。再按照"道——

圣——文"的文学创作规律,为《征圣》《宗经》篇的自然引出埋下扎实的论说根据。同时,也将"雕缛成体"的文章之美上升到了自然属性的层面。全篇从"论丽"开始,到"宗经"结束,是《宗经》篇的理论准备。

二、圣人崇文,雅丽兼备

在寻找到了经典华实相胜的雅丽依据之后,《文心雕龙》顺次列出《征圣》《宗经》两篇,鲜明地提出"圣文雅丽,衔华佩实"的理论主张;而这两篇的核心目的,都是为了证明经典是如何优秀的。然后提出"文出五经"与经典"六义",作为对此后二十篇文体论与创作论的指导原则。

(一)师范周孔,文术得法

《征圣》篇开头就说:"夫作者曰圣,述者曰明。陶铸性情,功在上哲。夫子文章,可得而闻,则圣人之情,见乎文辞矣。"①在"道——圣——文"之间,加上了一个"情"的中介,阐释出了圣人内化物色、体物抒情的创作本质。实际上,这就是源自《文赋》、体现于《物色》的"物——意——文"的写作思维模型,这个模型是对"道——圣——文"原理的细化,更加接近写作的真实面貌。不过,本篇的重点是在论述儒家经典的"文采"与"文术"上。首先,刘勰指出:

---

① [清]黄叔琳注,李详补注,杨明照校注拾遗:《增订文心雕龙校注》,第17页。

是以远称唐世，则焕乎为盛；近褒周代，则郁哉可从：此政化贵文之征也。郑伯入陈，以文辞为功；宋置折俎，以多文举礼：此事迹贵文之征也。褒美子产，则云"言以足志，文以足言"；泛论君子，则云"情欲信，辞欲巧"：此修身贵文之征也。然则志足而言文，情信而辞巧，乃含章之玉牒，秉文之金科矣。①

在论述文学"政化贵文""事迹贵文""修身贵文"功能的同时，继续大力主张文学尚丽之说。"焕乎为盛"是孔子赞美尧帝时代文学创作的话；"郁哉可从"是孔子赞美"周监二代，郁郁乎文"的话。以此类推，"多文举礼"与"褒美子产"诸说，仍然是在强调经典功能的前提下继续尚丽，其目的是：以此证明儒家文学作品的巨大作用与华丽文采，既雅且丽。儒家经典既然这么美好，是怎样创作出来的呢？

夫鉴周日月，妙极机神；文成规矩，思合符契。或简言以达旨，或博文以该情，或明理以立体，或隐义以藏用。②

本段上承《原道》，下述风格，转移到论述圣人所创制的文学作品上来。"简言、博文、明理、隐义"四项，是儒家

---

① [清]黄叔琳注，李详补注，杨明照校注拾遗：《增订文心雕龙校注》，第17页。
② [清]黄叔琳注，李详补注，杨明照校注拾遗：《增订文心雕龙校注》，第17页。

经典最主要的特点，具体而言：

> 《春秋》一字以褒贬，丧服举轻以包重，此简言
> 以达旨也。《邠诗》联章以积句，《儒行》缛说以繁
> 辞，此博文以该情也。《书》契决断以象《夬》，文章
> 昭晰以象《离》，此明理以立体也。四象精义以曲
> 隐，五例微辞以婉晦，此隐义以藏用也。①

五经"繁、简、明、隐"的风格特点中，对后代文体风格类
型论有积极的影响。徐复观先生认为《体性》"八体"中，
有"典雅、远奥、繁缛、精约、显附"五体出于五经文体风
格②，这是有一定道理的。文体风格论是汉魏晋代文学
理论的重要内容。风格属于审美论，这就对五经之美进
行分析，为《宗经》篇"五经含文"做出理论铺垫。而这些
不同风格之美的创造，则是由相应的"文术"运用而成：

> 故知繁略殊形，隐显异术，抑引随时，变通适会，
> 征之周孔，则文有师矣。③

刘勰提出五经优良的创作技法是其风格特点得来之源，

---

① [清]黄叔琳注，李详补注，杨明照校注拾遗：《增订文心雕龙校注》，第 17 页。
② 徐复观：《中国文学精神》，上海：上海世纪出版社，2006 年版，第 179 页。
③ [清]黄叔琳注，李详补注，杨明照校注拾遗：《增订文心雕龙校注》，第 17 页。

从儒家圣人与五经中学习写作,是最理想的办法。"繁略殊形,隐显异术,抑引随时,变通适会"四条,包含了风格论、方法论、时序论、通变论,为全书创作论的展开作出了铺垫。于是,"文源于道"的华实相胜、循环新变的基本特点,具体扩展为这四条创作原则。而编撰、创作儒家经典的周公与孔子,就成为人文产生以来最伟大的作家。因为圣文"郁然有采",圣人功德无量,甚至被诋毁中伤:"颜阖以为,仲尼饰羽而画,徒事华辞。虽欲訾圣,弗可得已。"[1]关于颜阖"訾圣"一事,见于《庄子·列御寇》:

> 鲁哀公问乎颜阖曰:"吾以仲尼为贞干,国其有瘳乎?"曰:"殆哉圾乎!仲尼方且饰羽而画,从事华辞,以支为旨,忍性以视民而不知不信;受乎心,宰乎神,夫何足以上民!彼宜女与?予颐与?误而可矣。今使民离实学伪,非所以视民也,为后世虑,不若休之。难治也。"[2]

颜阖诋毁孔子不遗余力,他说孔子一心想着粉饰装扮、追求和讲习虚伪的言辞、没有诚信、难以治国,等于是在鲁哀公面前把孔子的政治前途堵死了,其用心与晏子向

---

[1][清]黄叔琳注,李详补注,杨明照校注拾遗:《增订文心雕龙校注》,第18页。
[2]陈鼓应注译:《庄子今注今译》,第841页。

齐景公分析儒家难以治国完全不一样①。所以孔子说：
"恶利口之覆家邦也。"(《论语·阳货》)并对"巧言令
色"的家伙多次批评。孔子文学观在雅正的基础上明显
尚丽，追求美文。孔子认为周代文学文采斐然，是他学习
的对象。而颜阖借此诋毁他的政治水准。反面来看颜阖
之訾圣，证明五经文采之美非常明显，圣人的言辞、政见、
文章，华丽而且充实。因此说：

> 然则圣文之雅丽，固衔华而佩实者也。天道难
> 闻，犹或钻仰；文章可见，胡宁勿思？若征圣立言，则
> 文其庶矣。①

五经出于圣人对自然之道的仰观俯察，当然具有"衔华
佩实"的特点，刘勰提出"雅丽"一说，为五经质实与文采
兼备的特点做出了肯定性的判断。同时认为"天道难
闻"，而圣人的"文章可见"——五经尚存，就是说，征圣

①事见《史记·孔子世家》。齐景公非常欣赏孔子的治国策略，准备重用
他。这时候晏子站出来，向景公分析儒家治国难以成功的原因："晏婴进
曰：'夫儒者滑稽而不可轨法；倨傲自顺，不可以为下；崇丧遂哀，破产厚
葬，不可以为俗；游说乞贷，不可以为国。自大贤之息，周室既衰，礼乐缺
有闲。今孔子盛容饰，繁登降之礼，趋详之节，累世不能殚其学，当年不能
究其礼。君欲用之以移齐俗，非所以先细民也。'后景公敬见孔子，不问其
礼。异日，景公止孔子曰：'奉子以季氏，吾不能。'以季孟之闲待之。"晏
子的分析主要建立在理性基础上，与颜阖诋毁孔子不一样。
①[清]黄叔琳注，李详补注，杨明照校注拾遗：《增订文心雕龙校注》，第18页。

立言,学习写作,必须要到五经中去学习。这是扬雄"在则人,亡则书"宗经思想的直接运用。与《原道》一样,《征圣》篇的根本目的,还是在于《宗经》。因此本篇赞语说:

精理为文,秀气成采。鉴悬日月,辞富山海。[①]

这是对五经创作特点、审美特点与文学原道尚丽的总结,是对《原道》《征圣》两篇的总结,其核心意见是认为五经雅正华丽,可为百世法。

（二）文出五经,六义含文

《宗经》篇位居"枢纽"论五篇的正中,实际上也是整个"枢纽"论的理论核心。这个核心的主要内容,是在阐明"宗经"的必要性与经典百世不易的理论地位。《文心雕龙》论述"为文之用心","为"什么文? 得向经典寻找文体的渊源。怎样为文? 得向经典学习"六义"之法。首先,为了再次强调经典的特殊理论地位,刘勰说:

三极彝训,其书曰经。经也者,恒久之至道,不刊之鸿教也。故象天地,效鬼神,参物序,制人纪,洞性灵之奥区,极文章之骨髓者也。[②]

---

① [清]黄叔琳注,李详补注,杨明照校注拾遗:《增订文心雕龙校注》,第18页。
② [清]黄叔琳注,李详补注,杨明照校注拾遗:《增订文心雕龙校注》,第26页。

着重点明了经典的重大意义与崇高地位,经典是"恒久之至道,不刊之鸿教";经典之来源与基本内容是"象天地,效鬼神,参物序,制人纪",因此在功能上"洞性灵之奥区,极文章之骨髓"。为文不宗经,还学习什么呢?

而经典经过孔子删述以后,具有了丰富的内容与更为多样的写作技法:

> 于是《易》张十翼,《书》标七观,《诗》列四始,《礼》正五经,《春秋》五例。义既极乎性情,辞亦匠于文理,故能开学养正,昭明有融。①

"十翼""七观""四始""五经""五例"等具体内容与基本写法的展开,这是五经有益"后生之虑",论述"先哲之诰"的集中表现。经典"义极性情,辞匠文理",能够"开学养正,昭明有融","为文之用心"的功能、本质、文辞、修养论都在其中。为文不宗经,还学习什么呢?

刘勰认为,儒家五经的每一经都不同凡响,其具体内容无限丰富,包含了后代各种写作技法与风格理论,五经可以统摄一切文体:

> 故论说辞序,则《易》统其首;诏策章奏,则《书》

---

① [清]黄叔琳注,李详补注,杨明照校注拾遗:《增订文心雕龙校注》,第26页。

发其源；赋颂歌赞，则《诗》立其本；铭诔箴祝，则
《礼》总其端；记传盟檄，则《春秋》为根：并穷高以树
表，极远以启疆，所以百家腾跃，终入环内者也。若
禀经以制式，酌《雅》以富言，是即山而铸铜，煮海而
为盐也。①

"文出五经"的意见，汉代王充等人明确说过，对刘勰有
所影响；其后颜之推《颜氏家训》虽然也说过，但很有可
能是从刘勰这里转化过去的②。《宗经》此说，表明"枢
纽"论之后的文体论部分，是在经典统摄之下的发展论

---

① [清]黄叔琳注，李详补注，杨明照校注拾遗：《增订文心雕龙校注》，第27页。
②《颜氏家训·文章》篇认为："夫文章者，原出《五经》：诏命策檄，生于
《书》者也；序述论议，生于《易》者也；歌咏赋颂，生于《诗》者也；祭祀哀
诔，生于《礼》者也；书奏箴铭，生于《春秋》者也。"颜之推文体分类及文出
五经的意见与刘勰大同小异。除此之外，《颜氏家训》还有一些明显受到
《文心雕龙》影响的论述，比如以下数端：一是"文章当以理致为心肾，气
调为筋骨，事义为皮肤，华丽为冠冕"，与《文心雕龙·附会》篇"情志为神
明，事义为骨髓，辞采为肌肤，宫商为声气"极为近似；二是颜之推"今世
相承，趋末弃本，率多浮艳。辞与理竞，辞胜而理伏；事与才争，事繁而才
损。放逸者流宕而忘归，穿凿者补缀而不足。时俗如此，安能独违？但务
去泰去甚耳。必有盛才重誉，改革体裁者，实吾所希"之说，痛斥今世文风
之严重弊端，与刘勰所论也几乎一致，而其"改革体裁者"之愿望，刘勰实
勘此任；三是颜氏以为"古人之文，宏材逸气，体度风格，去今实远；但缉缀
疏朴，未为密致耳。今世音律谐靡，章句偶对，讳避精详，贤于往昔多矣。
宜以古之制裁为本，今之辞调为末，并须两存，不可偏弃也"，其说折衷古
今，合取两长，而折衷观照的思维方法与古今备阅的文学发展观点，是《文
心雕龙》雅丽思想所自觉运用的思维方法与文学史观，"古今两存，不可
偏废"，正是雅丽思想能够被提出的根本原因。如此等等。

述,长达二十篇的"论文叙笔",是经典的"枝条"。而经典"雅丽"的风格与审美、创作、鉴赏、功能论,就是统摄后代文体的法宝。也就是说,文体论的基本核心、指导思想,是雅丽思想。这在原理上首先成立。

在综合分析了五经的内容、特点、风格、功能之后,《宗经》篇提出了重要的"六义"说:

> 故文能宗经,体有六义:一则情深而不诡,二则风清而不杂,三则事信而不诞,四则义贞而不回,五则体约而不芜,六则文丽而不淫。扬子比雕玉以作器,谓五经之含文也。①

经典"情深、风清、事信、义贞、体约、文丽"的"六义",是从审美、创作角度提出来的基本原则,是全书文体论、创作论、批评论的具体指导标准,是对五经"衔华佩实"的具体展开,五经之"雅丽"一分为六,体现了情深而隐、风清而纯、事信而真、义贞而正、体约而简、文丽而美的"为文之用心",是统摄文学创作、审美的思想标准与艺术标准②。

---

① [清]黄叔琳注,李详补注,杨明照校注拾遗:《增订文心雕龙校注》,第27页。
② 对于"六义"的研究意见颇多。易中天先生将"六义"与风、骨、采二合一地对接观照,得出"风骨"就是雅丽之文审美理想的看法;王志彬先生认为单看"六义"尚属片面,还应该结合《知音》篇"六观"说,二者的结合,才是《文心雕龙》批评论的整体意见;还有的研究者认为这是《文心雕龙》的创作论。实际上,"六义"的排列顺序是由情到文(采),转化(转下页注)

　　刘勰引用扬雄"丽则丽淫"的辞赋评论,转而运用于"文丽而不淫"的经典"丽则"说。刘勰借扬雄对"五经美玉"的论述,建立起了"五经含文"的尚丽主张。雅丽思想具体化的"六义"创作标准与审美标准提出之后,《宗经》篇立刻将其运用于文学批评之中:

> 　　夫文以行立,行以文传,四教所先,符采相济。励德树声,莫不师圣,而建言修辞,鲜克宗经。是以楚艳汉侈,流弊不还,正末归本,不其懿欤?[①]

　　"符采相济",即"文质彬彬",是雅丽"正采"的表现,是经典的文风。刘勰批评辞赋丽而不雅,艳丽繁缛,违背了这个规范。这样,雅丽思想不仅运用于文学的审美批评,《文心雕龙》尊崇经典,崇经贬骚的基本态度也树立起来,其基本目的,是主张雅而且丽,反对丽而不雅。这个崇经贬骚的态度与评价,在《辨骚》《诠赋》《情采》《比兴》《夸饰》《事类》等文体论、创作论中都有非常明显的体现。

　　这样,通过《原道》篇"人文有采"的哲学依据与《征

（接上页注）来看,就是《情采》篇论述的文质关系说,以及如何正确创造彬彬"正采"的方法论。"雅丽"是一个整体的概念,分而为六是对雅丽的细化,合六为一是对雅丽的整合。雅丽即"六义",不仅是创作原则,同时是审美原则与批评原则。

① [清]黄叔琳注,李详补注,杨明照校注拾遗:《增订文心雕龙校注》,第27页。

圣》篇"衔华佩实"的理论基础,再加上本文对经典"六义"的详细论述,儒家经典在思想雅正、内容质实的基本特征上,得到了"从道及文"的文采华美的美誉,雅丽思想不仅在《文心雕龙》中提出来,而且扎实地建立起来。《原道》《征圣》《宗经》这三篇的基本核心是《宗经》篇,在确立儒家思想指导文学写作的基础上,高举雅丽一说,并详细阐释细化雅丽思想的经典"六义",在审美、创作、批评上以之为极则。

三、正纬辨骚,执正驭奇

《文心雕龙》"枢纽"论的核心是《宗经》。前三篇正向论述,目的是为了得出"圣文雅丽,衔华佩实"的结论;后两篇《正纬》《辨骚》则是反向论述,核心是为了证明纬书与《离骚》的"丽而不经",借以突出经典"丽而且雅"的正确范式,并以之为规范,欲以在经典之后,对后代不能正确新变的文学创作给予能够正确新变、正确创造的指导。最后,在上述正反对比的基础上,得出"合"的结论,提出"枢纽"论在雅丽思想统摄下文学创作的总原则。

(一)经纬同源,经正纬奇

《正纬》篇的提出,有一个刘勰无法绕开而又必须解决的文学创作实际问题。依照《原道》所述,一切"人文"——先是《周易》,后是经典,最后是各体文学作品——都是从"自然之道"华实相胜的物色规律中化生而出的。按理说,就都应该是质实美好的作品。而且文出五经,五经那么美好,后代文学向五经学习,是不应该出现诡滥绮靡之弊端的。但是,上述假设,只是《文心雕龙》论述文学创作的理想设计,而没有关注儒家思想是否真的在人文、社会、政治生活中占据了主导地位;同时,忽略了社会思潮、作家选择的重要因素。确立儒家的思想指导,确立五经的写作之道的意见,还不是文学创作的真实面貌。两汉时代,尤其是后汉时代,谶纬神学因为与皇权结合,以及汉代经学的神学化趋势,使得经学发展部分地走上了神秘主义的歧途。扬雄《法言》中对此多有批判,王充《论衡》一书所高举的"疾虚妄"大旗,主要的目的,就是针对谶纬神学而发。刘勰继承了这些意见,在《正纬》篇中集中对神秘的纬书进行了批评,分清经纬,以正视听。

纬书是刘勰重点批评的文体之一,这一文体,本是神秘文化的产物,"原夫图箓之见,乃昊天休命,事以瑞圣,义非配经"①。在这种情况下,方士为宣传迷信思想,大肆宣扬纬书:

　　于是伎数之士,附以诡术:或说阴阳,或序灾异,

---

①[清]黄叔琳注,李详补注,杨明照校注拾遗:《增订文心雕龙校注》,第41页。

> 若鸟鸣似语,虫叶成字,篇条滋蔓,必假孔氏。通儒
> 讨核,谓起哀平;东序秘宝,朱紫乱矣![①]

这些图箓符咒的东西,对文献典籍产生了混淆的错误作用,因为宣传皇权神秘力量之需,谶纬神学在东汉大行其道:

> 至于光武之世,笃信斯术。风化所靡,学者比肩。沛献集纬以通经,曹褒撰谶以定礼:乖道谬典,亦已甚矣。是以桓谭疾其虚伪,伊敏戏其浮假,张衡发其僻谬,荀悦明其诡诞:四贤博练,论之精矣。[②]

纬书的虚伪、浮假、僻谬、诡诞的特点,在思想内容上"乖道谬典",不合经典正体,是需要批判的。刘勰认为"按经验纬,其伪有四":

> 盖纬之成经,其犹织综,丝麻不杂,布帛乃成。今经正纬奇,倍摘千里,其伪一矣。经显,圣训也;纬隐,神教也。圣训宜广,神教宜约。而今纬多于经,神理更繁,其伪二矣。有命自天,乃称符谶,而八十一篇,皆托于孔子,则是尧造绿图,昌制丹书,其伪三

①[清]黄叔琳注,李详补注,杨明照校注拾遗:《增订文心雕龙校注》,第41页。
②[清]黄叔琳注,李详补注,杨明照校注拾遗:《增订文心雕龙校注》,第41页。

矣。商周以前,图箓频见;春秋之末,群经方备:先纬后经,体乖织综,其伪四矣。伪既倍摘,则义异自明;经足训矣,纬何预焉?①

纬书主要扮演的角色是这样子的:犹如孔子口中的"朱紫之紫,雅郑之郑",是讹滥、不雅、不经的东西。但是,纬书虽然内容荒诞不经,但从来源上看,和经书一样源于自然:

> 夫神道阐幽,天命微显,马龙出而大《易》兴,神龟见而《洪范》耀,故《系辞》称:"河出图,洛出书,圣人则之。"斯之谓也。但世夐文隐,好生矫诞,真虽存矣,伪亦凭焉。②

纬书是和《易》一样,本是"河图洛书"的产物,是最早的"文源于道"的产物。只不过《易》由图箓走向文字,经圣人而成经典,历千岁而生众书。纬书则一直在图箓符咒的圈子里打转转,所以有"六经彪炳,而纬候稠叠;《孝》《论》昭晰,而《钩》《谶》葳蕤"③的结果。但是纬书文采绚烂,有助于文章的写作:

---

① [清]黄叔琳注,李详补注,杨明照校注拾遗:《增订文心雕龙校注》,第40-41页。
② [清]黄叔琳注,李详补注,杨明照校注拾遗:《增订文心雕龙校注》,第40页。
③ [清]黄叔琳注,李详补注,杨明照校注拾遗:《增订文心雕龙校注》,第40页。

若乃羲农轩皞之源,山渎钟律之要,白鱼赤乌之符,黄金紫玉之瑞,事丰奇伟,辞富膏腴,无益经典,而有助文章。是以后来辞人,采撷英华。①

在内容上,纬书不足为训,但是在艺术手法上,在文采之美上,纬书是后来文学尚丽的一个重要来源。纬书犹如一柄双刃剑,有这样丽而不经、文采华美的优点,为后来辞人所学习效仿,这也成为后世文学讹滥绚丽、内容虚诞不实、想象丰富多彩的源头之一。

刘勰以严正的态度批判纬书的思想内容,又以开明的态度看待纬书在文学创作上的优点。《文心雕龙》论述文学写作,确立儒家思想主导地位,而能正确分清经学与文学的异同,因此赞语说:

世历二汉,朱紫腾沸。芟夷谲诡,采其雕蔚。②

指出纬书主要是两汉特殊政治环境与儒学发展神学化的特殊产物,主张去伪存真、去粗取精、"采其雕蔚"、为文所用。

(二)辨骚重丽,执正驭奇

纬书的主要特点是"丽而不经",刘勰有褒有贬。

---

① [清]黄叔琳注,李详补注,杨明照校注拾遗:《增订文心雕龙校注》,第41页。
② [清]黄叔琳注,李详补注,杨明照校注拾遗:《增订文心雕龙校注》,第41页。

《离骚》的主要特点的"奇丽之文",《辨骚》篇开头就说:

> 自《风》《雅》寝声,莫或抽绪,奇文郁起,其《离
> 骚》哉![1]

《离骚》是《风》《雅》之后的奇文,这里有一个暗中的指
向:《离骚》是从《诗经》中流出来的。那么,《离骚》"奇"
在哪里呢? 根据全文,一是奇在思想内容上,二是奇在审
美特点上。《离骚》不是雅丽正统,但是奇丽非凡,故而
引来两汉众多的评价论述:淮南王刘安作《离骚传》,上
呈汉武帝,认为《离骚》风格上兼备《风》《雅》"好色不
淫,怨诽不乱"的正美,是远离浊秽的雅正产物;班固批
评屈原《离骚》思想不经,而称赞其文辞丽雅;王逸则认
为《离骚》"依经立义",泽被后世;汉宣帝、扬雄等人也认
为《离骚》"皆合经传""体同《诗》雅"。这五家的批评,
整体上看,都是站在经学立场上来对《离骚》进行或正或
反的论述,总体上认识有二:一是《离骚》具有《诗》的讽
谏特点;二是《离骚》具有雅丽之美[2]。实际上,通览《文
心雕龙》引用的上述评屈意见,是在为班固"赋者,古诗

---

① [清]黄叔琳注,李详补注,杨明照校注拾遗:《增订文心雕龙校注》,第50页。
② 两汉评屈与楚辞学研究是学术界的热门显学,诸家成果已多。李大明先
　生《汉楚辞学史》、李诚先生《论两汉评屈》《论班固评屈》、董运庭先生
　《论〈离骚〉称"经"与刘勰〈辨骚〉》等论著阐述较详。

之流"的论断做理论准备。刘勰主张"赋颂歌赞,《诗》立
其本",又主张楚辞为汉赋先声,汉赋"受命于《诗》人,拓
宇于《楚辞》",有《诗》《骚》两个源泉;顺次类推,则楚辞
也为《诗经》所出。因此,尽管他认为前人所述并不完
美,但是自己所论,无论是思想内容还是艺术特点,仍然
不出《诗》与经,意欲以经统骚。故有"四同四异"之说。
"典诰之体""规讽之旨""比兴之义""忠恕之辞"的"四
事","同乎《风》《雅》",在典诰体裁、讽喻主旨、比兴手
法、忠恕文辞上与经典相同,这是追摹经典雅正的一面;
而在"诡异之辞""谲怪之谈""狷狭之志""荒淫之意"这
"四事"上"异乎经典",即遣词诡异、虚谈谲怪、心志狂
妄、享乐荒淫方面迥异于经典,这是违背经典丽而不经
的一面。《离骚》特点,一言以蔽之,即"丽而不雅",是
"雅义奇辞"的典型:

> 故论其典诰则如彼,语其夸诞则如此。固知
> 《楚辞》者,体宪于三代,而风杂于战国,乃《雅》
> 《颂》之博徒,而词赋之英杰也。观其骨鲠所树,肌
> 肤所附,虽取镕经意,亦自铸伟辞。[1]

"取镕经意",内容雅正;"自铸伟辞",独创奇丽。这就是

---

[1][清]黄叔琳注,李详补注,杨明照校注拾遗:《增订文心雕龙校注》,第51页。

《离骚》被称为"奇文"的原因。因此,《离骚》在体裁上取法上古典诰,源出儒家;受到战国诸子"飞辩"之术的影响,取法阴阳纵横。可以说是"思想雅正而风格奇丽"之文。

　　据前述,经典是雅丽之文,思想雅正而文采华丽;纬书是丽而不雅之文,文采瑰丽而思想不经;《离骚》是雅义伟辞之文,文采奇丽而思想雅正。《离骚》虽然不像经典那么优秀,但是整体上看,也是源出经典的优秀后裔。也就是说,《离骚》"雅""丽"兼备,是经典之后的文学作品之中最优秀的代表。《文心雕龙》从《原道》开始尚丽论丽,主张经典雅丽、纬书瑰丽、离骚奇丽,越往后发展,文学尚丽的特点就越是明显。因此,以《离骚》为代表的屈原《楚辞》作品,就是明显华丽的作品,这正好体现了"郁然有采"的哲学思想:

　　　　故《骚经》《九章》,朗丽以哀志;《九歌》《九辩》,绮靡以伤情;《远游》《天问》,瑰诡而惠巧;《招魂》《大招》,耀艳而采华;《卜居》标放言之致,《渔父》寄独往之才。故能气往轹古,辞来切今,惊采绝艳,难与并能矣。[①]

"楚辞"系列作品,以"朗丽哀志、绮靡伤情、瑰诡惠巧、耀

———————

①[清]黄叔琳注,李详补注,杨明照校注拾遗:《增订文心雕龙校注》,第51页。

艳采华"的"艳丽多采"特征光耀文坛,是文学史上"惊采绝艳"的最佳作品。刘勰尚丽崇丽之心,于此分外明显。因此,从"枢纽"论五篇《原道》论自然之美、《征圣》论雅丽之美、《宗经》论"六义"之美、《正纬》论瑰丽之美、《辨骚》论奇丽之美来看,《文心雕龙》在崇丽尚丽这个特点上,是与序论部分"心哉美矣""古来文章,雕缛成体"一脉相承的;而且这五篇贯通的尚丽特点,正是对"雕缛成体"的理论的支持与全面展开。所以"文之枢纽"的用意,除了宗经尚雅,确立救弊之法,就是大力主张文学尚丽,并重点强调。

文学尚丽,有魏晋时代重情尚美、创作绮丽的风气与背景影响,刘勰顺应了这个影响。同时,他与时代诸家不同的是,看到了文学片面尚丽的不足,提出经典雅丽说来拉回正道。不仅要重视艺术审美,思想内容也要重视,这就是雅丽思想产生的时代背景和创作环境。提出雅丽思想的积极意义,是为了指导文学创作与理论研究的正确发展。

楚辞作品因为丽辞雅义,有益后生之虑,所以影响巨大,"衣被词人":

> 自《九怀》以下,遽蹑其迹,而屈宋逸步,莫之能追。故其叙情怨,则郁伊而易感;述离居,则怆怏而难怀;论山水,则循声而得貌;言节候,则披文而见时。是以枚贾追风以入丽,马扬沿波而得奇,其衣被

词人,非一代也。①

楚辞对后代文学,尤其是对汉赋诸家产生了巨大的影响。同时,楚辞体物写情、物色美丽,这一说法上承《原道》,下启《诠赋》,开启《情采》《比兴》《夸饰》《物色》诸篇的文学内容与创作手法探讨。"物色之丽",是《文心雕龙》论述文学之丽的一个重要来源;《物色》篇"江山之助"一说,就是对此而发。刘勰认为屈原能写出《离骚》,他本人"多才"也是一个重要原因,后代向楚辞取材学习写作的人,才华各异,少长不同:

> 故才高者苑其鸿裁,中巧者猎其艳辞,吟讽者衔其山川,童蒙者拾其香草。②

"鸿裁艳辞",是从审美角度论其结构与语言;"山川香草",是从内容角度看其比兴之手法。刘勰看到了楚辞在内容与形式两个维度的优秀示范作用及其影响。所以,尽管他对"楚艳汉侈"有所不满。对"辞赋丽淫"多加责难,但是楚辞特殊的独创性与文学价值,是不容抹杀的。据此可知,《序志》篇论述结构时说的"变乎骚",而"枢纽"论篇目所记则为"辨骚",实非笔误,而是为楚辞

---

① [清]黄叔琳注,李详补注,杨明照校注拾遗:《增订文心雕龙校注》,第51页。
② [清]黄叔琳注,李详补注,杨明照校注拾遗:《增订文心雕龙校注》,第51页。

辩护、公允评价之意。首先,楚辞出于《诗》,具有经典雅丽的风格;其次,楚辞"变于《诗》",吸收了"诡丽"辩辞的特点,在雅丽的基础上再进一步,体现出奇丽的鲜明特点。这一奇丽的特点,是在经典雅丽的基础上新变而成的。经典虽是文体之源,但毕竟不是事实上的后世文体;经典可以是统摄原则,但不是后代文学本身。而楚辞是"由经典到文体"演化过程中的杰出代表、成功典范。《文心雕龙》所列《辨骚》一篇,只能归入枢纽论之中,而不能归入文体论之中①。

做出上述判断的最主要的依据,是刘勰在"枢纽"论五篇的基本内容写作完成以后,总结五文,折衷前说,所得出的雅丽创作论总纲:

> 若能凭轼以倚《雅》《颂》,悬辔以驭楚篇,酌奇而不失其真,玩华而不坠其实,则顾盼可以驭辞力,欬唾可以穷文致。②

在刘勰看来,写作原本是一件很简单的事。只要做到折衷《诗》《骚》、"执正驭奇""衔华佩实"即可,浓缩起来,就是告诉我们什么是创作纲领意义上的雅丽思想。上

---

① 上述意见,初步受教于四川师范大学熊良智教授,是笔者读研时蹭课所听;后经李凯教授指导,得出此说。
② [清]黄叔琳注,李详补注,杨明照校注拾遗:《增订文心雕龙校注》,第51页。

段引文从手法、思想、文采、思维方法几个角度，言简意赅地论述了文学创作的几大核心要素。这几个要素的展开，将在文体论，主要是在创作论中大显身手。成为《文心雕龙》雅丽思想指导创作、贯通全书、评价鉴赏的最重要原则。而这一原则，是屈原最先实践得出来的。赞语对此再作褒赞：

> 惊才风逸，壮采烟高。山川无极，情理实劳。①

赞语将文学创作所必备的"物色——情感——才华——文采"这个顺序模式解释出来，即在"物——意——文"的线性模式中，重点强调情理的内在决定作用与才华的外在决定作用，使得文学写作的思维过程与表达过程更加有规律可循，有操作性可言，暗中为下篇论述思维问题和谋篇布局做出相应铺垫。

综上所述，"文之枢纽"最重要的是《宗经》篇，以"宗经"为核心的贡献有四点：一是经典的地位最为崇高；二是经典的内容无所不包；三是文出五经的统摄意见；四是"六义含文"说的提出。刘勰以为"圣文雅丽，衔华佩实"，而辞赋文学"楚艳汉侈，流弊不还"，实有宗经贬骚之意。其后的纬书内容不经，而文采绮丽；楚辞"奇文郁

---

① ［清］黄叔琳注，李详补注，杨明照校注拾遗：《增订文心雕龙校注》，第51页。

起",丽而时雅。于是主张折衷诗骚,奇正结合,华实统观。这就在经典雅正美丽与纬骚奇丽壮采的基础上合观各种优点,化成一家。显示了宗经的核心、崇儒的取法、尚丽的提倡,以及开阔的眼界、多元的思维。这是雅丽思想能够贯通枢纽论的根本体现。《序志》篇以后,作为全书最重要的理论核心部分,是对《序志》若干尚美、宗经、救弊、论文意见的初步展开。我们可以看到,"枢纽"论部分的理论主张与"序论"部分是完全一致的。都是在崇儒尊雅的基础上尚丽尚美,重视文学发生、发展的本质探索,并有意识地合观统照文学新变及其优点,将各类文体的优点吸收进来,使雅丽思想成为指导全书文体论、创作论、批评论的基本思想。因此,"枢纽"论五篇综合提出来的雅丽思想,就顺势运用到具体的文体发展论、剖情析采论、批评鉴赏论中去,成为探索文学发展规律、指导写作实践、总结写作技法、进行审美鉴赏的基本思想与理论红线。

第三节　论文叙笔,贯穿雅丽

在《宗经》篇确立了"文出五经"之后,《明诗》以下至《书记》的二十篇文体论进行"论文叙笔"的工作。这是在具体文体发展史、具体作家作品鉴赏论的大量创作实践中来检验雅丽思想是否贯通的重要环节。本章篇目众多,写作时特按《宗经》所述,列为五组;加入《杂文》《谐隐》,合计六组。取其核心精义的创作"纲要"为主要内容,进行分类分体的观照。

一、文出五经,统摄百家

《宗经》有一段话:"故论说辞序,则《易》统其首;诏策章奏,则《书》发其源;赋颂歌赞,则《诗》立其本;铭诔箴祝,则《礼》总其端;记传盟檄,则《春秋》为根:并穷高以树表,极远以启疆,所以百家腾跃,终入环内者也。"①这段话的核心意思是"文出五经"。刘勰提出这样的主张,主要有以下几个依据:

第一是"文源于道",独尊儒家。"自然之道"虽然在发明权上出自道家,但在具体运用中所起到的作用是为儒家五经的尚丽特点作理论外衣。在《原道》中,刘勰认为一切文章都是"自然之道"的产物,而文章的具体代表是儒家五经之首的《易》经,"文源于道"排除了儒家之外的道家、阴阳家、兵家、法家、名家等先秦诸子著作,也就是说,只有儒家著作,才算是"文源于道"的正统代表。

第二是"圣文雅丽",最为美好。《易》经之后,经过历代圣人的创作发展,儒家五经得以形成,五经具有高

①[清]黄叔琳注,李详补注,杨明照校注拾遗:《增订文心雕龙校注》,第27页。

超的写作技法、"衔华佩实"的审美风格、为文致用的功能、笼罩一切的内容——五经之所以这么美好,是通过具体分析得出的结果,于是"文源于道,五经最优"的推论得以成立。

第三是"文章"功能,乃经典"枝条"。《序志》以为:"文章之用,实经典枝条。五礼资之以成,六典因之致用;君臣所以炳焕,军国所以昭明:详其本源,莫非经典。"①这句话的核心有二:一是说"经典"高于"文章",功能上尤其如此,但是"经典"需要借助"文章之用"来实现"炳焕君臣,昭明军国"的功能,于是"文章"从经典中流出;二是《文心雕龙》在"论文叙笔"部分列出的数十种文体,是冲着"为文致用"这个目标去的,所以,刘勰赞美诗赋章表等文体,贬斥杂文、谐隐等文体,就是因为"用"与"不用"的原因。

第四是"论文叙笔",文出五经。顺着"文源于道"的哲学依据、五经最优的理论分析,"论文叙笔"部分设置了二十个专门篇章,重点论述了三十多种文体,实际上涉及了八十多种细化的文体,来作为"文出五经"的具体例证。这一论证的脉络可以通过以下三个方面的分析得以还原:

一是依据《宗经》篇自身的论述,可以表示为:

---

① [清]黄叔琳注,李详补注,杨明照校注拾遗:《增订文心雕龙校注》,第610页。

论说辞序,《易》统其首

诏策章奏,《书》发其源

赋颂歌赞,《诗》立其本

铭诔箴祝,《礼》总其端

记传盟檄,《春秋》为根

《宗经》列出了二十类文体,每四类为一组,每一组均源出五经中的具体一经。尽管这里没有论述《杂文》《谐隐》《乐府》《诸子》《书记》等俗文学或泛文体专篇,但从整体上看,"文出五经"在文体分类上得以确立。

二是依据《定势》篇论述文体风格的说法,"文出五经"在风格特点上有分类一致的整体属性,《定势》:"章表奏议,则准的乎典雅;赋颂歌诗,则羽仪乎清丽;符檄书移,则楷式于明断;史论序注,则师范于核要;箴铭碑诔,则体制于宏深;连珠七辞,则从事于巧艳:此循体而成势,随变而立功者也。虽复契会相参,节文互杂,譬五色之锦,各以本采为地矣。"①据此分类为:

章表奏议,准的典雅

赋颂歌诗,羽仪清丽

符檄书移,楷式明断

史论序注,师范核要

---

① [清]黄叔琳注,李详补注,杨明照校注拾遗:《增订文心雕龙校注》,第406-407页。

箴铭碑诔,体制宏深

连珠七辞,从事巧艳

"章表奏议"等六组二十二类文体分类与前述"诏策章奏"等五组分类近似,多出了《宗经》不论的"书体、连珠、七辞"等类型。刘勰为每一组文体进行了风格的归纳,列出"典雅、巧艳"等六体风格,其核心所指,显然是"雅丽"之风格美。这一论述的用意在于:从文体风格来看,"论文叙笔"的几十类文体,以经典"雅丽"文风为中心;或者说,经典雅丽的文风统摄了后代文体的风格。"文出五经"在文体风格上得以成立。

三是"论文叙笔"部分的细化文体分析。文体论的二十个专篇包含了数十种文体,累计有以下情况:

《明诗》篇重点论述了四言与五言诗歌,简述了"三六杂言、离合之发、回文所兴、联句共韵"等诗体;《乐府》篇以"乐辞曰诗,咏声曰歌"的标准,论述了"艳歌、怨诗、淫辞、正响"诸类,并将"戎丧殊事"之作也包含于内;《诠赋》论述了赋"受命于《诗》人,拓宇于《楚辞》"的来源,以为荀子五赋"与诗画境",同时将"殷人辑《颂》,楚人理赋"归入赋类,"鸿裁"与"小制"并举,抒情与夸饰共论,以蜀中辞赋三名家为例①,汉赋就有巨丽壮美之大赋、写

---

①"蜀中辞赋三名家"是指两汉蜀中最优秀的三位赋家司马相如(今南充市蓬安县人)、王褒(今资阳市雁江区人)与扬雄(今成都市郫都区人)。《文心雕龙》论述赋作或创作理论时以蜀中三家为主要对象,或(转下页注)

景体物之抒情小赋之分,流于魏晋,分类更多;《颂赞》篇合观辞赋与颂赞二体,并与其他文体相通,显示了文体分类交错的现象①;而"祝盟"等文体"祭而兼赞""哀策流文""内史执策","诔碑"等文体与铭体、赞体、史传交织,同样体现了这一特点;《杂文》一篇包含文体甚多,大的类型有"对问、连珠、七辞"三体,小的类型则有"名号多品"的"典诰誓问,览略篇章,曲操弄引,吟讽谣咏"等十六类;《谐隐》论述"谐辞隐言",对"谐语②、隐语、谜语"等游戏娱乐体裁分析深刻;《史传》一篇内含文体很多,因为"言经则《尚书》,事经则《春秋》"之故,直接论述到的显性文体就有"典、谟、诰、誓、法、历、史、策、经、纪、传、赞、序"等,并隐含了从"言、书"两经中流出的八种文体,简称"史传"者,是因为史书与纪传在刘勰之前

（接上页注）褒或贬,不离三家情采二端与文字小学造诣。由此可见,蜀中文学与学术水平在汉代居于全国第一流的地位,三家开汉赋巨丽大赋与体物小赋之先河,成为汉赋最有代表性的作家。顺流而下,从李白、苏轼到郭沫若,蜀中杰出文学家多矣,而整体上有着趋同的一致性:想象奇瑰、文风壮丽、神奇飘逸,具有鲜明的西蜀地域文化特点。对相如赋与西蜀文化的关系,李天道先生《司马相如赋的美学思想与地域文化心态》《西部地域文化心态与民族审美精神》等专著与李凯先生《司马相如与巴蜀文学范式》等文章阐释甚详。自 2012 年 12 月参加首届"湘湘文化与巴蜀文化高层论坛"始,笔者从巴蜀地域文化角度切入《文心雕龙》研究,累积已发表专文七篇,出版专著两部,拓展了《文心雕龙》的研究新路。

①刘勰以为"三闾《橘颂》,辞采芬芳",将屈原楚辞与颂体合流;又说颂体"敷写似赋,敬慎如铭",而赞体为"颂家之细条"。可证此说。

②"谐语"一说,是笔者自己的归纳。细查刘勰所论,是在以"谐音双关"的修辞技法论述"谐言",因其后有"隐语""谜语"之论,故有此说。

已经蔚然成风,著作非常之多,故而列此篇专论史传文学"纪传为式,编年缀事"之得失;《诸子》更不用说,从"六国以前"直到"两汉以后",所论百家之书,虽不言"体",而其"体"甚多;"言语"皆为论为说,从先秦百家到魏晋再兴,故知《论说》篇同于《诸子》;《诏策》具体论述的文体至少有先秦"命、诰、誓、制"与两汉"策书、制书、诏书、戒敕"及"教"体九类;《檄移》与《封禅》专门针对特定对象或事件而发,变体不多;《章表》在古代称为"陈、谢、上书",秦代改称"奏",汉代细分为"章、奏、表、议"四类;《奏启》认为"奏"在秦代称为"上疏",又可以根据"按劾、弹事"的不同而有别称,如"谠言""封事"等;《议对》认为"议贵节制,经典之体也",发展到汉代,则"始立驳议",整体上看,"议之别体"主要有"对策"与"射策"等①;《书记》篇泛论文体,涉及详细论述的"书、笺、记"等体与泛论的"总领黎庶,则有谱籍簿录;医历星筮,则有方术占式;申宪述兵,则有律令法制;朝市征信,则有符契券疏;百官询事,则有关刺解牒;万民达志,则有状列辞谚"等二三十种文体。

这样,"论文叙笔"部分重点讨论了三十多种功能较

①仔细分辨,可见"议对"与"论说"在本质上都是以语言阐述观点的文体;其区别在于:"议对"是"对策揄扬,大明治道"的"经典之体",具有的功能与所指的对象均远非"论说"可比。为文致用、效法经典,是雅丽思想的主要内涵特点,"论说"以个人见解为主,难以与用于"军国"之"议对"争衡。

大的文体及其历史演变、创作要求、审美特点；而全部所论，当有八十余种①。这几十种文体，在渊源上来说，"百家腾跃，终入环内"，都是经典之"枝条"，"文出五经"于是得到了最为坚实的论证。

二、创作审美，尚雅论丽

依据"文出五经"的还原论证，我们可以顺势推论雅丽思想是"论文叙笔"部分文体创作的核心纲领，是作品批评与审美鉴赏的主导标准，雅丽思想在这一部分的贯通体现，具有立体交织、三位一体的特点。事实是否如此呢？

（一）赋颂歌赞，丽词雅义

《文心雕龙》安排"论文叙笔"的前后顺序，基本上与《宗经》篇论述文出五经的顺序一致。从《明诗》到《颂赞》的四篇，主要是从《诗经》流出，实际上应该再加上近似于闲情小赋的《杂文》三体，不过为了尊重刘勰原文的安排顺序，不作调整。《宗经》篇说："《诗》主言志，诂训同《书》，摛风裁兴，藻辞谲喻，温柔在诵，故最附深衷矣。"②

---

① 关于"论文叙笔"部分包含的文体数量，实际上是无法准确统计的。前人曾有三十多种、三四十种、七十多种等不同的说法；笔者对此下过很大的功夫，但是，因为文体交织的现象与文体重叠的现象非常普遍，无法确切地对此进行计数。最好的办法是：以二十篇文体论的标题为准，可见《明诗》《诠赋》等篇仅论一体，《诔碑》《檄移》等分述二体，《杂文》《书记》等包罗甚多等几种情况。基本理清即可，不必细究。
② [清] 黄叔琳注，李详补注，杨明照校注拾遗：《增订文心雕龙校注》，第 26 页。

"诗言志",这是其最根本的特点,朱自清先生认为这是中国诗论开山的纲领。通观《文心雕龙》,刘勰最重视《诗》在文学创作中的源头地位与理论纲领地位:一方面,《诗》是五经中唯一可称纯文学作品的经典;另一方面,《文心雕龙》论述文学而不是经学,故而最重视《诗》。

1.《明诗》。《诗经》为五经之一,刘勰将《明诗》列为文体论的第一篇,可见其地位之重要,也可见诗歌历史之悠久。《明诗》首先论述诗歌的缘起是"诗持情性,应感斯物",是对"情动于中"与"文源于道"的双向结合,总体上属于儒家"诗言志"(《尚书·尧典》)与"诗缘情"(出自《乐记》《诗序》而成于陆机《文赋》)一脉。刘勰阐述诗之"纲领":

> 故铺观列代,而情变之数可监;撮举同异,而纲领之要可明矣。若夫四言正体,则雅润为本;五言流调,则清丽居宗:华实异用,惟才所安。故平子得其雅,叔夜含其润,茂先凝其清,景阳振其丽;兼善则子建仲宣,偏美则太冲公幹。①

四言"雅润"与五言"清丽"的结合,就是雅丽的风格。刘勰指出"华实异用",即以雅润为质实、清丽为华美,既包

① [清]黄叔琳注,李详补注,杨明照校注拾遗:《增订文心雕龙校注》,第65-66页。

含了文质之分,又指出了诗歌发展由质趋文的整体趋势,与《原道》"英华日新,文胜其质"、《通变》"从质及讹"的整体趋势是一致的。因此,雅润清丽是作为指导诗歌创作的最高原则,刘勰据此严厉批评玄学思想盛行时候的诗歌创作:

> 及正始明道,诗杂仙心;何晏之徒,率多浮浅。①
> 江左篇制,溺乎玄风,嗤笑徇务之志,崇盛忘机之谈。②

在刘勰看来,整个正始、江左两代,能值得一读的诗歌简直屈指可数。《通变》所谓"从质及讹"之讹滥,新奇与浮浅玄虚均为其弊。在批评玄学思潮对诗歌创作发展的"浮玄"不良影响时,反面体现了推崇儒家思想的意思。据此可知,《文心雕龙》对玄学思潮及其影响非常不满,结合《诸子》《时序》等篇的论述来看,在书中儒、道、佛、玄、兵、法、阴阳、纵横等诸家中,玄学的地位最低,遭受的批评最严厉。同样,尽管佛学在魏晋宋齐年间大盛,《文心雕龙》书中也绝少佛学思想的影响。所以,刘勰虽然身处宋齐梁代,但是在雅丽思想主导之下,《文心雕龙》论文疏离时风,可资明证。另外,还体现了对新近以来晋

---

① [清]黄叔琳注,李详补注,杨明照校注拾遗:《增订文心雕龙校注》,第65页。
② [清]黄叔琳注,李详补注,杨明照校注拾遗:《增订文心雕龙校注》,第65页。

宋山水诗创作的不满：

> 俪采百字之偶，争价一句之奇；情必极貌以写
> 物，辞必穷力而追新：此近世之所竞也。①

玄言诗歌浮浅玄虚之弊与山水诗歌新奇之弊，都是刘勰
所看不起的东西。意思是说远奥、新奇的作品并不可取，
既为体性"八体"作出铺垫，也为宗经复古提供论据。最
后，刘勰提出"英华弥缛，万代永耽"的美好愿望，希望诗
歌创作在未来能继续坚持其雅丽的审美特质，良性发展。

2.《乐府》。《乐府》篇的主要观点来自以孔子、《乐
记》为代表的儒家雅乐正声理论。《乐记》继承了《毛诗
序》音乐感化人心、反映政治的功能与特点，《文心雕龙》
同样主张文学与音乐相通，认为文学与音乐的政教功能
都是巨大的。顺此，雅乐正声的主张，带来了尚雅贬俗的
《乐府》专题。《乐府》篇开始就说：

> 乐府者，声依永，律和声也。钧天九奏，既其上
> 帝；葛天八阕，爰乃皇时。②

首先，"乐府"声诗是指一种音乐文学的表达方式，这种

---

① [清]黄叔琳注，李详补注，杨明照校注拾遗：《增订文心雕龙校注》，第65页。
② [清]黄叔琳注，李详补注，杨明照校注拾遗：《增订文心雕龙校注》，第82页。

表达以《尚书·尧典》"声依永，律和声"的咏歌长言为特点，《礼记·乐记》"说之故言之，言之不足，故长言之。长言之不足，故嗟叹之，嗟叹之不足，故不知手之舞之，足之蹈之也"①是其具体阐释；其次，诗乐一体，诗乐不分，这就将萌芽状态的声乐与《诗经》合观统照，刘勰的目的，是要将有关《诗经》的种种神秘理论与政教功能转移到对乐府诗歌的评价上来，也就是说，将源自孔子音乐理论中推崇雅乐、贬斥郑声的观念运用过来。这一方面显示了刘勰宏观的诗歌发展研究视野，一方面也显示了他先入为主、尚雅贬俗的理论局限。这种特点贯穿《乐府》全篇：

> 师旷觇风于盛衰，季札鉴微于兴废，精之至也。
>
> 雅声浸微，溺音腾沸，秦燔《乐经》，汉初绍复。
>
> 迄及元成，稍广淫乐。正音乖俗，其难也如此。
>
> 至于魏之三祖，气爽才丽，宰割辞调，音靡节平。
>
> 观其《北上》众引，《秋风》列篇，或述酣宴，或伤羁戍，志不出于淫荡，辞不离于哀思。虽三调之正声，实《韶》《夏》之郑曲也。
>
> 若夫艳歌婉娈，怨志诀绝，淫辞在曲，正响焉生？②

①［汉］郑玄注，［唐］孔颖达等正义：《礼记正义》，第1545页。

②［清］黄叔琳注，李详补注，杨明照校注拾遗：《增订文心雕龙校注》，第82—83页。本处引文均出同篇，故集中作注，特作说明。

通过这些摘录,我们可以清楚地看到,在《乐府》篇"原始以表末"部分对于音乐文学发展的整体历史梳理中,贯穿着孔子雅乐郑声、尚雅贬俗的理论主张,以及季札观乐与荀子《乐论》《毛诗序》《乐记》的诗乐政教理论。这些主张与理论,既有尚雅尚正的鲜明立场与正道正行的归化之功,也显示了刘勰雅丽思想在尚雅贬俗方面的局限。这就是,不能正确、通达地正视文学的新变现象,固守儒家礼乐政教观念,固守贵族上层阶级的思想立场,必然会或多或少地忽略民间文学、忽略雅体雅言之外的俗文学,并导致对它们的不公正评价。抱着"岂惟观乐,于焉识礼"的鉴赏立场与诗乐致用的功能目的,刘勰对于"乐府"诗体在发展过程中出现的"雅郑"分流现象进行了深刻的探索。首先,他提出"乐本心术,故响浃肌髓,先王慎焉,务塞淫滥。敷训胄子,必歌九德,故能情感七始,化动八风"的教化感染"正教正风"说,以此为准,评骘历代。其次,对汉代乐府诗歌改变前代中正典雅之风多有不满。刘勰认为,一则汉乐府融入了辞赋体裁与辞赋技法,"延年以曼声协律,朱马以骚体制歌,《桂华》杂曲,丽而不经;《赤雁》群篇,靡而非典",汉乐府靡丽之风大盛,而典雅之风渐衰。二则汉乐府对秦代乐府声诗的管理制度多有效法,"秦世不文""法家少文"本是刘勰定论,所以说,汉代乐府声诗"虽摹《韶》《夏》,而颇袭秦旧,中和之响,阒其不还"。顺流而下,"魏之三祖"则"或

述酣宴,或伤羁戍,志不出于淫荡,辞不离于哀思",内容
多写自我,不及家国;思想淫荡哀思,怨而且露。这可不
是"乐而不淫,哀而不伤""主文谲谏"的论述,更不是"发
乎情,止乎礼义"的中和之响。所以刘勰对他们打着"正
声"的牌子,写的却是"郑曲"的创作很不以为然。汉魏
乐府虽然各有不足,毕竟还有可取之处,还没有完全背
离雅乐正道。然而近代乐府声诗的创作则简直惨不
忍睹:

> 然俗听飞驰,职竞新异,雅咏温恭,必欠伸鱼睨;
> 奇辞切至,则抃髀雀跃:诗声俱郑,自此阶矣

对比《文心雕龙》全书的论述可知,刘勰此处所论,当是
"近代以来",即晋宋齐三代以来的乐府声诗创作。刘勰
以之为"俗听飞驰"、标新立异、"奇辞切至"的"诗声俱
郑"的不良创作。近代文学在刘勰眼里基本上是不值一
提的,而且是越往近代发展,文学讹滥诡异的趋向就越
是严重,不仅取法不高,"竞今疏古",而且内容不雅,言
辞反正,故而文风新奇,一无是处。这种贬斥近代文学的
反向运动,是尊崇古代文学。崇古抑今的思想倾向,与尚
雅贬俗的思想倾向一样,都是过于尊崇经典雅正文风的

---

① [清]黄叔琳注,李详补注,杨明照校注拾遗:《增订文心雕龙校注》,第83页。

产物。类似的意见，在《杂文》《谐隐》《诸子》等篇中也比较明显。

3.《诠赋》。《文心雕龙》所谓的赋体，主要指的是辞赋文学体裁，不再是《诗》"六义"之赋体，《宗经》篇说"赋颂歌赞，则《诗》立其本"，赋体是从《诗》中发展出来的，这应该是班固《两都赋序》"赋者，古诗之流"说法的翻版。《诠赋》一开头就对"赋"的理解提出了三种不同的意见：一是"《诗》有六义，其二曰赋。赋者，铺也；铺采攡文，体物写志"的写作方法说；二是"昔邵公称：'公卿献诗，师箴瞍赋。'《传》云：'登高能赋，可为大夫。'"的"不歌而颂"的诵诗方法与致用方式；三是"班固称'古诗之流也'"的赋体文学。手法说属于《诗》"六义"之一，诵诗说是论《诗》之用，赋体说是刘勰"诠赋"的主要目的。班固以为，辞赋的源头是《诗经》，楚辞的代表作家是屈原，《辨骚》篇引用班固"文辞丽雅，为词赋之宗"的评屈意见，实际上也是刘勰对屈赋出于古诗以及对屈原作品地位的评价意见，因此他说楚辞是"《雅》《颂》之博徒，而词赋之英杰"。同篇中，王逸更认为屈赋泽被后世，"名儒辞赋，莫不拟其仪表"，对后来宋玉、唐勒与汉赋诸家影响深远。在确立了"讨其源流，信兴楚而盛汉"的赋体之源后，刘勰认为，作为楚汉代表文学体裁，辞赋创作有其巨大的成就，"六义附庸，蔚成大国"。有描写"京殿苑猎，述行叙志"的鸿篇巨制的大赋，也有体物抒情的"触兴致情，因变取会"的小赋。不管是"鸿裁之环域，雅文之枢辖"，还是"小制之区畛，奇巧之机要"，都有巨大的影响力，辞赋尚丽的创作，对后代文学绮丽巧艳的创作有借鉴的意义；辞赋同时也存在一些不良倾向，"繁华损枝，膏腴害骨，无实风轨，莫益劝戒"，并举出"扬子所以追悔于雕虫，贻诮于雾縠"的案例来证明之。扬雄晚年曾追悔自己作赋一事，以"童子雕虫篆刻，壮夫不为"目之，这主要是辞赋劝而不止的功能与适得其反的讽谏效果决定的，其中也有对辞赋作家地位低下、颇似俳优的处境的愤懑。《诠赋》在写作规范上的主要目的，是要阐述"立赋之大体"：

> 原夫登高之旨，盖睹物兴情。情以物兴，故义必明雅；物以情观，故词必巧丽。丽词雅义，符采相胜，如组织之品朱紫，画绘之著玄黄。文虽新而有质，色虽糅而有本，此立赋之大体也。①

辞赋创作的"大体"有两点：一是"睹物兴情"的创作"物感"说，这是与《原道》《物色》贯通而与《礼记·乐记》《文赋》相接的观点，认识到了文学创作的内容来源与写作本质状态；二是"丽词雅义"的雅丽标准，刘勰主张"义

---

① ［清］黄叔琳注，李详补注，杨明照校注拾遗：《增订文心雕龙校注》，第 97 页。

必明雅"与"词必巧丽"的理想状态,这是对辞赋创作提出的总体要求,是《文心雕龙》雅丽思想在文体论中的直接运用。因此,在本篇的赞语中,刘勰直接运用了扬雄"丽淫丽则"之说,主张辞赋创作要"风归丽则",成为既雅且丽、"衔华佩实"的作品。

"丽词雅义"的创作"大体",在《文心雕龙》书中凡是涉及辞赋问题的地方,都可以看到其影响。《辨骚》篇主张《诗》《骚》结合、华实结合;《情采》篇在"为文造情"与"为情造文"的论述中指出辞赋虚诞淫丽;《比兴》篇认为辞赋"比"体太过;《夸饰》篇认为辞赋夸而不当;《物色》篇指出"辞人之赋丽以淫"——凡此种种,既可以看到"风归丽则""丽词雅义"对辞赋创作若干问题的规范,更体现了雅丽思想对《文心雕龙》全书的贯通。

4.《颂赞》。《文心雕龙》认为,"颂"既是文体,又是手法。《诠赋》:"殷人辑《颂》,楚人理赋。"是将"颂"作为《诗》之一体来看待的。又往往将辞赋引为"颂"体,《颂赞》篇"三闾《橘颂》,辞采芬芳"一说,是将赋体与颂体同等论述,带有"赋者,古诗之流"的影响。同时,又大力宣扬"颂"作为写作手法的特点与功能,《颂赞》曰:"四始之至,颂居其极。颂者,容也,所以美盛德而述形容也。"刘勰以为"颂"主要是"美盛德而述形容"的赞美手法,是形容美德、赞美政教的修饰技法。同篇又说"风""雅""颂"三种手法:

夫化偃一国谓之风,风正四方谓之雅,容告神明谓之颂。风雅序人,事兼变正;颂主告神,义必纯美。①

"风"是最主要的教化方法,教化归正就叫作雅,将雅正的结果禀告神灵就叫作颂。可见,"风生雅,雅生颂,颂告神"这一发展顺序,最终是指向政治教化与敬天法地的祭祀仪礼的,因此,"颂"一定要内容"纯美",不得玷污神灵,不得淆乱国家秩序。"颂"于是从"诗六义"之一,成为神秘文化的一个类型,成为功能远远超越"风""雅"的最高文体与表现手法。

顺次,刘勰论述到了历代以来著名的"颂"体文章与"颂"体之用,并举"秦政刻文,爱颂其德"为例,显示了秦始皇一统天下之后,为了"褒德显容",登峰跨海,彰显大德的做派。这样,"颂"体文学就直接衍生出了两类性质相同的文体:一是"铭"体,二是"封禅"文。见以下例证:

《铭箴》:故铭者,名也,观器必也正名,审用贵乎盛德。②

《铭箴》:至于始皇勒岳,政暴而文泽,亦有疏通

---

① [清]黄叔琳注,李详补注,杨明照校注拾遗:《增订文心雕龙校注》,第108页。
② [清]黄叔琳注,李详补注,杨明照校注拾遗:《增订文心雕龙校注》,第139页。

之美焉。①

《封禅》：夫正位北辰，向明南面，所以运天枢，
毓黎献者，何尝不经道纬德，以勒皇迹者哉！②

《封禅》：秦皇铭岱，文自李斯，法家辞气，体乏
弘润；然疏而能壮，亦彼时之绝采也。③

“铭”体是为“正名贵德”而生，“封禅”体是为“经道纬
德”而作，与“美盛德而述形容”的“颂”体功能完全一致。
《文心雕龙》列出《颂赞》《铭箴》《封禅》三篇，均举秦始
皇刻石记功之事为例，实际上意在以下几个方面：

一是在文体论诸篇中强化“文出五经”的经典意识；
二是实际上背离这一说法，因为“赋颂歌赞，则《诗》立其
本；铭诔箴祝，则《礼》总其端”，“文出五经”的归类并非
绝对真理；三是认为“颂”这种手法具有广泛的作用，可
以延伸渗透到其他文体的写作中去；四是明确地告诉读
者，所谓“论文叙笔，囿别区分”的文体论二十篇者，并不
取颜延年“有韵为文，无韵为笔”之说，而是文笔合观、文
笔不分的。因为《封禅》处于第二十一篇，并非《颂赞》
《铭箴》所在的“有韵为文”的位置，刘勰论其曰“美”，这
不是“美盛德”之美，而是文采美丽之美。三篇文章同举

---

① [清]黄叔琳注，李详补注，杨明照校注拾遗：《增订文心雕龙校注》，第 139 页。
② [清]黄叔琳注，李详补注，杨明照校注拾遗：《增订文心雕龙校注》，第 295 页。
③ [清]黄叔琳注，李详补注，杨明照校注拾遗：《增订文心雕龙校注》，第 295 页。

李斯刻石七处,这些作品纯用四言,清人严可均以为都是"有韵之文",并不属"笔";《封禅》所举相如、扬雄、班固佳制数篇,以鸿、美、雅、丽称,乃尚丽之作。由此可见,颂体文学功能巨大,尚雅为主,尚丽稍减。而对于"赞"体,刘勰论其创作要领为:

> 然本其为义,事生奖叹,所以古来篇体,促而不广,必结言于四字之句,盘桓乎数韵之辞,约举以尽情,昭灼以送文,此其体也。①

赞体文学"约举""昭灼"的创作要求,具有《体性》八体"精约""显附"的特点;"促而不广""结言四字""盘桓数韵"诸说,具有雅乐典雅之势。赞体文学主要是文风雅正而"致用盖寡"的体裁。

(二)铭诔箴祝,雅正宏深

《宗经》篇说:"《礼》以立体,据事制范,章条纤曲,执而后显,采掇片言,莫非宝也。"显示了《礼》规范秩序、注重事实、尊崇典雅、不尚靡丽的基本特点。"论文叙笔"从《礼》流出的"铭诔箴祝"等文体,就是对《礼》上述特点的分流反映。

1.《祝盟》。刘勰曾将"盟体"归入"记传盟檄,则

---

① [清]黄叔琳注,李详补注,杨明照校注拾遗:《增订文心雕龙校注》,第109页。

《春秋》为根"的史传文学之中,不过《祝盟》合论祝体与盟体,所以在此还是合观二者为宜。首先,论述祝体之"大较":

> 凡群言发华,而降神务实,修辞立诚,在于无愧。祈祷之式,必诚以敬;祭奠之楷,宜恭且哀:此其大较也。班固之祀濛山,祈祷之诚敬也;潘岳之祭庾妇,祭奠之恭哀也:举汇而求,昭然可鉴矣。①

"修辞立诚""宜恭且哀"是祝体之"大较",真诚肃敬的内容需要诚挚的言辞来表达,这是创作尚雅的一面。因为"凡群言发华,而降神务实",祈祷于神灵,求其保护庇佑,不得用华丽的言辞。雅丽之间,祝体尚雅。盟体的创作"大体"则为:

> 夫盟之大体,必序危机,奖忠孝,共存亡,戮心力,祈幽灵以取鉴,指九天以为正,感激以立诚,切至以敷辞,此其所同也。然非辞之难,处辞为难。后之君子,宜在殷鉴,忠信可矣,无恃神焉!②

这是盟体的创作内容要求与创作规范要求,"感激以立

---

①[清]黄叔琳注,李详补注,杨明照校注拾遗:《增订文心雕龙校注》,第123页。
②[清]黄叔琳注,李详补注,杨明照校注拾遗:《增订文心雕龙校注》,第124页。

诚,切至以敷辞",祈祷幽灵,赌咒发誓,最重要的是要做到"忠信"而"无恃神焉"。因此盟体与祝体极为类似,明显尚雅。

这两种文体的共同特征是尚雅求实,"立诚昭切",是雅而不丽的文体,列在上半部分,也是文笔不分的证明。实际上,文体交叉的现象非常明显:

> 若乃礼之祭祝,事止告飨;而中代祭文,兼赞言行,祭而兼赞,盖引神而作也。又汉代山陵,哀策流文,周丧盛姬,内史执策。然则策本书赠,因哀而为文也。是以义同于诔,而文实告神,诔首而哀末,颂体而祝仪。(太史所作之赞,因周之祝文也)①

祝体文学在具体内容、宣读仪式、情感表达、发展历史上变化颇大,具有颂、赞、哀、诔等各体文学的特点。这种现象的出现,不止一体,在颂体、诔体、哀体等专题论述中都有。

2.《铭箴》。《文心雕龙》论述铭体与箴体文学的创作"大要"为:

> 夫箴诵于官,铭题于器,名目虽异,而警戒实同。

①［清］黄叔琳注,李详补注,杨明照校注拾遗:《增订文心雕龙校注》,第123页。

箴全御过,故文资确切;铭兼褒赞,故体贵弘润:其取
事也必核以辨,其撰文也必简而深,此其大要也。然
矢言之道盖阙,庸器之制久沦,所以箴铭异用,罕施
后代。惟秉文君子,宜酌其远大焉。①

箴体诵官,铭体题器,形式虽异,"警戒实同"。箴体文学
以"御过"为内容,因而确切显附;铭体文学兼有记功褒
赞,因而体贵弘润。其"取事核辨,撰文简深"的写作特
点,明显具有《体性》八体"精约""显附""典雅"之风,故
而铭箴二体以尚雅为主。篇末赞语"义典则弘,文约为
美"也清楚地总结了这个特点。于此可知,上古文体,凡
是以诚挚肃敬为内容的文章,主要是以雅正为主,而缺
少华丽之美。

　　3.《诔碑》。诔体文学的创作之"旨"是:

　　　　详夫诔之为制,盖选言录行,传体而颂文,荣始
而哀终。论其人也,暧乎若可睹;道其哀也,凄焉如
可伤:此其旨也。②

诔体"选言录行,论人道哀",因为是记述、褒赞去世之人
一生的言行,相当于一篇人物传记,"传体而颂文,荣始

————————————————

① [清]黄叔琳注,李详补注,杨明照校注拾遗:《增订文心雕龙校注》,第140页。
② [清]黄叔琳注,李详补注,杨明照校注拾遗:《增订文心雕龙校注》,第155页。

而哀终",交织具有颂、传、哀体的特点。而碑体文学"之制"是：

> 夫属碑之体,资乎史才。其叙则传,其文则铭。标叙盛德,必见清风之华;昭纪鸿懿,必见峻伟之烈:此碑之制也。夫碑实铭器,铭实碑文;因器立名,事先于诔。是以勒石赞勋者,入铭之域;树碑述己者,同诔之区焉。①

在内容与形式上,碑体有"叙传文铭"而"同诔之区"的交叉特点,立碑的目的,主要是为了"标叙盛德,昭纪鸿懿"的"勒石赞勋",是国家政治大事的记载体裁;在"树碑述己"之时,有同于诔体文学的功能。"清风""峻伟"的风格表明,诔碑以尚雅肃敬为主。

4.《哀吊》。刘勰论"哀辞大体"为：

> 原夫哀辞大体,情主于痛伤,而辞穷乎爱惜。幼未成德,故誉止于察惠;弱不胜务,故悼加乎肤色。隐心而结文则事惬,观文而属心则体奢。奢体为辞,则虽丽不哀。必使情往会悲,文来引泣,乃其贵耳。②

---

① [清]黄叔琳注,李详补注,杨明照校注拾遗:《增订文心雕龙校注》,第155—156页。
② [清]黄叔琳注,李详补注,杨明照校注拾遗:《增订文心雕龙校注》,第168页。

哀辞与前述诔、碑、铭、箴、祝、盟数体稍有不同,前述文体主要以诚挚之情,用于国家政治或敬天法地等重大事件。哀辞主情,主张夸饰与真情结合,即丽与哀结合,追求"情往会悲,文来引泣"的真情宣泄与感染力量,具有雅丽结合的特点。而吊体文学的创作原则是:

> 夫吊虽古义,而华辞末造;华过韵缓,则化而为赋。固宜正义以绳理,昭德而塞违,剖析褒贬,哀而有正,则无夺伦矣!①

"华过韵缓,则化而为赋",主张哀而有正,即情感与正采兼备,丽辞与雅义兼备,雅丽兼备。因此,哀体与吊体在尚雅为主的基础上,有了尚丽的因素,成为赋体起源之一。这与哀吊二体的基本内容与作用有关,也与其出现的时代晚于铭诔箴祝数体有关。《文心雕龙》正视文学发展由质趋文的整体趋势,哀吊二体尚丽因素的增多,正是这一趋势的体现。

上述主要出自于《礼》的四篇文体论,其核心特征是尚雅少丽,"体制宏深",注重文学的应用功能与发展历史,同时呈现出文体交织的特点。

---

① [清]黄叔琳注,李详补注,杨明照校注拾遗:《增订文心雕龙校注》,第169页。

（三）记传盟檄，核要昭整

《文心雕龙》对史传文学极为重视，因为史传文学源出《春秋》，而《春秋》是孔子所作。从全书"序论"与"枢纽"论可以看出，儒家圣人中，孔子既是伟大的作家，又是伟大的精神导师；同时，《文心雕龙》论述文学创作时主张"熔铸经典之范，翔集子史之术"（《风骨》），史传文学占据了重要的地位，是后代文学取法的重要对象——而前述铭诔箴祝数体，对后代文学的影响则要小得多。一方面，史传文学记述了数千年的珍贵历史；另一方面，史传文学"实录"与"爱奇"的特点并存，记录了许多精彩的前人文章与语言论辩。《文心雕龙》是在坚持儒家雅丽思想的指导下，以开明宏大的视野，论述文学发展的真实面貌。另外，《文心雕龙》对史传文学仅仅列出一篇，笔者依据"记传盟檄，《春秋》为根"的说法，对以记载历史事实为主的数种文体进行了排列上的调整，将《檄移》《封禅》《书记》三篇归于史传论述。

1.《史传》。《史传》篇的篇幅远在其他文体论的篇幅之上，这显示了刘勰对史传的重视，一切文体都离不开历史的传承发展，《史传》不仅记述历史，还表现了刘勰强烈的史学意识，这一史学意识运用文学之中，则集中地体现在"枢纽"论"诗骚结合"的创作原则与《通变》《时序》篇文学发展史的论述之中。雅丽思想源出儒家，刘勰将其运用于写作问题的各个方面，同时救弊近代文学的不良创作与理论研究,本身就是史学意识的表现。
史传体裁的基本特点是:

> 　　原夫载籍之作也,必贯乎百氏,被之千载,表征
> 盛衰,殷鉴兴废;使一代之制,共日月而长存,王霸之
> 迹,并天地而久大。是以在汉之初,史职为盛,郡国
> 文计,先集太史之府,欲其详悉于体国;必阅石室,启
> 金匮,抽裂帛,检残竹,欲其博练于稽古也。是立义
> 选言,宜依经以树则;劝戒与夺,必附圣以居宗;然后
> 铨评昭整,苛滥不作矣。①

刘勰以为,史传"依经以树则,附圣以居宗",史书的源头
是孔子所作的《春秋》。史书"表征盛衰,殷鉴兴废",是
重要的文献,其"实录"写法十分重要,且以尚雅为主。
在《文心雕龙》写作之时,刘勰能看到的史书至少有今传
二十四史与十三经中的《春秋》三书与《史记》《汉书》
《后汉书》《三国志》《宋书》等,因汉魏南朝修史之风大
盛,还有其他众多史籍。《文心雕龙》写作素材的主要取
法对象,是"经、史、子、集"四部,所以刘勰重点论述史
传,是顺理成章的事情。

　　2.《檄移》。檄移二体主要用于两国之交、军事对垒

---

① [清]黄叔琳注,李详补注,杨明照校注拾遗:《增订文心雕龙校注》,第207页。

的重大场合,有时也用于昭告百姓、移风易俗的目的。刘
勰论"檄之大体"有二:一是其主要写作内容与风格特
点;二是其创作规范。檄体内容与风格主要是:

> 凡檄之大体,或述此休明,或叙彼苛虐,指天时,
> 审人事,算强弱,角权势,标著龟于前验,悬鞶鉴于已
> 然,虽本国信,实参兵诈。谲诡以驰旨,炜晔以腾说,
> 凡此众条,莫或违之者也。①

带有取法天地、卜筮阴阳与真诚狡诈的内容和计谋特
点,其"谲诡驰旨,炜晔腾说"的风格与陆机《文赋》"说炜
晔而谲诳"的"说体"类同,文辞明丽晓畅与诡奇虚妄交
织一体。因此,檄体文学的创作规范要求极为严格:

> 故其植义飏辞,务在刚健;插羽以示迅,不可使
> 辞缓;露板以宣众,不可使义隐;必事昭而理辨,气盛
> 而辞断,此其要也。②

创作檄体文学务必做到"辞义刚健,示迅宣众,事理昭
辨,气盛辞断"的要求。文章气势刚健,说理清楚明白,
要让敌对国家或敌方阅读之下,知难而退,望风披靡;要

---

①[清]黄叔琳注,李详补注,杨明照校注拾遗:《增订文心雕龙校注》,第282页。
②[清]黄叔琳注,李详补注,杨明照校注拾遗:《增订文心雕龙校注》,第282页。

让百姓民众阅读之后"移风易俗,草偃风迈",拥有强大的教化作用:

> 故檄移为用,事兼文武,其在金革,则逆党用檄,顺命资移,所以洗濯民心,坚明符契。①

檄移文学感染教化力强,是有阳刚之美的文体。因此,檄移在记述军国历史的同时,极端注重文采美的修饰,特别追求其感染力量,这是比其他文体更高的要求。

3.《封禅》。刘勰以为封禅文是敬天法地、褒德显荣的最高文体。这一类文体,又以秦国李斯的七处刻石为古今封禅文的主要转折点,往后的两汉三文,体式宏大,文才美丽。封禅文的创作,同样体现了"由质趋文"的文学尚丽发展趋势。这类文体的"大体"是:

> 兹文为用,盖一代之典章也。构位之始,宜明大体,树骨于训典之区,选言于宏富之路,使意古而不晦于深,文今而不坠于浅,义吐光芒,辞成廉锷,则为伟矣。虽复道极数殚,终然相袭,而日新其采者,必超前辙焉。②

---

① [清]黄叔琳注,李详补注,杨明照校注拾遗:《增订文心雕龙校注》,第282页。
② [清]黄叔琳注,李详补注,杨明照校注拾遗:《增订文心雕龙校注》,第296页。

封禅文首先确立典诰之体,言辞宏富;意古文今,叙事重大。是"日新其采"的"维新之作"。根据这个论述,封禅文具有经典的体裁、重大的意义、宏富的言辞、新变的特点,回观"枢纽"论可知,这就是原道有采、新变其文的重要文体。

　　笔者之所以要将《封禅》调整到史传文学类别来,其主要的原因就是封禅文记述了国家最为重大的敬天祭祀、称述功德的历史事件。历史上敢于登山封禅的帝王是很少的,只有功德宏大、治国有方、"必超前辙"的少数帝王才会登山封禅。这一神秘色彩极为浓厚的文体与作品,是文学"雅丽"的重要来源。"雅"指其内容规格,是政治制度下的产物,与王权君命息息相关,在功能上意义重大;"丽"指其祭祀言辞、敬奉天地,是虚诞凭空的,成为后代想象力丰富、故事虚假、言辞讹滥之"丽"的取法对象。比如《史记》记载司马相如《封禅文》一篇,《文心雕龙》对其大加赞美:

　　　　观相如《封禅》,蔚为唱首,尔其表权舆,序皇王,炳玄符,镜鸿业,驱前古于当今之下,腾休明于列圣之上,歌之以祯瑞,赞之以介丘,绝笔兹文,固维新之作也。[1]

---

① [清]黄叔琳注,李详补注,杨明照校注拾遗:《增订文心雕龙校注》,第295-296页。

"鸿文""绝笔""维新",是刘勰对这篇文章内容功能、文采新变的高度赞美。这三点,正是与辞赋类似的"巨丽"或"新变"之作。同篇又论述扬雄《剧秦美新》文曰:

> 观《剧秦》为文,影写长卿,诡言遁辞,故兼包神怪。然骨制靡密,辞贯圆通,自称极思,无遗力矣。①

扬雄在辞赋创作上极力追摹司马相如,在封禅文的写作上同样如此,说白了,封禅文赞天美地,从李斯的七处刻石开始,就是"有韵"(严可均语)为"文"的美文丽文,就是讴歌皇命、兼包神怪的神秘祭祀文化"问苍穹要法则,回人间称老大"的产物。班固《典引》则在原来尚丽稍过的基础上回归尚雅的正途:

> 《典引》所叙,雅有懿采,历鉴前作,能执厥中,其致义会文,斐然余巧。②

通观刘勰对封禅文的若干评价,可以看出以下两个主要内容:一是崇尚美丽之文,内容不雅也可以,能做到既雅且丽更好;二是文体论二十多篇,其真正的排列顺序,并不是"先文后笔"的有韵文与无韵文的顺序,而是按照

---

① [清]黄叔琳注,李详补注,杨明照校注拾遗:《增订文心雕龙校注》,第296页。
② [清]黄叔琳注,李详补注,杨明照校注拾遗:《增订文心雕龙校注》,第296页。

《宗经》篇"文出五经"的顺序。

4.《书记》。《书记》论述文体最多,语言最简,是这些次要文体历代以来在政教、民用、私人几方面运用的总结。《书记》篇说:

> 三代政暇,文翰颇疏。春秋聘繁,书介弥盛。①
> 及七国献书,诡丽辐辏;汉来笔札,辞气纷纭。②

因此,《书记》篇是典型的雅丽相杂、"文笔"相杂的应用文体之合论。本篇若干应用文体(主要是日常事务文书)主要的写作特点是:

> 详总书体,本在尽言,言以散郁陶,托风采,故宜条畅以任气,优柔以怿怀;文明从容,亦心声之献酬也。③

书记体裁的主要特点是"散郁陶,托风采",文由心生,文显情性。所以需要写作者"条畅任气,优柔怿怀",养气修心,"文明从容"。这是从作家修养与文辞表达的结合角度来看的,《文心雕龙》下篇独列《养气》一篇,论述"从容率情,优柔适会"的写作心态,《书记》篇下启养气理

---

①［清］黄叔琳注,李详补注,杨明照校注拾遗:《增订文心雕龙校注》,第346页。
②［清］黄叔琳注,李详补注,杨明照校注拾遗:《增订文心雕龙校注》,第346页。
③［清］黄叔琳注,李详补注,杨明照校注拾遗:《增订文心雕龙校注》,第346页。

论,不应该被仅仅视为日常事务文体的集合论。而若干书记体裁的整体风格是"既驰金相,亦运木讷",是文质结合、华实结合的作品,雅丽思想是其中轴核心。

（四）诸子论说,飞辩致用

《宗经》以为:"《易》惟谈天,入神致用;故《系》称旨远辞文,言中事隐,韦编三绝,固哲人之骊渊也。"《周易》是最古老、最神秘、衍生功能最强大的经书,由《周易》派生而出的"论说辞序"诸体,主要以《诸子》《论说》两篇为主,部分文体归入到了《书记》等篇中。《诸子》《论说》这两篇最核心的内容是虚诞、飞辩、神奇、致用,正好体现了"《易》惟谈天,入神致用"的基本特点。

1.《诸子》。《诸子》篇与其他篇目不同,泛论先秦两汉直到魏晋之诸子百家,而没有对诸子作品进行创作论的原则总结。在论述的过程中,刘勰以"雅丽华实"为其基本评价主线,贯穿了雅丽批评论与审美论。比如:

> 至如商韩,六虱五蠹,弃孝废仁,轹药之祸,非虚至也。公孙之白马孤犊,辞巧理拙,魏牟比之鸮鸟,非妄贬也。昔东平求诸子史记,而汉朝不与。盖以史记多兵谋,而诸子杂诡术也。然洽闻之士,宜撮纲要,览华而食实,弃邪而采正,极睇参差,亦学家之壮观也。①

---

① [清]黄叔琳注,李详补注,杨明照校注拾遗:《增订文心雕龙校注》,第229-230页。

法家"弃孝废仁",名家"辞巧理拙","史记多兵谋,诸子杂诡术",诸子或者违背仁义孝道,或者诡辩取巧,刘勰提出应该"览华食实,弃邪采正",运用儒家雅丽思想"华实相胜,执正驭奇"的主张来看待与统摄诸子百家。于是,刘勰对先秦诸子给予了很高评价:

> 研夫孟荀所述,理懿而辞雅;管晏属篇,事核而言练;列御寇之书,气伟而采奇;邹子之说,心奢而辞壮;墨翟随巢,意显而语质;尸佼尉缭,术通而文钝;鹖冠绵绵,亟发深言;鬼谷眇眇,每环奥义;情辨以泽,文子擅其能;辞约而精,尹文得其要;慎到析密理之巧,韩非著博喻之富;吕氏鉴远而体周,淮南泛采而文丽:斯则得百氏之华采,而辞气之大略也。①

先秦诸子的"百氏华采,辞气大略",总结来看,雅丽为其根本,依据《宗经》"六义"的标准,诸子各在一个方面与众不同,而整体上笼罩于雅丽审美鉴赏论之中。这是意义非凡的一次大论述,刘勰主张"翔集子史之术",诸子百家的优点,都应该是后代写作者所掌握的东西。刘勰写作《文心雕龙》就是这么做的,《文心雕龙》"体大虑周",以儒家统摄诸子,又以诸子补充儒家,为我所用。

---

①[清]黄叔琳注,李详补注,杨明照校注拾遗:《增订文心雕龙校注》,第230页。

这正是雅丽思想巨大包容性与新变精神的最佳表现。

2.《论说》。《文心雕龙》以为论体文学于古于今都很盛行,孔子《论语》开头,战国诸子继踵,魏晋诸子盛行,论辩独见频出,是一种非常重要、非常流行的文体。论体文学的写作之"体"是:

> 原夫论之为体,所以辨正然否,穷于有数,追于无形,钻坚求通,钩深取极;乃百虑之筌蹄,万事之权衡也。故其义贵圆通,辞忌枝碎;必使心与理合,弥缝莫见其隙;辞共心密,敌人不知所乘:斯其要也。①

论体文学是为"辨正然否"而作,思辨特性与逻辑体系要求非常之高,所以其基本要求是"义贵圆通,辞忌枝碎",整体绵密,不留破绽,刘勰列举了非常多的历代优秀论体文章来证明这个特点。由此可知,《文心雕龙》体系严密,组织有序,不仅是刘勰从佛典思维学习而来的结果,古代典籍具有严密逻辑的论著非常之多,论体文即是其中一部分,其严密的思辨性必然影响刘勰。

对于说体,刘勰以为其目的是使听众心悦,因此技法要求极高;但是心悦不能过度,因为"过悦必伪",所以要注意真诚与技法的和谐统一。其写作之"枢要"为:

①[清]黄叔琳注,李详补注,杨明照校注拾遗:《增订文心雕龙校注》,第247页。

> 凡说之枢要，必使时利而义贞；进有契于成务，
> 退无阻于荣身。自非谲敌，则唯忠与信，披肝胆以献
> 主，飞文敏以济辞，此说之本也。而陆氏直称"说炜
> 晔以谲诳"，何哉？[①]

"时利而义贞"即经典"抑扬随时"的特点与"义贞而
不回"的要求，刘勰以"唯忠与信"为"说之本"，同时
重视"进能成务，退能荣身"的说之用。这显然是儒
家正言正行的言语观的直接反应。刘勰最赞赏的"说
之美善者"是"伊尹以论味隆殷，太公以辨钓兴周；及
烛武行而纾郑，端木出而存鲁"，这与孔子贬斥宰予
"利口辩辞"、孟子责难纵横诸家完全是一个路子。
所以，他对陆机"说炜晔以谲诳"的论述极为不满，尤
其是"谲诳"之论，绝非儒家中正所本。本书《渊源
论》部分曾简单分析过儒家言语艺术的优点与不足，
刘勰对于说体"枢要"的论述，同样体现了这样的特
点与局限。

在《诸子》《论说》两篇文体论中，刘勰以儒家统摄诸
子，以雅丽思想评价各家作品与创作。"《易》惟谈天，入
神致用"的开放式评价，是以以雅正为主导、华美为外饰
的"雅而丽"为论述准则。刘勰反对虚辞、诡辩、谲诳，主

---

① [清]黄叔琳注，李详补注，杨明照校注拾遗：《增订文心雕龙校注》，第248页。

张尚正、忠信、华实结合的"正丽"。

（五）诏策章奏,中正雅丽

《宗经》曰:"《书》实记言,而训诂茫昧,通乎《尔雅》,则文意晓然。故子夏叹《书》:'昭昭若日月之明,离离如星辰之行',言照灼也。"文字深奥,文意照灼。《尚书》包含文体众多,《文心雕龙》经常说到的"典诰之体",即出于《尚书》;同时,《尚书》多为上古先王经纬军国、君臣交流、政教化民的语言记录,故而具有史书的性质。《史传》篇说:"古者,左史记事者,右史记言者。言经则《尚书》,事经则《春秋》。唐虞流于典谟,商夏被于诰誓。"据此,《文心雕龙》将有关"诏策章奏"的《诏策》《章表》《奏启》《议对》几篇文体论合为一组。这一组的基本内容,均为军国大事、君臣之交、为政致用,因此意义重大。

1.《诏策》。本篇以为,不重视儒学的时候,诏策浮杂;尊重儒学之后,诏策模仿五经,"劝戒渊雅、典雅逸群、符采炳耀"的雅丽之作层出不穷,刘勰对此大加赞美。在这个基础上,他论述"诏策之大略"为:

> 夫王言崇秘,大观在上,所以百辟其刑,万邦作孚。故授官选贤,则义炳重离之辉;优文封策,则气含风雨之润;敕戒恒诰,则笔吐星汉之华;治戎燮伐,则声有洊雷之威;眚灾肆赦,则文有春露之滋;明罚

敕法,则辞有秋霜之烈:此诏策之大略也。①

仔细对照宗经"六义"与《知音》"六观"诸说,诏策光辉灿烂的文采美与雅正严肃的内容美都体现了出来,诏策是华丽雅正、功能巨大的典范作品。

2.《章表》。相比于诏策的严正之雅与华美之丽,章表体裁更进一步,在"繁约得正,华实相胜"的中和雅丽指导下进行创作:

> 原夫章表之为用也,所以对扬王庭,昭明心曲。既其身文,且亦国华。章以造阙,风矩应明;表以致禁,骨采宜耀:循名课实,以章为本者也。②

章表的写作"既其身文,且亦国华",对作家、对国家都有重要意义。而其核心要求是"章以造阙,风矩应明;表以致禁,骨采宜耀",光华灿烂,"以章为本",特别注重文采。同时,章表之功能在于典谟致用,绝非一般华而不实的文章:

> 是以章式炳贲,志在典谟,使要而非略,明而不浅。表体多包,情伪屡迁,必雅义以扇其风,清

---

① [清]黄叔琳注,李详补注,杨明照校注拾遗:《增订文心雕龙校注》,第265页。
② [清]黄叔琳注,李详补注,杨明照校注拾遗:《增订文心雕龙校注》,第307页。

文以驰其丽。然恳恻者辞为心使,浮侈者情为文使。繁约得正,华实相胜,唇吻不滞,则中律矣。子贡云:"心以制之,言以结之",盖一辞意也。荀卿以为:"观人美辞,丽于黼黻文章",亦可以喻于斯乎?①

"雅义以扇其风,清文以驰其丽"一说,直接指出了章表写作"雅义清丽""华实相胜"的雅丽之美。在此基础上,特别突出章表"丽于黼黻文章"的尚丽要求。在所有文体论中,《明诗》《诠赋》《章表》三篇最为明显地论述了雅丽之美与雅丽之法。对比古今中外的写作理论,将应用文体的文采华丽之美提到如此高度来重视的,只有我国古代文论才有;在全世界其他国家的应用写作理论与我国当代的应用写作理论中,都看不到这样的论述。

3.《奏启》。《奏启》篇详细论述奏体与启体文学,二者略有差异。写作奏体时要以"明允笃诚为本,辨析疏通为首",故而写作者必须要有"强志成务"的目的与"博见穷理"的修养,能够"酌古御今,治繁总要",懂得取舍,古今备阅,这是奏体文学之"体"。而在整体写作要求上,奏体之"体要"为:

---

① [清]黄叔琳注,李详补注,杨明照校注拾遗:《增订文心雕龙校注》,第307页。

　　必使理有典刑，辞有风轨；总法家之式，秉儒家
之文。不畏强御，气流墨中，无纵诡随，声动简外，乃
称绝席之雄，直方之举耳。①

严正典雅，兼备儒法，是奏体最重要的特点；奏体是经典
与子书结合创作的典型例证。而启体写作之"大略"则
与之不同：

　　必敛饬入规，促其音节，辨要轻清，文而不侈，亦
启之大略也。②

启体"辨要轻清，文而不侈"，音节和谐，雅正规范，是典
型的既雅且丽的文体。奏启二体，奏体雅正，启体雅丽，
各有差异，尚雅为主。

　　4.《议对》。议体文学的"纲领之大要"是：

　　故其大体所资，必枢纽经典，采故实于前代，观
通变于当今，理不谬摇其枝，字不妄舒其藻。又郊祀
必洞于礼，戎事宜练于兵，田谷先晓于农，断讼务精
于律；然后标以显义，约以正辞，文以辨洁为能，不以
繁缛为巧；事以明核为美，不以深隐为奇：此纲领之

①［清］黄叔琳注，李详补注，杨明照校注拾遗：《增订文心雕龙校注》，第318页。
②［清］黄叔琳注，李详补注，杨明照校注拾遗：《增订文心雕龙校注》，第319页。

大要也。①

议体宗法经典,古今备阅,辞理雅正,精约明核,美而不繁,是典型的具有雅丽之美的文体。对体文学与议体有时出现的"异见"不同,是治理国家的重要应用文体:

> 对策揄扬,大明治道。使事深于政术,理密于时务,酌三五以镕世,而非迂缓之高谈;驭权变以拯俗,而非刻薄之伪论;风恢恢而能远,流洋洋而不溢,王庭之美对也。②

对体针砭时弊,经世致用,质实雅正,"深于政术",抑扬王庭,"大明治道"。对体在议体优点的基础上,舍弃了议论可能会出现的虚美刻薄、偏执异见,明道治国,作用巨大。

这四篇文体论的核心是兼备雅正与华丽,在内容雅正的基础上,突出华美的一面。刘勰的论述,明确告诉我们:文学尚丽与重情的本质,古已有之,不减后代。文学发展由质趋文的趋势,古即如此,当代为甚。也就是说,《文心雕龙》论述文学重情尚美,不见得只是魏晋玄学与

---

① [清]黄叔琳注,李详补注,杨明照校注拾遗:《增订文心雕龙校注》,第 332-333 页。
② [清]黄叔琳注,李详补注,杨明照校注拾遗:《增订文心雕龙校注》,第 334 页。

文学自觉的产物,相反地,魏晋文学是讹滥的创作,还不如古代文学的雅丽之美。文学之丽,自"文源于道"之时就有,古代文学在儒家思想指导下,是雅丽之作;当代文学背弃经典,是淫丽之作,不足取法。

（六）杂文谐隐,巧艳俗作

二十篇文体论的排列顺序与《宗经》"文出五经"的归类不太和谐的地方在于:《杂文》《谐隐》两篇属于流浪孤儿,无人认领。因此单独列出,归为一类。刘勰认为:文章属于经典枝条,杂文又属于文章之"暇豫末造",是枝条之枝条,地位不高,限于娱乐,难登大雅之堂。《杂文》论述以宋玉《对问》、枚乘《七发》、扬雄《连珠》为代表的三类文体,其源起是:

> 宋玉含才,颇亦负俗,始造《对问》,以申其志,放怀寥廓,气实使文。及枚乘摛艳,首制《七发》,腴辞云构,夸丽风骇。盖七窍所发,发乎嗜欲,始邪末正,所以戒膏粱之子也。扬雄覃思文阁,业深综述,碎文琐语,肇为《连珠》,其辞虽小而明润矣。凡此三者,文章之枝派,暇豫之末造也。[①]

这三类文体的基本特点是抒情尚丽,巧艳明润,在功能

---

①[清]黄叔琳注,李详补注,杨明照校注拾遗:《增订文心雕龙校注》,第180页。

上主要用于娱乐目的,因为与国家政治关系不大,所以
刘勰对其评价不高。其中,以宋玉《对问》为代表的这类
文体的基本创作要求是:

> 原夫兹文之设,乃发愤以表志。身挫凭乎道胜,
> 时屯寄于情泰,莫不渊岳其心,麟凤其采,此立本之
> 大要也。[①]

情深文丽,发愤抒情,是其创作之"大要"。先秦孔子指
出"诗可以怨"的抒情功能,汉代司马迁提出"发愤抒情"
的主张,认为历代优秀作品主要都是"发愤为作"的产
物。但是,发愤抒情说不合"主文谲谏"的儒家诗教,因
此,刘勰不认为宋玉《对问》以及后代的模拟之作是优秀
的。这些作品只不过是个人怨气的抒发,对于国家政教
作用有限。而对于始自枚乘的七体文学,刘勰认为这是
"腴辞云构,夸丽风骇"的作品,其后的众多模拟之作也
是如此:

> 自桓麟《七说》以下,左思《七讽》以上,枝附影
> 从,十有余家。或文丽而义暌,或理粹而辞驳。观
> 其大抵所归,莫不高谈宫馆,壮语畋猎,穷瑰奇之

---

① [清] 黄叔琳注,李详补注,杨明照校注拾遗:《增订文心雕龙校注》,第181页。

服馔,极盏媚之声色;甘意摇骨髓,艳词洞魂识,虽始之以淫侈,而终之以居正,然讽一劝百,势不自反:子云所谓"犹骋郑卫之声,曲终而奏雅"者也。唯《七厉》叙贤,归以儒道,虽文非拔群,而意实卓尔矣。[①]

七体艳丽淫侈,壮语瑰奇,虽有居正之意,但是讽一劝百,作用有限。七体类同于汉代大赋之虚辞滥说、文丽用寡,所以"十有余家"中,仅有归于儒道的《七厉》一篇可观。整体上,七体是属于丽而不雅的文体。连珠一体则小巧可爱,刘勰提出了"义明词净,事圆音泽"的创作要求,点明其尚丽之风。对问、七体、连珠三体尚丽少雅,十分明显。故而赞语说其"飞靡弄巧",使得这三体有巧艳、靡丽之嫌,刘勰有轻视的意味。因为这三体文学属于"文章之枝派,暇豫之末造",在作用上抒情娱乐尚可,经国纬业不行。《文心雕龙》以雅丽思想论述美文,如果不尚雅正,没有政治作用,是会给予批评的。

相比于《杂文》篇"连珠"三体虽然"丽而不雅",但是能够抒情寄兴而言,《谐隐》则地位最低,是最不值一提的民间文体。刘勰以为"文辞之有谐隐,譬九流之有小说,盖稗官所采,以广视听"[②],是为了声色耳目、娱乐

---

① [清]黄叔琳注,李详补注,杨明照校注拾遗:《增订文心雕龙校注》,第181页。
② [清]黄叔琳注,李详补注,杨明照校注拾遗:《增订文心雕龙校注》,第195页。

游戏的目的写作的。如果"效而不已",就会像东方朔那样滑稽搞怪,误入歧途。整体上,谐、隐二体是刘勰不看好的文体,比杂文更糟糕。因为有很多名人贵族乃至帝王在写作,同时见于经典,故而论述之。赞语以为"空戏滑稽,德音大坏"①,谐、隐二体"本体不雅,其流易弊"②,既不尚雅,也不尚丽,除了娱乐,没有可取之处。

综上所述,"论文叙笔"部分贯通地体现了雅丽思想,而且呈现出两个主要特点:一是所有文体均在五经统摄之中,"文出五经";二是创作原则、批评鉴赏与审美评价的立体交织,"三位一体"。

第一,"文出五经"。如果将前述二十篇文体论分成若干类,可以看到如下的几种类型,以及每种类型所对应的篇目与思想倾向:

丽词雅义:《明诗》《诠赋》《诏策》《章表》等,这是最理想的"雅丽"载体。

尚雅贬俗:《乐府》《杂文》《谐隐》等,批评民间文学与"无用"文学。

新变不足:《明诗》《乐府》等,批评魏晋宋齐诗歌与魏晋乐府。

雅而不丽:《祝盟》《铭箴》《诔碑》《史传》等,质实雅正有余而文采不足。

---

① [清]黄叔琳注,李详补注,杨明照校注拾遗:《增订文心雕龙校注》,第195页。
② [清]黄叔琳注,李详补注,杨明照校注拾遗:《增订文心雕龙校注》,第194页。

丽而不雅:《诸子》《论说》《杂文》等,文采飞扬但不合雅正儒道。

这五种分类以"丽词雅义"为核心,论述雅俗,规范文丽,不满新变,雅丽思想贯穿、粘合全部文体论的所有篇目与体裁。我们可以清楚地看到刘勰以儒家经典"衔华佩实"的审美特点为基准,衡量并评价从古至今的所论文体,将其置于五经"雅丽"文风统摄之中,体现的正是《宗经》篇"百家腾跃,终入环内"的"文出五经"的基本观点,在文体渊源上树立了五经的崇高地位。

第二,"三位一体"。同时,雅丽思想体现了创作、审美、鉴赏立体交织、"三位一体"的基本特点:

在创作理论上,二十篇文体论涉及七八十种具体文体,重点论述的有三十余种,每一种文体都有独特的创作原则。这些原则,往往以"纲领""纲要""大体""体""旨"等异语同义的术语总结在各篇之中。所有的几十条文体创作原则论,或尚雅或尚丽,或者雅丽并重,丽词雅义。雅丽思想是文体创作论的核心。

在审美风格上,以上的文体创作要求部分,可以集中地看出刘勰雅丽思想的贯通式影响。按照《定势》篇论述文体风格"各以本采为地"的说法,以某一类风格为核心,必对应有一大类主要的文体,根据其分类可知,文体创作原则与文体风格论的要求是对应一致的。文体风格论从"典雅"到"巧艳",明显体现"雅丽"这一中心;文体创作论则从具体文体的角度分别体现了雅丽思想的贯通与指导。实际上,不仅《定势》文体风格论,《体性》篇风格"八体"类型论与《通变》篇时代风格论,都是雅丽思想在风格论的体现。

在批评鉴赏论上,《知音》篇提出了"位体、宫商、置辞、奇正、通变、事义"的"六观"说,这六观,在各体创作原则与审美鉴赏的论述中有许多体现。《文心雕龙》论述写作,是将创作、批评、审美结合起来看待的,体现了三者交织、共同立论的特点。

长期以来,对"论文叙笔"部分的研究处于沉寂状态,这直接导致了对其他部分理论研究的不充分。而对雅丽思想在"论文叙笔"部分所作的上述"文出五经,三位一体"之具体表现的分析,给了我们一些重要的启示,这些启示或者与"剖情析采"部分所述高度吻合,或者有利于一些矛盾论争的消解:

一是文笔之争,刘勰主张不分文笔。文体论开始的几篇是赋颂歌赞,核心是丽词雅义;文体论结束的一块是诏策章奏,核心仍然是典雅华丽;上半部分的铭诔箴祝雅而少丽,下半部分的论说诸子则丽而缺雅。所以,前人关于文体论排列顺序"先文后笔"的说法不能成立。李斯刻石被用于颂体、铭体、封禅文数体之中而论述一致，也是明证。

二是前代有关刘勰文学思想折衷论的论述，还可以再进一步。王运熙、周勋初等先生认为齐梁文论可以分为质实的复古派、尚丽的新变派、文质合观的折衷派三大体系，刘勰属于折衷派。这一说法的合理之处在于：将时代风气与文学实践进行了系统合理的归纳，《文心雕龙》写于此时，应该是时代风气的骄子。这个说法不合理的地方在于：《文心雕龙》固然是时代风气的产物，但更是刘勰本人独立创作的产物，《文心雕龙》的尚雅与尚丽根基，并不是魏晋时代风气影响的结果，而是远取儒道与《楚辞》的结果。儒家尚雅，道家尚美，《楚辞》奇丽，雅丽文学思想是在《宗经》《原道》与《辨骚》基础上建立起来的，而不是取法魏晋时风得来的。刘勰在"枢纽"论所提出的雅丽思想，是形而上的道，而不是形而下的器，具有鲜明的哲学之道的高度，而不仅是化合当下创作实践、理论主张的成果。特殊作家的特殊作品，往往与时代风气并不一致，与当下写作时尚并不一致，这种现象并不少见。

三是《文心雕龙》思想渊源的取舍。顺着上述主张推论，非常明显的是，《文心雕龙》贬斥玄学、少见佛学这两家时代学术思潮。这看起来不太可能，实际上正是如此。因为玄佛思想首先不见于全书的序论部分；少见于作为理论总纲的"枢纽"论部分；而在全书最为细致的

"论文叙笔"部分，尽管论述了千年以降的几十种文体，佛学思想却在其中仅见一处影子，几乎可以忽略不计，同时，刘勰以为玄学思想远奥玄虚，为文不用，不与文学雅丽思想相容，甚至带来断代文学创作的极端不良风气，其地位还在佛学之下。但是对于法家、纵横数家思想，明确地论述了儒家需要结合它们进行文体创作的观点，这是玄佛二家所不能比拟的。所以，尽管《文心雕龙》创作于齐梁之交，在思想取法上却非常清晰地远离佛学，对玄学虽有"本末""情性"之所取，但是批评也很明显。

四是下篇的若干创作理论，根植于二十篇文体论之中。没有文体论的坚实支撑，就得不出下篇创作论的若干理论。比如体制风格理论，《体性》八体尽管在数理上以《周易》为法，但在风格类型与各体特点论述上，主要是文体风格论与作品风格论的总结提炼，并有鲜明的时代性；《风骨》篇风骨感染力之说，在《章表》等篇中极为明显；《通变》思想见于若干文体写作原则之中；《定势》文体风格论渊源即在文体论中；《情采》篇崇诗抑骚、正采彬彬的论述，坚实的支撑在于赋颂歌赞部分；又以《养气》为例，《书记》篇从容优柔的论述，就是如何养气为文的同样论述；至于夸饰手法、比兴手法、"经典子史"相结合的创作论、"指瑕"文术的作品技法论，都可以在文体论部分得到扎实的论述证明与案例证明。顺此，有关风格"八体"来源之争、"风骨"内涵之争等等长期悬而不决的论争，可以得到解决：风格"八体"是对历代文学作品风格与各类文体风格的总结，带有鲜明的历时性；"风骨"则是对风格"八体"的进一步提升，是《文心雕龙》的审美理想论，具有鲜明的共时性。

"论文叙笔"部分，上承"文之枢纽"诗骚结合、雅丽兼备的纲领，下启"剖情析采"的创作、审美、文术理论，具有重要的作品支撑地位与理论衔接地位。

第四节　剖情析采，华实相副

《文心雕龙》下篇的二十五篇，从《神思》到《总术》的十九篇属于"剖情析采"，一般被称为创作论①。创作论部分实际上是综合了"论文叙笔"部分各种文体的基本创作原则、审美特点与批评鉴赏论，在这个基础上来集中论述文章的写作思维、风格理论和写作方法。具体包括六个方面的内容：一是思维修养论，如《神思》《养气》篇；二是文学风格论，如《体性》《风骨》《通变》《定势》《情采》篇；三是篇章结构论，《镕裁》《章句》《附会》篇是；四是修饰技法论，《声律》《丽辞》《比兴》

---

① 对此，林杉(王志彬)先生认为称为"写作方法通论"更为合适；而牟世金先生认为创作论应该包括《神思》到《程器》的二十四篇。笔者对这十九篇采用"创作论"的通行称呼，特作说明。

《夸饰》《事类》《练字》《指瑕》篇是;五是特殊审美论,《隐秀》篇是;六是创作总结论,《总术》篇是①。上述六个方面的十九个专题篇目,以"执术驭篇"(《总术》)为主要内容,其核心所在,是雅丽之美的鉴赏与雅丽之文的创作。因为《神思》《养气》篇属于前写作研究专题②;《练字》对辞赋好用奇字的写作进行了学术与创作两个方面的探讨,与雅丽之美关系不大;故而本节对这几篇不作讨论,而对另外几个方面的内容进行简要的探索。

一、文学风格,雅丽居中

文学风格论部分主要包括《体性》到《情采》的五个

---

①本节之所以要将上述"剖情析采"部分以六个部分来展开论述,是因为笔者在阅读思考中有一种强烈的感觉:我们今天所看到的《文心雕龙》"剖情析采"部分的篇章结构顺序,很可能是有问题的,不像其他部分那样前后有序、顺承发展。当然,这只是一种疑虑,一种猜测。《文心雕龙》成书迄今,时间已经过去一千五百多年,历代传抄刻印众多,也许会出现错乱。古籍流传过程中出现这样的问题有很多的例子:据出土简书,今传《老子》的顺序就有错乱;而所谓《庄子》内外篇等,或有伪作;又据楚辞名家汤炳正先生研究,今传《史记》的《屈原列传》中有关淮南王刘安评屈的一段论述,就与原文叙述屈原生平遭遇相互掺杂,混淆千年。《文心雕龙》有没有这种现象,不好说。笔者的基本态度是:尊重现行篇章顺序,不必苛求前人。

②当代写作学界将写作过程分为前写作、显写作与后写作三个大的阶段。前写作主要指构思立意、谋篇布局阶段,显写作主要指具体的行文操作阶段,后写作主要指修改定稿阶段。从大的环节与线性写作特点来看,三阶段的划分是合理的。

专篇,集中论述了风格类型、风格理想、时代文风、文体风格、风格创造等问题。这五篇是《文心雕龙》审美论的核心部分,也是"龙学"研究的最热门话题。

（一）《体性》。在前述"论文叙笔"的基础上,《体性》篇运用《周易》八卦数理模型,对前代所有文体风格与作品风格进行了类型归纳,提出了迄今为止中国文论史上最为全面系统的风格"八体"论:

> 若总其归途,则数穷八体:一曰典雅,二曰远奥,三曰精约,四曰显附,五曰繁缛,六曰壮丽,七曰新奇,八曰轻靡。①

"典雅"到"轻靡"的八体风格,是刘勰从"论文叙笔"的作品风格、文体风格评价中分析、抽象得出的,具有明显的时代特征与文体类型特征。比如"典雅"一体,很明显是儒家经典的文体风格;而"远奥"一体,就其特征而言,主要是玄学思潮影响下的文学作品的风格,带有特殊的文体风格与时代风格特点;"壮丽"一体主要是楚辞汉赋的文体风格,同样具有鲜明的时代性;"新奇"一体主要是指"近代以来"的不良文风。因此,"八体"是汇集了《文心雕龙》写作以前所有文体、作品、时代乃至作家风

①[清]黄叔琳注,李详补注,杨明照校注拾遗:《增订文心雕龙校注》,第380页。

格而成的产物。而在归纳合成"八体"之后,刘勰又运用
"八体"风格类型评价、指导文学的风格和创作,是"史论
结合、论用结合"的典范案例①。仔细分析"八体"的命名
与特征,可以清楚地看到"八体"从"典雅"到"壮丽"到
"轻靡"的核心是"雅丽"风格,"八体"之中,"典雅、精
约、显附、壮丽"四体为优,"远奥、繁缛、新奇、轻靡"四体
为次,其崇古抑今、尚雅贬俗的思想倾向十分明显,"八
体"统雅摄丽,是"圣文雅丽,衔华佩实"这一理想在风格
类型论八个侧面的具体表现。

刘勰同时认为,风格的养成是作家才、气、学、习共同
作用的结果,因而《体性》篇在重视"吐纳英华,莫非情
性"的先天才、气基础上,提出了习染雅正的学、习主张:

> 夫才有天资,学慎始习,斫梓染丝,功在初化,器
> 成彩定,难可翻移。故童子雕琢,必先雅制,沿根讨
> 叶,思转自圆,八体虽殊,会通合数,得其环中,则辐
> 辏相成。故宜摹体以定习,因性以练才,文之司南,
> 用此道也。②

---

① 对于"八体"的上述粗浅认识,是笔者硕士学位论文《风趣刚柔,数穷八
   体——〈文心雕龙〉刚柔风格类型理论研究》(四川师范大学文学院,
   2008)的内容之一。特作说明。
② [清]黄叔琳注,李详补注,杨明照校注拾遗:《增订文心雕龙校注》,第380-
   381页。

习染"雅制""雕琢"文章、养成风格的"司南"之道，就是雅丽居中、典雅为主的"确乎正式"(《风骨》)主体修养说。雅丽文风不仅是八体风格类型的核心，也是风格学习、风格养成的核心。风格类型有优劣之分，习染写作同样如此，因此，《体性》赞语提出"雅丽黼黻，淫巧朱紫"，刘勰在论述风格之美的同时，表明了对"八体"的褒贬态度和对"正采"与正色的追求。从孔子开始的儒家正色观念，是刘勰风格"雅丽"论的理论基础。从中可见儒家思想的主导影响，以及《文心雕龙》对文学尚丽特质的重视与规范之"用心"。

(二)《风骨》。《风骨》篇是《文心雕龙》审美论最精彩的华章，更是"龙学"研究史上争论最多的核心问题。本篇集中体现了刘勰尚丽的文学本质论以及"以雅统丽、如何雅丽"的创作技法论。"风骨"包含华美的文采，是雅丽之"丽"的光辉体现，这与《原道》《情采》篇"郁然有采""正采彬彬"文采美完全一致。同时，本篇在雅正的规范前提下集中论述"风骨"美的创作：

> 若夫熔铸经典之范，翔集子史之术，洞晓情变，曲昭文体，然后能孚甲新意，雕画奇辞。昭体，故意新而不乱；晓变，故辞奇而不黩。[1]

---

[1] [清]黄叔琳注，李详补注，杨明照校注拾遗：《增订文心雕龙校注》，第389页。

"经典之范,子史之术,洞晓情变,曲昭文体"四条要求,是创作"风骨"之美、创作文章之光辉正美的基本方法。这一方法,是对上篇文体创作技法论的集中总结,是《文心雕龙》追求文采美的基本原则,也是统摄下篇创作论的核心原则。据此,《风骨》篇应当是下篇创作论的核心篇目。说《神思》是创作论的中心,那是从写作的思维角度来看的;说《风骨》是中心,则是从创作、审美与文术技法的角度来说的。思维过程伴随文章写作的前、中、后三个阶段,是内在而隐性的;审美创造伴随文章的外显文采,是外在而显性的。通观创作论除《神思》《养气》的十七篇,核心内容就是创造正美及其技法研讨,因此,如同《宗经》篇是枢纽论的核心一样,《风骨》篇就是创作论的核心。

(三)《通变》。《通变》篇论述历代文学的发展与继承。本篇提出"循环相因""日新其业"的通变原理论,是《原道》篇文学循环新变的自然特性的具体展开;同时针对当代文学新变的失误,提出"还宗经诰"的通变指导论与博观精阅的主体修养论,意欲消解当代文学新奇粗浅、竞今疏古之弊。《通变》篇的核心内容是以下一段论述:

> 黄唐淳而质,虞夏质而辨,商周丽而雅,楚汉侈而艳,魏晋浅而绮,宋初讹而新。从质及讹,弥近弥

澹。何则？竞今疏古,风末气衰也。①

本段是《文心雕龙》的文学发展史简论,《时序》篇即在此基础上展开。这个文学发展史论的得来,是对"论文叙笔"数十种文体的"原始以表末,选文以定篇"的总结,同时是对孔子"夏质商文""周监二代,郁郁乎文""吾从周"文学观念的借鉴。在论述文学史的同时,刘勰还指出了文学风格的历时性变化,即时代文风的"九代"变化,集中起来看,就是"质胜文——丽而雅——文胜质"三种主要现象,体现了"从质趋文"的发展趋势与"渐趋讹滥"的当下弊端。时代文风的核心,是"商周丽而雅"的文质彬彬、华实相胜的雅丽之美。

(四)《定势》。《定势》篇主要论述文体风格类型论,提出每类文体各有其自身独特的风格,这是"自然之势"的体现,刘勰以"本采"目之;同时,主张"兼解具通"的鉴赏方法论,提倡诗骚并重,雅丽合观,不要偏执一端,目无全林。在这个基础上,再次对当代文学创作的诡俗讹滥之弊进行了分析,提出"执正驭奇"的指导思想,以求解蔽。首先,本文的一个主张是诗骚结合、典雅与艳丽结合;只有这样博观通阅众多作品,兼解具通各类风格特点,才能正确地进行创作与鉴赏,这一折衷合观意见

①[清]黄叔琳注,李详补注,杨明照校注拾遗:《增订文心雕龙校注》,第397页。

的提出,体现了刘勰认为文体繁复,风格多样,需要整体上平等对待各种风格的态度。在风格审美上,主张奇正与刚柔合观、典雅与华丽合观,同时认为一类文体只能有一种基本风格,不能雅郑共篇,混淆朱紫。

其次,在"自然之势"与"刚柔雅丽"的基础上,具体阐述了各类文体的基本风格特点,刘勰认为文体多样,源出五经的各种文体在整体风格上有共同性,比如"章表奏议"等源出《尚书》的一大类文体,其基本风格是典雅为主。同时,各种文体整合起来看,"典雅、清丽、明断、核要、宏深、巧艳"兼解具通的结果,就是指向雅丽这个文体风格的审美核心。

在梳理了各类文体的基本风格并树立了雅丽这一文体风格的核心之后,刘勰提出近代文学"诡巧讹势""效奇取新"的创作弊端,"近代辞人"的写作"厌黩旧式",文术不正,遣辞爱奇,流成新色,不足为观。面对这样"讹滥好奇"的文风,刘勰提出"执正驭奇"的指导思想来解救之,对"常务反言""失体成怪""逐奇失正"的创作进行正本归根的回拉。所谓"执正驭奇",就是指以雅丽风格为规范,指导新变的文学创造。雅丽风格从本篇文体风格的核心,转变成为对当代文学创作原则的规范。

(五)《情采》。《情采》篇的重点,是在"文源于道"的哲学基础上论述文质关系,并探究文章的文与质之间经纬主次的立文之道。源出孔子"文质彬彬"说的文质关系有两层理解：一是指文章的内容与形式，这是普遍的看法；二是指华丽文采与质实文风的差异，这是《文心雕龙》主要的看法。刘勰主张文质彬彬，强调雅丽"正采"，这使本篇在全书中占有特别重要的理论地位。笔者以为，论述"情采"之说，务必结合《宗经》篇"六义"说方能得其精要。"六义"说从"情深而不诡"开始，一直说到"文丽而不淫"，是对"情"与"采"系统的整体观照，因此，文学风格是作家主体之情到文章外显之采的由内到外的结合产物。如果只是从文章的内容与形式角度入手，就不能全面把握《情采》篇的文质观。

首先，本篇再次强调文采美是文源于道的自然表现，这样，本篇的性质，是作为《原道》篇重要补充的形式而存在，其核心在于强调文学尚丽的观点，在阐述完原理之后，刘勰举例推重《孝》《老》的"文质附乎性情"，而反对"绮丽以艳说，藻饰以辩雕"的过度文采，其核心是指出两点，一是性情决定文质，即情决定采，"文质"均指文采；二是反对"华实过乎淫侈"，主张华实相胜，衔华佩实。这就是《宗经》"六义"与雅丽之美的再现。在这些扎实例证的基础上，刘勰提出了正确驾驭文采、创造文采的"立文本源"论：

    情者文之经，辞者理之纬，经正而后纬成，理定而后辞畅,此立文之本源也。①

"立文之本源"是"情"决定"辞","情"决定"采",要得到雅丽文采,就必须有纯正深情。也就是说,作家的思想决定文章内容,文章内容决定文采风格,"立文本源"的创作原则,是文章如何得到雅丽之美的基本办法。在这个意义上的文质论,转化为形式与内容的文质关系,而不再是指文采之美的文与质。

其次,经过上述"文章有采、情决定采"的理论铺垫,刘勰集中笔墨重视对纯正文情的论述,赞美"先深情后文采"的《诗经》,批评"先文采后文情"的辞赋。因此,追求雅丽之美与相应的"立文本源",就有了现实的针对性,即批评已呈讹滥之势的辞赋创作。

最后,揭示本篇主旨。《文心雕龙》主张文章尚丽,更主张文章雅丽,本篇"正采彬彬"一说,就是对雅丽之美的最好注脚:

> 夫能设模以位理,拟地以置心,心定而后结音,理正而后摛藻,使文不灭质,博不溺心,正采耀乎朱蓝,间色屏于红紫,乃可谓雕琢其章,彬彬君子矣。②

---

① [清]黄叔琳注,李详补注,杨明照校注拾遗:《增订文心雕龙校注》,第415页。
② [清]黄叔琳注,李详补注,杨明照校注拾遗:《增订文心雕龙校注》,第416页。

文学创作"采滥辞诡"不对,应该正确地取法"自然之道",以创作"正采"为上。这一重视文采,提倡文质彬彬之美的文学思想,是对整个"枢纽"论的遥相呼应,也使本篇成为《文心雕龙》主张雅丽之美的核心篇目。

以上五篇是"剖情析采"部分的理论核心,贯穿其中的主线有两个:一是从正面论风格,从风格"八体"、"风骨正式"、时代文风、文体风格、彬彬"正采"等角度论述风格之美与风格创造;二是以风格之美及其创造原则救弊当下,在每一篇中都分析了近代文学讹滥的原因,提出解法,指导当代文学健康发展。贯通上述正反两面的核心,就是雅丽审美思想。

二、谋篇布局,纲领昭畅

谋篇布局部分主要包括《镕裁》《附会》《章句》等篇。一篇文章的写作,行文过程始终受思维的掌控,"三准"说主要具体论述写作思维对行文操作前、中、后三个阶段的正确掌控;"缀思恒数"则具体论述首尾结构的布局与"情志、事义、辞采、宫商"的安排原则;"裁文匠笔"则对一篇文章的篇、章、句、辞、言提出大小缓急、随便适会的动态写作观念。上述谋篇布局的主要理论,都以雅丽"六义"为核心,论述如何正确地处理情采、创造正采的问题。

(一)《镕裁》。《镕裁》篇的写作目的是"隰括情理,矫揉文采"，即在前述《情采》篇"正采"彬彬的审美创作上，对"情经辞纬"的"立文本源"进行"繁略殊形"的裁剪工作，是文章"芜秽不生，纲领昭畅"的重要技法。为了正确剪裁繁缛之辞，提倡精炼文风，本篇提出了重要的"三准"说：

> 凡思绪初发，辞采苦杂，心非权衡，势必轻重。是以草创鸿笔，先标三准：履端于始，则设情以位体；举正于中，则酌事以取类；归余于终，则撮辞以举要。然后舒华布实，献替节文。绳墨以外，美材既斫，故能首尾圆合，条贯统序。若术不素定，而委心逐辞，异端丛至，骈赘必多。①

"三准"说是思维过程论，属于具体的行文操作技法，也可以上升为创作原理论。"三准"说把"设情、位体、酌事、撮辞、华实"等由内到外的情、体、事、辞、采全部包括，将由情到采的写作全过程清楚地展示出来。将《知音》"六观"与《宗经》六义合观统照，就是要做到正确地"舒华布实，献替节文"，防止"委心逐辞，异端丛至"，创作"情正、思正、采正"的文章。因此，本篇特别强调"万趣会文，不离辞情"一说，写作时无论文体、时代、作家、

---

① [清]黄叔琳注，李详补注，杨明照校注拾遗：《增订文心雕龙校注》，第425页。

环境、状态发生怎样的变化,始终都是在正确思维模式统摄下的"情—辞"创造过程,这是写作的普遍规律。因此,在"情经辞纬,立文本源"原则指导下,着重强调"情周而不繁,辞运而不滥",即写作雅丽之文,创造正采之美。

(二)《章句》。在《文心雕龙》的研究中,很少看到对《章句》篇进行研究的文章,这可能是因为对该篇重要意义的理解还不够。实际上,本篇综论"显写作"阶段从言到篇的完成过程,处于前写作阶段"情——思"与后写作阶段裁剪取舍、修改调整的中间位置,是写作行文最重要的文章生成的过程。刘勰开宗明义,将一篇文章的大小组成要素详细列出:

> 夫人之立言,因字而生句,积句而为章,积章而成篇。篇之彪炳,章无疵也;章之明靡,句无玷也;句之清英,字不妄也;振本而末从,知一而万毕矣。①

写作本质上是思维控制下的语言艺术。因此,立言写作,篇章句字,从大到小的规范要求十分重要,刘勰主张"振本而末从,知一而万毕",这个"本"与"末"指的是什么?从开篇"设情有宅,置言有位"的说明与前述"情经辞纬"

---

① [清]黄叔琳注,李详补注,杨明照校注拾遗:《增订文心雕龙校注》,第440页。

的立文本源来看，情为写作之"本"，言为写作之"末"。一篇文章从言辞开始到句、段、章、篇的生成，都是"言"的组合结果，因此，正确的"情"就是写作的内在根本。刘勰内外合观、情辞统照，以《诗经》的创作为典范，来论述这个道理：

> 寻《诗》人拟喻，虽断章取义，然章句在篇，如茧之抽绪，原始要终，体必鳞次。启行之辞，逆萌中篇之意；绝笔之言，追媵前句之旨：故能外文绮交，内义脉注，跗萼相衔，首尾一体。若辞失其朋，则羁旅而无友；事乖其次，则飘寓而不安。是以搜句忌于颠倒，裁章贵于顺序，斯固情趣之指归，文笔之同致也。①

"外文绮交"一说，指《诗经》外显的文采华丽美好；"内义脉注"一说，指《诗经》创作"启行之辞，逆萌中篇之意；绝笔之言，追媵前句之旨"的首尾圆合的篇章结构，这个结构，是内在情思前后呼应而成的。二说的结合，即"内情外采"的情采论，也就是"文质彬彬"的正采说，是"衔华佩实"的雅丽美。

而"搜句忌于颠倒，裁章贵于顺序"的论述，与《定

---

① ［清］黄叔琳注，李详补注，杨明照校注拾遗：《增订文心雕龙校注》，第440页。

势》《情采》《镕裁》诸篇一样,暗指近代文人"奇辞诡俗,颠倒文句"的创作失误。"文笔同致"的提出,则表明了对前代文体文笔合观的意见;《文心雕龙》不分文笔的原因,在于雅丽之美并不只是针对有韵之文,无韵之文同样有采,"论文叙笔"部分的"赋颂歌赞"与"诏策章表"均以雅丽为宗,即是明证。

(三)《附会》。本篇的主要内容是论述文章结构问题,结构问题的核心是写作思维①,因此,与《镕裁》篇"三准"遥相呼应,暗示着"文术"论的即将结束。首先,刘勰用比喻手法将"附会"之术揭示出来:

> 何谓附会? 谓总文理,统首尾,定与夺,合涯际,弥纶一篇,使杂而不越者也。若筑室之须基构,裁衣之待缝缉矣。②

"附会"就是处理文章篇章结构的问题。文章结构分为前写作构思立意的结构与文章写成之后的实际外显结构,二者是一隐一显的关系,而且往往并不一致,在写作

---

①笔者认为:本篇实为《文心雕龙》的逻辑思维论,偏重于行文的内在控制与具体操作;《神思》实为《文心雕龙》感性思维原理,偏重于论述思维规律与外在养成。因此,研究刘勰的写作思维,应该将二者结合起来看,同时不要忽略散落在书中的其他精彩意见,比如《镕裁》"三准"、《原道》"道圣文"、《物色》"物意文"、《情采》"立文本源"等重要论述,方为全面。
②[清]黄叔琳注,李详补注,杨明照校注拾遗:《增订文心雕龙校注》,第519页。

过程中有所变化。本篇的提出，就是为了让读者知道并学习"总文理，统首尾，定与夺，合涯际，弥纶一篇"的这个理论，要使写作"杂而不越"。提出"附会"的概念之后，刘勰告诉读者，附会是"缀思之恒数"，任何文章都离不开一个好的结构组织：

> 夫才童学文，宜正体制，必以情志为神明，事义为骨髓，辞采为肌肤，宫商为声气，然后品藻玄黄，摛振金玉，献可替否，以裁厥中：斯缀思之恒数也。①

这里列出了文章内外四要素："情志"与"事义"是内容，二者属内；"辞采"与"宫商"是形式，二者属外。内外四要素的结构运用方法是"以裁厥中"，即适度选择，折衷运用，这是结构文章的基本思维规律与原则。"学文正体"的根本目的是为了"品藻玄黄，摛振金玉"，创造美文。据此可知"附会"的创作结构论，仍然以"六义"与"六观"为法，包含创作、批评与审美三个层面，包含了动笔之前"习染雅制"、写作之中创造文采的方方面面，其核心是指向雅丽美文的创造。

但是，在具体的写作中，只掌握形而上的原则是不够的，最好能有形而下的具有可操作性的技法，刘勰提

①［清］黄叔琳注，李详补注，杨明照校注拾遗：《增订文心雕龙校注》，第519页。

出自己的看法：

> 是以附辞会义，务总纲领，驱万涂于同归，贞百
> 虑于一致；使众理虽繁，而无倒置之乖，群言虽多，而
> 无棼丝之乱；扶阳而出条，顺阴而藏迹，首尾周密，表
> 里一体，此附会之术也。①

处理结构问题的"附会之术"，具体说来有四个要求：一
是紧扣中心，不要枝蔓；二是条理有序，不要混乱；三是首
尾周密，相互照应；四是内外一致，显与隐合。真实的写
作经验告诉我们，要做到这四点是很不容易的，这是必
须要有极强的逻辑思维能力才能控制得住的事情，"附
会之术"虽然是结构组织问题，实质上完全是思维预设
能力和控制能力强弱的训练问题。

更为可贵的是，刘勰不是从大体结构方面泛泛而
谈，而是继续深入，讲到了前后衔接的技法，乃至句子顺
序的生成要求：

> 1. 若统绪失宗，辞味必乱；义脉不流，则偏枯文体。
> 2. 若首唱荣华，而腠句憔悴，则遗势郁湮，余风
> 不畅。

---

① [清]黄叔琳注，李详补注，杨明照校注拾遗：《增订文心雕龙校注》，第520页。

3. 惟首尾相援,则附会之体,固亦无以加于此矣。①

这些论述从结构原理讲到句子生成,层层降低,层层可感,操作性极强。其核心紧扣文章结构这个论题,反复强调"首尾相援"的重要性。结构不畅,就会使多变的思绪更加错杂,句子表达错乱而且语序混乱,这样,中心不明,文体特征也无从显示。因此,确立结构或者削减章句,都要遵从于最核心的思维控制,使得"去留随心,修短在手",不在表达上出问题。

需要注意的一点是,本篇提出"弃偏善之巧,学具美之绩"的"命篇之经略"②,这与《定势》篇"兼解具通"之说非常相似,意在说明"附会"结构之术多样灵活,博学多识才能正确运用。其后所举的若干作家作品的例子,主要强调在创造文采美的同时,要注意对博与约、繁与简的正确把握。本篇"附会之术""缀思恒数""命篇经略""驭文之法""附会之体"等等概念,包含了习染、思维、结构、情思、辞采、宫商、声律、篇章、字词、正误等有关写作的众多方面,这给我们两个启发:一是总结《文心雕龙》"文术"论的真正篇章是《附会》篇而不是《总术》篇,《总术》篇真正的作用是在强调"执术驭篇"的重要性;二

①［清］黄叔琳注,李详补注,杨明照校注拾遗:《增订文心雕龙校注》,第520-521页。以上三则引文同出一篇,故集中作注。
②［清］黄叔琳注,李详补注,杨明照校注拾遗:《增订文心雕龙校注》,第520页。

是《文心雕龙》论述雅丽之美，在前述文学风格论的外在表层之下，有许多如何创造这些风格美的具体技法，若干技法的组合运用，最终生成雅丽美文。

"谋篇布局"主要是在思维控制下的整体把握，属于文术论的宏观层面，还没有进入具体层面操作技法的研讨，这与《丽辞》《比兴》《练字》《指瑕》等微观层面的修饰技法专题不一样。所以，"执术驭篇"之术，应分为"谋篇布局"和"修饰技法"两个宏观、微观有别的板块。谋篇布局的几个专题，将裁减、结构、章句等写作问题进行了深刻而具有可操作性的论述，为创造文章雅丽之美做出了重要的技法探索。

三、修饰技法，正采彬彬

具体的修饰技法论主要包括《声律》《丽辞》《比兴》《夸饰》《事类》《练字》《指瑕》等篇，是《文心雕龙》论述"文术"的主体部分，是刘勰"执术驭篇"的重要内容。修辞方法、宫商声律、练字正误等若干具体技法的核心，是如何创造雅丽之美的问题。刘勰除了继续强调"原道有采"的文学尚丽主张，还重视古代作品与古代创作方法，崇诗抑骚，推崇经典对文采之美的正确创造，这与序论、枢纽论、文体论的论述是前后一致的。

（一）《声律》。在《知音》"六观"中，"宫商"是其重要的一"观"。文学创作讲究声律之美，是魏晋宋齐时代重要的新兴理论,是"文学自觉"重视规律探索的新变成果。三国时期的曹操、曹植,宋齐时代的沈约等人,都是诗歌声律美的重要理论家。《文心雕龙》对文学创作讲究声律美这一点态度积极,这与稍后钟嵘《诗品》贬斥声律的态度不同。声律美的创造,在《原道》《情采》中以"声文"名之,《原道》指出"林籁结响,调如竽瑟;泉石激韵,和若球锽"的优美自然声文,《情采》进一步指出"五音比而成《韶》《夏》",将"声文"从自然天籁推进到诗歌雅乐。对于宫商声律的探索,是对"声文"之美的自然追求,属于文学雅丽之"丽"的探索。而《练字》等篇,属于对文学"形文"之美的探索。因此,宫商声律论兼有文学原道之美与对新兴理论当下运用的双重特点。刘勰指出,"声有飞沉,响有双叠"①,写作时要注意文字声韵的间隔重复、抑扬顿挫,对于"逐新趣诡"的"文家之吃",以"务在刚断"纠正之。同时提出:

> 左碍而寻右,末滞而讨前,则声转于吻,玲玲如

---

① 朱清先生认为刘勰"声有飞沉"一说,出自汉代京房《易》学的"飞伏"论。从声律美为文学自然属性来看,这一说法值得再作思考。文学具有声律之美,就如同文学具有夸饰之美一样,是"自然之道"的本来属性,刘勰同时认为文学对偶的"丽辞"之美,一样的属于文学本身的自然属性。高低起伏、轻重缓急,是自然天籁的常态表现,所以,笔者不同意声律"飞沉"出于"飞伏"论一说。"飞伏"论实则《征圣》篇"显隐异术"之别称,用于《隐秀》之"隐篇秀句"可以说通,用于声律理论则并不果然。

振玉;辞靡于耳,累累如贯珠矣。①

这个意见指出,声律技法是在写作思维控制下瞻前顾后、用辞求美的左右逢源过程。珠声盈耳,音节和律,是其基本要求。刘勰之前,沈约等人论此颇详,事见《南史·陆厥传》所录沈约《答陆厥书》等②;刘勰之后,梁元

---

① [清]黄叔琳注,李详补注,杨明照校注拾遗:《增订文心雕龙校注》,第431页。
② 《南史·陆厥传》载沈约《答陆厥书》云:"宫商之声有五,文字之别累万。以累万之烦,配五声之约,高下低昂,非思力所学,又非止若斯而已也。十字之文,颠倒相配,字不过十,巧历已不能尽,何况复过于此者乎?灵均以来,未经用之于怀抱,固无从得其仿佛矣。若斯之妙而圣人不尚,何也?此盖曲折声韵之巧,无当于训义,非圣哲玄言之所急也。是以子云譬之雕虫篆刻,云壮夫不为。自古辞人,岂不知宫羽之殊,商徵之别。虽知五音之异,而其中参差变动,所昧实多。故鄙意所谓,此秘未睹者也。以此而推,则知前世文士,便未悟此处。若以文章之音韵,同弦管之声曲,美恶妍蚩,不得顿相乖反。譬犹子野操曲,安得忽有阐缓失调之声?以《洛神》比陈思他赋,有似异手之作。故知天机启则律吕自调,六情滞则音律顿舛也。士衡虽云焕若缛锦,宁有濯色江波,其中复有一片是卫文之服?此则陆生之言,即复不尽者矣。韵与不韵,复有精粗。轮扁不能言之,老夫亦不尽辩此。"除此,沈约《宋书·谢灵运传·论》又说:"夫五色相宣,八音谐畅,由乎玄黄律吕,各适物宜。欲使宫羽相变,低昂舛节。若前有浮声,则后须切响。一简之内,音韵尽殊;两句之中,轻重悉异。妙达此旨,始可言文。至于先士茂制,讽高历赏(四字疑有讹脱)。子建《函京》之作,仲宣《灞岸》之篇,子荆《零雨》之章,正长《朔风》之句,并直举胸情,非傍诗史。正以音律调韵,取高前式。自灵均以来,多历年代,虽文体稍精,而此秘未睹。至于高言妙句,音韵天成,皆暗与理合,匪由思至。张蔡曹王,曾无先觉,潘陆颜谢,去之弥远。世之知音者,有以得之。此言非谬,如曰不然,请俟来哲。"沈约、谢朓、王融、周颙等人对"四声八病"的音律问题各有见解,而以沈约为最。刘勰对此甚为推重,而钟嵘不以为然。

帝萧绎《金楼子》指出："至如文者,惟须绮縠纷披,宫徵靡曼,唇吻遒会,情灵摇荡。"①与刘勰"务在刚断""玲玲振玉""累累珠声"的意见遥相呼应。

刘勰认为文学声律美之"大纲"是其"和韵"特征:

> 是以声画妍蚩,寄在吟咏;滋味流于字句,风力穷于和韵。异音相从谓之和,同声相应谓之韵。韵气一定,则余声易遣;和体抑扬,故遗响难契。属笔易巧,选和至难,缀文难精,而作韵甚易,虽纤意曲变,非可缕言,然振其大纲,不出兹论。②

"和韵"说的提出,显然是儒家雅乐正声理论影响的结果。《礼记·乐记》"合气"说与"和乐"美的提出,儒家诗教对中和美的推重与论述,是刘勰"和韵"追求"中和"声律之美的直接渊源。而雅丽之美,本就是"华实相胜"的中和之美。因此,《声律》的本质,是在为文学雅丽之美提供宫商声律中和美的理论支撑。

在本篇中,刘勰举出了声律得失方面的具体案例:

①[梁]萧绎:《金楼子》(《四库全书》文渊阁影印本),北京:商务印书馆、国家图书馆,2005年版,第853页。
②[清]黄叔琳注,李详补注,杨明照校注拾遗:《增订文心雕龙校注》,第431–432页。

> 《诗》人综韵,率多清切;《楚辞》辞楚,故讹韵实
> 繁。及张华论韵,谓士衡多楚,《文赋》亦称知楚不
> 易,可谓衔灵均之声余,失黄钟之正响也。①

《诗经》具有清切的正声雅韵之美,《楚辞》具有讹韵实繁
的侈艳之美。其"诗人丽则,辞人丽淫"的基本意见,从
枢纽论一致贯通到文术论。刘勰推重文学雅丽之美及
其创作技法之心,可谓良苦。

(二)《丽辞》。本篇以《原道》为基础,认为文学讲
究对偶,是"自然之道"的基本特性:

> 造化赋形,支体必双,神理为用,事不孤立。夫
> 心生文辞,运裁百虑,高下相须,自然成对。②

文源于道,形体成双;文学丽辞,自然成对。这就将丽辞
修辞方法抬到哲学高度上来论述。刘勰说,《诗》《骚》等
经典作品就是自然成对的,"《诗》人偶章,大夫联辞,奇
偶适变,不劳经营"。这种诗骚合观的文学丽辞技法,不
需要刻意追求之,而是诗骚作家无意之间寻找到的。真
正有意识主动探究并运用丽辞技法的是汉赋诸家:

---

① [清] 黄叔琳注,李详补注,杨明照校注拾遗:《增订文心雕龙校注》,第432页。
② [清] 黄叔琳注,李详补注,杨明照校注拾遗:《增订文心雕龙校注》,第447页。

> 自扬马张蔡,崇盛丽辞,如宋画吴冶,刻形镂法,
> 丽句与深采并流,偶意共逸韵俱发。至魏晋群才,析
> 句弥密,联字合趣,剖毫析厘。然契机者入巧,浮假
> 者无功。①

汉赋创作自觉探索丽辞技法规律,表明文学开始了"自觉"发展的趋势;"丽句与深采并流,偶意共逸韵俱发",显示了汉赋"博大鸿丽"的特点;魏晋文学运用丽辞"析句弥密,剖毫析厘",显示了"魏晋浅而绮"的创作特点;丽辞技法发展到近代文学,则更为崇尚,运用最多,《明诗》以"俪采百字之偶,争价一句之奇"称之。顺着这个思路,可见文学发展是一代不如一代,近代更为讲究丽辞技法修饰的文学创作是最差的。

丽辞是骈文的最基本修辞技巧,《文心雕龙》本身就以丽辞技法写就,非常注意声律、丽辞、比兴、事类诸种修辞的运用。因此,对于最基本的丽辞技法,刘勰最有发言权:

> 若气无奇类,文乏异采,碌碌丽辞,则昏睡耳目。
> 必使理圆事密,联璧其章,迭用奇偶,节以杂佩,乃其
> 贵耳。类此而思,理斯见也。②

①[清]黄叔琳注,李详补注,杨明照校注拾遗:《增订文心雕龙校注》,第447页。
②[清]黄叔琳注,李详补注,杨明照校注拾遗:《增订文心雕龙校注》,第448页。

运用丽辞的原则是：奇气异采，理圆事密，选用奇偶，崇尚奇丽之美，讲究自然之对。丽辞之丽固然不是雅丽之丽，但是文学句式的对称美，句法的参差奇偶美，是雅丽之美在视觉上、形式上、表达上的极具修饰特点的尚丽表现。从《诗经》、楚辞、汉赋、魏晋文学一脉顺下，从无意识的运用丽辞到自觉探索丽辞技法，再到崇尚丽辞骈偶的近代写作时尚，实践表明：作家们对文学特征的认识逐渐清楚，"文学自觉"时代正在慢慢到来。

（三）《比兴》。《文心雕龙》在创作方法上深受《毛诗序》的影响，《诗序》"四始六义"说的提出与"变风变雅"的深层探讨，对刘勰在文体论部分阐述《明诗》《乐府》《诠赋》《颂赞》诸篇，尤其对"赋颂"二体影响深刻；在创作论中，《风骨》篇贯通了"风"之教化感染论，而《比兴》篇纯为《诗经》写作手法的再现。在开篇对"比显而兴隐"的解释说明之后，刘勰将比兴手法在《诗》《骚》中的运用情况作出了详细比较，批评辞赋运用比兴不当：

> 楚襄信谗，而三闾忠烈，依《诗》制《骚》，讽兼比兴。炎汉虽盛，而辞人夸毗，诗刺道丧，故兴义销亡。于是赋颂先鸣，故比体云构，纷纭杂遝，倍旧章矣。①

① [清]黄叔琳注，李详补注，杨明照校注拾遗：《增订文心雕龙校注》，第456-457页。

刘勰认为《楚辞》在手法上同于《诗经》,比兴兼备,所以
是丽而且雅的佳作,这是汉儒从经学角度评论屈骚意见
的翻版;汉赋违背《楚辞》,"兴"义销亡,"比"体云构,所
以是夸张声貌、丽而不雅的不良之作。这就奠定了一个
基本的基调:赋不如骚。刘勰主张诗骚雅丽,反对汉赋
艳丽。

《比兴》归纳汉赋的比喻修辞有"喻声、方貌、拟心、
譬事"四种基本的类型,先后列出汉赋名家宋玉、枚乘
"比貌之类"、贾谊"以物比理"、王褒"以声比心"、马融
"以响比辩"、张衡"以容比物"为例证明之。汉赋特别重
视运用比喻而忽略含蓄的起兴手法,创作显而不隐,缺
乏含蓄蕴藉之美,整体上夸饰过度:

> 若斯之类,辞赋所先,日用乎比,月忘乎兴,习小
> 而弃大,所以文谢于周人也。①

所以辞赋不如《诗经》,外显的铺张鸿丽不如"显隐异术"
的比兴兼备。这种情况,越往后代发展就越是突出:

> 至于扬班之伦,曹刘以下,图状山川,影写云物,
> 莫不织综比义,以敷其华,惊听回视,资此效绩。又

---

① [清]黄叔琳注,李详补注,杨明照校注拾遗:《增订文心雕龙校注》,第457页。

> 安仁《萤赋》云：流金在沙，季鹰《杂诗》云：青条若总翠。皆其义者也。故比类虽繁，以切至为贵，若刻鹄类鹜，则无所取焉。①

汉赋艳丽，织综"比"义，以敷其华；而且"流弊不还"，影响直到魏晋。汉魏晋代文学的一大不足就是用比忘兴，夸张华丽，文采过繁。综合刘勰赞美《诗经》《楚辞》比兴兼备而批评赋体文学用比忘兴的意见，可见他对雅丽正采与丽词雅义之法的提倡。

（四）《夸饰》。前述《宗经》《通变》等篇都谈到了"楚艳汉侈"的华丽之美与"夸张声貌"的夸饰技法；《丽辞》《比兴》篇也先后对辞赋夸饰过度进行了不同角度的分析。因此，《夸饰》篇就专为解决文学创作如何正确使用夸张手法而列。值得注意的是，刘勰在本篇中指出了儒家经典的夸饰问题，对于宗经观念深入骨髓的刘勰来说，这显得难能可贵。其渊源所在，应该是孟子开启的"尽信书则不如无书"的质疑精神与王充大胆提出的"疾虚妄"的"论衡"宗旨。到了刘勰这里，他采用了正视问题、绝对宗经的态度和折衷诗赋、标举雅丽的创作标准。对于出自五经的夸饰描写，一律肯定其合理性；对于出自其他文体，诸如辞赋等文学创作中的夸饰描写，则给予批评纠正。

---

① [清]黄叔琳注，李详补注，杨明照校注拾遗：《增订文心雕龙校注》，第457页。

《夸饰》篇从哲学依据、诗骚创作、方法正误几个方面论述了这个意见。文章开篇就说：

> 夫形而上者谓之道，形而下者谓之器。神道难摹，精言不能追其极；形器易写，壮辞可得喻其真；才非短长，理自难易耳。故自天地以降，豫入声貌，文辞所被，夸饰恒存。①

刘勰认为，"形而上者"的自然之"道"决定了自然万物文采艳丽的特点，作为"形而下者"的文章之"器"也应该是"文辞所被，夸饰恒存"的。夸饰手法，是出自于天地自然的。这就为后世所有文章尚丽尚美的美丽精神找到了坚实可信的哲学基础。于是，不论经典也好，辞赋也好，都是文采绚丽、具有夸饰特点的。这个哲学依据，很好地回答了孟子对"血流漂杵"的质疑，因为《尚书·武成》篇用的是夸张修辞，并不是写实纪实②。刘勰同时认

---

① [清]黄叔琳注，李详补注，杨明照校注拾遗：《增订文心雕龙校注》，第465页。
② 《尚书·武成》记载武王伐纣事，节选原文如下："既戊午，师逾孟津。癸亥，陈于商郊，俟天休命。甲子昧爽，受率其旅若林，会于牧野。罔有敌于我师，前徒倒戈，攻于后以北，血流漂杵。一戎衣，天下大定。乃反商政，政由旧。释箕子囚，封比干墓，式商容闾。散鹿台之财，发钜桥之粟，大赉于四海，而万姓悦服。列爵惟五，分土惟三。建官惟贤，位事惟能。重民五教，惟食、丧、祭。敦信明义，崇德报功。垂拱而天下治。""血流漂杵"这种说法，是刘勰笔下的"夸饰"之言。孟子并不认同，他认为武王伐纣是"本仁义而伐无道"，是"得道者多助"的"至仁伐至不仁"，理所当然应该"无敌于天下"。

为经典在某些方面的夸张描写也有过度的现象：

> 虽《诗》《书》雅言，风俗训世，事必宜广，文亦过
> 焉。是以言峻则嵩高极天，论狭则河不容舠，说多则
> 子孙千亿，称少则民靡孑遗；襄陵举滔天之目，倒戈
> 立漂杵之论。①

这段文字中所提到的若干"文亦过焉"的例子，主要是出
自"《诗》《书》雅言"的内容。刘勰承认这些描写夸饰过
度，其中就包括孟子责难的"倒戈立漂杵之论"。但是，
尽管经典有这样的问题存在，为了维护经典的权威性，
一定要找一个理由。刘勰找的理由是经典之"义"：

> 辞虽已甚，其义无害也。且夫鸮音之丑，岂有泮
> 林而变好；荼味之苦，宁以周原而成饴：并意深褒赞，
> 故义成矫饰。大圣所录，以垂宪章。孟轲所云：说
> 《诗》者不以文害辞，不以辞害意也。②

经典言辞泰甚，是因为"意深褒赞，故义成矫饰"。写作
者的本意是想运用这些言辞来褒赞圣人及其言行，我

---

① [清]黄叔琳注，李详补注，杨明照校注拾遗：《增订文心雕龙校注》，第465页。
② [清]黄叔琳注，李详补注，杨明照校注拾遗：《增订文心雕龙校注》，第465-
　466页。

们作为后来的读者，应该尊重这个褒赞的良好用心，不要用自己片面的理解来歪曲了圣文之"义"。所以引用孟子"以意逆志"的话来作为论据，阐说此意。也就是说，经典之夸饰，就算过度也是好的，不能责难。《宗经》提出的"六义"以为，经典著作"三则事信而不诞，四则义贞而不回"。即使有违，不得批评。这显然是刘勰站在绝对宗经、取法儒家的思想立场上做出的矛盾论述。

而对于经典以外的其他文体中的夸饰现象，是一定要狠狠地批评的。刘勰找的靶子主要是辞赋创作：

> 自宋玉景差，夸饰始盛。相如凭风，诡滥愈甚：故上林之馆，奔星与宛虹入轩；从禽之盛，飞廉与鹒鹑俱获。及扬雄《甘泉》，酌其余波，语瑰奇则假珍于玉树，言峻极则颠坠于鬼神。至《东都》之比目，《西京》之海若，验理则理无不验，穷饰则饰犹未穷矣。又子云《羽猎》，鞭宓妃以饷屈原；张衡《羽猎》，困玄冥于朔野。孌彼洛神，既非魑魅；惟此水师，亦非魍魉；而虚用滥形，不其疏乎！此欲夸其威而饰其事，义睽剌也。至如气貌山海，体势宫殿，嵯峨揭业，熠耀焜煌之状，光采炜炜而欲然，声貌岌岌其将动矣。莫不因夸以成状，沿饰而得奇也。于是后进之才，奖气挟声，轩翥而欲奋飞，腾踯而羞蹐步。辞入

炜烨,春藻不能程其艳;言在萎绝,寒谷未足成其凋。
谈欢则字与笑并,论戚则声共泣偕,信可以发蕴而
飞滞,披瞽而骇聋矣。①

辞赋崇尚夸饰,从战国到两汉,循流而作,"诡滥愈甚"。
从宋玉开始到两汉辞赋的创作,呈现出越来越严重的夸
饰过度的问题。不仅如此,赋"劝而不止"的讽谏功能越
来越弱,"事义睽剌",言说迂回虚诞的弊端也越来越明
显。以至于后世模仿者与学习者误入歧途,"辞入炜烨"
而"言在萎绝"。刘勰对辞赋的整体评价并不高,往往以
"楚艳汉侈,流弊不还""楚汉侈而艳"指责之,又以为学
习辞赋,并非习染雅制,故称"效《骚》命篇者,必归艳逸
之华",认为辞赋的影响也是不好的。《定势》篇引用桓
谭"文家各有所慕,或好浮华而不知实核,或美众多而不
见要约"的话,暗中指向的目标,同为辞赋夸饰艳丽的不
良创作。

对辞赋夸饰巨丽的批评贯通《文心雕龙》全书,《通
变》篇就认为辞赋之艳丽与"夸张声貌"的写法,在两汉
时代登峰造极,表现得尤为明显。因此,刘勰尽管积极主
张文学创作尚丽尚美,但更主张丽而有度,夸而有则,应
该是追求"风归丽则"的雅丽之美。刘勰据此开出药方,

①[清]黄叔琳注,李详补注,杨明照校注拾遗:《增订文心雕龙校注》,第466页。

认为拯救汉赋夸饰巨丽之弊端,应该这样来做:

> 酌《诗》《书》之旷旨,翦扬马之甚泰,使夸而有
> 节,饰而不诬,亦可谓之懿也。①

"《诗》《书》之旷旨"是要求雅正,"扬马之甚泰"是辞赋
的巨丽,要做到二者的结合,"使夸而有节,饰而不诬",
创作既雅且丽的作品,才是对夸饰手法的正确运用。这
个思想,早在《辨骚》篇就提出来过:

> 若能凭轼以倚《雅》《颂》,悬辔以驭楚篇,酌奇而
> 不失其真,玩华而不坠其实,则顾盼可以驱辞力,欬唾
> 可以穷文致,亦不复乞灵于长卿,假宠于子渊矣。②

"《雅》《颂》"指代"《诗》《书》雅言",是儒家经典;"楚
篇"指代"奇文"楚辞,及汉赋诸作。二者结合,"酌奇而
不失其真,玩华而不坠其实",取"执正驭奇""衔华佩实"
的雅丽文风为极则,就可以写出好文章来了。

　刘勰解蔽夸饰、正确对待夸饰手法的论述,显然运
用了"折衷诗骚"的方法论,是在极力主张其"雅丽"文学
思想。雅丽文风不仅既雅且丽,符合"正采"文质彬彬的

①[清]黄叔琳注,李详补注,杨明照校注拾遗:《增订文心雕龙校注》,第466页。
②[清]黄叔琳注,李详补注,杨明照校注拾遗:《增订文心雕龙校注》,第51页。

特点,而且占据了中和《诗》《骚》的审美特点,体现了"折衷"的思维方法理论,还是文学创作的典范原则,与尚丽尚美的自然之美和尚雅尚正的儒家思想相吻合,具有最大的包容性和可操作性。

《文心雕龙·夸饰》篇很好地回答了孟子对于经典夸张描写的质疑,以折衷《诗》《骚》的雅丽文学思想合观统照,既主张文学的尚丽本质,又规范其合度与适度。同时,本篇引用了孟子"说《诗》者不以文害辞,不以辞害意"的"以意逆志"论,作为正确解读文学作品时通观艺术美与思想性的重要论据,为经典的被质疑寻找到了解蔽之匙。上述两个方面的运用,是《文心雕龙》贯通全书的雅丽思想与鉴赏知音理论的集中体现。由此也可见孟子文论对《文心雕龙》的巨大影响。

(五)《事类》。前述《丽辞》《比兴》《夸饰》等篇具有明显的崇经贬赋的倾向,《事类》篇则在此基础上进一步阐明经典对于后代文学写作的宝库功能,其宗经尚雅、追求正丽之心甚炽。文章首先说明"明理引辞,征义举事"的引用技法"乃圣贤之鸿谟,经籍之通矩也",经典最早纯熟地使用了这一写作的重要技法。然而,儒家经典之后,写文章运用引用这一技法的情况并不理想:

　　观夫屈宋属篇，号依《诗》人，虽引古事，而莫取旧辞。唯贾谊《鹏赋》，始用鹖冠之说；相如《上林》，撮引李斯之书：此万分之一会也。及扬雄《百官箴》，颇酌于《诗》《书》；刘歆《遂初赋》，历叙于纪传：渐渐综采矣。至于崔班张蔡，遂捃摭经史，华实布濩，因书立功，皆后人之范式也。①

屈宋楚辞虽然模拟广泛地运用引用技法的经典而成，但是只引事例，不用旧辞；到了贾谊、相如的赋作中才偶然引用到前人的文句，尽管引用的不是儒家经典，也真是难得；从扬雄大量引用儒家经典和刘歆引用史书开始，引用技法才大面积运用开来；东汉诸家则"捃摭经史""因书立功"，成为运用引用技法的范式。对引用技法进行"史"的追溯过程，至少包含了以下三点信息：一是刘勰开明的文学写作观。虽然儒家五经是最重要的，但是其他书籍文献中也有很多可资借鉴的东西，所以后代写作时可以引用。《文心雕龙》文学思想宗法儒家，但是讨论文术技法并不都是如此。二是"文出五经"的说法，指的是后代文学向经典学习写法，而不是指所有文体都是经典的产物。对于儒家经典，本段中屈宋不引，贾谊相如不引，刘歆也不引，因此经典并不是写作的唯一来源。

---

① [清]黄叔琳注，李详补注，杨明照校注拾遗：《增订文心雕龙校注》，第473页。

"枢纽"论提出的"文出五经",意在对"宗经"观念进行极端地强调。文体如此繁多,经典绝不可能是所有文体的渊源。因为有一个简单的推论:经典是人文的源头吗?当然不是。仅从本篇经典惯用引用技法来说,经典"明理引辞,征义举事",所引用的辞与事又从何而来?是否在经典产生之前,就有了相当成熟的人文?否则,经典所引,就将无据;"文出五经"也不可成立。三是本段有力证明了《风骨》为下篇之核心这一假设。《风骨》篇提出创作时应取法经典并"翔集子史之术"的主张,因为"子史之术"具有"华实布濩"即华实结合的特点,向其取法,是补充经典雅正少丽的有效途径。"枢纽"论极力赞美辞赋之丽,并提出结合经雅骚丽的创作原则,而辞赋之丽的重要源头就在于阴阳纵横家言辞之宏丽;在"论文叙笔"的《史传》《诸子》《论说》等篇章中,刘勰大力论述了"子史之术"的种种优点,这些优点都是后代文学可资借鉴取法的对象。这样的丰富取法,势必会降低经典的核心地位,所以才在《风骨》篇中集中了写作"取经典,合子史"的意见。这个意见是直面真实写作所得出的,而不是方法论意义上的独尊儒家经典。

因此,刘勰清楚地看到了经典在写作中并不被征引的真实情况,直到儒学独尊、经学大兴的两汉时代,写作才开始向经典取材,这与当时的时代背景密切相关:

夫经典沉深，载籍浩瀚，实群言之奥区，而才思之神皋也。扬班以下，莫不取资，任力耕耨，纵意渔猎，操刀能割，必裂膏腴。①

在强调"子史之术"之后，回头强调"熔铸经典之范"的重要意义。经典文风雅丽，衔华佩实，是写作引用的最佳对象。《定势》以为：习染经典会使文风典雅，不入误区。那么，该怎样来进行正确的取法呢？

是以综学在博，取事贵约，校练务精，捃理须核，众美辐辏，表里发挥……事得其要，虽小成绩，譬寸辖制轮，尺枢运关也。或微言美事，置于闲散，是缀金翠于足胫，靓粉黛于胸臆也。②

引用技法的修养与运用在于"博而能一"与"博观精阅"的结合。"众美辐辏，表里发挥"，取法"环中"，习染经典，技法纯熟之后，"因内符外"，写作文章才会"繁略殊形，显隐异术，抑引随时，变通适会"，步人正途。如果不这样，就会走到错误、随意、乱引用、图夸饰的歧途上去。本篇批评了一个"用事"信口开河、严重错误的例子：

---

① [清]黄叔琳注，李详补注，杨明照校注拾遗：《增订文心雕龙校注》，第473页。
② [清]黄叔琳注，李详补注，杨明照校注拾遗：《增订文心雕龙校注》，第473-474页。

　　陈思，群才之英也，《报孔璋书》云："葛天氏之乐，千人唱，万人和，听者因以蔑《韶》《夏》矣。"此引事之实谬也。按葛天之歌，唱和三人而已。相如《上林》云："奏陶唐之舞，听葛天之歌，千人唱，万人和。"唱和千万人，乃相如接入。然而滥侈葛天，推三成万者，信赋妄书，致斯谬也。[①]

刘勰对引用失误的批评，实际上是对夸饰过度的批评。《宗经》"六义"之"事信而不诞"，即体现在此篇对正确"用事"的论述中。经书，只有"皓如江海，郁若昆邓"的经书，才是后代文士用事的最佳选择：

　　夫山木为良匠所度，经书为文士所择，木美而定于斧斤，事美而制于刀笔，研思之士，无惭匠石矣！[②]

"木美事美"，是质实之美；"斧斤刀笔"，是文学技法。二者的结合，是文与质、雅与丽的结合。与《宗经》篇结合起来看，本篇显然有强调经典功能地位的作用。在《丽辞》《夸饰》等篇集中论丽之后，《事类》篇拉回尚雅，在主张雅而且丽的同时，提出"经典子史"结合的技法，因为

---

①[清]黄叔琳注，李详补注，杨明照校注拾遗：《增订文心雕龙校注》，第474页。
②[清]黄叔琳注，李详补注，杨明照校注拾遗：《增订文心雕龙校注》，第474页。

技法优良是正确创造的重要途径。

（六）《指瑕》。《指瑕》篇在前述《声律》声文、《练字》形文以及《丽辞》《比兴》《夸饰》《事类》修辞技法论的基础上，集中论述遣词与文义的雅正规范，基本上属于今天所讲的作文修改方法论。本篇指出：

> 　　若夫立文之道，惟字与义。字以训正，义以理宣，而晋末篇章，依希其旨，始有赏际奇至之言，终有抚叩酬酢之语，每单举一字，指以为情。夫赏训锡赉，岂关心解，抚训执握，何预情理？《雅》《颂》未闻，汉魏莫用；悬领似如可辩，课文了不成义：斯实情讹之所变，文浇之致弊。而宋来才英，未之或改，旧染成俗，非一朝也。[①]

"晋末篇章"在"立文之道"的练字与文义两个方面均问题严重，这是因为他们的文章"《雅》《颂》未闻，汉魏莫用"，即不学经典，不学前代所致，"竞今疏古"的结果，是"情讹所变，文浇致弊"，《文心雕龙》前后数十次痛斥的讹滥之弊，根源在此。以后的"宋来才英"，不改晋人之法，"旧染成俗"，讹滥仍在。对照《明诗》《物色》所论，刘勰是指以谢灵运为代表的晋宋山水文学的创作，《通

---

① [清]黄叔琳注，李详补注，杨明照校注拾遗：《增订文心雕龙校注》，第500-501页。

变》以为"宋初讹而新",文风新奇,是因为用字好奇,文义不雅。而"近代辞人"做得更差:

> 近代辞人,率多猜忌,至乃比语求蚩,反音取瑕,虽不屑于古,而有择于今焉。又制同他文,理宜删革,若掠人美辞,以为己力,宝玉大弓,终非其有。全写则揭箧,傍采则探囊,然世远者太轻,时同者为尤矣。①

他们"率多猜忌","比语求蚩,反音取瑕",妍丽华美,奇辞频出;又往往"掠人美辞,以为己力",剽窃成风,模拟抄袭。上述"晋末篇章""宋来才英""近代辞人"三说,分别对应晋、宋、近代文学,曾有研究者指出《文心雕龙》论文止于晋代,因而不论陶渊明等人,看来这个说法是错误的②。

刘勰"指瑕",在指正历代文学发展瑕疵的同时,尤其重视对晋、宋、近代文学创作的指瑕。与前述诸篇结合

①[清]黄叔琳注,李详补注,杨明照校注拾遗:《增订文心雕龙校注》,第501页。
②如果"近代辞人"意指齐代文人能够坐实,那么《文心雕龙》成书当不在齐代,而在梁代。对此的争论、考证文章不少,以周绍恒先生用力最勤。但至少有一点可以肯定:《文心雕龙》论文绝对不是止于晋代,其不论陶渊明、谢灵运诸家,别有原因。除本篇外,《通变》篇"今才颖之士,刻意学文,多略汉篇,师范宋集"一说也可以证明《文心雕龙》论文至少到了齐代。事实上,刘勰不论陶渊明,是因为雅丽文学思想的不足所致。雅丽思想尚雅贬俗、崇古抑今,主张为文致用,重视文人身份,带有明显的贵族化倾向,同时,刘勰对近代皇室文学采取避讳回避的写作策略。陶渊明为文不用,并非显贵,退隐山林,自娱自乐,这是雅丽文学思想"原道、致用、宗经、尚丽"所排斥的对象。

起来看,即是以雅丽之法指正近代文学的创作发展之路。

修饰技法专题的主要内容是在论述"丽文"的正确创造问题。《声律》阐述字音宫商"和韵"之美,《丽辞》论述奇气深采的骈偶之美,《比兴》论述比显兴隐的诗赋之别,《夸饰》论述诗夸为义而赋夸无度的差异,《事类》主张引用技法需合观子史而以经典为根,《指瑕》阐明重视"立文之道,惟字与义"的作用,加上《练字》一篇,写作时用字、修改、修辞、音节等微观层面的技法问题都得到了深刻准确的阐述。这些具体的"文术"修辞技法理论,其核心是《夸饰》篇;这几篇共同的指向,是正确创造雅丽之美文。

四、"自然会妙","润色取美"

修饰技法之外的《隐秀》一篇,论述的是"自然会妙"的创作原则与"润色取美"的人工修饰,理论主张与《原道》《情采》篇颇有相似之处,其核心是主张"隐篇秀句"的中和雅丽之美①。本篇重点在"隐篇秀句"的区别与各自特征上。"隐"的特点是:

> 夫隐之为体,义生文外,秘响旁通,伏采潜

---

① 关于《隐秀》篇的研究文章不少,有一大类文章是将其视为《文心雕龙》刚柔风格论的阴柔风格类型的代表,而《风骨》篇则是阳刚风格的代表,笔者不同意这种意见,论见下编。

发,譬爻象之变互体,川渎之韫珠玉也。故互体变爻,而化成四象;珠玉潜水,而澜表方圆。始正而末奇,内明而外润,使玩之者无穷,味之者不厌矣。①

"隐篇"所具有的"飞伏""互体""变爻""四象"特点,是受汉代孟、京《易》学,尤其是京房《易》学影响的结果。一方面,我们可以看到刘勰论文取法儒家经典《周易》这一特点;另一方面则提示我们,《文心雕龙》的宗经观念是在汉代经学兴盛、独尊儒家的背景下建立起来的。据本篇所述,"隐篇"实际上是一种特殊的写作策略,是故意采用的"不写之写"的写作方法,以达到含蓄多义的审美效果。而"秀"的特点是:

　　彼波起辞间,是谓之秀,纤手丽音,宛乎逸态,若远山之浮烟霭,娈女之靓容华。然烟霭天成,不劳于妆点;容华格定,无待于裁镕;深浅而各奇,穠纤而俱妙,若挥之则有余,而揽之则不足矣。②

"秀"主要是对"句"而言,"容华格定,无待于裁镕",是说秀句没有繁杂枝蔓之弊,无需裁剪;"烟霭天成,不劳

①[清]黄叔琳注,李详补注,杨明照校注拾遗:《增订文心雕龙校注》,第495页。
②[清]黄叔琳注,李详补注,杨明照校注拾遗:《增订文心雕龙校注》,第495页。

于妆点"则表明秀句具有自然物色天然之丽。文章秀句美丽,暗合《原道》尚丽之论。总之,秀句是文采之秀,与"隐篇"含蓄多义不同,是文章的"突出之写"。

在分述了"隐章秀句"各自的特点之后,刘勰提出了"隐秀"之美的创作原则论:

> 故自然会妙,譬卉木之耀英华;润色取美,譬缯帛之染朱绿。朱绿染缯,深而繁鲜,英华曜树,浅而炜烨:(隐篇所以侈翰林,)①秀句所以照文苑,盖以此也。②

从审美角度来看,"隐秀"是"英华曜树"的"自然会妙"的产物,也是"润色取美"的人工修饰的产物,是自然美与艺术美结合的特殊之美。从渊源角度来看,"隐秀"是先秦儒家"朱"之正色美的产物,即雅丽之美。

五、总结技法,"执术驭篇"

《总术》一篇,总结从《神思》到《附会》的"文术"。本篇首先提出"文笔"问题:

---

① 杨明照先生《增订校注》无此句,据詹锳先生《义证》、吴林伯先生《义疏》补入。
② [清]黄叔琳注,李详补注,杨明照校注拾遗:《增订文心雕龙校注》,第496页。

今之常言,有文有笔,以为无韵者笔也,有韵者文也。夫文以足言,理兼《诗》《书》,别目两名,自近代耳。颜延年以为:"笔之为体,言之文也;经典则言而非笔,传记则笔而非言。"请夺彼矛,还攻其盾矣。何者?《易》之《文言》,岂非言文? 若笔不言文,不得云经典非笔矣。将以立论,未见其论立也。予以为:发口为言,属翰曰笔,常道曰经,述经曰传。经传之体,出言入笔,笔为言使,可强可弱。分经以典奥为不刊,非以言笔为优劣也。①

文体论的诸多论述表明:在雅丽思想指导下,《文心雕龙》主张文章不分有韵无韵,即雅文与丽文合观,这实际上也暗示了魏晋重情尚美的时代风气对他的文学思想影响有限。总结文笔之后,刘勰开始阐明自己研究"文术"的原因:

昔陆氏《文赋》,号为曲尽,然泛论纤悉,而实体未该。故知九变之贯匪穷,知言之选难备矣。②

作文之术是写作的重要基础。刘勰提出的陆机《文赋》本是《文心雕龙》论述创作的近源之一,但是"陆赋巧而

---

① [清]黄叔琳注,李详补注,杨明照校注拾遗:《增订文心雕龙校注》,第529页。
② [清]黄叔琳注,李详补注,杨明照校注拾遗:《增订文心雕龙校注》,第529页。

碎乱"，虽论文术，不成体系，本篇"泛论纤悉，而实体未该"一说与此同。"九变之贯"一说，上承《通变》时代风格变化论，下启《时序》篇"辞采九变"的文学史论，核心即雅丽之美。然后，刘勰指出当代文士"精虑造文，各竞新丽；多欲练辞，莫肯研术"的不足，新丽之文虽好，仍需以文术为基础，以经典为法则。"精、匮、博、芜、辩、浅、奥、诡"的八种作家文风显示，如果修养写作之法时只是片面执着于某一端，就会出现"义华而声悴，理拙而文泽"的文病，也就是说，写作应该义脉贯通、声律和谐、情理昭畅、文采华丽。若干"文如其人"的风格综合，类同于《体性》"八体"的"会通合数"之综合，是以雅丽之美为圆心，运转而成各种风格的文章。

为了正确地创造雅丽之美，本篇总结性地提出"执术驭篇"的主张，总结了前面的创作理论。"文术"论不分文体，只要是写作文章都可以用：

> 若夫善弈之文，则术有恒数，按部整伍，以待情会，因时顺机，动不失正。数逢其极，机入其巧，则义味腾跃而生，辞气丛杂而至。视之则锦绘，听之则丝簧，味之则甘腴，佩之则芬芳，断章之功，于斯盛矣。[1]

---

[1] [清]黄叔琳注，李详补注，杨明照校注拾遗：《增订文心雕龙校注》，第530页。

这段语言优美的话含义十分模糊,仔细分辨,可见刘勰将思维、情思、方法、文义、辞采等问题都包含了进去。"文体多术,共相弥纶"则提示读者:写作方法这么多,如何选取? 怎样运用? 需要作家修炼技法、训练思维、博观精阅、"备总情变","共相弥纶"之后才可熟练运用。

上述"文术"理论涉及结构、思维、裁剪、声律、章句、用典、比兴、夸饰、用字等问题,是若干创作技法的具体体现,主要的指向有三个:一是对文学雅丽之美的追求,二是对如何正确尚丽的规范,三是以雅统丽,救弊当代文学。在这一论述中,往往是以《诗》《骚》为主要体裁来做分析,崇诗抑赋,反对丽淫,主张丽则;同时,不忘对文学新变与近代文学的不足进行规范或批评,意在救弊。十九篇创作论整合起来的核心,是指向雅丽之文与雅丽之美的正确创造。

第五节　批评鉴赏,雅丽为法

前述序论、枢纽论、文体论、创作论的四十五篇中,雅丽思想在《文心雕龙》审美、创作、批评相互交织的论述中前后贯通。从《时序》到《程器》的五篇一般被称为批评论专题,雅丽思想在批评论专题中是否也占据着主导地位? 整体看来,《时序》到《程器》的五篇分别论述"质文代变"的文学史、"物色感召"的创作论、"褒贬才略"的作家论、"知音见异"的"六观"说、"贵器用而重文采"的"梓才"观念，是文学发展、创作对象、文本批评、鉴赏原理、写作动力的专题篇目，均与雅丽思想直接关联。

一、时运交移，质文代变

《时序》篇是一篇系统的文学史论。本篇的主要内容是在阐明"时运交移，质文代变"的文学发展史，并全面深刻地分析"蔚映十代，辞采九变"的时代文风变化之内外因素；这些因素中，既有文学自身由质趋文、通变发展的内部规律，也有"崇替在选"的帝王影响、百家争鸣而儒学为优的学术思潮影响以及经典作家的榜样示范作用等外部因素。内外因素交织的结果，是文学发展呈现出"质文代变"的规律，这一规律的中轴核心则是文质彬彬、华实相胜的雅丽之美。

文章开门见山，直接指出："时运交移，质文代变；古今情理，如可言乎？"①全文的核心就在这里：一代有一代的文学与文风，或雅或丽，或文或质，文质交加。概而言之，本篇是在举例证明时代文风是如何"变"的。简单地梳理一下刘勰所列出的历代文风变化，可以见到一个由

---

① [清]黄叔琳注，李详补注，杨明照校注拾遗：《增订文心雕龙校注》，第 539 页。

质趋文、文质交加的发展线索图：

黄唐(淳质)—商周(文质)—春秋战国(文)—西汉(文)—东汉(文质)—建安(文质)—曹魏(质)—西晋(文)—东晋(质)—宋齐(文)

特别需要指出的是，上述十代文学发展所称的"文"与"质"，在具体时代的内涵是不一样的，虽然"文"主要指文采华丽，"质"主要指文采质实，但这只是相对而言的，整体上看，呈现"由质趋文、由文及讹"的演变特征。比如，商周、后汉、建安时期的文学主要都呈现"文质相符"的特点，但商周文学显然不如后汉建安文学华美；同时，依照"商周丽而雅""魏晋浅而绮""宋初讹而新"的标准，后代文学不如古代文学优秀，"文"不如"质"，真正"文质相符、华实相胜"的文学，只有商周时代的儒家五经。所以，这一文质交加的发展线索图，仍然隐含了复古宗经、雅丽为宗的指导思想。

总之，文学的兴衰是随着历史的发展而变化的，文学是时代的产物，这是文学发展的一般规律：文学表现时代，时代选择文学。从上面的分析我们可以看出，本篇不仅论史，而且以史为线，全面深入地论述了历代文学与文风发展变化的深层原因。具体说来，有两点引人注意：

第一，是"质文代变"的"九变"说。在上面的图例中,刘勰归纳了时代文风的三种主要变化:质胜于文,文胜于质,文质相符。文质观肇始于孔子提出的"文质彬彬"说,后来班彪评司马迁云"文质相符"、沈约评建安文学说"以情纬文,以文披质",刘勰以后,则见于魏徵《隋书·文学传·序》,批评南朝文学是偏于文、北朝文学偏于质,主张"各去所短,合其两长,则文质彬彬,尽善尽美"。后来文人多以文质关系论作家作品风格及文学发展的时代风格。在详细地论述了"蔚映十代,辞采九变"的时代风格变化之后,刘勰没有停留在表面现象,而是深入了下去,进行时代文风变化的原因探究。

第二,是"质文沿时,崇替在选"的"在选"论。"在选"论主要是指历代帝王的提倡、好恶对文学发展的影响。《时序》篇在一开头就说:"时运交移,质文代变……故知歌谣文理,与世推移,风动于上,而波震于下者也。"刘勰认为,文学的发展变化终归要受到时代及社会政治生活的影响,所谓"文变染乎世情,兴废系乎时序"。在上古尧、舜、禹三代时,社会政治美好,人民安居乐业,故而文风淳质;到了晋代,因为玄学兴起,于是文风趋向玄奥轻澹;在时代文风的形成过程中,帝王的参与或好恶所起作用甚大,比如汉代文学兴盛,作家辈出,就有汉武帝等帝王的大力提倡与鼓励;而西晋帝王"尽心权术,因而儒雅沉迹",虽然当时"人才实盛",也无法使文学兴盛起来。

作为《文心雕龙》的十代文学发展史论，《时序》篇隐含了如下几个重要的信息：

第一，本篇是继序论、枢纽论以来，探究《文心雕龙》思想渊源取法的重要专论。首先是取法儒家，刘勰认为：尊崇儒学的时代，其文学兴旺，风格雅正；凡是儒学不兴的时代，文学发展式微，弊端讹滥丛生。这是本篇的一个贯通内容。其次是取法阴阳纵横家，刘勰指出，楚辞之奇丽源于阴阳纵横家诡丽的言语技法和丰富的想象力，而汉赋顺楚辞发展之流，其风格同此；辞赋之丽与经典之雅，成为后代文学发展的两大渊源，而雅与丽的结合，则成为后代文学创作论、审美论、批评论的核心标准。再次是疏远玄学，本篇对魏晋玄学思潮影响下的文学创作有三次评价：一是曹魏中后期："于时正始余风，篇体轻澹。"[1]二是东晋简文帝时代："微言精理，函满玄席；澹思浓采，时洒文囿。"[2]三是整个东晋文风："自中朝贵玄，江左称盛，因谈余气，流成文体。是以世极迍邅，而辞意夷泰，诗必柱下之旨归，赋乃漆园之义疏。"[3]这三处论述鲜明地表达了刘勰不满的态度和严厉的批评，结合《明诗》《论说》等篇对玄学思潮的指责，《文心雕龙》疏离玄学思潮，当非常明显。

---

[1]［清］黄叔琳注，李详补注，杨明照校注拾遗：《增订文心雕龙校注》，第541页。
[2]［清］黄叔琳注，李详补注，杨明照校注拾遗：《增订文心雕龙校注》，第541页。
[3]［清］黄叔琳注，李详补注，杨明照校注拾遗：《增订文心雕龙校注》，第541－542页。

第二,本篇与《通变》篇有密切的联系。文学史论过程中包含丰富的文学发展规律,赞语说:"蔚映十代,辞采九变。质文沿时,崇替在选。"①文律运周的文质九变,以雅丽为宗;新变交替的循环相因,以通变为法。所以,这两篇都是文学史论:《通变》从时代文风入手,具有形而上的规律性质;本篇从具体表现入手,具有形而下的例证性质。

第三,本篇隐含了刘勰过人的写作智慧。在十代文学中,刘勰对每一代文学与文风都有详细评价,但论至齐代却十分谨慎,对当代作家作品毫无具体触及。清纪昀评曰:"阙当代不言,非惟未论定,实亦有所避于恩怨之间。"②对当代不作评论,是采取了留待后人评说的写作策略和避讳原则。《毛诗序》"主文而谲谏"的诗学主张在刘勰自身的写作中得到了贯彻,《隐秀》篇论"隐篇章主旨",就是精彩的有意为之的写作策略例证。较《文心雕龙》稍后的《诗品》也采用了同样的写法③。

---

① [清]黄叔琳注,李详补注,杨明照校注拾遗:《增订文心雕龙校注》,第543页。
② 黄霖编著:《文心雕龙汇评》,上海:上海古籍出版社,2005年版,第149页。
③ 相对于刘勰的褒赞回避态度,钟嵘《诗品》所采用的回避策略更值得学习,除了"今所寓言,不录存者"的对尚存者的回避,还明确说明了"略以世代为先后,不以优劣为诠次"的人选次序问题,对帝王则采取说尽好话、疏远不论的态度:"方今皇帝,资生知之上才,体沉郁之幽思,文丽日月,赏究天人。昔在贵游,已为称首。况八纮既奄,风靡云蒸,抱玉者联肩,握珠者踵武。固以瞰汉魏而不顾,吞晋宋于胸中。谅非农歌辕议,敢致流别。"对这些避讳,钟嵘以"庶周旋于闾里,均之于谈笑耳"的言辞一语带过,为自己的评价分类与可能受到的批评攻击作出了积极的辩护。这一策略对我们今天写论文也很有帮助。

二、物色感召，文宗丽则

《物色》篇在"文源于道"、取法自然万物的基础上论述文学写作的"物感"说。"物感"说在儒家文论里主要见于《礼记·乐记》,《乐记》认为音乐生于人心,而人心之动,是源于万物的感发,因此概括成为音乐来源的物感说。《乐记》之后,陆机《文赋》系统地论述了"物——意——文"的物感写作思维原理;刘勰之后的钟嵘《诗品》对此有着深刻论述①,唐代韩愈"不平则鸣"论也是阐释"物感人心"的有名观点。对《文心雕龙》而言,《原道》篇论述"文源于道",提出圣人仰观天文、俯察人文,取法河图洛书,生成《周易》,伏羲、文王、周公、孔子相继而作的文学原初发展脉络,奠定了文学产生于自然万物的哲学基调;在此基础上,《物色》篇则集中论述"物色感人"及"四时动人"之说,提出了具体可操作的文学物感说:

> 春秋代序,阴阳惨舒,物色之动,心亦摇焉。盖阳气萌而玄驹步,阴律凝而丹鸟羞,微虫犹或入感,四时之动物深矣。若夫珪璋挺其惠心,英华秀其清

---

① 《诗品序》论此曰:"气之动物,物之感人,故摇荡性情,行诸舞咏。照烛三才,晖丽万有,灵祇待之以致飨,幽微藉之以昭告,动天地,感鬼神,莫近于诗。"钟嵘认为"物——人"之前还有一个天地之气,气先生物,物感人心,"气——物——人——情——诗"的文学发生模式比《文心雕龙》更为细化。其说主要是建立在《周易》《乐记》《文赋》的基础之上。

气,物色相召,人谁获安？是以献岁发春,悦豫之情畅;滔滔孟夏,郁陶之心凝;天高气清,阴沉之志远;霰雪无垠,矜肃之虑深。岁有其物,物有其容;情以物迁,辞以情发。一叶且或迎意,虫声有足引心。况清风与明月同夜,白日与春林共朝哉！①

尽管这一理论是明显受到陆机《文赋》感物生情、因情体物理论,即"物——意——文"写作过程论的影响,但是具体阐述却更深刻准确。尤其是,刘勰举出了若干《诗经》、辞赋的例子,来继续证明他"诗人丽则,辞人丽淫"的中和雅丽美的文论主张:

是以《诗》人感物,联类不穷。流连万象之际,沉吟视听之区;写气图貌,既随物以宛转;属采附声,亦与心而徘徊。故灼灼状桃花之鲜,依依尽杨柳之貌,杲杲为出日之容,漉漉拟雨雪之状,喈喈逐黄鸟之声,喓喓学草虫之韵;皎日嘒星,一言穷理,参差沃若,两字穷形:并以少总多,情貌无遗矣。虽复思经千载,将何易夺？及《离骚》代兴,触类而长,物貌难尽,故重沓舒状,于是嵯峨之类聚,葳蕤之群积矣。及长卿之徒,诡势瑰声,模山范水,字必鱼贯,所谓诗

---

① [清]黄叔琳注,李详补注,杨明照校注拾遗:《增订文心雕龙校注》,第566页。

人丽则而约言,辞人丽淫而繁句也。①

整体上看,《诗》人之作"以少总多,情貌无遗",具有精约与显附的特点;辞人之作"诡势瑰声""物貌难尽",具有繁缛与新奇的特点,所以刘勰引用扬雄的意见,对这两种描写自然山水的作品给予"诗人丽则而约言,辞人丽淫而繁句"的评价。同时,对近代词人描摹山水之作大加指正,借以说明描写"江山之助"本是屈赋成功的一个原因,但是近代词人却往往不得其法,或者空写山水,丽辞尚奇:

> 自近代以来,文贵形似,窥情风景之上,钻貌草木之中。吟咏所发,志惟深远;体物为妙,功在密附。故巧言切状,如印之印泥,不加雕削,而曲写毫芥,故能瞻言而见貌,即字而知时也。②

尽管近代以来的文学创作有"瞻言见貌,即字知时"的鲜明时代风格与小巧细作的精微之处,但是其"窥情风景""钻貌草木"的写作重点与"文贵形似"的空疏作风,是刘勰大为不满的,对此,《明诗》篇也有所提及。两相对比

---

① [清]黄叔琳注,李详补注,杨明照校注拾遗:《增订文心雕龙校注》,第566-567页。
② [清]黄叔琳注,李详补注,杨明照校注拾遗:《增订文心雕龙校注》,第567页。

可知,《明诗》所谓"宋初文咏,山水方滋",即本篇"近代以来,文贵形似"之说。徐复观、王运熙等先生认为"文贵形似"主要是指谢灵运的诗赋,以及由谢灵运为代表作家的宋代山水文学的兴起。山水诗赋能写物体情,"模范山水"而抒情寄兴;其不足在于雕琢过剩,追新猎奇,当然,这也在某种程度上表明了刘勰文学新变意识的不足。

从《时序》《物色》两篇来看,《文心雕龙》设置的"论文叙笔"确实是非常重要的。再优秀的理论,没有具体的作品支撑也是徒劳,至少理论价值要大打折扣。"十代九变"的文质变化,就是在文体论千年以降的众多作品中进行高度概括与总结而成;"物色感召"与"江山之助"的得出,是对历代以来描写自然物色的作品进行集中归纳得出的结论。以下的《才略》《知音》两篇更是在对历代众多作家作品分析评价的基础上得出的重要专题。没有作品支持,这些理论都是空言,《文心雕龙》雅丽思想也将无从依托,无从体现。

三、"九代之文",华实相副

有研究者指出,《才略》篇是《文心雕龙》的作家风格论①,这个说法有一定的道理,因为本篇以简略点评的形

---

① 胡大雷:《〈文心雕龙〉的批评学》,桂林:广西师范大学出版社,2004 年版,第 54 页。

式,论述了"辞采九变"的历代文学发展史上的一些最著名、最有成就的作家作品,对其创作优劣与风格特点进行了集中论述,突出这些作家(或作家群)著文有"才略"的一面;但是,《文心雕龙》的风格论主要集中在"剖情析采"的《体性》到《情采》诸篇,所以本篇更有可能是对《时序》篇泛论文学发展史的细化补充,以作品来支持史论;同时,本篇还带有全书结束之前对经典作家作品进行总结的意味,并为《知音》"六观"鉴赏方法的提出进行实例铺垫与立论预演。本篇的主要内容和观点有:

第一,本文是综合性的作家作品批评论。文章开篇就说明这一宗旨:"九代之文,富矣盛矣;其辞令华采,可略而详也。"①刘勰说,本文是为了论述"九代之文"的"辞令华采",实则《时序》"辞采九变"说的翻版。《时序》从史的角度论文学的发展,本文从作家作品的角度论文学发展的成就,是对《通变》《时序》篇的细化和作品支持,而全书对"辞令华采"的创造原则、创造技法、评价标准的论述综合,即雅丽文学思想。

第二,本文体现了雅丽思想在作家作品批评论角度的核心地位。《文心雕龙》在"枢纽"论提出雅丽思想之后,在文体论中以之为文体创作、审美、批评的核心,在创作论中以之为创作技法的核心,在《才略》篇作家作品批评论中,仍是

---

① [清]黄叔琳注,李详补注,杨明照校注拾遗:《增订文心雕龙校注》,第573页。

核心标准。其基本评价可以分为先秦、两汉、魏晋三段：

先秦文学作品不多，但是作为文学发展的源头，创作上以雅丽为准则，可为万世之表，对其时代文学的整体特点与经典作家，刘勰以"虞夏文章……辞义温雅，万代之仪表也。商周之世……义固为经，文亦师矣。及乎春秋大夫，则修辞聘会……战代任武，而文士不绝……若在文世，则扬班俦矣……文质相称，固巨儒之情也"①称之。两汉文学丰富独特，独领风骚，西汉富丽，东汉儒雅，在整个文学史上地位特殊，刘勰准确地指出："自卿渊已前，多役才而不课学；雄向以后，颇引书以助文：此取与之大际，其分不可乱者也。"②前汉作家"仗气使才"，后汉作家"以学助文"，这一区别，实则暗指《事类》篇东汉作家引经入文的创作特点，突出经典的重要作用。魏晋作家众多，文体大盛，作品繁富，刘勰予以重点论述。而对宋齐两代不作评论，以"宋代逸才，辞翰鳞萃，世近易明，无劳甄序"③一语带过。详论先秦至魏晋三段之后，刘勰总结说：

观夫后汉才林，可参西京；晋世文苑，足俪邺都；然而魏时话言，必以元封为称首；宋来美谈，亦以建

---

① [清]黄叔琳注，李详补注，杨明照校注拾遗：《增订文心雕龙校注》，第573-574页。
② [清]黄叔琳注，李详补注，杨明照校注拾遗：《增订文心雕龙校注》，第575页。
③ [清]黄叔琳注，李详补注，杨明照校注拾遗：《增订文心雕龙校注》，第576页。

安为口实。何也？岂非崇文之盛世，招才之嘉会哉？嗟夫，此古人所以贵乎时也！[①]

"古人贵时"一说，是《时序》篇"时运交移，质文代变"与《通变》篇文学前后继承并新变发展的同义说法。刘勰认为，东汉与魏晋以来的几百年时间，是"崇文之盛世，招才之嘉会"，英才云涌，文学大盛，这是《文心雕龙》对这一时间段难得的赞美评价，刘勰在尚雅基础上的文学尚丽之心，于此昭然。

第三，《文心雕龙》反对繁丽，重视文学的实用功能，尤其是政教功能，因此，扬雄对司马相如"文丽用寡"的评价成为刘勰一直坚持的基本主张。依据这个主张，文学史上"为文不用"的那些作家作品得不到刘勰的正面肯定，比如玄言诗歌、晋宋山水诗歌及其代表作家等。而为文致用，正是《征圣》篇所论"圣文"之所以"贵文"、得法、"雅丽"的重要原因。

四、知音见异，六观得法

《文心雕龙》特列《知音》一篇，作为对阅读鉴赏不良风气的批评专论，提出正确的鉴赏态度与操作方法。这是对季札观乐、孔子解音、孟子"以意逆志"论的转化和

---

① [清]黄叔琳注，李详补注，杨明照校注拾遗：《增订文心雕龙校注》，第576页。

运用。在刘勰之前,桓谭曾谈到学术研究的不良风气;曹丕《典论·论文》则认为文学评价有两种错误的态度:一是"贵远贱近"、尊古卑今的观点;二是"谓己为贤""文人相轻"的态度。因此,曹丕是第一个正确将孟子"以意逆志"观点用于文学理论领域的研究者。刘勰则在前人理论的基础上,写出了《知音》篇。本篇首先告诉读者,阅读鉴赏不是一件容易的事情:

> 知音其难哉! 音实难知,知实难逢,逢其知音,千载其一乎![1]

知音恨少,知音特难。刘勰移用伯牙、子期《高山流水》的音乐奏赏于文学评论,就是说,要正确客观公允地评价别人的文学作品,是一件很难做好的事情,这是就知音的客观性来说的。从知音的主观性来说,往往会有片面甚至错误的评论现象出现。通观文学史,这些现象可以分为如下三种:

第一是"贵古贱今",第二是"文人相轻",第三是"轻言负诮"。对上述三种不良风气,刘勰认为,既然历史上雄才大略、贵为帝王的秦皇汉武都是"贵古贱今"的,既然著名文学家班固、曹植都是自恃鸿才而"崇己抑人"

---

[1][清]黄叔琳注,李详补注,杨明照校注拾遗:《增订文心雕龙校注》,第591页。

的,既然身为著名学者的楼护、桓谭都是相顾嗤笑而"信伪迷真"的,这就提出了一个非常尖锐的问题:上述诸人尚且如此,普通学者与作家又该怎么办呢? 因为普通人犯错误显然比优秀者更多,眼界与理论修养显然更差,评价很有可能比上述诸家更糟糕。所以刘勰客观地说出了"文情难鉴,谁曰易分"的话,并且指出在文学鉴赏的文本解读中存在着特殊性与读者主体情性、喜好、修养的差异性:

> 夫篇章杂沓,质文交加,知多偏好,人莫圆该。慷慨者逆声而击节,酝藉者见密而高蹈,浮慧者观绮而跃心,爱奇者闻诡而惊听。会己则嗟讽,异我则沮弃,各执一隅之解,欲拟万端之变。所谓东向而望,不见西墙也。①

"篇章杂沓"之多、"质文交加"之异,是文学文本的客观特殊差异性;"知多偏好"之情、"人莫圆该"之心,是文学鉴赏的主观特殊差异性。刘勰认为,与《体性》篇"文如其人"的作家情性风格论相似,读者在解读文本的时候往往也是"赏如其人"的:"慷慨者"喜好激越之声,故而"逆声而击节";"酝藉者"心思密附,因此"见密而高

---

① [清]黄叔琳注,李详补注,杨明照校注拾遗:《增订文心雕龙校注》,第592页。

蹈";"浮慧者"喜悦绮丽,所以"观绮而跃心";"爱奇者"尚好瑰怪,是以"闻诡而惊听"。"会己则嗟讽,异我则沮弃",各执所好,片面偏执。知音,实难哉!

但是,问题既然已经提出来了,就一定要想个办法解决。对于夸饰,刘勰以"义";面对知音,刘勰尚"博":

> 凡操千曲而后晓声,观千剑而后识器;故圆照之象,务先博观。阅乔岳以形培塿,酌沧波以喻畎浍,无私于轻重,不偏于憎爱,然后能平理若衡,照辞如镜矣。[①]

要想在文本鉴赏评论时达到"圆照之象"的完整公允,第一个前提条件是"务先博观",多读多见。如同"操千曲而后晓声,观千剑而后识器"的道理一样,所见如果不博,所知如果太少,又从哪里来评价参照与得失体会呢?《文心雕龙》全书之中,刘勰非常重视"博观"的阅读见闻修养:他为解决思维难题开出的药方是"博而能一",为正确通变主张的建议是"博览精阅",对阅读鉴赏提出的要求是"务先博观"。只有多见多读,并心怀"无私于轻重,不偏于憎爱"的态度,才可能"平理若衡,照辞如镜",公正地评价文学作品。这一态度与方法论的得来,首先

---

① [清]黄叔琳注,李详补注,杨明照校注拾遗:《增订文心雕龙校注》,第592页。

与刘勰从小笃志好学，入定林寺十余年"博通经纶"的成长经历与修养体会有关；其次，是他"同之与异，不屑古今，擘肌分理，唯务折衷"的思维方法论在起作用，"折衷"即公允、客观地看待事物的优缺点；第三，明显受到了王充"论衡"学术思想的影响，刘勰自述说，我们应该向王充学习，他的《论衡》主张"折累二者"的公允"中平"思想，对诸子百家一视同仁，不厚儒家，不薄诸子，所以敢于指出儒家经典与解经诸儒的若干虚妄失误。文学评论就像照镜子，不着色调，不隐优劣，要实事求是。那么，大的原则定下来了，博观与公正；具体的操作方法有没有呢？如果没有，只讲道理不做实战的论说，是很快就会被淹没掉的。于是"六观"说顺势而生。笔者认为，《知音》"六观"与《宗经》"六义"，一尾一首，居于《文心雕龙》文学创作论与鉴赏论的核心位置，而且，二者存在首尾对应的关系，"六观"是从鉴赏的角度对"六义"的再现与化用。"六观"之中，"位体"涉及文体数十种，每类文体都有各自独特的要求、写法与风格；"置辞""奇正"二者，主要涉及用词典雅或新色的问题；"宫商"一说，旨在语句声律音响效果动听与否；"通变"主要关于文体演化与风格文质之变；"事义"则回归"六义"说"事信而不诞，义贞而不回"的要求。《知音》"六观"的内容，实际上包含了"论文叙笔"的文体论、《体性》《通变》《定势》的风格论、《情采》《镕裁》到《总术》《才略》的文术论与文情论,仍然以宗经尚雅的思想标准与艺术标准为准则。"六观"不仅具体可感,建立在"博观精阅"的基础之上,使之成为有源之水,有本之木,而且具有明确的分类指向,有很强的可操作性。在对"六观"的研究中,黄维梁先生是做得很成功的一位。

刘勰提出"六观"之后,继续指出读者阅读鉴赏相对于创作过程的"以意逆志"的逆向思维之特殊性:

> 夫缀文者情动而辞发,观文者披文以入情,沿波讨源,虽幽必显。世远莫见其面,觇文辄见其心。岂成篇之足深,患识照之自浅耳。夫志在山水,琴表其情。况形之笔端,理将焉匿?故心之照理,譬目之照形,目瞭则形无不分,心敏则理无不达。①

《文心雕龙·体性》篇论述作品创作过程论,是"情动而言形,理发而文见,盖沿隐以至显,因内而符外者也",写作是由内到外、由源及波的表达过程,"形之笔端,理将焉匿";而鉴赏是"沿波讨源""以意逆志"的体会过程,"目瞭形分,心敏理达",二者刚好相反。因此,不管是创作还是鉴赏,"文如其人"的基本规律是不会变的:创作时"表里必符""莫非情性";鉴赏时"莫见其面,觇文见

---

① [清]黄叔琳注,李详补注,杨明照校注拾遗:《增订文心雕龙校注》,第592页。

心"。所以,博观博见、"研阅穷照""酌理富才""博通经
纶"是用于鉴赏这一"归一"活动的最重要法宝。知音鉴
赏,确实不易;"觇文见心",分外艰难:

> 然而俗监之迷者,深废浅售,此庄周所以笑《折
> 扬》,宋玉所以伤《白雪》也。昔屈平有言:"文质疏
> 内,众不知余之异采。"见异,唯知音耳。扬雄自称:
> "心好沉博绝丽之文。"其(不)事浮浅①,亦可知矣。②

刘勰最后举出庄、宋、屈、扬正反对比的例子,来继续申说
鉴赏"见异"求实之难,若非"知音"之辈,不能为之。既
然"知音"如此之难,若能准确"逆志",也是人生一大快
事,所以说"夫唯深识鉴奥,必欢然内怿",有如沐春风的
美好感觉,提出"知音君子,其垂意焉",结束论说。

　　由儒家观乐、孟子"逆志"论发展而来的"六观"鉴赏理
论,广泛地运用于《文心雕龙》全书,是刘勰对作家作品、时
代文学、创作要求等文本或创作现象进行评价的重要理论。

---

①杨明照先生《增订校注》中本句没有"不"字,据詹锳先生《义证》与吴林伯
　先生《义疏》补入。本句从上下句语气及含义来看,是在赞美扬雄为文
　"沉博绝丽"的优点,而不是在说扬雄所主张的相如赋"文丽用寡"的浮浅
　之弊。又从《宗经》篇论述"六义"时引用扬雄的话来证明"五经含文",以
　求得经典"衔华佩实"的雅丽特点,也可以证明刘勰对扬雄尚丽之言持肯
　定态度。所以杨先生在《增订校注》第597页中说:"其"下,训故本有一
　白匡,按今本上下文意不相应,"其"下疑脱一"不"字。
②[清]黄叔琳注,李详补注,杨明照校注拾遗:《增订文心雕龙校注》,第592页。

五、器用文采，雅士梓材

《程器》篇主要论述文人所应该具有的德行修养与思想境界，其核心是"以备时用"。本篇一开头，就从正面提出了"《周书》论士，方之梓材，盖贵器用而兼文采也"的中心论点，刘勰以为古人既重视内美又重视外美，而今人有才无行，今不如古，于是分别论述著名文人与著名将相所存在的瑕疵①。其中"揭底"文士的一段，共

---

① 从思想渊源来看，《程器》篇论述历代文武名人之瑕疵，有可能直接受到扬雄《法言》的影响。在《法言序》中，扬雄写到："仲尼以来，国君将相，卿士名臣，参差不齐，一概诸圣，撰《重黎》《渊骞》。"他的写作目的，就是要对"国君将相，卿士名臣"的"参差不齐"进行评价取舍。从内容上看，《文心雕龙·程器》篇论述文武将相的瑕疵不足，显然有扬雄的意见在内；从具体点评来看，扬雄论述的全部是历史上的著名上层人物，《文心雕龙》论述作家作品，基本上不取帝王将相、高官贵族以下的普通人，显示了尊贵的倾向与森严的等级，这与扬雄的示范当有关系。扬雄首先在《法言·渊骞》中对纵横名家张仪、苏秦进行了正反两面的客观评价，并对端木赐进行了极高的赞美，比较了他们口舌之利的根本不同；然后对儒家一脉进行了褒扬，列出美行、言辞、执正、折节、守儒、畜异六大类数十人；其后，还对《史记》人物传记进行了分类点评。扬雄臧否人物，言简意赅，他开启的大谈历史人物与近世名公巨擘之门，是前代儒家没有的，也是后代儒家极少做过的。这显示了他以人物点评来阐述观点，同时蕴含史学意识的理论方法。此外，《法言》还对张子房、公孙弘、董仲舒、周勃、霍去病等数十位"近世社稷之臣""近世名卿""近世名将"大谈特谈，对"张骞、苏武之奉使"褒贬各半，整体上看，这些人都是建功立业的大人物，为汉室江山立下不朽功勋，但扬雄不是一味赞美他们，而是按照自己的看法来论述，很有独立性。《文心雕龙》论述文臣武将，褒贬历代作家之才略，多与扬雄之说相关，于此可证。

批评十六位著名作家,这些人多数在《体性》《才略》篇里被评价过,甚至被表扬过,但是对不起,文章写得好和德行高不高并不成对应的正比关系;于此可见《体性》篇"触类以推,表里必符"的说法,指的是文章如同作家先天的个性才情,而不是后天的德行品质。文士之后,"古之将相,疵咎实多",从春秋时代的管仲一直到现当代的丁仪、路粹,跨度近千年,批评十五人,这些历史上的著名将相,或者在道德品质上有极大的缺陷,或者犯过一些不可原谅的大错误,他们之所以还被后人目为"贤能之才",是因为"名崇而讥减"的原因;也就是说,一个人位高名重以后,所犯的错误就有可能被掩盖遮蔽,这对位卑名微者显得极不公平。

在"铺观列代"之后,刘勰开始合观诸人,并提出自己"修短殊用,难以求备"的意见:人的才华有高低,凡人非圣贤,不要强求完美。那么,该以什么标准来衡量文人呢?刘勰提出"士之登庸,以成务为用"的评价标准,认为文人应该是"文武之术,左右惟宜"的人,这一思想显然是受到孔子政治思想影响的结果①。但声名显赫、地位崇高的

---

①司马迁《史记·孔子世家》载:"孔子摄相事,曰:'臣闻有文事者必有武备,有武事者必有文备。'"论述了孔子文武双修、礼法治国的刚毅精神。当时,强大的齐国想借齐鲁两国国君相会的机会打压鲁国和孔子,孔子大义凛然,以齐国乐师奏乐不正、舞蹈蛮夷低俗为口实,要求斩杀齐国有司。孔子的言行举止,使得齐景公大为恐惧,自知"得罪于鲁君","乃归所侵鲁之郓、汶阳、龟阴之田以谢过"。凭借言语礼法,不战而屈齐(转下页注)

人毕竟是少数,对于大多数尚处于奋斗阶段的人来说,该怎么做呢? 这可是个针对性极强的大问题:

> 是以君子藏器,待时而动,发挥事业,固宜蓄素以弸中,散采以彪外,梗楠其质,豫章其干,摛文必在纬军国,负重必在任栋梁,穷则独善以垂文,达则奉时以骋绩,若此文人,应梓材之士矣。[①]

"梓材"之士位居下位的时候,应该"藏器待时",像扬雄与司马相如笔下的人物那样蓄养才华,锻炼本领,修养德行,学文习武,无论"穷达",均应树立任重道远之心,这才是真正的"梓材"式文人。这一论述间接地将刘勰本人身为文士而地位不高、学成文术而欲树德建言的进取雄心彰显了出来。

　　合观本篇,与"论文"实无关联,而与论"文人"之用关联颇多,是刘勰创作《文心雕龙》一书内在动力的真实

(接上页注)之威,这是孔子一生政治生涯中声名最显立功最大的一次。在孔子的思想深处,文士必须练武,国防武备要常抓不懈,是有来源的,《论语·颜渊》:"子曰:'以不教民战,是谓弃之。'"孔子的主张是:在诸侯相争的局面下,如果不先对老百姓进行作战训练,这就叫抛弃他们。《论语·宪问》又说:"仁者必有勇,勇者不必有仁。"正是因为有这样的思想基础,他才敢于挺身而出,要求斩杀齐国有司。面对强大的齐国,而且国君在场,没有相当的勇毅胆识和武备思想,是不敢这么做的。《文心雕龙·程器》提出文人要"文武双修",早就有了祖师。

①[清]黄叔琳注,李详补注,杨明照校注拾遗:《增订文心雕龙校注》,第599页。

反映①。刘勰提出自己对文士修养与作用的看法，并在此基础上归纳出"摛文纬军国，负重任栋梁"的人生奋斗目标，照应"贵器用而兼文采"的中心观点，显示了他思想宗法《左传》"三不朽"说与孔子"疾名德之不彰"论深刻影响的痕迹。为文致用，这是《文心雕龙》全书反复主张的一个观点，这一观点集中地体现在《征圣》的"贵文"主张中。文能用，则为文之人也可得用，这就是《文心雕龙》全书最深层的写作动力。雅丽思想之"雅"，除去雅正之思想与雅正之文采，还有"为文求用"的含义，本篇表现的正是这个意思②。

---

①刘永济先生《文心雕龙校释》注解此篇，以为刘勰还有向时代等级门阀制度发难的用意，刘先生引用了《颜氏家训》中《涉务》等篇目中贬斥齐梁时风的一些论述，指出当时官僚无能、虚伪腐败、政治垄断的严重弊端，为刘勰所深恶痛绝。类似的意见，曹顺庆先生《中西比较诗学》则用于对刘勰提出文学"风骨"的论述中。齐梁时风屡弱，决定了文风不振，两位先生的意见很有可取之处。笔者认为，在上述意见基础上还可增加《文心雕龙》"写作动力"一说：刘勰写这本书来干什么？仅仅论述写作吗？这些显然属于他写作此书的表层用意，其真实心意是借此留名求誉，借《文心》致用，结合《序志》《诸子》等文来看，"内在动力"一说可资成立。

②早在《孟子》一书中论述圣人时即以"致用"为标准。《文心雕龙》深受"为文致用"影响，大力主张"政化贵文""事迹贵文""修身贵文""摛文必在纬军国，负重必在任栋梁""五礼资之以成文，六典因之致用；君臣所以炳焕，军国所以昭明"等文学功用观念。据杨明照、张少康、王元化等先生考论，刘勰有借书晋身、以期入仕的目的。为此，刘勰托身上定林寺，依附僧祐十余年，是想借用僧祐的宗教地位以及与王室宗亲的特殊关系来实现自己的政治理想。包括后来负书拦道、求誉沈约的行为，以及托身寺庙十几年不出家，而一旦出仕，就三十多年宦游官场不回寺庙的行为，如此等等，证明了刘勰本人所持的经世致用、建功立业的思想，不仅非常浓厚，而且占据他本人思想的主导地位。儒家思想不仅是《文心雕龙》文学思想的主导，更是他人生观、价值观的主导。

对上述序论、枢纽论、文体论、创作论、批评论五大部分的分析表明,在儒家思想指导下折衷诗骚、化合子史而成的雅丽思想,贯通于全书的各个版块;雅丽思想确立了创作原则,提倡正采正式,指导正确鉴赏,主导文学新变,纠正近代弊端,是《文心雕龙》全书的主导文学思想。

在序论部分,刘勰指出了文学尚丽的基本属性,并提示了为文需要雕琢技法的重要性;在此基础上,鲜明地表明了自己征圣宗经的儒家思想渊源与救弊当下、正确指导文学创作的写作目的;指出近代文学理论的研究缺失与理论不足;在事实上提出了以"雅丽"为全书主导思想的意见。在"文之枢纽"部分,刘勰从"文源于道"的哲学高度论述了文学尚丽的本质属性;指出儒家经典就是最优秀的"原道"产物,因而具有"衔华佩实"的"雅丽"之美与"显隐、通变"等四条最重要的写作技法;"雅丽"展开之后,形成了"情深——文丽"这六条贯通全书的"六义"说,经典雅丽之美上升为雅丽创作之法;针对经典雅正少丽的特点,刘勰吸收纬骚瑰奇之丽,提出了指导写作的总原则:"衔华佩实,执正驭奇。"雅丽文学思想得以正式提出。在"论文叙笔"部分,刘勰按照"文出五经"的意见,分类论述了二十个专篇的数十种文体,每一篇都包括"原始以表末"等四项内容。在对这些文体写作"纲领""大要""大体"的具体分析中,可以清楚地看出雅丽思想贯通于其中,并在文体论部分创作、审美、批评相互交织的论述中成为核心中轴。"剖情析采"部分，是以二十篇文体论为基础建立起来的。主要包括写作思维、文学风格、谋篇布局、具体手法、审美理想等内容，从多侧面、多角度通论文章的写作过程、写作方法和风格创造，其核心所指，是雅丽之美的鉴赏与雅丽之文的创作问题。批评理论部分从文学史论看历时性的"质文代变"，从物色内容论"诗人丽则"之法，从才略鉴赏论九代雅丽之文，最后得出"知音见异"的"六观"方法，提出文人"贵器用而重文采"的致用理想，从历史、内容、作品、鉴赏、动力等不同角度表现了雅丽文学思想的贯通与主导地位。于是，"《文心雕龙》雅丽文学思想"得到了全书内在脉络的坚实证明，贯通始终，得以确立。

在论证并确立雅丽思想的过程中，以下问题可以得到明确：

一是《文心雕龙》以"为文之用心"为论述宗旨，全书篇篇不离这一宗旨。从指导思想、创作原则、文体理论、作家作品、外部因素、内在规律、主体修养、风格体制、文术技法、批评鉴赏等等角度全面深刻地阐述了这一主旨，因此，本书称为"写作理论专著"为宜。

二是《文心雕龙》雅丽文学思想在渊源上独尊先秦儒家，同时取法道家、阴阳纵横、魏晋玄学等，而不取佛家。《文心雕龙》的雅丽思想，其尚雅主要出自儒家，尚丽之说则主要出自道家"自然之道"的哲学依据与纬骚奇丽的创作实践;雅丽思想与作为魏晋显学的佛学思潮并无关系,与玄学思想有一定联系,但又以之为反面靶子,作为打击的对象。时代风气固然重要,但是特殊作家的特殊观点,不与时代风气同流,也不是仅见的事。

三是《文心雕龙》中并不主张"文笔之分"。因此,有关文体论部分的篇章结构安排,前人"先文后笔"的说法可以休矣。

四是《文心雕龙》乃齐梁文学复古派与新变派折中产物的说法并不完全正确。在看到时代背景等外围因素的同时,即重视"知人论世"的同时,不能忽略了"以意逆志"。从《文心雕龙》自身对思想渊源、主导思想、结构体系、论文方法、写作动机、目的宗旨等论述所达到的高度来看,远远不是齐梁其他文论水平所能望其项背的,《文心雕龙》是对魏晋齐梁文论"自觉"的再次"自觉"。

五是有关《文心雕龙》最具争议性的"风骨"群说、《隐秀》主旨等审美问题,以雅丽审美思想观照之,可以消解这些争议:"风骨"是对"八体"风格的再次整合,有"风骨"的作品会具有丰富的想象力、极强的感染力、华丽的文采、充实的文气、正确的为文之术等要素,"风骨"是《文心雕龙》的共时审美理想论。"隐秀"是五经"显隐异术"的对应体现,而不是"比显兴隐"的创作手法,论述的是"不写之写"与"突出之写"的特殊之美,并在"自然会妙"的自然美上重视"润色取美"的人工美,体现了"天人合一"的雅丽之美的正确创造。

下　编

《文心雕龙》雅丽思想运用论

对诸如"八体"渊源、"风骨"内涵、"隐秀"主旨等问题的论争,都可以运用雅丽思想进行分析解决。这三个问题,是雅丽思想审美论的重要组成内容,对它们的讨论,可以看出雅丽文学思想的巨大包容性和理论阐释力。

第六章 《文心雕龙》雅丽风格论

《体性》篇末有一句话:"八体虽殊,会通合数,得其环中,则辐辏相成。"①对"环中"所指,有解释为"关键""枢纽""中心"诸说。笔者详细推敲《文心雕龙》原文的语气语义,认为"会通合数"是指对八体风格的汇通融合,"得其环中"指的是在八体风格基础上提炼出"雅丽"的理想风格。八体合成雅丽,雅丽统摄八体。二者的来源和运用,都遵循着一个共同的规律。试析如下:

第一节 八体与雅丽

前贤对于刘勰八体风格来源的研究可以分为两类:一是认为八体源出《周易》之八卦数理关系,以敏泽、张少康、王小盾先生为代表。二是认为八体来自于对各种风格类型的综合取舍,如牟世金、詹锳、祖保泉等先生。

---

①[清]黄叔琳注,李详补注,杨明照校注拾遗:《增订文心雕龙校注》,第380页。

但是,这两大类意见往往不相和谐。王小盾先生批评过徐复观先生"八体中五体出自五经,而三体出自楚辞"的"文体风格论"的说法。王先生认为,八体所对应的是文王八卦,每一体的特征都是向对应的卦相取材而来。笔者认为可以对此再做讨论。徐先生论述八体,是通过对《征圣》篇的解读:

> 故《春秋》一字以褒贬,《丧服》举轻以包重,此简言以达旨也。此应为精约体的所自出。《邠诗》联章以积句,《儒行》缛说以繁辞,此博文以该情也。此应为繁缛体的所自出。书契决断以象夬,文章昭晰以象离,此明理以立体也。此应为显附体的所自出。四象精义以曲隐,五例微辞以婉晦,此隐义以藏用也。此应为远奥体的所自出。彦和在《体性》篇里以远奥为经理玄宗,而《周易》即为三玄之一,故两处并不矛盾。又谓正言所以立辩,体要所以成辞,此乃总括圣人立言之标准,实即典雅一体的具体注脚。[①]

很明显,徐先生论述"典雅"等五体的来源,是从文体风格角度出发的,其理论依据是刘勰自己的论述。从术语

---

①徐复观:《中国文学精神》,第179页。

使用与术语含义角度来看,这一归纳没有多大问题。徐先生认为这五体是对"五经文体的总括",五经以雅正为宗,也就是说"典雅"等五体归结起来的共同特征是"雅"。徐先生又认为另外三体是"出自楚辞":

> 对于楚辞的风格,可以用壮丽二字加以概括,所谓气往轹古,辞来切今,惊采绝艳,难与并能……惊才风逸,壮志烟高等话,都是壮丽两字的扩大形容。①

这是对"壮丽"的最佳解释。但是,徐先生对"轻靡""新奇"二体来源的看法,则有待商榷:

> 至于"轻靡"始于晋世,而"新奇"始于谢灵运,然此皆系沿楚辞之"丽"的系统而衍变出的。②

徐先生注释"'轻靡'始于晋世":

> 《明诗》篇:"晋世群才,稍入轻绮。"《时序》篇:"然晋虽不文,人才实盛……并结藻清英,流韵

①徐复观:《中国文学精神》,第180页。
②徐复观:《中国文学精神》,第180页。

绮靡。"①

又注释"'新奇'始于谢灵运":

> 《明诗》篇:宋初文咏,体有因革。庄老告退,而
> 山水方滋;俪采百字之偶,争价一句之奇,情必极貌
> 以写物,辞必穷力而追新。此正指谢灵运而言。②

晋世群才之"轻绮"与"结藻清英,流韵绮靡"是否就是
"轻靡"呢?杨明先生专门讨论过"轻靡"一体,认为
"靡"即"丽"也,"轻靡"即"轻丽"或"清丽",并举例若干
证明之③。关键是:徐先生在这里说"轻靡"始于晋世,就
已经不是在讨论文体风格,涉及的是晋代的时代文风,
时代文风和文体风格是两码事。而"新奇"始于谢灵运
的说法,则主要来自于"庄老告退,山水方滋"句,谢灵运
写作山水诗,是在玄言诗之后,故有此说。至于说到"俪
采百字之偶,争价一句之奇"的创作现象,那是整个时代
的风气,不应该说"此正指谢灵运而言",这样又转移到
了作家风格上去了。与徐先生类似,其他认为八体是各
种风格综合结果的学者,也有这种前后矛盾的现象,如

---

① 徐复观:《中国文学精神》,第 180 页。
② 徐复观:《中国文学精神》,第 180 页。
③ 杨明:《文心雕龙精读》,第 115 页。

范文澜、张少康等先生。

但是,徐先生指出"轻靡"与"新奇"二体"此皆系沿楚辞之'丽'的系统而衍变出的",这个说法是对的。"壮丽"与"轻靡""新奇"三体,其共同的核心特征确实是"丽"。

这样,八体的前五体核心特征是出自经典之"雅",后三体核心特征是"丽"。刘勰最为推重"雅丽"的文风,雅丽是圣文——五经的文风。上文谈到八体综合归纳起来即为雅丽风格,现在圣文五经就具有这一特征,那么后三体呢? 其实这很好回答。《辨骚》篇论述楚辞有同于经典的四同,也有异于经典的四异,刘勰以"取熔经意,自铸伟辞"称之,认为楚辞是"雅颂之博徒,辞赋之英杰",是继承《诗经》而能正确新变的伟大作品。楚辞源出五经,其"丽"的风格特点也出自于五经,在"雅丽"风格的笼罩之下。小结徐先生对"八体史的根源"的分析,可以看出如下两种有明显区别的分类:

前五体——雅

后三体——丽

这样的归纳,有一个问题是,前五体中的"繁缛"一体,实则应该划入"丽"的范围之内。这样,我们可以看出两点:一是五经文风含有"丽"的因素,所以《宗经》篇说:"扬子比雕玉以作器,谓五经之含文也。"[1]二是重新归

---

[1]〔清〕黄叔琳注,李详补注,杨明照校注拾遗:《增订文心雕龙校注》,第27页。

纳,则徐先生八体来源中有四体以"雅"为主,另四体以
"丽"为主,可以图示为:

> 典雅、精约、远奥、显附——雅
>
> 繁缛、壮丽、轻靡、新奇——丽

合而论之,则八体风格可以统归为"雅丽"的理想风
格。此即"会通合数,得其环中"句的比喻深意。所
以,徐先生认为八体从根源上出自五经与楚辞两大类
文体之风格,从特征上看是讲得通的。徐先生对八体
来源的看法,带有综合文体风格、时代风格与作家风
格的意味。

徐先生没有看到的是,刘勰"八体"从术语来源上借
鉴了前人,包括曹丕、陆机的文体风格论、挚虞(仅存佚
文九条)、李充(仅存佚文三条)关于文体及其风格论的
术语。在形成八体风格之后,又运用这一理论回头去分
析评价作家、作品、文体、时代风格乃至地域、流派风格。
刘永济先生曾列出八体以及"八体屡迁"后形成的其他
风格在《文心雕龙》文体论部分的运用情况简表①,从实

---

①刘永济先生《文心雕龙校释》曾做过这类简略的归纳,集有一二十条例
　证,刘先生的目的是"任举其书评文之语如下,以见其变之繁"。现罗列
　其任举之语于下:"《骚经》《九章》,朗丽以哀志。(《辨骚》)《远游》《天
　问》,瑰诡而慧巧。(《辨骚》)《桂华》杂曲,丽而不经。(《乐府》)《赤雁》
　群篇,靡而非典。(《乐府》)枚乘《菟园》,举要以会新。(《诠赋》)相如
　《上林》,繁类以成艳。(《诠赋》)子云《甘泉》,构深玮之风。(《诠赋》)仲
　宣靡密,发篇必遒。(《诠赋》)景纯绮巧,缛理有余。(《诠赋》)潘岳诸
　诔,易入新丽。(《诔碑》)祢衡吊张,缛丽而轻清。(《哀吊》)(转下页注)

例上支持了这个看法。

第二节 文风雅丽，华实新变

　　《征圣》篇解析"雅丽"的文风为"衔华佩实"：一是华丽，二是质实。依照《原道》篇的内容，天地万物皆为实物，此即为内在本体之"实"；万物莫不有文采，此即为外在美丽之"华"。"衔华而佩实"的说法，是《原道》篇"自然之道"的另外一种表述。再推而论之，天地、四时、万物、人心，皆在变化，那么记载这些变化的文章，也有与之相同的第三个特点：变。《征圣》篇认为写文章应该掌握"抑引随时，变通适会"的技法，就是看到了这个特点。于是"雅丽"文风就有了三个特点：一华，二实，三变。在

（接上页注）枚乘《七发》，独拔而伟丽。（《杂文》）张衡《应间》，密而兼雅。（《杂文》）傅毅《七激》，会清要之工。（《杂文》）相如《封禅》，靡而不典。（《封禅》）扬雄《剧秦》，典而不实。（《封禅》）"上述例证都是随意从"论文叙笔"的文体论部分采集而来的，这些适用于评价作品风格或作家创作特征的术语，归纳或结合起来，可以清楚地看出它们是指向《体性》八体风格的。刘先生解释说道："由上列观之，虽约为八体，而变乃无穷。""舍人此篇虽标八体，非谓能此者必不能彼也。"从刘先生的上述例证与解释可以看出：一是八体术语来源与"论文叙笔"部分作品风格的评价密切相关；二是八体在相互变化，刘先生客观地指出：刘勰对于风格类型的评语，"不尽取此八体十六字，每以行文之便，用同义之字，如伟丽即壮丽，明绚即显丽之类是也"。原文见刘永济集：《文心雕龙校释》，第94-96页。

此,我们可以给"雅丽"风格重新作一解说:

> 然则圣文之雅丽,固衔华而佩实且通变者也。

徐复观先生认为"雅丽"是刘勰主张的"理想的文体",他说:

> "雅"是来自五经的系统,所以代表文章因为内容之正大而来的品格之正大,丽是来自楚辞系统,所以代表文章形相之美,即代表文学的艺术性。雅丽合在一起,即体要之体与体貌之体融合在一起的理想状态。①

这是目前为止,学术界对《文心雕龙》雅丽文风所给予的最高评价。

探究刘勰"雅丽"这一理想风格,不能回避它的理论来源与运用。关于雅丽风格的来源,可以从两个角度讨论。

第一,上溯到汉魏晋代文论,可以看出"雅丽"文风来自于对作家风格与文体风格的归纳。后汉班固《离骚序》评屈原说:"其文弘博丽雅,为辞赋宗。后世莫不斟

---

①徐复观:《中国文学精神》,第 181 页。

酌其英华,则象其从容。"①《文心雕龙·辨骚》篇引班固评屈:"文辞丽雅,为词赋之宗。"②其说同此。班固"弘博丽雅"一说,概括了屈原楚辞鸿丽雅正的风格,这是一种宏大的壮丽之美,而不同于儒家经典中和的雅丽之美。曹丕在《典论·论文》中论文体风格时说:"奏议宜雅……诗赋欲丽。"③将八种文章体裁归为四类风格,从典雅到华丽,结合起来看,就是雅丽的文风,雅丽文风是对八种文体风格的概括评价。陆机《文赋》论文体风格时指出"诗缘情而绮靡……奏平彻以闲雅"④等十体文风,对十种文风合观统照,其核心也是雅丽的文风。这些论述,是刘勰"圣文雅丽"说在理论术语上的直接来源。

第二,历代史书中对雅丽风格的直接运用。以《文心雕龙》成书于齐梁相交之际为时间基准,刘勰能够看到的史书是很多的,一方面,诸如《史记》《汉书》《宋书》等史书能够看到,另一方面,南朝著述之风大盛,修史著作很多,虽然这些史书质量有参差,多数也没有流传下来,但刘勰在定林寺"博通经纶",饱览过经籍子史,是可以肯定的。前十五史中"雅丽"一共出现四次,两条运用"雅丽"论人,另两条用来论文。这是与刘勰《文心雕龙》

①张少康:《中国历代文论精选》,北京:北京大学出版社,2003 年版,第 41 页。
②[清]黄叔琳注,李详补注,杨明照校注拾遗:《增订文心雕龙校注》,第 51 页。
③张少康:《中国历代文论精选》,第 69 页。
④张少康:《中国历代文论精选》,第 75 页。

"圣文雅丽"直接相关联的用法。虽然史书中"雅丽"这一术语的运用情况很少，但或雅或丽的材料则数以百计，以雅、丽评论人物、文学、仪表、风操、品质的例证非常多，所以，化合上述材料，运用"雅丽"论文是刘勰的创举。因此，"雅丽"文风的提出，是刘勰向经典、史书取法的结果。这也间接印证了《风骨》篇"熔铸经典之范，翔集子史之术"一说的开明意义。

《文心雕龙》论述雅丽之理论远源有二：雅论直接来自于孔子雅正的礼乐评价与《毛诗序》"雅者，正也"的说法，同时又有儒家传统诗乐观念的影响；丽论则要复杂得多，因为儒家五经雅正有余而华丽不足，刘勰为了给经典雅丽寻找到丽论的渊源，向道家"自然之道"借鉴取法，以"文源于道"的哲学高度来论述"人文有采"的道理，这样，就为所有文章寻找到了尚丽的依据，经典是圣人从天地物色中仰观俯察而生的产物，当然也会像自然物色那样华丽美好。于是，经典雅丽的文风得以确立。

刘勰为经典雅正文风加上华丽外衣的用意在于：一是为"文出五经"作出铺垫，因为后代文章由质趋文，越来越华丽，而汉赋与齐梁宫体诗歌均以艳丽著称，要坚持"文出五经"，就必须要为华丽之文找到华丽之源。二是为论述"六义"之"文丽而不淫"作铺垫。既然是经典，具有雅丽之美，那么，就应该是"丽以则"的正美，而不是"丽以淫"的艳美，这就为全书崇诗抑骚树立了基本原则。三是为了树立雅丽文学思想,刘勰主张经典雅正与辞赋华丽的折衷结合,以此生成"执正驭奇""衔华佩实"的雅丽创作理论。雅丽,就由文体风格上升到了审美论的核心标准,又成为创作论的总纲,在"枢纽"论中建立起来。

《文心雕龙》树立的雅丽风格,是最理想的风格,是全书所有风格类型的最高标准与核心指归。比如《明诗》篇总结诗歌风格时说:

> 若夫四言正体,则雅润为本;五言流调,则清丽居宗;华实异用,唯才所安。故平子得其雅,叔夜含其润,茂先凝其清,景阳振其丽;兼善则子建仲宣,偏美则太冲公幹。①

这一段,既包含诗歌体裁的风格要求,又列举了若干著名诗人的创作风格特点,四言诗以雅润为主,五言诗歌则逐渐变得清丽起来。"雅润"与"清丽"一"实"一"华",二者的结合,组成的正是"雅丽"的诗风。在这里,其实蕴含了八体中论述"典雅""壮丽""轻靡""繁缛"等涉及或"雅"或"丽"的风格类型,只是没有展开而已。

《体性》篇赞语有"雅丽黼黻,淫巧朱紫"句,冯春田

---

①［清］黄叔琳注,李详补注,杨明照校注拾遗:《增订文心雕龙校注》,第65—66页。

先生认为："雅丽,即雅正(或典雅)华美。刘勰用此语,
一般是指作品既有雅正的内容,又具美好的文采,即丽
辞雅义,符采相胜或衔华而佩实。古代以白黑青等为正
色,与正色相对的有间色,绿红碧紫黄是也。雅丽黼黻,
是说文章的雅丽就如同黼黻那样典雅华美。"①"在古代
朱为正色,紫为间色,《论语·阳货》:'恶紫之夺朱也'。
何晏《集解》:'朱,正色;紫,间色之好者。恶其以邪好而
乱正色。'刘勰所说的朱紫,正是以朱紫相杂、以邪乱正
来比喻作者淫辞浮奢而失其质或淆乱典雅。"②这个理解
与笔者将八体合成雅丽文风的推测有一致性。

　　一般认为,《定势》篇讨论的是文体风格的问题,刘
勰论述了从"典雅"到"巧艳"的六种文体风格,明显体现
"雅丽"风格这一中心;与《体性》八体从"典雅"到"轻
靡"的核心指向一样,都是以"雅丽"风格为最高指归。

　　这样,"雅丽"是经典圣文的文体风格,是"商周丽而
雅"(《通变》)的时代文风,是"雅丽黼黻"(《体性》)的
风格赞语,这是用于风格审美和文体创作的情况;扩展
一步,是"四言雅润,五言清丽"(《明诗》)的诗歌创作大
要,是汉赋"丽词雅义,符采相胜"(《诠赋》)的立赋之大
体,也是"雅义以扇其风,清文以驰其丽"的章表文体特
点;在书中,刘勰经常运用与"雅丽"含义相近的"华实"

①冯春田:《文心雕龙释义》,济南:山东教育出版社,1986年版,第163-164页。
②冯春田:《文心雕龙释义》,第164页。

"文质""正采""丽则"等术语代替雅丽,进行了诸如"符采相济"(《宗经》)、"风归丽则"(《诠赋》)、"华实相胜"(《章表》)、"正采彬彬"(《情采》)、"诗人丽则"(《物色》)、"文质相称"(《才略》)等众多论述。

　　《文心雕龙》以雅丽风格作为其风格类型理论的核心,体现了既宗经尚雅,又追求华丽文采的文学观念。雅丽风格及其统摄的八体风格,代表了尚雅崇丽的审美批评论,共同形成了《文心雕龙》的文学风格理论体系,这是整个中古文论史上最严密、最准确、最实用的风格理论体系。在形成了这一理论体系之后,刘勰将其广泛运用于对作家、作品、文体、时代等各类风格的批评中去,具有重大的理论价值和影响,直到20世纪中后叶,王明居、童庆炳等名家在阐述文学风格理论的时候,仍然在借鉴、运用之,而且并没有超越刘勰。

第七章 风骨美与雅丽美

何谓"风骨"？"风"与"骨"各为何意？二者之间有何关系？或者说二者是否属于一个整体，不可分割？"风骨"是指阳刚的风格吗？"风骨"是否包含文采美在内？"风骨"是不是"建安风骨"？上述种种问题，一直以来，都是"龙学"研究中的热点问题，各家众说纷纭，莫衷一是。据陈耀南先生统计，仅仅到1988年，关于"风骨"的理解就有六十多种，论文上百篇，经过三十年的发展，又出现了更多的研究文章乃至专著，新说不少。

回顾"风骨"研究史，论述"风骨"内涵的时候有两种主要的倾向：分论"风""骨"与合观"风骨"。将"风""骨"分论的意见主要有三种情况：一是"风即文意，骨即文辞"说（黄侃）；与之相反的意见是"风即文辞，骨即文意"说（刘永济）；还有一类意见是认为"风"与"骨"近义，均指内容与形式（张少康）。这三类意见中影响最大的是黄侃先生"风即文意，骨即文辞"说，后人无论是赞成,是反对,或是改动此说,都逃不开将"风"与"骨"割裂开来分析的路数。强调"风骨"合观的研究意见主要有如下五种:一是认为"风骨"是阳刚的风格类型(詹锳、王小盾等),这是当前的主要意见;二是认为"风骨"是集合"典雅、精约、显附、壮丽"等优良文风的"雅丽"风格(刘禹昌);三是认为"风骨"是文质彬彬的中和之美(牟世金);四是认为"风骨"内涵与"建安风骨"或"建安风力"近似(王运熙等);五是指出"风骨"是儒家刚健中正的人格修养的表现(李凯)。有的研究者还讨论了"风骨"与文采的关系问题,主要的意见有三类:一是"风、骨、采"三者并列,与《宗经》"六义"相互对应(易中天);二是认为"风骨"与文采分属文章的内容和形式,二者是相互对立的关系(张少康);三是指出"风骨"与文采是并列关系,而不是从属关系或因果关系(曹顺庆)。刘永济先生从《镕裁》"三准"说角度提出解析"风骨"具有"风、骨、采、情、事、辞"等构成要素的意见,也可以归入此类。更进一步,有的研究者从魏晋时风与人物品藻、书画理论、文学理论、时代风气之弊与文学创作之弊等角度提出了刘勰论述风骨的背景与目的,其代表有王运熙、汪涌豪先生等。

上述研究意见有许多可取之处:有的看到了"风""骨"分论与"风骨"合论的不同,"风骨"生成是因为魏晋齐梁年间重情尚美以及人物品藻风气大盛的时代背景(见《世说新语》《人物志》与史书等),看到了书法、绘画等艺术部类对"风骨"论形成的影响(宗炳《画山水序》等),看到了文学理论中与"风骨"近似的论述(钟嵘《诗品》等),看到了刘勰提出风骨意在救弊当下的用意,也看到了树立风骨作为审美理想的目的(易中天等),还从文化渊源角度看到了儒家思想与人格修养对刘勰风骨论的影响(李凯),并讨论到了"风骨"对唐代文学与后代文学的影响(王运熙等)。但是,综合各家意见,相互之间往往存在矛盾,常从一个角度探讨风骨的内涵,而不及其他方面,从而不能整体观照"风骨"这一范畴。对时代背景与风骨影响的研究当然非常有价值,不过"风骨"与同时代《诗品》所指之"建安风力"在内涵上是不是保持一致?或者后代文学"建安风骨"论是否即刘勰"风骨"之义?如此等等,使得"风骨"研究尽管新说无数,论争也同样非常之多。

笔者认为,这些纷繁意见的形成有一个非常重要的原因:过于重视本篇之外的文本解读,片面对待本篇文本本身。因此,对《风骨》篇进行忠于原文的内证分析,是研究《文心雕龙》"风骨"说的第一途径。本章首先分析《风骨》的内容,在此基础上,再分析、消解"风骨"研究的一些争议,并树立《风骨》篇在全书创作论中的特殊地位。

第一节　《风骨》篇内容解析

从《风骨》篇全文来看,本篇首先论述了"风"的感染教化力量巨大,接着解析了"风"与"骨"各自的特点,以及在赋、策等具体作品中的表现;然后合论"风骨",提出"风骨"之美与"风骨"推重文气的特点;再以鸟喻文,指出了"风骨"与文采的关系;进一步,指出了如何创作有"风骨"的作品的方法,表明解蔽当下文学创作不良倾向的用心;最后提出"风清骨峻"的"风骨"理想。在这些内容中,有关"风骨"研究的最基本的争议产生于"风骨"究竟是应该分述还是合观,以及"风骨"内涵何指上,这是引起其他论争的根本原因。

一、"风"与"风力"

《颂赞》篇指出:"夫化偃一国谓之风,风正四方谓之雅,容告神明谓之颂。风雅序人,事兼变正;颂主告神,义必纯美。"①直接将"风"的教化感染功能与《诗》"变风变雅"的深层原因告诉了读者。《颂赞》的这个意见出自《毛诗序》对"风"与"变风"的论述。除了"风"之功能与"变风变雅"说,《文心雕龙》论述的"风骨"问题,也要追

---

①[清]黄叔琳注,李详补注,杨明照校注拾遗:《增订文心雕龙校注》,第108页。

述到《诗序》对"风"的论述上来。《风骨》篇开宗明义："《诗》总六义,风冠其首;斯乃化感之本源,志气之符契也。"①尽管有注者认为"六义"中风、雅、颂是诗体,赋、比、兴是诗法(此说自唐孔颖达始),但是,这也不能否认《毛诗序》"一曰风……六曰颂"的"诗六义"是将"风冠其首"的,"风"有强大的感染教化作用:"风,风也,教也,风以动之,教以化之。"②"风"能讽动人心,教化人性。又说到该如何"讽教"的方法:"上以风化下,下以风刺上,主文而谲谏,言之者无罪,闻之者足以戒,故曰风。"③所以刘勰认为"风"是"化感之本源,志气之符契",从教化人心与个人情志的培养,都离不开"风",这是其感染力对人的熏陶内化的改变作用。作者内心的思想感情、气质性格和作品的"风"相一致,这是从发生学角度在重申《体性》篇"吐纳英华,莫非情性"的"文如其人"的意见。因此,作品外在的风格特征,一定会与作家本身的情感、气质相吻合。所以《风骨》篇在论述作品之"风"的时候,一般都与作家主体之"情""气"相联系,如下例:

> 怊怅述情,必始乎风。
>
> 情之含风,犹形之包气。

---

① [清]黄叔琳注,李详补注,杨明照校注拾遗:《增订文心雕龙校注》,第388页。
② 张少康:《中国历代文论精选》,第28页。
③ 张少康:《中国历代文论精选》,第29页。

> 意气骏爽,则文风清焉。
>
> 深乎风者,述情必显。
>
> 思不环周,索莫乏气,则无风之验也。
>
> 相如赋仙,气号凌云,蔚为辞宗,乃其风力遒也。
>
> 骨采未圆,风辞未练。
>
> 风清骨峻,篇体光华。
>
> 情与气偕,辞共体并。
>
> 蔚彼风力,严此骨鲠。①

"情"有如下几个特点:情始于风、情含于风、述情要显、情与气偕。"气"的特点是:形外气内、气爽风清、风气刚健、与情相偕。由此推出"风"的几个特点是:含情包气、风力遒劲、风清不杂、风需生气。"情""气""风"三者,由作家主体情感气质到文本感染力的最后形成,是"情动言形""因内符外"的层层递进关系。"情气"生"风","风"显"情气"。所以刘勰主张"缀虑裁篇,务盈守气",批评"思不环周,索莫乏气",使"文明以健",呈现"刚健既实,辉光乃新"的外显之"风",这样的文章才能"篇体光华""珪璋乃聘",体现出既美好又致用的价值。这样来看,《风骨》论"风",特点是巨大的感染力,"风"的生成主要来自于作家"情"与"气"的内在修养和主体气质

---

① [清]黄叔琳注,李详补注,杨明照校注拾遗:《增订文心雕龙校注》,第388-389页。以上引文均出同篇,故集中作注。

类型。所以,"刚健""力遒"所指并非是气质力量如何巨大刚劲,而是指鲜明外显的文学感染力。而且,这种感染力主要是针对读者而言的阅读体会。因此,"风以动之"就包含了如下所示的内容:

　　作家情气——文本之风——风化读者

　　读者观文——体会其风——如见其人

《毛诗序》有例证:"《关雎》,后妃之德也,风之始也,所以风天下而正夫妇也。故用之乡人焉,用之邦国焉。"①《关雎》是《周风》之首,是"德"风之始,所以"化成天下"。孔子说:"《关雎》乐而不淫,哀而不伤。"(《论语·八佾》)有中和之美,是"吾从周"的典范作品。刘勰倡言"商周丽而雅"的审美标准,所以在化用《毛诗序》"风化"说的时候,也间接地将孔子诗教观念与对周代文学褒赞的文学史论吸收过来,合而用之。

　　《风骨》篇中论述"风化"感染的例子更有说服力:"相如赋仙,气号凌云,蔚为辞宗,乃其风力遒也。"②司马相如《大人赋》言神仙之事,汉武帝读后,"飘飘有凌云之意",武帝之心意受文章之"风"感染促动,方有这种骏爽之感。据《史记·司马相如列传》载:

　　　　天子既美子虚之事,相如见上好仙道,因曰:"上林

①张少康:《中国历代文论精选》,第28页。
②[清]黄叔琳注,李详补注,杨明照校注拾遗:《增订文心雕龙校注》,第388页。

之事未足美也,尚有靡者。臣尝为大人赋,未就,请具而奏之。"相如以为列仙之传居山泽间,形容甚癯,此非帝王之仙意也,乃遂就大人赋。……相如既奏大人之颂,天子大悦,飘飘有凌云之气,似游天地之间意。①

正是这篇赋,司马相如的写作目的是想借机讽谏,但是,不仅没有收到良好的婉转进言的效果,还被扬雄作为"文丽用寡"的典型代表,遭到了批评。扬雄认为赋的写作太过靡丽②,美则美矣,主题被冲得很淡,到了"曲终奏雅"的时候,读者(汉武帝)已经不知道作家(司马相如)要说什么忠言建议了,他已经被那些奇思妙想、闳侈巨衍的夸饰语言和内容描写完全吸引住了。司马相如苦心经营的《大人赋》,比他的成名作《子虚赋》更加绮靡虚诞,其用意本来是想借此提醒汉武帝不要铺张浪费,结果却适得其反。扬雄"文丽用寡"一说,真实地反映了相如赋巨丽而不实用的特点。刘勰则以为《大人赋》感染力巨大,生动之气充盈满篇,这就是风力遒劲的优秀作品。所以,《风骨》所论之"风力遒劲",绝非劲健有力或刚健有力之意,主要是指文学作品的内容丰富、文气生

---

① [汉]司马迁:《史记》(影印本),第3056-3063页。
② "赋"在此处主要指相如赋与扬雄赋。扬雄青壮年时仰慕相如,于是模拟相如赋作,"作四赋",声名鹊起。其后因仕途不畅,又见赋家地位低下,遂有此说。事见《汉书·扬雄传》。

动、感染力强的特征。

同时，"风力"，还具有以下两个被忽略的特点：

一是文学作品感染力的得来，需要作家具有相当丰富乃至神奇的想象力。以《大人赋》为例，本篇神奇巨丽，既有向楚辞《远游》学习的痕迹，也是蜀人崇尚仙道思想的集中体现，更是司马相如丰富神奇的艺术想象力和创造力的外化成果①。用《体性》篇的话说，是作家"才、气、学、习"的综合结果。主体写作才华的高妙，是文章风格独特、吸引读者的第一要素。

二是本篇闳侈巨衍，主旨不显，是《隐秀》篇提倡的"隐主旨，秀佳句"的典范作品，但却被扬雄批评为典型的"文丽用寡"的讹滥之文，可为什么刘勰却说这篇文章"风力遒劲"呢？由此可见，"风力"无关文章的思想倾向，而只关系到文章的内容充实丰富，写作技法高妙与语言措辞精彩与否，是文章的形式之美与内容之美触动了读者的心灵。因此，"风"的感染功能在脱离政教目的后也有强大的作用，"风力"与雅正的思想无关，而成为文章内容与外在语言表达的体现。

据此可知，"风即文意"与"风即文辞"说均不能

---

①司马相如以"大人"隐喻天子，赋中描写"大人"遨游天庭，与真人相周旋，以群仙为侍从，过访尧舜和西王母，乘风凌虚，长生不死，逍遥自在，是迎合武帝喜好神仙，欲求长生不死的心理，而暗含规讽之旨，是"隐主旨，秀佳句"的典范作品。相如此赋想象丰富，文字靡丽，极尽夸饰之能事，但是其内容和形式都仿自屈原《远游》，故独创性稍逊。

成立。

二、"骨"与"结言"

在《风骨》篇中，"风"与"骨"首先是以对举形式存在，然后才是以合用形式出现的。"骨"指什么呢？

细查原文，"骨"有以下几层基本含义：一是指文章语言或文章结构，本篇指出，"沉吟铺辞，莫先于骨""辞之待骨，如体之树骸"，写文章的第一要素是语言表达问题，这是写作的本质特点。二是指对语言的要求与规范，"结言端直，则文骨成焉""练于骨者，析辞必精"，告诉读者，写作时语言要端直显明，不要迂回隐伏，同时要精炼简约，不要繁文缛词。三是由语言运用生成的练字与声律之美，"捶字坚而难移，结响凝而不滞"，写作的练字遣词与优美声律，是文章诵读、观看时产生听觉美的重要因素。以这三点为基础，刘勰指出不能够"瘠义肥辞，繁杂失统"。从这些分析来看，"骨"主要指语言表达及其相关要求，所以，黄侃先生"骨即文辞"说有一定道理。

本篇又引潘勖《册魏公九锡文》为例，证明这是向经典学习并能"骨髓峻"的典范文章。《文心雕龙》对"潘勖《锡魏》"还有两处论述：一则见于《诏策》篇："潘勖《九锡》，典雅逸群。"一则见于《才略》篇："潘勖凭经以骋才，故绝群于锡命。"二者所述，与《风骨》篇含义一致。《册魏公九锡文》是潘勖学习经典写法、习染经典风格、运用

自身才华的产物。《体性》篇论述"典雅"风格:"典雅者,
镕式经诰,方轨儒门者也。""典雅"是五经典诰雅正的文
风。册体,即策体,对策体的集中论述见于《诏策》篇,其
说有多处,曰:

1. 策封王侯。策者,简也。

2. 王言之大,动入史策。

3. 武帝崇儒,选言弘奥。策封三王,文同训典;
劝戒渊雅,垂范后代。

4. 故授官选贤,则义炳重离之辉;优文封策,则
气含风雨之润;敕戒恒诰,则笔吐星汉之华;治戎燮
伐,则声有洊雷之威;眚灾肆赦,则文有春露之滋;明
罚敕法,则辞有秋霜之烈:此诏策之大略也。

5. 赞曰:皇王施令,寅严宗诰。[1]

很明显地,"潘勖《锡魏》"能得到刘勰的赞赏,最主要的
原因有两个:一是模仿经典,文同"训""典",即模仿《尚
书》典诰之体来写诏书;二是"优文封策,气含风雨之
润",本文写汉献帝封赏曹操,文气贯通,"选言弘奥,典
雅逸群"。这篇文章之所以"骨髓峻",是因为具有体制
雅正、风格典雅、语言质朴精炼的优点。这就表明:"骨"

---

[1][清]黄叔琳注,李详补注,杨明照校注拾遗:《增订文心雕龙校注》,第264-
266页。以上引文均出同篇,故集中作注。

不只是前述之语言文辞问题,而是内容与语言结合外显的风格问题。

　　于是,疑虑也就此而生,曹操当时功盖天下,挟天子以令诸侯,汉献帝册封加九赐于他,是最高的封赏,是以对曹操的政治表彰来换取自身安全感的妥协行为,因此,潘勖《册魏公九锡文》不过是一篇应景的应用文而已,居然和五经一样典雅美好。其文是否如此,见文即知。萧统《文选》、袁宏《后汉纪》卷三十、陈寿《三国志·魏志·武帝纪》、严可均《全后汉文》卷八十七均录有此文①。文章通篇是对曹操的赞美褒扬之辞,是否献帝本意已无从知晓。从文辞来看,质朴精炼,是典型的"典诰之体",内容与思想上符合《宗经》"六义"之"事信而不诞,义贞而不回",但是文章文采暗淡,显然不是"丽文"。这就告诉读者,有"骨髓峻"的作品就是语言精约、内容质实、风格典雅的作品。"骨髓"应该是包含文章内容与形式两个方面才对。因为仅仅从字面意思我们就可以知道:"骨"是人体的骨骼,是树立体格的结构支撑,而"骨髓"是人体最内部的生命物质,怎么可能只是外在语言文辞的东西呢?而"骨髓峻"则是"骨髓"外显的峻拔端直,是文章内容情感外化的结果,必然是内容与形式兼备才能说通。

　　《文心雕龙》其他篇目对"骨"的运用,可以旁证笔者对

①〔清〕严可均辑:《全后汉文》(下),北京:商务印书馆,1999 年版,第 880-881 页。

"骨"的推断。首先,是对"骨髓"的运用,全书另有五处:

1.《宗经》:洞性灵之奥区,极文章之骨髓。①

2.《杂文》:甘意摇骨髓,艳词洞魂识。②

3.《体性》:辞为肌肤,志实骨髓。③

4.《附会》:情志为神明,事义为骨髓。④

5.《序志》:虽复轻采毛发,深极骨髓。⑤

这五处"骨髓",含义与本篇"骨髓峻"极为近似,通过《附会》所论可以看出,主要的含义是指文章"事义",属于文章内容之要素;又可以有文章之"志"与"甘意"等含义,均属内容。其次,是对"骨鲠"的运用,全书另有四处:

1.《辨骚》:观其骨鲠所树,肌肤所附,虽取镕经意,亦自铸伟辞。⑥

2.《诔碑》:才锋所断,莫高蔡邕。观杨赐之碑,骨鲠训典。⑦

---

①[清]黄叔琳注,李详补注,杨明照校注拾遗:《增订文心雕龙校注》,第26页。
②[清]黄叔琳注,李详补注,杨明照校注拾遗:《增订文心雕龙校注》,第181页。
③[清]黄叔琳注,李详补注,杨明照校注拾遗:《增订文心雕龙校注》,第381页。
④[清]黄叔琳注,李详补注,杨明照校注拾遗:《增订文心雕龙校注》,第519页。
⑤[清]黄叔琳注,李详补注,杨明照校注拾遗:《增订文心雕龙校注》,第611页。
⑥[清]黄叔琳注,李详补注,杨明照校注拾遗:《增订文心雕龙校注》,第51页。
⑦[清]黄叔琳注,李详补注,杨明照校注拾遗:《增订文心雕龙校注》,第155页。

3.《檄移》:陈琳之檄豫州,壮有骨鲠。①

4.《奏启》:杨秉耿介于灾异,陈蕃愤懑于尺一,骨鲠得焉。②

《辨骚》中的"骨鲠"具有文章结构的含义,这也是人体"骨鲠"的基本含义,刘勰用于对文章结构之比喻;《诔碑》中的"骨鲠"一说有写法借鉴《尚书》的含义,具有内容与形式双重内涵而偏重于形式;《檄移》中的"骨鲠"是指文风之"壮美";《奏启》中的"骨鲠"则主要指作家之情志与作品之"文气"。另外,全书中还有一些关于"骨采""骨""次骨"的论述,按照篇目顺序,集中见于以下选例:

1.《诠赋》:繁华损枝,膏腴害骨,无实风轨,莫益劝戒。③

2.《祝盟》:蒯聩临战,获祐于筋骨之请,虽造次颠沛,必于祝矣。④

3.《檄移》:相如之《难蜀老》,文晓而喻博,有移檄之骨焉。⑤

---

①[清]黄叔琳注,李详补注,杨明照校注拾遗:《增订文心雕龙校注》,第282页。
②[清]黄叔琳注,李详补注,杨明照校注拾遗:《增订文心雕龙校注》,第317页。
③[清]黄叔琳注,李详补注,杨明照校注拾遗:《增订文心雕龙校注》,第97页。
④[清]黄叔琳注,李详补注,杨明照校注拾遗:《增订文心雕龙校注》,第123页。
⑤[清]黄叔琳注,李详补注,杨明照校注拾遗:《增订文心雕龙校注》,第282页。

4.《封禅》:观《剧秦》为文,影写长卿,诡言遁辞,故兼包神怪;然骨制靡密,辞贯圆通,自称极思,无遗力矣。①

5.《封禅》:树骨于训典之区,选言于宏富之路。②

6.《章表》:章以造阙,风矩应明;表以致禁,骨采宜耀。③

7.《奏启》:吹毛取瑕,次骨为戾,复似善骂,多失折衷。④

8.《奏启》:虽有次骨,无或肤浸。⑤

9.《议对》:陆机《断议》,亦有锋颖,而腴辞弗剪,颇累文骨。⑥

总体上看,上述十八例《风骨》之外用"骨"的选句,以"骨髓"为最多,意指文章"事义""情志"等;"骨鲠""文骨""骨采""次骨""树骨""骨制"主要指文体、语言、风格、结构等,为文章外在语言形式美。以此类推,"骨"必然包含文章内容与语言两个方面。《风骨》篇"骨髓峻"一

---

①[清]黄叔琳注,李详补注,杨明照校注拾遗:《增订文心雕龙校注》,第296页。
②[清]黄叔琳注,李详补注,杨明照校注拾遗:《增订文心雕龙校注》,第296页。
③[清]黄叔琳注,李详补注,杨明照校注拾遗:《增订文心雕龙校注》,第307页。
④[清]黄叔琳注,李详补注,杨明照校注拾遗:《增订文心雕龙校注》,第318页。
⑤[清]黄叔琳注,李详补注,杨明照校注拾遗:《增订文心雕龙校注》,第319页。
⑥[清]黄叔琳注,李详补注,杨明照校注拾遗:《增订文心雕龙校注》,第332页。

说,实际指的是潘勖《册文》内容事关君国大事,语言体裁借鉴经典,故而文风典雅之义。

这使得"骨即文辞"说与"骨即文意"说均不得成立。

三、"风""骨"与"风骨"

上述对"风"与"骨"分述的结果是:"风""骨"均可以用于文章之内容与语言形式美,不能偏于一个方面。而"风"与"骨"虽然都可以指内容与形式,但是二者内涵并不一致,风主要用于文章的感染力,即"风清"。司马相如《大人赋》丽而不雅,"风力遒也",感染力巨大;"骨"主要用于文章的典雅美,即"骨峻"。潘勖《册文》雅而不丽,"骨髓峻也",典雅中正。"风""骨"各自站在丽与雅的一面,而没有站在雅丽的结合处,是颇为遗憾的。事实上,刘勰认为一篇理想的文章,应该是"风""骨"兼备而不是二者分开的,也就是说,"风骨"应该是一个整体的概念,"风清骨峻"应该合观。以下三个意见支持这一看法:

第一,《风骨》篇在"瘠义肥辞,繁杂失统"之后提出"此风骨之力也",既然精约简练是文辞之"骨"的要求,为什么又成了对"风骨"合观的要求了呢?"风骨之力"显然不可能是"骨之力"能够代替的。这就提示我们,要么"风"与"骨"不得分开,要么就是"风"与"骨"内涵一致,否则,就是刘勰乱写的笔误。仔细分析上述论"骨"

的节选,确实存在一个很大的失误:忽略了刘勰在论
"骨"的时候,是将"风"与"骨"同时论述的。显然,对
"骨"的要求与对"风"的要求紧密联系在一起,片面地分
论"风""骨",看来是不对的。比如下例:

> 是以怊怅述情,必始乎风,沉吟铺辞,莫先于
> 骨。故辞之待骨,如体之树骸;情之含风,犹形之
> 包气。结言端直,则文骨成焉;意气骏爽,则文风
> 清焉。①

于此可见,本段之"结言意气"句,是黄侃先生"风意骨
辞"说的本源依据。不幸的是,《文心雕龙》以骈文写就,
多用互文修辞,上述节选表面上"风""骨"分论,实际上
是将"风""骨"暗合的例子。也就是说,"风骨"不能分
开。前面讲到,"风"是指运用语言表达了丰富的内容因
而感染力巨大,"骨"也是在论述语言表达和内容结合生
成典雅之美,二者都必须是文章内容与语言形式完美结
合的产物。事实上确实如此:"风"由什么而生? 一是作
家内在情感气质,二是写作时语言风格的形式之美;写
作文章的时候,"风"与"骨"不都是作家通过技法、运用
语言、描写内容的风格之美吗?"风骨"合观,于此可知。

---

① [清]黄叔琳注,李详补注,杨明照校注拾遗:《增订文心雕龙校注》,第388页。

第二，在刘勰分述"风""骨"的语句中，我们可以见到"风骨"必须合观的典型例子：

1. 若丰藻克赡，风骨不飞，则振采失鲜，负声无力。
2. 故练于骨者，析辞必精；深乎风者，述情必显。捶字坚而难移，结响凝而不滞，此风骨之力也。
3. 若瘠义肥辞，繁杂失统，则无骨之征也；思不环周，索莫乏气，则无风之验也。昔潘勖《锡魏》，思摹经典，群才韬笔，乃其骨髓峻也；相如赋仙，气号凌云，蔚为辞宗，乃其风力遒也。能鉴斯要，可以定文，兹术或违，无务繁采。①

例1以为"风骨不飞"的原因是"丰藻克赡"，也就是繁文缛词，这样会失去文采美与声律美，没有"风骨"的根本原因是语言表达的繁杂失败。例2以为精约的文风与显明的情感是形成"风骨"美的基本要求，这样，练字准确、声律优美、情感显明，"风骨"之力就产生了。据此可知，"风""骨"一起共同作用于"风骨之力"，而所谓"风骨之力"，并非刚健有力之"力"，而是情感深沉、声律优美、文采美丽的意思；"风骨"应当合观。例3最为明显，潘勖《册魏公九锡文》"思摹经典"，难道只是向经典学习语言

---

① [清]黄叔琳注，李详补注，杨明照校注拾遗：《增订文心雕龙校注》，第388页。以上三处引文均出同篇，故集中作注。

之"骨",不学习"典诰之体""化感之风"就能让"群才韬笔"的吗?"能鉴斯要,可以定文,兹术或违,无务繁采"句用在司马相如《大人赋》之后,因此,"斯要"与"兹术"一定是对"骨髓峻"与"风力遒"的共同要求,这个要求表明有"风骨"的作品必须做到"骨髓峻"与"风力遒"二者兼备,即典雅与巨丽兼备的"雅丽"之美。

第三,本篇在论述"风骨"美的正确创造时说:"若能确乎正式,使文明以健,则风清骨峻,篇体光华。"文章要"明"而且"健",此即合观"骨髓峻"与"风力遒","风清骨峻"顺势而成。赞语说:"蔚彼风力,严此骨鲠。"互文见义,"风骨"合观。

上述论证表明,"风"与"骨"均包括文章内容与语言形式两个方面的内涵,都是主体运用才华指向特殊的外在风格美的创造。《册魏公》与《大人赋》虽然在文风上一雅一丽,但是都具有类似的构成要素,兼备内容与形式,"风骨"必须作为一个整体概念来对待。

四、"风骨"美的创造

"风骨"合观以后,核心的指向是一种特殊的文采美,这种美使得文章"篇体光华",文采华丽。这种华丽,已经不再是《大人赋》只针对特定"好仙"心理的读者汉武帝而言的虚辞滥说与神仙内容之"丽而不雅",也不再是《册魏公》之雅而不丽,而是二者各自优点的正向结合,是内容充实、事义雅正、文辞优美、文气通畅、声律和谐的雅丽之美。"风骨"是文章写作的最佳状态,是一种审美理想。

所以本篇指出:"结言端直,则文骨成焉;意气骏爽,则文风清焉。"文章的"风骨"之美,从内容、文气、语言、文风几个方面看都是最理想的。既然如此,一个作家要创作出有"风骨"之美的作品,需要哪些构成因素,以及哪些技法与规范呢?

第一,有充实生动的文气,这是对作品的共同要求,是"风骨"美的第一要素。本篇说:"是以缀虑裁篇,务盈守气,刚健既实,辉光乃新,其为文用,譬征鸟之使翼也。"①作家写文章之前必须"务盈守气",藻雪精神,修养身心,蓄养生气,通过"养气"达到最佳写作状态。这样写出来的文章文气贯通,内容充实,文采辉光,感染力强,象征鸟高飞在天。风骨美的来源,是作家情志美、活力美的蓄养。在这一点上,《大人赋》是最佳例证。因此,《风骨》所论"文气"有两层意思:一是从主体修养角度提倡的"务盈守气"。杨明照先生注"守气"为"守身之气",即人的元气,实则鲜活饱满的精神状态。二是从批评鉴赏的角度所看到的文章生气,刘勰引用曹丕论文气的一大段话,认为孔融、徐干、刘桢等名家为文有生气,这

---

① [清]黄叔琳注,李详补注,杨明照校注拾遗:《增订文心雕龙校注》,第388页。

一系列的文气有刚有柔,刘桢偏向于刚,而徐干偏向于柔,孔融则最为高妙。所以,结合二者所论,文气论的本源,来自于道家养身论,风骨的理论渊源,当以道家为优先。

第二,文采美与骨力健的完美结合,这是从作品审美角度给出的理想要求。刘勰明确指出,有"风骨"的作品必然是文采华丽并且骨力强劲的作品:"夫翚翟备色,而翩翥百步,肌丰而力沈也;鹰隼乏采,而翰飞戾天,骨劲而气猛也:文章才力,有似于此。若风骨乏采,则鸷集翰林,采乏风骨,则雉窜文囿:唯藻耀而高翔,固文笔之鸣凤也。"①文采过度的作品像野鸡,有美艳繁缛之弊;缺乏文采的作品像老鹰,显得太过质实;文采华丽适度的作品像凤凰,达到了"藻耀而高翔"的理想境界。所以,刘勰赞赏的"风骨"之美,是一种语言华丽与质实内容完美结合的外显壮采。这就说明一个问题:风骨包含文采,而且是壮丽的文采。

第三,风骨是文章内容与语言表达结合的完美状态,需要高超的写作技法。没有充实丰富的内容,《大人赋》何以吸引汉武帝,《册魏公》何以阐明曹操能享九赐?没有完美的语言和高超的表达技巧,"好神仙"的汉武帝绝不会被吸引住,文章都看不下去,哪里

---

① [清] 黄叔琳注,李详补注,杨明照校注拾遗:《增订文心雕龙校注》,第388-389页。

来的"凌云之志"？所以，针对特定读者或特定文体，选择对应的充实内容，运用精彩的语言，"捶字坚而难移，结响凝而不滞"，用词精妙，声律和谐，"此风骨之力也"。

第四，"风骨"美的基本创作要求是：

> 若夫熔铸经典之范，翔集子史之术，洞晓情变，曲昭文体，然后能孚甲新意，雕画奇辞。昭体，故意新而不乱，晓变，故辞奇而不黩。①

这一段话包含了"风骨"创造的四个要求：熔铸经典、学习子史、洞晓情变、曲昭文体。前两条对应的是《册魏公》学习经典和《大人赋》言语技巧的神奇瑰丽，刘勰重点论述了"洞晓情变，曲昭文体"的重要性：第一，懂通变。"洞晓情变"的意思，就是紧接的《通变》篇论述时代风格的变化思想；第二，依定势。"曲昭文体"的含义，是希望作者能如《定势》篇所要求的那样，依据文体确立风格，在写作过程遵守文体"本采"的要求；在经过上述两个环节的规范性要求之后，作家才能"孚甲新意，雕画奇辞"，使创新求奇在"正"路上进行，不会出现偏差。如果不能正确处理新、旧、奇、正的关系，离开经典，不依本采，

①［清］黄叔琳注，李详补注，杨明照校注拾遗：《增订文心雕龙校注》，第389页。

追新逐奇，就会出现"文滥"之弊：

> 若骨采未圆，风辞未练，而跨略旧规，驰骛新作，
> 虽获巧意，危败亦多。岂空结奇字，纰缪而成经矣。
> 《周书》云："辞尚体要，弗惟好异。"盖防文滥也。①

通观《文心雕龙》全书，刘勰此说，针对的正是近代文学"诡奇新色"的讹滥弊端。正确地学习写作技法，尊重文体之"本采"，不求奇异，是解蔽之良方。所以指出了创作有"风骨"的作品务必做到"确乎正式""能研诸虑"，即对"经典、子史、情变、文体"数端牢记于心，熟稔于手，施展于笔，写成美文。

在上述"文气、文采、骨力、宗经、子史、晓变、昭体"等要素与规范中，宗经是创作的总体指导思想，主要是对作品内容的规范；"晓变"是要反映时代变化，写出世风时情；"昭体"是针对文体与语言运用等作品形式提出的对言辞新变的规范性要求。"藻耀高翔"的理想效果则包括了骨力遒劲、文气刚健、文采卓绝等内容与形式要素的完美结合。这样的作品，就是有"风骨"之作。刘勰论述"正式"技法与研究"诸虑"，不仅在于正确创作有"风骨"之美文，还在于纠正近代文学的发展弊端，具有

---

① ［清］黄叔琳注,李详补注,杨明照校注拾遗:《增订文心雕龙校注》,第389页。

双重用意。

通过对《风骨》篇基本内容的分析,我们可以看出前代"风骨"研究的许多合理的意见,部分意见也有继续讨论的必要;同时,还可以得出一些新的意见。综合来看,从《风骨》内容分析得出的意见主要是:

第一,"风意骨辞"说与"风辞骨意"说各执一端,需要合观"风""骨"。

第二,"风骨"美的构成要素与《宗经》"六义"说并不对应,因此,将"风、骨、采"分为真、善、美,以对应"六义"之"情、风、事、义、体、文"的意见,需要重新思考。因为"风骨"即文采美,与真、善并无绝对关系,《大人赋》可证。同样,以"三准"解释"风骨",并分而为六的论述,也不能成立。

第三,"风骨"美的创造原则,实际上就是对"文之枢纽"部分诗骚结合、雅丽结合的创作原则的再现,尽管"风骨"并不是"骨髓峻"与"风力遒"二者对等叠加而成的,但是其对"风清骨峻"的中和之美的追求,显然是指向文质彬彬的雅丽"正采"美这一目的的。"风骨"是在雅正基础上特别突出的文采美。

第四,"风骨"不是阳刚的风格类型,而是对《体性》八体与刚柔风格类型的汇通化合。曹丕文气论将"清浊"之气刚柔合观,刘勰引用曹丕的话,并没有"壮言慷慨,乃称势也"(《定势》),而是通论文气,不分刚柔。

"风清骨峻"之"风清",源出"六义"之"风清而不杂",一篇文章符合"本采",风格纯正,不出现"雅郑共篇,刚柔一体"(《定势》)即为"风清",故而"风清"包含刚柔,不止阳刚之美。在此基础上,《风骨》与《隐秀》不构成刚柔对举的风格类型。

第五,由上述,"风骨"即雅正华丽的文采之美,因此,有关"风骨"与文采的关系诸说,比如"内容与形式"说、"对立"说、"并列说"等意见,可以再作讨论。

第六,"风骨"的创造,从蓄养文气的作家修养论开始,是特定读者、特定文体、洞晓情变、修饰技法、宫商声律、练字遣词等综合因素共同作用的结果,整体上指向雅丽之美这一目的。因此,《风骨》篇实为《文心雕龙》下篇创作论的理论核心。

第七,《风骨》的写作目的,是在树立一种集合《体性》八体风格类型而生成的特殊审美范畴,"风骨"是《文心雕龙》雅丽文学思想指导下的审美理想论。

第八,古代文论"建安风骨""汉魏风骨""建安风力"诸说各有特指,均非《文心雕龙》"风骨"之意。

上述浅薄意见,没有与前辈方家较劲的用意,而是在前代方家研究的基础上合观统照,所提出的一孔之见。对于其中的第一、二两点,在本节的分析中可以直接证明;第四、八两点,已经在笔者硕士学位论文中论述过;其余几点,将在下面分节论述。笔者以为:"风骨"是《文心雕龙》雅丽文学思想指导下的审美理想论与创作核心论。

第二节　风骨含采:论风骨与文采的关系

在当前对"风骨"的研究中,有一个问题长期以来处于争执不休的状态。这个问题是:"风骨"和文采究竟属于什么关系? 有的学者认为"风骨"包含文采。牟世金先生认为"《风骨》是一篇要求文质并茂的基本论著"①,易中天先生认为:"唯有兼风、骨、采而有之者,才像凤凰一样,既能翱翔万里,又有文采斐然,而这也正是刘勰的审美理想。"②更多的研究者则认为"风骨"和文采是对立或并列的关系,风骨不含文采;其主要论据来自于《风骨》篇的一段论述:"若风骨乏采,则鸷集翰林,采乏风骨,则雉窜文囿。"③张少康先生说:"风骨指作品的精神风貌特征,它和作为物质手段的辞采恰好形成一组对立的关系。"④也就是说,"风骨"是文章的思想内容,而文采是文章的外在形式,风骨与文采是内容和形式的对立关系。还有一种影响较大的说法是:"文采并不是风骨的

①张少康:《刘勰及其〈文心雕龙〉研究》,北京:北京大学出版社,2010 年版,第 138 页。
②易中天:《〈文心雕龙〉美学思想论稿》,第 125 页。
③[清]黄叔琳注,李详补注,杨明照校注拾遗:《增订文心雕龙校注》,第 388 页。
④张少康:《刘勰及其〈文心雕龙〉研究》,第 138 页。

一个组成因素（或来源）"，"风骨与文采并不是从属关系（或因果关系），而是并列关系。有风骨的作品不一定有文采；同样，有文采的作品不一定有风骨"①。认为"风骨"不含文采的学者，主要是将"风骨"与文采视为文章的内容与形式，内容与形式是对立或并列的关系。笔者认为：风骨与文采不是内容与形式的关系，风骨含采，刘勰主张文章应该达到"风清骨峻"的理想境界。试析如下：

一、文学和文采的关系

刘勰认为，文学语言涉及修饰问题，除了写作的基本要求"辞达"，还提出了"圣贤书辞，总称文章，非采而何"②的观点，这就告诉我们，文学需要文采作为其外在的表现形式。《文心雕龙》"剖情析采"的重要篇目《情采》篇提出了这样一个观点：

> 故立文之道，其理有三：一曰形文，五色是也；二曰声文，五音是也；三曰情文，五性是也。③

这三大类"文"是指广义的"文"，包括了各种人为的形式

① 曹顺庆：《中西比较诗学》，北京：北京出版社，1988年版，第233页。
② ［清］黄叔琳注，李详补注，杨明照校注拾遗：《增订文心雕龙校注》，第415页。
③ ［清］黄叔琳注，李详补注，杨明照校注拾遗：《增订文心雕龙校注》，第415页。

艺术在内,绘画、音乐都是文,只不过和情文(即人文)在表达媒介上有所不同而已。再由《原道》篇看,"文"的范围不仅包括一切人为的形式艺术美,更包括各种自然物色美在内:

> 傍及万品,动植皆文:龙凤以藻绘呈瑞,虎豹以炳蔚凝姿;云霞雕色,有逾画工之妙;草木贲华,无待锦匠之奇。夫岂外饰?盖自然耳。至于林籁结响,调如竽瑟;泉石激韵,和若球锽:故形立则章成矣,声发则文生矣。夫以无识之物,郁然有采,有心之器,其无文欤!①

天文、地文、人文,都是文,"万品皆文",都富含"采"之因素。自然界也有形文与声文:"龙凤、虎豹、云霞、草木",属于形文;"林籁、泉石",属于声文。这些"无识之物"全部都是"郁然有采"的。由此可见,自然之美是客观存在的,美是事物所体现所包含的本质属性。人作为"有心之器",创造出模仿自然美的各种艺术形式,写成"人文",当然地具有华美的形式与辞藻,才符合"郁然有采"的自然特征。刘勰论述的人文,不仅包含美,而且是富含文采的。《原道》篇:

----

① [清]黄叔琳注,李详补注,杨明照校注拾遗:《增订文心雕龙校注》,第1页。

夫玄黄色杂,方圆体分,日月叠璧,以垂丽天之象;山川焕绮,以铺理地之形:此盖道之文也。①

刘勰说所有的"文"都是"道之文","人文"属于其表现形式之一,而"道"在人身上的体现即是心,所以说"心生而言立,言立而文明,自然之道也"。不管是物色之文还是人心之文,文采绚丽,乃是本然特点。《序志》篇开篇论述"为文之用心"时说:

夫"文心"者,言为文之用心也。昔涓子《琴心》,王孙《巧心》,心哉美矣,故用之焉。古来文章,以雕缛成体,岂取驺奭之群言雕龙也。②

明言"文心"为"美"心,"古来文章,雕缛成体",告诉我们,所有文学作品都需要雕琢修饰,以求文采华美,这是文章的共同规律。道之文、自然之文、艺术之文、人心之文四者之间的关系可以用下图表示出来,皆含文采:

---

① [清]黄叔琳注,李详补注,杨明照校注拾遗:《增订文心雕龙校注》,第1页。
② [清]黄叔琳注,李详补注,杨明照校注拾遗:《增订文心雕龙校注》,第609-610页。

人心之文（文学作品）

↑

艺术之文（美术音乐情文）

↑

自然之文（形文声文）

↑

自然之道

二、文学内容与形式的关系

三国时期哲学家王弼认为文学作品是"言、象、意"的表里关系①；在当代，童庆炳先生认为文学文本有"话语、形象、意蕴"三个层次②。这两种三层认识论都认为内容与形式是由表及里的关系，不可分割。《情采》篇有一段话，谈到了文章的内容和形式：

> 夫水性虚而沦漪结，木体实而花萼振：文附质也。虎豹无文，则鞟同犬羊；犀兕有皮，而色资丹漆：质待文也。③

这段话提出的"文附质""质待文"，质是内容，文是形式。

———————

①童庆炳：《文学理论教程》，北京：高等教育出版社，1998 年版，第 177 页。

②童庆炳：《文学理论教程》，第 178 页。

③〔清〕黄叔琳注，李详补注，杨明照校注拾遗：《增订文心雕龙校注》，第 415 页。

除去"文质",刘勰还运用其他范畴来论述内容与形式，如"情与采""意与辞""义与词"等，最重要的是"情与采"。刘勰指出二者存在三层关系：

首先，是表里关系。《情采》指出："文采所以饰言，辩丽本于情性"，情性是创作的根本，属于内；而文采是创作的形式，属于外。《体性》提出"情动而言形，理发而文见，盖沿隐以至显，因内而符外"的创作规律，旁证了二者的这一关系。

其次，情性决定文采。《情采》认为："诗人什篇，为情而造文；辞人赋颂，为文而造情。"《诗经》的创作合乎这一要求，是好的；而辞赋的创作背离了这一要求，是不好的。因此批评说："商周丽而雅，楚汉侈而艳。"（《通变》）一褒一贬，态度分明。

第三，情与采应该完美结合。"文附质""质待文"的文质关系，虽然在源头上是来自于孔子"文质彬彬"的人物评价，但在刘勰之前早已运用到了文学创作与文学批评中来。《情采》篇末提出"使文不灭质，博不溺心，正采耀乎朱蓝，间色屏于红紫，乃可谓雕琢其章，彬彬君子矣"的"正采"说，主张"彬彬君子"的写作之美，是他对内容与形式关系的最佳看法。

在论"文之枢纽"的前五篇中，刘勰指出，圣人的文章之所以成为后代的楷模，除了是对"道"的经典阐述外，从创作的角度说，还在于"圣文"能做到文质炳焕，华

实并用。他在《征圣》篇说："然则圣文之雅丽,固衔华而
佩实者也。""圣文"之雅是指思想内容的雅正,丽是指言
辞文采之华美,因此,"衔华而佩实"是刘勰提出的内容
和形式关系的基本要求:内容雅正充实,文采华丽丰美,
文质彬彬,"雅丽黼黻"(《体性》)。在《宗经》篇里,对于
如何创作出"雅丽"之文,刘勰提出了"六义"的具体
要求:

> 故文能宗经,体有六义:一则情深而不诡,二则
> 风清而不杂,三则事信而不诞,四则义直而不回,五
> 则体约而不芜,六则文丽而不淫。①

这六条创作标准,可以将其纳入到内容和形式的范围。
其中的"情、事、义"可以归入内容,"风、体、文"归入形
式。文章内容与形式这六个方面的要素,缺一不可。有
一点必须强调的是:内容和形式是相互依存的整体关
系。这在刘勰的相关论述中还有很多例子,此不赘述。
　　从批评角度讲,《知音》篇"六观"说同内容与形式的
创造对应一致:

> 是以将阅文情,先标六观:一观位体,二观置辞,

①[清]黄叔琳注,李详补注,杨明照校注拾遗:《增订文心雕龙校注》,第27页。

三观通变,四观奇正,五观事义,六观宫商。斯术既行,则优劣见矣。①

这"六观"中的"通变、事义"属于内容,"文体、言辞、风格奇正与宫商声律美"属于形式,内容与形式结合起来看,才能全面评价一篇文章的优劣。

由此可见,从"六义"的创作角度与"六观"的鉴赏角度,都能有力地证明内容与形式应该结合统观的观点。文章的内容与形式是统一的整体,不应该割裂开来,因此,认为内容与形式属于对立或并列关系的看法,尤其是认为风骨与文采属于对立或并列关系的看法就是有待商榷的。

三、"风骨"与文采的关系

刘勰主张文章要有风骨美,风骨包含文采在内。刘勰要求文采不能过度,要达到既有骨力,又有文采的理想境界。

首先,从刘勰采用的辩证方法论来看。《序志》提出了"唯务折衷"的写作方法论,以此为据,"风骨乏采"与"采乏风骨"各为一极,论述的是文采过度或不足对风骨美的影响。刘勰赞扬"唯藻耀而高翔"这一"折衷骨采"

①［清］黄叔琳注,李详补注,杨明照校注拾遗:《增订文心雕龙校注》,第592页。

的壮丽之美,是对上述两极情况的消解。

其次,从《风骨》论述文采美的内证来看。在引述曹丕的文气论观点后,刘勰明确指出,有风骨的作品不光是文气充沛,也必然是有"辉光"之文采的作品。"风骨"是很讲究文采的:

> 夫翚翟备色,而翾翥百步,肌丰而力沉也;鹰隼乏采,而翰飞戾天,骨劲而气猛也:文章才力,有似于此。若风骨乏采,则鸷集翰林,采乏风骨,则雉窜文囿:唯藻耀而高翔,固文笔之鸣凤也。①

在此,刘勰以正反结合的手法,先从正面论述文采与骨力的完美结合、骨力与文气的完美结合。这两种情况,是风骨美的两种表现形态。然后,刘勰从反面论述只有骨力而缺乏文采的作品显得太过刚硬;而文采过度,缺乏骨力的作品,则是一派繁缛的绮丽之相。这二者都不好。写文章应当将文采与骨力结合起来,作品才会像凤凰那样"藻耀而高翔"。有风骨的作品就是要讲究并追求文气、骨力与文采三者的结合之美。

清纪昀评"风骨乏采"句说:"风骨乏采是暗笔,开合

---

① [清]黄叔琳注,李详补注,杨明照校注拾遗:《增订文心雕龙校注》,第388页。

以尽意耳。"①意思是说,"风骨乏采"与"采乏风骨"一明
一暗,二者应该结合起来看待,合起来的意思就是风骨
含采,风骨与文采不可分割。范文澜先生注:"纪评曰
'风骨乏采是陪笔,开合以尽意耳。'案纪说非是。夏侯
湛《昆弟诰》,苏绰《大诰》之属,不得谓为无风骨,而藻采
不足,故喻以鸷集翰林。采乏风骨,则齐梁文章通病
也。"②范先生也是将"风骨"与文采割裂开来看待的,这
种看法现在看来并不准确。早在黄注、纪评之前,明人杨
慎就曾评"风骨"说:"左氏论女色曰美而艳。美犹骨也,
艳犹风也。文章风骨兼全,如女色之美艳两致矣。"③"女
色之美艳两致",原本不分表里,不能割裂,是内外合一的
整体美感;"文章风骨兼全",也是不分表里的整体美感。
杨慎的评语是说,"风骨"原本不该分开来看待,而应该是
一个整体的文章风格美学评价。又,杨慎评后文"文明以
健"句曰:"引'文明以健',尤切。明即风也,健即骨也。
诗有格有调,格犹骨也,调犹风也。"④文章诗歌的"明健",
即是有"风骨",即是有"格调"。文章的"明健"不可分,诗
文的"格调"不可分,则"风骨"不可分。因此"风骨"作为

①[南朝·梁]刘勰著,[清]黄叔琳辑注,纪昀评:《文心雕龙辑注》,北京:中
　华书局,1957年版,第283页。
②[南朝·梁]刘勰著,范文澜注:《文心雕龙注》,第518页。
③王文才、万光治主编:《杨升庵丛书》之《升庵批点文心雕龙》,成都:天地
　出版社,2002年版,第739页。
④黄霖编著:《文心雕龙汇评》,第101页。

一个整体概念，包含文采之美，是比较明确的。

　　第三，从具体作家作品的旁证来看。在"藻耀而高翔"的结合处，刘勰赞美的是以屈原为代表作家的楚辞。刘勰对楚辞给予了高度的赞美，《辨骚》云：

　　　　固知《楚辞》者，体宪于三代，而风杂于战国，乃《雅》《颂》之博徒，而词赋之英杰也。观其骨鲠所树，肌肤所附，虽取熔经意，亦自铸伟辞。故《骚经》《九章》，朗丽以哀志；《九歌》《九辩》，绮靡以伤情；《远游》《天问》，瑰诡而惠巧；《招魂》《大招》，耀艳而采华；《卜居》标放言之致，《渔父》寄独往之才。故能气往轹古，辞来切今，惊采绝艳，难与并能矣。①

首先，楚辞"取熔《经》旨，自铸伟辞"，在体制上宗于经典，在形式言辞上雄伟独创。尤其是言辞方面超越"典诰"的中正特征，刘勰以"伟辞"称之，激赏之意见于笔端。其次，楚辞"耀艳而采深华"，此即《风骨》篇"藻耀而高翔"之"藻耀"，"辉光乃新"之"辉光"。是说楚辞文采斐然，"耀艳深华"。第三，楚辞"气往轹古"，讲究文气，超越古人。第四，楚辞"惊采绝艳，难与并能"，这正是"卓烁异采"的壮丽风格所具有的特征。可见，楚辞既有

---

① [清]黄叔琳注，李详补注，杨明照校注拾遗：《增订文心雕龙校注》，第51页。

"气往轹古"的文气,更有"惊采绝艳"之文采,"骨鲠所树""自铸伟辞",是壮丽等优良风格的集成之作。楚辞"能研诸虑",正是"确乎正式,文明以健,风清骨峻,篇体光华"的有"风骨"的代表作品。

因此,《文心雕龙》折衷"风骨采","风骨"是一种特殊的文采之美。

第三节　风清骨峻:作为审美理想的风骨论

在当前"风骨"研究的众多纷乱的头绪中,我们其实可以从《风骨》篇特别重视的"文气"论角度出发,来理解刘勰论述"风骨"之本意:在"务盈守气"的创作状态下写出具有"风清骨峻"的中和之美的文章。"风骨"是《文心雕龙》的共时审美理想。

一、"重气之旨","藻耀高翔"

明人曹学佺眉批《风骨》篇首曰:"风骨二字虽是分重,然毕竟以风为主,风可以包骨,而骨必待乎风也;故此篇以风发端,归重于气,气属风也。"①曹氏是将文章的感染力(风)"归重于气",抓住了刘勰以文气论"风骨"的本意。在《体性》篇中,刘勰认为,作家的主体之气是根

①黄霖编著:《文心雕龙汇评》,第99页。

本性的,它是才能和志意的基础,是文学创作的基础,是形成自身独特风格的基础,所谓"才力居中,肇自血气;气以实志,志以定言,吐纳英华,莫非情性"(《体性》)。这种观点,来自于曹丕"气之清浊有体"的先天禀赋论思想,并且把曹丕作品风格是作家气质才性的表现这一论点阐述得更为具体。因此,在《风骨》篇里,刘勰提出"缀虑裁篇,务盈守气",强调在写作中作者内在"守气"或血气的盈满充实,是创作的根本因素。并再次引用了曹丕的观点,举实例来证明"务盈守气"的重要性:

> 故魏文称:"文以气为主,气之清浊有体,不可力强而致。"故其论孔融,则云体气高妙;论徐干,则云时有齐气;论刘桢,则云有逸气。公幹亦云:"孔氏卓卓,信含异气,笔墨之性,殆不可胜。"并重气之旨也。①

范文澜先生注此段时说:"此魏文帝《典论·论文》语……细审文意,所谓气之清者,即彦和云'意气骏爽,则文风清焉'之风。文风之清,其关键在意气骏爽。故文帝论孔融体气高妙,以融为人性近高明也;徐干为人恬淡优柔,性近舒缓,故曰时有齐气。李善注曰:'言齐

---

① [清]黄叔琳注,李详补注,杨明照校注拾遗:《增订文心雕龙校注》,第388页。

俗文体舒缓,而徐干亦有斯累。'《汉书·地理志》曰'故
齐诗曰,"子之营兮,遭我乎峱之间兮。"此亦其舒缓之体
也。'"①刘勰主要赞赏"逸气""异气""凌云之气""高妙
之气"等倾向于"清"的文气,表明了自己对曹丕以气论
文风"重气之旨"的赞赏之情。清黄叔琳论此段时说:
"气是风骨之本。"②纪昀则评曰:"气即风骨,更无本
末。"③黄叔琳的意思是,气与风骨是一内一外的东西,风
骨是文章外在的表现之美,气是文章内在的根本要素,
这正是刘勰"重气之旨"的原意。纪昀的意思是说,气与
风骨,是合二为一的东西,二者互为表里,相互依存,没有
内外之分,也没有本末之分,风骨就是文章透露出来的
文气。二人的意见,看起来好像不同,其实是一样的意
思,是实质相同的两种说法。

在引述曹丕的文气论观点后,刘勰特别提倡刚健骏
爽的文风,强调文章应当写得"风清骨峻",即思想感情
表现得鲜明爽朗、语言劲直有力,呈现出清峻的风貌。刘
勰依据"其为文用,譬征鸟之使翼也"的形象比喻手法,
以鸟喻文,明确指出,"风骨"具有华丽的文采:

①[南朝·梁]刘勰著,范文澜注:《文心雕龙注》,第517页。
②[南朝·梁]刘勰著,[清]黄叔琳辑注,纪昀评:《文心雕龙辑注》,第
282页。
③[南朝·梁]刘勰著,[清]黄叔琳辑注,纪昀评:《文心雕龙辑注》,第
283页。

夫翚翟备色,而翾翥百步,肌丰而力沈也;鹰隼乏采,而翰飞戾天,骨劲而气猛也:文章才力,有似于此。若风骨乏采,则鸷集翰林,采乏风骨,则雉窜文囿:唯藻耀而高翔,固文笔之鸣凤也。①

以凤凰比喻文章风、骨、采的完美结合,刘勰是第一人。明人杨慎评曰:"此论发自刘子,前无古人。徐季海移以评书,张彦远移以评画,同此理也。"②这种提法,与前文"缀虑裁篇,务盈守气"的观点是完全一致的。前文,刘勰运用比喻的评语说:"若丰藻克赡,风骨不飞,则振采失鲜,负声无力。是以缀虑裁篇,务盈守气,刚健既实,辉光乃新。其为文用,譬征鸟之使翼也。"③范文澜先生注:"'丰藻克赡'下四语,谓瘠义肥辞,其弊若此。'务盈守气',谓文以情志为主也。《礼记·月令》:'季冬之月,征鸟厉疾。'《正义》曰:'征鸟,谓鹰隼之属也。时杀气盛极,故鹰隼之属,取鸟捷疾严猛也。'此以征鸟气盛为喻。"④依范先生此解,"气"即情志,作家在"缀虑裁篇"时"务盈守气",保持情志生气的充沛饱满,这样写出来的文章就会有三个主要的特点:其一,刚健;第二,充实;

---

① [清]黄叔琳注,李详补注,杨明照校注拾遗:《增订文心雕龙校注》,第388页。
② 黄霖编著:《文心雕龙汇评》,第101页。
③ [清]黄叔琳注,李详补注,杨明照校注拾遗:《增订文心雕龙校注》,第388页。
④ [南朝·梁]刘勰著,范文澜注:《文心雕龙注》,第516页。

第三,辉光。这恰好是宗白华先生归纳的《周易》美学的三个主要特点。宗白华先生在《中国美学史中重要问题的初步探索》一文中说:

> 《易经》是儒家经典,包含了宝贵的美学思想。如《易经》有六个字:"刚健、笃实、辉光",就代表了我们民族一种很健全的美学思想。①

我们前文讨论过《周易》刚柔气论与八卦数理关系对刘勰风格类型理论的本源意义,现在可以说,刘勰的"风骨"论思想,也是受《周易》气论思想与美学思想的影响而得出的,"风骨"为后代美学提供了一个典型的批评范式,泽被千秋。

在刘勰看来,"翰飞戾天,骨劲而气猛"的代表人物是刘桢。《体性》篇列汉魏名家十二人,论刘桢为"公幹气褊,故言壮而情骇";詹锳先生释"气褊"为性子急躁而不稳定②。《魏志·王昶传》记述王昶评价刘桢的话说:"东平刘公幹,博学有高才,诚节有大意,然性行不均,少所拘忌,得失足以相补。吾爱之重之,不愿儿子慕之。"③"性行不均,少所拘忌"即是指刘桢性格不稳定,不太注

---

①宗白华:《美学散步》,上海:上海人民出版社,1981年版,第43页。
②詹锳:《〈文心雕龙〉的风格学》,第13页。
③[晋]陈寿:《三国志》(影印本),北京:中华书局,1997年版,第554页。

意礼仪常规,无拘无束。范文澜先生注:"《魏志·王粲传》注引《典略》载桢平视太子夫人甄氏事。谢灵运《拟邺中集诗序》曰:'桢卓荦偏人。'此气褊之征。"①然而,"众人咸伏"而刘桢独"平视甄氏"的结果是:"太祖闻之,乃收桢,减死输作。"②这种"少所拘忌"的性格使他付出了惨痛的代价。曹丕《典论·论文》评刘桢时称"壮而不密";范文澜先生注:"《文选》魏文帝《与吴质书》'公幹有逸气,但未遒耳。'《颜氏家训·文章》篇'凡为文章,犹人乘骐骥,虽有逸气,当以衔勒制之,勿使流乱轨躅,故意填坑岸也。'《才略》篇曰:'刘桢情高以会采。'情高,故有逸气,未遒,谓有时至流乱轨躅也。"③刘桢文章诗歌气势雄壮,但是往往有所疏漏,以至于"流乱轨躅"。梁钟嵘《诗品》评谓:"魏文学刘桢,其源出于《古诗》。仗气爱奇,动多振绝。真骨凌霜,高风跨俗。但气过其文,雕润恨少。然自陈思已下,桢称独步。"④刘桢的文章与诗歌写得很好,所受评价也很高。存在的主要问题是"气过其文,雕润恨少",就是缺乏文采,略显刚硬。所以詹锳先生说:"这种骇人视听的粗壮风格,和他的急躁脾气是一致的。"⑤

①[南朝·梁]刘勰著,范文澜注:《文心雕龙注》,第509页。
②[晋]陈寿:《三国志》(影印本),第448页。
③[南朝·梁]刘勰著,范文澜注:《文心雕龙注》,第518页。
④张怀瑾:《钟嵘诗品评注》,第182页。
⑤詹锳:《〈文心雕龙〉的风格学》,第13页。

二、"风清骨峻"，会通八体

《宗经》篇论述写文章应该"依经立义"的"六义"时说：

> 故文能宗经，体有六义：一则情深而不诡，二则风清而不杂，三则事信而不诞，四则义直而不回，五则体约而不芜，六则文丽而不淫。扬子比雕玉以作器，谓五经之含文也。①

其中的第二条"风清而不杂"，是说文章风格应该清纯而不杂乱；第六条"文丽而不淫"，是说文章应该写得有文采而不过度。这正是本篇"风清骨峻"的另一种说法。易中天先生较早注意到了"六义"与风骨之间的关系，他通过分析认为，"六义"的真、善、美是"从风、骨、采三方面提出的六条美学原则"②，同时指出："唯有兼风、骨、采而有之者，才像凤凰一样，既能翱翔万里，又有文采斐然，而这也正是刘勰的审美理想。"③尽管"风、骨、采"与"六义"之间并不能对等观照，但是审美理想一说，则是正确的。

我们必须注意到一个重要的事实：《文心雕龙》将

---

① [清]黄叔琳注，李详补注，杨明照校注拾遗：《增订文心雕龙校注》，第27页。
② 易中天：《〈文心雕龙〉美学思想论稿》，第120页。
③ 易中天：《〈文心雕龙〉美学思想论稿》，第125页。

《风骨》篇置于《体性》篇之后，是有深刻用意的。在《体性》篇中，刘勰论述了简略的"风趣刚柔"的刚柔风格类型论，详细阐述了"数穷八体"的"八体"风格类型论。依据本章第一节所述风骨在"文气、文采、语言、昭体、晓变、宗经"几个方面的审美构成与创作规范，刘勰极力赞美"藻耀而高翔"的作品，将《体性》篇"刚柔"说与"八体"论——纳入到"风骨"这一理想范畴中来。《体性》篇提出的"八体"说作为对繁多风格类型的高度概括，其中既有刘勰所称赞的"典雅、精约、壮丽、显附"风格，也有与上述四体相反的"新奇、繁缛、轻靡、远奥"四体，这"八体"，有优良的文风与不良文风的区别。刘勰标举"风骨"，将"风骨"作为风格"八体"论的审美理想；同时，在《风骨》篇中高度重视"文气"，欣赏、赞美"刚健既实"的阳刚风格。这也证明了"风骨"是对风格类型"风趣刚柔"的简分法与"数穷八体"的繁分法的高度综合，是取二者精华所提出的风格理想。

　　比如，刘勰明确表示自己对文采过度、繁文缛辞、缺乏骨力的作品的不满："若丰藻克赡，风骨不飞，则振采失鲜，负声无力""瘠义肥辞，繁杂失统，则无骨之征也""采乏风骨，则雉窜文囿"。这里主要批评的就是繁缛、轻靡的风格。繁缛的文风"瘠义肥辞""负声无力"，是"失统"的表现，背离了"文质彬彬"的审美与创作要求；而轻靡的文风像野鸡一样在文坛上上窜下跳，虽然色彩艳丽,但却"浮文弱植",难登大雅之堂。刘勰一向坚持"诗言志"的正统文论观:"大舜云:'诗言志,歌永言。'圣谟所析,义已明矣。是以在心为志,发言为诗,舒文载实,其在兹乎! 诗者,持也,持人情性;三百之蔽,义归无邪,持之为训,有符焉尔。"①刘勰以传统的"言志"说反对陆机提出来的"诗缘情而绮靡"的"缘情"论调,遂以"楚汉侈而艳","魏晋浅而绮"之语批评这两种类型。同时,还批评"讹而新"的新奇文风。刘勰标举的是典雅的正统文风,他举例说:"昔潘勖锡魏,思摹经典,群才韬笔,乃其骨髓峻也。"主张"无务繁采",提倡精约的文风:"能鉴斯要,可以定文,兹术或违,无务繁采。"同时,高度赞美壮丽的文风:"唯藻耀而高翔,固文笔之鸣凤也。"《体性》篇论壮丽文风之特征是"壮丽者,高论宏裁,卓烁异采者也",立意高远,境界宏大,文采卓绝,正是此处"藻耀而高翔"之意。

刘勰既从文气角度主张"刚健既实"的阳刚风格,也从八体角度提倡"藻耀而高翔"的壮丽风格,反对繁缛、轻靡的风格,倡导典雅、精约的优良文风,故而总括性的提出他的风格理想是:

　　　　然文术多门,各适所好,明者弗授,学者弗师;于

---

①[清]黄叔琳注,李详补注,杨明照校注拾遗:《增订文心雕龙校注》,第64页。

是习华随侈,流遁忘反。若能确乎正式,使文明以
健,则风清骨峻,篇体光华。能研诸虑,何远之
有哉!①

"确乎正式"就是宗经,确立"典雅""雅丽"的正统文风,
《征圣》篇说:"圣文之雅丽,固衔华而佩实者也。""雅
丽"的文风,是儒家五经文风的归纳综合,是最高的风格
典范;"文明"就是明白通畅,说的是"辞直义畅"的"显
附"风格;"健"就是"刚健既实""高论宏裁,卓烁异采
者"的阳刚、"壮丽"的风格。刘勰主张"研诸虑","诸
虑"即刚柔与八体风格,"研诸虑",就是研究、综合刚柔
与八体中的优良文风,摈弃不良文风,将二者高度综合
起来,统一在"风骨"这一风格理想中,就可以写出"刚健
既实,辉光乃新"的佳作,达到"风清骨峻,篇体光华"的
理想效果。

第四节 确乎正式:《风骨》篇在创作论中的特殊地位

在第一节有关《风骨》篇内容的粗略分析中,笔者提
出了这样一个假设推论:"风骨"的创造,从蓄养文气的
作家修养论开始,是特定读者、特定文体、洞晓情变、修饰
技法、宫商声律、练字遣词等综合因素共同作用的结果,

---

① [清]黄叔琳注,李详补注,杨明照校注拾遗:《增订文心雕龙校注》,第389页。

整体上指向雅丽之美这一目的。因此,《风骨》篇实为《文心雕龙》下篇创作论的理论核心。这就将《风骨》从审美论提到了创作论角度,这一提法是否正确,需要论证。

一、《风骨》:在风格论专题中的特殊地位

《文心雕龙》从《体性》到《情采》属于比较明显的文学风格论专题篇目,在这一部分中,《风骨》篇处于风格审美的核心位置。由上节,《风骨》是《体性》"八体"的审美理想;风骨的创造原则中"昭体""晓变"对应《通变》《定势》两篇,其"确乎正式"的要求,暗合《情采》篇文质彬彬的意见。因此,"风骨"论上承《体性》刚柔、八体说,下启《通变》《定势》《情采》篇之"通变""本采""正采"诸说,是《文心雕龙》风格类型论的核心范畴。

对于如何创造风骨之美,刘勰以为:

> 若夫熔铸经典之范,翔集子史之术,洞晓情变,曲昭文体,然后能莩甲新意,雕画奇辞。昭体,故意新而不乱;晓变,故辞奇而不黩。若骨采未圆,风辞未练,而跨略旧规,驰骛新作,虽获巧意,危败亦多。岂空结奇字,纰缪而成经矣。《周书》云:"辞尚体

要,弗惟好异。"盖防文滥也。①

本段一正一反,首先从正面论述了创造"风骨"美的四条基本原则,然后反面举证不能正确创造的失误弊端。比照《宗经》"六义"可知,这一原则在经典"六义"的基础上还增加了"翔集子史之术"的新内容,这是对待写作真实情况的变通意见,直接针对本篇《大人赋》"风力遒"的例子而言。因此,分析"风骨"创作原则在风格论专题中的贯通表现,也应该从正反两个方面来进行全面观照。

在《体性》篇中,刘勰论述作家风格曰:"是以贾生俊发,故文洁而体清;长卿傲诞,故理侈而辞溢;子云沈寂,故志隐而味深;子政简易,故趣昭而事博;孟坚雅懿,故裁密而思靡;平子淹通,故虑周而藻密;仲宣躁锐,故颖出而才果;公幹气褊,故言壮而情骇;嗣宗俶傥,故响逸而调远;叔夜俊侠,故兴高而采烈;安仁轻敏,故锋发而韵流;士衡矜重,故情繁而辞隐:触类以推,表里必符,岂非自然之恒资,才气之大略哉!"②细查本段,实则与"典雅、远奥、精约、显附"等八体风格基本一致:比如"响逸而调远"可与"远奥"对应,"兴高而采烈"可与"壮丽"对应;但这种对应并不是对等,而是在整体上基本一致。因此,八体风格在形成之后,立刻被运用到了对作家风格的论

---

① [清] 黄叔琳注,李详补注,杨明照校注拾遗:《增订文心雕龙校注》,第389页。
② [清] 黄叔琳注,李详补注,杨明照校注拾遗:《增订文心雕龙校注》,第380页。

述中去。这样,从作品风格角度与主体情性风格角度讲,二者与《风骨》篇内容均具有对应的一致性,指向"风骨"这一审美理想。尽管"八体"与作家风格有各自不同的表现侧面,但这一核心是不会变的。

《通变》篇论述时代文学的不同风格与文学循环新变的发展特点,其后以《时序》篇为具体的展开,阐述"质文代变"的规律与影响文学发展的各种内外因素。所有因素体现在写作上,"文"背后的根本因素就是一个"情"字。时代不同,"文情"有异,文风就不一样,文质变化就会出现。因此,《风骨》篇"洞晓情变"一说,完全适用于历代文学发展"黄唐淳而质,虞夏质而辨,商周丽而雅,楚汉侈而艳,魏晋浅而绮,宋初讹而新:从质及讹,弥近弥澹"①的文风变化规律,而且是导致这一变化发生的根本原因。

《定势》篇论述文体风格的"本采"说,指出每种文体都有自己独特的风格:"章表奏议,则准的乎典雅;赋颂歌诗,则羽仪乎清丽;符檄书移,则楷式于明断;史论序注,则师范于核要;箴铭碑诔,则体制于弘深;连珠七辞,则从事于巧艳。"②面对不同的文体,应当尊重其"本采",而不是改变其体势。因此,《风骨》"曲昭文体"一说,就是对这一原则的浓缩;而《大人赋》之"风力遒",《册魏

①[清]黄叔琳注,李详补注,杨明照校注拾遗:《增订文心雕龙校注》,第 397 页。
②[清]黄叔琳注,李详补注,杨明照校注拾遗:《增订文心雕龙校注》,第 407 页。

公》之典雅美,正是对赋体文学与策体文学各自不同文体风格的基本反应。就算是司马相如来写《册魏公》一文,风格也应该是典雅中正的。

《情采》篇论述"正采"彬彬的优良文风,在正视"辩丽本于情性"的基础上提出对"情性"的规范,间接的是对"文丽"的规范。因此,"为情而造文"的风雅之作"要约而写真",是"丽则"的作品;"为文而造情"的诸子之徒"淫丽而烦滥",是"丽淫"的作品。《风骨》篇"确乎正式"说的提出,就是针对这些讹滥创作而言的,有了"正式"的方法,才会有"正采"的结果。

因此,从五篇专题的正面论述来看,《风骨》篇是居于风格论核心位置的。同样,从这五篇专题的反面论述来看,也是如此。

《体性》以为:"夫才有天资,学慎始习。斫梓染丝,功在初化;器成彩定,难可翻移。"①因此,习染雅正的文风尤为重要,如果习染不雅,风格不正,一旦养成,就难以改变。遗憾的是本篇并没有展开对习染不正的举例,而《风骨》篇则进行了补充论述:"若骨采未圆,风辞未练,而跨略旧规,驰骛新作,虽获巧意,危败亦多。岂空结奇字,纰缪而成经矣。《周书》云:'辞尚体要,弗惟好异。'盖防文滥也。"②"跨略旧规,驰骛新作"是不学经典、追新

①[清]黄叔琳注,李详补注,杨明照校注拾遗:《增订文心雕龙校注》,第380页。
②[清]黄叔琳注,李详补注,杨明照校注拾遗:《增订文心雕龙校注》,第389页。

逐奇的不正之风的具体反映,学习者"习华随侈,流遁忘反",文风新奇,"虽巧亦败"。顺着这个思路,《通变》以为"魏晋浅而绮,宋初讹而新",已经表现得相当地新而不正;更严重的是近代文学:"今才颖之士,刻意学文,多略汉篇,师范宋集,虽古今备阅,然近附而远疏矣。夫青生于蓝,绛生于茜,虽逾本色,不能复化。"①这就是习染不正,根基不牢,"跨略旧规,驰骛新作"的不良创作,其"竞今疏古,风末气衰"之弊,毫无"正式"可言,不仅繁丽新奇,而且轻艳浮浅,"风清骨峻"之美,于此荡然无存。《定势》以为:"自近代辞人,率好诡巧,原其为体,讹势所变,厌黩旧式,故穿凿取新;察其讹意,似难而实无他术也,反正而已。故文反正为乏,辞反正为奇。效奇之法,必颠倒文句,上字而抑下,中辞而出外,回互不常,则新色耳。"②这完全是"空结奇字,纰缪成经"的具体化,"新色"之变的结果,是诡俗反正的不雅之作大量涌现,这些"骨采未圆,风辞未练"的新色,是《文心雕龙》全书猛烈批评的对象。《情采》篇反对"采滥忽真""繁采寡情"的诸子之徒,反对"近师辞赋"的习染倾向,反对"淫丽讹滥"的不良文风,这与《风骨》篇开启的"无务繁采""盖防文滥"的提法完全一致。

我们要注意到的一个现象是,《文心雕龙》书中针对

①［清］黄叔琳注,李详补注,杨明照校注拾遗:《增订文心雕龙校注》,第397页。
②［清］黄叔琳注,李详补注,杨明照校注拾遗:《增订文心雕龙校注》,第407页。

文学创作的不良倾向进行大面积攻击的对象主要有两个：一个是汉赋，诗骚对举的时候，崇诗抑骚；另一个就是近代文学的离本诡滥，反正尚奇，竞今疏古，而集中批评后者的内容，正是文学风格论的这几个专题篇目，以《风骨》开始发端，于《通变》《定势》《情采》中严厉批评，《事类》篇与此遥相呼应，最后在《序志》篇中总结提示。

因此，从正反两个角度来看，《风骨》篇都位于文学风格论的核心位置。

二、《风骨》：与"文之枢纽"的特殊对应

在论文《表现论》的"文学风格"部分，笔者简略梳理了雅丽审美思想在这一部分的贯通表现与核心地位。现在，我们知道，"风骨"美是在雅丽思想指导下提出的审美理想，创造"风骨"的四条基本原则又成为风格论专题的创作核心理论。那么，雅丽文学思想与"风骨"美的创作原则，是否具有某种程度的一致性呢？答案是肯定的。

在"文之枢纽"部分，刘勰从"文源于道"的哲学高度论述了文学尚丽的本质属性；指出儒家经典就是最优秀的原道产物，因而具有"衔华佩实"的"雅丽"之美与"繁简、显隐、随时、通变"这四条最重要的写作技法；"雅丽"展开之后，形成了贯通全书的"情、风、事、义、体、丽"的"六义"说，经典雅丽之美上升为雅丽创作之法；针对经

典雅正少丽的特点,刘勰吸收纬骚瑰奇之丽,提出了指导写作的总原则:"衔华佩实,执正驭奇"。雅丽文学思想得以正式提出。

从创作原理角度看,《辨骚》篇"凭轼以倚《雅》《颂》,悬辔以驭楚篇,酌奇而不失真,玩华而不坠实"的创作原理,是在诗骚结合的基础上提出来的,具有明显折衷经典雅正与楚辞奇丽而生"雅丽"的特点。我们知道,楚辞奇丽的一大源头,是阴阳纵横家的言语之诡丽;向下看,汉赋巨丽的特点,正是来自于阴阳之诡丽与楚辞之奇丽,都三者不是雅正之丽;但是刘勰主张合观,在宗经尚雅的基础上吸收纬骚尚丽的创作,结合而成雅丽创作论。《风骨》篇主张"熔铸经典,翔集子史",正是"雅丽"创作论将经典与诸子结合论述的翻版。从案例来看,《辨骚》篇的诗骚结合,与《风骨》篇的策赋结合,走的都是典雅文风与诡丽文风结合的相同之路。因此,不论是从渊源取法还是从风格追求来说,雅丽创作原则与风骨创作原则都是完全一样的。

从经典"六义"的角度来看,"六义"包含"情深而不诡,风清而不杂,事信而不诞,义贞而不回,体约而不芜,文丽而不淫",每一"义"都有正向与反向的两面。"六义"的正向结合生成"情深、风清、事信、义贞、体约、丽则"的经典雅丽之美,"六义"的反向结合成为"情诡、风杂、事诞、义回、体芜、丽淫"的辞赋巨丽之美,对比《辨骚》《诠赋》《比兴》《夸饰》诸篇的论述以及司马相如与扬雄的赋作,这一推论可资成立。《风骨》篇所列举的潘勖《册魏公》一文,就是模拟"情深、风清、事信、义贞、体约、丽则"的经典雅丽之美的范文,故称"骨髓峻";而司马相如《大人赋》虚辞滥说,完全体现了"情诡、风杂、事诞、义回、体芜、丽淫"的辞赋巨丽之美,刘勰称之为"风力遒"。楚辞丽而不雅的奇丽文风,得到了刘勰最高的赞誉,诗骚结合,成为雅丽创作论;《大人赋》同样丽而不雅的巨丽文风,也得到了刘勰的最高赞美,策赋结合,成为风骨创作论。所以,从"六义"角度来看,"雅丽"与"风骨",在创作与审美两个角度上看,具有很强的一致性。这表明了一个道理:文学创作毕竟不是注解经书,不需要太多的雅正思想,而需要正确吸收各类文体的优点来进行创造与创新。"雅丽"从经典文风到文学思想,其最高理想就是风骨美。对雅丽之文的创造,也就是对风骨美的创造。

三、《风骨》:在"剖情析采"中的理论地位

从本节前两部分的比较分析可知:"确乎正式"的风骨创作论,与《辨骚》诗骚结合的创作原则是完全一致的;同时,《风骨》在风格论的专题篇目中处于核心位置。那么,在从《镕裁》到《总术》的十几篇创作论中,是否也贯通了风骨美的创作影响呢? 也就是说,《风骨》篇是不

是"剖情析采"部分的理论指导？

回答是肯定的：

第一，"风骨"是特殊之美，是《文心雕龙》的审美理想。下篇集中十九个篇章论述创作，从不同角度论述文学尚丽的本质表现以及正确创造雅丽之文的规范，这就使得《风骨》篇首先占据了尚美尚丽的理论制高点。因为"风骨"是审美之理想，十九篇创作论，围绕的就是如何实现这一理想而展开。这是从线索上说的。

第二，从实证上说，本篇在风格论五篇中居于核心位置，后面的十几篇都是围绕这五篇展开的论述，从主体修养、谋篇布局、修饰技法等方面集中进行"情——采"这一线性写作模式上各个问题的讨论，讨论的核心，是雅丽之文与雅丽之美的正确创造。而"风骨"作为雅丽之文的理想状态，一定是这些篇目从不同侧面进行讨论时应该涉及的，具体而言：

《熔裁》篇在"情理设位，文采行乎其中。刚柔以立本，变通以趋时"[1]的基础上展开裁剪繁杂文辞、进行"斟酌浓淡"的工作，其"昭体、晓变、刚柔、文采"的要素，是在进行精约文风、正美文风的创造；而反对繁冗、主张"练辞必精"，本就是《风骨》篇论述"文骨"的非常重要的内容，刘勰以"瘠义肥辞，繁杂失统，则无骨之征"为

---

①[清]黄叔琳注，李详补注，杨明照校注拾遗：《增订文心雕龙校注》，第425页。

喻,将文辞的精约不繁,提到了一个非常高的地位,在这一点上,《风骨》与《镕裁》相一致。《附会》篇与《镕裁》对应,论述文章结构及其重要性,提出"情志为神明,事义为骨髓,辞采为肌肤,宫商为声气"[1]的"缀思恒数",这显然是《知音》"六观"与《宗经》"六义"综合而成的四项重要标准,《风骨》篇"思不环周,索莫乏气,则无风之验"一说,论述了思维严密、结构周详、文气贯通是文章文风优良的重要表现,而"情志、事义、辞采、宫商"数端,确为《风骨》篇的重要内容。《章句》篇总述字、词、句、段、篇的纲领要求,重点在于"外文绮交,内义脉注;跗萼相衔,首尾一体"[2]的内圆外文上,这是一篇有"风骨"的作品起码的要求,观《大人赋》与《册魏公》,章句安排当为上乘。其后的《丽辞》《比兴》《夸饰》《事类》诸篇,都是从正反两面合论诗骚而立论的修辞技法专篇,其核心目的,就是为了正确创造雅丽之文;同时,在对正美追求的基础上突出华丽文采,这正是《风骨》篇的主旨所在。《隐秀》篇中对于"秀句"创造的论述极多,其核心是在阐明文章中"秀句"的"突出之写",有"风骨"的作品必有"惊采绝艳"之秀句,否则,"辉光乃新"的风骨美将何从体现?《辨骚》所举屈辞就是极好的例子。《指瑕》篇指出文章瑕疵,《风骨》篇对"新奇离本"的批评与之相互对应。

---

① [清]黄叔琳注,李详补注,杨明照校注拾遗:《增订文心雕龙校注》,第519页。
② [清]黄叔琳注,李详补注,杨明照校注拾遗:《增订文心雕龙校注》,第440页。

《养气》篇更不用说，重视文气、"务盈守气"，乃是"风骨"美之主体根源。《声律》篇论述宫商声律，《练字》篇论述遣词用字，《风骨》篇"捶字坚而难移，结响凝而不滞"与之暗合，这二者是"风骨之力"——风骨具有视觉与听觉感染力的重要方面。《总术》篇提出"执术驭篇"，《风骨》"确乎正式"的四条创作原则是《总术》重要的总结对象。综上所述，《风骨》篇正确创造风骨美的方法，贯通了"剖情析采"的创作论部分，处于正确进行审美创造的指导地位。

第八章　　隐秀论风格说辨正

当前,对《文心雕龙》风格理论的研究正在走向深入,许多问题得到了更为清楚的研究,在这些研究中,独创较多而成体系的代表性成果是詹锳先生所著《〈文心雕龙〉的风格学》一书(以下简称《风格学》)。在有关《隐秀》这一篇目的研究中,该书提出了这样三种意见:一是认为远奥的风格与隐秀之"隐"相近或相通①;二是隐秀之"秀"与新奇的风格接近,但又不是新奇②;三是认为"风骨"与"隐秀"分属于刚柔风格,"隐秀"是柔性风格的代表③。上述第一、二种看法,是将"隐秀"拆开解析,并各自与《体性》"八体"风格中的远奥、新奇二体对应联系在一起;第三种看法,是将《体性》篇提出的刚柔风格论具体化,并对应刚柔为"风骨"与"隐秀"。这样的对应,还有的研究者从《周易》乾刚坤柔的特征角度提出

---

① 詹锳:《〈文心雕龙〉的风格学》,第9页。
② 詹锳:《〈文心雕龙〉的风格学》,第9页。
③ 詹锳:《〈文心雕龙〉的风格学》,第104页。

来,尤其是认为"隐秀"具有坤象"含弘光大"的品格。笔者以为,从《文心雕龙》原文的论述,再对照《风格学》自身的论述,这三种意见都是可以再作讨论的。"隐秀"是刘勰主张的写作之美与写作策略的重要范畴。试析如下:

第一节 "隐"与远奥

《风格学》在阐释八体风格时认为,远奥的风格与隐秀之"隐"相近或相通。《文心雕龙·体性》解释远奥这种风格的特征是"馥采典文,经理玄宗",因其来源是玄学思想,虽然很讲究文采,但是文意隐晦艰涩,曲折难懂。《明诗》篇以"诗杂仙心""率多浮浅"诸语论述正始时代的玄言诗风,同篇又论"晋世群才"文风曰:"江左篇制,溺乎玄风,嗤笑徇务之志,崇盛忘机之谈。"[1]《时序》篇也有与此相近的论述:"自中朝贵玄,江左称盛,因谈余气,流成文体。"[2]刘永济先生《风骨》篇校释引述《隋书·经籍志》集部后论"永嘉以降,玄风既扇,辞多平淡,文寡风力"诸语,认为刘勰对玄言诗风的批评"针时最切"[3]。比刘勰稍后,钟嵘在《诗品·序》中论玄言诗风为:"永嘉

---

①[清]黄叔琳注,李详补注,杨明照校注拾遗:《增订文心雕龙校注》,第65页。
②[清]黄叔琳注,李详补注,杨明照校注拾遗:《增订文心雕龙校注》,第541页。
③刘永济集:《文心雕龙校释》,第99页。

时,贵黄老,稍尚虚谈,于时篇什,理过其辞,淡乎寡味。"①这一看法与刘勰近似,二人意见均含贬义。由上述评论来看,远奥风格的主要特征在于文意深远,难于理解。刘勰是不满远奥的风格的。《练字》篇则以"阻奥"分析此说:

> 及魏代缀藻,则字有常检,追观汉作,翻成阻奥。故陈思称:"扬马之作,趣幽旨深,读者非师传不能析其辞,非博学不能综其理。"岂直才悬,抑亦字隐。②

扬马之作文风艰深,读者对其文辞与文理难以读懂,难以理解,这样就必然会限制其文章的阅读与传播范围,"字隐"之弊已经"翻成阻奥",极为不利。简言之,刘勰所论述的远奥文风,是特定历史条件下的产物,属于时代风格的范畴。《风格学》认为隐秀之"隐"与远奥相近或相通,其说无据。刘勰在《总术》篇曾指出:"奥者复隐,诡者亦曲。"那么,"奥者复隐"一说之"奥",是否即隐秀之"隐"呢?《隐秀》开篇说:

> 夫心术之动远矣,文情之变深矣,源奥而派生,

----

① 张怀瑾:《钟嵘诗品评注》,第 73 页。
② [清]黄叔琳注,李详补注,杨明照校注拾遗:《增订文心雕龙校注》,第 484 页。

　　根盛而颖峻,是以文之英蕤,有秀有隐。①

"源奥"与"根盛"对举,刘勰以水源渊深可以发源支流为喻,是在论述写作中对"文情"的掌控方法问题。《隐秀》篇讲"心术之动远,文情之变深",实乃《文心雕龙》所主张的"情——言——文"的写作过程论之一精彩例证。《情采》篇说:

　　　　故情者文之经,辞者理之纬,经正而后纬成,理定而后辞畅,此立文之本源也。②

刘勰提出"立文之本源",将写作主体的情感比作文章之经线,将言辞的组合条理比作纬线,经正可使纬成,文理确定可使言辞畅达,由情性到文理,从文理到言辞,从言辞再到文章,"情——言——文"的过程模型完整地展开来。《隐秀》"心术""文情"之意,即指"情之经",这种情理是深而且远的;正确地处理好情与辞的关系问题,是写好文章的"本源",意义重大。刘勰说"源奥而派生,根盛而颖峻",情理既是写作之源,也是写作之根。故知"源奥"之"奥",也是深或远之意,但并非指曲折幽深,与远奥风格特征不同。再查《隐秀》篇,刘勰自述"隐"之含

---

① [清]黄叔琳注,李详补注,杨明照校注拾遗:《增订文心雕龙校注》,第495页。
② [清]黄叔琳注,李详补注,杨明照校注拾遗:《增订文心雕龙校注》,第415页。

义及"隐"与"奥"的关系,得三例:

> 隐也者,文外之重旨者也;秀也者,篇中之独拔者也。隐以复意为工,秀以卓绝为巧。
>
> 夫隐之为体,义生文外,秘响旁通,伏采潜发,譬爻象之变互体,川渎之韫珠玉也。
>
> 凡文集胜篇,不盈十一;篇章秀句,裁可百二:并思合而自逢,非研虑之所求也。或有晦塞为深,虽奥非隐,雕削取巧,虽美非秀矣……(隐篇所以照文苑,)①秀句所以侈翰林,盖以此也。②

据此可知:"隐"与"奥"之意并不相同。"奥"乃"晦塞为深"的风格;而"隐"则不是风格类型,主要针对"隐"篇章旨意而言——或"以复意为工",或追求"文外重旨",是写作达到"秘响旁通,伏采潜发"之含蓄美的修辞技法论。

在具体的写作实践中,"隐"还有可能是作家采用的一种写作策略,"隐"是指对诗文主旨的有意曲隐。这不仅是对读者而言的"意在言外""余味曲包"的鉴赏美感追求,往往也是作者有意为之或迫不得已采用的写作策

---

① 杨明照先生《增订校注》无此句,据詹锳先生《文心雕龙义证》、吴林伯先生《文心雕龙义疏》补入。

② [清]黄叔琳注,李详补注,杨明照校注拾遗:《增订文心雕龙校注》,第495页。因三处引文均同出一篇,故集中作注。

略。前汉武帝喜好文学并鼓励文学创作,为汉大赋的创作提供了"崇替在选"的浩荡皇恩,司马相如写给汉武帝看的《大人赋》,当然是"秀句"无数的好东西,以至于汉武帝读后,顿有飘飘凌云之志,《风骨》盛赞该文风力遒劲。但是,此作主旨的表达以"隐"为特征,虽然曲终奏雅,暗含讽谏之旨,却因不能明白直谏而收效甚微,甚至适得其反,故扬雄以"文丽用寡"目之。是司马相如不懂得讽谏吗? 当然不是,是因为作文时不便直谏,或不得直谏而已,故而只好"曲隐主旨"。

因此,"隐秀"之"隐"主要是指"不写之写"[1]的写作技法与写作策略。《征圣》篇以为圣文具有"繁略殊形,隐显异术,抑引随时,变通适会"四大写作技法优点,其二为"显隐异术",据此可知,《宗经》篇以为《春秋》与《周易》主"隐"的技法要求,正是本篇论"隐"之渊源。"隐"是"不写之写"的特殊技法,是为了实现一种含蓄的特殊之美。因此,"远奥的风格与隐秀之隐相近"的说法不能成立。

第二节 "秀"与新奇

《风格学》认为,"隐秀"之"秀"与新奇的风格接近,

---

[1] "隐篇"是一种有意为之的特殊技法。"不写之写"与"秀句"具有的"突出之写"的意见,是李凯教授指导论文时提出来的。特此说明。

但却不是新奇。刘勰论述新奇风格的特点是"摈古竞今,危侧趣诡",这是抛弃古代的优良文风,竞相模仿近代"趣诡"的不良文风的结果。因此,刘勰对新奇的文风持批判态度,《通变》篇论述到:

> 今才颖之士,刻意学文,多略汉篇,师范宋集,虽古今备阅,然近附而远疏矣。夫青生于蓝,绛生于茜,虽逾本色,不能复化。①

"才颖之士"采用疏远附近的学文之道,所以其文章"矫讹翻浅","美而无采",不足以言文。"近附而远疏"是形成新奇文风的方法论错误的根源。刘勰批评说:

> 魏晋浅而绮,宋初讹而新。从质及讹,弥近弥澹,何则？竞今疏古,风末气衰也。②

然后,刘勰还从创作实践的角度分析了形成新奇文风的原因:

> 若夫立文之道,惟字与义。字以训正,义以理宣,而晋末篇章,依希其旨,始有赏际奇至之言,终无

①[清]黄叔琳注,李详补注,杨明照校注拾遗:《增订文心雕龙校注》,第397页。
②[清]黄叔琳注,李详补注,杨明照校注拾遗:《增订文心雕龙校注》,第397页。

> 抚叩酬酢之语,每单举一字,指以为情。夫赏训锡赉,岂关心解,抚训执握,何预情理?《雅》《颂》未闻,汉魏莫用;悬领似如可辩,课文了不成义:斯实情讹之所变,文浇之致弊。而宋来才英,未之或改,旧染成俗,非一朝也。①

文风新奇,表面原因是选字误用与词义误解,关键是"《雅》《颂》未闻","旧染成俗"所致,是不学习经典造成的。这和《体性》篇论述"才气学习"对风格形成的重要影响是一致的。《体性》篇谈到习染的重要性时提出"必先雅制,沿根讨叶"的要求,按照儒家经典的规范来学习、模仿。故而刘勰极力提倡"确乎正式",提倡符合经典的"正言""正辞""正文""正采",反对"反正""奇辞""奇文""奇采"。正,就是雅正,要求宗经,从情感的修养开始就需如此。写文章看起来是由情感到言辞的表达过程,实际上是"必先雅制"的修为要求,是修炼人品、积学炼才的中正品格、雅正思想在写作上的体现。所以说,刘勰的"习有雅郑"思想,是他宗经尚雅文学观在主体修为方面的外化。王小盾先生说,《文心雕龙》提到新奇,主要是对追逐时风

---

① [清]黄叔琳注,李详补注,杨明照校注拾遗:《增订文心雕龙校注》,第500-501页。

者的批评①。这个看法是有道理的,如《明诗》篇说:

> 宋初文咏,体有因革,庄老告退,而山水方滋;俪
> 采百字之偶,争价一句之奇,情必极貌以写物,辞必
> 穷力而追新:此近世之所竞也。②

对此,刘勰提出的补救之道是"还宗经诰",然后才可以
"斟酌质文,隐括雅俗",形成雅正的优良文风。《风骨》
篇论述说:

> 若夫熔铸经典之范,翔集子史之术,洞晓情变,
> 曲昭文体,然后能孚甲新意,雕画奇辞。昭体,故意
> 新而不乱;晓变,故辞奇而不黩。③

对于如何克服"新奇",应当做到以下几点要求:第一,要
宗经。以儒家经典文献为蓝本,"熔铸经典之范",从儒
家经典中学习写法,感染文风,这是克服新奇文风的首
要条件。第二,懂通变。"洞晓情变"即《通变》篇论述的
"会通"与"新变"的思想,这一思想兼顾继承与发展的问

---

①王小盾:《〈文心雕龙〉风格理论的〈易〉学渊源——为王运熙老师80华诞
　而作》,《清华大学学报(哲学社会科学版)》2005年第5期。
②[清]黄叔琳注,李详补注,杨明照校注拾遗:《增订文心雕龙校注》,第65页。
③[清]黄叔琳注,李详补注,杨明照校注拾遗:《增订文心雕龙校注》,第389页。

题,但更多的是指变化,讲发展。"翔集子史之术",在多样写法中转益多师,探索汲取,提高写作技法。第三,依定势。"曲昭文体"的含义,不仅要求写作者熟悉各类文体的写法、特点、要求,更希望作者能如《定势》篇所要求的那样,遵守"本采",按照文体自身风格要求来进行创造。在写作过程中不随意违背文体要求,不"反言"、不"反正",若不如此,就会造成混乱,形成奇辞与"新色",即新奇的风格。

通过对该体特征的分析与运用来看,新奇属于时代风格范围。查《隐秀》篇关于"秀"的论述,主要有:

> 秀也者,篇中之独拔者也。
>
> 秀以卓绝为巧。
>
> 波起辞间,是谓之秀。
>
> 篇章秀句……雕削取巧,虽美非秀矣。
>
> 如欲辨秀,亦惟摘句。
>
> 秀句所以照文苑,盖以此也。
>
> 言之秀矣,万虑一交。动心惊耳,逸响笙匏。①

刘勰所谓之"秀"有以下几层含义:其一,主要指诗文中的"秀句",与"隐篇"相对。第二,"秀"是独拔卓绝而文

①［清］黄叔琳注,李详补注,杨明照校注拾遗:《增订文心雕龙校注》,第495-496页。以上引文均出同篇,故集中作注。

采斐然的诗句。第三,从接受美学角度看,秀句"状溢目前",形象生动,富于表现力。第四,"秀句所以侈翰林",具有《文赋》所论"立片言而居要,乃一篇之警策"①的作用。第五,秀句不是来自形式上的雕琢和工巧,"雕削取巧,虽美非秀"。第六,秀句内涵广泛,可以抒写"无聊""不遂""悲极""怨曲"等等社会生活内容。

综上所述,刘勰是极力崇尚"秀句"的。"秀"是一种富于独创性的非常个性化的文学语言或文学描写,具有《征圣》"精理为文,秀气成采"的不同凡响、"惊采绝艳"的美感效果,是诗文中最为传神写照的佳句,是有意为之的"突出之写",属于写作语言的表达技巧范围。因此,"秀"不是新奇的风格。

第三节　"隐秀"与阴柔风格

《风格学》把"风骨"视作阳刚的风格,认为还有一种阴柔的风格与之相对应,这就是"隐秀"。这种说法也不能成立。

第一,《风骨》与《隐秀》位置不协。《风骨》在《文心雕龙》的第二十八篇,《隐秀》则远在第四十篇,《文心雕龙》论题篇目数量虽取"大《易》之数"五十,但第二十八

①张少康:《中国历代文论精选》,第75页。

与第四十是否就是对应乾刚坤柔的篇目,并无准当依据①。因此,说二者刚柔相对,难以服人。此其一。

第二,看《隐秀》在创作论中的位置。在其前后,分别是关于镕裁、声律、对偶、比兴、夸饰、用典、练字、指瑕、养气等论题的篇目,所论述的都是具体的写作技法与文章修辞的问题,《隐秀》篇被包围在其中。结合前后各篇所讨论的话题可知,在刘勰的写作意图中,《隐秀》最大的可能性是写作技法与文章修辞的专论,而不是讨论阴性的风格问题。刘勰将《隐秀》篇位列《练字》篇之后,其布局不是偶然的。《练字》论述文章句子组合时词句的选取、运用及其原则,《隐秀》即紧接着论述在选词之后怎样创造秀句、佳句、美句的问题,二者是在论述写作时怎样由词到句的行文措辞关系,"隐秀"属于语言表达的特殊技巧。王国维论述其"境界"说,曰:能感知,能写之。何谓能感知? 王氏举例说:"'红杏枝头春意闹',着一'闹'字,而境界全出。'云破月来花弄影',着一'弄'字,而境界全出矣。"②由此例,则"闹"与"弄"字为刘勰

---

①夏志厚先生在《文艺理论研究》1990 年第 3 期撰文指出:刘勰《文心雕龙》全书篇目五十篇,上下各二十五篇,其数目均对应《周易》之天数与地数,并以此为据,对全书体例结构进行了一、三、五、七、九的重新组合。其中,也没有任何论述证明第二十八篇与第四十篇为刚柔相对的篇目,夏先生将《隐秀》篇归属于修辞论。笔者以为这种探讨很有启发意义,但暂不认同夏先生对《文心》体例重构的意见。

②王国维著,吴无忌编:《王国维文集》(五卷本),北京:北京燕山出版社,1997 年版,第 143 页。

"练字"之佳选,既准确明白,又包含对美感境界的创造;
"红杏枝头"与"云破月来"则为刘勰所论之秀句,千百年
来,都具有"状溢目前""卓绝独拔"之秀美。

　　第三,《隐秀》不论柔气。阳刚与阴柔本是刘勰从文
气角度分出的风格类型说,《风骨》主气,所论甚多;《隐
秀》虽有一处谈"气",但与柔性美无关:

　　　　"朔风动秋草,边马有归心",气寒而事伤,此羁
　　旅之怨曲也。①

这里,刘勰是在举例论述何谓篇中之"秀句"。"秀句"是
"独拔""卓绝"的鲜明生动、警策感人的名句或警句。
"朔风"句乃实实在在的边塞悲怨诗句,刘勰评价为"气
寒而事伤,羁旅之怨曲"。《时序》篇论建安文学:"观其
时文,雅好慷慨,良由世积乱离,风衰俗怨,并志深而笔
长,故梗概而多气。"②以此对应观照之,则"朔风"句之
"气",就不是柔气,而是"世积乱离,风衰俗怨"的梗概之
气、阳刚之气。所以,从文气刚柔角度看,不能够支持
"隐秀"是阴柔风格的说法。

　　第四,"隐秀为阴性风格论"的意见之失。这一大
类意见主要可以分成两种,一是从《周易》乾坤刚柔的

---

①［清］黄叔琳注,李详补注,杨明照校注拾遗:《增订文心雕龙校注》,第496页。
②［清］黄叔琳注,李详补注,杨明照校注拾遗:《增订文心雕龙校注》,第541页。

角度来看的,二是从对《隐秀》篇内容的分析角度来
看的。

首先看《风格学》论述之失。《风格学》认为,刘勰
"设《隐秀》篇论述诗歌里的柔情或柔性风格"①。《隐秀》
是否专论诗歌的创作而不包含其他文体,在此略而不论;但
是,从刘勰本论来看,意非如此。刘勰举"隐篇"佳制曰:

> 将欲征隐,聊可指篇:《古诗》之《离别》,乐府之
> 《长城》,词怨旨深,而复兼乎比兴。陈思之《黄雀》,
> 公幹之《青松》,格刚才劲,而并长于讽谕。②

刘勰所举《离别》《长城》诸篇,无一不是慷慨悲怨的作
品。《风格学》论述建安时代的诗风说:"这与《隐秀》篇
论述曹植、刘桢诗篇的'格刚才劲'是一致的。《体性》篇
还对刘桢的个人风格有所解释:'公幹气褊,故言壮而情
骇。'"③由此,读者不得不产生一个疑问:慷慨磊落、格刚
才劲、言壮情骇诸语,所指是阳刚风格还是柔性风格?
"建安诗风"是属于柔性风格吗? 以刘桢为例,此人绝非
柔性风格的代表:在刘勰看来,刘桢是"翰飞戾天,骨劲
而气猛"的典型。《体性》篇论刘桢为"公幹气褊,故言壮

---

①詹锳:《〈文心雕龙〉的风格学》,第104页。
②[清]黄叔琳注,李详补注,杨明照校注拾遗:《增订文心雕龙校注》,第496页。
③詹锳:《〈文心雕龙〉的风格学》,第97页。

而情骇"，詹锳先生释"气褊"为性子急躁而不稳定①。曹
丕《典论·论文》评刘桢称"壮而不密"；梁钟嵘《诗品》
评谓："气过其文，雕润恨少。"②刘桢的诗歌写得很好，存
在的主要问题是缺乏文采，略显刚硬。由此可知，刘桢不
可能是柔性美的代表。再从刘勰所摘录的若干"秀句"
来看：

> 如欲辨秀，亦惟摘句。"常恐秋节至，凉飙夺炎
> 热"，意凄而词婉，此匹妇之无聊也；"临河濯长缨，
> 念子怅悠悠"，志高而言壮，此丈夫之不遂也；"东西
> 安所之？徘徊以彷徨"，心孤而情惧，此闺房之悲极
> 也；"朔风动秋草，边马有归心"，气寒而事伤，此羁
> 旅之怨曲也。③

《风格学》书中曾单独分析这些诗句："象征弃妇的愁
怨……显示出主人公的壮志未遂……显示出一位思妇
极度悲愁的情怀……造成了一种令人感伤的气氛。"④这
样的愁怨壮志与悲愁怨曲，正与《时序》论述的建安诗风
一致；《风格学》书中也说："临河濯长缨，念子怅悠悠"就

---

① 詹锳：《〈文心雕龙〉的风格学》，第 13 页。
② 张怀瑾：《钟嵘诗品评注》，第 182 页。
③ [清]黄叔琳注，李详补注，杨明照校注拾遗：《增订文心雕龙校注》，第 496 页。
④ 詹锳：《〈文心雕龙〉的风格学》，第 99-100 页。

是"志高而言壮"的①。如此，"隐秀"不是柔性的风格。

其次，主张"隐秀"具有《周易》坤象品格的观点之失。研究者对《隐秀》"互体变爻而化成四象"之"四象"的理解是"含弘光大"，而"含弘光大"正是《周易》坤象的品格，则"隐秀"可视为柔性的风格②。历代对《隐秀》之"四象"与《征圣》篇"四象精义以曲隐"之"四象"的含义有多种理解：或解为"老少阴阳"（《系辞》本论，黄叔琳承朱熹取于邵雍说），或解为"春夏秋冬"（从《系辞》本论化出），或解为"实假义用"（唐孔颖达《正义》引庄氏说），以上解说，其发生时代均在刘勰之后，不可能是刘勰"四象"的取义。王小盾先生解释这两处四象为"含弘光大"，取法荀爽、李道平《易》学。朱清、王新春、陈良运、黄高宪等先生认为，刘勰《文心雕龙》所取之《易》学素材，是来自于汉代《易》学，主要是京房《易》学，京房《易》学系统地提出了八宫象数、阴阳二气、四象、互体、飞伏、卦变诸说，《文心雕龙》则化用这些成果，对应提出八体、刚柔、显隐异术、文变无方、变文之术等理论。《隐秀》所提及之"互体变爻"，是在汉代京房《易》学中才出现的《易》学新成果，不是《系辞》本论所有，并非本于坤象"含弘光大"的品格。由此可知，上述理解四象为"老

①詹锳：《〈文心雕龙〉的风格学》，第96页。
②王小盾：《〈文心雕龙〉风格理论的〈易〉学渊源——为王运熙老师80华诞而作》，《清华大学学报（哲学社会科学版）》2005年第5期。

少阴阳""春夏秋冬""实假义用""含弘光大"的说法都是不能成立的。陈良运先生则认为"四象"具体指《系辞》本论之"得失、忧虞、进退、昼夜",其"精义"对应为"吉凶、悔吝、变化、刚柔",是卦象"互体变爻"的结果①;朱清先生则认为"在汉易中一个卦体所包含的四个子卦象就是四象"②。刘勰在《隐秀》化用"四象",是在讨论"互体变爻"的文变之术,即《征圣》所谓"显隐异术"的写作技法,这是刘勰取京房易学"飞伏"说提出的具体写作要求,"隐篇"与"秀句"一隐一显,互为飞伏。除"隐秀"论受飞伏理论影响,在《文心雕龙》全书中,刘勰还在论述"刚柔""阴阳""奇正""表里"、复古与新变等论题上,化用了由飞伏论生成的范畴对比或理论对比思维,《体性》篇提出的表里相符、论述风格八体提出的两两相对、《定势》篇提出的"执正驭奇"、《辨骚》篇总结楚辞与经典关系的"四同"和"四异"等等,均为这种对比思维的结果③。京

①陈良运:《勘〈文心雕龙·隐秀〉之"隐"》,《复旦学报(社会科学版)》1999年第 6 期。

②朱清:《〈文心雕龙〉与汉代易学》,《南都学坛(人文社会科学学报)》2005年第 11 期。

③正反对比的辩证思维在古代典籍中非常之多,而且运用娴熟,论述问题时普遍采用之。比如道家《老子》《庄子》以及儒家《荀子》等著作,对于这类对比思维的运用非常之多,还演化出了正反、正反合、正向铺排、反向铺排等若干种思维模式,孕育句子生成或段落与篇章的写作。《文心雕龙》的写作受这种思维模式影响非常之大,全书每篇都可见到。因此,辩证思维绝非《周易》独有。

房"飞伏"论发展到虞翻《易》学时,生成了"旁通"说。虞翻"旁通"说是指两个相反的卦象,其卦义可以相因相通,一卦的卦义可以隐藏或包含与之相反的另一卦的卦义①。《隐秀》提出"秘响旁通,伏采潜发",是对虞翻"旁通"说的转化运用,故而"隐篇"与"秀句"并不绝然对立,二者也可以互相转化。由上述可知,"隐秀"虽然与《易》学理论关系密切,但并不是指柔性美的风格类型。

第四节　辨明论题的意义

上述将"隐秀"看作风格论的意见是不合《文心雕龙》原意的。刘勰在《体性》篇提出的远奥与新奇风格,内涵各有侧重,不能将"隐"与"秀"类同于二者;同时,"隐秀"也不是阴柔的风格。于是,我们可以顺势讨论如下两个问题:一是"风骨"与"隐秀"不构成刚柔风格的问题;二是《隐秀》篇的主旨,实际上是在论述写作之美与写作策略问题。

一、《风骨》与《隐秀》不构成刚柔风格

通过对"隐秀"属于风格论意见的梳理与重新论证,我们可以看出,这些意见被提出的根源,在于研究者将

---

① 朱清:《〈文心雕龙〉与汉代易学》,《南都学坛(人文社会科学学报)》2005年第11期。

"风骨"看作阳刚的风格类型,受《周易》刚柔气论思想的影响,故而视"隐秀"为柔性的风格。因此,要辨明"隐秀"不属于风格论的意见,需要明确两点认识:一是"风骨"并非阳刚的风格;二是《文心雕龙》的刚柔风格论不成体系,并无实指,书中没有具体的篇目对应刚柔风格类型。

对第一点,杨明先生等研究者早就论据充分地指出,刘勰标举"风骨",是在提倡一种明朗动人、精炼准确的文风,这是一种普遍的文风,不是专指阳刚风格而言①。这种意见,马正平先生在《文风的两个层次》一文也曾指出:准确、鲜明、生动的文风,是适用于各个时代的共时文风,是对文风的基本要求②。笔者曾在硕士学位论文中分析"风骨"的六个审美构成要素,认为刘勰"风骨"熔铸了刚柔与八体风格,是他主张的风格理想与优良的共时文风。研究者之所以说"风骨"是阳刚风格,是因为《风骨》述及"刚健既实"的阳刚之气,但是,该篇同样主张舒缓柔和的齐气③,实兼刚柔二气而有之。对第二点,在《文心雕龙》一书中,刘勰虽然指出了"风趣刚柔""势有刚柔""刚柔以立本"诸语,但是,不同于《体性》篇论述八

---

① 杨明:《文心雕龙精读》,第 131 页。
② 马正平:《写作行为论》,重庆:西南师范大学出版社,1995 年版,第 336 页。
③ 关于曹丕所言之"齐气",各家理解多为舒缓之气。四川师范大学钟仕伦教授考论其为"扩大豪迈之气",很有新意。笔者此处仍从前说。

体风格那样,刘勰并没有对粗略提及的刚柔风格论进行特征、运用方面的解析,刚柔论是没有形成完备的结构体系的①。故而《风骨》与《隐秀》并不是刚柔风格的代表。

二、《隐秀》篇主旨探原

当前,对《隐秀》篇主旨的研究主要有两大类意见:一是文学风格论,二是形象论或手法论,第一种影响较大。王小强先生提出审美特征论②,陶水平先生则认为《隐秀》篇主旨是从创作论的角度谈言意关系,或从修辞论的角度来探讨文学创作的规律③。综观上述各论,都有一个趋势,即将"隐"与"秀"分开讨论而不作整体合观。刘勰虽然多次将"隐""秀"分开论述,但考虑到他写作时所采用的互文手法,并主要结合《隐秀》全文所述来

---

①笔者硕士学位论文《风趣刚柔,数穷八体——〈文心雕龙〉刚柔风格类型理论研究》第二章曾列出刘勰合论"刚柔"五条、单论"刚"八条、单论"柔"五条,指出:与《体性》篇系统地阐述"八体"不同,《文心雕龙》对刚柔风格类型说只是一些零散的、只言片语的阐述,其见解分别出现在不同的篇目中,没有形成系统的理论体系,在《文心雕龙》的风格类型学说中处于次要的地位。《文心雕龙》书中没有具体对应刚柔风格类型的篇目。
②王小强:《"篇隐句秀"说:〈文心雕龙〉文学审美特征论——对〈文心雕龙·隐秀〉主旨的解析》,《内蒙古师范大学学报(哲学社会科学版)》2007年第2期。
③陶水平:《隐秀篇主旨新说》,《赣南师范学院学报》2000年第4期。

看①，"隐秀"应该是一个整体概念，不能割裂开来看。理由如次：

首先，《隐秀》篇结尾说："（隐篇所以照文苑），秀句所以侈翰林，盖以此也。"可见，"隐"是指对整篇文章的要求，"秀"是对部分精彩文句的要求，二者相结合，就可以达到"照文苑""侈翰林"的审美效果。因此，"文之英蕤，有秀有隐"，"隐篇秀句"是文章整体美感的两个方面，是紧密联系的。

其次，"使酝藉者蓄隐而意愉，英锐者抱秀而心悦"②。从写作主体或鉴赏主体思维特征角度看，"隐秀"也是一个整体。

第三，刘勰以为："若篇中乏隐，等宿儒之无学，或一叩而语穷；句间鲜秀，如巨室之少珍，若百诘而色沮：斯并不足于才思，而亦有愧于文辞矣。"③"篇中乏隐"与"句间鲜秀"，论述不懂隐意与缺乏秀句的败笔之作，这二者各自侧重于用意与表达，共同构成整体的文章写作过程，不能割裂。

第四，刘永济先生指出："文家言外之旨，往往即在文中警策处，读者逆志，亦即从此处而入。盖隐处即秀处

---

①目前，有关《隐秀》篇真伪的辨正还没有取得新的进展，篇章文字尚无定论，在此以现行版本为准论述之。
②［清］黄叔琳注，李详补注，杨明照校注拾遗：《增订文心雕龙校注》，第496页。
③［清］黄叔琳注，李详补注，杨明照校注拾遗：《增订文心雕龙校注》，第496页。

也。"①并举屈原《九歌》、司马相如《大人赋》、曹植《洛神赋》等篇为例证明之。刘先生这一说法不一定全对，但从若干创作实践与名作欣赏角度看，也有一定的道理，唐人孟浩然《望洞庭湖赠张丞相》、韦应物《滁州西涧》等皆合刘先生此论。刘勰《隐秀》所引之若干"秀句"，无一不是深含旨意者。由此，"隐篇"与"秀句"往往一致。最明显的例子就是司马相如《大人赋》，该篇的写法，是"曲隐主旨"的"不写之写"与"独秀佳句"的"突出之写"的完美结合，是"隐篇秀句"的典范作品，是《征圣》篇论述的经典"显隐异术"的代表佳作。由此也可看出视"隐秀"为阴柔风格的失误——《大人赋》是《风骨》篇中"风力遒"的代表作，而"风骨"被视为阳刚的风格——如此，则自相矛盾。

笔者以为《隐秀》篇主旨是在论述如何进行"隐篇"与"秀句"的创造，以及二者相互关系的问题。"隐秀"连起来讲，有两层意思：一是"隐"篇章之旨意，而"秀"佳句之文采；二是讲文采不能过度，"隐"是对"秀"的约束与规范。写作者要注意"荣华格定"（《情采》），将"秀"限制在一定的程度上。这一思想，来源于《情采》篇：

是以联辞结采，将欲明经；采滥辞诡，则心理愈翳。固知翠纶桂饵，反所以失鱼。言隐荣华，殆谓此

---

①刘永济集：《文心雕龙校释》，第141页。

也。是以衣锦褧衣,恶文太章;贲象穷白,贵乎反本。夫能设模以位理,拟地以置心,心定而后结音,理正而后摛藻,使文不灭质,博不溺心,正采耀乎朱蓝,间色屏于红紫,乃可谓雕琢其章,彬彬君子矣。[1]

何谓"正采"? 一是指按照"设模以位理,拟地以置心"的自然之道的原则来创作;二是指文采要达到"彬彬君子"的要求。"正采"既符合自然之道的创作原则,也符合征圣宗经的雅丽文风要求,是"文质彬彬"的最佳状态。要实现"正采",很重要的一点是要做到"言隐荣华"。推而论之,"言隐"就是写作时要注意策略,讲究含蓄委婉的写作方法,此即"隐秀"本意。《原道》篇说:"逮及商周,文胜其质,《雅》《颂》所被,英华日新。文王患忧,繇辞炳曜,符采复隐,精义坚深。"[2]"符采复隐"的目的是要使"文胜其质""英华日新"的风格变化在内容上达到"精义坚深"的正确要求,这也是对"言隐荣华"的不同表述。可见,"隐秀"思想是贯穿《文心雕龙》全书的重要写作指导原则。文章应该如何"隐秀"呢? 刘勰提出"伏采潜发"的要求:

　　　夫隐之为体,义生文外,秘响旁通,伏采潜发。[3]

---

①[清]黄叔琳注,李详补注,杨明照校注拾遗:《增订文心雕龙校注》,第416页。
②[清]黄叔琳注,李详补注,杨明照校注拾遗:《增订文心雕龙校注》,第2页。
③[清]黄叔琳注,李详补注,杨明照校注拾遗:《增订文心雕龙校注》,第495页。

"伏采",即采用含蓄委婉的写作方法来创作"精义坚深"的文章,使之既有"隐言"与"复意",又有"正采"与"秀句",到达"义生文外"的效果。"隐篇"与"秀句"相结合,则为最佳:

> 始正而末奇,内明而外润,使玩之者无穷,味之者不厌。①

《定势》篇针对遵循文体创造风格的问题,提出"执正驭奇"的主张,刘勰将其发挥在"隐秀"之美的创造上,对应提出"始正而末奇"的遣词造句的写作要求,使隐篇"文外之旨"在卓绝惊艳的秀句衬托之下到达"玩之无穷,味之不厌"的审美效果。《知音》篇论述文学鉴赏理论时提出"六观"之说,其中"四观奇正",并明言这是鉴别文章"优劣"的条件之一。真正懂得"隐秀"写作技法的作品,是自然为之、中正美丽的作品:

> 烟霭天成,不劳于妆点;容华格定,无待于裁镕;深浅而各奇,秾纤而俱妙,若挥之则有余,而揽之则不足矣。②

---

① [清]黄叔琳注,李详补注,杨明照校注拾遗:《增订文心雕龙校注》,第495页。
② [清]黄叔琳注,李详补注,杨明照校注拾遗:《增订文心雕龙校注》,第495页。

此处所论,除去继续标举"正采"原则,刘勰还特别提到自然之美的重要性。在《原道》《情采》《物色》诸篇中,刘勰很重视文学创造的自然之美,并认为自然之美远胜人工修饰之美。文学写作是人为的形式艺术创造之一,当然少不了润色修饰的举动,但是,这种润色不能过度,务必遵守"自然会妙"的写作原则:

> 故自然会妙,譬卉木之耀英华;润色取美,譬缯帛之染朱绿。朱绿染缯,深而繁鲜;英华曜树,浅而炜烨:(隐篇所以侈翰林,)秀句所以照文苑,盖以此也。[1]

在"自然会妙"的自然美与"润色取美"的修饰美共同作用下,"隐篇秀句"的结合,就可以写出明白易懂、文采光耀的作品。这种作品的文风,刘勰曾冠以"雅丽"的风格论之,《征圣》篇说:"圣文之雅丽,固衔华而佩实者也。"这样的作品,外秀内实,"丽词雅义,符采相济"。《宗经》篇论述"雅丽"文风的创造时提出"六义"说,以为"六则文丽而不淫",要求文采华丽而不过度,追求"丽则"之美,这正是"隐篇侈翰林,秀句照文苑"的绝佳统照。

　　通过上述辗转互证可知,"秀句"与"隐篇"相和谐,

---

[1][清]黄叔琳注,李详补注,杨明照校注拾遗:《增订文心雕龙校注》,第496页。

是写作语言表达的高级状态,是作家写作技法纯熟修炼的外化表现。刘勰《隐秀》篇主旨,是在雅丽思想指导下,论述"隐篇"与"秀句"的创造与二者关系问题,讲究"伏采潜发"与"自然会妙"的创作原则,《隐秀》是在讨论写作美学与具体写作策略的问题。

结论　雅丽思想:对"文学自觉"的"自觉"

　　有关《文心雕龙》文学思想的研究,曾有"折中"一说,以周勋初、王运熙先生为代表。周勋初先生《刘勰的主要研究方法——"折衷"说述评》一文将刘勰的文学思想视为折中派,与当时(齐梁)裴子野等守旧派和萧子显、萧纲等趋新派相区别①。王运熙先生《刘勰文学理论的折中倾向》一文认为对永明文学及其以后文学的"新变"现象,可分为反对派、赞成派与折中派,以裴子野等为反对派,沈约、萧子显、萧纲、萧绎等为赞成派,而刘勰与钟嵘、萧统等为折中派②。周、王两位先生将齐梁文论派别三分的论述,虽然具体划分稍异,但意见基本相同,其立论的基点,是齐梁时代广阔的社会风尚与文学理论背景。刘勰的文学思想是"折中"齐梁文论的产物。

①周勋初:《周勋初文集》第三卷《文史探微》,第110-137页。
②王运熙:《文心雕龙探索》(增补本),第243-252页。

　　笔者通过对《文心雕龙》雅丽文学思想的理论渊源、内涵特点、具体表现、审美运用等问题的研究，认为上述两家的意见有其合理的一面，即"知人论世"的一面。但是这个"折中"文学思想并不是复古与新变直接结合的产物，"折中"说在看到时代背景等外围因素的同时，即重视"知人论世"的同时，忽略了"以意逆志"，即对《文心雕龙》内证的分析和研究。《文心雕龙》雅丽思想高举的文学尚丽大旗，并非刘勰取法时风的产物，而是在哲学依据上取法文学原道、自然生丽的产物；并非魏晋玄学思潮重情论性、"馥采典文，经理玄宗"（《体性》）的产物，而是远取儒家雅丽、阴阳诡丽、楚辞奇丽的结果。相反地，魏晋宋齐的文学之美与文学之丽，恰恰是《文心雕龙》除"枢纽"论以外，在几乎所有篇章中大加贬斥的对象。刘勰认为，"魏晋浅而绮，宋初讹而新"，近代文学浮浅诡俗、讹滥丛生，取法不正、争奇斗艳，"竞今疏古""莫肯研术"，近代文学已经不雅，即使尚丽，也是轻艳浮浅之丽，因此，《文心雕龙》要求"执正驭奇""正末归本"，以"圣文雅丽，衔华佩实"为最高准则来指导文学创作。《文心雕龙》于是跳出时风，上寻自然之道，渊源儒家经典，远远超过同时代文学理论"复古、新变、折中"的理论水平。如果以"文学自觉"称呼六朝文学抒情尚美的特点，那么，《文心雕龙》雅丽思想就是对"文学自觉的自觉"，是对"文学自觉"感性过度的理性回拉。

古代文学理论界讨论甚多的关于"文学自觉"的命题，有汉代开始说（张少康、袁济喜先生等）、魏晋自觉说（鲁迅先生开端）等不同的意见和争执①。诚然，汉代文论与创作实践体现了鲜明的尚丽特色和"文学自觉"的萌芽，但是，因为文学本质特征的抒情性、审美性是明显依附于汉代经学与政治王权的，因此，尽管《毛诗序》"情动于中"、《礼记·乐记》"和乐之美"、扬雄《法言》"丽淫丽则"等观点在文学创作与文学理论界产生了很大的影响，"文学自觉"的命题仍然无法得到独立的回应。最典型的例子莫过于两汉时期对屈原与楚辞的若干评价，这些评价往往出现互相矛盾的对立意见；即使同一个人的

①学术界对"文学自觉"的起始问题有三种主要的观点：其一，以张少康、袁济喜、詹福瑞先生为代表的"西汉说"；其二，以刘跃进先生为代表的"宋齐说"；其三，以鲁迅先生为代表的"魏晋说"，王遥、游国恩、李泽厚等人对此作了进一步引申和拓展，把"文学自觉"的起始时间延长至魏晋。学术界的主流意见是以鲁迅先生的意见为主，集中代表这个意见的是袁行霈先生《中国文学史》中的看法："文学的自觉是一个相当漫长的过程，它贯穿于整个魏晋南北朝，是经过大约三百年才实现的。所谓文学的自觉有三个标志：第一，文学从广义的学术中分化出来，成为独立的一个门类；第二，对文学的各种载体有了比较细致的区分，更重要的是对各种体裁的体制和风格特点有了比较明确的认识；第三，对文学的审美特性有了自觉的追求。《文心雕龙》以大量篇幅论述文学作品的艺术特征，涉及情采、声律、丽辞、比兴、夸饰、练字等许多方面，更是文学自觉的标志。"袁先生认为《文心雕龙》是"文学自觉的标志"的意见很深刻。在此基础上，我们还可以看到，《文心雕龙》还对"文学自觉"的成败得失进行了深刻的分析和总结，并提出具体解决办法和发展思路，超越了"文学自觉"时代的理论水平。

评价,也因为其所处立场与角度的差异而呈现大相径庭的分歧,比如班固等。这样,真正摆脱经学附庸、探索文学纯粹特质的理论主张,是在汉末建安的曹丕与西晋年间的陆机才开始的工作。曹丕、陆机在前人基础上提出了"诗赋欲丽""缘情绮靡""体物浏亮"的尚丽文体风格论,提出了作家气质与文章风格类型的"文如其人"论,提出了文章功能的"伟业不朽"说,提出了文学鉴赏的态度意见,提出了文学写作思维探索与"物——意——文"的写作过程理论,对"物感说""灵感论""言意关系"等问题进行了实践探索,并提出了具体主张——这些直接关系文学审美、抒情、思维、风格、内容、功能、鉴赏的具体意见,直面写作本质与过程,直面实践与意义,直面技法与鉴赏,这才是文学真正自觉的到来。

文学理论的自觉探索是文学创作的保证,《文心雕龙》的理论水平超越了之前"文学自觉"的文论水平。我们可以通过《序志》来分析雅丽思想何以是对"文学自觉的自觉"。《序志》有一段话,专论"文学自觉"的文论主张:

> 详观近代之论文者多矣:至如魏文述典,陈思序书,应玚《文论》,陆机《文赋》,仲治①《流

①"仲治",一作"仲洽",西晋学者挚虞的字。牟世金先生《文心雕龙译注》作"仲洽",杨明照、詹锳等先生认为作"仲治"为宜。

别》,弘范①《翰林》,各照隅隙,鲜观衢路;或臧否当
时之才,或铨品前修之文,或泛举雅俗之旨,或撮题
篇章之意。魏典密而不周,陈书辩而无当,应论华而
疏略,陆赋巧而碎乱,《流别》精而少功,《翰林》浅而
寡要。又君山公幹之徒,吉甫士龙之辈,泛议文意,
往往间出,并未能振叶以寻根,观澜而索源。不述先
哲之诰,无益后生之虑。②

这一段话涉及魏晋时代的一些著名文学理论家及其著
作,累计有曹丕《典论·论文》、曹植《与杨德祖书》、应场
《文论》③、陆机《文赋》、挚虞《文章流别论》、李充《翰林
论》六家,其后又简述了东汉桓谭与刘桢、应贞、陆云四
家"泛议文意"的主张。上述十家中,应场《文论》与应贞
文论今已不传,其余八家的文论主张我们都还能够看
到。尽管挚虞《文章流别论》与李充《翰林论》仅剩残文
数条,但仍和桓谭、曹丕、曹植、刘桢、陆机、陆云的文论主
张一起影响到了《文心雕龙》的理论观点,尤其是曹丕
《典论·论文》与陆机《文赋》,对《文心雕龙》产生了巨

---

①"弘范",一作"弘度",字形相近之误,东晋学者李充的字。各家通行作
　"弘范"。清黄叔琳与杨明照、詹锳、吴林伯先生等认为作"弘度"为宜。
②[清]黄叔琳注,李详补注,杨明照校注拾遗:《增订文心雕龙校注》,第610-
　611页。
③《文心雕龙》的多数注本以为这里的《文论》是指应场《文质论》,牟世金先
　生《译注》认为确实应为《文论》,此文已经散佚,《文质论》与论文无关。

大影响,这种影响已经得到学术界公认和深入研究①。

　　曹丕《典论·论文》是我国文论史上第一篇文学批评专文,其文体风格、文气清浊、文体差异、鉴赏态度、文学功能诸说,对《文心雕龙》的刚柔风格论、文体风格论、作家才性论、知音鉴赏论、"树德建言"说有着深刻的影响。陆机《文赋》以论述文学创作为主,其说折衷儒道,不仅论述"缘情绮靡""体物浏亮"之丽,更将重点指向文学创作如何能丽的探讨,其思维论、物感说、风格论、情性论、写作过程论等理论,都被刘勰继承了下来。尤其是"诗缘情"一说,直接《毛诗序》《礼记·乐记》,是魏晋六朝诗赋理论中重情尚美一块的理论开启点。《文心雕龙》全书论美谈丽,论述情性,提出诸如"人禀七情,莫非自然""辩丽本于情性""情经辞纬""圣贤书辞,非采而何""古来文章,以雕缛成体""圣文雅丽,衔华佩实"等等重情尚美的文学理论主张,这既有魏晋玄学的影响,更有曹丕、陆机文学理论主张的直接影响。比如,仅仅以《文心雕龙》的风格类型理论为例,就可以看到这两家之深远影响。《文心雕龙》论述的"八体"基本风格类型是"典雅、远奥、精约、显附、繁缛、壮丽、新奇、轻靡",至少从术语运用角度来看,与曹丕和陆机的文体风格论有明显的继承关系,如"繁缛者,博喻酿采,炜烨枝派者也"与

---

① 主要的意见是:曹丕主要是在文学批评理论方面、陆机主要是在文学创作理论方面对《文心雕龙》发生了积极影响。

"说炜晔而谲诳"近似,"炜烨"即"炜晔"字形之异;"精约、显附"二体,即合"论精微而朗畅"之意;曹丕说"奏议宜雅",陆机说"奏平彻以闲雅",刘勰归纳出来的"典雅"一体,正是对曹陆二人所使用术语的继承与发展,如此等等。甚至于"圣文雅丽"的风格,作为八体"得其环中"之核心,与曹丕、陆机之"雅""丽"文体风格论也是关系密切。同时,《定势》篇论述文体风格的六种基本类型是"典雅、清丽、明断、核要、宏深、轻艳",与曹陆两家所论,一样地极为近似。

　　但是,刘勰对上述十家文论是抱以贬抑之心来论述的。对曹丕等六家,刘勰认为他们"或臧否当时之才,或铨品前修之文,或泛举雅俗之旨,或撮题篇章之意",各有自己的见解,但是六家"各照隅隙,鲜观衢路",不够完整全面,论文不从大处着手,因此评价为"魏典密而不周,陈书辩而无当,应论华而疏略,陆赋巧而碎乱,《流别》精而少功,《翰林》浅而寡要",他们各自有着"密、辩、华、巧、精、浅"的优点,同时存在着"不周、无当、疏略、碎乱、少功、寡要"的不足,整体上看,对六家是不满的;同时认为桓谭、刘桢等四家没有文论专著,不过是偶有论文之语,即使中肯的话也显得偶然。

　　这就提出了一个非常值得思考的问题:上述十家,每一家都是声名显赫的"大家",多数还具有文学家与文学理论家的双重身份,影响甚大,比如王充就对桓谭极为赞赏。对于如此优秀的前代贤才,刘勰为什么要这么评价呢?

前六家文论太多,《文心雕龙》对其直接或间接的引用不少,此不赘述。对于后四家,《文心雕龙》书中对桓谭论文之语有三处引用:第一处是在《哀吊》篇中:"及相如之吊二世,全为赋体,桓谭以为其言恻怆,读者叹息。及卒章要切,断而能悲也。"①桓谭评价司马相如《吊二世文》"其言恻怆,读者叹息",有很强的感染力,是典型的"曲终奏雅"的好作品。刘勰引用桓谭的话,是在证明吊体经典作品的基本特点。第二处是在《通变》篇中:"桓君山云:'予见新进丽文,美而无采;及见刘扬言辞,常辄有得。'此其验也。"②《通变》简略地论述十代文学发展史,以为"从质及讹,弥近弥澹",近代文学发展不良,是因为"竞今疏古,风末气衰"所致。刘勰指出近代写作者"近附而远疏",习染不正,师法不古,"多略汉篇,师范宋集",因此养成不良技法之后,难以改变。桓谭的话就是为了证明"刘扬言辞"等"汉篇"的美而有采而发,是刘勰拉来为自己的见解作正面论据的典型。第三处是在《定势》篇中:"桓谭称:'文家各有所慕,或好浮华而不知实核,或美众多而不见要约。'"③刘勰引用桓谭的话,是为

---

① [清]黄叔琳注,李详补注,杨明照校注拾遗:《增订文心雕龙校注》,第168页。
② [清]黄叔琳注,李详补注,杨明照校注拾遗:《增订文心雕龙校注》,第397页。
③ [清]黄叔琳注,李详补注,杨明照校注拾遗:《增订文心雕龙校注》,第407页。

了证明文家"势殊"的存在事实,是为本篇文体风格各有不同的"本采"论寻找到的正面论据,桓谭所说"浮华、实核、众多、要约"的不同风格,是"文家各有所慕"的情性风格论,各体之间并无高下差异,其意思是说应该对各种风格"兼解具通",不要偏解执一。对刘桢论文之语则有两处引用:第一处是《风骨》篇:"公幹亦云:'孔氏卓卓,信含异气,笔墨之性,殆不可胜。'"①刘勰在《风骨》篇中引用曹丕与刘桢论述"文气"的话,认为二者均是"重气之旨",即所论重视"文气"。《风骨》篇论述"文气",主张作家"缀虑裁篇"时的"务盈守气",这样作品才会有"刚健既实,辉光乃新"的充实辉光之美,"文气"论实际上是从主体修养角度对"文如其人"论的另一种说法。第二处是在《定势》篇中:"刘桢云:'文之体势,实有强弱,使其辞已尽而势有余,天下一人耳,不可得也。'公幹所谈,颇亦兼气。然文之任势,势有刚柔,不必壮言慷慨,乃称势也。"②刘桢的话是认为文学风格有"强弱"之分,主张阳刚风格为美。刘勰认为他论述的仍然是阳刚"文气"思想,不过文学风格虽有"刚柔"之别,但不能片面强调"壮言慷慨"的阳刚风格,其言外之意是认为柔性

①[清]黄叔琳注,李详补注,杨明照校注拾遗:《增订文心雕龙校注》,第388页。
②[清]黄叔琳注,李详补注,杨明照校注拾遗:《增订文心雕龙校注》,第407页。本句中之"文之体势,实有强弱",杨先生《校注》作"文之体指实强弱",根据本篇论述文体风格之主旨,以及其他校本、注本,改为现引之句。

风格同样重要,应该刚柔兼备,才是对文风的全面把握。这与他在本篇中持有的"兼解俱通"的方法有关,正是因为有了"兼解以俱通""随时而适用"的方法论基础,刘勰才对"奇正""刚柔""典华""雅郑"分析得深刻透彻,以"唯务折衷"的态度来客观地分析这些风格各自存在的理由,而不是以个人好恶为准来片面理解。上述两处引文,刘勰一褒一贬,符合自己见解的予以赞美,不合自己见解的予以辨正。对于陆云文论的引用一共有四处,分别是《定势》篇:"陆云自称:'往日论文,先辞而后情,尚势而不取悦泽。'"①刘勰以"情固先辞,势实须泽,可谓先迷后能从善也"评价之,认为应该"情经辞纬,先情后辞",既要重视"文势",也要重视文采,不可偏废,在论述文势的同时,为《情采》篇打下基础。第二处是在《镕裁》篇:"至如士衡才优,而缀辞尤繁;士龙思劣,而雅好清省。及云之论机,亟恨其多,而称清新相接,不以为病,盖崇友于耳。"②本篇论述文章裁剪,主张不要繁杂,陆机"情苦芟繁",陆云也"亟恨其多",不过因为"雅好清省"之故,对陆机以"清新相接,不以为病"相称,刘勰认为陆云仅仅从个人喜好出发而不能公正地论述文学,这是错误的。第三处是在《章句》篇:"陆云亦称:'四言转句,以

①[清]黄叔琳注,李详补注,杨明照校注拾遗:《增订文心雕龙校注》,第407页。
②[清]黄叔琳注,李详补注,杨明照校注拾遗:《增订文心雕龙校注》,第426页。

四句为佳'。观彼制韵,志同枚贾。"①刘勰认为陆云"改韵从调"的看法有一定道理,但是改韵稍快,因此主张与"百句不改"的用韵之法相互结合,以"折之中和"为宜,这显然是刘勰"唯务折衷"的思维方法在起作用。第四处是在《养气》篇:"陆云叹用思之困神,非虚谈也。"②刘勰将王充、曹操等人关于写作伤神的话与陆云"用思困神"的话引用在一起,作为正面论据来支持他"写作宜养气"的谋篇宗旨,这是唯一从正面来看陆云文论的地方。

上述分析表明,桓谭等四家文论有得有失,刘勰认为他们"泛议文意,往往间出",是有道理的,比如陆云之论,刘勰主要以之为反面论据来看待。但是,评价他们"未能振叶以寻根,观澜而索源。不述先哲之诰,无益后生之虑",就显得非常严重,简直一无是处,如此上纲上线,意在为何?

笔者认为,这正是《文心雕龙》雅丽文学思想的创新意义之所在。简言之,雅丽思想在继承吸收魏晋文学理论"自觉"成果的同时,又对这些"理论自觉"所出现的不足一面进行纠正与提升,呈现出更高、更新、更精的内容与超越时代的特点。雅丽思想的"再次自觉"在《序志》中体现有三:

①[清]黄叔琳注,李详补注,杨明照校注拾遗:《增订文心雕龙校注》,第441页。
②[清]黄叔琳注,李详补注,杨明照校注拾遗:《增订文心雕龙校注》,第511页。

　　第一，写作动机。《序志》篇明确告诉读者，《文心雕龙》的写作动机有三：一是求得令名。刘勰认为生命脆弱，为了"树德建言"，一定要写本书留下来，这是《左传》"三不朽"说与孔子、司马迁、扬雄等人"名德"思想影响的结果①。二是方向选择。最好的写作是进行注解儒家

①上述诸人中，扬雄论"名"最多。扬雄认为，圣人之所以被后人尊敬，是因为德行政教样样兼备，因此留下了美好的名声。《重黎》提出"令名"一说："曰：'名者，谓令名也。忠不终而躬逆，焉攸令？'"韩信、黥布因为叛逆汉室而"成名"于天下，他们大逆不道，不是好名声，不足为法。因此，扬雄对于令名的追求成为他征圣思想的重要一环。《学行》论述学习，以为"名誉以崇之"是必然的追求；其令名意识最主要的还是来自孔子，《问神》：或曰："君子病没世而无名，盍势诸名卿，可几也。"曰："君子德名为几。梁、齐、赵、楚之君非不富且贵也，恶乎成名？谷口郑子真，不屈其志，而耕乎岩石之下，名震于京师，岂其卿！岂其卿！"孔子"疾没世而名不彰"，于是述而且作，写出了《春秋》一书。孔子的重名思想对扬雄有直接的影响。"君子病没世而无名"的"德名"一说，就是孔子的翻版。孔子之后，司马迁主张"发愤著书"，认为文王、孔子、孙膑、韩非等人虽然处境不佳，但是留下美好的著作来，名显后世，泽被千秋。《报任安书》说到先贤与自己的著书目的："古者富贵而名摩灭，不可胜记，唯倜傥非常之人称焉。盖西伯（文王）拘而演《周易》；仲尼厄而作《春秋》；屈原放逐，乃赋《离骚》；左丘失明，厥有《国语》；孙子膑脚，《兵法》修列；不韦迁蜀，世传《吕览》；韩非囚秦，《说难》《孤愤》；《诗》三百篇，大抵圣贤发愤之所为作也。此人皆意有所郁结，不得通其道，故述往事、思来者。仆诚以著此书，藏之名山，传之其人，通邑大都，则仆偿前辱之责，虽万被戮，岂有悔哉？"司马迁认为，令名的追求是很困难的，一般人想的是如何享受富贵，轻身安乐，所以说这种"发愤著书"以求令名的精神"可为智者道，难为俗人言"。扬雄《孝至》篇说："不为名之名，其至矣乎！为名之名，其次也。"要求在追求美名声誉的时候，不要一味只想着出名，要有道义精神，做事不以出名为要义。《法言·渊骞》篇对蜀中名家李仲元极为推（转下页注）

经书的工作,但是前人已经达到了很高的水平,"就有深解,未足立家",很难超越,刘勰认为文章之"运用"是儒

(接上页注)崇,显示了扬雄征圣不仅取古,也取法近代的新变意识。其主要原因,就是李仲元名德昭彰,榜样感化力量十分巨大。所以,杨雄的求名思想,主要的还是主张通过德义精神的修养来完善自我,修得令名。所以,扬雄对君国将相、功臣名卿有自己辩证的看法,不是有名就行,《渊骞》篇论述"近世名将""近世名卿"、外交大臣、著名作家几十人,在赞美他们的功德之时,也批评他们有不合儒家教义的地方。同时,还主张以实际行动来彰显令名,《先知》篇论述"为政日新"的重要一环,就是"乐其义,厉之以名,引之以美,使之陶陶然",重视美言美行,美名美誉。《君子》篇说:"人必先作,然后人名之。"要求在行动上有过人之处,美名才会得到彰显。如此看来,孔子、司马迁等人"疾名德之不彰"的做法,著书立说、立名不朽的做法,是有传统的。这也是道家无为而无不为思想的影响,不刻意为之,心态更好。《汉书·扬雄传》说他:"实好古而乐道,其意欲求文章成名于后世,以为经莫大于《易》,故作《太玄》;传莫大于《论语》,作《法言》;史篇莫善于《仓颉》,作《训纂》;箴莫善于《虞箴》,作《州箴》;赋莫深于《离骚》,反而广之;辞莫丽于相如,作四赋:皆斟酌其本,相与放依而驰骋云。"扬雄晚年轻鄙辞赋,转向学术研究,主要的用意,是"意欲求文章成名于后世",也就是立言不朽之心在推动他的著述研究工作,使他在哲学思想、小学文字、辞赋写作等方面都取得了很高的成就。《文心雕龙》的写作目的之一,就是"树德建言",传之其人,成一家言,要求出名。令名思想,是儒家经世致用的目的之一,拥有功德、拥有令名,是一个人毕生的追求;如果还能够"修齐治平",那简直是圣人再世。所以,在评论作家作品的时候,刘勰不仅从写法技巧、风格特点、影响作用方面来谈,还往往以儒家经典的思想标准来衡量他们是否合适、是否违背经典、有无奇谈怪说、作家思想是否健康等等。而刘勰从入定林寺、博通经纶、写作《文心》、拦道沈约到出仕梁代、做官三十多年的大半生,都是在令名功德思想的支配下完成的。孔子、司马迁、扬雄的名德思想、《左传》立功立德立言的"三不朽"说、曹丕认为文章"经国不朽"的观点,是《文心雕龙》"树德建言"目的的基本渊源。刘勰的令名功德心态,也是《文心雕龙》以写作儒家思想为主导的重要证据。

家经典的"枝条",功能巨大,于是选定写作"文章"。三
是写作的针对性。刘勰写作"文章",不是写诗赋之类的
文学作品借以名家,而是写理论专著,专门研究"为文之
用心",针对当下文坛讹滥的离本趋势而发。近代文学
不遵守经典的根本规范,形成了严重的弊病。因此,《文
心雕龙》的直接写作动机就是为了纠正文坛当下的不良
创作,间接动机则是为了著书留名,以求不朽。这就确立
了一个尊崇儒家、崇古抑今的基调:古代经典是好的,近
代文学是该批评的——魏晋"文学自觉"时代大量的文
学创作,不入刘勰法眼,可见刘勰的文学思想标准,一定
会高于"文学自觉"时代的理论水平。

第二,体系完备。通过刘勰自述其书之体系结构,我
们可以看到,《文心雕龙》全书五十篇,采用"位理定名,
彰乎大《易》之数,其为文用,四十九篇而已"的《周易》数
理来确定篇目数量①,吸收道家"自然之道"来作为论文
根本,以儒家圣人和经典为论文之体、宗法之经,吸收纬
书、《离骚》的优点,在思想取法上广取各家,为我所用,

①《易·系辞上》:"大衍之数五十,其用四十有九。分而为二以像两,挂一
以像三,揲之以四以象四时,归奇于扐以象闰;五岁再闰,故再扐而后挂。
天数五,地数五。五位相得而各有合,天数二十有五,地数三十,凡天地之
数五十有五,此所谓成变化而行鬼神也。"夏志厚先生等研究者指出:《文
心雕龙》全书五十篇,《序志》一篇是总目,其余四十九篇是个案专题,对应
"大衍之数五十,其用四十有九"的数理关系。又:周绍恒先生等研究者指
出,《文心雕龙》全书避"衍"字之讳,实则因为成书于梁代初年,必须避讳梁
武帝萧衍之名"衍"字之故,所以此处改"衍"为"易"。

因而立论深刻,论述充分,见解独到。全书"论文叙笔"部分采用"原始以表末,释名以章义,选文以定篇,敷理以举统"的综合立体方法,篇目众多,"囿别区分",比上述十家细致、完备、深刻。"剖情析采,笼圈条贯"的二十四个篇章,论述思维论、风格论、技法论、文学史、心物论、鉴赏论、修养论等等有关写作的全方位问题,并且非常具有可操作性——这是前述十家所不可比拟的。刘勰以为"铨序一文为易,弥纶群言为难",也就是说,前述十家的文论主张,最多不过是"铨序一文"而已,远没有达到"弥纶群言"的地步。"弥纶群言"就会"照隅隙,观衢路",文论功能与影响上就会"振叶以寻根,观澜而索源;述先哲之诰,益后生之虑"。一千五百多年的历史证明,《文心雕龙》论述写作之道,理论体系完备充分,在功能与影响上确实比上述十家更高更深,而且迄今没有任何文论专著可以超越。

第三,论文方法。《文心雕龙》自觉使用"唯务折衷"的思维方法,这是其理论水准超越前人的最根本原因。"折衷"方法论源出儒家、道家、兵家,刘勰也有可能借鉴了佛家的"中道"思维①。刘勰认为上述十家文论最大的问

①关于《文心雕龙》"折衷"方法论的渊源,"龙学"界有源出佛家与源出儒家之争。源出佛家的意见主要是认为"折衷"方法论是龙树"中道"论的产物,以张少康先生论述最为充分,张辰先生等同持此说;源出儒家的研究者认为"折衷"观念是儒家"执两用中""分而为二""中庸之道""折累中平"的产物。两说都有道理。除此之外,笔者认为道家也有中(转下页注)

题就是"各照隅隙,鲜观衢路",不全面,不完整,因此《文心雕龙》要以全面完整为目标,超越他们。《定势》篇批评刘桢片面推崇"壮言慷慨"的阳刚风格而忽略柔性美的风格,所使用的就是折衷方法,其说曰:

> 然渊乎文者,并总群势,奇正虽反,必兼解以俱通;刚柔虽殊,必随时而适用。若爱典而恶华,则兼通之理偏,似夏人争弓矢,执一不可以独射也;若雅郑而共篇,则总一之势离,是楚人鬻矛誉楯,两难得而俱售也。①

文体风格多样,评论家应该全面掌握,并总群势,兼解俱通,方为上策。《章句》篇引用陆云四句换韵的话,认为应该"折之中和",方可"庶保无咎"。因为折衷方法论的使用,刘勰还在《知音》篇中提出了鉴赏的正确态度和"六观"的操作方法,尽管有曹丕"文人相轻"的影响,但是理论见解绝非曹丕可比。如此等等。

(接上页注)道思维,体现为正反对比的辩证思维模式;兵家也有奇正结合、正反结合而取其适度与适中的思想,实际上,"中道"思维是我国古代学术思想的一种传统思维。因此,片面地说"折衷"思维方法出自儒家或者佛家的争论,虽然都有各自成立的理由,但是如果注意到《文心雕龙》思想驳杂而以儒家为主导这一点,就应该采取合观各家的方法来讨论"折衷"方法论的渊源。这本来也是刘勰自己提倡的一种论文方法。
① [清]黄叔琳注,李详补注,杨明照校注拾遗:《增订文心雕龙校注》,第406页。

因此,从写作动机、体系内容、思维方法来看,《文心雕龙》远远超越了魏晋"文学自觉"时代的所有文学理论。

通观《文心雕龙》,对于汉魏晋十家"文学自觉"的文论主张,《文心雕龙》对此进行了坚持正确方向、主张重情尚美、提倡文学新变的积极阐释,吸收、运用了相当多的十家文论。但是,曹丕、陆机开启的文学理论"自觉",最后并没有走在一条健康发展、良性发展的正路上,而是在战乱频仍、世积乱离、杀人如麻、残酷血腥的时代政治格局下,在儒学式微、经学崩溃、思想混乱、玄佛思潮趁虚而入的学术思想局面下,文人学者一方面向重情尚美大力进军,逐渐出现了美文丽辞、绮丽巧艳、奢华淫靡的靡靡之音,另一方面恐惧现实,谈玄论佛,走向了寄情山水、讽喻外物、远奥隐情、玄虚空淡、为文不用之势。这两种趋势并存而以靡丽轻艳为主,使得六朝文坛"辞人爱奇,言贵浮诡,饰羽尚画,文绣鞶帨,离本弥甚,将遂讹滥",刘勰于是在重视文学美丽精神的同时,也对新变轻艳、师法不古、创作讹滥、思想不雅、作用有限的创作实践提出了批评与救弊主张,这一文学理论主张就是贯穿《文心雕龙》全书的雅丽文学思想。

雅丽思想是对"文学自觉的自觉",从《文心雕龙》全书来看,其"自觉"体现有三:

第一,理论渊源。《文心雕龙》以儒家思想为主导,以道家思想与其他各家思想为辅助,体现了兼收诸家而独尊儒学的鲜明思想取法。具体而言,"雅"出于儒家,儒家主张"雅丽"并重,而"丽"还有汇聚诸家思想的理论渊源。道家文艺美学思想重视对"美"和"妙"的探讨,同时,从《庄子》开始谈"丽",《淮南子》大量论"丽",但是道家论隐幽,谈避世,少论政,不谈雅,即"丽而不雅"。这样,"雅"与"丽"的结合,需要在整体上综合儒家和道家文艺美学思想,才能得到既雅且丽的结果。再按照刘勰《辨骚》篇的说法,"丽"是来自于楚辞之"奇"的,汉赋随流而下,"追风以入丽"。而根据《时序》《才略》等篇的论述,屈宋楚辞的源头,是"纵横之诡俗",出于谈天飞誉、雕龙驰响、飞辩驰术的阴阳家和纵横家。由此联系到刘勰对《文心雕龙》书名解释中提到的邹奭"谈天雕龙"的言说之术,瑰丽迂回,虚诞莫测;联系到端木赐、烛之武、苏秦、张仪、范雎、蔡泽、李斯等人的游说君王、干预政治的言辞技巧之术,以及孟子的雄辩无敌、墨子的难楚存宋、鬼谷子的《飞钳》精术——这些"诡丽"的言辞技巧才是辞赋"奇丽"特点的根本来源。这就是说,是语言之"丽"影响到了文学之"丽",从而形成"言文皆丽"的历史演变脉络。以儒家经典为代表的作品,其主要特点是思想内容与语言文辞的雅正规范,于是,五经之"雅"与辞赋之"丽"的结合,就成为"衔华佩实"的雅丽文学思想。《风骨》篇说:"熔铸经典之范,翔集子史之术",经典雅正,史书实录,子书技法思想多样而丰富,这不仅是刘勰主张的作文如何才能有"风骨"的取法原则,实际上更是刘勰本人文学美学思想博杂精深、熔铸百家的来源所在。《文心雕龙》一书,其雅丽文学思想除了儒家,比较明显地,还包含道家、阴阳纵横、法家、兵家、玄学思想,并融会贯通,融为一炉。而在所有的这些学术思想中,最主要的是独尊儒家。雅丽思想在千年以降的各家思想中吸收精华,在"文学自觉"、重情尚美过度的时风中寻找正途,以求归正。

第二,内涵特点。雅丽思想体现了"文源于道,郁然有采"的文学本源与文学尚丽的哲学依据,体现了"自然之道"循环相因的新变意识,体现了征圣宗经的经典意识与思想规范,体现了折衷"雅""丽"的思维方法,体现了上溯先秦取法两汉的史学意识,既包含了魏晋六朝重情尚美的文学美丽精神,又能崇尚雅正的思想内容,润色华丽的文采,上溯数千年,超越同时代,达到全面立体整合所有写作技法与文学规律,借以指导正确写作的目的。

第三,道器兼备。雅丽思想在"枢纽"论中得以提出,具有非常崇高的理论高度,是写作之"道",但具体体现是在文体论的创作规范、写作得失与创作论和批评论部分,因此,讲究写作技法、追求"执正驭奇"、崇尚"执术驭篇"、探索文学发展的内外因素就必然成为《文心雕龙》论述写作问题的主要内容,从而又成为写作之"器"。雅丽思想成为既是形而上之的写作之道,又是形而下之的操作技法,体现了"本乎道,用乎技"的原理性质与技术层面的结合,成为理论性与操作性完美结合的文论主张。

综上所述,《文心雕龙》雅丽文学思想是对数千年文学创作、文学理论、创作得失的整体综合,是对萌芽于两汉、成熟于魏晋齐梁之"文学自觉"的再次理论自觉,是对"文学自觉的自觉"。

参考文献①

一、专著

(一)《文心雕龙》研究专著

［南朝·梁］刘勰著，［清］黄叔琳辑注，纪昀评：《文心雕龙辑注》，北京：中华书局，1957。

［南朝·梁］刘勰著，范文澜注：《文心雕龙注》，北京：人民文学出版社，1958。

［南朝·梁］刘勰著，詹锳义证：《文心雕龙义证》（上中下），上海：上海古籍出版社，1989。

［南朝·梁］刘勰著，祖保泉解说：《文心雕龙解说》，合肥：安徽教育出版社，2009。

［南朝·梁］刘勰撰，［明］杨慎、曹学佺等批点：《刘子文心雕龙》，北京：国家图书馆出版社，2014。

---

①参考文献按照大类相从原则，每一类中以时间古今、中外国别及音序先后排列，特作说明。

[清]黄叔琳注,李详补注,杨明照校注拾遗:《增订文心雕龙校注》(上下),北京:中华书局,2000。

冯春田:《文心雕龙阐释》,济南:齐鲁书社,2000。

郭鹏:《〈文心雕龙〉的文学理论和历史渊源》,济南:齐鲁书社,2004。

韩湖初:《文心雕龙美学思想体系初探》,广州:暨南大学出版社,1993。

黄侃:《文心雕龙札记》,北京:中华书局,2016。

黄霖编著:《文心雕龙汇评》,上海:上海古籍出版社,2005。

金民那:《文心雕龙的美学》,台北:文史哲出版社,1993。

寇效信:《文心雕龙美学范畴研究》,西安:陕西人民出版社,1997。

李炳勋:《文心雕龙理论体系新论》,郑州:文心出版社,1993。

李建中:《文心雕龙讲演录》,桂林:广西师范大学出版社,2008。

李天道:《文心雕龙审美心理学》,北京:中国书籍出版社,2019。

李曰刚:《文心雕龙斠诠》,台北:"国立"编译馆,1982。

林杉:《文心雕龙批评论新诠》,呼和浩特:内蒙古教育出版社,2002。

林杉:《文心雕龙文体论今疏》,呼和浩特:内蒙古教育出版社,2000。

刘业超:《文心雕龙通论》,北京:人民出版社,2012。

刘永济集:《文心雕龙校释》,北京:中华书局,2007。

陆侃如、牟世金译注:《文心雕龙译注》,济南:齐鲁书社,1996。

马宏山:《文心雕龙散论》,乌鲁木齐:新疆人民出版社,1982。

缪俊杰:《文心雕龙美学》,北京:文化艺术出版社,1987。

戚良德:《文心雕龙校注通译》,上海:上海古籍出版社,2008。

邱世友:《文心雕龙探原》,长沙:岳麓书社,2007。

孙蓉蓉:《文心雕龙研究》,南京:江苏教育出版社,1994。

涂光社:《刘勰及其〈文心雕龙〉》,沈阳:春风文艺出版社,1999。

汪洪章:《〈文心雕龙〉与二十世纪西方文论》,上海:复旦大学出版社,2005。

王更生:《文心雕龙新论》,台北:文史哲出版社,1991。

王利器校笺:《文心雕龙校证》,上海:上海古籍出版社,1980。

王少良:《文心管窥》,哈尔滨:黑龙江人民出版社,2006。

王元化:《读文心雕龙》(最终版),北京:新星出版社,2007。

王运熙:《文心雕龙探索》(增补本),上海:上海古籍出版社,2005。

吴林伯:《文心雕龙义疏》,武汉:武汉大学出版社,2002。

杨明:《文心雕龙精读》,上海:复旦大学出版社,2007。

杨明照:《杨明照论文心雕龙》,上海:上海科学技术文献出版社,2008。

姚爱斌:《〈文心雕龙〉诗学范式研究》,长沙:湖南人民出版社,2012。

易中天:《〈文心雕龙〉美学思想论稿》,上海:上海文艺出版社,1988。

詹锳:《〈文心雕龙〉的风格学》,北京:人民文学出版社,1982。

张立斋:《文心雕龙注订》,北京:国家图书馆出版社,2010。

张少康:《文心雕龙新探》,济南:齐鲁书社,1987。

张文勋:《文心雕龙研究史》,昆明:云南大学出版社,2001。

赵盛德:《文心雕龙美学思想论稿》,桂林:漓江出版社,1988。

周绍恒:《文心雕龙散论及其他》(增订本),北京:学苑出版社,2004。

周勋初:《文心雕龙解析》(上下),南京:凤凰出版社,2015。

周振甫:《文心雕龙今译》(附词语简释),北京:中华书局,2013。

[日]户田浩晓著,曹旭译:《文心雕龙研究》,上海:上海古籍出版社,1992。

(二)经史

[汉]班固:《汉书》(影印本),北京:中华书局,1997。

[汉]何晏等注,[宋]邢昺疏:《论语注疏》,上海:上海古籍出版社,1992。

[汉]孔安国传,[唐]孔颖达等正义:《尚书正义》,上海:上海古籍出版社,1992。

[汉]司马迁:《史记》(影印本),北京:中华书局,1997。

[汉]王弼等注,[唐]孔颖达等正义:《周易正义》,上海:上海古籍出版社,1992。

[汉]赵岐注,[唐]孙奭疏:《孟子注疏》,上海:上海古籍出版社,1992。

［汉］郑玄等笺，［唐］孔颖达等正义：《毛诗正义》，上海：上海古籍出版社，1992。

［汉］郑玄注，［唐］孔颖达等正义：《礼记正义》，上海：上海古籍出版社，1992。

［汉］郑玄注，［唐］贾公彦疏：《仪礼注疏》，上海：上海古籍出版社，1992。

［汉］郑玄注，［唐］贾公彦疏：《周礼注疏》，上海：上海古籍出版社，1992。

［晋］陈寿：《三国志》（影印本），北京：中华书局，1997。

［晋］杜预注，［唐］孔颖达等正义：《春秋左传正义》，上海：上海古籍出版社，1992。

［南朝·梁］沈约：《宋书》（影印本），北京：中华书局，1997。

［南朝·梁］萧子显：《南齐书》（影印本），北京：中华书局，1997。

［南朝·宋］范晔：《后汉书》（影印本），北京：中华书局，1997。

［北朝·北齐］魏收：《魏书》（影印本），北京：中华书局，1997。

［唐］房玄龄等：《晋书》（影印本），北京：中华书局，1997。

［唐］李百药：《北齐书》（影印本），北京：中华书

局,1997。

[唐]李延寿:《北史》(影印本),北京:中华书局,1997。

[唐]李延寿:《南史》(影印本),北京:中华书局,1997。

[唐]令狐德棻等:《周书》(影印本),北京:中华书局,1997。

[唐]刘知幾:《史通》,上海:上海古籍出版社,2009。

[唐]魏徵等:《隋书》(影印本),北京:中华书局,1997。

[唐]姚思廉:《陈书》(影印本),北京:中华书局,1997。

[唐]姚思廉:《梁书》(影印本),北京:中华书局,1997。

[后晋]刘昫等:《旧唐书》(影印本),北京:中华书局,1997。

[宋]宋祁等:《新唐书》(影印本),北京:中华书局,1997。

[宋]朱熹:《四书章句集注》,北京:中华书局,1983。

[清]章学诚:《文史通义》,上海:上海古籍出版社,2015。

(三)其他专著

[汉]刘向撰,向宗鲁校证:《说苑校证》,北京:中华

书局,1987。

[晋]葛洪集,成林、程章灿译注:《西京杂记全译》,贵阳:贵州人民出版社,1993。

[南朝·梁]萧统编,[唐]李善注:《文选》,北京:中华书局,1989。

[宋]朱熹撰,黄灵庚点校:《楚辞集注》,上海:上海古籍出版社,2015。

[明]刘绩补注,陈广忠校理:《淮南鸿烈解》,合肥:黄山书社,2012。

[明]张溥著,殷孟伦注:《汉魏六朝百三家集题辞注》,北京:中华书局,2007。

[清]纪昀等:《钦定四库全书总目》(整理本),北京:中华书局,1997。

[清]王先谦撰,沈啸寰、王星贤点校:《荀子集解》,北京:中华书局,1988。

[清]严可均辑:《全上古三代秦汉三国六朝文》,北京:中华书局,1989。

曹道衡:《南朝文学与北朝文学研究》,北京:商务印书馆,2015。

曹顺庆、李天道:《雅论与雅俗之辨》,南昌:百花洲文艺出版社,2005。

曹顺庆:《中西比较诗学》,北京:北京出版社,1988。

陈鼓应注译:《老子今注今译》,上海:商务印书馆,2003。

陈鼓应注译:《庄子今注今译》,北京:中华书局,1983。

程章灿:《魏晋南北朝赋史》,南京:凤凰出版社,2001。

范文澜:《中国通史简编》(修订本),北京:人民出版社,1949。

傅刚:《魏晋南北朝诗歌史论》,长春:吉林教育出版社,1995。

高潮、甘华鸣总编,徐兆仁主编:《中国韬略大典·颜氏家训》,北京:中国国际广播出版社,1997。

郭绍虞:《中国文学批评史》,天津:百花文艺出版社,1999。

蒋孔阳:《先秦音乐美学思想论稿》,北京:人民文学出版社,1986。

金春峰:《汉代思想史》,北京:中国社会科学出版社,1997。

李凯:《儒家元典与中国诗学》,北京:中国社会科学出版社,2002。

李士彪:《魏晋南北朝文体学》,上海:上海古籍出版社,2004。

李泽厚、刘纲纪主编:《中国美学史》(第二卷上),北京:中国社会科学出版社,1987。

李泽厚、刘纲纪主编:《中国美学史》(第一卷),北京:中国社会科学出版社,1984。

刘文典撰,冯逸、乔华点校:《淮南鸿烈集解》,北京:中华书局,1989。

逯钦立辑校:《先秦汉魏晋南北朝诗》,北京:中华书局,1983。

罗宗强:《隋唐五代文学思想史》,北京:中华书局,1999。

罗宗强:《魏晋南北朝文学思想史》,北京:中华书局,1996。

马正平:《高等写作学引论》,北京:中国人民大学出版社,2011。

敏泽主编:《中国文学思想史》,长沙:湖南教育出版社,2004。

钱穆:《中国思想史》,台北:台湾学生书局,1988。

汤一介:《郭象与魏晋玄学》(增订本),北京:北京大学出版社,2010。

汤用彤撰,汤一介等导读:《魏晋玄学论稿》,上海:上海古籍出版社,2001。

汪荣宝:《法言义疏》,北京:中华书局,1987。

汪涌豪:《风骨的意味》,南昌:百花洲文艺出版社,2001。

王国维著,吴无忌编:《王国维文集》(五卷本),北京:北京燕山出版社,1997。

王文才、万光治主编:《杨升庵丛书》,成都:天地出版社,2002。

王以宪、张广宝注释:《法言注释》,北京:华夏出版社,2002。

王岳川:《中国书法文化精神》,北京:新星出版社,2002。

王运熙:《中古文论要义十讲》,上海:复旦大学出版社,2004。

肖占鹏主编:《隋唐五代文艺理论汇编评注》,天津:南开大学出版社,2002。

萧涤非:《汉魏六朝乐府文学史》,北京:人民文学出版社,1984。

谢建忠:《〈毛诗〉及其经学阐释对唐诗的影响》,成都:巴蜀书社,2007。

徐复观:《中国文学精神》,上海:上海世纪出版社,2006。

许结:《汉代文学思想史》,南京:南京大学出版社,1990。

杨伯峻译注:《论语译注》,北京:中华书局,1958。

袁行霈主编:《中国文学史》,北京:高等教育出版社,2014。

袁济喜:《六朝美学》,北京:北京大学出版社,2000。

袁济喜:《新编中国文学批评发展史》,北京:中国人民大学出版社,2010。

詹福瑞:《中古文学理论范畴》,保定:河北大学出版社,1997。

张岱年:《中国哲学大纲》,南京:江苏教育出版社,2005。

张法:《中国美学史》,成都:四川人民出版社,2006。

张怀瑾:《钟嵘诗品评注》,天津:天津古籍出版社,1997。

中国人民解放军军事科学院战争理论研究部《孙子》注释小组:《孙子兵法新注》,北京:中华书局,1977。

钟仕伦:《南北朝诗话校释》,北京:中华书局,2007。

周勋初:《文史探微》(《周勋初文集》第三卷),南京:江苏古籍出版社,2000。

宗白华:《美学散步》,上海:上海人民出版社,1981。

[德]歌德等著,王元化译:《文学风格论》,上海:上海译文出版社,1982。

二、论文

(一)论文集

郭绍虞主编,王文生副主编:《中国历代文论选》(四卷本),上海:上海古籍出版社,2001。

陆侃如:《陆侃如古典文学论文集》(上下),上海:上海古籍出版社,1987。

穆克宏、郭丹编著:《魏晋南北朝文论全编》,南京:江苏教育出版社,1996。

王元化选编:《日本研究〈文心雕龙〉论文集》,济南:齐鲁书社,1983。

中国《文心雕龙》学会编:《论刘勰及其文心雕龙》,北京:学苑出版社,2000。

中国《文心雕龙》学会编:《文心雕龙研究论文集》,北京:人民文学出版社,1990。

[日]户田浩晓等著,曹顺庆编:《文心同雕集》,成都:成都出版社,1990。

[日]兴膳宏著,彭恩华编译:《兴膳宏〈文心雕龙〉论文集》,济南:齐鲁书社,1984。

(二)论文

曹顺庆、李泉:《为什么中国人读不懂中国文论?——从黄侃先生的"风即文意,骨即文辞"谈起》,《山东社会科学》2013年第11期。

陈建郎:《文心雕龙佛论辞源研究》,台湾佛光大学硕士学位论文,2009。

陈良运:《〈文心雕龙〉与〈淮南子〉》,《文史哲》2000年第3期。

陈良运:《勘〈文心雕龙·隐秀〉之"隐"》,《复旦学报(社会科学版)》1999年第6期。

陈耀南:《〈文心〉"风骨"群说辨疑》,《求索》1988 年第 3 期。

程天祜、孟二冬:《〈文心雕龙〉之"神理"辨——与马宏山同志商榷》,《文学遗产》1982 年第 3 期。

方锡球:《从"中和"哲学观到"雍容典雅"的诗学追求——有关刘勰〈文心雕龙〉的一个重要贡献》,《求是学刊》2000 年第 5 期。

何世剑:《试论古典美学"丽"范畴的审美内涵与美学特征》,《南昌大学学报(人文社会科学版)》2006 年第 3 期。

何世剑:《中国古典美学"丽"范畴论纲》,《贵州大学学报(社会科学版)》2007 年第 5 期。

胡碟:《古典美学范畴中的"丽"》,《中国文学研究》2007 年第 3 期。

黄高宪:《西汉易学对〈文心雕龙〉的影响》,《福建论坛(文史哲版)》1998 年第 6 期。

黄霖:《〈文心雕龙〉:中国第一部写作心理学论著》,《河北学刊》2009 年第 1 期。

黄天骥:《上博简〈孔子诗论〉研究》,中山大学博士后出站报告,2006。

黄维梁:《〈文心雕龙〉"六观"说和文学作品的评析——兼谈龙学未来的两个方向》,《北京大学学报(哲学社会科学版)》1996 年第 3 期。

李诚:《论班固评屈》,《四川师范大学学报(社会科学版)》1992 年第 2 期。

李凯:《"风骨"精神的文化阐释——兼论刘勰〈文心雕龙·风骨〉与儒家思想的联系》,《四川师范大学学报(社会科学版)》2002 年第 5 期。

李天道:《"中和"原则与"和雅"精神》,《西南民族大学学报(人文社科版)》2004 年第 1 期。

林颂育、王珂:《释"丽"》,《现代语文》2007 年第 6 期。

林文琦:《文心雕龙文学评价问题之比较研究》,台湾私立东吴大学硕士学位论文,2007。

刘军政:《挽颓风于通变 清流弊以雅丽——论〈文心雕龙〉的古雅审美范畴》,《中州学刊》2003 年第 4 期。

刘睿:《从〈文心雕龙·檄移〉看刘勰的军事思想》,《潍坊教育学院学报》2010 年第 2 期。

刘文忠:《〈文心雕龙〉与汉代诗学的渊源关系》,《江苏大学学报(社会科学版)》2005 年第 2 期。

刘文忠:《〈荀子〉对〈文心雕龙〉的影响》,《求索》1997 年第 1 期。

罗蔷薇:《〈文心雕龙〉征引诸子文献考》,华中师范大学硕士学位论文,2012。

吕武志:《刘勰〈文心雕龙〉与曹氏兄弟文论》,"国立"台湾师范大学国文学系,1997。

吕武志:《刘勰〈文心雕龙〉与陆机〈文赋〉》,"国立"台湾师范大学国文研究所,1998。

吕永:《〈文心雕龙〉与〈老子〉》,《湘潭大学学报(中国古典文学论集)》1986 年第 S1 期。

吕永:《〈文心雕龙·原道〉说——兼与马宏山同志商榷》,《湘潭大学社会科学学报》1983 年第 3 期。

马宏山:《〈文心雕龙〉之"道"辨——兼论刘勰的哲学思想》,《哲学研究》1979 年第 7 期。

马宏山:《〈文心雕龙〉之"道"再辨——兼答邱世友同志》,《新疆大学学报(哲学人文社会科学版)》1981 年第 3 期。

马宏山:《论〈文心雕龙〉的纲》,《中国社会科学》1980 年第 4 期。

马宏山:《也谈〈文心雕龙〉的理论体系——与牟世金同志商榷》,《学术月刊》1983 年第 3 期。

马宏山:《有关〈文心雕龙〉的一些问题——答吴林伯同志的辩难》,《江汉论坛》1981 年第 3 期。

牟世金:《〈文心雕龙〉的总论及其理论体系》,《中国社会科学》1981 年第 2 期。

牟世金:《实事求是地研究〈文心雕龙〉——答马宏山同志》,《学术月刊》1983 年第 10 期。

皮朝纲:《〈文心雕龙〉与老庄思想》,《四川师院学报(社会科学版)》1980 年第 2 期。

普慧:《〈文心雕龙〉审美范畴的佛教语源》,《文学评论》2009 年第 3 期。

普慧:《〈文心雕龙〉与佛教成实学》,《文史哲》1997 年第 5 期。

戚良德:《〈文心雕龙〉文学美学思想研究》,山东大学博士学位论文,2007。

戚良德:《〈周易〉:〈文心雕龙〉的思想之本》,《周易研究》2004 年第 4 期。

乔守春:《刘勰二梦论析》,《北京青年政治学院学报》2008 年第 2 期。

乔雅俊:《论六朝文学的尚"丽"倾向》,首都师范大学硕士学位论文,2003。

邱世友:《关于〈文心雕龙〉之道》,《哲学研究》1981 年第 5 期。

饶宗颐:《文心与阿毗昙心》,《暨南学报(哲学社会科学版)》1989 年第 1 期。

石了英:《刘勰的〈诗经〉阐释与〈文心雕龙〉诗学建构》,暨南大学硕士学位论文,2007。

石中华:《论美学中"丽"的嬗变及其审美内涵》,《安徽文学(下半月)》2007 年第 6 期。

孙立:《〈文心雕龙〉主导思想之辨析》,《湖北民族学院学报(社会科学版)》1994 年第 4 期。

孙蓉蓉:《刘勰的"宗经"辩正》,《求是学刊》2004 年第 2 期。

谈文良:《试论〈文心雕龙〉的"雅丽"标准》,《扬州师院学报(社会科学版)》1985 年第 1 期。

陶礼天:《〈文心雕龙〉与经今古文学述略》,《中国文化研究》1997 年第 3 期。

陶礼天:《文化传统与〈文心雕龙〉之性质略论》,《学术前沿》2008 年第 1 期。

陶水平:《〈文心雕龙·隐秀篇〉主旨新说》,《华东理工大学学报(社会科学版)》2000 年第 2 期。

万奇:《居今探古:论王志彬对〈文心雕龙〉的研究与应用》,《2018 国际汉语应用文研究高端论坛论文集》,2018 年 8 月。

王聪:《〈文心雕龙〉中的魏晋文学批评》,辽宁大学硕士学位论文,2018。

王福利:《〈文心雕龙〉与乐府诗学》,《光明日报》2017 年 4 月 17 日。

王文生:《〈文心雕龙〉思想体系考辨》,《文艺理论研究》2011 年第 4 期。

王小盾:《〈文心雕龙〉风格理论的〈易〉学渊源——为王运熙老师 80 华诞而作》,《清华大学学报(哲学社会科学版)》2005 年第 5 期。

王小盾:《〈文心雕龙·乐府〉三论》,《文学遗产》2010 年第 3 期。

王小范:《〈文心雕龙〉与道家关系的文献学考察》,山东大学硕士学位论文,2007。

王小强:《"篇隐句秀"说:〈文心雕龙〉文学审美特征论——对〈文心雕龙·隐秀〉主旨的解析》,《内蒙古师范大学学报(哲学社会科学版)》2007 年第 2 期。

邬国平:《〈文心雕龙〉结构关系和基本文学思想再思考》,《上海师范大学学报(哲学社会科学版)》2015 年第 5 期。

吴林伯:《评〈论《文心雕龙》的纲〉》,《江汉论坛》1980 年第 6 期。

吴明德:《遍照隅隙,通观衢路——〈文心雕龙〉全书组织体系之探析》,《"中国"技术学院学报》第 23 期,2001 年 7 月。

夏志厚:《〈周易〉与〈文心雕龙〉理论构架》,《文艺理论研究》1990 年第 3 期。

严寿澂:《道家、玄学与〈文心雕龙〉》,《重庆师院学报(哲学社会科学版)》1984 年第 3 期。

杨明:《释〈文心雕龙·乐府〉中的几个问题——兼谈刘勰的思想方法》,《文学遗产》2000 年第 2 期。

袁芬:《〈文心雕龙〉引〈经〉书考》,华中师范大学硕士学位论文,2011。

詹福瑞:《〈宗经〉与〈文心雕龙〉的理论体系》,《河北大学学报(哲学社会科学版)》1994 年第 4 期。

詹锳:《〈文心雕龙〉的思想体系》,《暨南学报(哲学社会科学)》1989 年第 1 期。

张辰:《刘勰美学思想发微》,《内蒙古大学学报(社会科学版)》1995 年第 4 期。

张培艳:《儒家尚"雅"观念在六朝文论中的传承与嬗变》,首都师范大学硕士学位论文,2003。

张启成:《〈文心雕龙〉中的道家思想》,《贵州社会科学》1981 年第 4 期。

张少康、笠征:《刘勰〈文心雕龙〉和佛教思想的关系》,《北京大学学报(哲学社会科学版)》2005 年第 4 期。

朱清:《〈文心雕龙〉与汉代易学》,《南都学坛(人文社会科学学报)》2005 年第 6 期。

致　谢

一

　　《〈文心雕龙〉雅丽思想研究》是我的博士学位论文，在四川大学古籍所做统招博士后时获得四川省社科联2013 规划基金项目立项资助，到西华大学工作后获得山东大学儒家文明协同创新中心2015 后期资助项目立项资助，由山东大学儒家文明协同创新中心提供经费，与中华书局签约出版。立项以来，四川省社科联要求验收成果与博士论文重复度不超过 50%，中华书局对稿件有严格要求，因此反复修改，形成现在的面目。值此出版之际，向四川师范大学文学院、四川省社科联、山东大学儒家文明协同创新中心、四川大学古籍所、西华大学科技处致以深深的感激之情！

二

　　感谢四川省简阳师范学校叶乃荣先生，在 1995 年 9

月向我们这帮跑图书馆的小孩儿推荐《文心雕龙》,并讲述 1950 年代在川大杨明照先生门下学习《文心雕龙》的心得体会! 这是我读写《文心雕龙》的缘起。

感谢硕士导师马正平教授,将我引入学术研究之门! 马老师传授我写作思维学与时空美学的前沿理论,并义务开讲《文心雕龙》,我从中收获了许多思路和生发点。

感谢博士导师李凯教授,指导我踏上学术研究之路! 李老师开设的《文心雕龙》精读课程质量极高,他指导我运用文化诗学研究方法完成这篇论文,并由此获得了拓展研究的空间。李老师告诉我:研究《文心雕龙》很难,但师门有这个传统,能做下去也不错。目前,我正在以博士论文为基础进行《汉代雅丽文艺思想研究》和《汉唐雅丽文学思想研究》的写作,希望能完成。

三

感谢皮朝纲教授、李天道教授、钟仕伦教授! 皮老是我学习《文心雕龙》和书法理论的指导者,是我博士后出站报告的答辩主席;李天道教授是传授我《文心雕龙》、鼓励我研究这本名著的第一位老师[①];钟仕伦教授指导我

---

①2006 年 9 月,写作学专业与美学专业共同选修李天道教授开设的《文心雕龙》精讲课程,每周三节,这是我正规学习《文心雕龙》的起点。在这之前及之后,我还在文艺学、写作学专业听过蒲友俊教授、马正平教授、李凯教授讲授《文心雕龙》。2007 年春,李天道教授指导我到四川大学旁听曹顺庆先生讲授中西文论及《文心雕龙》,其后断断续续,持续至今。

"不读藏文,不动《文心》"。他们对我的成长有很多帮助。

　　感谢吴明贤教授、李诚教授、李大明教授、熊良智教授、王小盾教授孜孜不倦的授业与解惑!"学术思想在学术权威之上""看起来难的事情容易做",这些批评促使我迎难而上,正面突破了《文心雕龙》文学思想研究的阵地。多年来,他们对我的帮助是无私的。

四

　　2012 年 4 月底,论文寄送给华东师范大学萧华荣教授、四川大学曹顺庆教授、中国社会科学研究院党圣元教授、国家图书馆张廷银教授、福建师范大学欧明俊教授、天津师范大学赵利民教授、复旦大学汪涌豪教授评审,感谢上述专家给予的评审意见和修改意见!5 月 25 日,论文答辩,感谢答辩主席四川大学潘显一教授、答辩委员四川大学郭齐教授、四川师范大学美学所钟仕伦教授、李天道教授、董志强教授给予的批评意见和修改建议!2013 年春和 2014 年春,论文先后被评为四川师范大学、四川省优秀博士学位论文,感谢至今不知名的外审专家给予的评审意见!2013 年夏和 2015 年夏,论文先后获得四川省社科联规划项目、山东大学儒家文明协同创新中心后期资助项目立项资助,感谢社科联评审专家和四川大学国际儒学研究院杨世文教授给予的评审意见!

五

　　中华书局吴爱兰老师为本书的出版付出了很多的时间和心血,向吴老师致谢!

王万洪

2018 年 7 月 4 日